HEYNE‹

Das Buch

Ian Rutledge arbeitet nach seinen traumatischen Erlebnissen als Soldat im Ersten Weltkrieg wieder als Inspektor bei Scotland Yard. Er soll in den Bergen Schottlands nach der 1916 verschwundenen Eleanor Gray suchen. Deren Mutter, Lady Maude Gray, verheimlicht die wahren Hintergründe des Verschwindens ihrer Tochter und leugnet jeglichen Zusammenhang mit einer in den Bergen gefundenen Leiche. Fiona MacDonald, eine allein erziehende Mutter, wird eines Tages in Form anonymer Briefe von den Dorfbewohnern gebrandmarkt und des Mordes bezichtigt. Um ihr Kind zu schützen, verschweigt auch sie einen Teil ihrer Geschichte und läuft somit Gefahr, unschuldig hingerichtet zu werden. Rutledge muss in einem Wettlauf gegen die Zeit die wahren Hintergründe um das Verschwinden Eleanor Grays aufdecken, um Fiona zu retten.

Der Autor

Charles Todd lebt in London. Er wurde mit dem »Edgar« ausgezeichnet und war bereits drei Mal »Autor des Jahres« der *New York Times*.

Lieferbare Titel

Schwarze Spiegel – Zeit der Raben – Kalte Hölle – Die zweite Stimme – Dunkle Spuren – Stumme Geister – Seelen aus Stein

CHARLES TODD

Auf dünnem Eis

ROMAN

Aus dem Englischen
von Uschi Gnade

WILHELM HEYNE VERLAG
MÜNCHEN

Die Originalausgabe
LEGACY OF THE DEAD
erschien 2000 bei Bantam Books, New York

FSC

Mix

Produktgruppe aus vorbildlich
bewirtschafteten Wäldern und
anderen kontrollierten Herkünften

Zert.-Nr. SGS-COC-1940
www.fsc.org
© 1996 Forest Stewardship Council

Verlagsgruppe Random House FSC-DEU-0100
Das für dieses Buch verwendete FSC-zertifizierte Papier
Holmen Book Cream liefert
Holmen Paper, Hallstavik, Schweden.

Vollständige deutsche Taschenbuchausgabe 04/2008
Copyright © 2000 by Charles Todd
Copyright © 2003 der deutschsprachigen Ausgabe by
Wilhelm Heyne Verlag, München,
in der Verlagsgruppe Random House GmbH
Printed in Germany 2008
Umschlagillustration: © D. Sim/Getty Images
Umschlaggestaltung: Hauptmann & Kompanie Werbeagentur,
München – Zürich
Satz: Buch-Werkstatt GmbH, Bad Aibling
Druck und Bindung: GGP Media GmbH, Pößneck
ISBN-13: 978-3-43352-6

www.heyne.de

Für L., in Liebe

1

1916 GLASGOW Die beiden Frauen saßen zusammengekauert in der kleinen Kutsche und sahen auf die schmutzige, beklemmende Straße hinaus. Bestürzt starrten sie den betrunkenen Alten an, der in einem der Hauseingänge lag. Die hohen Mietskasernen waren schäbig, trostlos und bedrohlich vernachlässigt. Hier gab es kein Erbarmen; Verzweiflung, Trübsinn und Armut hingen in der Luft. »Das ist ja furchtbar hier!«, sagte eine der Frauen schließlich. Sie war die ältere, obwohl der Altersunterschied nicht nennenswert war. Beide waren jung und ängstigten sich sehr.

»Bist du ganz sicher, dass das die richtige Straße ist? Ich kann einfach nicht glauben, dass ...« Ihre Begleiterin saß mit den Zügeln auf dem Schoß da und ließ ihren Satz unbeendet in der Luft hängen.

Daraufhin kramte die Mitreisende in ihrer Handtasche, zog den zerknitterten Zettel heraus und las noch einmal die Anschrift. Ihre Lippen zitterten, und sie fror. Ihr war übel. »Du kannst dich selbst davon überzeugen. Oh ...« Der Zettel glitt ihr aus den Fingern, und sie bekam ihn im letzten Moment zu fassen, ehe er in die stinkende Brühe im Rinnstein unter den Rädern segelte.

Es war die richtige Straße, und sie standen vor dem Haus, das sie seit mehr als einer Stunde suchten.

Es herrschte Stille; nur der Regen erzeugte Geräusche, und irgendwo in der Ferne pfiff ein Zug. Das Pferd wartete geduldig.

»Du kannst es dir doch merken, nicht wahr?«, fuhr die ältere Frau atemlos fort. »Ich bin Mrs. Cook. Und du bist Sarah. Meine

Mutter hatte eine Haushälterin, die Mrs. Cook hieß. Und eine Näherin namens Sarah. Das macht es mir leichter.« Sie starrte das Haus an. »Dieser Ort ist verflucht, es ist einfach grauenhaft!«

»Ich muss mir nur merken, wer du bist. Und so habe ich dich schon den ganzen Tag genannt. Mrs. Cook. Reg dich bloß nicht auf, sonst machst du dich noch krank!«

»Ja.« Sie strich die spürbar feuchte Decke auf ihren Knien glatt.

Das Pferd schnaubte und trat im Regen unruhig von einem Fuß auf den anderen.

Schließlich drückte die ältere Frau die Hand ihrer Begleiterin und sagte: »Wir müssen jetzt reingehen, Sarah. Wir werden erwartet. Es muss fast an der Zeit sein.«

Sie stiegen steif aus der Kutsche – zwei ehrbare junge Frauen, die hier ebenso fehl am Platz wirkten, wie sie sich vorkamen. Der Gestank nach fauligen Kloaken und gedünstetem Kohl, durch den Rauch der Kohlefeuer und den Schmutz auf den Straßen verstärkt, hing drückend in der feuchten Luft und schien sie einzuhüllen, ein Pesthauch der Stadt.

Sie bahnten sich einen Weg zur Tür, stiegen über altes Zeitungspapier und braunes Sackleinen, dem der Regenguss die Konsistenz von Hafergrütze verliehen hatte. Als sie den Schnappriegel hoben, konnten sie in einen grässlichen dunklen Tunnel sehen, in Wirklichkeit nichts weiter als ein Korridor, in dem Abfälle herumlagen, doch ihnen erschien er wie der unwiderrufliche Pfad zur Hölle.

Die Tür, die sie suchten, war die zweite links, durch eine kaum lesbare *Nr. 3* auf einem schmuddeligen Kärtchen gekennzeichnet. »Herein!«, rief jemand, als sie zaghaft anklopften, und sie betraten einen kargen, fensterlosen Raum mit hoher Decke und einem halben Dutzend kaputter Stühle. Feuchtkalte Luft und der Geruch nach Zigarren und schalem Bier schlugen ihnen entgegen, und ihre prüfenden Blicke stellten fest, dass hier seit Jahren nicht mehr sauber gemacht worden war.

Im Nebenzimmer hinter einer zweiten Tür konnten sie jemanden weinen hören.

Die ältere Frau nahm die Hand ihrer Freundin und sagte: »F... Sarah ... mir wird übel!«

»Nein, das ist nur die Angst. Komm, setz dich.« Sie fand schnell den besten Stuhl, zog ihn für sie heran und setzte sich dann selbst. Ihr Stuhl wackelte, da eines der Beine zu kurz war.

Eine undefinierbare Farbe, die von den Wänden und der Decke bröckelte, ließ den Fußboden gesprenkelt wirken, und der alte braune Teppich in der Mitte schien aus all der Hoffnungslosigkeit gewirkt zu sein, die hier eingekehrt war.

Die ältere der beiden Frauen begann zu zittern. »Ich habe keine Angst – ich fürchte mich zu Tode!«

»Es wird alles gut ausgehen – warte es ab.« Das war eine tröstliche Lüge, die von beiden als solche akzeptiert wurde.

Eine Zeit lang saßen sie schweigend da, die Hände fest umklammert und bleich beim Gedanken an das Bevorstehende. Das Weinen ging unablässig weiter, und über ihren Köpfen wurden Möbel gerückt, erst hierher und dann dorthin, ein endloses Kreischen, das halb menschlich, halb dämonisch erschien. Aus dem Korridor war die erhobene Stimme eines Mannes zu vernehmen, und beide zuckten zusammen.

Während sie die Verbindungstür zwischen den Zimmern im Auge behielten, spürten sie, wie sich die Minuten zu einer halben Stunde ausdehnten. »Sarah« ertappte sich bei dem Wunsch, die Tür möge aufgehen, und dann graute ihr wieder davor, dass es dazu kommen könnte. Sie waren schon sehr lange hier – warum war niemand herausgekommen, um mit ihnen zu reden? Man hatte sie um Punkt zwei Uhr erwartet …

Wenn doch bloß das Weinen aufhören würde …

Plötzlich stand die ältere Frau auf. »Nein, ich kann es nicht tun!« Ihre Stimme war belegt und klang in ihren eigenen Ohren unnatürlich laut.

»Du musst es tun! Wenn du es nicht tust, bringt er dich um!«

»Lieber brächte ich mich selbst um. O Gott, ich kann die Erinnerung an diesen Ort nicht für den Rest meines Lebens mit mir herumtragen, ich kann es einfach nicht! Es war ein Fehler. Ich will nach Hause. Sarah, bring mich nach Hause, um Himmels willen, *bring mich nach Hause*!«

Ihre Freundin sagte voller Mitgefühl in den Augen: »Bist du sicher? Ist das dein letztes Wort? Ich kann die Kutsche kein zweites Mal ausleihen, ohne einen triftigen Grund zu nennen. Man würde mir Fragen stellen.«

»Bring mich einfach nur nach Hause!« Sie zitterte jetzt ernstlich, fröstelte vor Furcht und Grauen, und weil sie wusste, dass sie diese Entscheidung eigentlich nicht treffen durfte. Ihre Freundin legte ihr einen Arm um die Schultern, und draußen im Gang wurde ihr übel; etliche Minuten lehnte sie mit solchen Schmerzen an der Wand, dass sie in sich selbst zusammenzusacken schien, zerbrechlich und hilflos. Sie war derart geschwächt, dass sie fast ohnmächtig wurde, und ihr Atem war ein Schluchzen, als sie die Stirn an die schmutzige graubraune Farbe der Wand presste und dankbar für deren Kühle war.

Hinter den anderen Türen konnten sie, kaum gedämpft, Stimmen hören – weinende Kinder, einen fluchenden Mann, eine Frau, die ein trauriges Lied sang und die Töne nicht traf. Eine Katze miaute ungeduldig, Töpfe klapperten, und ein Pochen war zu vernehmen, als klopfte irgendwo jemand einen Teppich aus. Aber zum Glück kam niemand ins Treppenhaus. Doch das konnte jeden Moment geschehen …

»Schaffst du es bis zur Kutsche?«, fragte ihre Begleiterin behutsam.

»Ich muss es versuchen …« Die ältere Frau richtete sich mühsam auf und presste ein Taschentuch an ihre Lippen. »Ich wünschte, ich wäre niemals hergekommen – ich wünschte, ich hätte nie von diesem Ort gehört, geschweige denn, ihn mit eigenen Augen gesehen! Wenn ich gestorben wäre, wie hätte ich *ihm* dann gegenübertreten können, mit diesem Ort auf meinem Gewissen!«

»Er würde es verstehen. Ganz bestimmt. Das war doch das Besondere an ihm. Der arme Mann.«

»Ja.« Sie hakten sich trostsuchend ein und gingen mit unsicheren Schritten zur Haustür zurück. In dem Augenblick, in dem sie die Tür erreichten, wurde diese aufgerissen, und ein Mann, der stark nach Schweiß und zu viel Bier roch, grinste sie einen Moment lang viel sagend an und musterte beide eingehend. Den Mietern musste klar sein, was sich in Nummer drei abspielte. »Sarah« spürte, dass sie vor Verlegenheit errötete, aber der Mann hielt die Tür weit auf und ließ sie unbehelligt vorbeigehen.

Die ältere Frau schaffte es mit Mühe und Not, wieder in die Kutsche zu steigen. Sowie sie dasaß, sank sie zur Seite und klammerte sich an eine der Verstrebungen, die das Dach trugen. Ihre Reisegefährtin packte sie behutsam in die feuchte Decke und sah sie mitleidig an.

Was sollten sie tun? Was sollten sie jetzt bloß tun?

Sie nahm ebenfalls Platz, doch dann fiel ihr ein, dass sie das Pferd nicht losgebunden hatte, und sie stieg noch einmal aus. Jetzt kamen mehrere Leute die Straße hinunter, platschten in die Pfützen und eilten mit gesenkten Köpfen vorbei. Drei magere Kinder mit schmutzigen Gesichtern blieben stehen, um sie anzustarren, weil sie auf den ersten Blick als Fremde zu erkennen war, und rannten dann weiter. Ein plötzlicher Windstoß ließ Röcke heftig flattern, und zwei Häuser weiter flog einem Mann der Hut vom Kopf und drehte sich wie ein Kreisel auf der Straße. Jetzt machte der Regen Ernst, und sie schürfte sich das Schienbein auf, als sie wieder auf ihren Sitz kletterte. Sie stand selbst kurz vor den Tränen, als sie die Zügel in die Hand nahm und mit dem Pferd sprach. »Lauf los.«

Der Weg war sehr weit. Es war eine lange, kalte, nasse und trübsinnige Rückfahrt. Von Zeit zu Zeit warf sie einen Seitenblick auf die andere Frau und sah, dass sie mit geschlossenen Augen lautlos weinte und sich auf die Unterlippe biss. In ihrem blassen Gesicht spiegelten sich Elend und Erschöpfung wider.

Ich weiß nicht, wie mir an ihrer Stelle zumute wäre, sagte sich »Sarah« verzagt. Trostlos. Verängstigt. Aber ich werde mir etwas einfallen lassen. Gott steh mir bei – *ich muss mir etwas einfallen lassen!* Wir können nicht noch einmal herkommen. Dazu fehlt uns die Kraft!

Es war schon sehr spät, als sie ihr Ziel erreichten. Die Stadt lag still und dunkel da. Irgendwo jaulte ein Hund, und der Wind raunte um den Kirchturm und sauste zwischen den Grabsteinen auf dem Friedhof umher – ganz so, als verbreitete er tuschelnd die Neuigkeiten, dachte »Sarah«, als sie das alte Pferd zu seinem Stall lenkte.

Ich bin so erschöpft, dass ich mir Dinge einbilde.

Zum hundertsten Mal warf sie einen Blick auf die Frau an ihrer Seite. Sie hatte die Augen nach wie vor geschlossen, schlief aber nicht.

»Wir sind zu Hause«, sagte sie sanft zu ihrer Freundin, denn sie wollte sie nicht erschrecken. Sie waren durchnässt und hungrig, da es ihnen widerstrebt hatte, in einer der anrüchigen Kneipen oder in einem der Gasthäuser am Weg Halt zu machen, in denen anständige Reisende abstiegen. Sie hatten gefürchtet, gesehen oder erkannt zu werden, gefürchtet, jemand könnte sich später daran erinnern, dass sie auf dem Rückweg von Glasgow gewesen waren, wo sie nichts zu suchen hatten.

»Ja.« Sie öffnete die Augen, sah den Friedhof und erschauerte. Die kalten weißen Steine schienen wie ausgestreckte Finger auf sie zu deuten. »Ich wünschte, ich wäre ebenfalls tot!«

Während ihre Blicke einem Pfad zwischen den Steinen folgten, murmelte die jüngere Frau mit unendlicher Traurigkeit: »Ich auch.«

2

1919 DUNCARRICK Die ersten Briefe trafen Mitte Juni ein, kaum mehr als ein paar Worte, die mit billiger Tinte auf billiges Papier gekritzelt waren.

Fiona fand nie heraus, wer den ersten Brief erhalten hatte. Anfangs kam sie nicht einmal dahinter, was die Kälte ausgelöst hatte, die ihr entgegenschlug. Im Lauf des Monats schien es, als fänden die Frauen, die ihre Nachbarinnen waren, eine nach der anderen Ausflüchte, um ihre Wäsche nicht aufzuhängen und in ihren Gärten kein Unkraut zu jäten, wenn Fiona im Hof des Wirtshauses arbeitete. Die freundlichen Begrüßungen über den Zaun, die Blumen für die Schankstube oder die Süßigkeiten für das Kind, die man ihr gelegentlich geschenkt hatte – all das fand ein Ende. Bald nickten ihr die Leute auf der Straße nicht mehr zu. Und in den Geschäften unterließ man es, mit ihr zu reden. Im Wirtshaus blieb die Kundschaft aus. Männer, die an den langen Sommerabenden oft auf ein Bier hereinkamen, mieden jetzt ihren Blick und eilten an der Tür vorbei. Die Kälte jagte ihr Angst ein. Sie wusste nicht, wie sie dagegen vorgehen sollte, weil es niemanden gab, der ihr sagte, was alledem zugrunde lag. Zum hundertsten Mal wünschte sie, ihre Tante wäre noch am Leben.

Sogar Alistair McKinstry, der junge Constable, schüttelte bestürzt den Kopf, als sie ihn fragte, womit sie die Leute gekränkt hatte. »Daran muss es nämlich liegen«, sagte sie zu ihm. »Jemand hat etwas in die falsche Kehle gekriegt. Oder ich habe es versäumt, ein Versprechen zu halten. Aber was ist mir entfallen? Ich habe es mir immer wieder durch den Kopf gehen lassen.«

Er hatte die Blicke hinter ihrem Rücken gesehen. »Ich weiß es nicht. In meinem Beisein fällt kein Wort darüber. Es ist, als würde auch ich ausgeschlossen.«

Er lächelte gequält. Die halbe Stadt musste wissen, was er für sie empfand. »Es könnte eine belanglose Kleinigkeit sein, Fiona. Ich würde es mir nicht zu Herzen nehmen.« Das war ihr kein Trost, denn sie hatte es sich bereits zu Herzen genommen und fragte sich, ob genau das beabsichtigt war – ihr Kummer zu bereiten. Aber weshalb nur?

Am ersten Sonntag im Juli zischelte die alte Frau, die stets in der hintersten Kirchenbank saß, ihr etwas zu, als sie mit dem kleinen Jungen hereinkam und ihn zu ihrem gewohnten Platz führte. Dieses eine Wort ging im ersten Kirchenlied unter, doch sie hatte es genau verstanden. *Dirne.* Es ließ sie erröten, und in dem zahnlosen Lächeln der Frau drückte sich grimmige Genugtuung aus. Sie hatte sie verletzen wollen.

Erst hatte man sie gemieden, und jetzt ging man zum Angriff über.

Die Predigt an jenem Morgen drehte sich um Ruth und Maria Magdalena. Die brave, tugendhafte Frau, die nicht von der Seite ihrer Schwiegermutter gewichen war, und die liederliche Dirne, deren Sünden Christus vergeben hatte.

Mr. Elliot, der schottische Geistliche, machte kein Hehl daraus, wen er an Christi Stelle bevorzugt hätte. Seine schroffe, laute Stimme machte deutlich, dass eine gute Frau in Gottes Augen ein Juwel war. Ihr hervorstechendes Merkmal war Demut – solche Frauen kannten ihren Platz und hielten ihre Herzen rein von Sünde. Nur von Christus konnte man erwarten, dass er einer sündigen Frau vergab. Er persönlich vertrat dagegen die Ansicht, dass es für Sünderinnen keine Erlösung gab.

Man hätte meinen können, dachte Fiona, Mr. Elliot wüsste besser als Gott der Allmächtige, wie man mit Sünderinnen verfahren sollte – höchstwahrscheinlich steinigen! In solchen Angelegenheiten vertrat er eine streng alttestamentarische Auffassung. Er war ein kalter, selbstgerechter Mann. Sie hatte sich nie dazu durchringen können, ihn zu mögen. In drei Jahren hatte sie keine Spur von Edelmut oder Barmherzigkeit an ihm entdeckt, selbst dann nicht, als ihre Tante im Sterben gelegen hatte. Er hatte mit Donnerstimme von der kranken Frau wissen wollen, ob all ihre Sünden gebeichtet und vergeben worden seien. Und er hatte ihr ins Gedächtnis gerufen, dass die Hölle ein Ort voller Gräuel und Dämonen war. Als das Ende nahte, hatte er keinen Trost spenden können. Fiona hatte ihn einfach ausgesperrt. Sie fragte sich, ob Mr. Elliot ihr diesen Schritt verziehen hatte.

Als er sich jetzt für sein Thema erwärmte und in Fahrt geriet, spürte sie, dass verstohlene Blicke auf sie geworfen wurden, kaum wahrnehmbare Blicke, verborgen unter einer Hutkrempe oder unter hellen Wimpern. Sie wusste, was die Leute dachten. Es wurde öffentlich betont, dass sie die Maria Magdalena von Duncarrick war. Eine Dirne. Lag es an ihrem Kind?

Das ergab keinen Sinn: Als sie mit dem Jungen hergekommen war, war allen mitgeteilt worden, dass sie ihren Mann im Krieg verloren hatte. Sogar ihre Tante, die es mit dem Anstand sehr genau nahm, hatte sie in ihren Armen gehalten und geweint und sie dann in der Stadt herumgeführt, um sie jedem vorzustellen, der von Bedeutung war. Sie hatte die Tragödie eines Knaben, der ohne seinen Vater aufwuchs, und die schlimmen Kämpfe in Frankreich beklagt, in denen so viele gute Männer umgekommen waren.

Fiona war nicht die einzige junge Witwe in der Stadt. Warum war ausgerechnet sie auserkoren worden? Warum hatten sich die Leute von einem Moment zum nächsten – und ohne jede Erklärung – so heftig gegen sie gestellt? Seit 1914 hatte sie keinen anderen Mann auch nur angesehen. Nie hatte sie sich anstelle des Mannes, den sie verloren hatte, einen anderen gewünscht.

Am darauf folgenden Montagmorgen schwenkte draußen vor dem Metzgerladen jemand einen Brief vor ihrer Nase und verlangte zu wissen, woher Fiona die Unverschämtheit nähme, sich unter anständigen Leuten zu bewegen und ihrer aller Seelen in Gefahr zu bringen.

Es gelang ihr, der fuchtelnden Hand mit den roten Fingern den Brief zu entreißen; es war die Hand der Frau, die sich ihren Lebensunterhalt damit verdiente, anderer Leute Wäsche zu waschen. Fiona brachte den Brief an sich und strich ihn halbwegs glatt, damit sie ihn lesen konnte.

Machst du die Wäsche für sie? Das Bettzeug, das von ihrer Ruch-
losigkeit besudelt ist, und die Unterwäsche, die ihr widerwärtiges
Fleisch berührt hat? Sorgst du dich gar nicht um deine eigene Seele?

Der Brief trug keine Unterschrift.

Fiona war so schockiert, dass ihr Herz in der Brust einen Satz
machte. Sie las die Zeilen noch einmal und fühlte sich elend.
Mrs. Turnbull beobachtete sie mit glühender Gehässigkeit, als
kostete sie das Leid aus, das sie verursacht hatte.

»Sie waschen meine Wäsche doch gar nicht«, begann Fiona bestürzt, ehe sie erkannte, dass das überhaupt keine Rolle spielte.

Aber wer konnte so etwas geschrieben haben?

Eine solche Gemeinheit! Es verschlug ihr die Sprache, dass jemand so grausam sein konnte.

... Bettzeug von ihrer Ruchlosigkeit besudelt ... ihr widerwärti-
ges Fleisch ...

Es wurden keine Namen genannt ...

Weshalb also war Mrs. Turnbull so schnell darauf verfallen,
dass diese Gehässigkeiten Fiona galten? Sie war keine kluge Frau,
und sie war auch nicht übermäßig mit Phantasie begabt. Ebenso
wenig war sie von Natur aus besonders rachsüchtig. Wie war sie
auf Fiona gekommen? Wieso stand ausgerechnet sie als die ruch-
lose Übeltäterin da? Weil sie nicht von Geburt an hier gelebt hatte? Weil ihre Tante tot war und sie das Wirtshaus allein und un-
beaufsichtigt führen musste? Sie war nie auf den Gedanken
gekommen, sie bräuchte eine Anstandsdame! War es das? Dass es
unschicklich war, wenn eine anständige junge Dame die Männer
in der Bar bediente? Seit dem Krieg hatte das Wirtshaus nicht
mehr genug abgeworfen, um eine Bedienung zu beschäftigen.

»Das ist böswilliger Unsinn! Woher haben Sie diesen Brief?«,
fragte Fiona.

Mrs. Turnbull sagte: »Er hat unter meiner Türmatte gelegen.
Und ich bin nicht die erste. Und auch nicht die letzte! Warten Sie
es nur ab!«

... nicht die erste und auch nicht die letzte ...

Es gab mehr von diesen Briefen. Fiona versuchte, sich mit
dem Gedanken vertraut zu machen, doch es gelang ihr nicht.
Hatten alle, die sie jetzt mieden, derart heimtückische Mitteilun-

gen ohne Unterschrift erhalten? Aber wie konnten die Leute so etwas glauben? Es hätte sie doch gewiss jemand warnen können – eine Freundin, eine Nachbarin …

Das Waschweib riss Fiona den Brief aus der Hand und stolzierte davon, die Selbstgerechtigkeit in Person. Mrs. Turnbull war eine einfache Frau, die für ihren unbeugsamen Glauben und ihre Engstirnigkeit bekannt war. Beides hatte ihr den Mut verliehen, ihrer Wut Luft zu machen. Und ihrer Furcht.

Wie die alte Frau auf der hintersten Kirchenbank hatte sich auch Mrs. Turnbull die anmaßende Art des Pöbels angenommen.

Ende Juli klopfte ein Polizist an Fionas Tür. Constable McKinstry stand nervös und verlegen in seiner Dienstuniform auf den Stufen vor dem Haus.

»Schlagen Sie mir die Tür nicht vor der Nase zu«, sagte er beschwichtigend. »Ich bin gekommen, um zu fragen … Es geht um den Jungen. Da ist … Nun ja, es wird jedenfalls geredet, und ich weiß nicht, was ich davon halten soll.«

Fiona seufzte. »Kommen Sie ruhig herein. Ich habe einen dieser Briefe mit meinen eigenen Augen gesehen. In allen steht dasselbe, nicht wahr? Dass ich eine gefallene Frau bin?«

Alistair blieb auf den Stufen stehen, sah sich mit einem schnellen Blick auf der stillen Straße um und sagte: »Diese Briefe? Eine solche Gemeinheit. Man hat mir gerade mehrere gezeigt. Es ist besser für Sie, wenn Sie nicht so genau wissen, was darin steht! Feigheit, vorsätzliche Grausamkeit, keine Unterschrift. Denken Sie an meine Worte, dahinter steckt eine Frau. Eine Frau, die nichts Besseres zu tun hat, als mit Lügen Unheil anzurichten.«

»Aber die Leute glauben diese Lügen, Alistair, und ich weiß nicht, wie ich dem ein Ende bereiten soll. Sie reden hinter meinem Rücken über mich – so muss es sein –, aber niemand spricht mit *mir* darüber. Man behandelt mich wie Luft.«

»Am besten versuchen Sie nicht, etwas dagegen zu unternehmen. In ein oder zwei Wochen wird es sich von selbst legen.« Er räusperte sich. »Nein, ich bin nicht wegen der Briefe hier. Jedenfalls nicht direkt. Fiona … jetzt wird behauptet, der Junge sei nicht Ihrer.«

»Nicht meiner?« Sie starrte ihn stirnrunzelnd an. »Wenn ich eine gefallene Frau bin, wie könnte er dann *nicht* meiner sein? Schließlich ist das die Sünde, die man mir zur Last legt – Liederlichkeit!«

»Ich habe Ihnen doch schon gesagt, dass es nichts mit den Briefen zu tun hat. Diese Briefe sind nichts weiter als Gemeinheiten, bodenloser Unsinn. Nein, etwas anderes hat mich hierher geführt. Eine Angelegenheit, die so ernst ist, dass sich die Polizei damit befasst.« Er zögerte unbeholfen und suchte verlegen nach Worten. »Es besteht der Verdacht, dass … äh … dass Sie seine Mutter getötet und das Kind an sich gebracht haben.«

Der Schock war ihr anzusehen, und jede Spur von gesunder Farbe wich aus ihrem Gesicht. Es schnitt ihm ins Herz.

»Ich glaube Ihnen nicht«, flüsterte sie. »Nein, ich glaube Ihnen nicht. Das ist alles Bestandteil des Geredes!«

»Fiona«, sagte Alistair flehend, »Mr. Robson hat mich geschickt. Ich wollte nicht kommen. Er hat gesagt: ›Wir brauchen es nicht an die große Glocke zu hängen. Das übernehmen am besten Sie.‹ Aber ich weiß nicht, wie ich es anpacken soll …«

Mr. Robson war der Chief Constable des County. Das hieß allerdings, dass es sich um eine ernste Angelegenheit handelte.

Ihr wurde bewusst, dass sie immer noch in der Tür standen, wo alle Welt sie sehen konnte. »Kommen Sie rein. Es ist keiner da. Es kommt sowieso niemand mehr.«

Fiona ging in den kleinen Seitenflügel voraus, der vor hundert Jahren angebaut worden war; ein schmaler Gang verband ihn mit der Wirtschaft.

Schon vor dem Tod ihrer Tante hatte sie hier gewohnt, und seit dem Zeitpunkt, zu dem ihre Tante erkrankt war, hatte sie das Wirtshaus weitergeführt, bis im Juni die Kundschaft ausgeblieben war.

Er folgte ihr und sah dabei auf ihren geraden Rücken und ihre schmale Taille. Ihm war elend zumute. Er setzte seine Mütze ab und klemmte sie unter den Arm. Seine Stiefel polterten schwer über die hölzernen Bodendielen. Seine Uniform schien ihn zu ersticken.

Im dem kleinen Raum, der ihr als Wohnzimmer diente, zeigte

Fiona auf den besten Sessel und sagte: »Ich habe niemandem etwas getan. Das zu behaupten, ist unmenschlich!«

»Mir passt das auch nicht, um die Wahrheit zu sagen!« Er wandte sich ab und starrte die große Standuhr an, die in der Ecke leise tickte. Ihm war nicht danach zumute, sich zu setzen, und es behagte ihm auch nicht, dazustehen und seine eigene Stimme die unvermeidlichen Worte sagen zu hören. Aber es musste sein. »Es wird behauptet ...« Seine Kehle schien sich zuzuschnüren.

»Was wird behauptet? Erzählen Sie es mir ruhig!«

Er lief dunkelrot an und sagte: »... Sie hätten keinen Trauschein. Sie nennen sich zwar Mrs. MacLeod, aber es ist nicht wahr, Sie sind nie verheiratet gewesen.« Die Worte sprudelten gequält aus ihm heraus. »Könnte ich bitte Ihren Trauschein sehen? Dann hört das Gerede auf. Mehr brauche ich nicht.«

Alistair mochte sie seit Jahren. Sie hatte schon länger den Verdacht, dass er in sie verliebt war. Jetzt wusste sie, dass es wahr sein musste.

Die Katze kam herein, strich um seine Beine und ließ feine Härchen auf dem dunklen Stoff seiner Hose zurück. Weiß auf Blau. Sie konnte das Schnurren hören. Die Katze hatte schon immer eine besondere Vorliebe für Alistair gehabt. Wenn er sich setzte, sprang sie sofort auf seinen Schoß und streckte den Kopf, um sich mit einem Ausdruck von maßloser Wonne an seinem Kinn zu reiben.

Fiona riss ihre Gedanken gewaltsam von dem Mann los, wandte sie wieder dem Polizisten zu und sagte: »Was für einen Unterschied macht es für andere, ob ich das Kind unehelich geboren habe? Ich habe niemandem etwas Böses getan. Und ich wäre auch nicht die Erste, die einen Mann geliebt hat, solange es noch möglich war! Im Krieg werden die Männer gnadenlos abgeschlachtet – in so jungen Jahren, dass die meisten von ihnen nach ihren Müttern geweint haben. Sagen Sie mir, warum das alle Welt etwas angeht und nicht meine Privatangelegenheit ist?«

Es war ein stillschweigendes Eingeständnis. Alistair erkannte es als solches und war um ihretwillen tief betrübt.

Behutsam sagte er: »Wenn das so ist, könnten Sie dann den

Beweis antreten, dass der Junge Ihr eigenes Kind ist? Könnte ein Arzt Sie untersuchen und mit Gewissheit sagen, dass Sie ein Kind geboren haben?«

Sie starrte ihn an. Ihr Gesicht gab ihm die Antwort, ehe sie es verhindern konnte.

Nach einem Moment sprach er weiter. »Wenn Sie nicht selbst ein Kind geboren haben, wie sind Sie dann zu diesem Jungen gekommen? Das ist die Frage, Fiona! Die Leute glauben, die Mutter sei hier im Wirtshaus begraben – wahrscheinlich unter den Bodendielen oder im Keller. Sie glauben, Sie hätten sie getötet, das Kind an sich genommen und sie an einem Ort verscharrt, an dem man sie nicht finden wird.«

»Im Wirtshaus!« Sie blinzelte ungläubig. »In *diesem* Wirtshaus? Ich hatte den Jungen doch schon bei mir, als ich nach Duncarrick gekommen bin. Wie könnte die Mutter hier begraben sein? Das ist doch aberwitzig!«

»Das habe ich den Leuten auch gesagt. Ich habe ihnen gesagt, dass Ihre Tante damals noch am Leben war und sich niemals auf so etwas eingelassen hätte. Aber sie wollen nicht auf mich hören.«

»Und um wen handelt es sich eigentlich bei den Leuten, die so viel gegen mich vorzubringen haben? Es ist mein Recht, das zu erfahren.«

»Einige Gemeindemitglieder haben Mr. Elliot die Briefe gezeigt, die sie erhalten haben …«

»Und er hat nicht das Geringste unternommen! Nicht ein einziges Mal hat er mit mir über die Briefe geredet!«

»Ich weiß, Fiona. Das war unrecht von ihm. Er hätte die halbe Stadt ausschelten sollen, dass man diesen Briefen überhaupt Beachtung geschenkt hat. Sein Einfluss ist beträchtlich –«

»Ich wollte gar nicht, dass er die Leute auszankt, aber er hätte ihnen sagen sollen, dass es sich um Lügen handelt! Und mir hätte er sagen sollen, dass er kein Wort von dem glaubt, was in den Briefen steht. Er hätte mir einen Besuch abstatten sollen, als Beweis dafür, dass ich eine anständige Frau bin! Das wäre mir ein Trost gewesen, Alistair! Stattdessen hat auch er mir den Rücken gekehrt.«

»Ja, aber hören Sie mir zu, Fiona. Vor drei Tagen hat er einen Brief bekommen, mit der Post, nicht auf der Türmatte abgelegt. Dieser Brief ist nicht so wie die anderen. Darin sind keine Anschuldigungen erhoben worden; tatsächlich ist es sogar ein Versuch, Sie zu verteidigen. In dem Brief steht, Sie könnten keine … äh … gefallene Frau sein, denn Sie wären nie verheiratet gewesen und hätten keine eigenen Kinder geboren. Der Brief wollte keine Zweifel aufwerfen, sondern deutlich machen, dass das Gewisper und Geraune unwahr ist. Dann stand auch noch darin, leider sei es nicht möglich, die leibliche Mutter des Jungen als Beweis für diese Behauptungen beizubringen, denn sie sei kurz nach der Geburt gestorben, und Sie hätten den Jungen fortgebracht und ihn für sich behalten. Die Schreiberin schwört, sie wüsste nicht, wo Sie die Leiche der Frau begraben haben, und sie lässt ihren Brief mit den Worten enden, Ihrer Tante seien Lügen aufgetischt worden. Sie hätte nicht das Geringste damit zu tun gehabt.«

Fiona schluckte schwer. Der Kloß in ihrer Kehle drohte sie zu ersticken. Nur unter großer Willensanstrengung gelang es ihr, mit ruhiger Stimme zu sprechen, als sie fragte: »War es ein … ein anonymer Brief, wie alle anderen? Oder war er unterschrieben?«

»Nein. Die Briefschreiberin behauptet, sie hätte große Angst, mit der Sprache herauszurücken. Um Ihrer Tante willen hätte sie den Mund gehalten, weil sie wusste, dass man Ealasaid Mac-Callum Lügen aufgetischt hatte. Und sie fürchtet, jetzt könnte man deswegen Anklage gegen sie erheben.«

Fiona hielt den Atem an. »Und die Adresse? Woher kam der Brief?«

»Er trägt den Poststempel von Glasgow, aber das heißt noch lange nicht, dass ihn jemand geschrieben hat, der dort lebt. Man braucht ihn schließlich nur dort einzuwerfen, nicht wahr? Die Schreiberin könnte in Lanark wohnen … in Inverness …« Er blickte hinunter auf seine Stiefel, weshalb ihm ihr Gesichtsausdruck entging, bückte sich, um die Katze zu streicheln, überlegte es sich aber anders. Er richtete sich wieder auf und fuhr ernsthaft fort: »Mr. Elliot ist zum Chief Constable gegangen. Der Chief Constable versteht keinen Spaß, wenn es um anonyme

Briefe oder versteckte Andeutungen geht. Er hat Inspector Oliver beauftragt, der Sache auf den Grund zu gehen. Inspector Oliver hat mich hergeschickt, damit ich mich hier umschaue. Ich soll, wohlgemerkt, nur nachsehen, ob in den letzten Jahren Arbeiten am Haus ausgeführt worden sind. Ob Steinplatten vom Boden gelöst, Reparaturen an den Wänden vorgenommen oder die Keller umgebaut worden sind.«

»Hier sind keine Arbeiten vorgenommen worden – nicht seit 1914, seit dem Beginn des Kriegs. Der alte Peter, das Faktotum meiner Tante, kann Ihnen sagen, dass am Haus schon lange nichts mehr getan worden ist –«

»Das hat er bereits ausgesagt. Inspector Oliver hat ihn befragt. Und Ihre Nachbarn hat er auch vernommen. Aber eine solche Angelegenheit hätte man schließlich geheim gehalten. Sie hätten Peter doch gewiss nichts davon gesagt, wenn hier eine Leiche versteckt worden wäre? Und ebenso wenig hätten Sie es, wie schon die Briefschreiberin sagt, Ihrer Tante erzählt.«

»Das ist nicht wahr! Und unsinnig ist es obendrein! Wenn ich das Kind bei meiner Ankunft mitgebracht habe, wie hätte ich dann seine tote Mutter mitbringen können, um sie hier zu begraben? In einer Truhe? Hinten in der Kutsche? Über meine Schulter geworfen?« Sie verspürte Verzweiflung und Furcht.

Ihr bitterer Humor ließ ihn zusammenzucken. »Das hat Mr. Robson bereits angeschnitten. Er hat gesagt, möglicherweise hätte sich die Mutter von der Geburt erholt und den Jungen letzten Endes doch behalten wollen. Und als sie hergekommen ist, um ihn zu holen, haben Sie es verhindert. Meine Befehle lauten –«

»Dieses Wirtshaus gehört jetzt mir. Ich lasse nicht zu, dass jemand es auseinander nimmt, um eine Leiche zu suchen. *Hier gibt es nirgends eine Leiche!*«

»Ich muss mich hier umsehen, Fiona. Sonst schicken sie einen anderen, mit einem Durchsuchungsbefehl und einer Axt. Würden Sie mir wenigstens gestatten, einen Rundgang zu machen und mich mit meinen eigenen Augen davon zu überzeugen, dass es hier nichts zu finden gibt?«

»Nein!« Ihr Schrei schreckte die Katze auf, die einen Buckel machte und dann hinter den schweren Vorhängen des Erkerfensters verschwand.

»Fiona ...«

»*Nein!*«

Es kostete ihn eine gute halbe Stunde, sie davon zu überzeugen, dass er das kleinere Übel war. Dass es zu ihrem eigenen Besten war, wenn sie einwilligte, ihn in den Räumlichkeiten herumzuführen. Dass er sich nur da umsehen würde, wo Fiona es ihm gestattete, und dass er nur mit ihrer ausdrücklichen Erlaubnis Gegenstände von ihrem Platz rücken würde. Als sie ihm endlich steif die Genehmigung erteilte, sagte er sanft: »Es tut mir Leid. Es tut mir so Leid.«

Aber sie schenkte ihm keinerlei Beachtung. Mit einer Kälte, die er bisher nie an ihr wahrgenommen hatte, führte sie ihn durch den kleinen Anbau, in einen Raum nach dem anderen, sogar in das Zimmer, in dem das Kind mit einer Hand unter dem Kinn in seinem Bettchen schlief, und dann durch das von den Jahren gezeichnete Gebäude, das einst das Wirtshaus ihres Großonkels gewesen war, dann das ihrer Tante, und das heute ihr gehörte. Durch die Schankstuben, durch die Küchen und die Keller und durch die wenigen Schlafzimmer, in denen gelegentlich Reisende oder Marktbesucher nächtigten. Durch die Dachböden, wo zwischen den kaputten oder ausrangierten Einrichtungsgegenständen, die dort gelagert waren, alte Kisten und Truhen auf den staubigen Fußböden herumstanden, die längst vergessenen Habseligkeiten einer Familie, die über Generationen unter demselben Dach gelebt hatte. In die Keller, in deren Regalen noch Wein lagerte, aber nur sehr geringe Mengen Bier – niemand kam, um es zu trinken; ebenso wie die Küchen, die Speisekammern und das kleine Vorratslager der Bar waren auch die Keller nahezu leer. Keine Säcke mit Mehl, Kartoffeln oder Zwiebeln, kein Dosenobst und keine Einmachgläser mit Früchten aus dem Garten.

Er sah sich so gründlich um, wie er konnte, ohne sie zu verletzen. Er pochte an Wände und stampfte auf die Fußböden, lugte in Kamine und rückte die größten Kommoden und Geschirrschränke zur Seite, öffnete die Deckel von Truhen und schnupperte an deren muffigem Inhalt. Er wandte seine Gedanken und seine Aufmerksamkeit dieser Aufgabe zu und ließ sich sein eigenes Elend nicht ansehen.

Als Alistair ging, begleitete sie ihn zur Tür und schloss sie schon, während er sich noch gebührend bedankte.

Hinter der dicken Eichentür, wo niemand sie sehen konnte, lehnte sie ihre Stirn an das kühle Holz und schloss die Augen. Und dann begann das Kind, das gerade aufgewacht war, falsch vor sich hin zu singen, ein Lied aus dem schottischen Hochland, das sie ihm beigebracht hatte. Sie riss sich mühsam zusammen und rief: »Ich komme schon, Liebling.« Aber es dauerte noch eine Minute, bis sie sich aufraffen konnte, die Treppe hinaufzusteigen.

Was auch immer Alistair McKinstry seinen Vorgesetzten berichtete – vierzehn Tage vergingen, ehe wieder Polizisten bei ihr anklopften und Einlass verlangten, um sich umzusehen: Inspector Oliver, Sergeant Young, Constable McKinstry und Constable Pringle. Aus Sorge, sie zu kränken, hätte McKinstry die Nebengebäude nicht richtig untersucht, teilte man ihr mit.

Fiona, die zwischen Furcht und Empörung hin- und hergerissen war, sagte, sie sollten nach Lust und Laune alles durchsuchen, ehe sie ihnen die Tür vor der Nase zuschlug und dafür sorgte, dass niemand das Kind zu sehen bekam.

In den Stallungen im Hof des Gasthauses fanden sie die Knochen, gut versteckt zwischen der Rückwand und dem kleinen Raum, in dem der Stallknecht gewohnt hatte. Inspector Oliver war an einer Stelle die ungewöhnliche Dicke des Verputzes aufgefallen. Er hatte mit einem Hammer darauf geklopft, festgestellt, dass sich dahinter ein Hohlraum verbarg, noch einmal geklopft und mit Interesse beobachtet, wie sich ein spinnwebartiger Haarriss ausbreitete. Da er von Natur aus argwöhnisch war, begab er sich in den staubigen Raum auf der anderen Seite der Wand und fand dort heraus, dass ein Wandschrank nicht so tief war, wie er hätte sein sollen.

Daraufhin hatten sie die Wand eingerissen, und der Schädel war herausgerollt, ehe sie auch nur den Rest der Knochen gesehen hatten, die in den langen, schmalen Hohlraum gezwängt waren. Als der Schädel aufhörte zu rollen und grinsend zu ihnen aufblickte, unterdrückte Constable McKinstry einen Fluch.

Die langen Haare, die stellenweise noch an dem trockenen Knochen hafteten, wiesen den Schädel eindeutig als den einer Frau aus.

Man verhaftete sie erst gegen Ende August.

Die Knochen im Stall hatten die Ermittlungen in ein Dutzend neue Richtungen ausufern lassen. Inspector Oliver hatte mit grimmiger Sorgfalt Fionas Vergangenheit durchkämmt, war jedem Hinweis nachgegangen, der ihm zu Ohren gekommen war, und hatte es geschafft, neue Informationen ans Licht zu bringen – belastende Informationen, die die Theorie erhärteten, die er so unwiderstehlich fand. Der Prokurator-Fiskal hatte es nach einer Unterredung mit dem Chief Constable für angemessen erachtet, Anklage wegen Mordes zu erheben.

Fiona fand jemanden, der für den Jungen sorgen würde, und ging schweren Herzens ins Gefängnis. Sie konnte nicht sicher sein, wer ihr Feind war oder wie er so geschickt eine Schlinge um ihren Hals zugezogen hatte. Sie wusste jedoch ein entscheidendes Detail über diese Person. Die Planung und die Ausführung waren raffiniert vorgenommen worden. Jemand hatte ihren Tod sorgsam vorbereitet und überließ es jetzt dem Gesetz, an seiner Stelle die Tat zu begehen.

Das hieß, dass jemand sie abgrundtief hassen musste.

Aber wer?

Der einzige Mensch, den sie hätte fragen können, war ausgerechnet die Person, an die sie sich nie um Hilfe wenden konnte. Selbst dann nicht, wenn man sie zum Galgen führte.

Sie hatte ein Versprechen gegeben, und sie wagte nicht, es zu brechen.

Nachts weinte sie um den Jungen. Sie liebte ihn rückhaltlos und ohne jede Scham. Was würde man ihm jetzt über die Frau erzählen, die er für seine Mutter hielt? Wer würde für ihn sorgen und auf seine Sicherheit bedacht sein, wenn sie nicht da war?

Die Einsamkeit war nahezu unerträglich. Dasselbe galt für den Müßiggang. Sie war es nicht gewohnt, den ganzen Tag untätig dazusitzen, von Stille umgeben und ohne ein Buch oder eine Nadelarbeit, um sich die Zeit zu vertreiben. Schon als Kind im Hause ihres Großvaters hatte es Bücher gegeben. Und einen Korb Flickzeug. Briefe, die geschrieben werden mussten. Jetzt gab es niemanden, an den sie hätte schreiben können. Wo steckten die vielen Menschen, die behauptet hatten, ihre Freunde zu sein, die sie erst um ihrer Tante und dann um ihrer selbst willen mit offenen Armen aufgenommen hatten? Keiner von ihnen hatte sie besucht oder ihr ein paar ermutigende Zeilen geschrieben. Sie fühlte sich im Stich gelassen und wünschte sich von ganzem Herzen, ihre Tante wäre noch da, um sie zu trösten.

Sie setzte kein Vertrauen in den Anwalt, der sie aufsuchte, um mit ihr zu reden. Etwas in seinen schmalen Augen warnte sie, sich vor ihm in Acht zu nehmen. Diese Sorte Mann traute keiner Frau.

3

September 1919 LONDON Er stand auf der Straße und sah über die niedrige Steinmauer auf den Friedhof am Fuße des Hanges hinunter. In der Nacht war Regen gefallen; die Steine waren klatschnass und hoben sich schwarz gegen das bleiche Morgenlicht ab.

Sein Herz klopfte heftig. Die Steine zogen ihn magnetisch an, und er ertappte sich bei dem Versuch, auf jedem einzelnen den Namen zu erkennen, während er einen suchte, von dem er wusste, dass er dort sein musste. Dann wandte er sich mit großer Willensanstrengung ab, um die hohen Fenster über der Tür des Kirchturms anzustarren, der noch in tiefhängende Regenwolken gehüllt war. Er wollte gern glauben, dass es die Kirche von Buncombe im Cornwall war, doch er wusste, dass das nicht sein konnte. Er redete sich ein, es sei ein Friedhof in Frankreich, aber auch das war gelogen.

Eine flinke Bewegung lenkte ihn ab, und dann sah er das Mädchen im Schatten der Kirchentür. Sie trug Blumen, hatte die Arme voller Blüten und langer grüner Halme, und als sie ins Licht trat, sah er, dass sie ihn anblickte. Als hätte sie erwartet, dass er dort stand. Als hätte sie gewusst, dass er schließlich doch noch kommen würde.

Er konnte ihr Gesicht nicht deutlich sehen, doch er erkannte sie sofort. Und der Kummer in ihren Augen beschämte ihn und machte ihn wehrlos.

Voller Entsetzen versuchte er sich abzuwenden, doch er konnte es nicht. Seine Füße waren wie angewurzelt, sein Körper von ihren Augen gelähmt.

Jetzt kam sie über den Weg auf ihn zu. Sie sagte etwas zu ihm und deutete dann auf das Grab am Rande des Friedhofs. Nur lag dort unter der nackten braunen Erde kein Leichnam. Das wusste er sofort.

Ihr Gesicht wies Tränenspuren auf, aber keinen Hass. Er glaubte, den Hass hätte er ertragen können, nicht aber das Mitleid in ihren Augen.

Er begann auf sie zuzugehen, nicht aus eigenem Antrieb, sondern ihrem Willen folgend, angezogen von ihr, angezogen von den Blumen in ihren Armen, angezogen von dem Grab, für das sie bestimmt waren. Sie hatte genug Blumen für sie beide mitgebracht, die sie gemeinsam über die Erde breiten würden, um deren Hässlichkeit zu verbergen. Jetzt konnte er das Grab sehen, karg, ohne Schönheit oder Anmut, und auch nicht durch die Zeit gemildert, und er war dem Anblick nicht gewachsen – nur noch ein Schritt, und er würde den Namen auf dem Stein lesen, und das wäre unerträglich –

Ian Rutledge fuhr aus dem Schlaf hoch, schwer atmend, als hätte er einen heftigen Schock erlitten.

Er saß mit angezogenen Knien und zurückgeworfenem Kopf aufrecht da, schweißgebadet und voller Entsetzen, und ihm graute vor der dichten, erstickenden Schwärze, die ihn umgab und ihn blind machte.

Hektisch hob er die Hände zu seinem Gesicht, um die klebrige Maske abzureißen, und berührte – nicht den zähen Schlamm des Schützengrabens, sondern sein eigenes Fleisch.

Überrascht und verwirrt versuchte er nachzudenken. Wenn er nicht in Frankreich war, wo war er dann? Seine Hände irrten umher, fanden Bettzeug … ein Kissen. War er im Krankenhaus?

Als sich seine Augen an das undurchdringliche Dunkel gewöhnten, konnte er die geisterhaften Umrisse seiner Umgebung erkennen. Eine Tür … ein Spiegel … ein Bettpfosten …

Rutledge fluchte. *Ich habe geschlafen … ich liege in meinem eigenen Bett … ich habe geträumt …*

Es dauerte jedoch einige Minuten, bis der lebhafte Traum so weit verblasst war, dass er das übermächtige Gefühl drohenden

Verderbens abschütteln konnte, das der Traum zurückgelassen hatte. Im Hintergrund grollte Hamish wie dumpfer Donner – oder Kanonen – und versuchte immer wieder, ihm etwas zu sagen, was er nicht hören wollte.

Er tastete nach einem Streichholz, zündete die Kerze auf dem Tisch neben seinem Bett an und stand dann auf, um das Licht einzuschalten. Nackt und aufdringlich nach der Dunkelheit fiel der grelle Schein von der hohen Decke, doch er war dankbar für den Realitätsbezug, den ihm die Helligkeit vermittelte, als sie den letzten Rest Schlaf und die Rückstände seines Alptraums verscheuchte.

Er löschte den Docht mit den Fingerspitzen zusammen, warf einen Blick auf die Taschenuhr neben dem Kerzenhalter aus Messing und sah, dass es kurz vor drei war. In Frankreich hatte er oft mit einem Kerzenstummel in der Hand geschlafen. Der Stummel brannte nicht – es wäre Wahnsinn gewesen, die Kerze anzuzünden –, aber sie war dennoch ein Symbol des Lichts. Er bewahrte immer noch eine Kerze neben seinem Bett auf, als Talisman.

Das hier ist London, nicht der Schützengraben, und es gibt keinen Schlamm. Er wiederholte die Worte mehrfach und lauschte ihrem erfreulich normalen Klang.

Seine eigenen Habseligkeiten umgaben ihn: der geschnitzte Schrank neben der Tür zum Wohnzimmer, der Spiegel, vor dem er jeden Morgen seine Krawatte band, der Stuhl, der seinem Vater gehört hatte, die hohen Pfosten des Betts, in dem er schon als kleiner Junge geschlafen hatte, die dunklen burgunderroten Vorhänge, die er mit Hilfe seiner Schwester aufgehängt hatte. All das war ihm vertraut, und auf ihre Weise spendeten ihm die Gegenstände unerwarteten Trost. Sie hatten ihm schon vor dem Krieg gehört, ebenso wie diese Wohnung, und die Rückkehr hierher hatte ein Bollwerk gegen die Hölle der Schützengräben bedeutet, die er in der Zwischenzeit erlebt hatte. Eine Zusicherung, dass er eines Tages wieder der Alte sein könnte.

Ich habe zu hart gearbeitet, sagte er sich, während er zwischen dem Bett und dem hohen Schrank umherlief und am Tisch vor dem Fenster stehen blieb. Er hob einen der Vorhänge. Draußen hingen dichte Regenwolken über der Stadt. Grau und deprimierend. Er wandte sich ab und ließ den schweren Stoff wieder fallen. *Frances hat Recht, ich brauche Ruhe. Wenn ich mich ausruhen kann, wird es aufhören.*

Seine Schwester Frances hatte es in unmissverständliche Worte gekleidet. »Du siehst furchtbar aus, Ian! Müde und abgemagert und immer noch keineswegs du selbst. Sag dem alten Bowles, er soll dir Urlaub geben. Seit deiner Rückkehr zu Scotland Yard hast du so hart gearbeitet wie zehn Männer, und die Ärzte haben dir ziemlich eindeutig gesagt …«

Ja, sie hatten es ihm gesagt. Aber manchmal fand er in der Arbeit das Vergessen.

Hamish, der in Rutledges Hinterkopf einfach keine Ruhe geben wollte, sagte: »Das ist nicht wahr, du kannst nicht vergessen. Es herrscht nur manchmal Leere.«

»Das reicht mir. Wenn ich derart erschöpft bin, dass ich schlafen kann, dann finde ich Frieden – fand ich früher Frieden«, verbesserte sich Rutledge. Aus alter Gewohnheit antwortete er der Stimme, die nur er hören konnte, der Stimme eines Toten. In dem stillen Raum war sie so klar und deutlich zu vernehmen wie seine eigene. Sie sprach mit dem gedehnten Tonfall der Schotten aus dem Hochland und war so real, als sei es durchaus möglich, dass der Sprecher dicht hinter seinem Rücken stand, wenn Rutledge den Kopf umwandte. Aber hinter ihm stand niemand, obgleich die Furcht, er könne sich in diesem Punkt irren, fast so real war wie die Stimme.

Er versuchte, den Traum in die fernen Ausläufer der Verzweiflung zu drängen, und er weigerte sich, die geringste Erinnerung daran zu bewahren, weigerte sich, im Entferntesten daran zu glauben. Dann wurde ihm klar, dass er stirnrunzelnd mitten im Zimmer stand und Erinnerungen nachhing.

Er schüttelte sich und trat wieder ans Fenster, um noch einmal hinauszuschauen. »Im Hochland ist es nicht so trist – der Regen ist sauber und frisch.«

Rutledge, der dankbar für die Ablenkung war, nickte.

Das, was wir in Ermangelung eines besseren Ausdrucks als Schützengrabenneurose bezeichnen, hatte der Arzt im Krankenhaus – ein Freund von Frances, derjenige, der ihn vom Rand des

Wahnsinns zurückgeholt hatte – gesagt, ist noch nicht vollständig erforscht. »Ich kann Ihnen nicht sagen, welchen Fortgang es nehmen wird. Ob Sie eines Tages feststellen werden, dass die Symptome verschwunden sind, oder ob Sie für den Rest Ihres Lebens darunter leiden werden. Ob es mit der Zeit etwas besser oder weitaus schlimmer wird. Sehen Sie, wir wissen es nicht. Einigen der Männer, die ich wegen derselben Symptome behandelt habe, ist es gelungen, eine Form zu finden, wie sie damit leben können. Diesen Weg müssen auch Sie für sich finden. Sorgen Sie sich nicht um die medizinischen Aspekte, sondern nehmen Sie Ihr Leben wieder in die Hand, und machen Sie das Beste daraus, dass Sie halbwegs normal argumentieren, denken und handeln können.«

Rutledge war sich nicht mehr sicher, was »normal« war. Seit Anfang 1916 war ihm diese Sicherheit abhanden gekommen.

Für ihn hatte der Krieg nicht im Triumph und mit Freudenfesten geendet.

Als 1918 zur elften Stunde des elften Tages das Geschützfeuer eingestellt worden war, war er längst in einer derartigen Verzweiflung versunken, dass er kaum noch wusste, wo er war.

Einen Monat später hatte man ihn gefunden; er war benommen über die Straßen im Norden Frankreichs geschlendert und hatte zusammenhangloses Zeug geredet. Er hatte einen deutschen Militärmantel getragen, seinen Namen nicht nennen und nicht einmal seine Nationalität angeben können, und schließlich hatte man ihn zum britischen Kommando zurückgeschickt: Ein französischer Major hatte in ihm einen Verbindungsoffizier erkannt, dem er 1915 begegnet war.

Die Briten hatten ihn prompt ins Krankenhaus gesteckt. Schützengrabenneurose, so lautete die Diagnose. Aussichten: ungewiss.

Und das hatte sich bestätigt. Nichts hatte ihn aus der Verfassung aufrütteln können, in der sie ihn gefunden hatten, aus dem trostlosen, anklagenden Schweigen. Mit der Zeit hatte die Erinnerung eingesetzt, wer und was er war – Ian Rutledge, britischer Offizier, früher Inspector bei Scotland Yard. Er hatte seine Schwester Frances erkannt, und man hatte ihm ein kurzes Treffen mit seiner Verlobten gestattet.

Es war kein Erfolg gewesen. Als er teilnahmslos Jeans Hand nehmen wollte, war sie zurückgeschreckt. Die Ärzte hatten sie sorgfältig unterwiesen, doch ihre Augen waren vor Furcht geweitet, während sie mit bebender Stimme geistlose Konversation betrieb. Anschließend hatte er sie nur noch ein paar Mal gesehen, ehe sie die Verlobung löste.

Seine Schwester war diejenige gewesen, die ihn aus diesem grässlichen Loch – einem Krankenhaus für Fälle von Schützengrabenneurose – herausgeholt und in einer Privatklinik untergebracht hatte.

Und dort hatte ihn der behandelnde Arzt namens Fleming gnadenlos gebrochen.

Rutledge hatte ihm erbitterten Widerstand geleistet, aber in seinem Zustand, krank und grenzenlos erschöpft, hatte er es mit dem großen, grobknochigen Arzt nicht aufnehmen können; Fleming hatte in dem Wrack einen Mann gewittert, der es wert war, gerettet zu werden, und daher war er nicht bereit gewesen, sich geschlagen zu geben.

Die Wahrheit über Corporal Hamish MacLeod war ans Licht gekommen, anfangs bruchstückhaft und dann so intensiv von neuem erlebt, dass Rutledge sich eingebildet hatte, wieder im Schützengraben zu liegen.

Hinterher hatte Rutledge Fleming fast umgebracht, die letzte verzweifelte Gegenwehr eines verborgenen Ichs, das für einen bewussten Verstand derart untragbar war, dass er den Arzt gehasst und dafür verantwortlich gemacht hatte, ihn aus seinem Schweigen herausgeholt und ihm die Erinnerung wiedergegeben zu haben. …

Die Offensive an der Somme im Jahre 1916, von Anfang an eine Katastrophe, hatte im Juli begonnen und sich den ganzen Sommer über hingezogen.

So viele Männer waren gestorben, dass die Leichen dort, wo sie lagen, verwesten und vermoderten und die Überlebenden sich wohl oder übel mit dem Gestank abfanden. Die Schlacht tobte schon seit Wochen, und nicht einer von ihnen war mehr bei klarem Verstand, doch als Corporal Hamish MacLeod die

Nerven verlor, waren Rutledge und die Männer des Corporals derart schockiert, dass sie ihn fassungslos anstarrten.

Es hatte keinen Hinweis darauf gegeben, keine Warnsignale. Nachdem er das Kommando von einem Sergeant übernommen hatte, der mit einem Bauchschuss im Sterben lag, hatte MacLeod seine Männer mit außerordentlicher Geschicklichkeit und Tapferkeit geführt und war ihnen allen als Beispiel vorangegangen. Als er sich von einem Moment zum nächsten weigerte, einen weiteren Angriff auf das Maschinengewehrnest zu unternehmen, das ihr Kampfziel war, wollte es niemand glauben.

Der Befehl lautete, das automatische Gewehr zum Schweigen zu bringen, ehe im Morgengrauen die gesamte Front zum Sturmangriff antrat. Sie waren taub, von dem allgegenwärtigen Artilleriebeschuss der Nacht in Mitleidenschaft gezogen, und alle standen kurz vor der Verzweiflung. Und die MG-Schützen waren immer noch am Leben, weil sie sich gut verschanzt hatten und niemand durch den Kugelhagel an sie herankommen konnte.

Der bleiche, erschöpfte Corporal hatte den Kopf geschüttelt, sich geweigert, einen klaren Befehl zu erteilen, und nur gesagt: »Ich werde keinen der Unseren mehr töten. Ich mache das nicht mehr mit. Es ist Wahnsinn.« Die Männer hinter ihm hatten grimmig und mutlos geblickt.

Rutledge wusste nicht, wie er und Hamish all diese Angriffe unversehrt überstanden hatten. Er wusste auch nicht, woher er selbst die Kraft nehmen sollte, sich ein sechstes Mal durch die Stacheldrahtrollen vorzuarbeiten. Aber ihnen blieb keine andere Wahl. Ein Maschinengewehr besaß die Feuerkraft von vierzig Männern. Es konnte eine komplette Front niedermähen. Es musste außer Gefecht gesetzt werden.

Rutledge diskutierte mit Hamish, drohte ihm und appellierte an seinen Patriotismus, und der Mann aus dem schottischen Hochland hatte lediglich stumm den Kopf geschüttelt. Doch selbst während sich auf seinen Zügen der Gram und die Folterqualen Rutledges widerspiegelten, flehte sein Gesicht um Verständnis.

Im Krieg hat Mitgefühl nichts verloren. Erbarmen auch nicht. Um tausend Leben zu retten, musste eines geopfert werden. Rutledge stellte Hamish ein Ultimatum. Sei in einer Stunde bereit für den nächsten Angriff, oder du wirst wegen Feigheit erschossen.

Von Feigheit konnte kaum die Rede sein. Aber das war der Ausdruck, den das Militär benutzte, wenn ein Mann unter Beschuss zusammenbrach.

Am Ende hatte Rutledge seine Drohung wahr machen müssen. In der Dunkelheit vor dem Morgengrauen hatte ein hastig zusammengetrommeltes Exekutionskommando Corporal Hamish MacLeod erschossen. Und als Rutledge dem schwer verwundeten Schotten aus dem Hochland den Gnadenschuss gegeben hatte, hatte eine deutsche Granate die Frontausbuchtung in die Luft gesprengt. Blind, taub und lebendig begraben hatte Rutledge nur überlebt, weil Hamishs Leiche ihn geschützt hatte. Eine bittere Ironie des Schicksals …

Und die MG-Schützen waren ebenfalls gestorben, und dafür hatte man Rutledge, der es nicht glauben konnte, einen Orden verliehen und ihn als leuchtendes Vorbild wieder in den Kampf geschickt. Ohne Erholung und ohne Verschnaufpause: im Krieg wurde jeder Mann gebraucht.

Als der mörderische Sommer 1916 in ein zwei weitere Jahre währendes qualvolles Unentschieden mündete, hatte Rutledge seine Pflichten erfüllt und dabei kaum etwas anderes wahrgenommen als Hamishs unaufhörliche Stimme in seinem Kopf. Er hatte sich gewünscht zu sterben, hatte versucht zu sterben, doch trotz Krieg und Seuchen hatte er überlebt. Um als Held heimzukehren, ein Mann, der kaum in der Lage war zu sprechen. Und der einen Toten mitbrachte.

Doktor Fleming hatte gute Arbeit geleistet. Im Juni 1919 war Rutledge zu Scotland Yard zurückgekehrt, da er für diensttauglich erklärt worden war. Sein Geheimnis nahm er mit. Nicht einmal Frances wusste, wie viel Kraft es Rutledge gekostet hatte, sich seine früheren Fähigkeiten wieder anzueignen. Ein Mörder, der über Mörder zu Gericht saß. Hamish hatte es ihm auch nicht gerade leicht gemacht, denn er sah ihm ständig über die Schulter und tadelte ihn. Mit der Zeit hatten sie eine Beziehung zueinander aufgebaut, die weit gehend auf ein Unentschieden hinauslief.

Nur merkte Hamish eher als er, wenn Rutledge sich eine Blöße gab. Als räche sich der Tote an ihm, dachte Rutledge manchmal.

Nicht einmal Fleming mit all seinen medizinischen Kenntnissen konnte die Erinnerung auslöschen. Oder das Schuldbewusstsein.

Ein schwacher Trost in einer dunklen, regnerischen Nacht mit bösen Träumen und einer Stimme aus dem Schützengraben, die ihn verfolgte.

Nach einer Weile zwang sich Rutledge, wieder ins Bett zu geben, die Decke über die Schultern zu ziehen und die Augen zu schließen.

Aber als der Septembermorgen grau über London anbrach, hatte er keinen Schlaf gefunden.

Am helllichten Tag konnte Rutledge mit ziemlicher Sicherheit bestimmen, was den Traum hervorgerufen hatte. Es war der Brief, der am vergangenen Morgen mit der Post gekommen war. Mehrere Stunden hatte er ihn nicht geöffnet, da er wusste, von wem er kam und was von ihm verlangt wurde. Nachdem der Brief ihm scheinbar ein Loch in die Jackentasche und ins Gewissen gebrannt hatte, holte er ihn schließlich hervor und brach das kunstvolle Siegel auf.

Sein Patenonkel David Trevor hatte ihm aus Edinburgh geschrieben:

Du hast schon ein Dutzend Ausflüchte gefunden. Ich dulde keinen weiteren Vorwand. Komm zu mir. Du fehlst mir, Ian. Ich möchte mit meinen eigenen Augen sehen, dass du am Leben und in guter Verfassung bist. Wenn Bowles, dieser unbarmherzige Schurke, dir keinen Urlaub gibt, dann komm trotzdem. Mein Arzt wird ihm erzählen, dass du dringend Erholung und Abwechslung brauchst. Und die kann ich auch gebrauchen. Die Einsamkeit ist die Hölle.

Aber Schottland war der letzte Ort auf Erden, den Rutledge aufzusuchen gedachte. Er mochte seinen Patenonkel wirklich und war ihm etwas schuldig, aber sein Widerwille, sich über die Grenze in den Norden zu begeben, war zu stark. Bei Tage besehen schien es sich bei dieser Abneigung um nahezu abergläubische Ängste zu handeln, im Dunkeln dagegen um eine unbeschreibliche, niederdrückende Last. Nicht etwa, weil er die Schotten hasste, sondern weil so viele von ihnen in Frankreich seinem Befehl unterstellt gewesen waren – und er hatte so viele von ihnen in den Tod geführt. Er konnte jeden einzelnen beim Namen nennen, sogar die unerfahrenen Rekruten, die er weniger als einen Tag gekannt hatte.

Und außerdem war Urlaub das Letzte, was er sich wünschte. Er mochte noch so müde sein, das Nichtstun war viel schlimmer. Wenn ein Mann müßig war, marschierten seine Dämonen wie gespenstische Armeen an der vordersten Front seines Geistes auf.

Chief Superintendent Bowles hätte Rutledge mit Freuden beurlaubt, wenn er darum gebeten hätte. Je weniger er von dem Inspector zu sehen bekam, desto lieber war es ihm. Wenn er an der geschlossenen Tür von Rutledges Büro vorbeikam, solange dieser nicht in London war, empfand Bowles sie Tag für Tag als reinsten Segen. Rutledge um sich zu haben, war eine ständige Erinnerung an Dinge, die man besser vergaß. Kluge Männer störten seinen Seelenfrieden, und kluge Männer mit gepflegter Aussprache, Männer, die studiert hatten oder sich unbeschwert in Kreisen bewegten, in denen sich Bowles trotz all seiner Autorität steif und ungeschickt vorkam, waren ihm unerträglich. Bowles hatte es zum Prinzip erhoben, sich solcher Männer so schnell wie möglich zu entledigen. Es gab subtile Methoden, einen klugen Mann davon zu überzeugen, dass es in seinem eigenen Interesse war, eine Versetzung zu beantragen.

Aber Rutledge, der Teufel sollte ihn holen, schien einen Schutzengel zu haben. Er hatte das Blutbad an der Somme überlebt, er hatte Verwundungen überlebt, er hatte Monate im Krankenhaus überlebt. Und wenn Bowles' Informant die Wahrheit sagte, dann war Rutledge nicht bei Sinnen gewesen, ein stummer, gebrochener Mann, der wohl kaum eine viel versprechende Zukunft vor sich hatte. Und doch hatte er bereits vier Monate lang Bowles' systematischen Versuchen standgehalten, ihn als unfähig hinzustellen, als einen Mann, dem seine Fähigkeiten aus der Vorkriegszeit abhanden gekommen waren.

Bowles war der Auffassung, England wäre besser damit gedient gewesen, wenn Rutledge gemeinsam mit den anderen gestorben wäre, die jetzt von Schriftstellern als die Blüte der englischen Jugend bezeichnet wurden. Tote »Blüten« konnte man mit den anderen Abfällen auffegen und vergessen. Lebende dagegen, die seinem Ehrgeiz im Weg standen, waren zum Abschuss freigegeben.

Bowles war auf der Karriereleiter so hoch aufgestiegen, wie es ihm seine Fähigkeiten erlaubten, gestützt von einem kleinen Erfolg bei der Jagd auf deutsche Spione während des Weltkriegs. Doch es sah ganz so aus, als sei es ihm bestimmt, sich als Chief Superintendent zur Ruhe zu setzen. Für einen Mann seiner gesellschaftlichen Stellung war es ausgeschlossen, höher aufzusteigen. Und dieses Wissen war ein steter Stachel seiner Wut und Frustration.

An jenem düsteren Morgen betrat er Rutledges Büro und zog den anderen Stuhl von seinem gewohnten Platz an der Wand. Bowles ließ sich behäbig nieder und knallte eine Akte auf den Tisch.

»Im Norden gibt es ein wenig Ärger, in der Nähe von Durham, und es sieht so aus, als hätte man Sie angefordert.« Er schlug die Akte auf, griff nach einem Blatt Papier, auf das mit dicker Tinte ein Dutzend Paragraphen gekritzelt waren, und sah es finster an. »Hier steht, worum es sich dreht. Und das sind die Berichte, die es bestätigen.«

Die schottische Polizei war – mit Genehmigung ihrer englischen Kollegen – in ein Dorf einige Meilen westlich von Durham gekommen, um einer Frau mitzuteilen, es sei möglich, dass die sterblichen Überreste ihrer Tochter in einem Tal namens Glencoe im schottischen Bergland entdeckt worden waren. Lady Maude Gray hatte an den Manieren und den Andeutungen des schottischen Inspectors Anstoß genommen und ihn von ihrem Butler vor die Tür setzen lassen. Das hatte dem schottischen Chief Constable nicht gepasst, und er hatte sich bei dem Chief Constable auf der anderen Seite der Grenze beschwert. Keiner von beiden konnte ihre Ladyschaft überreden, auch nur ein Wort mit ihnen zu wechseln.

»Sie werden gewissermaßen hingeschickt, um die Wogen zu glätten und so viel wie möglich über das vermisste Mädchen herauszufinden. Die schottische Polizei wird dankbar dafür sein. Soweit ich sagen kann, wenn ich zwischen den Zeilen lese, hat man von ihrer Ladyschaft in gewissen Kreisen eine hohe Meinung, und sie ist willensstark genug, um zu tun, was ihr passt. Sie werden so diplomatisch vorgehen müssen, wie Sie können, um zur Tür herein-, geschweige denn, zu ihr vorgelassen zu werden. Aber ein Misserfolg kommt nicht in Frage. Haben Sie verstanden?«

Rutledge hatte sehr wohl verstanden. Wenn er sie noch mehr verärgerte, würde Lady Maude sie alle ans Kreuz schlagen. Wenn er abreiste, ohne sie persönlich gesprochen zu haben, würde man das als Zeichen seiner Unfähigkeit ansehen.

Er nahm die Papiere, die Bowles ihm auf den Tisch geknallt hatte, und las sie, als der Chief Superintendent gegangen war. Die Sachlage schien an sich ziemlich einfach zu sein. Das Problem bestand darin, dass Lady Maude Gray sich weigerte, mit jemandem über ihre Tochter zu reden. Die dortige Polizeidienststelle hatte vermerkt: »*Sie hat ihre Tochter nie vermisst gemeldet, aber in der Nachbarschaft nimmt man an, dass es zwischen beiden zu einem Zerwürfnis kam, aufgrund dessen die Tochter Anfang 1916 fortgegangen ist. Als der jungen Frau 1918 eine enorme Erbschaft zugefallen ist, hat der Anwalt der Familie im ganzen Land inseriert, sie solle sich direkt mit ihm in Verbindung setzen, doch das hat das Mädchen unterlassen.*« Weitere diskrete Nachforschungen durch den Anwalt ergaben, dass keine ihrer Bekannten etwas von ihr und ebenso wenig etwas über sie gehört hatten. Der Anwalt meldete der Polizei seine Befürchtungen und erbat ihre Hilfe, um das Mädchen ausfindig zu machen. Die Suche blieb ebenfalls ergebnislos. »*Es kann gut sein, dass es sich bei den Knochen, die in Schottland gefunden wurden, um die sterblichen Überreste von Eleanor Victoria Maude Gray handelt – Körpergröße und Alter scheinen zu stimmen, und der Zeitpunkt des Todes (geschätzt auf den Herbst 1916) scheint sich mit dem Zeitpunkt zu decken, an dem sie zum letzten Mal gesehen wurde. Ihre Mutter verweigert jede Aussage.*«

Die schottische Polizei war der Überzeugung, die Weigerung der Mutter hätte mit dem Umstand zu tun, dass die Tochter damals schwanger war. Die englische Polizei wehrte sich gegen die Schlussfolgerung, das sei der Auslöser für das Zerwürfnis gewesen. Zwischen beiden Dienststellen hatten sich die Fronten verhärtet – die schottische Polizei glaubte fest daran, Eleanors Mörderin bereits gefunden zu haben, wogegen die englische Polizei keineswegs sicher war, dass das Mädchen tatsächlich tot war.

Rutledge sah aus dem Fenster auf den Regen, der die verrußten Scheiben streifig werden ließ, und auf die nassen Tauben, die sich in jedem Unterschlupf, den sie fanden, zusammenkauerten. Er hatte den Regen in den Schützengräben gehasst, eine Folter für Leib und Seele. Nasse Wolle, der Gestank nach Urin oder Erbrochenem, die schwere Süße faulenden Fleisches, übel riechende, schmutzige Körper, der glitschige schwarze Schlamm, der die Stiefel hinunterzog, eine Kruste auf Gesicht und Händen bildete und das Haar unter dem Helm verfilzte. Die tief hängenden Wolken, die das Gas verbargen ...

Die Fahrt nach Norden sollte erfreulicher sein als das Wetter hier, sagte er sich versonnen. Und Hamish, der im Grunde seines Herzens das Landleben liebte, sagte dieser Gedanke ebenfalls zu. Rutledge zog seine Taschenuhr heraus und machte sich klar, dass er York noch vor Anbruch der Dunkelheit erreichen konnte. Er stand auf und streckte sich, ordnete seine laufenden Akten ein, verließ sein Büro und schloss die Tür hinter sich.

Bowles, der den Korridor hinunter auf dem Weg zur Treppe war, lächelte zufrieden, als er das schwache Geräusch hörte.

4

Lady Maude Gray lebte in einem imposanten Haus, das man als Palast hätte bezeichnen können. Es stand in einer ausgedehnten Parklandschaft, die von sämtlichen Fenstern schöne Ausblicke bot und die Privatsphäre der Bewohner gewährleistete. Die Ortschaft Menton, eineinviertel Meilen jenseits der wuchtigen Steinpfeiler, von denen die lange Auffahrt flankiert wurde, an der Hauptstraße gelegen, war im achtzehnten Jahrhundert an ihren derzeitigen Standort verlegt worden. Nicht einmal der Kirchturm war vom Dachgeschoss des Hauses aus zu sehen. Dort, wo das Dorf früher gestanden hatte, führte jetzt eine prachtvolle Allee zwischen gepflegten Rasenflächen zu einem spiegelglatten Teich, in dem sich ein wolkenloser Himmel spiegelte.

Vor langer Zeit, dachte Rutledge, als er die Auffahrt hinauffuhr und sein Blick auf das sonnenüberflutete Haus in der Ferne fiel, im Mittelalter, war es einmal eine befestigte Abtei gewesen, doch spätere Architekten hatten in den Ruinen ein Landhaus entstehen lassen, dessen einen Flügel Chor und Apsis der früheren Abteikirche bildeten, heute vermutlich als Familienkapelle genutzt. Die Pfeiler wölbten sich geschmeidig den Dachzinnen entgegen, und der graue Stein der Hausmauern, der ihnen vollendet angeglichen war, verlieh dem ganzen Gebäude einen Anflug von hohem Alter.

Zum Haupteingang in der Westfassade führte von der Auffahrt eine anmutig geschwungene Treppe hinauf; ein architektonischer Garten, in dem ein reich verzierter Brunnen stand, gab dem spektakulären Ausblick über die Landschaft, die sich dahinter erstreckte, menschliche Dimensionen. Hamish sah sich die Aussicht an und murrte: »Ganz schön einsam hier. Man kann den Wind hören und die Leere fühlen.«

Für sein kalvinistisches Empfinden war das Haus selbst pompös und abschreckend. In den Augen eines Mannes, der die kleinen Gehöfte im schottischen Hochland gewohnt war, oft nichts weiter als ein Haufen Steine im Windschatten eines Berghangs, gab es im mühsamen Kampf um das Überleben keinen Raum für Prunkentfaltung.

Als Rutledge die Stufen hinaufstieg, fragte er sich unwillkürlich, was sein Patenonkel wohl von der Wirkung halten würde, die hier erzielt worden war. David Trevor fühlte die Macht von Stein und Mörtel in seinem Blut, ein Mann, dessen Blick und Geschmack geschult waren, den jedoch vor allem sein angeborenes Gespür für das Bauen zu einem der erfolgreichsten Architekten seiner Zeit gemacht hatte.

Plötzlich wurde er von Schuldgefühlen überschwemmt, weil er auf die Einladung seines Patenonkels nicht geantwortet hatte, doch er konnte ihm unmöglich erklären, warum die Aussicht auf Urlaub ihm ein Gräuel war. Der Arbeitsdruck würde als Vorwand herhalten müssen.

Hamish sagte: »Das ist doch keine Lüge, oder? Obwohl du es selbst so gewollt hast. Und mir ist im Moment auch nicht danach, nach Hause zu fahren.«

Der Türklopfer in Form einer Ananas – das Symbol der Gastlichkeit – fiel mit einem lauten Scheppern, das durch das Haus zu hallen schien, auf seine Platte zurück.

Schließlich öffnete ein majestätischer Butler die Tür und starrte Rutledge mit kühler Geringschätzung an. Sein weißes Haar, das vom ausgiebigen Bürsten silbern schimmerte, und seine Körpergröße hätten dem Hausherrn zur Ehre gereicht. Lord Evelyn Gray war jedoch ein stämmiger, untersetzter Mann mit dunklem, gewelltem Haar und einem eisengrauen Bart gewesen. Rutledge war ihm vor dem Krieg bei verschiedenen Anlässen in London begegnet.

»Inspector Rutledge, Scotland Yard«, sagte er forsch in die Stille. In seinem Hinterkopf sträubte Hamish gereizt die Bors-

41

ten, eine wütende Reaktion auf den eisigen Empfang. »Ich möchte Lady Maude Gray sprechen.«

»Ihre Ladyschaft hat mit der Polizei nichts zu schaffen«, erwiderte der Mann und wollte Rutledge schon die Tür vor der Nase schließen.

»Im Gegenteil. Die Polizei möchte ihrem Bedauern für Missverständnisse in der Vergangenheit Ausdruck verleihen, und ich bin von London geschickt worden, um diese Entschuldigung persönlich zu überbringen. Es wäre unhöflich, sie nicht entgegenzunehmen.«

Der Butler musterte Rutledge von Kopf bis Fuß. Rutledge lächelte innerlich. Falls seine Absicht darin bestand, ihn einzuschüchtern, war es das falsche Signal. Hochmütig mochte der Butler sein, aber darin spiegelte sich die Bedeutung seiner Herrin und nicht etwa seine eigene wider. Sergeant-Major MacLaren dagegen war ein anderer Fall gewesen. Mit einem einzigen Blick konnte er ein ganzes Bataillon bezwingen. Niemand wagte, seine Autorität in Frage zu stellen; sie war ihm von Gott persönlich verliehen worden. Es hieß, sogar Offiziere fürchteten ihn, und Rutledge persönlich hatte sich dem Wissen und der Erfahrung des Mannes mehrfach widerspruchslos gebeugt.

Was der Butler vor sich sah, war ein großer Mann mit einem schmalen Gesicht, der einen gut geschnittenen Anzug trug und eine Entschlossenheit an den Tag legte, die zu seiner Stimme passte. Etwas in den dunklen Augen bewegte den Butler dazu, seine Meinung zu ändern und schließlich zu sagen: »Wenn Sie die Freundlichkeit hätten, hier zu warten.«

Bis zu seiner Rückkehr vergingen fast zehn Minuten. »Lady Maude wird Sie in der Bibliothek empfangen«, teilte er Rutledge mit und trat zur Seite, um ihm Platz zu machen.

Rutledge betrat eine Säulenhalle, die ihn an einen griechischen Tempel erinnerte. Der Fußboden war mit Marmor gefliest und so glatt wie kaltes Eis, und die Treppenaufgänge – zwei an der Zahl – stellten ihre Anmut zur Schau, indem sie sich wie Schwanenhälse zu beiden Seiten einer Nische erhoben, in der, geschickt ausgeleuchtet, eine vorzügliche römische Kopie eines griechischen Apollo stand.

Hamish sagte: »Das ist heidnisch. Wie die Herrin des Hauses, ohne Frage!«

Wie hatte die verschwundene Eleanor Gray diese Räumlichkeiten empfunden? fragte sich Rutledge. Hatte sie hier als Kind gespielt? War sie über den schimmernden Boden geschlittert, und hatte zwischen den Säulen lautes Gelächter gehallt? Oder war ihr diese Umgebung kalt und bedrohlich erschienen?

Nach rechts und nach links zweigte jeweils eine lange Galerie ab, mit französischen Teppichen, Büsten auf Sockeln und dunklen Gemälden von Vorfahren in massiven Goldrahmen.

»Hier ist genug Platz, um ein halbes Regiment aufzunehmen«, sagte Hamish mit Geringschätzung. »Ja, und auf den Stufen dort drüben könnte eine Militärkapelle sitzen und spielen.«

Die Bibliothek war ein riesiger Raum am Ende eines Korridors im ersten Stock, und zweifellos war die Wahl auf sie gefallen, um einen schlichten Polizisten einzuschüchtern. Die Fenster reichten vom Boden bis zur Decke, und die Glasvitrinen waren mit Büchern gefüllt. Der creme- und roséfarbene Teppich auf dem Boden war so alt, dass er den Schimmer von antiker Seide aufwies, und die Frau, die in seiner Mitte stand, war sich bewusst, dass sie sich vor ihm wie ein Juwel abhob.

Hamish verstummte, was bei ihm ein Zeichen von Ehrerbietung bedeutete.

Lady Maude war eine große Frau mit silbergrauem Haar und der Haltung einer Kaiserin. Ihr Nachmittagskleid war dunkelblau und betonte durch den Kontrast die schöne zweireihige Perlenkette, die ihr fast bis auf die Taille fiel. In ihrer Blütezeit musste sie sehr schön gewesen sein, denn Spuren dieser Schönheit waren in den Knochen ihres Gesichts, ihren violetten Augen und den langen, schmalen Händen, die lose ineinander verschränkt waren, deutlich zu erkennen. Sie zeigte so gut wie keine Reaktion auf das leise Murmeln des Butlers. »Inspector Rutledge, Mylady.« Die Tür schloss sich leise hinter ihm.

»Inspector«, sagte sie, als er den Kopf neigte. Sie musterte ihn kühl und fügte nach einem Moment hinzu: »Wenigstens waren sie diesmal so vernünftig, mir jemanden zu schicken, der präsentabel ist.«

»Ich habe Inspector Olivers Bekanntschaft noch nicht gemacht, Mylady. Für sein Pflichtbewusstsein habe ich jedoch Verständnis, was gewiss auch auf Sie zutrifft, da Sie von klein auf dazu erzogen wurden.«

»Ich werde mir nicht –«, begann sie, doch er schnitt ihr leichthin das Wort ab.

»Ich habe nicht die Absicht, ihn zu verteidigen, das versichere ich Ihnen. Ich weise lediglich darauf hin, dass es für jeden Polizisten zu seinen schmerzlichsten Pflichten zählt, jemanden von dem Tod eines geliebten Menschen in Kenntnis zu setzen. Falls es nicht Ihre Tochter war, die von der schottischen Polizei gefunden wurde, dann können wir, je eher wir das wissen, desto eher die richtigen Eltern des Mädchens finden. Eine andere Mutter wird mit diesem Kummer leben müssen. Wenn Sie das Glück hatten, dass es sich nicht um Ihr Kind handelt, dann möchte ich Sie bitten, ein wenig Mitleid für die Frau zu erübrigen, die ihr Kind verloren hat.«

Sie starrte ihn voller Erstaunen an, und hinter ihren bemerkenswert ausdrucksstarken Augen rührte sich etwas. Er dachte: *Ihre Tochter wird tatsächlich vermisst ...* Dann sagte sie: »Wenn ich Kenton recht verstanden habe, sind Sie gekommen, um eine Entschuldigung vorzubringen.«

»Ja. Für den Umstand, dass Inspector Oliver die Angelegenheit nicht so geschickt gehandhabt hat, wie es wünschenswert gewesen wäre. Das ist bedauerlich. Ich bin an seiner Stelle gekommen, weil wir uns erst dann, wenn Sie mir versichern können, dass diese junge Frau, die auf einem schottischen Berghang entdeckt worden ist, nicht Ihre Tochter ist, anderen Namen auf unserer –«

»Sie ist nicht mein Kind. Meine Tochter ist gesund und munter.«

»Und Sie haben innerhalb der letzten – hmm – sechs Monate etwas von ihr gehört?«

»Meine Beziehungen zu meiner Tochter sind nicht Gegenstand öffentlicher Untersuchung!« Sie sah ihm noch einmal ins Gesicht, und ihr fiel die Müdigkeit auf und wie schmal es war. Plötzlich erkannte sie, dass sich darunter ein ebenso starker Wille wie ihrer verbarg.

Rutledge lauschte einen Moment lang Hamish und nahm sich die Mahnung zu Herzen, dass Geduld nicht gerade Lady Maudes Stärke war. Jetzt war es angebracht, die Taktik zu ändern.

»Gut. Das akzeptiere ich. Vielleicht können Sie uns behilflich sein, eine verwirrende Frage zu beantworten: Warum hat Ihre Tochter keine Verbindung zu ihrem Anwalt aufgenommen, um Papiere zu unterschreiben, die ihre Erbschaft betreffen? Ich habe seine Aussage gelesen. Dort verleiht er seiner Sorge Ausdruck, weil sie es unterlassen hat, im Jahre 1918 zum vereinbarten Zeitpunkt zu erscheinen. Im vergangenen Jahr hat er versucht, sie ausfindig zu machen, ist aber gescheitert. Erst seine Besorgnis hat die hiesige Polizei auf den Fall aufmerksam gemacht, und als dieses Jahr eine Anfrage nach einer vermissten Person von den Schotten in Umlauf gesetzt worden ist, erschien es der Polizei ratsam, mit Miss Gray zu sprechen. Und sei es auch nur, um zu bestätigen, dass sie von der Liste gestrichen werden kann. Falls Sie mir einen Hinweis auf ihren Verbleib geben könnten, bin ich bevollmächtigt, diese Angelegenheit sofort beizulegen.« Seine Haltung war so reserviert, als sei Eleanor Gray für ihn nur von Interesse, wenn sie tot war.

»Ich hätte mir ja denken können, dass hinter dieser Geschichte Mr. Leeds leidige Vorliebe steckt, sich ungebeten einzumischen. Er wird von mir hören!« Zorn loderte in Lady Maudes Augen auf und ließ sie einen dunkleren violetten Ton annehmen.

»In dessen Haut würde ich im Moment nicht gern stecken«, sagte Hamish.

»Auch von ihm verlangt das Gesetz, dass er seinen Pflichten nach bestem Können nachkommt.«

»Allerdings. Und die Polizei hineinzuziehen, ist ein absolut unnötiger Schritt.«

»Ich kann einfach nicht glauben, dass eine junge Frau vom gesellschaftlichen Rang Ihrer Tochter *ihre* Pflicht vernachlässigen würde.« Rutledge unterbrach sich und wiederholte dann: »Das gibt schon Anlass zur Sorge.«

»Unsinn. Eleanor ist jung. Und widerspenstig. Sie hatte die lachhafte Idee, das Studium der Medizin aufnehmen zu wollen. Das lag am Krieg; er hat uns alle aus der Bahn geworfen. Aber sie hat darauf beharrt, dafür eigne sie sich gut, und ihr Ziel war es, Ärztin zu werden. Ich hatte gehofft, der Waffenstillstand und das Ende des Sterbens würden sie diesen absurden Traum in einem anderen Licht sehen lassen. Ich muss gestehen, dass meine Tochter ziemlich romantisch veranlagt ist. Ganz so wie ihr verstorbener Vater.«

Rutledge dachte für sich: *Wir werden Verbindung mit den Lehrkrankenhäusern aufnehmen müssen* ... Laut fragte er: »Hätte sie sich stattdessen mit einer Ausbildung zur Krankenschwester begnügt?«

»Zur Krankenschwester? Wohl kaum!« Lady Maude sagte ungeduldig: »Setzen Sie sich, junger Mann. Nehmen Sie den Stuhl zu Ihrer Linken.« Sie ging zu ihrem Schreibtisch und setzte sich dahinter, als wollte sie ein solides Hindernis zwischen ihnen errichten. »Wenn meine Tochter ihr Herz an etwas hängt, dann packt sie es zielstrebig an. Und ich muss Ihnen sagen, dass sie Enttäuschungen nicht gut verkraftet. Eleanor hat auf Hindernisse schon immer ungehalten reagiert, und gewöhnlich findet sie einen Weg, sie zu umgehen.« Lady Maude ließ Rutledge einen Moment Zeit, um diese Information zu verdauen, ehe sie fortfuhr. »Und was das Bergsteigen in Schottland angeht – oder die Geburt eines unehelichen Kindes –, kann ich nur sagen, es ist so absolut untypisch für sie, dass ich nicht verstehen kann, wie Ihr schottischer Polizist zu einer solchen Schlussfolgerung gelangen konnte. Der Mann ist ein Idiot. Ich dulde ihn nicht in diesem Haus. Und den Mann von der hiesigen Polizei auch nicht; einen größeren Narren muss man erst einmal finden.«

»Ihre Tochter hat nie Interesse am Bergsteigen gezeigt?«

»Nicht im Geringsten. Sie ist keine dieser kräftigen Frauen, die sich für sportliche Betätigung begeistern. Ab und zu spielt sie gern Tennis. Und das Reiten macht ihr großes Vergnügen. Vor dem Krieg hat sie eine Zeit lang eine Schule in der Schweiz besucht, und weder damals noch hinterher hat es je einen Hinweis darauf gegeben, dass sie sich etwas aus dem Bergsteigen macht. Und was die andere Geschichte angeht: Sie hat bei weitem zu viel Selbstachtung und Respekt vor ihrer Familie, um sich in Schwierigkeiten zu bringen.«

Diese Worte wurden mit absoluter Überzeugung geäußert. Frauen von Eleanor Grays gesellschaftlichem Rang brachte man von Geburt an bei, was von ihnen erwartet wurde. Man würde sie so vorteilhaft wie möglich verheiraten, gesellschaftlich und finanziell gesehen. Liebhaber, die sie sich nach der Heirat nahmen – hundertprozentige Diskretion vorausgesetzt –, standen auf einem anderen Blatt. Aber niemals vor der Ehe.

Je mehr er hörte, desto klarer musste Rutledge feststellen, dass er sich Lady Maudes Meinung anschloss, es sei unwahrscheinlich, dass es sich bei der Toten, die man in Schottland gefunden hatte, um ihre Tochter Eleanor handelte. Die äußeren Umstände passten einfach nicht. Dennoch stimmten die Körpergröße und das Alter. Und möglicherweise auch der Zeitpunkt des Todes?

»Wäre es möglich, eine Fotografie von Ihrer Tochter zu sehen, Lady Maude?«

»Das wird sie nicht zulassen«, sagte Hamish. »Aber dieser Anwalt, der könnte ein Foto von ihr haben.«

Sie starrte Rutledge zornig an. »Zu welchem Zweck?«

»Lediglich, um ein Gefühl für den Menschen zu bekommen, den Sie mir geschildert haben. Ich habe festgestellt, dass Gesichter mir manchmal mehr sagen als Fakten.«

Sie zögerte. Rutledge war sicher, dass er die falsche Antwort gegeben und verloren hatte. Dann öffnete sie eine Schublade ihres Schreibtischs, zog einen filigranen Silberrahmen heraus und reichte ihn Rutledge über den Tisch, ohne das Foto selbst anzusehen. Er erhob sich, um ihr die Fotografie aus der Hand zu nehmen, und setzte sich wieder, ehe er den Rahmen umdrehte.

Das Gesicht, das ihn anstarrte, lächelte. Das Mädchen hatte eine Hand auf dem Pferd liegen, das neben ihr stand, und in der anderen Hand hielt sie eine Trophäe. Unter der Reitmütze war es schwierig, ihre Gesichtszüge klar zu erkennen, doch es handelte sich um eine attraktive junge Frau mit der majestätischen Haltung ihrer Mutter. Dennoch kam ihm das Gesicht irgendwie vertraut vor, und er musterte es stirnrunzelnd. Urplötzlich stellte er die Verbindung her.

Sie wies große Ähnlichkeit mit einer der Prinzessinnen des Königshauses auf …

Als sei sie gleichzeitig auf diesen Gedanken gekommen, streckte Lady Maude gebieterisch die Hand aus, und ihm blieb nichts anderes übrig, als ihr die Fotografie zurückzugeben.

Hamish, der den Gedanken weiterverfolgte, war schockiert.

Wenn jemand in diesen Dingen Bescheid wusste, dann seine Schwester Frances. Aber als er die Frau ansah, die vor ihm saß, und an die Fotografie dachte, die er ihr gerade zurückgegeben hatte, fragte sich Hamish unwillkürlich, ob Eleanor Victoria Maude Gray möglicherweise einer Liaison zwischen Lady Maude und dem verstorbenen König Edward VII. entsprungen sein könnte. Der König hatte einen Blick für schöne Frauen. Es wäre kein Wunder gewesen, wenn sie ihm aufgefallen wäre.

Angesichts dieses Erbes war es nicht weiter überraschend, dass Lady Maude sich zu glauben weigerte, ihre Tochter hätte an einem trostlosen schottischen Berghang den Tod gefunden oder ein uneheliches Kind geboren.

Eleanor war zu Höherem als einer medizinischen Laufbahn bestimmt. Falls sie die Tochter eines Königs und Erbin dieses Hauses und des Vermögens war, mit dem es offenbar instand gehalten wurde, hatte sie unter reichen Adligen die freie Wahl.

Wenn sie jedoch so widerspenstig war, wie ihre Mutter es ihm einreden wollte, hätte sie sich dann nicht gegen diese glanzvolle Zukunft aufgelehnt und stattdessen ein perverses Vergnügen darin gefunden, nicht die Träume ihrer Mutter, sondern ihre Alpträume wahr werden zu lassen?

Lady Maude saß noch lange Zeit, nachdem der Mann aus London gegangen war, an ihrem breiten Schreibtisch und starrte blicklos die Tür an.

Wie hatte er sie bloß dazu gebracht, von Eleanor zu sprechen? Ausgerechnet einem Polizisten hatte sie erzählt, was sie sonst keinem Menschen anvertraut hatte – dass Eleanor eigensinnig und widerspenstig war und so wenig Wert auf ihr Erbe legte, dass sie einfach davongelaufen war und nie zurückgeblickt hatte. Stattdessen hatte sie einen gewöhnlichen *Beruf* gewählt, einen, bei dem man mit Armut, Verwahrlosung und grässlichen Krankheiten in Berührung kam. Es war unsäglich grausam und eigensinnig.

Sie würde auf der Stelle in London anrufen und dafür sorgen, dass dieser Mann um mehrere Dienstgrade zurückgestuft wurde ...

Stattdessen blieb Lady Maude regungslos sitzen, verunglimpfte ihn und sträubte sich dagegen, sich ihren Schmerz oder ihr Schuldbewusstsein einzugestehen. Eleanor war *nicht* tot. Die Polizei war inkompetent und dumm. Sie würde nicht zulassen, dass man sie erneut belästigte.

Etwas, was der Inspector gesagt hatte, fiel ihr jetzt wieder ein. »Eine andere Mutter wird mit diesem Kummer leben müssen ...«

Dann findet *sie*, und gebt euch damit zufrieden. *Und lasst mich endlich in Ruhe!*

Die Sonne warf lange, schmale Schatten auf den Teppich, und sie saß immer noch da. Sie brauchte die Fotografie in der geschlossenen Schublade nicht, um das Gesicht ihrer Tochter vor sich zu sehen und ihre ausgeprägte Aura wahrzunehmen. Eine Mutter *wüsste* schließlich, wenn etwas passiert wäre ...

Diese Polizisten versuchten, ihr Angst einzujagen, damit sie ihnen half, statt dass sie ihre Pflicht erledigten, wie es sich gehörte!

Endlich stand sie auf, holte tief Atem und ging mit festen Schritten zur Tür. Als sie den kleinen Raum erreicht hatte, in dem das Telefon installiert worden war, stand ihr Entschluss fest.

5

Rutledge bog von der Auffahrt auf die Hauptstraße ein. Hamish reagierte auf die nachlassende Anspannung und meldete sich nach langem Schweigen wieder zu Wort. »Besonders viel gebracht hat das Gespräch ja nicht gerade. Aber es sollte ausreichen. Furchteinflößend, diese Frau. In ihrem Schatten wäre ich nicht gern aufgewachsen.«

Entsprach das den Gefühlen, die Eleanor Gray ihrer Mutter entgegengebracht hatte?

»Mein eigener Großvater hätte es mit ihr aufnehmen können«, sagte Hamish gerade. »Zu einer anderen Zeit und an einem anderen Ort hätte er den Clan in die Schlacht führen können. Aber er hatte auch eine andere Seite; er konnte mit einer solchen Stimme deklamieren, dass sofort Stille im Raum eingekehrt ist. Gedichte und das Alte Testament. Wenn es um die Propheten oder um Robert Burns ging, konnte ihm keiner das Wasser reichen. Ich kann mich an viele Nächte erinnern, in denen ich wach auf dem Dachboden gelegen und gelauscht habe. Ob die wohl auch ein anderes Gesicht hat?«

Als er darüber nachdachte, kam Rutledge zu dem Schluss, dass Lady Maude tatsächlich ein anderes Gesicht haben musste. Wenn sie die Mätresse des Sohns von Königin Viktoria gewesen war, dann hatte sich ihr Gemahl willentlich und wissentlich zum Hahnrei machen lassen. Im Gegensatz zu Heinrich VIII. hatte Edward seine verheirateten Geliebten mit großer Sorgfalt ausgewählt, um Klatsch oder Skandalen vorzubeugen. Und seine Freunde hatten gewusst, welche Frau sie zu welchem gesellschaftlichen Anlass einzuladen hatten. Oder sie waren unauffällig von den königlichen Wünschen in Kenntnis gesetzt worden. Dennoch konnte es weder für Edwards Gemahlin Alexandra noch für die jeweilige Favoritin einfach gewesen sein, mit solch einem offenen Geheimnis zu leben. Und bestimmt hatte es die Geliebte des Königs auch nicht leicht gehabt, wieder in ihre Ehe zurückzukehren, wenn der Prinz eine neue Vorliebe fasste.

Das Problem bestand darin, dass ein Kind selten die Stärke eines Elternteils erkannte; es sah nur strenge Disziplin, die sich von kindlichen Launen und Schrullen nicht ohne weiteres manipulieren ließ. Die Rebellion war natürlich – und manchmal gefährlich.

Wohin Eleanor Gray auch gegangen sein mochte – falls sie entschlossen war, ihre Mutter für die Dinge zu bestrafen, die sie ihres Erachtens in diesem imposanten, kalten Haus versäumt oder entbehrt hatte, dann war das nur im Falle ihres Todes Sache der Polizei.

Rutledge stellte fest, dass er hoffte, sie sei nicht tot, doch Hamish war sich unschlüssig.

Auf demselben Weg, auf dem er gekommen war, fuhr Rutledge wieder in die Stadt, in der er die vergangene Nacht verbracht und sein Gepäck zurückgelassen hatte, und auf der Rückfahrt erwog er seine Möglichkeiten. Wenn er heute nach London zurückfuhr, würde er erst spät dort ankommen, viel zu spät, um Bowles Bericht zu erstatten. Außerdem war Freitag. Vielleicht war es das Beste, ein Telefon zu finden und seine Meldung mündlich durchzugeben, damit sie weitergeleitet werden konnte. Inspector Oliver wartete bestimmt auch schon darauf, zu erfahren, was geschehen war.

Im Hotel gab es ein Telefon, und Rutledge meldete sein Gespräch nach London an.

Bowles war nicht in seinem Büro, und der Sergeant, der den Anruf entgegennahm, sagte: »Rutledge, sind Sie das? Einen Moment, Sir, ich glaube, hier liegt eine Nachricht, die ich Ihnen übermitteln soll. Ah! Da haben wir sie ja. Sie sollen nicht nach London zurückkommen, Sir.«

»Ich soll nicht zurückkommen?«, fragte Rutledge verblüfft. Hatte er seine Angelegenheiten hier etwa noch nicht abgeschlossen?

»Nein, Sir. Die Nachricht lautet: ›Sagen Sie Rutledge, er soll bleiben, wo er ist. Er soll mich am Montagmorgen um neun Uhr anrufen.‹ Das ist alles, Sir. Eine nähere Erklärung hat der Chief Superintendent nicht dazu abgegeben.«

Selbst für Bowles' Maßstäbe war das eine eigentümliche Nachricht. Hamish war jedoch schnell bei der Hand, Rutledge daran zu erinnern, dass der Mann rachsüchtig und häufig mit Absicht niederträchtig war. Rutledge bat den Sergeant, die Nachricht zu wiederholen, um sicherzugehen, dass er sie vollständig erhalten hatte, und dann sagte er: »Setzen Sie in der Zwischenzeit ein paar Männer darauf an, ob eine Eleanor Gray an einem der Lehrkrankenhäuser eingeschrieben ist. Es ist wahrscheinlich, dass sie ein Londoner Krankenhaus gewählt hat, aber gehen Sie so gründlich wie möglich vor, ja? Man hat mir gesagt, sie hätte großes Interesse daran, Ärztin zu werden, und wenn sie irgendwo studiert, ist es wichtig, dass wir sie finden.«

Der Sergeant schrieb mühselig die Einzelheiten auf und versprach, sofort jemanden darauf anzusetzen. Rutledge hatte das sichere Gefühl, er hätte gerade einigen bedauernswerten Constables, die bei dem Sergeant wegen des einen oder anderen geringfügigen Verstoßes schlecht angeschrieben waren, das Wochenende gründlich verdorben. Es war jedoch anzunehmen, dass gerade diese Männer ihre Erkundigungen mit großem Eifer anstellen würden, damit ihre Namen von der schwarzen Liste gestrichen wurden.

Rutledge bedankte sich bei dem Sergeant und legte auf.

Er saß in dem winzigen, stickigen, muffigen Raum, der in eine Telefonzelle umgewandelt worden war.

Bleib, wo du bist …

Wollte Bowles ihn noch einmal zu Lady Maude schicken, weil sich bei den Ermittlungen der Schotten etwas Neues ergeben hatte und er dazu auserkoren worden war, sich an Ort und Stelle darum zu kümmern? Oder war es zu weiteren Vorfällen gekommen? Aber wenn das der Fall gewesen wäre, dann hätte Bowles doch sicher klare Anweisungen hinterlassen, damit er wusste, bei wem er sich melden sollte und worin seine Pflichten bestanden.

Es war auch möglich, dass Bowles ein boshafteres Motiv hatte und von der Annahme ausging, Rutledge würde daran scheitern, zu Lady Maude vorgelassen zu werden, und ihm daher befahl, den Rückzug erst anzutreten, wenn er Erfolg gehabt hatte. Er hatte nur einen kleinen Koffer mitgenommen; falls man ihm befehlen sollte, mehr als zwei oder drei Tage zu bleiben, brauchte er Hemden, Schuhe und einen weiteren Anzug.

Hamish sagte: »Woher willst du denn wissen, dass er dich nicht gefeuert hat und dich jetzt in der Luft hängen lässt, bis er es dir persönlich sagt –« Rutledge blockte die schneidende Stimme ab.

Und in der Zwischenzeit?

Es stand ihm frei, die beiden kommenden Tage in Lincoln oder York zu verbringen. Vor dem Krieg hätte er diese Gelegenheit beim Schopf gepackt, denn er hatte Freunde, die er besuchen konnte, Häuser, von denen er wusste, dass er dort stets willkommen war. Aber zwei dieser Freunde waren jetzt tot, und ein dritter lag blind im Krankenhaus und mühte sich damit ab, einen neuen Beruf zu erlernen, während seine Frau auf seine Heimkehr wartete. Es gab immer noch Hotels, in denen er übernachten konnte.

Und das, ohne so recht zu wissen, was er mit sich anfangen sollte, während ihm nur seine Gedanken und Hamish Gesellschaft leisteten? Das war in Rutledges Augen keine verlockende Aussicht. Es wäre ihm lieber gewesen, wenn man ihn auf der Stelle nach London zurückgerufen und ihn mit einem anderen Fall beauftragt hätte, damit er beschäftigt war und nicht dazu kam, sich daran zu erinnern, dass er jemals eine Vergangenheit gehabt hatte, die länger als bis zur letzten Woche oder auch nur zum Vortag zurückreichte.

Zwei Tage.

Sein Schuldbewusstsein regte sich wieder. Er war seinem Patenonkel einen Besuch schuldig. Oder eine Erklärung. Beides würde ihm sehr schwer fallen.

Hamish sagte: »Warum kommt er nicht nach London?«

David Trevor hatte sein Architektenbüro im letzten Kriegsjahr seinem Partner übergeben. Der Tod seines Sohnes hatte ihn sehr mitgenommen, und er hatte sich nach Schottland zurückgezogen, um dort zu genesen. Frances zufolge schrieb er ein Buch über die Geschichte der britischen Baustile, doch das konnte auch ein Vorwand dafür sein, sich in der Vergangenheit zu begraben, bis er einer trostlosen Zukunft ins Gesicht sehen konnte.

»Ihm bietet Schottland eine Zuflucht.« *Mir aber nicht.*

Hamish erwiderte nichts darauf.

Nach einem Moment nahm Rutledge den Hörer wieder ab und ließ einen Anruf zu David Trevor durchstellen. Er hatte die Absicht, Ausflüchte vorzubringen, um sein Gewissen zu beschwichtigen. Er wollte erklären, der Arbeitsdruck mache eine Reise nach Schottland in absehbarer Zukunft wenig wahrscheinlich. Er wollte den Besuch, dem er noch nicht gewachsen war, vor sich herschieben.

Gewiss wäre David bereit, sich über das Wochenende mit ihm in Durham oder sonst wo zu treffen. Ein Kompromiss, der beiden gelegen kam – neutraler Boden, der für keinen mit Erinnerungen behaftet war.

Während Rutledge auf die Verbindung wartete, sagte Hamish: »Er wird nicht kommen.«

»Oh doch. Mir zuliebe schon.«

Zwanzig Minuten später fuhr Rutledge jedoch wieder nach Norden, diesmal in Richtung Grenze. Es hatte etwas in der Stimme seines Patenonkels mitgeschwungen – die Erleichterung darüber, endlich etwas von ihm zu hören, ein tiefes Bedürfnis, das nicht ausgesprochen wurde, eine Woge von Herzlichkeit, als er glaubte, Rutledge hätte angerufen, um ihm die Zeit seiner Ankunft mitzuteilen –, was es ihm nahezu unmöglich machte, die Einladung abzulehnen oder Alternativen vorzuschlagen. Sein Besuch war als selbstverständlich vorausgesetzt worden. Als hätte sich nichts geändert.

Er wollte lieber ins regnerische London und in die leere Wohnung zurückkehren, lieber nach York oder Lincoln oder Carlisle fahren, nur nicht nach Schottland, wo ihn auf Schritt und Tritt Stimmen an die Schotten erinnern würden, die er befehligt hatte. Männer, die er in seinen Augen verraten hatte …

Es gab kaum ein nennenswertes Städtchen im schottischen Hochland, das er nicht zumindest dem Namen nach gekannt hätte, weil einer oder ein Dutzend Männer, die unter seinem Befehl gestanden hatten, von dort kamen.

Wie viele Lügen hatte er verängstigten Jungen vor ihrer ersten Schlacht erzählt? Wie viele Lügen hatte er an trauernde Frauen geschrieben, die gerade einen Sohn oder einen Ehemann verloren hatten? Und doch hatten seine Männer ihm vertraut. Er hatte ihnen zugehört, wenn sie von ihren Familien, den Gehöften und dem Stück Land erzählten, von kleinen Siegen, die sie in ihrem kurzen Leben errungen hatten – einsame Männer, die zu später Nachtstunde an der Wand eines Schützengrabens lehnten und sich an ihr Zuhause erinnern wollten oder auf einer Tragbahre lagen und sich bemühten, tapfer zu sterben. Die Schotten waren gute Soldaten gewesen, und sie waren zählebig gewesen. Hier war nicht von Dutzenden oder von Hunderten die Rede, sondern von Tausenden. Rutledge fühlte sich ihnen immer noch verpflichtet, und das war eine Last, die er noch nicht ablegen konnte. Es ließ sich nicht leicht erklären, aber es war vorhanden, dieses Pflichtbewusstsein gegenüber den Toten.

Jetzt fuhr er nach Schottland, und es gab kein Zurück mehr.

Ich fahre ja schließlich nicht bis Edinburgh, hielt er sich vor. *Das Häuschen steht mitten auf dem Land, um Himmels willen! Wenn ich erst einmal da bin, könnte ich überall sein – in jedem beliebigen Landstrich Großbritanniens. Eines Tage muss ich es hinter mich bringen. Ich kann mich nicht vor der Vergangenheit verstecken. Irgendwie muss ich es schaffen …*

Es wäre reine Grausamkeit, noch einmal anzurufen und zu sagen, ich hätte es mir anders überlegt …

In den fernsten Ausläufern seines Bewusstseins spürte er jedoch, dass Hamish nicht bereit war, eine der Rechtfertigungen gelten zu lassen, die Rutledge vorbringen konnte. Für Rutledge hieß es, dass er eine seelische Hürde überwinden musste. Für Hamish war es das unannehmbare Grauen, in Frankreich zu sterben – seine dauerhafte Verbannung aus dem Hochland. Er war damals nicht nach Hause zurückgekehrt. Er würde auch jetzt nicht nach Hause zurückkehren.

Die Strapazen einer Reise mit dieser starren, undurchlässigen Mauer der Weigerung begannen ihren Tribut zu fordern.

Als er sich Newcastle näherte, folgte Rutledge einer spontanen Eingebung, bog in eine Seitenstraße ab und fuhr eine Zeit lang nach Westen, in Richtung Hexham. Er hielt den Wagen mitten im Nichts an, stieg aus und lief fast eine Meile zu Fuß zu dem großen Wall, den Hadrian vor so vielen Jahrhunderten im Norden von England erbaut hatte und der sich immer noch durch die grüne Landschaft schlängelte. Ein Wall aus Erde und Steinen, um die schottischen Barbaren in Schach zu halten, zu seiner Zeit verstärkt durch Festungen und Garnisonen, Geschäfte und Wachposten, mit der Zeit längst zerbröckelt und überwuchert. Hier war er als Junge gewesen, und die Erinnerung daran war ihm geblieben.

Hier hatten Soldaten gelebt und gekämpft, und hier waren sie gestorben, aber das war nicht der seltsame Reiz dieses Ortes. Was ihn lockte, war die hügelige grüne Landschaft, die hohe Kuppel des Himmels – die gewaltige *Stille*.

In Frankreich hatte es keine Ruhe gegeben. Männer, die dicht an dicht in den Schützengräben standen, hatten keine Privatsphäre. Das Geschützfeuer konnte man, selbst wenn es schwieg, in den Knochen hören, dieses schmerzhafte Donnern, das noch Stunden hinterher das Gehirn abstumpfte und in den Ohren ein Gefühl von Taubheit hinterließ. Die Flugzeuge, die über ihren Köpfen flogen, Pferde, die sich durch den Morast mühten, Lastwagen, die sich näherten, Stimmen, die Tag und Nacht lästerten und sangen und redeten oder nach einem Angriff vor Schmerz schrien und fluchten. Und das Bellen der Hunde, die zwischen den Toten nach den Lebenden suchten.

Auch in seinem Innern hatte keine Stille geherrscht, denn Hamish tobte und wütete in seinem Kopf. Er war nie wirklich allein gewesen.

Aber hier war sie greifbar, die Stille …

Er stand da und blickte zu dem leeren blauen Himmel auf, den Kopf in den Nacken gelegt und die Arme seitlich ausgestreckt, die Hände unwissentlich zu Fäusten geballt, und sog die Stille in sich ein.

Sogar der Wind hatte sich gelegt. Hamish war zum Glück verstummt. Es war auch kein Vogelgezwitscher zu hören; die Vögel hatten sich nach Süden gewandt, um in einem anderen Klima zu überwintern. Unter seinem Mantel erschien ihm sein Herzschlag gedämpft.

Stille.

Sie schien ihn zu durchdringen, sie schien ihn einzuhüllen, sie schien ihn restlos zu erfüllen.

Fast eine Viertelstunde stand er so da und lauschte.

Als er sich abwandte, um sich auf den Rückweg zu seinem Wagen zu machen, standen Tränen in seinen Augen.

Aber er hatte die Kraft geschöpft, die er brauchte.

6

Rutledge hatte kaum angeklopft, als Morag Gilchrist ihn auch schon an der schweren Tür des Sommerhäuschens begrüßte. Drei Generationen von Trevors hatten sie bereits mit der Pflege dieses Hauses südlich von Edinburgh betraut, und niemand schien genau zu wissen, wie alt sie war. Wenn jemand fragte, zeigte sie ihm die kalte Schulter. Morag hielt ihren Rücken so stramm wie ein Sergeant-Major, ihre Augen glänzten wie die einer Krähe, und ihre Hände waren so zart und ruhig wie die eines jungen Mädchens.

»Mr. Ian!«

Einen Moment lang glaubte er, sie würde ihn umarmen. In ihrem Gesicht drückte sich eine solche Herzlichkeit aus, dass er sich davon eingehüllt fühlte. Stattdessen schlang *er* die Arme um sie, und sie ließ es zu, ehe sie ihn von sich stieß. »Pah! Du zerknitterst mein Kleid, Junge! Vorsicht!«

Ihr schwarzes viktorianisches Kleid war bodenlang und fast so steif wie sie, und außerdem war es ein Ehrenabzeichen, wie der schwere Schlüsselring, der von einer silbernen Kette an ihrer Taille hing.

David Trevor kam aus dem Zimmer, vor dessen Tür sie gerade standen, und packte energisch Ians Hand; sein Gesichtsausdruck ließ die Männer tief den schmerzlichen Verlust empfinden, den keiner von beiden erwähnte.

Trevors Sohn war im dritten Kriegsjahr auf hoher See gestorben. Ross hatte Rutledge näher gestanden als jeder andere Mensch, dem er je begegnet war, so nah wie ein Bruder. Der Kummer setzte ihm immer noch schwer zu.

Er wurde ins Wohnzimmer geführt, einen kleinen Raum mit niedriger Decke und altmodischen Möbeln. In jedem Polster drückte sich Behaglichkeit aus, und im Kamin brannte ein knisterndes Feuer. Nachdem sie ihn freudig begrüßt hatten, rollten sich die Hunde zu seinen Füßen zusammen und seufzten zufrieden. Das gleichmäßige Ticken der Uhr wirkte beruhigend. Schon ehe er sich auf den Stuhl gesetzt hatte, der dem Lieblingssessel seines Patenonkels gegenüberstand, schien Rutledge ein Glas guten Whisky in der Hand zu halten. Die Steifheit und die Müdigkeit nach der langen Fahrt fielen von ihm ab. In einem gewissen Sinne war er heimgekehrt.

Auch Hamish, der sich stundenlang wüst gebärdet hatte, schien hier seinen eigenen Frieden zu finden. Oder lag es an dem Umstand, dass Rutledge nicht nur eine unsichtbare Linie durch die Landschaft, sondern auch eine Grenze in seinem Innern überschritten hatte? Er glaubte, beides könnte dafür verantwortlich sein.

»Wie war deine Reise?«

Das war der Beginn eines langen Gesprächs, das keine Anforderungen an ihn stellte und sich hinzog, bis Trevor hörte, wie die Uhr auf dem Kaminsims die halbe Stunde schlug.

»Wir werden zu spät zum Abendessen kommen, und Morag wird mir Vorwürfe machen, weil ich dich aufgehalten habe, statt dir Gelegenheit zu geben, dich umzuziehen. Geh schon, es ist dein altes Zimmer unter dem Dach.«

Aber es war groß genug, um keine Klaustrophobie auszulösen. Rutledge kannte das Zimmer gut; soweit er zurückdenken konnte, hatte er bei seinen Besuchen, ob als Junge oder als Mann, dort geschlafen.

Als sie in der Tür standen, klopfte Trevor ihm auf die Schulter. »Es tut verdammt gut, dich zu sehen. Ich hoffe, du bleibst so lange wie möglich!«

Dann wandte er die Augen ab, und sein Blick glitt auf das Feuer. »Sieh dich vor, was du zu Morag sagst, ja? Sie ist nicht mehr die alte, seit … ich meine, seit wir die Nachricht bekommen haben. Jetzt merkt man ihr die Jahre an, es ist wirklich ein Jammer. Aber sie hat ihn geliebt, verstehst du. …« Seine Stimme verklang.

Rutledge brachte mühsam hervor: »Ja, das weiß ich«, ehe er durch den Flur zur Treppe ging.

Der Kummer schnürte ihm die Kehle zu. Ross war klug gewesen, er hatte gut ausgesehen, und ihm war eine glänzende Zukunft im Architektenbüro seines Vaters bestimmt gewesen. Und jetzt lag er auf dem Meeresboden, und um ihn herum waren Tonnen von Metall auf dem Grund des Ozeans verstreut, ein weiterer Marinesoldat, dessen Tod nur durch ein Ehrenmal gekennzeichnet wurde. Rutledge hatte die Nachricht in Frankreich erhalten, an einem lauen Frühlingsmorgen, der einen weiteren Gasangriff ankündigte. Er hatte keine Zeit gehabt zu trauern. Für Trauer fand man selten Zeit.

Morag kam gerade aus seinem Zimmer; sie hatte ihm heißes Wasser und frische Handtücher gebracht. Jetzt stand sie da und hatte die Hände vor sich gefaltet, bis er den oberen Treppenabsatz erreichte und auf sie zukam. Ihr Blick war auf sein Gesicht gerichtet, der Blick einer Frau, die ihn schon von seiner Kindheit an gekannt hatte, die ihn für manchen Unfug ausgescholten hatte, die ihm Kuchen aufgehoben hatte, die seine Schrammen verpflastert und Hemden geflickt hatte, wenn er vom Baum fiel und sie zerriss. Er konnte sich nicht abwenden, und daher lächelte er.

»Hast du Wunden vom Krieg davongetragen?«

»Nichts, was nicht verheilt wäre«, log er ihr zuliebe.

Ihre Augen lasen jedoch mehr in seinem Gesicht, als ihm klar war. »Ja, das hat schon in den Briefen gestanden, aber in Briefen steht nicht immer die ganze Wahrheit, stimmt's? Ich wollte es mit meinen eigenen Augen sehen.« Sie unterbrach sich. »Die Träume? Ist es das?«

Er nickte wortlos.

»Ja, das dachte ich mir schon. Nun ja. Das wird vorübergehen. Mit der Zeit.«

Sie folgte ihm in sein Zimmer, strich die Handtücher auf der Stange glatt, zupfte an den Gardinen und rückte den Sessel mit dem Chintzbezug ein paar Millimeter zur Seite. Dann sagte sie leise: »Sieh dich vor, was du zu ihm sagst, Junge. Er trauert immer noch um ihn. Du hast ja selbst gesehen, wie furchtbar er sich verändert hat.«

Rutledge hatte es gesehen – mehr graue Haare, neue Falten um den Mund herum und die dunklen Ringe unter den Augen seines Patenonkels. Trevor war gealtert, aber es waren nicht die Jahre, die ihn hatten altern lassen.

»Ja.« Sie nickte. »Lass nicht zu, dass er dasitzt und Erinnerungen nachhängt …«

»Nein, ganz bestimmt nicht.«

»Komm am Morgen in die Küche.«

»Wird gemacht«, sagte er, und sie strahlte ihn an.

»Am Sonntag mache ich dir heiße Scones zum Frühstück.« Das war ein ganz besonderer Leckerbissen, eine Kindheitserinnerung. Sie lief die Treppe hinunter, um letzte Hand an das Abendessen zu legen, das sie vorbereitet hatte.

Die beiden Männer saßen an jenem Abend noch spät beim Portwein, und Trevor holte das Buch heraus, das ihm ein junger Architekt geschickt hatte, der 1912 in seinem Büro angefangen hatte. Edward Harper war 1917 umgekommen, bei der Explosion eines Munitionswagens, gemeinsam mit einem halben Dutzend anderer Männer in Stücke gerissen.

»Sag mir, was du davon hältst.« Schon allein die Behutsamkeit, mit der er das Buch auswickelte und es Rutledge reichte, zeigte deutlich, dass er es hütete wie einen Schatz.

Während seiner Monate in Frankreich war es Harper gelungen, eine Serie von Aquarellen fertig zu stellen, von Männern jeden Dienstrangs und jeder Einheit, die ihm begegnet waren. Afrikanische Chasseure, malaiische Kulis, ein französischer Dragoner, ein großspuriger Australier mit einem unverschämten Grinsen. Ein Sikh aus einem indischen Regiment, der eine Gasmaske trug, die von seinem prächtigen schwarzen Bart wie von einer gewaltigen Krause eingerahmt wurde. Eine Bandbreite von verschiedenen Turbanen, die jeweils die Region kennzeichneten, aus der indische Soldaten stammten. Spahis, afrikanische Eingeborene in französischen Diensten, die Trophäen sammelten. Schotten in ihren Röcken und ein belgischer Infanterist mit seinem seltsamen Helm. Es handelte sich unbestreitbar um individuelle und äußerst lebendige Porträts, und jede der Personen war treffend eingefangen. Darin zeigte sich ein ganz beachtliches Talent.

»Sie sind wunderbar«, sagte Rutledge und meinte es ernst. In diesen Aquarellen zeigte sich aber auch das öffentliche Gesicht des Krieges, fröhlich und farbenprächtig, ohne die Gefallenen und die Gräuel. Bilder, die man gefahrlos nach Hause schicken konnte. Das erwähnte er jedoch Trevor gegenüber nicht.

Rutledge saß da, blätterte die Seiten um und dachte an all die Männer, die er hatte sterben sehen, und an all die Begabungen, die mit ihnen gestorben waren. Und wozu? Er wünschte, er wüsste es.

»Ich werde sie fürs Büro rahmen lassen«, sagte Trevor gerade. »Als eine Art Ehrenmal.« Dann leerte er sein Glas und fügte zornerfüllt hinzu: »Eine solche Vergeudung. Mein Gott, es war alles eine verfluchte Vergeudung!«

Und Rutledge, der in sein Gesicht sah, wusste, dass er an seinen Sohn dachte.

Das Wochenende erwies sich seltsamerweise für beide Männer als heilsam. Am frühen Morgen gingen sie spazieren, sie saßen am Feuer und redeten, sie zogen mit den Hunden aus, um Wild aufzuscheuchen, stimmten jedoch darin überein, die Waffen zu Hause zu lassen. Es war genug getötet worden.

Hamishs Anwesenheit war zwar stets fühlbar, doch er verhielt sich weit gehend ruhig, als fände auch er ein gewisses Vergnügen an der Bandbreite von Trevors Interessen und an dessen leisem Humor. Rutledge fragte sich, ob die beiden Männer einander gemocht hätten. Oder ob sein eigenes kostbares und prekäres Gefühl von innerem Frieden ihm Hamish vom Leib gehalten hatte. Aber sowie Rutledge allein war, war alles beim alten, ein Kräftemessen.

Als er am Sonntagmorgen in die Küche kam, war Morag nicht allein.

In dem großen Raum mit dem gusseisernen Ofen und dem altmodischen Herd hing der köstliche Duft nach frischen, warmen Scones. Aber der dünne blonde Mann, dessen Gesicht vor Verlegenheit und Entschlossenheit gerötet war, als er vom Tisch aufstand, trug die Uniform eines Polizisten. Eines schottischen Polizisten.

Morag holte die Kanne von der Herdplatte, auf der sie den Tee hatte ziehen lassen, und sagte zu Rutledge: »Er lässt sich nicht vertreiben. Er heißt McKinstry, und er ist der Enkel der Cousine vom Mann meiner verstorbenen Schwester. Er will dich sprechen.« In Schottland war die Verwandtschaft ein weit verzweigtes Netz.

»McKinstry«, sagte Rutledge zur Begrüßung. Er setzte sich auf seinen gewohnten Stuhl und schob Morag seine Tasse entgegen, damit sie ihm einschenken konnte. »Was führt Sie hierher?«

»Inspector Rutledge«, sagte der junge Schotte förmlich. »Ich bin nicht sicher, Sir. Ich will damit sagen, ich bin in eigener Angelegenheit hier.«

»Umso besser. Ich befinde mich nämlich außerhalb meines Zuständigkeitsbereichs. Ich mache hier Urlaub.«

»Ja, Sir, das hat man mir schon gesagt.« Der Constable sah sich voller Unbehagen nach Morag um. Anscheinend hatte sie ihm klargemacht, dass keiner ihrer Verwandten Trevors Besucher zur Last fallen würde. »Ich komme aus der Nähe von Jedburgh. Der Ort, in dem ich stationiert bin, ist noch kleiner und liegt nicht an der Hauptstraße. Ich bezweifle, dass Sie je davon gehört haben. Er heißt Duncarrick, Sir.«

Hamish, der schon gereizt war, seit sie die Grenze überquert hatten, stellte bereits emsige Spekulationen an, und die Antworten, die ihm einfielen, behagten ihm nicht.

Das war das Städtchen, aus dem Inspector Oliver kam, der Polizist, der Lady Maude Gray derart aufgebracht hatte. »Doch, ich habe davon gehört.« Morag hatte den Teller mit den heißen Scones und eine Schale mit Butter vor ihn hingestellt. Er wünschte McKinstry zum Teufel, doch er lauschte höflich, während er die Hand nach seinem Messer ausstreckte. Der Mann war, ohne es zu wissen, ein störendes Element, weil er Dinge ansprach, die Rutledge für diese wenigen Tage mit Bedacht beiseite geschoben hatte. Hamish regte sich, als Rutledge selbst gerade Anspannung in sich aufkommen fühlte.

Das Gesicht des Constable hellte sich auf. »Es ist kein unangenehmer Ort. Ich kenne die Leute dort ziemlich gut, und ich könnte nicht behaupten, sie wären übler als die Leute im Nachbarort oder noch einen Ort weiter —«

»Nun komm schon zur Sache, McKinstry!«, sagte Morag.

Die Scones waren ganz ausgezeichnet. Rutledge hatte an der Front von ihnen geträumt – die Verpflegung war unbeschreiblich gewesen, und nach einer Weile achtete niemand mehr darauf, was er hinunterschluckte, aber es gab auch das eine oder andere Mal, wenn eine plötzliche Erinnerung einen so lebhaften Geschmack mit sich brachte, dass man ihn auf der Zunge zu spüren glaubte. Jetzt dachte er unwillkürlich an Ross, der ihm immer gegenüber gesessen und ihn angestrahlt hatte, während sie ein Scone nach dem anderen verdrückten, bis der Teller leer war.

McKinstry räusperte sich; ihm war nicht bewusst, dass er hinter Ross' Stuhl stand, die Hände auf das abgewetzte Holz der Lehne stützte und damit gegen eine lieb gewordene Erinnerung verstieß.

»Inspector Oliver hat mir gestern am späten Nachmittag mitgeteilt, ein Mann käme aus London, um uns im Fall von Lady Maude Grays Tochter weiterzuhelfen. Rutledge hieße er, sagte der Inspector. Ich bin heute morgen hergekommen, um Morag Gilchrist zu fragen, ob das derselbe Mann ist, den sie kennt. Sie hat gesagt, dass Sie hier Urlaub machen, aber wenn ich mich kurz fassen würde, könnte ich Sie fragen ...«

Rutledge, der gerade in das nächste Scone beißen wollte, starrte den jungen Constable an. ... *ein Mann käme aus London* ... *Rutledge hieße er, sagte er* ... Er wandte sich abrupt zu Morag um, doch sie stand am Ofen und hatte ihm den Rücken zugekehrt.

Als er am Freitagmorgen mit Scotland Yard gesprochen hatte, war nicht die Rede davon gewesen, dass er nach Duncarrick weiterreisen sollte. Erwartete man jetzt etwa von ihm, dass er den Schotten über sein Gespräch mit Lady Maude persönlich Bericht erstattete? Es sähe Bowles ähnlich, den Wölfen einen Untergebenen zum Fraß vorzuwerfen, wenn er Unerfreuliches auf sich zukommen sah. Der Mann hatte den Bogen raus, wie man im rechten Augenblick in Deckung ging. Oder war in den Lehrkrankenhäusern eine neue Information ans Licht gekommen? Wie dem auch sein mochte – Rutledge hatte plötzlich das unangenehme Gefühl, ihm wäre die Rolle des Opferlamms zugedacht.

Ihm wurde bewusst, dass McKinstry immer noch auf ihn ein-redete. »… und was mir Sorgen macht, ist, was man Ihnen in London mit auf den Weg gegeben haben könnte, wenn man be-denkt, dass man sie ohnehin schon bis zu ihrem Prozess einge-sperrt hat –«

Wen hatten sie eingesperrt? Rutledge sagte: »Wir sprachen ge-rade von Eleanor Gray.«

»Ja, Sir, das ist wahr, aber es ist bestenfalls ein Indizienbeweis. Trotzdem habe ich das Gefühl, das reicht aus, um sie zu hängen. In Duncarrick wird jede Jury bereitwillig den Schuldspruch fäl-len, ehe die Geschworenen auch nur ein einziges Wort gehört haben. Die Hürde besteht darin, die öffentliche Meinung umzu-stoßen, und da fehlt es mir an Erfahrung«, sagte McKinstry ernst zu ihm, und in seiner Stimme schwang enorme Anspannung mit. »Aber es gibt doch bestimmt Mittel und Wege? Ich bin ge-kommen, um Sie zu bitten, aufgeschlossen an den Fall heranzu-gehen und einen Weg zu finden, wie sich die öffentliche Mei-nung ändern lässt. Meiner Auffassung nach haben wir, wenn wir sie im Stich lassen, als Polizisten versagt!«

Dieser Appell kam von ganzem Herzen, und er grenzte an Ge-horsamsverweigerung. Der entschlossene junge Constable stand da und wusste genau, dass er seinen Job riskierte, indem er die Entscheidungen seiner Vorgesetzten in Duncarrick in Zweifel zog, doch sein Glaube an das, was er als seine Pflicht ansah, war so stark, dass er sich einem Fremden anvertraute. Es gab eine Anzahl von Leuten in Scotland Yard, die McKinstry dafür zur Rechenschaft gezogen hätten. Einem Constable stand keine eige-ne Meinung zu.

Aber an Rutledge, der nur über die englische Seite der Ermitt-lungen informiert war, appellierte er vergebens. »Ich habe keine Ahnung, wovon Sie reden«, sagte er kategorisch. »Bisher hat man mir in London nichts gesagt. Ich bin in den Norden gekom-men, um mit Lady Maude Gray zu sprechen, und ich habe bisher keine Anweisung erhalten, nach Duncarrick weiterzufahren.« Als Morag einen Teller mit Eiern vor ihm abstellte, fuhr er fort: »Um Gottes willen, Mann, setzen Sie sich, und frühstücken Sie mit mir, damit ich mein eigenes Frühstück genießen kann!«

McKinstry sagte errötend: »Ich hoffe, es macht Ihnen nichts aus, Sir, aber ich habe schon gefrühstückt.«

»Dann setzen Sie sich, und trinken Sie eine Tasse Tee. Und fangen Sie von vorn an.«

Der Constable zog einen Stuhl heraus und warf einen Blick auf Morag. Sie brachte ihm eine frische Tasse und stellte sie wortlos vor ihm ab. Sie brauchte keine Worte, um ihm zu vermitteln, dass er seine Grenzen überschritten hatte. Er konnte es deutlich an ihrem Gesicht ablesen.

Hamish, der sich zu einem Kommentar veranlasst sah, sagte: »Er glaubt an das, was er sagt.«

McKinstry schenkte sich eine Tasse Tee ein und fügte Milch und Zucker hinzu wie ein Verurteilter, der entschlossen ist, bei seiner Henkersmahlzeit Mut zu zeigen, und dann setzte er ziemlich steif zu seinem Bericht an, ehe er den Tee probiert hatte. »In meinem Bezirk gibt es eine Frau. Eine brave Frau, aber sie ist zum Gegenstand anonymer Briefe geworden. Die Briefe sind nicht mit der Post gekommen, verstehen Sie, sondern unter die Ecke einer Fußmatte gelegt oder an eine Wäscheleine geheftet worden, eben da, wo man sie morgens als Erstes bemerken würde.«

»Also gut, anonyme Briefe. Was stand darin? Gewöhnlich haben sie ein bestimmtes Thema.«

»Um nicht um den heißen Brei herumzureden, Sir, man hat sie als Hure bezeichnet. Niemand hat sie direkt auf diese Anschuldigungen angesprochen. Das zu akzeptieren, fällt mir besonders schwer. Niemand hat ihr Gelegenheit zu einer Erklärung gegeben. Stattdessen haben die Leute sie gemieden. Es schien, als hätte sie die Leute belogen, verstehen Sie, und das haben sie als Vertrauensbruch angesehen.« Er unterbrach sich und runzelte die Stirn. »Zumindest müssen sie sich das eingeredet haben, um ihr Verhalten zu entschuldigen. Eine andere Erklärung kann ich nicht dafür finden. Und um alles noch schlimmer zu machen: als die ersten Briefe eingetroffen waren, kam ans Tageslicht, dass sie die Mutter eines Kindes ermordet haben könnte, das sie als ihr eigenes ausgibt. Man hat also Mordanklage erhoben und sie verhaftet. Inspector Oliver wird Ihnen berichten, was gegen sie vorliegt, und von den Knochen erzählen. Ich befürchte nun, die Geschworenen werden alles daransetzen, dass sie gehängt wird, weil es in der menschlichen Natur liegt, glauben zu wollen, man könnte nicht lange zum Narren gehalten werden.«

McKinstry erinnerte sich an seinen Tee, trank einen Schluck und verbrannte sich die Zunge. Dann sagte er in einem verzweifelten Versuch, sich verständlich zu machen: »Es erinnert mich an die Zeiten, als die Menschen an Hexen geglaubt haben. Sie haben unschuldige Männer und Frauen auf den Scheiterhaufen geschickt oder sie ertränkt, weil sie mit allen Mitteln beweisen wollten, dass Hexerei existiert. Eine Form von Hysterie, die den Platz der Vernunft eingenommen hat. Ist es das, was hier geschieht? Ich weiß selbst nicht, warum ich nicht auch von diesem Wahn infiziert bin …« Aber er wusste es genau, und er konnte sich nicht dazu durchringen, es zu sagen: Er war in Fiona verliebt und sah sie als Opfer an, nicht als Mörderin. Vielleicht war das seine eigene Hysterie … Der Gedanke jagte ihm plötzlich Angst ein.

»Sie waren einer der Beamten, die die Untersuchung durchgeführt haben? Dann sollten Sie wissen, wie stichhaltig das Beweismaterial ist, das gegen sie vorliegt«, antwortete Rutledge. »Hat sie einen guten Anwalt? Nach allem, was Sie mir erzählen, braucht sie den.«

»Ja, den hat sie – obgleich ich persönlich nichts von ihm halte. Ich habe immer wieder versucht, dieser Angelegenheit auf den Grund zu gehen, weil ich nicht glaube, dass es sonst noch jemand versucht hat. Uns mögen zwar Indizien vorliegen, die in ihre Richtung weisen, aber gibt es vielleicht mehr Indizien, die für sie sprechen? Und ich weiß nicht, wie man sich ordnungsgemäß auf die Suche nach solchen Indizien macht. Ich wüsste nicht einmal, wo ich beginnen sollte. Mit Verbrechen haben wir in Duncarrick nicht viel zu tun.«

Rutledge sagte: »Aber dazu hat man Sie doch ausgebildet. Was ist denn daran so schwierig?«

McKinstry fuhr mit einem Finger durch Zuckerkörner, die er in seiner Nervosität neben seine Teetasse gestreut hatte. »Ich kann einen Mann finden, der wegen Raub gesucht wird, ich kann einen Mann davon abhalten, seine Frau zu schlagen, ich kann Ihnen sagen, wer vermutlich der Täter ist, wenn in das Haus der MacGregors eingebrochen wird, und wenn ich mir den alten Mann draußen in dem Unterstand am Bach genauer ansehe, kann ich beurteilen, ob das fette Lamm, das er geschlachtet hat und brät, einem anderen gehört. Das ist die Form von Arbeit, mit der ich mich auskenne. Aber hier geht es um etwas ganz anderes. Hier wird im Vorübergehen getuschelt und geflüstert, und keiner weiß, wer den Klatsch in Umlauf gesetzt hat. Und genau das passt mir nicht – wie alles angefangen hat. Hier wird ein Wort fallen gelassen, dort wird ein Blick gewechselt, dann zuckt jemand die Achseln, und ich kann nicht herausfinden, wer dahinter steckt. Inspector Oliver behauptet, das spielt keine Rolle, denn wir hätten *unsere* Arbeit getan und genug Beweise für den vorliegenden Mord zusammengetragen, damit er jetzt vor Gericht kommt. Aber mir erscheint es wichtig herauszufinden, wie und wo diese ganze Angelegenheit ins Rollen gekommen ist. Die Wahrheit ist, dass es so scheint, als hätte sie ein Eigenleben angenommen! Wie ein Geist, der ungehindert durch die Gegend läuft und den Leuten etwas ins Ohr flüstert. Ich weiß, dass das seltsam klingt, aber ich kann es nicht besser erklären.«

Ob seltsam oder nicht, Rutledge stand jedenfalls ein klares Bild vor Augen.

»Gerüchte«, stimmte Rutledge zu, »können tödlich sein. Vor allem, wenn die Menschen bereit sind, sie zu glauben. Aber wenn nicht mehr als Klatsch dahinter stecken würde, dann hätten der Fiskal und der Chief Constable doch gewiss niemals zugelassen, dass der Fall vor Gericht verhandelt wird.«

McKinstry schüttelte traurig den Kopf. »Ich habe nächtelang wach gelegen und mich mit dieser Frage beschäftigt. Ich kann mir nicht vorstellen, dass der Chief Constable sich hereinlegen lässt, er ist kein leichtgläubiger Mann. Was kann das sein, was ihm die Sicherheit gibt, dass genug Beweismaterial vorliegt?«

Rutledge dachte einen Moment darüber nach.

»Anonyme Briefe sind das Werkzeug eines Feiglings. Merken Sie sich das gut. Und finden Sie heraus, wer einen heimlichen Groll gegen diese junge Frau hegt. Es muss nicht unbedingt einen Grund dafür geben, den Sie oder ich ihr vorhalten würden.

Es wird eine Lappalie sein. Und mit Sicherheit ist es etwas Persönliches. Und es muss nicht zwangsläufig eine Sünde sein, die sie begangen hat. Es kann sich ebenso gut um eine Unterlassungssünde handeln.«

»Lauter als alle anderen in Duncarrick klagt einer ihrer Nachbarn über sie. Ein übellauniger Kerl, aber es ist unwahrscheinlich, dass der sich hinsetzt und anonyme Briefe schreibt. Ihm sähe es ähnlicher, seine Fäuste zu benutzen, als mit seinen Gefühlen hinter dem Berg zu halten.«

»Könnte er vielleicht ein Auge auf sie geworfen haben und abgewiesen worden sein? Möglicherweise glaubte er, dass sie anderen ihre Gunst erweist, aber ihn verschmäht?«

McKinstrys Miene wirkte belustigt. »Hugh Oliphant in der Rolle des abgeblitzten Liebhabers? Er ist über siebzig! Seine Frau wacht über ihn wie eine Katze über ein Mauseloch, aber ihm wäre ein Bier alle Mal lieber als ein hübsches Gesicht!«

»Dann eben seine Frau. Oder jede andere Frau, die den Verdacht haben könnte, dass ihr Mann zu großes persönliches Interesse an der Angeklagten hat.«

»Da wäre Molly Braddock. Ich meine, früher war sie Molly Sinclair. Tommy Braddock ist handwerklich geschickt und hat für die Angeklagte ab und zu kleinere Arbeiten übernommen. Er hat für sie den Rahmen eines Schiebefensters repariert, als die Schnur mit dem Gewicht abgerissen ist, und er hat den Kamin gesäubert, als im letzten Frühjahr Vögel ein Nest darin gebaut hatten. Er ist ein unbekümmerter Kerl und steht mit jedem auf gutem Fuß. Aber Molly ist rasend eifersüchtig.« McKinstry schüttelte den Kopf. »Ich kann Ihnen Namen nennen, nichts leichter als das. Ich kann mir nur nicht vorstellen, dass sich einer dieser Menschen Tag für Tag hinsetzt, um derart niederträchtigen Unsinn zu schreiben.«

Hamish sagte: »Er ist ein gewissenhafter Polizist, das ist er, und noch dazu ein braver Mann, der keinen Hass kennt.«

Rutledge stimmte ihm zu. Er schmierte Butter auf das letzte Scone. »Dann wollen wir doch mal eine andere Richtung einschlagen«, sagte er laut. »Waren die Briefe in einem biblischen Tonfall gehalten?«

»Ja, Sir! Wie haben Sie das erraten?«

»Es ist nicht ungewöhnlich, dass die Verfasser anonymer Briefe ihr Vorgehen mit der Heiligen Schrift bemänteln. ›Gott ist derjenige, der dich straft, nicht ich! Er sitzt über dich zu Gericht, nicht ich!‹«

McKinstry seufzte. »Das würde auf die halbe Stadt passen. Wir sind ein verbiesterter Haufen, darauf bedacht, hinter jeder Ecke die Sünde zu erspähen, und wer suchet, der findet.«

»Ihnen ist doch klar«, sagte Rutledge und musterte den jungen Mann, »dass diese Briefe unter Umständen nicht das Geringste mit dem Verbrechen zu tun haben, das ihr zur Last gelegt wird. Es kann schlichtweg so sein, dass die Briefe die Aufmerksamkeit auf Umstände gelenkt haben, die bis dahin niemand in Betracht gezogen hat. Und als die Polizei sich damit befasst hat, ist die Wahrheit ans Licht gekommen.«

»Nein, Sir«, sagte McKinstry, hin- und hergerissen zwischen dem Bedürfnis, seine eigenen Überzeugungen zu verteidigen, und der Furcht, den Mann aus London, auf den er seine ganze Hoffnung gesetzt hatte, gegen sich aufzubringen. »Das kann ich ohne bessere Beweise nicht hinnehmen. Manchmal«, sagte er zögernd und warf einen Blick auf Morag, »manchmal schaukelt sich der Glaube an die Schuld derart auf, dass kein Mensch mehr auf die *Trugschlüsse* in der Beweisführung achtet. Ich will damit sagen, dass Duncarrick aufgrund der Briefe versessen darauf war, sie schuldig zu befinden. Dass die Briefe die Voraussetzung für alles Weitere geschaffen haben.«

Es war ein Leichtes, Indizien so zu präsentieren, dass sie zu einer Theorie passten. …

»Ja, ich verstehe«, antwortete Rutledge geduldig. »Und genau das ist der Zweck einer Gerichtsverhandlung – die Beweislast öffentlich und gerecht abzuwägen.«

Hamish murrte, als wollte er Rutledges Worte in Zweifel ziehen.

»Vorausgesetzt, die Geschworenen hören zu«, wandte McKinstry ein. »Dann hat es Zweck. Aber was ist, wenn die Geschworenen nichts Gegenteiliges hören wollen, weil ihre Meinung schon feststeht? Und genau das fürchte ich, Sir, denn ich kenne meine

Leute. Und zu meiner Beschämung muss ich sagen, dass ich kein Vertrauen in Geschworene setze, die nicht aufgeschlossen sind.« Er holte tief Atem. »Und was soll aus dem Kind werden? Auch das macht mir Sorgen. Soweit ich weiß, hat es keinen Vater.« Er sah Rutledge nicht an, sondern schaute zum Fenster hinaus. »Sie ist eine brave Frau. Sie ist eine gute Mutter. Wenn sie sagt, der Kleine ist ihr Kind, dann möchte ich es glauben. Aber die Polizei hat das Gegenteil behauptet – sie hätte die Mutter getötet, das Kind zu sich genommen und dann ihrer Tante und dem Rest der Welt erzählt, es sei ihr eigenes.«

»Das Kind ist nicht Angelegenheit des Gerichts«, erwiderte Rutledge, der an Lady Maude Gray dachte. Würde sie Ansprüche auf das Kind erheben, wenn die entfernteste Möglichkeit bestand, dass es sich um das Kind ihrer Tochter handeln könnte? Obwohl sie sich weigerte zu glauben, dass ihre Tochter tot war? Es waren schon seltsamere Dinge geschehen. Er spürte Morags Blick auf sich und drehte sich zu ihr um. Morag schüttelte den Kopf, als wollte sie bestreiten, dass ihr seine Antwort nicht gefallen hatte, doch er wusste, dass die alte Frau von ihr enttäuscht war. Dasselbe galt für Hamish.

Rutledge war in Gedanken bei Lady Maude, als er sagte: »Wie hat Oliver diese junge Frau, die in Duncarrick lebt, mit einer Leiche in Verbindung gebracht, die man oben im Glencoe gefunden hat? Von allem anderen abgesehen ist das doch eine ganz schöne Entfernung!«

McKinstry, dem bei einem einfachen Bericht weitaus wohler zumute war als bei seinen eigenen Gefühlen, verlor etwas von seiner Anspannung. »Sobald klar war, dass der Junge nicht ihr Kind sein konnte, haben wir uns auf die Suche nach der Mutter gemacht. Wir haben Anfragen bis nach Glasgow und Edinburgh und über die Grenze nach England geschickt. Der Junge wird bald drei. Wir haben also nicht damit gerechnet, dass es einfach sein wird. Inspector Oliver war der Überzeugung, wir sollten uns da umsehen, wo die Angeklagte herkam, ehe sie nach Duncarrick gezogen ist. Das hat uns schließlich zum Glen geführt. Dort waren gerade erst im letzten Jahr menschliche Überreste gefunden worden, die Knochen einer Frau. Und sie waren bislang nicht identifiziert.« Er schaute seine Teetasse an, ehe er Rutledge in die Augen sah. »Die Polizei im Glencoe war nahezu sicher, dass die Knochen im März 1916 nicht dort waren, als sie auf der Suche nach einem alten Schäfer, der den Verstand verloren hatte und verschwunden war, das Glen durchkämmt haben. Und die Anwohner behaupten, es müsse im Spätsommer oder im Frühherbst gewesen sein, denn jeder, der im Frühjahr seine Schafherden in die Berge treibt, hätte die Krähen bemerkt, die sich dort versammelt haben müssen. Wir haben eine Personenbeschreibung hingeschickt und dem Wenigen, was die Polizei vom Glencoe in ihren Akten hatte, unsere Verdachtsmomente in Duncarrick hinzugefügt. Und dann hat sich ein Inspector aus Menton bei uns gemeldet und um weitere Informationen gebeten. In Duncarrick hat man sich auf diese Neuigkeiten gestürzt und sie als Tatsachen akzeptiert. Und Inspector Oliver war nicht geneigt, den Zusammenhang in Frage zu stellen –« Er brach ab, denn ihm war plötzlich unbehaglich zumute.

Rutledge drängte ihn nicht. Nach einem Moment sprach McKinstry weiter.

»Jedenfalls haben die drei zuständigen Behörden die Möglichkeit ins Auge gefasst, die vermisste Eleanor Gray sei die Mutter des Jungen in Duncarrick und unter verdächtigen Umständen im Glencoe ums Leben gekommen. Die Körpergröße könnte stimmen, und der Zeitpunkt passt. Wenn sie sich im Frühjahr mit ihrer Mutter gestritten und dann das Kind ausgetragen hat, wäre sie im Spätsommer entbunden worden. Und um die Zeit ist der Junge geboren. Hinzu kommt, dass keine der anderen Anfragen, die bei Inspector Oliver eingegangen sind, annähernd so gut gepasst hat.« Er holte tief Atem. Selbst er erkannte, wenn er auch noch so sehr von Fionas Unschuld überzeugt war, dass man sich der Logik dieser Indizien nicht entziehen konnte.

Rutledge sagte: »Selbst wenn man mir den Fall zuteilt, wüsste ich nicht, was ich erreichen könnte, das Sie noch nicht erreicht hätten.« Und es war offensichtlich, dass McKinstry selbst nicht objektiv war. Rutledge ertappte sich dabei, dass er sich fragte, in welcher Beziehung der Constable zu der Angeklagten stand – gestanden hatte.

»Zeigen Sie mir«, flehte McKinstry, »wie ich beweisen kann, dass sie niemandem etwas getan hat. Wie ich das Getuschel zum Verstummen bringen kann, ehe der Fall zur Verhandlung kommt. Ich würde ungern denken, dass mein Versagen sie an den Galgen gebracht hat. Aber es wird dazu kommen. Es steht nicht in meiner Macht, das zu verhindern.«

Als McKinstry gegangen war, wandte sich Rutledge an Morag. »Er hätte nicht kommen sollen. Das war ein Fehler.«

Er konnte hören, dass Trevor leichtfüßig die Treppe hinuntersprang, die Tür öffnete und nach den Hunden pfiff. Das Wochenende hatte seinem Patenonkel neuen Elan gegeben.

»Was hat es geschadet?« Sie griff nach der Bratpfanne. »Alistair ist ein ehrlicher Junge, und er möchte seine Sache richtig machen. Hätte ich ihn etwa fortschicken sollen, ohne ihm eine Chance zu geben, dass er angehört wird? Als könnte ich dir nicht trauen? Als sei auf deine Gerechtigkeit kein Verlass?«

»Nein. Aber es ist nicht mein Fall. Es ist Inspector Olivers Fall. Und McKinstry kennt mich nicht. Ich hätte ihn melden können, weil er über den Kopf seines Vorgesetzten hinweg gehandelt hat. Oder ich hätte ihm Schwierigkeiten machen können, weil er versucht hat, mein weiteres Vorgehen zu beeinflussen.« Bowles hätte das bestimmt getan. Ein anderer Gedanke schoss ihm durch den Kopf. »Könnte das Kind von ihm sein?«

»Er war in Frankreich. Und übrigens kennt er dich. Er hat deine Bekanntschaft auf einem Truppenverbandplatz an der Front gemacht. Er hatte einen Beinschuss abgekriegt. Er hat gesagt, du seist einer der tapfersten Männer, denen er je begegnet ist. Du hattest gerade drei Männer ins Lager zurückgebracht, die in einen Gasangriff geraten und in der Nähe eines deutschen Vorpostens für tot liegen gelassen worden waren. Irgendwie hattest du sie gefunden und rausgeholt. Alistair hat sich gefreut, dass er dir die Hand schütteln konnte.«

Trevor lief mit langen Schritten durch den Korridor und sprach mit seinen Hunden. Die geräumige Küche erschien Rutledge plötzlich klein, drückend und zu heiß. Hamish, der sich in seinem Innern lebhaft zu Wort meldete, war so lautstark zu ver-

73

nehmen wie eine Stimme im Raum. Rutledge konnte sich kaum noch an jenen Tag auf dem Truppenverbandplatz erinnern und schon gar nicht an das Gesicht des Soldaten, der ganz in seiner Nähe auf einer Bahre lag und ihm die Hand geschüttelt hatte. Während die Ärzte eine Schnittwunde auf seinem Handgelenk säuberten, stand er grimmig da und nahm den Schmerz nicht zur Kenntnis. Dieser Vorfall hatte sich nicht allzu lange nach Hamishs Tod abgespielt, und Rutledge war vorsätzlich Risiken eingegangen, weil er sterben wollte. Es war kein Mut gewesen, sondern blanke Verzweiflung – er hätte alles in Kauf genommen, um die Stimme in seinem Kopf zum Verstummen zu bringen. Sogar den Tod.

Morag redete, doch ihre Worte kamen nicht bei ihm an. Trevor begrüßte ihn, und die Hunde tollten lärmend um seine Füße.

Trevor sagte: »Ian, ist alles in Ordnung mit dir?«

Rutledge schüttelte den Kopf, um wieder klar denken zu können. »Ja, es ist nichts weiter. Morag hat mir nur gerade von einem ihrer Verwandten erzählt. Es hat alte Erinnerungen wachgerufen, das ist alles.« Zu Morag sagte er: »Tut mir Leid. Es scheint, als könnte ich ihn nicht einordnen.«

Aber hinterher, als er mit Trevor zu einem der Bäche lief und über seine Arbeit sprach, stellte er fest, dass er wieder an McKinstry dachte. Was der junge Polizist von ihm gewollt hatte, war nichts weiter als eine Art Hoffnung. Das Versprechen, dass er objektiv bleiben würde, falls er den Fall übernahm, und dass er sich nicht von den bereits gezogenen Schlussfolgerungen hinreißen lassen würde.

Es spielte keine Rolle. Er hatte keinen Grund, sich einzumischen. Er hatte seinen Auftrag ausgeführt, indem er mit Lady Maude gesprochen hatte, und alles Weitere läge in den Händen des Gerichts liegen. Er wollte nicht in Schottland bleiben.

Am Montagmorgen meldete Rutledge in David Trevors Arbeitszimmer einen Anruf nach London an.

Bowles, der ans Telefon geholt wurde, sagte schroff: »Rutledge, sind Sie das?«

»Ja.« Er fasste sein Gespräch mit Lady Maude schnell zusammen und beendete den Bericht mit seiner eigenen Ansicht. »Es ist schwer zu sagen. Meiner Meinung nach weiß sie nicht, wo sich ihre Tochter derzeit aufhält, und es ist durchaus möglich, dass sie an einem der Lehrkrankenhäuser –«

»Dieser Bericht liegt mir bereits vor. Es gibt keine Eleanor Gray, die Ärztin werden will.«

»Sie könnte einen anderen Namen benutzt –«

»Ja, ja, das ist mir schon klar, aber es gibt auch niemanden, auf den die Personenbeschreibung passt, die Sie Sergeant Owens durchgegeben haben. Ich würde vermuten, ganz gleich, worum sich dieser Streit gedreht hat, wegen eines Medizinstudiums ist die junge Frau nicht von zu Hause fortgelaufen. Es könnte doch sein, dass sie ihrer Mutter nicht die Wahrheit gesagt hat.« Es entstand eine Pause. »Eines haben wir jedoch in Erfahrung gebracht. Sie war eine Suffragette, ein freiheitsliebendes junges Fräulein. Sie ist mehrfach verhaftet worden, weil sie sich an Zäune gekettet und sich auf jede erdenkliche Art zum öffentlichen Ärgernis gemacht hat, die ihr die größte Aufmerksamkeit eintrug. Eine junge Frau, bei der man davon ausgehen kann, dass sie sich auf die eine oder andere Weise in Schwierigkeiten bringt, würde ich mal sagen. Sergeant Gibson hat sie noch aus der Vorkriegszeit in Erinnerung, und er sagt, sie hätte jetzt schon seit einigen Jahren keinen Ärger mehr mit der Polizei gehabt. Das könnte heißen, dass sie ihre Lektion gelernt hat. Oder dass sie tot ist.«

Bowles holte tief Atem und kündigte damit einen Themenwechsel an.

»Wir haben einen Anruf von Lady Maude bekommen. Sie werden nach Schottland fahren und soviel wie möglich über diese Leiche in Erfahrung bringen. Sie besteht darauf, dass Sie den Fall übernehmen und dass ihre Familie nicht in die Geschichte hineingezogen wird und weder öffentlich noch privat Spekulationen über ihre Tochter angestellt werden, solange Sie nicht mit absoluter Sicherheit sagen können, dass es sich bei der Leiche um Eleanor Gray handelt. *Was zum Teufel haben Sie zu ihr gesagt?*«

7

An jenem Morgen um zehn Uhr hatte sich Rutledge von Trevor den Weg beschreiben lassen, das großzügige Paket Sandwichs in Empfang genommen, die Morag für ihn geschmiert hatte, und wandte sich nach Südwesten in Richtung Jedburgh und Tweedesdale. Es war ein bewölkter Tag mit Aufheiterungen und ein oder zwei kurzen Regenschauern, die den Geruch nach feuchter Erde aufsteigen ließen. Lange Schatten fielen über die Landschaft, wenn die Sonne herauskam, verschwanden und tauchten wie durch Zauberhand wieder auf, während die Wolken über den Himmel zogen. In Schottland schien es immer mehr Himmel zu geben als in England, einen anderen Himmel. Weit und leer, als sei Gott nicht zu Hause.

Er war für ein Wochenende nach Schottland gekommen, weil er das seinem Patenonkel schuldig war, und jetzt hielt die Pflicht ihn hier fest. Er war bedrückt und verstört, und der Seelenfrieden, den er am Hadrianswall gefunden hatte, war von ihm abgefallen. Und Hamish, der seinen gewohnten Platz hinter der Schulter des Fahrers eingenommen hatte, war durch die Wendung der Ereignisse ebenso verstört wie Rutledge. Er konnte die Stimme so deutlich hören, als handelte es sich tatsächlich um einen Beifahrer, der ihm Vorwürfe machte und sich beharrlich weigerte, die Änderung ihrer Pläne zu akzeptieren.

»Und zum Glen bringt mich keiner ...«

Rutledge versuchte sich ihm zu entziehen, aber dann packte ihn ein anderer schmerzhafter Kummer, der wieder erwacht war.

Der Wagen beförderte nämlich auch den »Geist« von Ross Trevor. Rutledge hatte die Anwesenheit des Toten im Haus seines

Patenonkels sehr stark wahrgenommen. In Frankreich hatte er seinen Tod akzeptieren können, aber in dem Haus, in dem Ross fünfundzwanzig, wenn nicht mehr seiner Sommer verbracht hatte, schien es, als müsste er um die Ecke gebogen sein, durch den Korridor verschwunden, oben in seinem Zimmer, oder als redete er gerade in der Küche mit Morag. Sein Gelächter flog ihm voraus, wenn seine flinken, energischen Schritte auf die Tür zukamen. Ross Trevor war von einer starken Präsenz gewesen, und Rutledge hatte sich dabei ertappt, dass er die Türen im Auge behielt oder hinter dem Ticken der alten Standuhr oder dem Wind in den Dachtraufen nach einem Zeichen von ihm lauschte. Es erschien ihm ausgeschlossen, dass ein solcher Mann so gänzlich verschwunden war, vom Meer geschluckt.

Erst in den letzten vier Monaten war Rutledge klar geworden, was die Zivilbevölkerung in den langen, finsteren Zeiten durchgemacht hatte, als die Todesfälle sich gehäuft hatten und kein Ende der Kämpfe in Sicht zu sein schien. Es unterschied sich davon, wie die Soldaten das Sterben sahen, aber es war nicht weniger furchtbar. Eine Zeit der Trauer.

Er fragte sich, ob David ebenfalls dieses Gefühl der Vorfreude hatte, diese ständige Erwartungshaltung, und wenn ja, wie er damit umging. Dann wurde ihm klar, dass es für Ross' Vater und für Morag vielleicht sogar ein eigentümlicher Trost war.

Hamish sagte, als würde er diesen Gedanken weiter verfolgen: »Sie haben ihn nie tot gesehen. Sie haben nie seinen Sargdeckel zugeklappt und beobachtet, wie Erde auf ihn geschaufelt wird. So wie ich ist auch er nie nach Hause gekommen. Sie warten also immer noch …«

Jedburgh war, ebenso wie die benachbarten Orte von Berwick bis Dumfries, nicht das Schottland der Schottenröcke und der Dudelsäcke. Es waren die Marschen, die zu beiden Seiten der Grenze zwischen England und Schottland verliefen, die Grenzstädte des Tieflands, wo über Jahrhunderte eine andere Form von Krieg gewütet hatte – Raubüberfälle nach England, um Rinder, Schafe und Pferde zu erbeuten, und so waren Generationen von harten Männern entstanden.

Die Engländer hatten ebenfalls Beutezüge nach Norden unternommen, vergleichbar energisch und gerissen. Bis ins siebzehnte Jahrhundert war das eine Lebensform gewesen, die zuweilen geduldet und zuweilen getadelt wurde, aber doch immer einträglich genug war, um zu den Haupterwerbszweigen der Region zu zählen. Erst das Bündnis zwischen Schottland und England hatte dem schließlich ein Ende bereitet.

Außerdem hatte das Erbe von John Knox die ungestüme Mentalität der Grenzbewohner gezähmt, und so konnten Geschäfte und Selbstgerechtigkeit Hand in Hand gehen. Der Sonntag war heilig, Frauen wussten, welcher Platz ihnen zukam, und die Kirche hatte mehr Einfluss auf das Alltagsleben als Edinburgh, ganz zu schweigen vom fernen London.

Legenden rankten sich um die Reivers – wie die Plünderer in dieser Gegend genannt wurden – und ihre Beutezüge. In Balladen und Sagen wurden ihre Taten gefeiert. Namen wie Sim the Laird, Jock of the Side und Kinmont Willie gingen in die Geschichte ein. Schließlich handelte es sich hier um einen Landstrich, wo die wechselhafte politische Lage, Kriege, Fehden und Bündnisse die Grenzen oftmals neu gezogen hatten. Was heute mein war, konnte morgen durchaus dein sein, und es sich zurückzuholen wurde zu einem Volkssport.

Rutledge fuhr durch einen weiteren Schauer nach Jedburgh und fand die Abzweigung, die nach Duncarrick führte. Es war ein kleines Städtchen in der grünen hügeligen Landschaft zwischen Air Water und dem Tweed. Eine hohe Häuserfront mit Geschäften und einem Hotel bildete einen unregelmäßig geformten Platz aus dem neunzehnten Jahrhundert mit einem heruntergekommenen Denkmal auf der erhöhten Seite, das an die Feuersbrünste erinnerte, die im frühen fünfzehnten Jahrhundert dreimal innerhalb von dreißig Jahren ausgebrochen waren. Die Säule stand am hohen Ende des Platzes, eine einsame Erinnerung an die Vergangenheit, umgeben von dem neueren Stadtbild. Andere Häuser, von denen einige wesentlich älter waren, zogen sich nach Westen hin, und darunter verbarg sich ein bescheidenes Gasthaus. Auf dem hölzernen Schild über der Tür stand THE REIVERS. Kaum ein Dutzend Straßen umschlossen das Herz von Duncarrick und ließen es dadurch abgeschieden wirken, als sei es inmitten des Nichts gelandet, eine ländliche Gemeinde, die von der Tweedindustrie der Nachbarorte nicht berührt worden war.

»Ganz anders als die Ortschaften im Hochland«, sagte Hamish versonnen. »Aber es hat auch nichts Englisches an sich.« Recht hatte er, es unterschied sich tatsächlich von den kleinen englischen Grenzstädten, die kaum einen Tagesritt entfernt waren.

Im Gegensatz zu Jedburgh, das sich einst seiner Stadtmauern und Türme, einer Burg und einer Abtei gerühmt hatte, war Duncarrick so oft niedergebrannt, dass wenig von seiner Vergangenheit geblieben war. Ein hoher Wachtturm, in den Jahren der grenzüberschreitenden Überfälle Unterkunft und Verteidigungsanlage zugleich, stand etwa eine Meile hinter dem letzten Wohnhaus mitten auf dem Feld. Heute war er kaum mehr als ein Haufen Stein und Geröll, vielleicht noch zwei Stockwerke intakt, und die Tür war angelehnt. Rutledge fuhr daran vorbei und bog dann in den nächsten Feldweg ein.

Er stieg aus, um sich die Beine zu vertreten, ließ den Wagen gut hundert Meter von dem Wachtturm auf der grasbewachsenen Böschung stehen und legte den restlichen Weg zu Fuß zurück.

Mit solchen Türmen war Rutledge von frühester Kindheit an vertraut, und er fand sie äußerst faszinierend – in Jahren ständiger Gefahr, die ziemlich hart gewesen sein mussten, nicht nur eine architektonische, sondern auch eine militärische Lösung. Die Rutledges, seine eigenen Vorfahren, waren früher einmal Grenzbewohner auf der englischen Seite gewesen und mit den Allerbesten zum Plündern ausgezogen, bis eine Witwe mit drei kleinen Söhnen auf der Suche nach einem friedlicheren Klima nach Süden gezogen war, um sie aufzuziehen. Als gute und gewitzte Mutter hatte sie dort auch Wohlstand gefunden. Es hatte sich erwiesen, dass sich die Frau aus dem Grenzgebiet im raffinierten, gebildeten London der Tudorzeit in mehr als einer Hinsicht durchsetzen konnte.

In dem Haus in London hing ein Gemälde von ihr mit einer makellosen Halskrause, die sich wie ein Heiligenschein um ihren Kopf legte; sie hatte ein entschlossenes Kinn und lebhafte Augen, die der elisabethanische Maler so großartig eingefangen hatte, dass sie dem Betrachter durch den Raum zu folgen, ihn ganz gleich, wo er stand, direkt und wissend anzublicken schienen. Als kleines Kind hatte Rutledge sie verständlicherweise mit Gott verwechselt.

Er stapfte über das brachliegende Feld, von dem das Fundament des Turms umgeben war, und hörte das Blöken von Schafen irgendwo in der Ferne, ehe die feuchte Luft den Geruch zu ihm trug. Während er am Fuß der massiven Steinmauern stand und zu dem eingestürzten oberen Teil aufblickte, wo Vögel genistet hatten und der Wind durch die leeren Fenster peitschte, nahm er wahr, dass jemand auf ihn zukam. Als er sich umdrehte, sah er einen Mann in der derben Kleidung eines Farmers, das Gesicht von der Sonne gerötet und den Hut auf den Kopf gedrückt, als sei er dort gewachsen.

»Guten Morgen!«, rief er, als er sah, dass Rutledge sich umdrehte. »Suchen Sie was?«

»Nein, mich interessiert nur das Mauerwerk.« Rutledge wartete, bis der Mann näher gekommen war, und fügte dann hinzu: »Das handwerkliche Geschick der Leute, die das gebaut haben, ist doch immer wieder erstaunlich. Wie lange steht der Turm jetzt hier – vier- oder fünfhundert Jahre?«

»So ungefähr. Gute Arbeit, da bin ich ganz Ihrer Meinung. In Zeiten der Verzweiflung muss man eben zu verzweifelten Maßnahmen greifen, wenn Sie so wollen. Der Turm hat der Familie meiner Frau gehört. Sie weiß mehr über seine Geschichte als ich.« Er nahm seinen Hut ab und wischte sich mit dem Ärmel über die Stirn. »Mein Gott, hier riecht alles nach Schafen. Ich bin eigentlich Pferdezüchter. Zugpferde. Aber die Armee hat mir so ziemlich jedes Tier weggenommen, das ich je hatte, und jetzt muss ich noch mal von vorn anfangen. In der Zwischenzeit halten mich die Schafe über Wasser.« Er grinste. »Aber ob ich sie erst töte oder ob sie mein Tod sind, das steht auf Messers Schneide. Blöde Viecher sind das. Sogar die Hunde finden sie ärgerlich.«

Für einen Bauern drückte er sich gut aus. Ein gebildeter Mann.

»Mit Schafen hätte ich auch gern so wenig wie möglich zu tun«, stimmte ihm Rutledge zu.

»Machen Sie hier Urlaub? In dieser Gegend gibt es gute Wanderwege, wenn Sie wissen, wo Sie danach suchen müssen. Das ungeschriebene Gesetz lautet, dass man Gatter, die man geschlossen vorfindet, wieder schließt und die offenen offen lässt. Ab und zu stößt man auf einen bösartigen Widder, aber den sehen Sie, bevor er Sie sieht.«

»Danke, ich werde es mir merken.«

Der Mann nickte, lief weiter und pfiff seinen Hunden, die hechelnd ein gutes Stück vorausliefen. Sie spitzten die Ohren und gehorchten seinen Signalen sofort. Rutledge beobachtete sie. Kluge Tiere, deren Intelligenz, Schnelligkeit und Fähigkeit, sich auf Befehl nahezu unsichtbar auf den Boden fallen zu lassen, er immer bewundert hatte. Es waren echte Arbeitshunde, nicht verhätschelte Haustiere, und sie machten ihre Sache sehr gut. Vor allem im Hochland konnte man ohne sie keine Schafe halten. Er hatte mal einen Mann kennen gelernt, der diese Hunde trainierte, einen groben, ungeschliffenen Kerl, der sich mit seinen Fähigkeiten und seinem Instinkt für Hunde nach Neuseeland aufgemacht hatte, wo Schafe immer noch die Hauptrolle spielten.

Rutledge ging zu seinem Wagen, ließ den Motor an und fuhr nach Duncarrick zurück.

Er fuhr langsam über den Hauptplatz und sah ihn sich genauer an, ehe er zum Hotel fuhr und sich eine Wegbeschreibung zum Polizeirevier geben ließ. Der Mann am Empfang sagte: »Aber ich bezweifle, dass dort um diese Tageszeit jemand ist. Inspector Oliver hat in Jedburgh zu tun, und Constable McKinstry ist zu Hause. Er hat heute seinen freien Tag.«

Rutledge ließ seinen Wagen am Hotel stehen und ging die kurze Strecke zu Fuß, wobei er der sorgfältigen Schilderung des Empfangschefs folgte.

McKinstry wohnte gleich hinter dem Hauptplatz, in einem dreistöckigen Haus mit einem frischen cremefarbenen Anstrich. Die Eimer und Leitern waren zur Seite geräumt und warteten in dem schmalen Fußweg zwischen Haus und dem Nachbarhaus darauf, dass die Sonne wieder herauskam. In derselben Straße befand sich, etwa zwölf oder dreizehn Häuser weiter, auf der linken Seite das Polizeirevier mit einem Schild an der Tür, ein säuberliches schwarzes Rechteck mit weißen Buchstaben. Wie ihm der Empfangschef des Hotels vorhergesagt hatte, war niemand dort. Rutledge schlug den Weg zu McKinstrys Haus ein. Auf der Straße war einiges los; Männer und Frauen in nüchterner Alltagskleidung gingen ihren gewohnten Beschäftigungen nach. An der nächsten Kreuzung führten zwei Fuhrmänner ein lautes Gespräch und zogen dann weiter, als ein Lastwagen langsam vorbeigerollt kam, um im Apothekerladen eine Lieferung abzugeben.

Hamish, der die Ortschaft mit einem gewissen Interesse gemustert hatte, bemerkte: »Hier ist genug Geld, um den Schein zu wahren. Aber nicht genug, um auf großem Fuß leben zu können. Schlichte Menschen mit schlichten Gemütern.«

Ein ziemlich fairer Urteilsspruch, fand Rutledge. McKinstry hatte Recht gehabt – hier befasste sich die Polizei mit dem Gewöhnlichen. Und sogar Mord konnte in diese Kategorie fallen.

Constable McKinstry verbarg sein Erstaunen darüber, Rutledge auf seiner Türschwelle vorzufinden, bat ihn ins Wohnzimmer und wartete auf eine Erklärung für seinen Besuch, obgleich in den blaugrauen Augen ein Hoffnungsschimmer stand. Sein Overall war mit Farbe bespritzt und saß so locker, als sei der Mann, der ihn trug, vor dem Krieg kräftiger gewesen.

»Man sagt mir, Inspector Oliver ist in Jedburgh«, begann Rutledge und setzte sich auf den Stuhl, den ihm McKinstry zugedacht hatte. »Lassen Sie mich das von Anfang an klarstellen. Ich bin hier, um ihn zu sprechen. Sie hatten Recht, Scotland Yard hat mir einen Teil des Falls übertragen, und jetzt muss ich so schnell wie möglich die restlichen Einzelheiten in Erfahrung bringen. Können Sie mir sagen, wann er zurück erwartet wird?«

McKinstry sagte: »Nicht vor dem Abendessen, hat man mich wissen lassen, Sir. Der Inspector hat gesagt, er wolle sich dort um eine Privatangelegenheit kümmern.« Oder sich taktvoll fern halten. »Möchten Sie vielleicht, dass ich Sie stattdessen zum Chief

Constable bringe?« Er sah grinsend an sich herunter. »Da müsste ich mich vorher natürlich schnell umziehen.«

»Nein, ich werde erst mit Oliver reden. Bis dahin würde ich gern etwas über die Stadt und die Menschen erfahren, die hier leben. Sie haben mir ein ziemlich umfassendes Bild vermittelt, aber jetzt brauche ich mehr Informationen.«

»Ich habe gerade frischen Tee gekocht, und es wäre mir eine Ehre, wenn Sie eine Tasse mit mir trinken würden.«

Beim Tee und einer Zitronencremetorte aus der Bäckerei wählte McKinstry seine Worte mit großer Sorgfalt und bemühte sich, Duncarrick mit den Augen eines Fremden zu sehen.

»Jemand aus London würde uns wohl als provinziell bezeichnen. Unser Horizont ist beschränkt. Aber fast jeder hier kennt den anderen schon von Geburt an. Die Leute waren in schwierigen Zeiten aufeinander angewiesen und haben die schlimmsten und die schönsten Ereignisse im Leben der anderen miterlebt. Hochzeiten. Begräbnisse.« Er reichte Rutledge ein Tortenstück auf einem zerbrechlichen Porzellanteller. »Wenn ich morgen krank würde, brächten mir die Nachbarn Tee und Suppe und frisches Brot. Meine Wäsche würde gewaschen, ich hätte frische Laken für das Bett, und es käme sogar jemand auf den Gedanken, mir ein paar Blumen zu bringen. Und ein Buch, damit ich etwas zu lesen habe. Und zwar nicht, weil ich der Constable bin. Wir sind eben so.«

Er schnitt sich ein Stück von der Zitronentorte ab, verspeiste es mit Genuss und sagte dann: »Tut mir Leid, dass ich Ihnen keine Sandwichs anbieten kann.«

»Das ist nicht nötig«, sagte Rutledge. »Reden Sie weiter.«

Hamish hatte zugehört, seine Kommentare zu den Beispielen abgegeben, die McKinstry angeführt hatte, und ihm in den meisten Punkten zugestimmt. »Meiner Erfahrung nach wären es die Mädels, die mit den Blumen kommen. In der Hoffnung, bemerkt zu werden.«

»Aber es gibt natürlich auch die Kehrseite der Medaille, Sir. Wenn es um die Sünde geht, sind wir unbeugsam. Es ist alles schwarz und weiß, ohne jeden Grauton dazwischen. Wir können sehr kleingeistig sein. Jeder weiß über jeden anderen Bescheid.

Mir ist das eine Hilfe, wie ich Ihnen schon in Mr. Trevors Haus gesagt habe. Ich kann mir denken, wer die Katze von den Youngs jagt oder sich Tim Crosers Pferd borgt, wenn er betrunken ist und es wahrscheinlich nicht merkt. Das wäre dann Bruce Hall, der um ein Mädchen zwischen hier und Jedburgh wirbt und der nicht gern läuft, wenn er reiten kann. Aber sein Pa will ihm kein Pferd leihen, weil er nichts von dem Mädchen hält.«

»Und trotzdem könnten Sie auf den Verfasser dieser Briefe nicht mit dem Finger zeigen.«

McKinstry runzelte die Stirn und stellte seine Tasse ab.

»Und das beunruhigt mich in hohem Maß«, sagte er, während er darüber nachdachte. »Warum kann ich nicht an eine Tür klopfen und Schuldbewusstsein im Gesicht der Person geschrieben sehen, die mir aufmacht? Ich laufe auf meinen Runden durch die Straßen, und ich sehe den Leuten, die mir begegnen, in die Augen. Ich bleibe stehen und rede ein Weilchen mit ihnen. Ich beobachte sie, wie sie ihren Geschäften nachgehen. Und ich sehe keiner Frau etwas an, bei dem ich eindeutig sagen könnte: ›Also, das ist der Ausdruck von Schuldbewusstsein.‹«

»Warum sind Sie so sicher, dass es sich um eine Frau handelt?«

»Weshalb sollte ein Mann auf den Gedanken kommen, eine Wäscherin zu warnen, ihre Seele sei in Gefahr, wenn sie das Bettzeug einer Hure wäscht? Oder eine junge Mutter warnen, dass ihre kleine Tochter einen Bastard als Spielkameraden hat und Gefahr läuft, im Wirtshaus Dinge zu sehen, die nichts für die Augen eines unschuldigen Kindes sind?«

Hamish meldete sich bereits zu Wort, doch Rutledge stellte erst seinen Teller ab und trank seinen Tee aus, ehe er sagte: »Ein Mann könnte solche Dinge schreiben, um Sie auf eine falsche Fährte zu bringen. Oder aber er hat erkannt, dass in Duncarrick die Frauen die öffentliche Meinung bestimmen.«

McKinstrys Gesicht verfinsterte sich. »Dann ist er ein verdammter Feigling. Ich bitte um Verzeihung, Sir.«

Rutledge bat um eine chronologische Darstellung des Falles, und die bekam er von McKinstry mit pedantischer Genauigkeit; diesmal ließ er nichts aus, was ihm wichtig erschien. Rutledge schenkte ihm seine volle Aufmerksamkeit und nahm nicht nur

Fakten zur Kenntnis, sondern achtete auch auf Nuancen. Als McKinstry seinen Bericht beendet hatte, sagte er: »Gut gemacht!« Hamish, der in seinem Kopf verstummt war, regte sich voller Unbehagen. Rutledge stellte fest, dass seine Gedanken für einen Moment abschweiften, ehe er fortfuhr.

»Ich würde vermuten, wer immer diese Briefe schrieb, wusste genau, dass man ihnen Glauben schenken würde. Und das ist der nächste Punkt. Weshalb sollten die Leute so bereitwillig alles glauben, was in den Briefen steht? Warum ist nicht die erste Person, die einen solchen Brief auf ihrer Türmatte vorgefunden hat, schnurstracks zur Polizei oder zu der Angeklagten selbst gegangen, um klarzustellen, dass es so nicht weitergeht?«

McKinstry holte tief Atem. »Sie wollen von mir hören, dass sie schuldig ist. Die Angeklagte. Es heißt ja, wo Rauch ist, ist auch Feuer. Aber ich bin nicht bereit, das zu glauben. Ich würde lieber glauben, dass der Briefschreiber seine Adressaten sehr sorgfältig ausgewählt hat. Klatsch lässt manche Menschen regelrecht aufblühen, wenn die Gerüchte bloß schockierend genug sind.«

»Wären Sie so freundlich, eine Liste all jener anzulegen, die sich zum Empfang dieser Briefe bekannt haben? Womit sie sich ihren Lebensunterhalt verdienen. Welche Gründe sie für ihre Abneigung gegen die Angeklagte gehabt haben könnten. Wie gut die jeweilige Person sie unter Umständen gekannt hat.«

»Ja, Sir, ich mache mich heute noch daran. Aber verzeihen Sie, Sir, ich begreife nicht, wie Ihnen das dabei helfen könnte, die Wahrheit über die Knochen herauszufinden, bei denen es sich angeblich um die von Lady Maude Grays Tochter handelt.« Er schüttelte den Kopf. »Das ist ja auch eine schöne Bescherung.«

»Ja, allerdings«, stimmte Rutledge ihm zu. »Aber meiner Erfahrung nach wird der Sachverhalt suspekt, wenn sich Ereignisse, die scheinbar zufällig zusammentreffen, allzu nahtlos aneinander fügen. Zuerst haben wir diese Briefe, die offenbar als wahrheitsgemäß akzeptiert werden. Und jetzt erzählen Sie mir von einem weiteren Brief, der von hier oder aus Glasgow kommt, je nachdem, wie zuverlässig der Poststempel ist, nur verteidigt diese anonyme Briefschreiberin die Angeklagte beherzt und bringt sie eben damit in noch größere Gefahr. Jetzt wird sie

wegen Mordes angeklagt, nicht mehr nur wollüstiger Ausschwei-
fungen verdächtigt. Im Wirtshaus findet eine Durchsuchung
statt, und dabei kommt eine Leiche zum Vorschein. Nur handelt
es sich dabei nicht um die Mutter des Jungen. Jetzt stellt sich mir
die Frage, wer über die Vorgeschichte des Gasthauses gut genug
informiert war, um Inspector Oliver auf eine derart abwegige
Fährte anzusetzen. Aber Olivers Jagdlust wird angestachelt, und
er nimmt seine Suche nach Vermissten auf. Das Fazit ist ein
nicht identifiziertes Skelett und eine Querverbindung zu einer
Frau in England, deren Tochter seit 1916 nicht mehr gesehen
wurde. Jetzt haben wir weiter reichende Fragen zu beantworten,
nicht mehr nur, wer die Briefe geschrieben hat. Ich frage mich,
ob jemand genau darauf gesetzt hat?«

In McKinstrys Augen stand Verwirrung. »Ich kann Ihnen
nicht folgen, Sir.«

Hamish dagegen schon. Er sagte: »Ist die Frau in dieser Zelle
da eine Mörderin, ein Opfer oder ein Sündenbock?«

Als Rutledge sich verabschiedete, sagte McKinstry: »Das Beun-
ruhigende an dieser ganzen Geschichte ist in meinen Augen,
dass niemand auch nur einen Finger für Fiona gerührt hat. Keiner hat ein Wort für sie eingelegt. Nicht Mr. Elliot, nicht Mr.
Robson, nicht Mr. Burns – der Fiskal. Auch nicht Inspector Oliver. Es ist, als sei sie bereits für schuldig befunden worden, und
die Verhandlung ist der reinste Hohn, damit alle Welt sehen
kann: *Wir haben recht daran getan, so zu handeln. Die Geschworenen haben es bestätigt.* Und die Wahrheit wird mit ihr begraben
werden. Das raubt mir Nachts den Schlaf.« Er zählte die Worte
an den Fingern seiner rechten Hand ab. »Der Pfarrer, der Chief
Constable, der Fiskal, der Inspector. Und was ist, wenn sie unschuldig ist und gehängt wird?«

Auf dem Rückweg zu seinem Wagen ging Rutledge in Gedanken
noch einmal die Informationen durch, die McKinstry vor ihm
ausgebreitet hatte. Am meisten faszinierte ihn, wie wohlerwogen
jedes Teilchen des Puzzles arrangiert zu sein schien.

Wie ein Schachspiel, bei dem der Spieler im Voraus die Züge

jeder Figur auf dem Brett kennt. Beim Schach gab es zwei Spieler. Angriff und Gegenangriff. Im Leben gab es, was den Ausgang betraf, keine Gewissheiten. ...

Ehe Rutledge das Haus verließ, hatte der Constable eine Kopie des Briefs hervorgeholt, der an Mr. Elliot, den Pfarrer, gerichtet war, und den Text laut vorgelesen. Während Rutledge zuhörte, hatte er sich bei dem Gedanken ertappt, Elliot sei besser beraten gewesen, wenn er sich an die Frau persönlich gewandt und sie um eine Erklärung gebeten hätte. Stattdessen hatte er es vorgezogen, die Polizei in den Fall zu verwickeln, was wohl einen Hinweis darauf gab, dass er durchaus geneigt war, die gehässigen Vorwürfe, die ihm seine Gemeindemitglieder zugetragen hatten, zu glauben. Das war es wert, genauer erforscht zu werden. ...

Rutledge hatte die Kopie anschließend selbst überflogen. Der Brief war allem Anschein nach das Werk einer ungebildeten Frau, die ernstlich bemüht war, eine andere zu verteidigen, und ihr stattdessen unwissentlich Schuld in die Schuhe schob. Wenn das eine Finte war, dann war sie sehr geschickt ersonnen. Die einfachen Formulierungen hatten den Beiklang von Aufrichtigkeit.

Ich habe abscheuliche Gerüchte über eine Frau in Duncarrick gehört ... Es ist traurig, dass keiner ein Wort zu ihrer Verteidigung sagt ... Ich verliere meine Stellung, wenn ich Ihnen sage, wie ich sie kennen gelernt habe ... Ihr Taufname war Fiona ... Es war im Spätsommer 1916 ... Sie ist mit einem winzigen Baby gereist und hatte keine Milch für den Kleinen ... Da dachte ich mir, dass sie nicht die Mutter sein kann, und tatsächlich habe ich erfahren, dass die Mutter gerade gestorben ist, und man ihr das Baby gegeben hat, damit sie es als ihr eigenes aufzieht ... Es hat mir Leid für sie getan, denn sie war unverheiratet und hatte keine Familie, nur eine unverheiratete ältere Tante ... Als ich gefragt habe, ob die Mutter Familie hätte und da nicht jemand helfen kann, hat sie angefangen zu weinen und wollte mir nicht sagen, woran das arme Geschöpf gestorben ist, oder auch nur, wo sie begraben ist ... Sie hat heftig zu mir gesagt, sie würde eine gute Mutter sein und niemandem erlauben, ihr den Jungen wegzunehmen ... Ich konnte ihr ansehen, dass sie sehr aufgeregt war … Sie hat dauernd über ihre Schulter geguckt, als würde sie erwarten, dass da jemand ist. Da war aber keiner … Da habe ich dann schnell aufgegeben, ihr zuzureden … Was mir auffiel, war ihr unerschütterlicher Glaube, dass sie das arme kleine Waisenkind als ihres aufziehen kann … Mir kann keiner weismachen, dass sie liederlich geworden ist und das in sie gesetzte Vertrauen enttäuscht hat … Tun Sie doch bitte was für sie … Es ist nicht richtig, dass sie so gequält wird … Eher würde ich glauben, dass Fiona eine Mörderin ist als dass sie eine Hure geworden ist …

Er hatte den Brief sogar noch ein zweites Mal gelesen, weil er den Wortlaut und den Sinn interessanter fand als den Inhalt. »Und Sie sind nie dahinter gekommen, wer das geschrieben hat?«

»Nein, Sir, obwohl wir jede erdenkliche Anstrengung unternommen haben. Der Brief kam aus Glasgow, aber man kann nicht wissen, wer ihn dort eingeworfen hat. Verstehen Sie, es wird nicht ausdrücklich gesagt, dass die Mutter des Jungen ermordet wurde. Aber wenn es natürliche Todesursachen waren, dann wäre doch bestimmt ein Arzt da gewesen, und Verwandte wären benachrichtigt worden? Und Fiona hätte in der Lage sein sollen, uns zu sagen, wo wir solche Zeugen finden können! Stattdessen rankt sich ein Geheimnis darum, wo und wie das Kind geboren wurde. Sie sagt kein Wort dazu. Sie will uns auch nicht erzählen, wo die Mutter begraben ist, falls es überhaupt stimmt, dass sie tot ist.«

»Aber das hat sich doch alles erst im Nachhinein herausgestellt. Was hat den Chief Constable zu der Überzeugung veranlasst, dass diese Angelegenheit eine Untersuchung rechtfertigt? Lediglich der Brief? Oder war da noch etwas anderes?«

»Das hat mir nie jemand gesagt.« McKinstry zog verunsichert an seinem Ohrläppchen. Er selbst hatte sich diese Frage nie gestellt. Befehl war Befehl.

Daraufhin hatte Rutledge gesagt: »Begonnen hat es doch als moralisches Problem. Ob die Angeklagte das ist, wofür sie sich ausgibt, nämlich eine anständige Witwe mit einem Kind, das sie allein großzieht. Und Mr. Elliot hat beschlossen, nichts zu unternehmen. Könnte das nicht einem Eingeständnis gleichkommen, dass er Grund hatte zu glauben, in den früheren Briefen stünde die Wahrheit?«

McKinstry schüttelte den Kopf. »Das kann ich Ihnen nicht sagen. Der Chief Constable hat Inspector Oliver zu sich bestellt, und dann hat Inspector Oliver mich hingeschickt, damit ich das Grundstück und die Gebäude durchsuche, und das habe ich getan. Im Wohnbereich oder im Gasthaus war nichts Auffälliges zu entdecken. Die Stallungen waren für jeden zugänglich. Ich konnte mir nicht vorstellen, wie jemand dort eine Leiche verscharren kann, nicht einmal mitten in der Nacht. Wenn sich dort jemand zu schaffen gemacht hätte, wäre das dem Faktotum doch sofort aufgefallen. Aber Inspector Oliver hält sich einiges auf seine Gründlichkeit zugute und hat das Gebäude auseinander genommen. Bei dieser Aktion hat er in der zugemauerten Rückwand eines Schranks die Knochen gefunden. Wir waren alle total von den Socken, das kann ich Ihnen sagen!«

»Und er dachte, er hätte die Leiche der Mutter des Kindes gefunden?«

»O ja. Auf dem Schädel waren lange Haare. Ich bin zu Dr. Murchison geschickt worden, der sofort mitgekommen ist und Inspector Oliver dann gesagt hat, er hätte ihn wegen nichts und wieder nichts während der Sprechstunde aus seiner Praxis geholt. Es waren nicht die Knochen einer Frau. Sie haben einem Mann gehört. Und sie waren volle hundert Jahre alt!«

8

Als er auf dem Rückweg wieder den Hauptplatz von Duncarrick überquerte, blieb Rutledge stehen und betrachtete die Geschäfte und Wohnhäuser im Ortskern. Halbwegs wohlhabend waren diese Leute, wie Hamish schon hervorgehoben hatte, doch es gab keine offensichtlichen Zeichen von Reichtum. Ein kleines Gasthaus am Ortsrand würde doch gewiss niemandem Probleme oder gar Konkurrenz machen. Umso besser, wenn im Reivers an Markttagen zusätzliche Zimmer für Besucher bereitstanden. Wenn er an die Annehmlichkeiten des einzigen Hotels am Ort dachte, bezweifelte Rutledge, dass das Gasthaus auch nur annähernd mithalten konnte. Das Reivers bot Unterkünfte für einfachere Leute, die sich die Eleganz des Ballantyne nicht leisten konnten. Und jeder Erfolg, der dem Gasthaus beschieden war, musste im Vergleich zu einem Hotel in dieser Lage bescheiden gewesen sein. Seine Besitzer konnte es ernähren, gewiss, aber eine Goldgrube war es bestimmt nicht.

Er ging weiter und beobachtete die Leute und das Alltagsgeschehen. Frauen betraten und verließen Geschäfte, ein Kindermädchen bugsierte behutsam den Kinderwagen durch die Haustür, eine Frau fegte die Stufen vor ihrem Haus, ein kleiner Junge spielte mit einem Kreisel, Männer in dunklen Anzügen kamen aus Büros, andere in Arbeitskleidung trugen die Werkzeuge ihres Berufsstandes mit sich, Schulmädchen marschierten in Zweierreihen hinter einer Lehrerin her, die einen dicken Mantel und einen unvorteilhaften Hut trug.

Gewöhnliche Menschen, die den Blicken eines vorübergehenden Fremden auswichen. Von Neugier, was ihn wohl hergeführt hatte, konnte keine Rede sein. Wie gebrannte Kinder, die das Feuer scheuten ...

Hamish sagte: »McKinstry hat Recht gehabt. Sie sind ein verbiesterter Haufen.«

Es gab noch einen weiteren Zug, den sie alle miteinander gemeinsam hatten, nämlich schmale, verkniffene Münder. Und niemand lächelte. Als wäre das Leben eine Last und sie wären daran gewohnt, sie zu tragen.

Nicht weit von ihm trat eine Frau aus einem Laden und warf einen verstohlenen Blick in seine Richtung.

Hamish sah sie eher als er und bemerkte, durch die Fensterscheibe hätte sie ihn genauso gut mustern können. Die Frau war groß, eine herbe Schönheit, das Haar zu einem strengen Knoten aufgesteckt, Pullover und Rock von einem feinen Grau, der einzige Farbtupfer die seidene Hemdbluse mit dem Paisleymuster, das grau, weiß und pfirsichfarben war.

Sie machte sich umständlich an den Topfpflanzen zu schaffen, die zu beiden Seiten der Ladentür standen. Es war eine hübsche Mischung aus rosa Geranien und etwas, was so ähnlich wie Stiefmütterchen aussah, zartviolett und weiß. Dann wandte sie sich zufrieden ab und ging schnell wieder hinein. Er sah sich das säuberlich gepinselte Ladenschild über der Tür an. A. TAIT PUTZMACHERIN. Er prägte es sich ein, um später darauf zurückzukommen. Wenn sie genug Interesse an einem Fremden gezeigt hatte, um ihn näher zu inspizieren, dann konnte es gut sein, dass sie auch ein Klatschmaul war.

Rutledge holte seinen Wagen vom Parkplatz des Ballantyne und fuhr an der Kirche vorbei stadtauswärts. Er fand das Reivers problemlos wieder und hielt auf der gegenüberliegenden Straßenseite an. Ja, er hatte Recht gehabt. Behaglich, anständig – wohl kaum ein Schandfleck auf dem Gewissen Duncarricks. Weder eine wüste Kaschemme noch eine anrüchige Herberge.

Das kleine, längliche Gasthaus, nicht mehr als zwei Stockwerke mit einem Dachboden darüber, zählte zu jenen alten Gebäuden, die deshalb die Zeit überdauert hatten, weil sie niemandem im Weg waren – hier wollte keiner einen großzügigen Platz anlegen, Geschäfte ansiedeln oder ein großes Gebäude errichten.

Dagegen hatten dem Hauptplatz von Duncarrick wahrscheinlich komplette Häuserreihen weichen müssen, um genug Raum für die Vorstellungen von Architekten des neunzehnten Jahrhunderts zu schaffen, die Fortschritt im Sinn hatten.

Hier waren die Häuser auf beiden Straßenseiten und in der Gasse, die an den Stallungen des Gasthofs entlang führte, weder pittoresk, noch hässlich, eher ein Spiegelbild der Gemütsart der einfachen Menschen, die in ihnen lebten. Nur das Haus auf der linken Seite, wenn man dem Gasthaus gegenüberstand, war mit seinen drei Stockwerken und einem Anbau dahinter vergleichsweise imposant, als sei es im Lauf der Jahre gemeinsam mit der Familie, die dort lebte, gewachsen. Die Fenster waren mit einem gewissen Stilempfinden und einem Gespür für Symmetrie angeordnet und verliehen dem Wohnhaus einen Hauch von Anmut.

Das Gasthaus schien in dem Boden verwurzelt zu sein, auf dem es stand. Es machte einen gepflegten Eindruck und war im vergangenen Frühjahr frisch getüncht worden. Der Eingang zur Bar war hinter einer Kletterrose verborgen, die sich mit der Zeit ausgebreitet hatte und jetzt die Veranda überwucherte, die sie ursprünglich hätte schmücken sollen; um in diesem Klima zu überleben, musste es eine winterfeste Rosenart sein. Dem kleinen Garten darunter war anzusehen, dass jemand einen gewissen Wert auf den Eindruck legte, den das Gasthaus auf Passanten machte. An der Seite des Gebäudes, die der schmalen Gasse zum Hof zugewandt war, führte eine grüne Tür in den eleganteren Teil der Bar, hinter dessen Fenstern gestärkte weiße Gardinen zu sehen waren.

Mit der Zeit hätte daraus ein verlottertes Lokal am Stadtrand werden können, aber irgendwie war es dem Gasthaus gelungen, sich eine gewisse Würde zu bewahren. Weil es der Obhut von zwei Frauen unterstellt war?

»Mir geht nicht in den Kopf, wieso sie ein Mädel mit einer Aussteuer wie dieses Gasthaus schikanieren sollten«, sagte Hamish gerade. »Eher dürften sie ihre Söhne mit ihr verheiraten wollen.«

Und auch diese Frage war es wert, näher untersucht zu werden. Letztlich lief alles auf das eine hinaus: Warum hatte sich die Kleinstadt so rasch gegen diese Frau verschworen?

Spontan schaltete Rutledge den Motor aus und stieg aus, überquerte die Straße und begab sich in den Hof mit den Stallungen und den Nebengebäuden.

Sie sahen recht ansehnlich aus. Wenn man bedachte, dass während des Krieges kaum etwas repariert worden war und hinterher das Geld für größere Reparaturen fehlte, dann sprach der Erhaltungszustand für die Bewirtschaftung.

Auf der Suche nach dem Kämmerchen, in dem Inspector Oliver die ersten menschlichen Knochen gefunden hatte, tappte er im Stall umher, als eine laute Stimme sagte: »He! Was haben Sie denn hier zu suchen?«

Als er sich umdrehte, sah er einen großen, breitschultrigen Mann mittleren Alters in der Tür stehen. Er hatte die Hände in die Hüften gestemmt und starrte ihn mit spürbarer Abneigung an. Im Gegenlicht war sein Gesicht finster und hässlich, doch es drückte sich auch Stärke darin aus.

Da ihm sein unbefugtes Eindringen durchaus bewusst war, erwiderte Rutledge einlenkend: »Ich hatte gehört, das Gasthaus könnte zu verkaufen sein.«

»Darüber ist noch nicht entschieden worden«, sagte der Mann.

»Ich verstehe.« Rutledge wollte gehen, denn er hatte gefunden, wonach er gesucht hatte, den Teil der Wand, der eingerissen worden war, um ein Skelett ans Licht zu bringen. Im hinteren Teil des ohnehin recht tiefen Schranks war eine Mauer eingezogen worden, um dahinter das Grab zu verbergen. Sorgfältige Arbeit – vor hundert Jahren hatte sich jemand ziemlich viel Mühe gemacht, um die Stelle unauffällig wirken zu lassen. Es musste ein ziemlicher Schock für Inspector Oliver gewesen sein, zu erfahren, dass »seine« Leiche fast so alt war wie das Gasthaus.

Rutledge ging auf den Mann zu, der den Ausgang versperrte. Es bereitete ihm Unbehagen, wenn man ihm den Weg abschnitt – selbst in dem relativ geräumigen Stall spürte er die Klaustrophobie, die dadurch ausgelöst wurde. Die Luft schien stickig und erdrückend.

»Erzählen Sie mir etwas über die Besitzerin –« Er brach ab. Seit der Erfahrung, im undurchlässigen Schlamm eines Granattrichters lebendig begraben zu sein, niedergedrückt von Hamishs Leiche, hasste Rutledge jede Form von Einengung seines Bewegungsspielraums. Ob es nun eine Zugfahrt war, eine Übernachtung in einem kleinen Zimmer oder ob er seinen Fluchtweg durch eine Tür oder auf einer Treppe abgeschnitten sah – das Bedürfnis nach Platz war so akut, dass es aufsteigende Panik auslöste. Selbst hier konnte er die plötzliche Feuchtigkeit vom Schweiß auf seinem Gesicht wahrnehmen, die Schwierigkeit zu atmen, das Bewusstsein grässlicher Gefahr –

»Da müssen Sie sich an die Polizei wenden«, sagte der Mann barsch, ohne sich näher zu erklären. Er hatte jetzt mit Absicht eine drohende und streitbare Haltung eingenommen, als ahnte er Rutledges Unbehagen. Rutledge spürte, wie sich seine eigenen Muskeln anspannten.

»Soweit ich weiß, eine Frau«, erwiderte er. »Was hat sie angestellt, wenn sich die Polizei für sie interessiert?«

»Das geht Sie doch wohl nichts an, oder?« Endlich trat der Mann ins helle Tageslicht hinaus, und Rutledges Atem ging immer noch unregelmäßig, als er ihm folgte.

Verdammt noch mal, fluchte er, während er gegen die *Klaustrophobie ankämpfte. Konzentrier' dich gefälligst auf das, was du tust, ja?*

Aber auch Hamish reagierte auf die aggressive Haltung des Mannes und fragte sich, ob er den Anspielungen und den Briefen Glauben geschenkt hatte oder ob sie ihn erbost hatten. Schwer zu sagen, dachte Rutledge. Er ließ sich wenig im Gesicht ansehen, ein Mann, der es einem im Verhör nicht leicht gemacht hätte.

»Hat sie Familie? Oder Erben?«

»Keinen.« Unnachgiebig. Kalt. Dann mürrisch: »Keinen, von dem ich wüsste.«

Keine Erwähnung des Jungen. Aber der würde nichts erben – oder doch?

»Dann gehe ich mal wieder.« Auf dem Rückweg zum Gasthaus konnte Rutledge den Blick des Mannes spüren, der sich zwischen seine Schulterblätter bohrte.

Wenn diese Begegnung ein Beispiel dafür war, wie die Leute hier zu der Frau standen, der dieses Anwesen gehörte, dann war es ihr offenbar gelungen, sich erbitterte Feinde zu machen.

Was wiederum nicht in das Bild passte, das McKinstry in so leuchtenden Farben von ihr gemalt hatte.

Wer war die Frau im Mittelpunkt dieser Kontroverse, die durchaus darauf hinauslaufen konnte, dass man sie hängte?

Rutledge fiel plötzlich auf, dass er nicht einmal ihren vollen Namen kannte. Nicht, dass das eine Rolle spielte, dachte er, aber es wies darauf hin, dass sie durch ihr Verbrechen gewissermaßen ihre Identität eingebüßt hatte, ganz gleich, was sie verbrochen hat – von der Lüge bis hin zum Mord. Als könnte Duncarrick, indem man sich weigerte, sie bei ihrem Namen zu nennen, zu Ende führen, was man bereits im Juni mit vereinten Kräften begonnen hatte – sie zu meiden, bis man ihr jede Realität genommen hatte und sie endlich verschwand.

Womit hatte diese Frau derart heftige dunkle Leidenschaften geweckt?

Seltsam, dachte er, als er die stille Straße zu seinem Wagen überquerte. Erst die Briefe mit den gehässigen Verleumdungen und dann dieser ganz andere Brief an den Pfarrer – hieß er Elliot? Das Aufspüren einer Leiche, die nicht ins Bild passte, und dann einer zweiten, die sich besser einfügen ließ. Was steckte dahinter? Ausdauer. Geduld. Und was noch? Glück? Oder eher Fanatismus?

Es roch nach Letzterem. Hamish stimmte ihm zu.

Ehe Rutledge den Motor anwarf, sah er noch einmal auf *The Reivers* zurück. Das Gasthaus gehörte der Angeklagten. Hatte jemand ein Auge darauf geworfen? Sie hatte ein kleines Kind zu versorgen, ganz gleich, ob es nun rechtmäßig ihres war oder nicht. Begehrte jemand das Kind? Oder wollte jemand erreichen, dass man ihr das Kind wegnahm, um damit die Angeklagte zu bestrafen – der perverse Racheakt eines grollenden Neiders, um eine tatsächliche oder vermeintliche alte Rechnung zu begleichen. Und das waren nur die nahe liegenden Gründe, die Frau im Gefängnis und aus dem Weg haben zu wollen. Welche anderen Gründe könnte es geben? Gab es im Gasthaus etwas, wovon niemand wusste, was aber für eine bestimmte andere Person von großem Wert war? Oder gab es in der Vergangenheit der Angeklagten etwas, was eine andere Person gefährdete? Hängen war eine sichere Methode, sie zum Schweigen zu bringen.

Seine Gedanken kehrten wieder zu dem Kind zurück. Seiner Mutter entrissen, dem einzigen Zuhause, das es je gekannt hatte, bei Fremden untergebracht. Das entbehrte nicht einer gewissen Grausamkeit.

Warum also hatte sie nicht gelogen, um den Jungen zu beschützen? »Ich habe meinen Trauschein nicht – mein Mann hat ihn mitgenommen, um ihn bei der Armee vorzulegen …«

Warum hatte sie nicht die Stadt verlassen, sowie die Leute begonnen hatten, sie zu meiden? Aber darauf glaubte er eine Antwort zu haben: Durch den Boykott ihrer Person war das Geschäft im Pub zum Erliegen gekommen, und gerade deshalb hatte sie vielleicht nicht das Geld gehabt, um fortzugehen. War das die Absicht gewesen, die dahinter steckte?

Die Frauenstimme hinter seinem Rücken ließ ihn zusammenzucken. »Suchen Sie jemanden?«

Rutledge drehte sich um und zog den Hut. Hamish reagierte auf seine Verblüffung und war plötzlich wachsam und auf der Lauer. Sie war groß und mollig, schwarz gekleidet, aber jung, vielleicht vierundzwanzig oder fünfundzwanzig. Ein kleines Mädchen von sechs oder sieben Jahren hielt ihre Hand.

»Ich habe nur gerade das Gasthaus bewundert. Ich habe gehört, es sei eventuell zu verkaufen.«

Die Frau schüttelte den Kopf. »Darüber weiß man noch nichts Genaueres.« Sie drehte sich zur Tür des Hauses um, vor dem er seinen Wagen geparkt hatte. Eine Nachbarin also …

»Soweit ich gehört habe, soll die Besitzerin vor Gericht gestellt werden.«

Ihre Gesichtszüge verhärteten sich. »Richtig.«

Ohne nachzudenken, fragte er: »Kennen Sie den Namen ihres Anwalts? Vielleicht rede ich mal mit ihm.«

»Armstrong heißt er, aber er wohnt nicht in Duncarrick. Ich glaube, ich habe gehört, dass er in Jedburgh lebt.«

Rutledge sah lächelnd auf das kleine Mädchen herunter. Sie erwiderte sein Lächeln zaghaft. Er fragte sich, ob sie mit dem Kind gespielt hatte, das im Gasthaus lebte, konnte sie aber in Anwesenheit der Mutter nicht fragen. Als sei der Gedanke von seinem Kopf zu ihrem übergesprungen, sagte das Mädchen mit einer zarten, melodischen Stimme: »Ich habe früher oft mit ihm gespielt. Mit dem kleinen Jungen aus dem Reivers. Aber er ist fortgegangen. Er fehlt mir.«

»Sei still! Du weißt doch, dass du nie wieder darüber reden sollst!«, befahl die Frau, und das Kind verbarg sein Gesicht in den Röcken der Mutter und errötete vor Scham, als hätte es sich grässlich versündigt.

Die Frau öffnete die Haustür, ging mit dem Kind ins Haus und schloss die Tür energisch hinter sich. Und sperrte Rutledge mit seinen Fragen aus. Sie war nicht gewillt zu schwatzen, Vermutungen anzustellen oder etwas zur Verteidigung ihrer Nachbarin vorzubringen.

9

Rutledge zog es vor, nicht gleich ein Zimmer im Ball-antyne zu nehmen, sondern zu Trevors Haus zurückzufahren, denn es widerstrebte ihm, sich in Duncarrick einzurichten, so-lange er nicht mit Oliver gesprochen hatte. Es war eine reine Fra-ge der Höflichkeit, aber oft spielten kleine Dinge dieser Art eine große Rolle. Auf der langen Fahrt hatte er Zeit, in Ruhe nachzu-denken. Beim Abendessen berichtete er David Trevor, wie er den Tag verbracht hatte.

Trevor lächelte. »Einmal Polizist, immer Polizist.«

Rutledge grinste zurück. »Schieben wir es lieber auf die menschliche Natur. Die Neugier ist das Gewohnheitslaster des Menschen.«

»Wie im Paradies«, stimmte Trevor ihm zu. »Eva wird immer die Schuld zugeschoben, weil sie Adam den Apfel angeboten hat, aber meiner Ansicht nach hat er nur auf eine Ausrede gewartet. Er wollte sowieso wissen, wie dieser Apfel schmeckt, und ein oder zwei Tage später hätte er aus eigenem Antrieb reingebissen.«

»Was mich an der Situation interessiert, die du geschildert hast«, fuhr Trevor fort, »ist, dass ich den Chief Constable dieser Region kenne. Robson. Ein anständiger Kerl. In dem Ruf steht auch der Fiskal. Ich kann mir nicht vorstellen, dass Robson eine junge Frau ins Gefängnis werfen würde, wenn kein stichhaltiges Beweismaterial gegen sie vorläge. Wie du weißt, unterscheidet sich Schottland insofern von England, als es bei uns kein gericht-liches Verfahren zur Untersuchung der Todesursache gibt. Der Prokurator-Fiskal und der Chief Constable diskutieren gemein-sam mit den beteiligten Polizeibeamten das Beweismaterial und gelangen zu einer Entscheidung, ob der Fall zur Verhandlung kommt oder nicht. Es hängt nicht von den Leuten des Coroners ab, die für oder gegen den Verdächtigen voreingenommen sein könnten. Und die Entscheidung wird häufig unter mehreren Gesichtspunkten gefällt – beispielsweise, ob der Frau besser damit gedient wäre, wenn eine Jury ihre Unschuld vor aller Augen einwandfrei nachweist. Hast du diesen Aspekt eines Verfahrens bedacht, Ian?«

Rutledge aß seine Suppe auf und legte den Löffel hin. »Ja, aber mir scheint – angenommen, sie ist in allen Punkten der Anklage unschuldig –, allein schon der Umstand, dass sie vor Gericht gebracht wird, hat die Leute noch mehr gegen sie eingenommen. Am Ende könnten die Geschworenen es vorziehen, sie zu hängen.«

Trevor gab Morag ein Zeichen, seinen leeren Suppenteller abzuräumen, und sagte: »Das werden sie unter sich abmachen, Ian, aber an deiner Stelle würde ich mich vorsehen. Ich bin diesem Inspector Oliver nie begegnet, aber er wird dir deine Einmischung mit Sicherheit übel nehmen – das heißt, wenn sein Zusammentreffen mit Lady Maude immer noch an ihm nagt. Und *sie* könnte dir auch Ärger machen, da wir gerade dabei sind. Das Beziehungsgeflecht zwischen Eltern und ihren Kindern ist äußerst komplex, und ich habe das dumpfe Gefühl, sie wird dich auf jeden Fall verfluchen, ob du nun den schlüssigen Beweis dafür, dass Eleanor Gray nicht das Geringste mit dieser Angelegenheit zu tun hat, erbringst oder nicht.«

»Wenn Frauen in der Jury säßen, bestünde kein Zweifel daran, dass diese junge Frau verurteilt würde. Die Frage ist nur, werden sie ihre Männer derart unter Druck setzen, dass es am Ende auf dasselbe hinaus läuft?« Bei seinen eigenen Fällen legte Rutledge Wert darauf, absolut sicherzugehen, dass seine Beweisführung, wenn sie klar vorgetragen wurde, keinerlei Raum für Zweifel ließ. Weder in seinen Augen noch in denen der Geschworenen. Aber Geschworene waren oft eigensinnig – sie sprachen schuldig, wo nur Indizienbeweise vorlagen, und wo die Beweislast erdrückend war, sprachen sie frei.

»Burns – der Fiskal – ist zu gut, um befangene Geschworene zu dulden.«

Aber war er das wirklich? Die Frau wurde bereits aufgrund reiner Indizienbeweise vor Gericht gestellt. Und was war, dachte Rutledge, wenn er persönlich den Beweis erbrachte, dass es sich bei dem Skelett am Berghang um Eleanor Grays Knochen handelte und dass sie vor ihrem Tod ein Kind geboren hatte? Dann würde man annehmen, es sei das Kind, das die Angeklagte großzog. Eine nahe liegende Annahme, aber nicht zwangsläufig eine wahre. Würde Gerechtigkeit walten, oder würde es zu einem Justizirrtum kommen? Und dem Kind zuliebe war es unbedingt erforderlich, dass Rutledge seine Sache richtig machte. Er konnte spüren, wie die Müdigkeit in seine Schultern und in seine Nackenmuskulatur sickerte.

»Na, was ist? Bist du dem Fall gewachsen?«, fragte Hamish.

Rutledge ließ das Thema fallen. Nach dem Essen musterte David Trevor ihn einen Moment lang und sagte dann: »Es geht dir immer noch durch den Kopf, stimmt's? Dieses Problem in Duncarrick. Ich gehe davon aus, dass du morgen früh endgültig aufbrichst.« Aus der freundlichen Stimme war kaum verhohlenes Bedauern herauszuhören. »Ich bin froh, dass du hier warst. Du machst dir keine Vorstellung davon, wie viel mir dein Besuch bedeutet hat.«

Rutledge sah auf seinen Teller hinunter. »Ich war nicht sicher, ob ich die Kraft habe, wieder nach Schottland zu kommen. Ich dachte, ich schaffe es nicht. Allein schon der Gedanke war mir unerträglich.«

Trevor sagte: »Ja, es ist anders, nicht wahr?« Seufzend fügte er hinzu: »Ich nehme an, es wird eine Zeit kommen, wenn ich nicht mehr am späten Nachmittag, direkt vor dem Tee, horche, ob er kommt. Oder nachts wach liege und mir einbilde, ich hätte seinen Schlüssel im Schloss gehört. Oder morgens beim Frühstück auf ihn warte.«

Aber Rutledge hatte nicht an Ross Trevor gedacht. Seine Gedanken waren bei den toten schottischen Soldaten gewesen, die nie mehr zurückgekehrt waren.

An jenem Abend setzten direkt vor dem Einschlafen die ersten nagenden Zweifel ein.

Hamish lauschte den Fragen, die Rutledge in seinem Kopf sortierte, und sagte: »Du kannst noch nicht alles wissen. Du hast weder mit der Gefangenen gesprochen, noch hast du dich da umgesehen, wo sie das Opfer gefunden haben. Du hast nicht mit den Nachbarn geredet und bisher noch nicht einmal das Kind gesehen. Du hast dir nur angehört, wie dieser Constable da die Sache sieht, und der ist für die Frau eingenommen.«

Rutledge sagte zu seiner Verteidigung: »Ich habe zu viele Mordfälle untersucht, und ich kenne mich damit aus, wie Beweise ans Licht kommen. Hier passen alle Fakten nahtlos zusammen, viel besser, als es der Fall sein sollte. Wer könnte von diesem Skelett hinter dem Wandschrank im Stall gewusst haben? Aber jemand hat es gewusst, darauf würde ich wetten. Weil Oliver zu einer zweiten Durchsuchung zurückgekommen ist. Wenn er es nicht gewusst hat, wer dann?«

Er drehte sich um und spürte, wie der Schlaf von ihm abfiel.

»Sie schließen das Gasthaus, nehmen ihr das Kind weg und stecken die Frau ins Gefängnis, damit sie sich vor Gericht verantwortet«, sagte er zu sich selbst, da er nicht in der Lage war, abzuschalten. »Und niemand hindert sie daran.«

Hamish konterte: »Ja, aber sie konnten nicht ahnen, dass Scotland Yard eingeschaltet wird.«

»Wieso hat Lady Maude es sich anders überlegt? Nach meinem Besuch bei ihr war ich nahezu sicher, dass ihre Tochter gesund und munter ist. *Wieso hat sie es sich anders überlegt?*«

Hamish sagte: »Dumm oder leichtfertig hat sie nicht auf mich gewirkt.«

Und das, dachte Rutledge kurz vor dem Einschlafen, war eine äußerst treffende Einschätzung Lady Maudes.

Am nächsten Morgen half Trevor Rutledge, sein Gepäck im Regen zum Wagen zu tragen, und drückte ihm dann herzlich die Hand. Morag kam mit einem Schal über dem Kopf, um sich zu verabschieden, und fiel ihm schamlos um den Hals. Rutledge ertappte sich bei dem Wunsch, er müsste doch nicht abreisen. Zwar hatte er Geister hier gefunden, aber auch Zuneigung. Die Geister war er gewohnt. Die Zuneigung nicht.

Der Regen fiel in Strömen, ein heftiger Schauer, der ein Vorbote des Winters zu sein schien, und in der Luft hing eine Kälte, die auf der Haut zu spüren war, als Rutledge nach Duncarrick zurückfuhr.

Inspector Oliver war nicht im Polizeirevier. Als Rutledge sich vorstellte, stand MacNab, der diensthabende Constable, vorsichtshalber auf und erbot sich, Oliver holen zu lassen. »Er ist nämlich draußen auf einer Farm im Westen der Stadt. Eine ganze Reihe von kleinen Feuern ist ausgebrochen, und vermutlich sind sie mit Absicht gelegt worden.«

»Nein, lassen Sie ihn seine Angelegenheiten in Ruhe erledigen. Ich werde mich im Hotel aufhalten, im Ballantyne. Sagen Sie ihm, dass er mich dort finden kann.« Er fragte sich, ob Constable McKinstry den Brandstifter wohl benennen könnte.

Das Hotel hatte eine altmodische, aber behagliche Eleganz zu bieten, die viktorianische Ehrbarkeit verströmte. Die junge Frau hinter dem Empfangsschalter blickte auf, als er tropfnass eintrat, und lächelte ihn an. »Guten Morgen, Sir. Vom Wetter abgesehen, meine ich!«

Er nahm seinen Hut ab und sah wehmütig die nasse Krempe an. »In der Tat. Ich glaube, ich könnte einen Drink gebrauchen. Und dann hätte ich gern ein Zimmer.«

»Mit dem größten Vergnügen, Sir.« Sie zeigte auf die Tür zu seiner Linken. »Dort finden Sie die Bar.«

»Danke.«

Er ging durch die Tür und stellte fest, dass auch andere vor dem Regen in die Bar geflohen waren. Es war so dunstig, als hätte sich die Feuchtigkeit, die jeder einzelne hereingetragen hatte, wie Nebelschwaden um die Menschen herum niedergelassen. Der Geruch nach nasser Wolle vermischte sich mit Holzrauch. Jemand hatte das Feuer an einer Seite des getäfelten Raums angezündet, und jetzt rang es darum, sich zu behaupten, und trug beträchtlich zu der Düsterkeit bei, aber dem schenkte niemand Beachtung, da die Gäste in lebhafte Gespräche vertieft waren.

Rutledge fand einen Tisch an einem der Fenster zur Straße. Er konnte das derbe männliche Gelächter hören, das aus dem weniger noblen Teil der Bar herüberdrang, Arbeiter, die den Regen als Vorwand genutzt hatten, um auf ein Bier hereinzukommen.

Er fragte sich, wie viele von ihnen früher Stammgäste im Reivers gewesen waren.

Ein Mann mit einem wilden Schnurrbart trat ein, schaute sich um und sah Rutledge. Er kam zielstrebig auf den Tisch zu, nickte und sagte: »Ich bin Oliver.«

Rutledge stand auf und gab ihm die Hand. Olivers Händedruck war kräftig, aber kurz. Er setzte sich auf den anderen Stuhl und winkte eine der Bedienungen an den Tisch. Sie kam, nahm die Bestellungen auf und ging wieder.

Oliver streckte die Füße aus, sah kläglich auf seine nassen Schuhe und seufzte. Dann wandte er sich an Rutledge und sagte: »Ich werde gar nicht erst um den heißen Brei herumreden. Das ist nicht meine Art. Es passt mir nicht, dass London jemanden raufschickt, damit sich der um meine Angelegenheiten kümmert. Aber so ist es nun mal. Ich werde Ihnen in jeder Hinsicht behilflich sein.«

»Es ist leider auch ohne mein Zutun geschehen. Aber jetzt sitzen wir hier. Ich würde mich gern mit Ihnen über die Indizien unterhalten, falls Sie Zeit haben.«

Die Bedienung brachte ihre Bestellungen, und Oliver trank genüsslich einen Schluck von seinem Ale. Dann sagte er: »Die Indizien sind nicht das Problem. Es sind die Knochen. Haben Sie aus diesem zänkischen Weib in Menton auch nur das Geringste rausholen können? Diese Informationen könnte ich nämlich gut gebrauchen.«

»Lady Maude hat sich geweigert zuzugeben, dass sie Streit mit ihrer Tochter hatte«, antwortete Rutledge, »aber ich würde einen ziemlich hohen Einsatz darauf wetten, dass es dazu gekommen ist. Die Frage ist, wo steckt Eleanor Gray jetzt? Und das scheint niemand zu wissen. Lady Maude schwört, ihre Tochter hätte keinerlei Interesse an Spaziergängen im Hochland und es gäbe keine Erklärung dafür, weshalb sich Eleanor im Lauf des Jahres 1916 im Glencoe oder irgendwo sonst in Schottland hätte aufhalten sollen.«

»So sind Mütter nun mal, sie verschließen die Augen vor vielem, was sie nicht wahrhaben wollen. Betrachten Sie es mal von der Warte: Wenn ein gut aussehender junger Soldat zu der Tochter sagt, er würde in seinem Heimaturlaub gern in den schottischen Hügeln wandern, glauben Sie, dann weigert sie sich, mitzukommen? Der Krieg wirft die Frauen aus der Bahn – man braucht einen Mann bloß in eine Uniform zu stecken, und schon vertrauen sie ihm ihre Tugend und ihr Leben an!«

»Sie wäre wohl kaum in den Bergen spazieren gegangen, wenn sie im neunten Monat schwanger war. Und aus eben diesem Grund hätte sie auch so schnell keinen Soldaten gefunden, der sie dorthin mitgenommen hätte.«

Oliver stieß einen Laut des Unwillens aus. »Ich sage ja nur, dass Mütter ihre Töchter nicht unbedingt kennen. Lady Maude mag glauben, was sie will, aber das beweist noch lange nichts.«

»Warum waren Sie und die Behörden gleich damit einverstanden, diese hier ansässige Frau zu verhaften? In London hat man mir den Fall nur in groben Zügen geschildert.«

Oliver dachte darüber nach und sagte dann: »Das war so. Die ersten anonymen Briefe kamen im Juni, soweit wir das sagen können. Und an dem guten Dutzend, das ich gesehen habe, fand ich seltsam, dass die Leute sie geglaubt haben. Jedenfalls haben die Nachbarinnen begonnen, Mrs. MacLeod, wie sie sich zu dem Zeitpunkt genannt hat, zu meiden. Ein paar haben dann die Initiative ergriffen und sind mit den Briefen zu Mr. Elliot gegangen, dem Pfarrer, aber nicht etwa, um ihn zu fragen, ob die Anschuldigungen wahr sind oder nicht. Um ihre eigenen Seelen haben sich gesorgt. Und nachdem er darüber nachgedacht und gebetet hat, ist Mr. Elliot zur Polizei gekommen.«

»Dann sind die Briefe also auf fruchtbaren Boden gefallen. Warum? War diese Frau in Duncarrick unbeliebt oder wurde sie nicht akzeptiert?«

»Wenn Sie mich das vor wenigen Monaten gefragt hätten, hätte ich gesagt, sie sei sehr beliebt. Ich habe nie von irgendwelchen Problemen gehört – moralischer oder anderer Natur. Und ich höre das meiste, was hier vorgeht. Die Allgemeinheit scheint davon auszugehen, die junge Frau müsste ihre Tante belogen haben, denn Ealasaid MacCallum war eine rechtschaffene Frau, die niemals unterstützt hätte, dass man ihrem Bekanntenkreis eine Unwahrheit auftischt. Sie wäre die Erste gewesen, die gesagt hätte: ›Meine Nichte hat sich Scherereien eingehandelt, aber ich habe sie zu mir geholt, um ihr eine Chance zu geben, reumütig dafür zu büßen. Das ist meine Christenpflicht.‹ Und das hätten die Leute respektiert.«

Hamish sagte: »Genau, so wäre das gehandhabt worden.«

Aber ohne Mitleid, antwortete Rutledge. *Eine kalte und richtende zweite Chance.*

Oliver fuhr fort. »Dann hat mir Mr. Elliot privat mitgeteilt, etliche Leute hätten mit ihm über die junge Frau gesprochen. Bevor die ersten Briefe kamen. Ein Mann fühlte sich von ihr in Versuchung geführt und bangte um seine Seele. Eine junge Frau sähe in ihr ein Werkzeug des Teufels, weil sie einem jungen Mann, der häufiger das Gasthaus besuchte, den Kopf verdreht hätte. Eine andere Frau fand, sie ließe ihrem Kind gegenüber zu viel Milde walten. ›Wer die Rute spart‹, wollte sie damit sagen. Und mit Miss MacDonald hätte er, Mr. Elliot, bereits zu reden versucht, weil sie dem Gottesdienst häufig fernblieb. Sie hätte ihm gesagt, ihre Pflichten im Gasthaus ließen sie erst spät zu Bett kommen und es fiele ihr schwer, am Sonntagmorgen pünktlich zu erscheinen. Und diese Entschuldigung wäre in seinen Augen ungehörig gewesen.«

»Ich verstehe«, sagte Rutledge, als Schweigen eintrat und eine Reaktion von ihm erwartet wurde. Er verstand jedoch nur, dass ein Urteil gefällt worden war, weil die Leute das Gefühl hatten, die Angeklagte hätte den hohen Anforderungen nicht genügt, die andere an sich selbst stellten und automatisch auf sie ausweiteten.

Oliver sah zu einem anderen Tisch hinüber und war offenbar abgelenkt. Dann nahm er den Faden wieder auf. »Den anonymen Briefen ist dicht auf den Fersen eine andere Korrespondenz gefolgt, die belastend und nicht etwa entlastend war. Ich war, ebenso wie der Chief Constable, der Meinung, das sollten wir uns mal genauer ansehen. Wo sich ein Schema abzeichnet ...«

Wo Rauch ist ...

»Daraufhin habe ich dann meinen Constable – er kannte sie

105

gut genug, um sie behutsam ins Verhör zu nehmen – zu ihr geschickt, damit er sie nach ihrem Trauschein fragt. Sie hat ihm mehr oder minder deutlich zu verstehen gegeben, sie hätte keinen, und als er sie gefragt hat, ob sie bereit wäre, sich im Hinblick auf die Geburt des fraglichen Kindes von einem Arzt untersuchen zu lassen, hat sie sich glühend geweigert. McKinstry blieb gar nichts anderes übrig. Er musste das Haus durchsuchen, hat die Durchsuchung aber nicht zu meiner Zufriedenheit ausgeführt. Also bin ich noch einmal wiedergekommen. Statt einer relativ frischen Frauenleiche bin ich auf einen Mann gestoßen, der seit hundert Jahren tot war, und damit habe ich mich zum Gespött gemacht, das kann ich Ihnen versichern. Dr. Murchison hatte mehr zu sagen, als ich zu dem Thema hören wollte.«

»O ja«, bemerkte Hamish, »das hat ihn in seinem Stolz getroffen.« Rutledge hielt es für möglich und sah darin einen Grund für Olivers unermüdliche Entschlossenheit, Antworten auf die Fragen zu finden, die mit der Frau in Zusammenhang standen.

»Ich habe ein Rundschreiben mit der Bitte um Informationen über vermisste Personen ausgesandt, und so habe ich von dem Leichnam gehört, den sie oben im Glen gefunden haben. Ich hatte ihn mir gerade angesehen, als man mir aus Menton Informationen über diese Gray zugeschickt hat. Und ich Narr habe mich nach England aufgemacht und mir eingebildet, ich schlage zwei Fliegen mit einer Klappe, und stattdessen ist mir der Kopf abgerissen worden.«

Er musterte Rutledge eingehend, als wollte er abwägen, wie seine Sicht der Lage aufgenommen worden war. Dann fragte er, anscheinend zufrieden: »Können Sie mir sagen, welchen Schritt sie als Nächstes in Erwägung ziehen?«

»Ich weiß es nicht«, antwortete Rutledge aufrichtig. »Sie haben mit Sicherheit alles getan, was von Ihnen verlangt wurde, und sogar noch mehr. Was hat Ihnen die Angeklagte erzählt?«

»Herzlich wenig. Nur, dass sie nichts verbrochen hat und sich Sorgen um das Kind macht. Diese Anhänglichkeit überrascht mich nicht. Frauen haben einen natürlichen Mutterinstinkt, ob sie nun eigene Kinder haben oder nicht. Es spricht für die Angeklagte, dass sie den Jungen nach besten Kräften aufgezogen hat. Mr. Elliot hat ihn ins Verhör genommen, und er scheint seine Bibelgeschichten zu kennen. Besonders gern mag er die von Moses und seinem Binsenkörbchen. Und die von Josephs buntem Rock.« Er lächelte. »Ealasaid MacCallum, die Tante der Angeklagten, hat für den Jungen einen Bademantel aus Streifen in allen Farben genäht, an dem er sehr hängt. Wir haben ihm erlaubt, ihn zu behalten. Und auch das ausgestopfte Hündchen, das die Angeklagte aus einer der Socken ihres Großonkels für ihn gemacht hat. Es kann ja nichts schaden, und ihn scheint es zu trösten. Er weint mehr, als man es von einem Jungen, der auf drei Jahre zugeht, erwarten sollte. Man muss ihm wohl zugute halten, dass er die Frau für seine Mutter hält. Es wird eine Weile dauern, ihn vom Gegenteil zu überzeugen.«

Rutledge dachte plötzlich an Morags Gesichtsausdruck, als er gesagt hatte, das Kind sei nicht Angelegenheit des Gerichts. Er hatte die Worte in einem anderen Zusammenhang geäußert, nämlich dem, wie man mit einer Frau verfuhr, die unter Mordanklage stand. Aber Morag hatte sie sich zu Herzen genommen und es ihm zu verstehen gegeben. Sie hatte schon immer ein Herz für kleine Kinder und Welpen und Kätzchen gehabt und sogar für ein verwaistes Lamm – Ross Trevor hatte im Alter von sieben darauf beharrt, es mit der Flasche großzuziehen. Rutledge fragte sich, was sie wohl zu Olivers Bemerkungen zu sagen hätte. *Es wird eine Weile dauern, ihn vom Gegenteil zu überzeugen.* Was sich logisch daraus ergab, blieb unausgesprochen: Wenn sie gehängt wird, haben wir ihn so weit, dass er nicht um sie trauert.

Würde irgendjemand um sie trauern?

»Was glauben Sie, warum sie die Verantwortung für dieses Kind überhaupt auf sich genommen hat? Eine allein stehende junge Frau? Es wäre doch gewiss einfacher gewesen, den Kleinen auf direktem Wege zum nächsten Findelhaus zu tragen.«

»Wer kann das schon sagen? Sie könnte den Vater gekannt haben. Man hat mir berichtet, als sie sich als verheiratete Frau ausgeben wollte, hat sie den Namen eines Soldaten aus ihrem Bekanntenkreis angenommen, der an der Somme gefallen ist. Das ist doch ein Leichtes, wenn er nicht zurückkommen und bestreiten kann, dass er mit ihr verheiratet ist. Möglicherweise war sie verliebt in ihn und wollte das Kind, das sie von ihm nicht haben konnte.«

Rutledge wechselte das Thema und sagte: »Wäre es möglich, dass ich mit der Angeklagten rede?«

»Zu welchem Zweck?«, lautete die argwöhnische Gegenfrage.

»Sie könnte uns – ohne es zu wissen – mehr zu sagen haben. Bisher hat niemand in ihrer Hörweite den Namen Eleanor Gray erwähnt?«

»Nein.« Oliver leerte sein Glas.

»Es wäre ein Anfang«, sagte Rutledge sachlich.

»Dann trinken Sie Ihr Bier aus. Ich bringe Sie hin.«

Als er Oliver zu seinem Wagen folgte, beschlich Rutledge ein seltsames Gefühl, eine Vorahnung. Er konnte es weder logisch noch emotional erklären, es war eben – eine Vorahnung. Vollkommen grundlos fiel ihm der Traum wieder ein, den er in London gehabt hatte, und ihm wurde kalt. Hamish, der auf Rutledges Anspannung reagierte, schien auf seiner Schulter zu hocken und ihn zu verfluchen.

Erst als die Zellentür aufschwang und er den Lavendelduft wahrnahm, wandten sich seine Gedanken der Frau zu, die er hier aufsuchen wollte. In seinem inneren Aufruhr hatte er sie als Individuum nahezu vergessen.

»Es kommt daher, dass du dich an Mowbray erinnerst, diesen armen Teufel in seiner Zelle in Dorset«, bot ihm Hamish als Erklärung an.

Stimmte das?

Die Frau hatte sich von dem einzigen Stuhl erhoben und zu ihnen umgewandt. Sie war bleich und hatte Ringe unter den Augen, und sie hielt sich, als machte sie sich auf einen Schlag gefasst. Das hellgraue Kleid, das sie trug, unterstrich ihre Blässe und ließ sie vor den grauen Wänden nahezu unsichtbar wirken.

Schon während Inspector Oliver sie mit ihm bekannt machte, hatte Rutledge restlos den Faden verloren. Und in seinem Kopf veranstaltete Hamish einen Höllenlärm und stieß gellende Schreie aus, denn er litt Qualen und wollte es nicht wahrhaben.

Rutledge hatte ihr Bild in Frankreich viele Male gesehen. Sie war die Frau, die Corporal Hamish MacLeod geliebt hatte und die er heiraten wollte. Die Frau, deren Namen Hamish im letzten Augenblick ausgerufen hatte, ehe die Gewehre abgefeuert wurden und er sterbend in den Schlamm fiel. Fiona MacDonald. Die sich jetzt Fiona MacLeod nannte.

Rutledge war unvorbereitet und schutzlos.

Wie hätte er das ahnen können? Wie hätte er eine Fiona Mac-Leod aus Duncarrick mit dem Gesicht einer Frau in Verbindung bringen können, von der er angenommen hatte, sie lebte im fernen Hochland, wo dieser Name sehr gängig war ...

Wie hätte er das ahnen können?

Fiona MacDonald. Die in Wahrheit Fiona MacLeod gewesen wäre, wenn er nicht den Mann erschossen hätte, den sie liebte.

Die Frau in dem Traum, den er in London gehabt hatte ...

10

Sie sah Rutledge an, und in ihrem Gesicht stand Trauer. Hamish hatte ihm während des Krieges so viel von dieser Frau erzählt. Jetzt fiel es ihm schwer, in ihr das Mädchen zu sehen, das 1914 an einem heißen Augusttag Heu gemacht hatte. Oder an der Seite eines großen Mannes in Uniform, der sich von ihr verabschieden wollte, durch eine kleine Ortschaft im Hochland geschlendert war. Hamish hatte ihren Namen gerufen, als das Erschießungskommando auf ihn anlegte. Er wollte sterben – aber nicht, um in Frankreich zu liegen, fern von dem alten Kirchhof, auf dem seine Vorfahren ruhten. Er wollte nicht mehr leben – aber er hatte zu ihr zurückkehren wollen.

Rutledge schwirrte der Kopf. Nahm Fiona MacDonald manchmal Hamishs Gegenwart wahr, wie Rutledge Ross Trevors Gegenwart in dem Sommerhaus außerhalb von Edinburgh wahrgenommen hatte? Es war schon seltsam, wie intensiv manche Menschen eine Zeit oder einen Ort prägen konnten. Und sie musste natürlich besser als die meisten anderen Menschen wissen, wie inbrünstig Hamish das Hochland geliebt hatte. Hatte sie in ihr Kissen geweint, weil es keinen Grabstein gab, zu dem sie ihren Kummer tragen konnte? Oder war sie durch die Hügel spaziert und hatte sich Hamish dort näher gefühlt, als es ihr auf irgendeinem Friedhof möglich gewesen wäre?

Diese kurze, stumme, angespannte Gegenüberstellung beeinflusste Rutledges Vorstellung von Fiona MacDonald. Und von dem Verbrechen, das sie begangen hatte – das sie angeblich begangen hatte. Und von der Schuld, die er als Werkzeug von Hamishs Tod ihm gegenüber trug. Dieser Moment vermehrte die

110

Last, die er in den dunklen Ausläufern seiner Seele aus dem Krieg mitgebracht hatte.

Er drehte sich um und verließ wortlos die Zelle, und Oliver blieb verwirrt in der Tür zurück und starrte unsicher die Frau an, die der Grund für Rutledges Erscheinen war.

Rutledge stieß schwer atmend und mit pochendem Herzen gegen eine Schreibtischkante und fand irgendwie den Weg zu der Tür, die ins Freie führte. Er riss sie auf und trat in den Regen hinaus, ohne ihn wahrzunehmen. In seinem Kopf herrschte vollkommene Leere.

Es dauerte Minuten, bis er merkte, dass Oliver im Schutz der Eingangstür direkt hinter ihm stand und etwas zu ihm sagte …

»Tut mir Leid …« Er hielt Oliver weiterhin den Rücken zugewandt, denn er konnte nicht wissen, was in seinem Gesicht zu lesen war. Dann wurde ihm klar, dass etwas mehr von ihm erwartet wurde, und er fügte lahm hinzu: »Ich brauchte plötzlich dringend frische Luft.« Er konnte den Regen spüren, der auf die Schultern seines Mantels fiel, und sein Haar fühlte sich schwer vor Nässe und an und klebte an seinem Kopf. Wie lange hatte er hier gestanden – um Gottes willen, wie lange? Er konnte sich nicht erinnern; er konnte nicht denken; er konnte das Entsetzen nicht abschütteln.

Und Hamish, nach diesem ersten Aufschrei verstummt, war nur noch eine schwarze Last auf seinem Gemüt, wie das Gewicht eines Toten.

Rutledge zwang sich, den üblen Geschmack in seiner Kehle zu schlucken, und nach einer weiteren Minute drehte er sich zu Oliver um. »Tut mir Leid«, sagte er noch einmal. Dann bekam er sich allmählich in den Griff und sagte: »Ich … muss wohl etwas Falsches gegessen haben.«

»Ich habe noch nie erlebt, dass jemand so weiß wird. Ich dachte schon, Sie hätten einen Geist gesehen.«

»Nein …« Fiona MacDonald war kein Geist.

Was tue ich bloß? fragte er sich stumm. *Ich muss Bowles anrufen und ihm sagen, dass ich von dem Fall abgezogen werden will …*

Aber damit war nur ihm gedient. Was war mit ihr?

Was, in Gottes Namen, war mit ihr?

111

Was war, wenn er sie im Stich ließ und sie gehängt wurde? Dann hätte er keine andere Wahl mehr, als sich umzubringen: Er konnte der Schuld, die er ohnehin schon trug, nicht noch eine weitere Last hinzufügen. Es wäre eine bittere Niederlage, Hamishs Vergangenheit zum Opfer zu fallen, nachdem er so hart darum gerungen hatte, sich von seiner eigenen Vergangenheit zu erholen …

Nicht mit einer deutschen Pistole. Mit seiner eigenen.

Oliver fragte ihn etwas. Ob er ins Hotel zurückgehen wollte? Oder hatte er ihm ein Glas Wasser angeboten? Er konnte sich nicht erinnern.

»Nein, es geht gleich wieder.«

»Dann kommen Sie aus dem Regen rein, Mann! Ich werde hier schon klatschnass!« Die Tür wurde zugeschlagen.

Rutledge drehte sich um, öffnete sie wieder und ging in die Wachstube des Reviers zurück. »Mir geht es gut«, sagte er.

»So sehen Sie aber nicht aus. Hier, setzen Sie sich.«

Rutledge nahm den Stuhl, der ihm zugeschoben wurde, und versuchte sich zu setzen, aber seine Muskeln schienen verspannt und steif zu sein, und er musste sie zwingen, seinen Befehl zu befolgen. Oliver drückte ihm ein Glas Wasser in die Hand. Rutledge gab vor, einen Schluck zu trinken, denn seine Kehle war vollständig zugeschnürt, und er wollte sich nicht durch Würgen noch lächerlicher machen.

Und dann schienen seine Sinne langsam zurückzukehren. Der Raum nahm Gestalt an, die vier in einem hässlichen Braunton gestrichenen Wände, die Schreibtische und die Stühle älter als er, und die einzige Deckenlampe, die über alles harte Schatten warf. Oliver wartete mit wachsamem Gesicht darauf, dass er eine Entscheidung traf.

Rutledge holte tief Atem. »Also, gut. Gehen wir in die Zelle zurück.« In seinem Hinterkopf stimmte Hamish ein tosendes Gebrüll an, und der Schmerz, der in seinem Gefolge anschwoll, machte ihn nahezu blind.

»Sind Sie sicher? Offen gesagt habe ich nämlich keine Lust, mir von Ihnen den ganzen Fußboden vollkotzen zu lassen.«

Rutledge hätte fast laut gelacht, eine überspannte Reaktion

auf seine eigene Anspannung. Übelkeit war seine kleinste Sorge. »Das tue ich bestimmt nicht.«

Er folgte Oliver durch den Korridor, der zu einem Raum führte, in dem Rutledge jetzt eine ehemalige Küche erkannte: ein großer Raum ohne Einrichtungsgegenstände außer einer schmalen Pritsche und einem Stuhl zwischen den vier nackten Wänden. Die Eisenplatte auf dem Fußboden vor dem Kamin war aufgestellt und vor der Kaminöffnung festgeschraubt worden. Hinter einem Wandschirm standen der Nachttopf und eine simple Waschgelegenheit. Es war kalt, und Fiona MacDonald hatte sich einen Schal um die Schultern geschlungen.

Auch ihr Gesicht war weiß, als Oliver eine schroffe Entschuldigung für das abrupte Verschwinden der Männer vor gut zehn Minuten vorbrachte. Rutledge begriff, dass sie Neuigkeiten über ihre Verhandlung erwarten musste. Oder über das Kind. Ihre verkrampften Schultern verrieten sie, als sie darauf wartete, dass Rutledge etwas sagte.

»Inspector Rutledge ist aus London gekommen, um sich mit der Identifizierung der Knochen zu befassen, die an dem Berghang im Glencoe gefunden worden sind. Er hat Fragen an Sie.«

»Ja, von mir aus«, sagte sie, und ihre Stimme war kaum mehr als ein Flüstern.

Rutledge hatte keine Ahnung, was er herausfinden sollte. Sein Verstand war zugemauert, und im Innern herrschte Leere. Er stellte fest, dass er den Blick von ihr abgewandt hatte und ihr nicht in die Augen sehen wollte. Doch es gelang ihm, mit ihr zu sprechen und sich vorzutasten. »Sie hören diese Frage nicht zum ersten Mal, Miss MacDonald, aber können Sie uns irgendwelche Informationen geben, die uns dabei helfen könnten, die leibliche Mutter des Kindes zu finden? Oder, falls sie tot ist, ihre Familie? Sie sind doch gewiss besorgt um das Wohlergehen des Jungen, und bei einer Großmutter oder einer Tante wäre er viel besser aufgehoben und viel glücklicher als in einer Pflegefamilie.«

»Ach ja?«, sagte sie. »Ich habe niemanden umgebracht. Ich gehe davon aus, dass ich in mein Haus und zu meinem Kind zurückkehren werde.« Ihre Stimme war resolut, doch in ihren Augen stand Furcht.

»Wenn der Junge nicht Ihr Kind ist«, sagte Rutledge sanft, »dann bezweifle ich, dass man Ihnen selbst im Falle eines Freispruchs gestatten wird, ihn zu behalten. Eine junge Frau, die sich ohne Ehemann oder eigene Familie durchs Leben schlagen muss, könnte als ungeeignet angesehen werden, ihm ein angemessenes Heim zu bieten.«

»Dann heirate ich eben«, sagte sie resigniert. »Ich schaffe ihm ein Heim und gebe ihm einen Vater.«

»Sie haben keinen Anspruch auf den Jungen. Das Gesetz hat seine eigenen Auffassungen zur Betreuung von Waisenkindern.« Er bemühte sich um eine ruhige Stimme ohne jeden Tadel.

Fiona biss sich auf die Lippen. »Das glaube ich Ihnen nicht.«

»Sehen Sie, jetzt ist alles anders. Als Sie nach Duncarrick gekommen sind, hielt man Sie für eine Witwe. Niemand hatte Grund, Ihren Anspruch auf das Kind in Frage zu stellen. Jetzt besteht aller Grund dazu.«

»Nein, ich bin die einzige Mutter, die er je gekannt hat!«

Rutledge wählte einen anderen Ansatz und fragte: »Haben Sie diesen Brief an Mr. Elliot geschrieben? Den anonymen, der in Glasgow aufgegeben wurde?«

Hinter ihm trat Oliver von einem Fuß auf den anderen. Auf diese Frage war er nicht gekommen.

Aber der Schock war Fiona MacDonald so deutlich anzusehen, dass sich jeder mögliche Zweifel zerstreute.

»Nein!« In ihrer Stimme schwang Leidenschaft mit, nicht nur Gewissheit. Warum? Dann fügte sie hinzu, als wollte sie es überspielen: »Der Brief hat mich doch belastet.«

»Da die anderen Briefe offenbar Früchte getragen haben, hätte es doch sein können, dass Sie zu Ihrem eigenen Schutz etwas unternehmen wollten.«

»Wenn ich das gewollt hätte, hätte ich es mit Sicherheit klüger angefangen! Ich – ich kann einfach nicht – von diesem Brief träume ich nachts. Er macht mir Angst. Man hat ihn mir gezeigt, und ich habe die Handschrift nicht erkannt. Ich habe Mr. Elliot gefragt, ob er wüsste, wer den Brief geschickt hat, und er behauptet, es nicht zu wissen. Aber er sagt mir, ich soll mich auf Gedeih und Verderb den Richtern ausliefern und meine unsterbliche Seele retten. Ich habe die Polizei gefragt, ob sie den Absender inzwischen kennt, und man sagt mir, das bräuchten sie nicht zu wissen. Aber für die Polizei ist die Identität der Briefschreiberin doch mit Sicherheit von genauso großer Bedeutung wie für mich!«

»Vermuten Sie, Eleanor Gray könnte den Brief geschrieben haben? Mit den besten Absichten und ohne zu ahnen, wofür er verwendet werden könnte?«

Der Name sagte ihr eindeutig nicht das Geringste. »Weshalb sollte eine Fremde mich verteidigen wollen? Ich kenne keine Grays. Und eine Eleanor Gray schon gar nicht. Sie sollten sie selbst fragen, nicht mich.«

Er zögerte. Sein Kopf schmerzte so heftig, dass er kaum atmen, geschweige denn klar denken konnte. »Wir haben guten Grund zu der Annahme, dass Eleanor Gray das Kind bekommen hat, das Sie als Ihren Sohn großgezogen haben.«

Etwas huschte so flink über ihr Gesicht, dass Rutledge nicht sicher sein konnte, ob er es wirklich gesehen hatte. War es Belustigung? Nein, es war etwas anderes.

»Was wollen Sie von mir? Lügen? Ich kenne diese Frau nicht.«

»Vielleicht kannten Sie ihren Namen nicht. War ihr Tod ein Unfall? Oder wurde er durch eine Krankheit verursacht – infolge der Geburt?«

Sie lächelte traurig. »Wenn diese Eleanor Gray tot ist, wie könnte sie dann an Mr. Elliot oder irgendjemand sonst geschrieben haben?«

Touché!

»Die Grays haben Geld. Sie sind in der Lage, dem Jungen viel mehr zu bieten, als Sie es jemals könnten. Ich denke, es wäre möglich zu vereinbaren, dass Sie ihn regelmäßig besuchen können. Sie würden den Kontakt nicht vollständig verlieren. In einem überfüllten Waisenhaus bekommt er nicht die Liebe und die Zuwendung, die er braucht. Das ist doch für Sie bestimmt ein Argument?«

»Es liegt mir sehr viel daran, Inspector«, sagte sie matt, »aber doch nicht genug, um Sie zu belügen. Ich kenne Eleanor Gray nicht. Ich habe keine Ahnung, wann oder wie sie gestorben sein könnte, und ich kann Ihnen auch nicht sagen, ob sie ein Kind bekommen hat. Es gibt nichts, was ich für ihre Familie tun könnte, abgesehen davon, dass ich Ihnen die Wahrheit sage. Und das habe ich getan.« Ihrem Tonfall war Enttäuschung anzuhören. »Ist es das, was Sie wollten und was Sie hergeführt hat? Weil Sie dringend eine tröstliche Geschichte brauchen, um sie einer trauernden Frau zu überbringen? Ich betrauere ebenfalls einen Verlust, und niemand ist bereit, mir etwas über meinen Sohn zu sagen. Ob es ihm gut geht oder ob er krank ist, ob er sich noch an mich erinnert oder ob Sie ihn dazu gebracht haben, mich zu vergessen.« Nur mit größter Mühe konnte sie die Kontrolle über ihre Gesichtszüge behalten, aber er sah Tränen in ihren Augen.

»Es geht ihm gut«, antwortete er und ignorierte den erstickten Protest im Hintergrund. Sie hatte ein Recht darauf, es zu erfahren. Sie mochte zwar eine Mörderin sein …

Dieser Gedanke ließ ihn abrupt innehalten.

Rutledge konnte sich nicht erinnern, wie er ins Hotel zurückgekommen war und seinen Zimmerschlüssel in Empfang genommen hatte.

Die Frau an der Rezeption hatte ihr Wort gehalten und eine gute Wahl getroffen. Cremefarbene Wände und weiße Spitzengardinen brachten das Meerblau des Bettzeugs, des gemusterten Teppichs und der Stühle mit den Chintzbezügen gut zur Geltung. Steife Seidenblumen standen in einer cremefarbenen Vase mit blauem Muster, und die einzige Lampe auf dem Ecktisch hatte einen cremefarbenen Lampenschirm mit blauer Borte. Er nahm es kaum zur Kenntnis. Aber es gab zwei Fenster mit Blick auf den Platz, auf dem das regennasse Pflaster glitzerte und die Lichter von Läden fröhlich bunte Kleckse auf die Pfützen warfen.

Er legte sich auf sein Bett, starrte die Decke an und versuchte sich zu erinnern, was er zu Fiona MacDonald gesagt hatte – und an ihre Antworten. Sein Verstand weigerte sich, ihm zu geben, was er wollte, und im Hintergrund war Hamish so laut, dass die Schreie der Stimme in seinem Kopf die Geräusche der Menschen und Fahrzeuge draußen vor dem Fenster und auch die Glocken der nahen Kirche zu übertönen schienen, die eine Stunde nach der anderen schlugen.

Als Rutledge am nächsten Morgen im Polizeirevier eintraf, war Constable Pringle allein dort. Ein rotbackiger Mann mit rotblondem Haar und den dazugehörigen Sommersprossen. Er stand auf und stellte sich förmlich vor, als Rutledge seinen Namen nannte.

»Inspector Oliver ist nicht hier …«

»Ich wollte ohnehin nur für fünf Minuten reinschauen. Oliver und ich haben gestern die Gefangene befragt. Ich habe noch ein oder zwei Fragen, die sich nachträglich ergeben haben.«

»Ich darf die Wachstube eigentlich nicht verlassen, Sir«, sagte der Constable unsicher.

»Das macht überhaupt nichts. Ich finde den Weg auch allein.«

Pringle ging zu einem Schrank und holte einen Schlüsselbund heraus. »Es ist der hier.« Er reichte Rutledge den ganzen Bund.

»Danke.«

Hamish war Unheil verkündend still, wie eine dunkle Wolke, die einen Sturm vorhersagt, als Rutledge durch den Korridor zu dem Raum ging, der als Zelle für Fiona MacDonald genutzt wurde. Eine rundliche Frau in einer blauen Uniform schrubbte gerade den letzten Meter des Korridors; ihr Gesicht war vor Anstrengung gerötet. Als Rutledge vorbeikam, rückte sie zur Seite und machte sich wieder an die Arbeit, als er den Schlüssel ins Schloss steckte.

Er stellte fest, dass seine Hände zitterten.

Als er die Tür öffnete, bemerkte er, dass Fiona sich erhoben hatte und ihr wachsamer Gesichtsausdruck dem Erstaunen wich, als sie sah, dass er es war. »Inspector«, sagte sie zurückhaltend.

Er schloss die Tür, damit sie ungestört waren.

»Gestern Abend –«, begann er und verzichtete dann auf den Vorwand, er hätte seine Notizen durchgelesen. Stattdessen sagte er: »Ich bin gekommen, um ein oder zwei Punkte zu klären. Möchten Sie, dass Ihr Anwalt hinzugezogen wird?«

»Vor Mr. Armstrong fürchte ich mich mehr als vor Ihnen«,

antwortete sie. »Wie er mich anstarrt, gibt er mir das Gefühl …
unrein zu sein. Ich glaube, er verabscheut Frauen. In seiner Sicht
sind wir minderwertige Geschöpfe, die besser nicht erschaffen
worden wären.« Sie versuchte zu lächeln, doch es misslang ihr.

Ein kurzes Schweigen entstand. Sie musterte ihn, und er fragte sich, was sie in seinem Gesicht sah. Aber eigentlich wollte er es
gar nicht wissen.

»Haben Sie ausdrücklich darum gebeten, dass man Ihnen diesen Fall überträgt?« Die Worte schienen sich ihr gegen ihren
Willen zu entreißen.

»Nein. Man hat mich mit dem Fall Gray beauftragt, der Vermissten. Bis ich durch diese Tür gekommen bin —« Er unterbrach sich. Ihr Gesichtsausdruck hatte sich verändert, war ver-
schlossener, als wollte sie sich dagegen schützen, verletzt zu
werden. Hatte sie erwartet, als er gestern mit Oliver gekommen
war und sie seinen Namen erkannt hatte, dass er gekommen
war, um ihr zu helfen? Dass er auf irgendwelchen Wegen von der
Mordanklage gegen sie erfahren hatte und es als seine Pflicht
empfand, sich damit zu befassen?

Ein winziger Hoffnungsschimmer …

Hamish musste seinen befehlshabenden Offizier in seinen
Briefen an sie erwähnt haben und auch, was Rutledge im zivilen
Leben tat. Und Rutledge hatte selbst an sie geschrieben, um sie
von Hamishs Tod zu unterrichten und in leeren Floskeln sein
Mitgefühl und seine Sorge auszudrücken: »Er hat oft von Ihnen
gesprochen. Sie waren sein Halt und seine Zuversicht während
der Kämpfe, und ihm hätte bestimmt daran gelegen, dass Sie
wissen, wie tapfer er für sein Land gestorben ist …«

Sie hatte die tröstlichen Lügen geglaubt. Sie waren ihr lieb
und teuer gewesen.

Er fügte eilig hinzu: »Niemand hat es mir gesagt. Verstehen
Sie, in London wussten wir nicht, wer Sie sind. Mein Vorgesetz-
ter war mit der Familie Gray befasst.«

»Wären Sie gekommen, wenn Sie es gewusst hätten?«

Er antwortete ausweichend. »Fälle werden uns zugeteilt, nicht
von uns ausgewählt. Die Entscheidung hätte also nicht bei mir
gelegen.«

»Ich habe Ihren Brief noch«, sagte sie zu ihm. »Hat *er* geschrieben, vor seinem Ende?«

Hamish hatte in jener letzten Nacht einen Brief geschrieben, der anschließend jedoch mit seinem und mit Rutledges Blut befleckt wurde. Die Armee hatte es nicht für angebracht gehalten, ihn abzuschicken. Das hatte Rutledge etwa einen Monat später in Erfahrung bringen können.

Eine scharfe Zensur sorgte dafür, dass die Angehörigen zu Hause im Unklaren über das Leiden und die Verzweiflung in Frankreich blieben. Davon versprach man sich, dass die Lieben zu Hause den Männern, die sie in die Schlacht geschickt hatten, Zuspruch und Hoffnung geben und ihnen Mut machen würden – was nur möglich war, wenn sie die Wahrheit nicht kannten. Die Männer ihrerseits schrieben nur das nach Hause, wovon sie glaubten, ihre Familien könnten es verkraften. Es war ein Teufelskreis aus Lügen, der als militärische Notwendigkeit eingestuft wurde: »Gut für die Moral.«

Hatte Hamish der Frau, die er so sehr liebte, in seinem letzten Brief die Wahrheit über seinen Tod geschrieben? Oder hatte er sie mit zart fühlenden Lügen auf die Nachricht vorbereitet, die ihr demnächst zugestellt werden würde? Ein zum Tode Verurteilter war nicht immer umsichtig. In jenen letzten finsteren Stunden schrieb er, was er empfand und woran er glaubte. Und Hamish war zerrissen gewesen – er hatte sterben wollen, bevor er gezwungen wurde, weitere Männer in den sicheren Tod zu führen.

Rutledge sagte: »Unser Sektor war unter schwerem Beschuss. Briefe und dergleichen sind hinterher schwer im Schlamm zu finden.« Er fügte nicht hinzu, dass in den stinkenden schwarzen Tiefen auch begrabene Männer verschwanden, von Ratten angenagt und als Füllmasse unter den Füßen benutzt wurden, bis man die verwesenden Leichen wieder bergen konnte.

In jenem letzten Herbst hatten Regenfälle einen Soldaten von der Insel Skye zutage gefördert, der wochenlang auf den Vermisstenlisten stand. Nicht einmal die Hunde hatten ihn gefunden. Als die Dreckbrühe hoch im Schützengraben schwappte, war ein Sergeant fluchend über etwas gestolpert, was ihn zu Fall gebracht hatte. Als er sich klatschnass auf die Füße zog, streckte er die Hand nach etwas aus, was er für einen Teil einer Granate hielt und wovon er zu spät erkannte, dass es sich um ein Schulterblatt handelte. Der Rest des verwesenden Leichnams war Stück für Stück an die Oberfläche gekommen, wie ein zu lange gekochtes Huhn, dessen Fleisch von den Knochen fällt. Der Gestank war unerträglich gewesen. Dennoch hatten sie weitere sechsunddreißig Stunden im Schützengraben stehen müssen, bis sie abgelöst wurden.

Rutledge konnte Fiona MacDonald schwerlich die Wahrheit erzählen. Sein Brief an sie war, wie so viele andere, die er als Hamishs befehlshabender Offizier geschrieben hatte, ein Lügengewebe, ersonnen zum Trost und zur Aufrichtung der Hinterbliebenen, die statt eines Verlusts Stolz auf das Opfer empfinden sollten. Ein Lügengewebe ... Und jetzt hatten ihn diese Lügen eingeholt, um ihn zu beschämen.

Er konnte Hamishs Wut und seine inneren Qualen wie eine zweite Seele in sich spüren.

»Mein Sohn ist nach Ihnen benannt«, sagte sie in die Stille hinein. »Hat man Ihnen das schon gesagt? Er heißt Ian Hamish MacLeod. Das hätte Hamish gefallen. Er hat so herzlich von Ihnen gesprochen – er hat Sie bewundert.«

Rutledge schwirrte der Kopf, und er hörte Hamishs Aufschrei. Die Worte gingen unter, doch einen Moment lang glaubte er, sie hätte mit Sicherheit die Stimme gehört und erkannt, die von den Wänden um sie herum widerhallte.

»Was ist mit Ihnen?« Sie trat einen Schritt vor und streckte eine Hand nach ihm aus. »Ist Ihnen wieder übel? Gestern dachte ich –«

»Nein«, stieß er unter größter Willensanstrengung und ohne jede Ausschmückung knapp hervor. In der Stille konnte er ihren schnellen Atem und die Scheuerbürste der Putzfrau vor der Tür hören. Sein Herzschlag hämmerte in seinen Ohren. Mit grimmiger Entschlossenheit bekam er sich wieder in den Griff. »Es tut mir Leid«, sagte er. »Ich versuche nach Möglichkeit, mich nicht mehr an den Krieg zu erinnern.«

Und Hamish sagte klar und deutlich: »Du erinnerst dich täglich und stündlich daran. Du wirst dich immer daran erinnern. Das ist der Preis des Überlebens.«

Und das traf zu.

»Ich bin gekommen, um mit Ihnen über die Mutter des Kindes zu reden.«

Rutledge kam auf den eigentlichen Grund seines Besuchs zurück. Weder Fiona noch er konnten es sich leisten, ein zweites Mal von der polizeilichen Untersuchung abzuschweifen. »Ihnen ist doch sicher klar, dass Sie sich mit Ihrer Weigerung, den Behörden Informationen über sie zu geben, selbst belasten. Falls sie tot sein sollte, kann es Ihr Leben retten, wenn Sie erklären, warum und wie sie gestorben ist.«

»Das hat mir die Polizei auch schon gesagt. Woher wollen die das denn wissen? Was ist, wenn ich ihnen sage, ich hätte sie erwürgt? Oder sie aus dem Fenster gestoßen? Oder ihr ein Getränk eingeflößt, das sie benebelt hat, und sie dann in der Kälte liegen lassen?«

»Haben Sie das getan?«

»Nein!«, rief sie. »Wenn ich es getan hätte, wie hätte ich das Kind dann so innig lieben können? Jedesmal, wenn ich ihm in die Augen sehe, sehe ich das Gesicht seiner Mutter vor mir. Wie könnte ich das Kind in meinen Armen halten und mich erinnern, dass *sie* durch meine Hand gestorben ist? Sie hat mir das anvertraut, was für sie das Kostbarste auf Erden war. *Sie* sind in den Krieg gezogen«, fuhr sie mit Tränen in den Augen fort, »und haben entsetzlich gelitten. Aber haben Sie sich *jemals* Gedanken darüber gemacht, was es für *uns* bedeutet hat, einen Mann zu lieben, der nie zurückkehren wird, uns nie die Kinder schenken wird, die wir ihm hätten gebären können, uns niemals nachts in den Armen hält, nie unsere Söhne und Töchter heiraten sieht? Was es heißt, nie ein Enkelkind im Arm zu halten oder gemeinsam alt zu werden? Wissen Sie, wie es ist, wenn man sich so sehr nach einem Menschen sehnt, dass es schon schmerzhaft ist, und man träumt und wacht auf und stellt fest, dass alles vorbei ist?« Jetzt fielen die Tränen, und sie wischte sie zornig fort. »*Auch ich habe diesem Land meine Zukunft geopfert. Und alles, was mir ge-*

blieben ist, das Kind einer anderen Frau, hat man mir jetzt auch noch genommen.«

Es schien das Eingeständnis zu sein, dass die Frau tot war. Aber als er in die dunklen Augen blickte und die Seelenqualen sah, las er dort auch noch etwas anderes – Furcht. Sie fürchtete nicht um sich selbst, dessen war er sich ganz sicher. Es musste also etwas anderes sein. Schuldbewusstsein war es auch nicht.

Er rang um Konzentration und griff auf seine Intuition zurück, um die Kluft zu überbrücken – zwischen dem, was er gesehen hatte, und dem, was es bedeutete.

Stille schlug ihm entgegen. Nichts als Stille. Und dann –

Die Frau, begriff er plötzlich, musste noch am Leben sein. Die Mutter des Kindes. Und aus irgendwelchen Gründen wagte Fiona MacDonald nicht, ihren Namen zu nennen, nicht einmal, um ihr eigenes Leben zu retten.

11

Rutledge schloss die Zelle hinter sich ab, lief an der Frau vorbei, die ihre Bürsten in den ausgeleerten Eimer packte, und ging in die Wachstube. Dort saß Constable Pringle und las einen Packen Berichte durch. Er blickte auf, als Rutledge ihm den Schlüsselbund reichte.

»Dann ist also alles geklärt?«, fragte er.

»Im Moment ja«, antwortete Rutledge.

Er bedankte sich bei dem Mann und trat auf die Straße hinaus. Es war ein schöner Tag, und überall waren Menschen, die den jeweiligen Geschäften nachgingen, die sie an einem lauen Morgen aus dem Haus gelockt hatten. Karren und Fuhrwerke und Lastwagen wetteiferten mit Automobilen um Platz auf der Straße, und er hörte einen Verkäufer schimpfen, als ein Pferd sich im Vorübergehen einen Apfel aus einem der Körbe schnappte, die auf einem Rollwagen hoch gestapelt waren. Rutledge fühlte sich allein.

Hamish tobte und wütete weiterhin entrüstet, bettelte, schmeichelte und flehte für Fiona, besessen davon, was man ihr angetan hatte. Und es stand nicht in seiner Macht, etwas daran zu ändern.

Als die wärmenden Strahlen der Sonne sein Gesicht berührten, holte Rutledge tief Atem und versuchte, mit reiner Willenskraft zu erreichen, dass die Spannung von ihm abfiel und Hamish verstummte, und er bemühte sich, das gestochen scharfe Bild der Frau zu verdrängen, die er in dem vergleichsweise dunklen kleinen Raum hinten im Polizeirevier zurückgelassen hatte. Laufen half, jeder Schritt schien sich dem Rhythmus von

Hamishs Stimme anzupassen und sie zu zwingen, ein wenig hinter ihm zurückzubleiben.

Was dem Anschein nach als Suche nach Eleanor Gray begonnen hatte, war zu einer komplexen Konfrontation mit der Vergangenheit und einer jungen Frau geworden, die, je nachdem, was Scotland Yard über beide Frauen herausfand, freigesprochen oder verurteilt werden würde.

Das war eine schwere Verantwortung. Es war aber auch eine berufliche Konfliktsituation.

Rutledge wandte sich dem Hotel zu, denn er suchte, ohne sich dessen bewusst zu sein, Zuflucht, suchte Ruhe und Frieden, um nachzudenken. Alles, was er hier in Erfahrung gebracht hatte, hatte eine andere Gestalt angenommen, und Beweismaterial, Emotionen und Überzeugungen waren in einen Strudel des Zweifels geraten. Und dann sagte Hamish etwas, was seine Aufmerksamkeit gefangen nahm. Er stellte fest, dass er jetzt zuhörte.

»Begonnen hat es doch als moralisches Problem«, sagte Hamish zu ihm. »Das hast du deinem Constable doch selbst erzählt. Und wen fragt man besser als den Mann, der nicht gewusst hat, wie er damit umgehen soll?«

Mr. Elliot. Der Pfarrer.

Rutledge trat auf den Hauptplatz hinaus und ging auf die Kirche zu, die sich hoch und dunkel vom Pflaster erhob. Bar jeglicher Verzierung schien sie sich schwerfällig zum Himmel zu recken, von Männern erbaut, die in ihrem Glauben eine starke und beständige Kraft, aber nur sehr wenig Schönheit fanden. Hier gab es auf den ersten Blick keinen Kirchhof, aber er glaubte, hinter dem Gebäude etwas gesehen zu haben, einen schmalen Keil Gras, der mit einer niedrigen Mauer aus demselben Stein wie die Kirche eingefasst war. Als er um die Kirche herumging, sah er, dass er Recht gehabt hatte. Grabsteine in ordentlichen Reihen marschierten fast bis an die Apsis.

Er blieb vor dem Anschlag neben dem Hauptportal stehen und sah gleichzeitig die kleine Holztafel an dem viktorianischen Haus direkt hinter der Kirche. »Pastor« stand in gotischer Schrift darauf.

Er lief weiter und klopfte an die Haustür. Eine Frau öffnete ihm. Sie war jung und wirkte schwächlich, doch sie antwortete recht energisch: »Ja, Sir?«

»Ich würde gern Mr. Elliot sprechen, wenn das möglich wäre. Ist er da?«

»Er ist gerade aus der Kirche zurückgekommen«, erwiderte sie. »Treten Sie ein, und ich frage ihn, ob er im Moment Besucher empfängt. Darf ich ihm Ihren Namen nennen?«

»Rutledge.«

»Danke, Sir.« Er konnte fast hören, wie sie im Kopf hinzufügte: *Du musst der Polizist aus London sein.* Sie verschwand in einem dunklen Korridor, dessen Holztäfelung, ebenso wie die an den Wänden der hohen Eingangshalle, in der er stand, ohne Verzierung, aber auf Hochglanz poliert war. Das brachte einen Funken Helligkeit in die vorherrschende Düsternis. Das einzige Porträt stellte einen imposanten Mann mit einem ergrauenden patriarchalischen Bart dar, der die Tracht eines Geistlichen von vor zweihundert Jahren, wenn nicht mehr, trug. Die Augen waren finster und sehr streng, aber der Mund war weich, fast schon zart. Ein Gesicht, das sowohl Strenge als auch Milde versprach.

Vom Ende des Korridors hörte Rutledge ein leises Klopfen und eine Tür, die geöffnet wurde. Im nächsten Moment kam die junge Frau zurück.

»Wenn Sie so freundlich wären, mir zu folgen, Sir.« Sie führte ihn ans hintere Ende des Hauses, und dort fand er sich in einem großen Raum wieder, der mit Möbelstücken und Bücherregalen derart vollgestellt war, dass es schien, als wäre das Zimmer kurz davor, in sich selbst zusammenzusacken.

Der Mann hinter dem mit Schriftstücken übersäten Schreibtisch war von mittlerer Statur, doch er hatte eine Adlernase und die Augen eines Fanatikers – von dem glühenden Glauben beseelt, die Antworten auf jede Frage zu haben, die seine Herde bedrückte. Sein Gesicht war versteinert, aber seine Augen strahlten vor Selbstgerechtigkeit. Hamish, Kalvinist bis ins Mark, murmelte: »Der würde Ketzer auf dem Scheiterhaufen verbrennen, wenn er dürfte …« Und diese Worte enthielten keinerlei Lob, sondern nur eine Warnung.

Elliot hielt Rutledge die Hand hin, stand aber nicht auf. Rutledge nahm die trockenen, steifen Finger und schüttelte sie kurz.

»Was kann ich für Sie tun, Inspector?«

»Man hat mich nach Schottland geschickt, damit ich mich mit dem Fall dieser Frau befasse, die sich Mrs. MacLeod genannt hat«, begann er ungezwungen. »Die leibliche Mutter des Kindes könnte Engländerin gewesen sein.«

»Ich verstehe.« Elliot zog die Stirn in Falten. »Das könnte möglich sein, ja.«

»Miss MacDonald hat, soweit ich gehört habe, Gottesdienste in Ihrer Kirche besucht. Sind Sie seit ihrer Verhaftung bei ihr gewesen? Als ihr Pastor?«

»Nur einmal.« Seine Blicke glitten unstet durch das Zimmer. »Und sie hat auch seitdem weder um meinen Rat noch um meine Führung gebeten.«

»Gewiss ist doch selbst sie es wert, gerettet zu werden?«, sagte Rutledge mit ruhiger Stimme.

Die lodernden blassblauen Augen kehrten zu Rutledges Gesicht zurück. »Erlösung wird nicht einfach gewährt. Man muss sie sich verdienen. Sie weigert sich, ihre Sünden zu beichten.«

Plural. »Sünden?«

»Es gibt zahlreiche. Hochmut. Stolz. Wollust …«

Es war auffällig, dass Mord auf dieser Liste nicht angeführt wurde. Hamish hob es murrend hervor. Er hatte eine spontane Abneigung gegen den Geistlichen gefasst. Rutledge strengte sich an, seine eigene Objektivität zu wahren. Aber er sagte sich dennoch, dieser Mann hätte die anonymen Briefe dazu benutzt, die Verleumdete und nicht etwa die Briefschreiberin zu bestrafen. Und das schien für einen Mann Gottes eine merkwürdige Wahl zu sein.

»Wenn das Kind nicht ihr Kind ist, wie kann sie dann lüsterner Taten bezichtigt werden?«

»Ich habe mit eigenen Augen einen Mann auf die Knie sinken und Gott um Vergebung anflehen sehen, weil sie Verlangen in ihm geweckt hat und er um seine Seele bangte. Er ist ein anständiger Mann, ihn kann die Schuld nicht treffen.«

»Diese Sünde hat doch gewiss er abzubüßen und nicht sie.«

Elliot lächelte kalt. »Frauen sind schon immer Verführerinnen

126

gewesen. Adam hat den Apfel auf Evas Geheiß gegessen. Er hat sich versündigt, und unser eigener Erlöser ist gekommen, um diese Todsünde abzubüßen. Sie mit Seinem Fleisch am Kreuz abzubüßen. Fiona MacDonald ist ein schwaches Weib. Der Geist weht nicht in ihr. Solche Frauen sind zu bemitleiden.«

»Nach allem, was ich gehört habe, hat niemand Miss MacDonald vorgeworfen, eine schlechte Mutter zu sein. Sie liebt das Kind, das sie ihren Sohn nennt.« Er stellte fest, dass er den Namen des Jungen nicht aussprechen konnte.

»Ein Grund mehr, den Jungen von ihr fern zu halten. Eine gottesfürchtige Familie wird jede Erinnerung an sie schnell auslöschen und ihn so aufziehen, wie er aufgezogen werden sollte. Schließlich hat sie kein Anrecht auf ihn.«

»Glauben Sie, dass sie in allen Punkten der Anklage, die gegen sie erhoben wird, schuldig ist?«

»Oh, ja. Das steht ganz außer Frage.« Elliot rieb sich das Kinn. »Ich habe gesehen, wie sich die Mitglieder meiner Gemeinde von ihr abgewandt haben. Eines nach dem anderen. Das ist ein Richtspruch.«

»Dann wird man sie sicher hängen.«

Elliot musterte ihn eingehend. »Höchstwahrscheinlich. Warum sind Sie von ihrer Unschuld überzeugt?«

Verblüfft sagte Rutledge: »Bin ich das?«

»Oh, ja«, sagte Elliot noch einmal und legte seine Fingerkuppen aneinander. »Ich bin nicht diese zweiunddreißig Jahre Pastor meiner Gemeinde gewesen, ohne zu lernen, wie ich die Männer und Frauen, die vor mich hintreten, zu beurteilen habe. Sie sind ein schuldgeplagter Mann, den der Krieg keine Ruhe mehr finden lässt. Und Sie glauben, auf dem Schlachtfeld hätten Sie ins Angesicht des Bösen gesehen und gelernt, es zu erkennen. Das haben Sie wohl auch. Sie haben in Frankreich mit angesehen, wie Körper zerschmettert und Persönlichkeiten gebrochen wurden. Aber ich habe mit angesehen, wie Seelen zerrüttet wurden.«

Gänzlich unerwartet fiel Rutledge Cornwall wieder ein. Und Olivia Marlowe. »Auf seine Art muss das weitaus schlimmer sein«, sagte er gleichmütig. »Aber da ich nicht Gott bin, maße ich mir nicht an, meine Mitmenschen zu richten. Ich will die

Wahrheit über Fiona MacDonald herausfinden. Das ist meine Pflicht als Polizist. Ihr gegenüber. Ihnen gegenüber. Der Gesellschaft gegenüber.«

»Erforschen Sie zuerst Ihre eigenen Motive, Inspector, und die Wahrheit wird deutlich werden. Wunschdenken ist nicht mit der Wahrheit gleichzusetzen. Hüten Sie sich davor, dass Ihre eigene Einsamkeit Ihnen zur Falle wird und Sie zu Trugschlüssen führt.«

Rutledge konnte Hamish hören, ein feindseliges Grollen. Ob es sich gegen ihn oder gegen Elliot richtete, war schwer zu sagen. Zu Hamish sagte er: *Ich sehe sie so, wie du sie gesehen hast …*

Laut sagte er vorsichtig: »Wir sind vom Zweck dieser Unterredung abgeschweift. Ich bin hier, um zu fragen, ob Sie mir irgendwelche Informationen über die Angeklagte geben können, die mir dabei helfen könnten, die Mutter des Jungen zu finden.«

»Die Mutter des Jungen ist tot. Andernfalls wäre sie an die Öffentlichkeit getreten, um ihr Kind zu sich zu nehmen. Der Fall hat weite Kreise gezogen. Inzwischen wäre sie mit Sicherheit hier aufgetaucht.«

»Was ist, wenn sie – aus gutem Grund – nicht an die Öffentlichkeit treten kann?«

Elliot nahm ein Buch in die Hand und legte es wieder hin, ein Zeichen, dass das Gespräch beendet war. »Dann ist sie eine unnatürliche Mutter. Eine Tigerin wird für ihr Junges dem Tod die Stirn bieten. Nein, ich bin ohne den geringsten Zweifel davon überzeugt, dass die arme Frau, als sie ihrem Sohn das Leben geschenkt hat, durch Fiona MacDonalds Hand gestorben ist. Möge Gott ihrer Seele gnädig sein!«

Als ihn die junge Frau, vermutlich die Haushälterin, zur Tür begleitete, blieb Rutledge auf der Schwelle stehen und fragte: »Kennen Sie Fiona MacDonald?«

Sie zögerte und warf einen besorgten Blick über ihre Schulter, ehe sie sagte: »Aber gewiss doch! Sie und Miss MacCallum, ihre Tante, waren sehr gut zu mir, als ich krank war. Es war – ich wäre fast gestorben. Fiona hat die ganze Nacht lang neben mir gesessen und meine Hand gehalten, bis ich am nächsten Morgen außer Gefahr war.«

Es lag ihm auf der Zungenspitze, sie zu fragen, woran sie damals erkrankt war, doch ihr flehentlicher Blick hielt ihn davon ab. Sie hatte ihren gesamten Mut aufgerafft, um ein gutes Wort für die Angeklagte einzulegen – sie vergalt eine ihr erwiesene Freundlichkeit in gleicher Münze.

»Kennen Sie ihr … hmm … Kind?«

»Aber gewiss doch! So ein hübscher Junge! Und so wohlerzogen. Ich mache mir Sorgen, was jetzt aus Ian werden wird. Aber niemand will es mir sagen.«

»Für ihn wird gut gesorgt werden. Darum kümmere ich mich.« Die Worte kamen aus eigenem Antrieb heraus. Er hatte nicht vorgehabt, sie auszusprechen.

Hamish murrte etwas, doch Rutledge verstand die Worte nicht und ging darüber hinweg.

»Das würde mich sehr freuen. Ein solcher Jammer, dass Miss MacCallum nicht mehr am Leben ist. Sie hätte das alles wieder ins Lot gebracht. Sie war so ein Mensch. Miss MacCallum war es auch, die diese Stellung für mich gefunden hat. Mr. Elliots Haushälterin war gerade an einer Rippenfellentzündung gestorben.«

Rutledge hätte Hamish gern nach Ealasaid MacCallum gefragt. Aber in der langen Nacht, die er und der zum Tode Verurteilte damit verbracht hatten, im flackernden Schein einer Kerze miteinander zu reden, war sie nicht erwähnt worden.

»Lässt es sich für Mr. Elliot gut arbeiten?«, fragte Rutledge stattdessen neugierig.

Die junge Frau errötete. »Er tut das Werk Gottes. Ich bemühe mich, so leise wie möglich zu sein. Aber ich bin eben manchmal ungeschickt und im Weg.«

Was zweifellos hieß, dass Elliot in den eigenen vier Wänden ein anspruchsvolles Scheusal war und ihr das Leben schwer machte. Rutledge stellte fest, dass Hamish ihm zustimmte. Hamish konnte dem Pfarrer offenbar wenig abgewinnen.

»Wohnen Sie hier?«, fragte Rutledge aus Sorge um sie.

»Das würde sich doch nicht gehören! Mr. Elliot ist Witwer. Ich habe ein Zimmer am Ende der Straße, über dem Laden der Putzmacherin. Miss Tait hat es mir angeboten.« Sie deutete mit einem kleinen, dünnen Finger in die Richtung.

»Waren Sie überrascht, als die ersten Gerüchte über Miss MacDonald in Umlauf kamen?«

»Man hat sie mir nie erzählt«, sagte sie naiv. »Ich habe es erst viel später erfahren. Mir vertrauen die Leute nichts an, jedenfalls nicht oft.«

Nein, die Schreiberin der infamen Briefe schien jede einzelne Empfängerin im Hinblick darauf ausgewählt zu haben, wie sie Fiona MacDonalds Ruf den größten Schaden zufügen konnte. Die dünne, verängstigte Haushälterin des Pfarrers zählte gewiss nicht zu denen, die mit ihren Ansichten zu einem Thema einen Meinungsumschwung in Duncarrick bewirken konnten.

»Danke, Miss – Ich fürchte, ich kenne Ihren Namen nicht.«

»Dorothea MacIntyre, Sir«, sagte sie schüchtern. »War das alles, Sir?«

»Ja. Falls … ähem … Mr. Elliot fragen sollte, wollte ich nur von Ihnen wissen, ob Sie einen der Briefe erhalten haben.«

»Ich bin Ihnen dankbar, Sir.« Sie schloss die Tür leise hinter ihm, als er auf die Straße trat. Das Opferlamm, dachte er. So arm, dass sie immer auf die Großzügigkeit anderer angewiesen sein wird, fürchtet sie sich vor ihrem eigenen Schatten und ist sich ihrer Pflichten klar bewusst, denn ihr gesamtes bisheriges Leben als Empfängerin von Almosen hat sie gelehrt, was von ihr erwartet wird.

Rutledge ging auf demselben Weg zurück, auf dem er gekommen war, kam am Ballantyne vorbei und ging gleich weiter zum Geschäft der Putzmacherin, das ihm schon am Vortag aufgefallen war. Wo Dorothea MacIntyre wohnte.

Das silberne Glöckchen läutete affektiert, als er die Tür öffnete. Die Frau, die auf einem Gestell im Hintergrund Hüte arrangierte, blickte auf und kam dann forsch auf ihn zu. »Kann ich Ihnen behilflich sein, Sir?« Sie warf einen schnellen Blick über ihre Ware und wartete dann mit gefalteten Händen, bis er etwas sagte.

Es war eindeutig der Laden einer Frau, intim und doch lebhaft eingerichtet, fast schon mit einem Pariser Flair, stand er in einem seltsamen Widerspruch zu Duncarrick. Orange-, pfirsich-

und lavendelfarbene Töne, all das von einem kräftigen Rosa miteinander verbunden.

Hamish sagte: »Ich möchte nicht wissen, was Mr. Elliot von den Farben hält.« Er persönlich schien sich nicht recht entscheiden zu können.

In dem Geschäft gab es Spitzenkragen, Glacé- und Baumwollhandschuhe, Strümpfe, rund zwanzig Hüte aller Art, von langweilig bis elegant, Taschentücher mit zierlichen Borten und Hemdblusen, und an einer Wand waren leuchtend bunte Schachteln aufgereiht, die, diskret zusammengefaltet, vermutlich Unterwäsche enthielten.

Die Frau selbst, groß und auf eine selbstbewusste Art attraktiv, schien das genaue Gegenteil von Dorothea MacIntyre zu sein. Rutledge fragte sich, ob Ealasaid MacCallum hier einen sicheren Zufluchtsort für das Mädchen gefunden haben könnte, bei einer Frau, die den Drachen am Tor spielen würde.

»Inspector Rutledge«, sagte er. »Scotland Yard. Ich werde Sie nicht lange aufhalten. Ich suche die Mutter des Kindes, das Fiona MacDonald« – er zögerte – »Ian MacLeod nennt. Ich frage junge Frauen, die sie gekannt haben könnten, ob sie sich ihnen zu irgendeinem Zeitpunkt anvertraut hat.«

»Ach ja?« In ihren Augen stand plötzlich Zorn. »Nehmen wir mal an, Fiona hätte es für richtig gehalten, sich mir anzuvertrauen. Weshalb sollte ich es dann eilig damit haben, Ihnen zu erzählen, was sie mir gesagt hat? So etwas zu erwarten ist lächerlich. Sie sind Polizist. Sie sollten in der Lage sein, Ihre Pflicht auch ohne meine Hilfe zu tun.«

Hamish sagte: »Ja, aber sie kennt dich nicht, stimmt's? Und sie kann nicht wissen, wie gut oder schlecht du deine Pflicht tust.«

»Ich bin nicht auf der Suche«, sagte Rutledge freundlich, »nach Beweisen für ihre Schuld. Ich suche lediglich Anhaltspunkte, die mich zur Familie des Kindes führen, damit der Junge zur Familie seiner Mutter zurückgebracht werden kann. Oder, falls das misslingt, zu der seines Vaters.«

Sie wandte sich ab. »Ich habe Besseres mit meiner Zeit zu tun, als an Sie weiterzugeben, was hier so alles geredet wird. Ich mag Fiona MacDonald nicht besonders. Das kann Ihnen jeder sagen.

Andererseits bin ich der Meinung, dass man sie niederträchtig behandelt hat, und ich werde nicht zu denen zählen, die mit Steinen nach ihr werfen.«

»Warum mochten Sie sie nicht?«

»Ich dachte, wir könnten Verbündete werden, denn in mindestens einer Hinsicht waren wir uns sehr ähnlich. Wir haben uns nicht gehorsam in das starre Gefüge von Duncarrick zwängen lassen. Aber das war eine alberne Vorstellung, wie sich gezeigt hat. Sie ist für sich geblieben. Ich vermute, im Lichte dessen, was seither passiert ist, ist das verständlich, aber am Anfang habe ich mich … verraten gefühlt. Als hätte sie mich abgewiesen und es vorgezogen, sich stattdessen bei den Freunden ihrer Tante einzuschmeicheln. Anscheinend ist ihr das nicht besonders gut gelungen, oder? Am Ende haben sie sich von ihr abgewandt.«

»Haben Sie einen dieser anonymen Briefe erhalten?«

Ihr schallendes Gelächter nahm sich in dieser Umgebung schroff und überraschend aus. »Ich wäre eher der Gegenstand als die Empfängerin solcher Schreiben. Tatsächlich habe ich mich mehrfach gefragt, warum die Leute sofort auf Fiona und nicht auf mich gekommen sind. Es gibt Menschen in dieser Stadt, die froh wären, mich los zu sein.« Mit einer Geste beschrieb sie die Wände und die Vorhänge, mit denen das Hinterzimmer abgeteilt war, um eine gewisse Privatsphäre zu gewährleisten; die Extravaganz der Farben schien geradezu eine Herausforderung zu sein. »Aber ich sitze hier fest. Ich habe den Laden geerbt, und ich habe nicht das Geld, um von Duncarrick fortzugehen und woanders noch einmal von vorn anzufangen. Ich habe eine Zeit lang in London gelebt und vor dem Krieg und in den beiden ersten Kriegsjahren dort gearbeitet und mein Handwerk von einer Französin gelernt, die aus Paris gekommen war, um in London Hüte zu entwerfen. Sie hat ihren Laden dicht gemacht – niemand hat Geschmack an extravaganten Hüten gefunden, man hat sie nicht mehr getragen, all das hat sich durch den Krieg verändert. Und ich bin hierher gekommen. Dieser Laden hatte fast drei Jahre leer gestanden – vorher war es ein Kurzwarenladen.« Mit einem zornigen Kopfschütteln fügte sie hinzu: »Warum erzähle ich Ihnen das eigentlich alles!«

Hamish sagte: »Ich glaube, es liegt an deiner Art zuzuhören. Die Leute vergessen, dass du Polizist bist – so ist es mir selbst zahllose Male ergangen.«

Rutledge fragte aufs Geratewohl, ohne sich eine Antwort zu erhoffen: »Haben Sie in London rein zufällig Eleanor Gray kennen gelernt?«

Sie zuckte die Achseln. »Sie ist mir ein Begriff, aber wir haben uns nicht in denselben Kreisen bewegt. Ich hatte kein Interesse daran, Suffragette zu werden. Mich hat die Aussicht nicht gereizt, ins Gefängnis geschleift und von stämmigen Matronen mit einem Hang zum Sadismus zwangsernährt zu werden.«

»Ist sie noch in London? Oder ist sie inzwischen von dort fortgegangen?«

»Die ehrenwerte Miss Gray hätte sich mir ebenso wenig anvertraut wie Fiona MacDonald. Warum fragen Sie? Sind Sie mit ihr befreundet? Suchen Sie deshalb nach ihr?« Sie musterte ihn mit Interesse und kam zu dem Schluss, dass er zu dünn, aber trotz seiner gehetzten Augen ein äußerst attraktiver Mann war. »Sie schien sich mehr für Männer als für Frauen zu interessieren. Es war seltsam, aber sie konnte sie in Scharen anlocken, wenn sie dazu aufgelegt war, zu reden. Frauen haben sie gelangweilt. Eleanor Gray war einer dieser Menschen, über die andere reden. Was sie getan hat, wie sie angezogen war, wohin sie gegangen ist. Ich bezweifle, dass auch nur ein Viertel von dem, was die Leute gesagt haben, der Wahrheit entsprach, doch es machte Spaß, diese Dinge weiterzugeben. Aber Sie haben meine Frage nicht beantwortet.«

Rutledge lächelte. »Nein, ich bin ihr nie begegnet. Ist Ihnen je das Gerücht zu Ohren gekommen, sie wolle Ärztin werden?«

»Nein, aber das hätte mich nicht gewundert. Sie hat sehr gut ausgesehen, sie hatte so viel Geld, dass sie nicht wusste, wohin damit, und ihre Abstammung geht auf Wilhelm den Eroberer zurück – oder Alfred den Großen, was weiß ich. Und doch hatte sie eine innere Glut. Eine Leidenschaft. Mir hat nie jemand gesagt, was das sein könnte, aber sie schien einen großen Teil ihrer Energien auf flüchtige Schwärmereien zu vergeuden. Wie zum Beispiel die Ziele der Suffragetten. Und dann der Krieg. Sie hat

ständig in einer dieser Feldküchen gearbeitet, laufend die Lazarette aufgesucht und sich unablässig für bessere Pflege und bessere Bedingungen eingesetzt. Ich habe gehört, dass sie auch eine
hervorragende Reiterin wäre, und die Behandlung der Pferde an
der Front hätte sie zur Raserei gebracht.«

»Sie wissen eine ganze Menge über eine Frau, der Sie nie begegnet sind.«

Sie zuckte wieder die Achseln. »Ich war neidisch, wenn Sie die
ganze Wahrheit hören wollen. Also habe ich zugehört, wenn die
Leute über sie geredet haben. Wenn ich ihr Geld und ihre Erziehung gehabt hätte, dann hätte ich mich gut verheiratet und niemals einen Fuß in diesen Laden gesetzt. Aber ich muss heute
nachmittag noch einen Hut fertig stellen. Gibt es sonst noch etwas, was Sie wissen wollen?«

»Ich habe gehört, dass Dorothea MacIntyre über ihrem Geschäft wohnt –«

»Richtig, und Sie werden sie in Ruhe lassen, haben Sie gehört?
Sie fürchtet sich ohnehin schon zu Tode vor der halben Stadt,
und das kann nicht besser werden, wenn sie obendrein von der
Polizei belästigt wird. Sie glaubt, dass Fiona und ihre Tante Ealasaid auf Wasser wandeln können. Nun ja, wie dem auch sei. Meiner bescheidenen Meinung nach hätte man Ealasaid dafür er-
schießen sollen, dass sie dieses Mädchen an den abscheulichen
Mr. Elliot ausgeliefert hat!«

»Inwiefern abscheulich?«

»Dorothea ist ein albernes Gänschen, das nie jemandem etwas
zuleide getan hat, und er hat nichts anderes im Kopf als die Frage, ob ungebeichtete Sünden auf ihrer Seele lasten. Wenn es um
die Sünde geht, ist dieser Mann schlimmer als die Inquisition!
Und sie treibt es in die Verzweiflung, dass sie sich einbildet,
nichts, was sie tut, sei seiner würdig. Deshalb habe ich ihr ein
Zimmer hier angeboten – ich fand, unter Elliots Dach zu leben,
sei die größte Grausamkeit, die man ihr antun kann. Es hat mir
Ungelegenheiten bereitet und mir das Leben nicht gerade leichter gemacht, aber ich schöpfe tiefe Befriedigung aus dem Umstand, dass sie, wenn sie hier ist, nicht Böden schrubbt und Koh-
len schleppt und kocht und spült und bei Mrs. Turnbull die

Wäsche abholt, ganz zu schweigen von den anderen schweren körperlichen Arbeiten, die er ihr aufbürdet. Und all das nur, weil er zu geizig ist, ein zweites Mädchen einzustellen. Verstehen Sie, er hat sie aufgenommen, als sie keine Arbeit hatte, und er lässt sie nie vergessen, was sie ihm für diese *Güte* schuldig ist!« Ihre Augen sprühten Funken.

Er stand kurz davor zu fragen, ob Fiona MacDonalds Kind Dorothea MacIntyres Kind sein könnte, doch dann hielt er sich zurück. Mr. Elliots Haushälterin war keine Hüterin von Geheimnissen, weder ihrer eigenen noch der anderer.

12

Das Fundament der Polizeiarbeit war die Zeugenaussage, das Protokoll der Vernehmung eines jeden Zeugen, als Beweisstück peinlich genau festgehalten.

Rutledge ging wieder ins Polizeirevier und fragte Constable Pringle, ob er die Zeugenaussagen lesen könnte, die Inspector Oliver von jedem Empfänger der Briefe aufgenommen hatte, in denen Fiona MacDonald denunziert wurde.

Pringle reichte ihm einen dicken Aktenbehälter und sagte zaghaft: »Sie befinden sich in der gebührenden Form, Sir.«

»Da bin ich ganz sicher.« Er lächelte, nahm den Kasten und zog einen der Stühle näher zur Tür, um einen Anschein von Privatsphäre zu wahren. Dort setzte er sich und löste die rote Schnur. Pringle machte sich wieder an seine eigene Arbeit und blickte von Zeit zu Zeit auf. Als ob, murrte Hamish, man Rutledge nicht trauen dürfte.

Rutledge ignorierte diese Bemerkung, hob die Papiere aus dem Behälter und begann sie durchzugehen.

Mrs. Turnbull, Wäscherin. »Ich bin eine ehrbare Frau. Mit jemand von *ihrer* Sorte habe ich nichts zu tun.« Frage: Haben Sie je ihre Wäsche gewaschen? »Nein, habe ich nicht, und dafür danke ich Gott!« Frage: Weshalb sollte Ihnen dann jemand einen solchen Brief schicken? »Weil die Leute wissen, dass ich eine gute Christin bin, darum. Und außerdem würde ich Kunden verlieren, wenn sich herumspräche, dass ich für Huren die Wäsche mache!«

Hamish fluchte erbost.

Mrs. Oliphant, Nachbarin. »Es war eine Warnung, ich sollte

136

darauf achten, wo mein Mann abends hingeht. Aber die brauchte ich doch nicht, oder? Hatte ich nicht selbst gesehen, wie sie sich spät nachts aus dem Gasthaus geschlichen hat, als ihre Tante noch am Leben war?« Frage: Haben Sie mit Miss MacCallum darüber geredet? »Nein, sie war krank und auf Fiona angewiesen. Das wäre mir grausam erschienen.« Frage: Wissen Sie, wohin Miss MacDonald gegangen ist, wenn sie das Gasthaus so spät verlassen hat? »Ich bin eine anständige Frau, ich treibe mich nicht bei Dunkelheit draußen rum.« Frage: Wie oft hat sie das getan? »Mit meinen eigenen Augen habe ich es vier, vielleicht fünfmal gesehen.« Frage: Welche Richtung hat sie eingeschlagen? »Es war immer dieselbe, aus der Stadt hinaus.« Frage: Wie können Sie so sicher sein, dass sich Miss MacDonald aus dem Haus geschlichen hat, um sich mit einem Liebhaber zu treffen? »Weil ich noch am selben Morgen, an dem ich den Brief vor meiner Tür gefunden habe, zum Wachtturm gegangen bin. Um mich selbst davon zu überzeugen, dass es wahr ist. Da, wo ein Teil des Dachs eingestürzt ist und hinter einem Steinhaufen ein trockenes Eckchen geschaffen hat, habe ich ein Strohlager gefunden. Und es hat nach Lavendel gerochen – das ist *ihr* Duft!« Frage: Aber Sie wären nicht zum Turm gegangen, wenn der Brief nicht darauf angespielt hätte. »Oh, gefragt habe ich mich schon, das können Sie mir glauben! Wo sonst könnte eine Hure denn ungestört sein?«

Hamish sagte bitter: »Siehst du denn nicht, dass sie es glauben *wollen*?

Oder jemand war Mrs. Oliphant einen Schritt voraus und richtete den Schauplatz so her, wie sie ihn vorzufinden erwartete …

Mrs. Braddock, Nachbarin. »Ich habe gesehen, wie mein Mann sie anschaut! Oft bietet er ihr an, Arbeiten im Gasthaus zu erledigen. Aber in seinem eigenen Haus, da hat er keine Lust, was zu tun, oder? Seit sechs Monaten bin ich hinter ihm her, dass er die Küche streicht.« Frage: Dann haben Sie also geglaubt, was in dem Brief stand? »Dass meine Tochter mit einem Bastard spielt und im Gasthaus schmutzige Sachen lernt? O ja, das habe ich geglaubt. Manchmal habe ich auf Ian aufgepasst, wenn Miss

MacDonald außer Haus war, und sie hat mir denselben Gefallen getan. Bei mir hat er keine Schwierigkeiten gemacht, aber woher soll ich denn wissen, wie es bei der zugeht?«

Hamishs Schweigen war ohrenbetäubend.

Mr. Harris, Schuhmacher. »Sie hat ihre Schuhe in den Laden gebracht und war ausgesprochen höflich. Ich wäre nie auf den Gedanken gekommen, bis der Brief kam. Ich habe Ealasaid Mac-Callum fünfzig Jahre lang gekannt – sie war eine brave Frau und eine gute Christin. Sie hätte so etwas niemals geduldet. Es ist eine Schande, genau das ist es!« Frage: Waren Sie manchmal im Wirtshaus? Bevor der Brief kam? »Ja, sicher. Das war ein anständiger Ort, wo man abends ein Bier trinken konnte. Man war immer in guter Gesellschaft, und da konnte man sitzen und sich mit seinen Freunden unterhalten. Das Ballantyne mag ja schön und gut sein, aber da ist es immer so voll. Man versteht kaum sein eigenes Wort!« Frage: Und während Sie im Reivers gesessen haben, hat es, soweit Sie wissen, keinen Hinweis darauf gegeben, dass Miss Mac-Donald die Zimmer im Obergeschoss zu ungehörigen Zwecken nutzen könnte? »Ich hätte es mir denken können, als Fiona angefangen hat, selbst in der Bar zu bedienen. Das hat keiner der MacCallums jemals getan! habe ich zu Mrs. Harris gesagt, das gehört sich nicht, denken Sie an meine Worte, das führt zu nichts Gutem. Ealasaid wäre das niemals recht gewesen. Fiona hat es auf den Krieg geschoben und darauf, dass man so schwer eine Hilfskraft findet, aber gehört hat sich das trotzdem nicht.« Frage: Hat Miss MacDonald Ihnen jemals angeboten, sie im oberen Stockwerk zu besuchen? »Ich bin ein verheirateter Mann!«

»Ja«, bemerkte Hamish durch zusammengebissene Zähne, »und das hat dir ganz schön Leid getan!«

Der Verfasser dieser Briefe, dachte Rutledge, als er ein weiteres Dutzend Aussagen durchging, war wirklich sehr geschickt gewesen. Möglicherweise zu geschickt? Sie – oder er – kannte Duncarrick gut genug, um die Empfänger der Briefe mit untrüglicher Sicherheit auszuwählen. Die anscheinend ungebildete Handschrift und das billige Schreibpapier waren nichts weiter als ausgeklügeltes Beiwerk. Seiner Meinung nach konnte es sich nicht um das Werk einer eifersüchtigen Ehefrau oder eines abgewiesenen Liebhabers handeln, der zum Gegenschlag ausholen wollte.

Die Witwe, deren Mann im Krieg gefallen war: »Ich fand, da sie selbst ihren Mann verloren hat, könnte sie mitfühlender sein, was *meinen* Kummer angeht. Aber sie wollte nicht über Corporal MacLeod sprechen. Jetzt bezweifle ich, dass er jemals existiert hat!«

Die ältere Frau, die in der Kirche putzte: »Ich war so fassungslos, dass ich zu Mr. Elliot gegangen bin! Wenn ich mir vorstelle, dass sie in unserer Mitte gesessen hat, eine heuchlerische Hure. Und Mr. Elliot hat gesagt, er hätte von Anfang an für sie gebetet, denn sie hätte ihre Andacht nicht mit echtem Gefühl verrichtet«

»Ist anzunehmen, dass dein Mr. Elliot diese Scheußlichkeiten selbst geschrieben hat?« erkundigte sich Hamish. »Er behauptet, die Schwächen der Menschen zu erkennen.«

Diese Frage hatte sich Rutledge auch schon gestellt. Um Fiona eine Lektion zu erteilen? Wenn ja, dann war dieses Vorhaben außer Kontrolle geraten.

Eine weitere Frau mit kleinen Kindern: »Der kleine Ian hatte bezaubernde Manieren. Ich wäre nie darauf gekommen, dass er ist, was er ist, aber das Blut schlägt immer wieder durch, nicht wahr? Am Ende verrät einen das Blut eben doch! Ich bin ja so dankbar, dass die gute Ealasaid diesen Tag nicht mehr erleben musste. Es wäre schrecklich für sie gewesen. Sie war so froh, als Fiona hergekommen ist.«

Eine Frau, die Ealasaid MacCallum nahe gestanden hatte: »Ich kann nachts nicht schlafen, wenn ich daran denke, wie weh das der guten Ealasaid getan hätte. Ich kannte sie schon, als sie ein kleines Mädchen war, und es hätte ihr das Herz gebrochen, wenn sie herausgefunden hätte, dass sie derart … ausgenutzt worden ist. Es würde mich überhaupt nicht wundern, wenn Fiona tatsächlich eine Mörderin ist! Man braucht sich doch nur anzusehen, wie sie ihr eigen Fleisch und Blut behandelt hat – sie kennt keine *Scham*!«

»*Die* sollte sich was schämen«, schimpfte Hamish.

»Wir haben es hier mit der menschlichen Natur zu tun«, antwortete Rutledge. »Siehst du das denn nicht? Der erste Stein ist bereits geworfen worden. Wenn die Polizei die nächste Person vernimmt, will er oder sie zu den Rechtschaffenen gezählt werden. Das beweist überhaupt nichts, nur, dass die Menschen in der Regel leicht manipulierbar sind.«

Rutledge brachte die Aussagen wieder in ihre ursprüngliche Ordnung und packte sie in den Kasten. Es war eine unerfreuliche Lektüre gewesen. Jemand – Constable McKinstry vermutlich – hatte Fiona MacDonalds Situation mit der Hysterie der Hexenjagden im siebzehnten Jahrhundert gleichgesetzt. Und genauso verhielt es sich. Fionas Sünde – falls überhaupt eine Sünde vorlag – hatte darin bestanden, dass sie für sich geblieben war. Das hatten ihr viele Menschen übel genommen, und als es das erste Mal darauf ankam, hatten sie weder Edelmut noch Vertrauen an den Tag gelegt.

Durch die sorgfältige Wahl der Empfänger hatte der Briefschreiber Fiona MacDonalds guten Ruf erfolgreich zerstört.

Vielleicht gab es andere, die angesichts der überwältigenden öffentlichen Meinung ungern hervortraten, die aber bereit waren, im Stillen zu helfen?

Rutledge begab sich wieder auf den Hauptplatz und sprach wahllos mehrere Frauen an, die gerade ihre täglichen Markteinkäufe erledigten. Die erste war rotgesichtig, und aus dem straffen Knoten in ihrem Nacken standen grau melierte Haare heraus.

Er stellte sich vor und erklärte, er sei auf der Suche nach jemandem, der ihm Informationen über Fiona MacDonalds Vorgeschichte geben könnte, ehe sie nach Duncarrick gekommen war.

Die rotgesichtige Frau versicherte ihm, sie wüsste nichts über »diese Person«.

Er bedankte sich bei ihr und ging weiter. Seine nächste Wahl fiel auf eine Frau mittleren Alters in einem adretten blauen Mantel und mit einem halbwegs eleganten Hut. Eine Schullehrerin, dachte er, und sie bewegt sich auf dem schmalen Grat der Schicklichkeit, die ihre Position erfordert.

Sie war nervös, und er fragte sich, ob sie Fiona vielleicht besser gekannt hatte, als die Leute jetzt wissen sollten.

»Nein … nein, ich habe sie wirklich nicht gut gekannt. Eine flüchtige Bekannte. Natürlich habe ich sie um ihrer Tante willen akzeptiert, denn ich glaubte, Ealasaids Familie sei über jeden Vorwurf erhaben. Es war ein furchtbarer Schock, als ich es gehört habe – mein erster Gedanke war: ›Ich bin ja so froh, dass ihre Tante nicht mehr am Leben ist und mit ansehen muss, wie sie von der *Polizei* abgeholt wird!‹«

»Sie wussten nicht, wo Miss MacDonald gelebt hat, ehe sie hergekommen ist? Ihre Tante hat nie in Ihrer Gegenwart über ihre Nichte gesprochen?«

»Also, ich glaube … äh … Miss MacDonald hat bei ihrem Großvater gelebt, bis er starb. Ealasaid muss wohl so etwas gesagt haben. Ich … ich scheine mich zu erinnern, dass sie – Ealasaid natürlich! – von *ihm* eine sehr hohe Meinung hatte. Ein braver Mann und im Hochland gut angesehen. Daher war es umso schockierender, dass seine Enkelin die Familie so … furchtbar enttäuscht hat.«

Es war ihr gelungen, den Anschein zu erwecken, ihr seien keinerlei Fakten bekannt und sie hätte alles nur vom Hörensagen oder beiläufig irgendwo aufgeschnappt. Ihre hellen Augenbrauen und Wimpern zuckten, als sie kläglich fragte: »Wollen Sie sonst noch etwas von mir wissen, Inspector?«

Er schüttelte den Kopf und bedankte sich.

Hamish betonte: »Die hat nicht den Mut, den Mund aufzumachen. Sie hat zu viel Angst, die Leute könnten sich von ihr abwenden.«

Eine gehetzte junge Frau mit ausgelassenen Zwillingen im Gefolge errötete, als er sie ansprach, und wandte das Gesicht ab, um mit den Jungen zu reden. Sie waren drei oder vier Jahre alt, gerade im richtigen Alter, um als Spielkameraden für Fionas Sohn in Frage zu kommen. »Ich habe sie manchmal auf der Straße gesehen, und ihrer Tante zuliebe habe ich mich bemüht, nett zu ihr zu sein. Aber sie war keine Frau von der Sorte, mit der ich mich hätte anfreunden können.«

»Haben die Kinder manchmal miteinander gespielt?«

»Oh! Nun ja, ich meine, manchmal schon, wenn ich Miss MacCallum besucht habe. Das heißt, es war keineswegs ungewöhnlich, verstehen Sie. Aber kleine Kinder in dem Alter spielen doch noch nicht richtig. Sie haben einfach nur dagesessen, und jeder hat den anderen angeschaut, und manchmal hat einer dem anderen ein Spielzeug in die Hand gedrückt.«

»Hatten Sie das Gefühl, der Kleine sei kein angemessener Spielgefährte für Ihre Kinder? Ich meine, schließlich hat seine Mutter im Reivers gearbeitet.«

»Das war ein sehr anständiges Gasthaus! Miss MacCallum hätte dort niemals etwas Unschickliches zugelassen. Nein, es ist nur so, dass wir am anderen Ende der Stadt wohnen. Es war zu unpraktisch ...« Sie ließ ihre Worte in der Luft hängen.

Rutledge fragte weiter. »Wissen Sie, wo Miss MacDonald gewohnt hat, ehe sie zu ihrer Tante gezogen ist?«

Die Frau blickte finster und löste das pummelige Händchen eines der Jungen vom Saum ihres Mantels. »Nein, Donald, hör auf, an mir zu ziehen. Wir gehen gleich weiter.« Sie wandte sich wieder Rutledge zu. »Ich erinnere mich, dass sie etwas von einer Familie erzählt hat, bei der sie gelebt hat. Wie sehr sie deren Kinder mochte.«

»Können Sie mir sagen, wer ihre Freunde in Duncarrick waren?«

»Nein ... ich habe ihr natürlich nicht nahe gestanden. Sie ... ich habe keine Ahnung.«

Auch das war eine Form, ihre Hände in Unschuld zu waschen. Hamish sagte: »Ihr Mann hat ihr gesagt, was sie sagen soll, und sie plappert es nach.«

Rutledge neigte dazu, sich dieser Einschätzung anzuschließen. Die Reaktion der Frau war frei von Herzlichkeit oder Wut und zeugte nur von der Entschlossenheit, sich keinesfalls in Fiona MacDonalds verworrene Angelegenheiten hineinziehen zu lassen.

Er ließ sie gehen und überquerte die Straße. Vor dem Geschäft der Putzmacherin kam ihm aus der anderen Richtung eine große, dünne Frau entgegen. Sie strahlte eine gewisse Zerbrechlichkeit aus, als sei sie auf dem Wege der Genesung von einer langwierigen Krankheit, doch ihre Bewegungen waren anmutig. Als er den Hut zog und sie ansprach, blieb sie höflich stehen und wartete auf seine Frage.

»Es tut mir Leid«, antwortete sie mit einer angenehmen Stimme. »Ich war unpässlich, und es bereitet mir nach wie vor Schwierigkeiten, mich so wie früher in der Gesellschaft zu bewegen. Ich glaube nicht, dass ich Miss MacDonald je begegnet bin. Ich kann Ihnen sagen, dass Miss MacCallum allgemein respektiert und bewundert wurde. Sie war sehr aktiv in der Arbeit für die Wohlfahrt und stand im Ruf größter Aufrichtigkeit. Soweit ich wusste, war Miss MacDonald eine nette junge Frau. Die Mordanklage gegen sie ist einfach unglaublich.«

Hamish sagte: »Ah, es tut gut, die Wahrheit zu hören!«

Die Erscheinung und das Auftreten dieser Frau wiesen darauf hin, dass sie eine der besseren Schulen besucht haben könnte. Oder vielleicht eine Zeit lang in England gelebt hatte. Rutledge fragte: »Kannten Sie – kennen Sie eine Eleanor Gray?«

Sie zog die Stirn in Falten und dachte über seine Frage nach. »Eleanor Gray? Nein, ich kann nicht behaupten, dass ich jemals einer Frau dieses Namens begegnet bin. Eine Sally Gray habe ich gekannt.«

»Wo haben Sie sie kennen gelernt?«

»Auf einer Party in Carlisle, die zu Ehren meines Gatten veranstaltet wurde. Aber das war vor dem Krieg. Ich habe sie seit Jahren nicht mehr gesehen. Ihr Mann hatte, glaube ich, mit einer Reederei zu tun.«

Eine Sackgasse. Er bedankte sich und ging weiter, in seine eigenen Gedanken versunken.

Als er merkte, dass er das steinerne Denkmal am oberen Ende des Platzes erreicht hatte, blieb Rutledge eine Zeit lang stehen und hörte sich an, wie Hamish dieses Städtchen mit den weit verstreuten Häusern verglich, aus denen sich sein Heimatort zusammensetzte. Wie die meisten Hochländer war Hamish mit der gewaltigen Stille der Glens und der Lochs vertraut – der Bergschluchten und engen Hochtäler und der langen, glatten Spiegel der Gebirgsseen. Diese hatten ihm als Soldat eine seelische Stabilität und Stärke verliehen, die ihn weit über den Mannschaftsstand erhoben hatten.

Müßig beobachtete Rutledge das bunte Treiben, das der Straße Leben und Farbe verlieh, und dachte über die Einwohner von

Duncarrick nach. Falls es hier Menschen gab, die eng mit Fiona MacDonald befreundet gewesen waren, dann waren sie jetzt eifrig damit beschäftigt, jede Verbindung zu ihr so tief wie möglich zu begraben.

Außerdem erschien es unwahrscheinlich, dass Fiona sich ihrer Tante anvertraut hatte.

Aber andererseits gab es gleich zwei Geheimnisse, die Fiona für sich behalten hatte. Dass der Junge nicht ihr Kind war und dass sie die Identität der Mutter des Kindes kannte. Aus irgendwelchen Gründen musste es sich bei Letzterem um das dunklere der beiden Geheimnisse handeln. Um es zu wahren, war Fiona das schwerwiegende Risiko eingegangen, sich wegen Mordes vor Gericht stellen zu lassen.

Und wenn die Mutter noch am Leben war …

Wie Mr. Elliot so scharfsinnig hervorgehoben hatte, hatte sie nichts von sich hören lassen.

Warum nicht? Und wo steckte sie?

Hamish seufzte. »Zunächst einmal irgendwo in England oder in Schottland.«

Rutledge wandte sich zu dem Denkmal um, hob eine Hand und legte sie auf den Stein. Um diese Tageszeit fühlte er sich noch kalt an und wartete darauf, dass die Sonne ihn erreichte. Gewissermaßen wie die Stadt selbst, die auf Erleuchtung wartete.

Es war ein grobschlächtiger Monolith, der in das Pflaster eingelassen war. Die Glieder schwerer Eisenketten, an vier niedrigen Eisenpfosten befestigt, umgaben den Stein und markierten ihn als eine Art Schrein. Auf der Seite des Monolithen, die den langen Platz überblickte, war ein grobes, aber viel sagendes Relief in den Stein gemeißelt. Häuser, die fast bis zu den Dächern von Flammen umzingelt wurden, ragten aus der Oberfläche heraus, und um dieses Geschehen herum saßen Plünderer im Lederwams und mit engen karierten Hosen auf ihren Pferden und hatten die Hüte tief ins Gesicht gezogen, während sie zusahen, wie die Stadt niederbrannte. Vor den Füßen ihrer Pferde lagen die Säcke mit ihrer Beute, und Schafe irrten verängstigt umher.

Unter dem Relief waren drei Daten in den Stein gemeißelt – dreimal war Duncarrick von englischen Plünderern angezündet worden und in Flammen aufgegangen. Es war ein eindringliches Denkmal, und Rutledge stellte eine grobe Schätzung der Zahl der Toten an.

Oder waren die Bewohner rechtzeitig gewarnt worden und hatten irgendwo in den Feldern oder hinter den dicken Mauern des Wachtturms Zuflucht gefunden und den Nachthimmel beobachtet, während ihre Häuser und ihre Habseligkeiten in schwarzem Rauch aufgingen, der Asche durch die kalte Nachtluft wirbelte und das Atmen erschwerte.

Kein Wunder, dass hier ein anderer Menschenschlag lebte als in den Städten im Süden Englands, deren Bewohner sich Jahrhunderte eher in Sicherheit gewiegt und mit gemäßigtem Wohlstand begnügt hatten und wo das Stampfen von Armeen und die Drohung von Feuer und Schwert ferne Erinnerungen waren. Kein Wunder, dass hier eine Fremde ihrer Tante zuliebe willkommen geheißen wurde, aber nicht um ihrer selbst willen. Kein Wunder, dass hier der Argwohn so leicht erwachte und Vertrauen so bereitwillig entzogen wurde.

Jemand hatte genau gewusst, wie man den tief verwurzelten Charakter von Duncarrick nutzte, um Fiona MacDonald anonym zu zerstören. Aber zu welchem Zweck?

Mit welchem Ziel?

Hamish sagte: »Als ich nach Frankreich gegangen bin, hat sie bei ihrem Großvater gelebt. Aber als er gestorben ist, hat sie sein Land verlassen und ist nach Brae gegangen. Ihr letzter Brief kam aus Brae.«

Dorthin hatte Rutledge den einzigen Brief geschickt, den er an Fiona MacDonald geschrieben hatte. Um ihr von Hamishs Tod zu berichten. Er sagte: »Dann werde ich wohl nach Brae gehen müssen …«

Die Suche nach Eleanor Gray hatte ihn nach Duncarrick geführt. Falls Oliver Recht hatte, musste sie irgendwo in Fiona MacDonalds Vergangenheit aufzuspüren sein. Er musste herausfinden, wo ihre Pfade sich gekreuzt hatten – und *ob* sie sich gekreuzt hatten. Und weshalb etwas, was sich noch nicht einmal in Duncarrick abgespielt hatte – die Geburt eines Kindes – einen so langen und tödlichen Schatten über das Leben von zwei Frauen werfen konnte, die nichts miteinander gemeinsam haben dürften. Oliver würde die Einmischung von Scotland Yard gar nicht gern sehen.

Als hätten seine Gedanken ihn heraufbeschworen, sah Rutledge Oliver in Begleitung eines Mannes in einem gut geschnittenen grauen Anzug über den Platz auf sich zukommen. Auf den zweiten Blick erkannte er in Olivers Begleiter den Farmer und Schafzüchter, dem er an jenem ersten Tag am Wachtturm begegnet war. Die beiden redeten ernst miteinander, und dann blickte Oliver auf und hob eine Hand, um Rutledge zu begrüßen. Er entschuldigte sich, ließ den Farmer stehen und ging auf Rutledge zu.

»Sie wirken wie jemand, der ein Mittagessen gebrauchen könnte«, sagte Oliver.

»Ich fühle mich wie jemand, der einen Drink gebrauchen könnte. Aber was ich jetzt wirklich brauche, sind mehr Informationen darüber, wo sich Fiona MacDonald aufgehalten hat, ehe sie nach Duncarrick gekommen ist.«

Oliver musterte ihn. »Ich würde meinen, der logische Ansatzpunkt wäre Eleanor Grays Verbleib nach dem Streit mit ihrer Mutter 1916.«

»Logisch ja«, erwiderte Rutledge geduldig. »Aber das sind weit reichende Nachforschungen, die viel mehr Männer erfordern. Warum engen wir sie nicht ein, indem wir an diesem Ende beginnen?«

»Ich verstehe. Was Sie wissen müssen, kann Ihnen niemand besser sagen als Constable McKinstry. Aber ich war bereits in Brae, und ich war im Glencoe. An beiden Orten kann nicht mehr viel aufzufinden sein.«

»Sie wussten noch nicht, dass Sie sich nach Eleanor Gray erkundigen könnten.«

»Nein, das ist wahr. Aber ich habe mich ausdrücklich danach erkundigt, welche anderen Orte die Angeklagte zur Zeit der Geburt des Jungen aufgesucht haben könnte. So viel kann ich Ihnen nämlich sagen – eine Frau mit dem Namen Gray und dem entsprechenden Geld hätte sich niemals entschlossen, in der tiefsten Provinz zu wohnen, in so rückständigen Gegenden wie Brae oder Glencoe. Die beiden müssen sich in Glasgow begegnet sein. Oder in Edinburgh. Und da haben wir dann wieder die Nadel im Heuhaufen!«

Rutledge sagte nachdenklich: »Wenn Sie Lady Maude Grays Tochter wären und ein uneheliches Kind erwarteten, dann könnte gerade die tiefste Provinz am ehesten gewährleisten, dass niemand Sie findet und niemand Sie kennt. Je größer die Stadt, desto größer das Risiko, erkannt zu werden.«

Oliver holte tief Atem. »Sie könnten natürlich Recht haben. Möglich ist es. Wenn es auch unwahrscheinlich ist. Reden Sie trotzdem mit Constable McKinstry. Sagen Sie ihm, er soll Sie meine Notizen lesen lassen.« Dann fügte er hinzu, wie das Echo einer Bemerkung, die Rutledge an jenem Tag schon mehr als einmal vernommen hatte: »Meiner Ansicht nach ist es ein Jammer, dass ihre Tante tot ist. Oder gerade das kommt jemandem gelegen – wer kann das schon sagen?«

Mit diesen Worten ließ er Rutledge stehen.

Constable McKinstry hatte Dienst. Er saß im Revier, hatte seinen Stuhl zurückgekippt und hielt ein Buch in den Händen. Es handelte sich um ein Werk über schottisches Recht.

McKinstry klappte das Buch zu, ließ den Stuhl wieder auf seine vier Beine zurückfallen und sah Rutledge deprimiert an, während er sich seinen Wunsch anhörte. »Fiona hat sich mir nie anvertraut. Ich sage Ihnen alles, was ich weiß, Sir, und was Inspector Oliver in seinen Bericht geschrieben hat.« Er legte das Buch in ein Regal hinter sich und fügte hinzu: »Hat er Sie geschickt? Ja, das dachte ich mir gleich.« Dann gestand er gequält: »Es ist meine Strafe, dass er mich zwingt, über sie zu reden! Der Inspector hat mir das Fiasko mit dem ersten Skelett nicht verziehen. Wenn ich gründlicher gewesen wäre, hätten die Leute über mich gelacht und nicht über ihn.«

»Ich brauche zuverlässige Fakten. Sie sind höchstwahrscheinlich der einzige Bewohner von Duncarrick, ob Mann oder Frau, der sich nicht fürchtet zuzugeben, dass er sie gekannt hat.«

»Das ist nur zu wahr.« McKinstry seufzte. Er überlegte sich, wo er am besten anfangen sollte, blickte zur Decke auf, die vom Rauch des Ofens geschwärzt war, und ordnete seine Gedanken.

»Ich war in Frankreich, als Fiona nach Duncarrick kam. Ich erinnere mich noch, dass meine Mutter mir geschrieben hat, Ealasaid MacCallum hätte Schwierigkeiten mit der Schüttellähmung in ihrem rechten Arm und sie hätte ihre Nichte gebeten, zu kommen und ihr im Gasthaus zu helfen. Später hat sie mir dann berichtet, ihrer Ansicht nach sei Mrs. MacLeod eine ehrbare junge Witwe mit einem Baby, das sie zu versorgen hätte, aber trotzdem eine kräftige Person, die zupacken könnte. Sie hätte vorher in Brae gelebt, und falls ich Neuigkeiten durch Männer von dort erfahren sollte, würde meine Mutter sie mit Vergnügen weiterleiten.«

Er unterbrach sich, rückte die Schreibunterlage gerade und stellte das Tintenfass auf die andere Seite. Dann stellte er es geistesabwesend wieder auf seinen alten Platz zurück.

»Um ehrlich zu sein, nach ihrem früheren Leben, ehe sie nach Duncarrick gekommen ist, habe ich Fiona nie gefragt. Ich war eifersüchtig auf ihren Ehemann, wenn Sie es unbedingt wissen müssen. Und dabei gab es den gar nicht, oder?« Er seufzte. »Fiona hat den Hof ihres Großvaters im Frühjahr 1915 verlassen, soviel weiß ich. Sie konnte die Farm nicht allein führen. Die Gegend ist, gelinde gesagt, unwirtlich, aber den alten Mann hat die Farm ernährt.«

»Ja«, sagte Hamish unerwartet. »Er kannte die Gegend besser als jeder andere, der mir je begegnet ist.« In der Stimme hinter Rutledges Schulter schwang Wehmut mit. »Von dem hab ich gelernt, wie man ein Gespann lenkt und wie man Wasser findet, wenn wir einen Brunnen graben mussten. Mit einem gegabelten Weidenzweig, die Rinde abgeschält und das Holz gründlich getrocknet, bin ich losgezogen. Er hat gesagt, ich besäße die Gabe – ich konnte spüren, wie sich die Wünschelrute in meinen Händen bewegt und zum Boden senkt. Und wie frisch das Wasser war, das ich gefunden habe!«

McKinstry hatte weitergeredet, da er die Unterbrechung nicht wahrgenommen hatte. »Mehrere Cousins haben sich bereit erklärt, die Farm weiterzuführen – sie waren zu alt für den Krieg, aber körperlich noch leistungsfähig. Sie hat einmal gesagt, sie wünschte, man hätte den Vater des Jungen im Glen begraben können, weil er die Gegend so sehr geliebt hat. Jedenfalls war Fiona froh über die Stellung, die sie in Brae gefunden hatte. Das hat sie vom Krieg abgelenkt. Eine Mrs. Davison hat ein Kindermädchen gesucht.« Er unterbrach sich. »Brae liegt südlich von Glasgow. Direkt über Lanark.«

»Ja, ich kann mir eine ungefähre Vorstellung davon machen, wo es liegt. Reden Sie weiter.«

»Als ihre Tante ihr geschrieben und sie gebeten hat, nach Duncarrick zu kommen, hat es Fiona Leid getan, von Brae fortzugehen. Aber sie hat versprochen, sie kämen, sowie Mrs. Davison einen Ersatz für sie gefunden hätte. Sie und der Junge.«

»Miss MacCallum hat Ihrer Mutter nichts über die ... Geschichte des Jungen erzählt?«

»Ihre einzige Sorge war, Ian könnte Fiona von ihren Pflichten im Reivers ablenken, weil er noch so klein war. Ich fand diese Einstellung sehr selbstsüchtig, aber andererseits wusste niemand, wie krank Miss MacCallum wirklich war.«

Rutledge notierte sich den Namen »Davison« und fragte: »Was hat Inspector Oliver in Brae in Erfahrung gebracht?«

»Nicht viel. Dass Fiona sehr zurückgezogen gelebt hat, aber freundlich war und hart gearbeitet hat. Niemandem war klar, dass sie ein Kind erwartet hat, als sie von dort fortgegangen ist. Und wir haben sämtliche Kinder der Einwohner von Brae überprüft, die im Jahre 1916 geboren wurden. Eine Frau namens Singleton hat im Frühling des Jahres ein Kind in Glasgow geboren, aber das hat sich geklärt, und über die drei Kinder, die in Brae geboren wurden, wissen wir auch Bescheid. Ich habe nie gehört, dass Fiona eine besonders gute Freundin dort erwähnt hätte, obwohl sie oft von Mrs. Davison und deren Kindern gesprochen hat.«

»Ich spiele mit dem Gedanken, nach Brae zu fahren, um zu sehen, ob sich dort eine Verbindung zu Eleanor Gray aufspüren lässt.«

»Verzeihen Sie, bitte, Sir, aber das ist reine Zeitvergeudung. Ich habe Brae gesehen. Eine Frau wie Eleanor Gray fiele dort einem Blinden auf. Das ist kein Ort, an dem sie sich verstecken würde.«

»Irgendwo müssen wir schließlich beginnen«, antwortete Rutledge. »Also gut, können Sie mir noch andere Namen nennen?«

McKinstry zog einen Ordner heraus und öffnete ihn. Nachdem sich Rutledge zwei oder drei weitere Namen notiert hatte, schlug er sein Notizbuch zu und sagte: »Ich würde gern noch einmal mit der Angeklagten reden, ehe ich aufbreche.«

»Ich weiß nicht recht …«, begann McKinstry zweifelnd.

»Es dauert keine fünf Minuten.«

McKinstry kapitulierte, holte den Schlüsselbund und reichte ihn Rutledge.

Er schloss die Tür ein zweites Mal auf und betrat die Zelle. Fiona MacDonald saß auf dem Stuhl und hatte die Hände auf dem Schoß gefaltet, doch bei seinem Eintreten blickte sie ihm sofort in die Augen.

»Ich fahre heute noch nach Brae«, sagte er und beobachtete dabei ihr Gesicht. Die Haut spannte sich ein klein wenig, als hörte sie das gar nicht gern.

»Sie werden Mrs. Davison sehen. Sagen Sie ihr doch bitte …« Sie unterbrach sich und schüttelte den Kopf. »Nein, ich nehme kaum an, dass sie im Moment gern eine Nachricht von mir hätte.« Sie strich die Falten ihres Rocks glatt. »Manchmal vergesse ich, dass eine Mörderin keine Vergangenheit hat. Aber falls die Kinder nach mir fragen sollten, würden Sie ihnen dann bitte sagen, dass es mir gut geht und ich oft an sie denke?«

»Ja, ganz bestimmt.«

Sie brachte ein Lächeln zustande. »Sie sind noch zu klein, um sich mit Dingen wie Mord auszukennen. Es wird sie freuen, dass ich sie nicht vergessen habe. Ich denke wirklich oft an sie. Das lenkt mich von … anderen Dingen ab.«

Er sagte ohne jeden Vorbedacht: »Ich wünschte, Sie würden mir vertrauen und mir die Wahrheit sagen.«

»Es ist keine Frage des Vertrauens«, antwortete sie mit ruhiger Stimme. »Es ist eine Frage der Liebe.«

»Liebe?«

»Ja.« Sie wandte den Blick ab. »Ich kann es Ihnen nicht erklären. Ich kann Ihnen nur sagen, dass die Liebe viele Gesichter hat, und einige können grausam sein. Meine Mutter hat meinen Vater so tief geliebt, dass sie vor Kummer über seinen Tod gestorben ist. Und mich mit einem Großvater und einer Tante und sonst niemandem zurückgelassen hat, der für mich hätte sorgen können. Ich war das Kind dieser Liebe, aber selbst das hat für sie nicht genug gezählt, um ihr neuen Lebenswillen zu geben. Das habe ich übrigens nie verstanden. Ich verstehe es immer noch nicht. Ich wollte nicht sterben, als Hamish gestorben ist. Manchmal frage ich mich, ob das bedeutet, dass ich ihn nicht genug geliebt habe.« Sie sah Rutledge forschend ins Gesicht, als suchte sie nach einem Zeichen der Zustimmung.

»Es geht nicht darum, ob man einen anderen Menschen *genug* liebt. Der Mann, den ich in Frankreich gekannt habe, hat sich von ganzem Herzen gewünscht, zu Ihnen nach Hause zurückzukehren –«

Er hielt sich gerade noch rechtzeitig zurück, ehe er die tröstliche Lüge des Heldentods für König und Vaterland zerstörte. Er räusperte sich und sagte stattdessen: »... und er hätte sich gewünscht, dass Sie weiterleben. Das hätte er sich mehr als alles andere gewünscht.« Dieses eine Mal wusste er ohne jede Frage, dass er im Sinne von Hamish sprach. »Und wenn Sie selbst in sehr jungen Jahren Ihre Mutter verloren haben, dann müssen Sie doch einsehen, dass Sie den Jungen nicht einfach schutzlos im Stich lassen dürfen, wie Sie es getan haben.«

»Sie haben mir doch selbst gesagt, dass man mir nicht erlauben würde, ihn zu behalten!«

Das entsprach der Wahrheit. Dennoch sagte er: »Sie hätten nicht zulassen dürfen, dass man Sie wegen Mordes anklagt – Sie hätten nicht zulassen dürfen, dass die Indizien immer klarer in Ihre Richtung weisen. Sie dürfen die Tatsache nicht akzeptieren, dass man Sie ohnehin hängen wird! Es könnte ein Zeitpunkt kommen, zu dem der Junge Sie braucht, und dann werden Sie nicht da sein.«

Hamish schrie auf, es gehörte sich nicht, ihre eigenen Worte zu benutzen, um sie zu zwingen, die Wahrheit preiszugeben, die sie so lange und so gut verborgen hatte.

In dieser hässlichen Zelle wirkte sie zerbrechlich und allein, doch Rutledge beging nicht den Fehler, ihre Stärke zu unterschätzen. Mit einer Courage, die er zutiefst bewunderte, zog sie die Schultern zurück und erwiderte: »Es muss eine schmerzhafte Todesart sein. Ich habe mich gezwungen, mir auszumalen, wie es sein wird –«

Er ließ sich von dem Verlangen mitreißen, sie zur Vernunft zu bringen, solange noch Zeit war, solange sie allein in dieser Zelle waren und niemand ihn aufhalten konnte, und er ignorierte sein eigenes Gewissen, das noch heftiger als die gequälte Stimme hinter seiner Schulter auf ihn einredete, und sagte: »Ich habe gesehen, wie Männer gehenkt wurden. Was während des Sterbens mit dem Körper passiert, würde eine Frau sich nicht wünschen.«

Sie war bei seinen Worten zusammengezuckt, und er bereute sie augenblicklich und verfluchte sich. Zu gern hätte er seine Worte zurückgerufen, aber sie schienen wie ein Schleier aus Kälte in der Luft zwischen ihnen zu schweben.

Er trat einen einzigen Schritt vor und blieb dann abrupt stehen, denn der Umstand, wer er war – und wer sie war –, untersagte ihm jede andere Form des Trostes. »Es tut mir Leid.«

Sie sagte nur: »Ich werde es nicht mit erleben müssen, oder?«

Aber als er den Raum verließ, konnte er Tränen in ihren Augen sehen.

13

Auf dem Rückweg zum Hotel musste Rutledge erst einem Lastkarren ausweichen, dann einem Hund, der mit großem Interesse am Pflaster schnupperte. Dort begegnete er Oliver, der gerade zur Tür herauskam.

»Sie haben McKinstry doch gefunden, oder?«

»Ja, danke.« Er wollte schon weitergehen, als ihm plötzlich auffiel, dass Oliver noch etwas zu sagen hatte. Rutledge blieb stehen und wartete.

Oliver sah über Rutledges Schulter auf den Platz hinaus, als inspizierte er seinen Herrschaftsbereich. »Ich habe mir eine Menge Gedanken über unsere Eleanor Gray gemacht und auch darüber, was sie nach Schottland geführt haben könnte. Der Vater des Kindes könnte Schotte gewesen sein. Frauen können, gerade kurz vor der Geburt, in solchen Dingen sentimental sein, und möglicherweise hat sie beschlossen, das Kind sollte hier geboren werden. Wer weiß das schon? Ob sie nun Lady Maudes Tochter ist oder nicht, sie ist und bleibt eine Frau, und die neigen nun mal zur Empfindsamkeit. Sind Sie so weit meiner Meinung?«

Rutledge dachte an Eleanor Gray, die Suffragette, die sich an Zäune gekettet und ins Gefängnis hatte schleifen lassen. »Empfindsam« zählte nicht gerade zu den Worten, die er gewählt hätte, um sie zu beschreiben. Trotzdem wollte Oliver auf etwas hinaus. Rutledge nickte.

»Dann also zur nächsten Frage. Was ist passiert, nachdem sie die Grenze überquert hat und bevor sie Fiona MacDonald begegnet ist, denn so muss sie sich damals genannt haben? Könnte sich unsere Miss Gray beispielsweise zu spät auf den Weg gemacht und ihr ursprüngliches Ziel nie erreicht haben? Es soll schon vorgekommen sein, dass Frauen den Zeitpunkt der Geburt falsch errechnet haben.«

Das stimmte durchaus. Aber Eleanor Gray wollte Ärztin werden. Hätte sie sich geirrt?

»Ja, ich erkenne die Möglichkeiten. Sie könnte krank geworden sein oder wegen Komplikationen Hilfe gesucht haben. Oder etwas anderes könnte ihre Pläne durchkreuzt haben.« Er blickte auf Oliver herunter. »Glencoe ist nicht zwangsläufig der Ort, an dem sie gestorben ist. Falls sie überhaupt tot ist.«

»Tot ist sie, das steht für mich fest. Und es sind ihre Knochen, die man draußen im Glen gefunden hat. Wer wüsste besser, wo man dort ein Mordopfer verbirgt, als jemand, der in der Gegend aufgewachsen ist? Wenn ich mir eine Leiche vom Hals schaffen müsste, brächte ich sie an einen so gottverlassenen Ort, dass keiner über sie fällt, solange die Knochen nicht restlos abgenagt sind. Und genau das hat diese MacDonald getan. Die Polizei hatte nicht die geringste Chance, die Leiche zu identifizieren, als die Überreste letztes Jahr dort entdeckt worden sind. Wenn wir nichts unternommen hätten, wäre sie bis heute namenlos.«

Hamish war so wütend, dass er nicht nur Olivers Vorfahren beschimpfte, sondern auch dessen Zukunftsaussichten in drastische Worte kleidete. Hochländer waren im Allgemeinen sehr kreativ, wenn es ums Fluchen ging.

»Eine gefährliche Wahl, meinen Sie nicht auch?« Rutledge ertappte sich dabei, dass er Fiona MacDonald verteidigte. »Ich hätte die Leiche meilenweit von meinem Wohnort weggeschafft.«

»Wie weit hätte die Angeklagte mit einem neugeborenen Kind und einer Toten kommen können?« sagte Oliver nachdenklich. »Oder ziehen wir es einmal vom anderen Ende auf: Mit jedem Jahr, in dem die Leiche nicht gefunden und kein Geschrei um ein vermisstes Kind angestimmt wurde, könnte sie sich sicherer gefühlt haben. Sie wusste, wo die Leiche lag, falls sie jemals in die Verlegenheit geraten sollte, behaupten zu müssen, dass sie die Mutter tot aufgefunden hat. Aber ansonsten war sie von der Bildfläche verschwunden und hatte sich hier in Duncarrick in Sicherheit gebracht.«

Worte, an die er sich später erinnern würde, doch jetzt sagte Rutledge: »Nein, so sehe ich das nicht. Weshalb hat sie Ihnen diese raffinierten Lügen dann nicht gleich erzählt, sobald Sie Verdacht geschöpft haben?«

»Weil sie mich falsch eingeschätzt hat. Sie hat geglaubt, wir gäben uns damit zufrieden, das Gasthaus auseinander zu nehmen und mit leeren Händen dazustehen.« Oliver lächelte. »Sie hat nicht erkannt, dass es ein grober Schnitzer war, mich zum Narren zu halten! Darauf würde ich meine Hoffnung auf eine Beförderung setzen. Und jetzt bleibt nur noch eins zu tun, nämlich dieser Leiche einen Namen zu geben. Und genau deshalb sind Sie hier.« Das war eine freundliche Warnung, die Grenze zu Olivers eigenem Territorium nicht zu überschreiten. Das Lächeln verblasste. »Wenn ich ein rachsüchtiger Mann wäre, dann würde ich mich jetzt schon darauf freuen, der hochmütigen Lady Maude den Beweis dafür vorzulegen, dass ihre Tochter nicht nur tot ist, sondern auch noch irgendeinem unbekannten Soldaten ein uneheliches Kind geboren hat. Zu einem solchen Vorfall ist es in *ihrer* Familiengeschichte zweifellos noch nie gekommen!«

Rutledge nahm ein schnelles Mittagessen zu sich und teilte dann der Frau am Empfang des Hotels mit, möglicherweise würde er mehrere Nächte fort sein, aber er wolle sein Zimmer behalten.

Morag hatte zwar seine Sachen gewaschen, doch er hatte einen kurzen Brief an Frances in London geschrieben und sie gebeten, ihm einen größeren Koffer in den Norden zu schicken. Den Brief reichte er jetzt der Hotelangestellten, damit sie ihn zur Post gab. Es sah so aus, als bliebe er eine Weile in Schottland. Ob es ihm passte oder nicht. Aber der Teufel sollte ihn holen, wenn er nicht im Grenzgebiet blieb, sondern sich noch weiter nach Norden begab.

Rutledge fuhr von Duncarrick aus nach Westen und hielt sich dann etwas mehr nach Norden, in Richtung Lanark. Es gab keine direkte Straßenverbindung nach Brae, einem kleinen Dorf auf dem Weg nach einem andern Ort. Die Braun- und Goldtöne des Septembers färbten bereits die Landschaft. Das offene Land wies nur wenige der Hecken auf, mit denen die Engländer ihre

Felder umgaben, und war eher auf Schafe als auf Ackerbau ein- gerichtet. Die kompakten, dicht zusammengedrängten Klein- städte, so ganz anders als die pittoresken Ortschaften weiter süd- lich, schienen in einer härteren Vergangenheit verhaftet zu sein. Hier waren die Menschen unabhängig und weitaus weniger klassenbewusst, und eine ganz andere Geschichte als die der Engländer verband sie miteinander und hatte sie geprägt. *Man bräuchte mich bloß auf einer Seite der Grenze abzusetzen*, sagte er sich, *und ich wüsste sofort, ob ich auf englischem oder auf schotti- schem Boden stehe.*

Als Rutledge sich innerlich auf die lange Fahrt einzustellen begann, ließ Hamish von seinem Ärger über Inspector Olivers Beschränktheit ab und wandte sich seinen Erinnerungen an Fiona MacDonald vor dem Krieg zu. Rutledge bemühte sich, ih- nen keine Beachtung zu schenken, doch immer wieder drängten die Worte seine eigenen Gedanken zur Seite.

Sie hatten einander schon von ihrer Kindheit an gekannt, Fiona und Hamish. Sie war selbst damals lebhaft und intelligent gewesen, und sie war es gewohnt, mit ihren Brüdern und deren Freunden zu spielen. Im Sommer lief sie barfuß umher, und Dornen und Stroh verfingen sich in ihrem langen, dunklen Haar und ihren Röcken. Als Liebling ihres Großvaters hatte sie schon in einem frühen Alter lesen gelernt und sich ungehindert ihre ei- genen Meinungen gebildet. Als sie im Sommer 1914 zu einer hu- morvollen und warmherzigen Frau heranwuchs, hatte Hamish MacLeod sie gebeten, ihn zu heiraten. Nur war er wenige Wo- chen später in den Krieg gezogen und 1916 in Frankreich gestor- ben, fern von Fiona und dem Hochland, fern von allem, was ihm am Herzen gelegen hatte.

Es war kein Wunder, dass sie in Versuchung geraten war, ein mutterloses Kind zu sich zu nehmen und es wie ihr eigenes zu lieben, es so aufzuziehen, wie sie und Hamish ihren eigenen Nachwuchs aufgezogen hätten. Ein Vermächtnis des Toten, ein Kind, das seinen Namen trug, wenn es schon nicht von seinem Fleisch und Blut war.

In den Schützengräben, wo die Männer über ihre Heimat und eine verlorene Welt redeten, in der man sich sicherer fühlen konnte, hatte Hamish das Bild einer liebevollen Frau gezeichnet, von Gelächter und Vertrauen und dauerhafter Zuneigung, das ein Soldat mit sich in den Krieg getragen hatte.

Aber Rutledge hatte noch etwas anderes in Fiona gesehen – durch seine eigenen Augen, nicht durch Hamishs Augen.

Er hatte Stärke erkannt und die Fähigkeit, der Welt direkt ins Gesicht zu sehen. Er hatte Mut wahrgenommen – und Furcht. Er war auf eine glühende Sehnsucht gestoßen, aus der Asche ihres Herzens möge etwas auferstehen. Und jetzt hatte man ihr selbst das genommen.

Sie war all das, erkannte er plötzlich, was Jean, die er früher heiraten wollte und von der er geglaubt hatte, sie machte sich etwas aus ihm, nie gewesen war. Und zum ersten Mal, seit Jean die Verlobung gelöst hatte, fühlte er sich gänzlich von ihrem Bann befreit. Als seien ihm Schuppen von den Augen gefallen, sah er deutlich vor sich, wie sehr sich Jeans Vorstellung von der Ehe von seiner eigenen Vorstellung unterschieden hatte. Sie hatte sich eine gesicherte Zukunft gewünscht, ein Leben, in dem sie beschützt, von der Gesellschaft akzeptiert und von ihren Freunden bejubelt wurde. Ein Mann in innerem Aufruhr, sein Geist zerrüttet und seine Zukunft ungewiss – das musste für sie eine entsetzliche Aussicht sein.

Fiona MacDonald wusste, was Liebe bedeutete, welchen Preis man dafür bezahlte und was der Krieg ihr genommen hatte. Sie hätte Hamish geliebt, wenn er vernarbt, ohne Beine oder ohne Arme nach Hause gekommen wäre. Sie hätte nicht nur den Mann geliebt, der er früher einmal gewesen war, sondern auch den, der aus ihm geworden war.

Sie hätte ihn sogar dann geliebt, wenn er mit einer Schützengrabenneurose und von Alpträumen verzehrt heimgekommen wäre.

Rutledge weigerte sich, diesen Gedankengang weiter zu verfolgen.

Aber vor seinen Augen zogen andere alte Bilder vorüber, von Frauen wie Jean, die in die Lazarette gekommen waren und voller Entsetzen die Trümmer des Ehemannes oder des Geliebten angestarrt hatten – einmal hatte er erlebt, wie eine von ihnen mit dem Gesicht in ihrem Taschentuch zur Tür hinausgerannt war und schockiert gestöhnt hatte. Und in dem Raum hinter ihr hatte ein Mann mit Bandagen, wo früher einmal sein Gesicht gewesen war, mit geballten Fäusten stumm dagelegen und nicht weinen können. Es hatte aber auch andere gegeben, die eine lebende Hülle dankbar akzeptiert hatten und kaum fassen konnten, dass sie zu den glücklichen zählten, die ihren Soldaten wieder bei sich zu Hause hatten.

Unter ihnen wäre auch Fiona gewesen.

Sie besaß diese Form von Mut. Aber war sie auch eine Mörderin?

Schon während sein Verstand diese Frage formulierte, nahm Rutledge den Verrat wahr. Einen Verrat an Hamish und Fiona MacDonald.

Er verbannte den Krieg aus seinen Gedanken und versuchte, sich stattdessen auf das zu konzentrieren, was ihm bevorstand.

Fiona hatte das Haus ihres Großvaters verlassen und war in den Süden gezogen, nach Brae.

Aber warum ausgerechnet nach Brae?

»Weil es dort anders ist als im Glen«, antwortete Hamish unerwartet. »Weil sich keine Erinnerungen damit verbanden. An ihren Großvater, an mich. An ihre toten Brüder.«

Rutledge erinnerte sich an die Aussage, die McKinstry ihm vorgelesen hatte. Auf die Frage hin, ob Fiona schwanger gewesen sein könnte, als sie aus Brae fortgegangen war, hatte Mrs. Davison unmissverständlich geantwortet: »Nein. Das hätte ich gewusst. Ich habe Fiona streng im Auge behalten – nicht etwa, weil sie den Eindruck machte, als würde sie sich in Schwierigkeiten bringen, sondern weil sie ein junges Mädchen war, das allein dastand und meiner Obhut unterstellt war. Das war übrigens keine schwierige Aufgabe, denn sie hat ihren freien Tag selten wahrgenommen, und sogar abends, wenn die Kinder im Bett waren, hat sie meistens bei mir gesessen und Flickarbeiten erledigt oder mir laut vorgelesen.«

Oliver hatte zu Mrs. Davisons Charakter angemerkt: »Ich würde einen Eid darauf ablegen, dass sie die Wahrheit sagt. So ehrlich, dass es schon fast wehtut, wie es mein Sergeant formuliert hat.«

Mrs. Davison mochte durchaus die exakte Wahrheit gesagt haben. Das taten die Leute häufig.

Mit der ganzen Wahrheit verhielt es sich dagegen anders. Und wie ein Untersuchungsbeamter es anpackte, sie zu ergründen, bestimmte darüber, wie viel bei seinen Nachforschungen herauskam. Objektivität …

Oliver war der festen Überzeugung, dass Fiona MacDonald eine Mörderin war.

Wenn sie es nicht war, wie kam sie dann zu dem Kind? Das war der Stolperstein, und von der Antwort hing ihr Leben ab. Und Rutledge würde sie herausfinden müssen.

Brae lag südöstlich von Glasgow, am Rand eines Gebiets, das im vergangenen Jahrhundert unter schneller Expansion und dem darauf folgenden wirtschaftlichen Rückgang gelitten hatte. Die Senke, durch die der Clyde floss, war zu einem Wald aus Stahlkonstruktionen, Fabriken und Bergwerken geworden, aber landschaftlich reizvoll war sie ohnehin nie gewesen. Dennoch war ihr selbst der geringe Reiz, den sie vielleicht einmal besessen hatte, längst genommen worden. Lanark dagegen war eine freundliche Stadt, die überall an den schottischen Helden William Wallace erinnerte, und dort nahm Rutledge ein spätes Abendessen zu sich, ehe er nach Brae weiterfuhr.

In Brae gab es aber keine Unterkunft für die Nacht, und daher sah er sich gezwungen, nach Lanark zurückzufahren.

Am frühen Morgen machte er sich wieder auf den Weg nach Brae, und selbst Hamish konnte den schmucklosen Häusern und der faden Landschaft nichts abgewinnen und sich auch nicht dem Gefühl entziehen, die Zeit hätte der kleinen Ortschaft übel mitgespielt. Sogar die wenigen Straßen wirkten müde.

Mrs. Davison wohnte in einem Backsteinhaus, das gut erhalten war, und es war so groß, dass es zu den Zeiten, als die Industrie in dieser Gegend ihren Aufschwung hatte, durchaus das Haus eines Geschäftsführers gewesen sein könnte. Die Fenster mit den hübschen Vorhängen dahinter waren sauber; in dem geschützten Garten auf einer Seite des Hauses blühten noch Blumen, und hinter dem Haus war Gemüse in langen Reihen angepflanzt, die jetzt bis auf das Dunkelgrün des Mangolds und der Kohlköpfe am hinteren Ende braun und ungepflegt wirkten. Das Haus stand am Rand der Ortschaft, von der Straße zurückgesetzt hinter einer niedrigen Backsteinmauer. Auf dem Gehweg, der zur Haustür führte, waren ein Ball, eine Puppe mit einem Porzellangesicht und ohne Kleider auf ihrem Leib aus weißem Ziegenleder und ein Eimerchen voller Steine verstreut.

Als er anklopfte, öffnete sie ihm persönlich die Tür, eine Frau mit einem freundlichen Gesicht, aber sehr scharfsichtigen grüngesprenkelten Augen. Während er sich vorstellte, musterte sie ihn von Kopf bis Fuß und sagte dann: »Ja, ich bin Penelope Davison. Ich habe mit den Polizisten aus Duncarrick gesprochen. Weshalb sollte London Interesse daran haben, dasselbe Thema noch einmal aufzurollen? Ich weiß nichts über Fiona, was Ihnen in irgendeiner Form weiterhelfen könnte.« Auf ihre eigene Art erinnerte sie ihn an Lady Maude. Dieselbe unabhängige Geisteshaltung und die Weigerung, sich von der Obrigkeit übermäßig beeindrucken zu lassen.

»Trotzdem gibt es einige Frage, die ich Ihnen stellen muss.«

Sie seufzte, öffnete die Tür weiter und bat ihn in das Wohnzimmer links neben der Haustür. Es war ein kleiner Raum mit dunklen Möbelstücken, einer stattlichen Anzahl von grünblättrigen Pflanzen und so gut wie keinem Schnickschnack. An der Wand hing in einem vergoldeten Eichenrahmen eine Holzkohlezeichnung, das Portrait eines Mannes, der einen schmalen Schnurrbart hatte und eingebildet wirkte; in einem dunklen Holzrahmen ein Zeitungsausschnitt mit einer kleinen Reproduktion von der Prozession zu Ehren von Königin Viktorias Thronjubiläum; direkt unter dem Fenster stand ein niedriger Bücherschrank mit Glastüren, in dem Reihen von Büchern standen, die in Kalbsleder gebunden und vom häufigen Gebrauch abgestoßen waren. Die Bücher waren ordentlich nach ihrer Höhe und nicht nach ihrem Inhalt sortiert. Dennoch war Rutledge von der Ruhe und der Behaglichkeit des Zimmers beeindruckt, als er sich auf den Sessel setzte, den sie ihm zugewiesen hatte.

Aus dem hinteren Teil des Hauses konnte er die hohen Stimmen von Kindern hören, und plötzlich wurde ihm bewusst, dass Samstag war und sie nicht in der Schule waren. Hamish sagte: »Du musst mit ihnen reden. Du hast es Fiona versprochen.«

Mrs. Davison sagte gerade: »Also, wenn Sie den weiten Weg schon zurückgelegt haben – was wüssten Sie gern von mir?«

»Hatte Fiona MacDonald Referenzen, als sie bei Ihnen eingezogen ist? Ein Einführungsschreiben?«

»Sie hat auf eine Anzeige geantwortet, die ich 1915 in der Zeitung von Glasgow aufgegeben habe. Ihr Brief hat mich beeindruckt, und ich habe sie gebeten, zu einem Vorstellungsgespräch zu kommen. Ich mochte sie auf Anhieb, aber schließlich bin ich nicht dumm, und daher habe ich Erkundigungen eingezogen, ehe ich sie eingestellt habe. Ihr Großvater war ein angesehener Mann, und in der Gegend von Glencoe gab es eine ganze Reihe von Leuten, die gut über sie gesprochen haben. Also habe ich sie genommen, und ich habe diesen Entschluss keinen Moment lang bereut. Ich kann beim besten Willen nicht glauben, dass sie jemanden getötet haben soll. Aber dieser Inspector von der Polizei behauptet es.«

»Es gibt Indizien, die in diese Richtung weisen, das stimmt schon, aber erwiesen ist es damit nicht zwangsläufig. Deshalb bin ich ja hier. Hatte sie Freundinnen in Brae? Junge Frauen, die sie mit der Zeit gut kennen gelernt haben könnte?«

»Nein. Verstehen Sie, sie hat die meiste Zeit getrauert und ist kaum je aus dem Haus gegangen. Ihre Brüder sind einer nach dem anderen gestorben, und 1916 dann der junge Mann. Es gab eine andere Frau hier, mit der sie spazieren gegangen ist, wenn das Wetter schön war. Aber ich hätte Mrs. Cook nicht als eine Freundin bezeichnet. Sie waren eher … ich weiß nicht recht … Leidensgenossinnen. In den Zeitungen wurde so getan, als verliefe der Krieg gut, aber zu viele Menschen sind gestorben. Es stellt eine entsetzliche Belastung dar, sich Tag und Nacht um jemanden zu sorgen. Und als die Nachricht kam und Fiona wusste, dass der schlimmste Fall eingetreten war, ist es ihr nicht leicht gefallen, darüber zu reden. Sie hat es mir wochenlang nicht gesagt. Ich glaube, die meisten von uns haben sie gedrängt zu weinen, aber sie wollte nicht weinen. Mrs. Cook hat sie nicht gedrängt. Sie schien zu verstehen, wie ihr zumute war.«

»Seien Sie doch bitte so freundlich, mir mehr über Mrs. Cook zu erzählen.«

»Sie war krank – sie hatte es auf der Lunge. Soweit ich es verstanden habe, hat ihr Arzt gehofft, bessere Luft würde helfen. Der Russ in Glasgow hat ihr bestimmt nicht gut getan. Jedenfalls ist sie Anfang 1916 in das weiße Haus gezogen, an dem Sie vorbeigekommen sein müssen, nicht weit von der Ortseinfahrt auf der linken Seite. Mrs. Kerrs Söhne waren in Frankreich, und ihr Mann war fort, um Schiffe zu bauen. Sie wollte nicht allein leben und hat inseriert, dass sie Untermieter sucht. Beide schienen mit dieser Lösung recht zufrieden zu sein. Mrs. Cook war eine ruhige Frau und hat keine Schwierigkeiten gemacht, und Mrs. Kerr war es so lieber.«

»Wissen Sie etwas über Mrs. Cooks Hintergründe und woher sie gekommen ist?«

»Sie meinen, ehe sie nach Glasgow gegangen ist? Ich habe keine Ahnung. Ihr Mann war auf See, und Fionas junger Mann war in Frankreich. Ansonsten schienen die beiden sehr wenig miteinander gemeinsam zu haben. Ich dachte mir, vielleicht stammte Mrs. Cook aus einer reichen Familie und käme in den Genuss von Vergünstigungen, die Fiona nicht zustanden. Damit will ich aber nicht sagen, Fiona wäre gewöhnlich gewesen. Sie war ein ganz und gar ungewöhnliches Mädchen, und ich habe sie als eine sehr angenehme Gefährtin empfunden. Ihr Großvater hat sie außerordentlich gut erzogen.«

»Wie lange war Mrs. Cook hier?«

»Sieben Monate, würde ich sagen. Dann ist ihr Mann als Invalide nach Hause geschickt worden, und sie ist nach London gezogen, um bei ihm zu sein.«

»Fiona hatte schon eine Weile hier gelebt, als Mrs. Cook nach Brae gekommen ist?«

»Natürlich. Über ein Jahr. Und wenn Sie mich fragen, ob die beiden einander gekannt haben könnten, ehe sie nach Brae gezogen sind, dann kann ich nur sagen, dass ich es ernsthaft bezweifle. Fiona ist erst fortgegangen, nachdem sie erfahren hatte, dass ihre Tante krank war und das Gasthaus nicht länger allein führen konnte. Sie hat geweint, als sie fortgegangen ist, und meine Kinder haben auch geweint. Und ich konnte die Tränen auch nicht zurückhalten. Deshalb habe ich auch nicht darauf bestanden, dass sie ihren Vertrag erfüllt.«

... nicht darauf bestanden, dass sie ihren Vertrag erfüllt – aber Fiona hatte ihrer Tante gesagt, sie müsse ihn erfüllen!

»Wie lange nach Mrs. Cooks Abreise war das?«

»Drei oder vier Monate, würde ich sagen.«

Hamish wies darauf hin, wenn Mrs. Cook ein Kind erwartet hätte, als sie nach Brae kam, dann hätte sie es allein und ohne Fionas Hilfe bekommen. Sieben Monate und vier Monate, das machte nämlich elf Monate.

Rutledge machte sich trotzdem eine Notiz. Er sagte: »Wissen Sie, ob Mrs. Cook eine Nachsendeadresse hinterlassen hat?«

»Wenn ja, dann hat Fiona es nie erwähnt. Mary Kerr hat in dem Schlafzimmer ein Paar Handschuhe gefunden, nachdem ihre Untermieterin ausgezogen war. Sie waren unters Bett gefallen. Mary hätte sie ihr gern geschickt, hatte aber keine Adresse.«

»Verzeihen Sie, aber was glauben Sie, weshalb eine Frau von Mrs. Cooks offensichtlichem gesellschaftlichen Rang freiwillig mehr als ein halbes Jahr in Brae verbringen sollte?«

Mrs. Davison strich den Schonbezug aus weißer Spitze auf der Armlehne ihres Sessels glatt. »Das habe ich mich auch gefragt. Die Leute haben sie in Ruhe gelassen. Und ich glaube, das brauchte sie mehr als alles andere. Ein- oder zweimal habe ich mich gefragt, ob sie eine verheiratete Frau sein könnte, die eine Affäre hatte und deren Liebhaber gestorben ist. Die Zeit brauchte, um zu genesen, verstehen Sie. Fern von allen, die nichts davon wussten und es nicht verstehen konnten.«

Sie zuckte die Achseln. »Vielleicht ist das eine übertrieben romantische Sicht ihrer Person. Es könnte alle möglichen anderen Gründe geben. Fiona hat nicht den Eindruck gemacht, als fehlte sie ihr, nur gelegentlich hat sie eine Bemerkung fallen lassen, wie es jeder getan hätte. Als die Katze Junge bekommen hat, hat sie sinngemäß gesagt: ›Mrs. Cook hat mir einmal erzählt, sie hätte nie eine eigene Katze oder einen Hund gehabt. Es ist wirklich ein Jammer, dass sie nicht eines von diesen Kätzchen haben kann.‹«

Hamish sagte: »Ich kann mir nicht vorstellen, dass in Lady Maudes Haus ein Kind mit einem Hund herumgetollt ist.« Das stimmte allerdings.

Rutledge sagte: »Können Sie sich an ihren Vornamen erinnern? Oder an den Namen ihres Mannes?«

»Ich glaube nicht, dass sie in meinem Beisein jemals namentlich über ihn gesprochen hat. Gewöhnlich hat sie gesagt ›mein Mann‹. Aber sie hieß Maude. Ich fand den Namen recht hübsch.«

Ein reiner Zufall … es war ein häufiger englischer Name.

»Haben Sie Inspector Oliver etwas über Mrs. Cook erzählt?«

»Ich habe keinen Grund dazu gesehen. Ich sagte Ihnen doch, dass es nicht wirklich eine Freundschaft war, sondern schlicht und einfach Einsamkeit. Ich nehme nicht an, dass sie unter normalen Umständen ein Dutzend Worte miteinander gewechselt hätten! Aber die jungen Frauen hier in Brae waren gezwungenermaßen fortgegangen, um in der Rüstungsindustrie zu arbeiten, und für diejenigen, die, wie ich, Kinder hatten, war der Krieg ziemlich trostlos. Fiona und Mrs. Cook, die Außenseiterinnen, mussten zwangsläufig zueinander finden.«

»Ich habe mich bemüht, eine Eleanor Gray ausfindig zu machen, da ich hoffe, sie könnte etwas mehr Licht in Miss MacDonalds Situation bringen. Ist sie je in Brae gewesen?«

Mrs. Davison schüttelte den Kopf. »Hier kommt man nicht zufällig vorbei, obwohl es so erscheinen mag. Eine Eleanor Gray ist nie hier gewesen. Andernfalls wüsste ich es.«

Mit Mrs. Davisons Erlaubnis setzte sich Rutledge zu den drei Kindern, für die Fiona gesorgt hatte, an den unbehandelten Küchentisch. Es waren zwei Jungen und ein Mädchen. Das Mädchen war schüchtern, aber die Jungen waren nur zu gern bereit, mit ihm zu reden.

Sie zeichneten das Bild einer jungen Frau, die auf dem Boden sitzen konnte und mit ihnen spielte, die ihnen abends vorlas, wenn sie brav ins Bett gingen und kein Theater veranstalteten, und die unglaublich gruselige Geschichten über Fehden und Kämpfe im Hochland kannte.

»Sie hat einmal eine Nacht in einem Haus verbracht, in dem es gespukt hat, und da war ein Mann, der seinen Kopf in den *Händen* getragen hat. Fiona hat ihn ganz deutlich gesehen!«, berichtete der ältere Junge Rutledge mit Begeisterung. »Es war ein Campbell, den ein MacLaren getötet hatte, und er war auf Rache aus.« Er setzte an, die Fehde bis in alle Einzelheiten zu schildern, doch seine Mutter sagte lächelnd: »Ja, das ist schön und gut, aber ich glaube nicht, dass Mr. Rutledge Zeit für die ganze Geschichte hat.«

Er verbrachte eine Viertelstunde mit den Kindern und Mrs. Davison, doch es kam nichts dabei heraus. Er brauchte keinen weiteren Anstoß von Hamish, um den Kindern Fionas Nachricht zu übermitteln. Das schüchterne kleine Mädchen lächelte und sagte liebevoll »Fiona«. Dann fragte sie: »Kommst sie zurück?«

Über den Kopf des kleinen Mädchens hinweg warf die Mutter Rutledge einen schnellen Blick zu und erwiderte: »So schnell wird sie nicht wiederkommen, meine Süße.«

Mrs. Kerr war über sechzig, und man sah ihr das Alter an. Sie berichtete ihm alles, was sie über Mrs. Cook wusste, doch sie hatte ihm nichts Neues zu sagen.

Als er aufstand, um zu gehen, fragte Rutledge: »Schienen Mrs. Cook und Miss MacDonald eng miteinander befreundet zu sein?«

»Eng? Nein. Manchmal haben sie abends gemeinsam einen Spaziergang gemacht. Das war alles.«

»Wissen Sie zufällig, wo sie am liebsten spazieren gegangen sind?«

»Mrs. Cook ist nicht auf dem Land aufgewachsen, und deshalb sind sie nicht weit gelaufen. In erster Linie sind sie durch den Ort und über den Friedhof geschlendert. Vermutlich deshalb, weil er windgeschützt ist. Ich hatte den Eindruck, sie haben sich beide zwischen den Gräbern wohl gefühlt. Mir ist schon klar, dass das seltsam klingt, aber so ist es nun mal. Als schöpften sie aus der Stille dort Kraft oder Frieden oder sonst etwas ... Von Fiona wusste ich ja, dass sie den Mann verloren hatte, der sie heiraten wollte. Sie hat mir einmal erzählt, er sei in Frankreich begraben. Mrs. Cooks Mann war auf See. Aber sie hat so gut wie nie über sich selbst gesprochen. Anfangs habe ich es darauf geschoben, dass sie sich für unsereinen in Brae zu gut ist, aber mit der Zeit habe ich begriffen, dass sie einfach nur schweigsam ist. Solche Leute gibt es nun mal, nicht wahr? Das ist es doch, was dem Leben Würze gibt – die kleinen Unterschiede.«

Rutledge überquerte die Straße und lief bis zu der hässlichen kleinen Kirche. Die Verbindung von Backstein und Naturstein aus der frühen viktorianischen Epoche war alles andere als gelungen, stand jedoch abseits zwischen großen, alten Bäumen, die Generationen eher für eine ältere Kirche angepflanzt worden waren. Pfade verliefen zwischen den Gräbern, weiße Kiesbänder, die sich durch den unebenen grünen Rasen zogen. Eine Reihe von Gräbern mit nackter Erde wies auf Beerdigungen in jüngster Zeit hin, und Rutledge erschauerte bei dem Gedanken an seinen eigenen Traum.

Er trat durch das Tor ein, bewegte sich eine Zeit lang durch die Wildnis aus Stein und las die eine oder andere Inschrift.

Nicht weit von der hinteren Mauer fiel ihm ein Grabstein ins Auge. Er war alt, und die Daten waren verwischt und kaum erkennbar, doch der Name, der tief in den grauen Stein gemeißelt war, war noch gut lesbar.

Hamish MacLeod.

Nicht der Mann, den er getötet hatte – die Daten waren wesentlich älter, mehr als ein Jahrhundert. Dennoch fragte sich Rutledge, als er dastand und auf den Stein hinabblickte, ob auch Fiona MacDonald von diesem Stein gewusst und irgendwie Trost in ihm gefunden hatte. Ein Grabstein für einen Mann, der selbst keinen hatte.

Ein Ort, an dem sie in dem mit Unkraut durchwachsenen Gras sitzen konnte, während sie sich an eine Vergangenheit erinnerte, die keine Zukunft hatte. Der Stein musste ihr nicht nur Trost gespendet, sondern auch einen Ort gekennzeichnet haben, an dem sie ungestört trauern konnte.

Er hatte das seltsame Gefühl, dass er Recht hatte.

Aber welchen Namen hatte Mrs. Cook hier gefunden, wenn ihr Ehemann noch am Leben war? Mit welchen Erinnerungen hatte sie sich getröstet?

Er lief wieder zwischen den Steinen umher, auf der Suche, ohne zu wissen, wonach. Es gab Campbells und Lindsays, Mac-Brays und MacDougals, eine lange Liste von typischen Namen aus dem Hochland und dem Tiefland, die für ihn keine besondere Bedeutung hatten. Er fand einen Trevor und dachte an Ross, ehe er weiterging. Little und Elliot, Davison und Robson, Pringle und Taylor, Henderson und auch ein Gray. Evelyn Gray. Er war als Säugling gestorben.

So hieß Eleanor Grays Vater, der Mann, den sie ihr Leben lang Vater genannt hatte.

Hatte sie ihm näher gestanden als ihrer Mutter, obwohl er nicht ihr leiblicher Vater war?

Mädchen hatten oft eine enge Vaterbindung, und wenn Evelyn Gray sie öffentlich als seine Tochter anerkannt hatte, dann hatte er bei ihrer Erziehung mit Sicherheit sein Bestes getan. Selbst wenn er sie nicht um ihrer selbst willen geliebt hatte, hätte er sie König Edward zuliebe gut behandelt. Die Männer waren gute Freunde gewesen.

Und es konnte auch gut sein, dass Eleanor nur von seiner Seite Zärtlichkeit erfahren hatte. Rutledge konnte sich nicht vorstellen, dass Lady Maude ein zappeliges Kind auf dem Schoß hielt, um ihm eine Geschichte vorzulesen, wie Fiona es mit ihren Schutzbefohlenen im Haushalt der Davisons getan hatte.

Aber andererseits war es gut möglich, dass er Lady Maude Unrecht tat. Er hatte sie erst nach der Auseinandersetzung mit Eleanor kennen gelernt. Die Weigerung ihrer Tochter, die Pflichten anzuerkennen, die sie ihrem Blut und ihrem Erbe schuldig war, musste sie tief verletzt haben. Es konnte durchaus sein, dass die Beziehung zwischen Mutter und Kind vorher ganz anders ausgesehen hatte. Weshalb hätte Lady Maude sonst darauf bestanden, dass er, Rutledge, sich mit der Frage befasste, die Knochen zu identifizieren?

»Vielleicht«, sagte Hamish, »will sie ihre Familienehre schützen –«

14

Auf der Fahrt nach Glasgow ging Rutledge einiges durch den Kopf. Hamish machte ebenfalls seine Bemerkungen zu den Indizien, doch Rutledge bemühte sich, seine Kommentare zu ignorieren.

Kleinigkeiten. Der Name auf einem Grabstein. Der Vorname einer Frau. Der Umstand, dass Fiona ihrer Tante erzählt hatte, sie müsste bis zum Ablauf der vereinbarten Frist ihren Vertrag in Brae erfüllen.

Wo hatte sie diese Wochen verbracht, diese kurze Zeitspanne, die nicht dokumentiert war?

Und hatte es etwas mit Maude Cook zu tun?

Er verbrachte den Sonntag in Glasgow und bat die dortige Polizei um Informationen über eine Frau, die den Namen Cook trug, doch das halbe Dutzend Familien, zu denen man ihn schickte, konnten ihm nicht weiterhelfen. Wenn er sich bei ihnen nach einer Maude Cook erkundigte, schüttelten sie die Köpfe. Wie ein Mann in mittleren Jahren es formulierte: »Hübsch ist der Name ja – Maude –, aber sie ist keine von uns.« Auch war niemandem bekannt, dass sich eine Verwandte während des Krieges eine Zeit lang in Brae aufgehalten haben könnte. »Es ist doch unwahrscheinlich, oder?« hatte ihn eine Frau gefragt. »So nah? Außerdem hätte ich meine Töchter oder Schwiegertöchter zu Verwandten geschickt und nicht der Mildtätigkeit Fremder überlassen.«

Aber wenn Maude Cooks familiäre Beziehungen zu Glasgow, wie Hamish betonte, auf ihre eigene Familie zurückgingen, dann kam Rutledge nicht weiter, weil er ihren Mädchennamen nicht kannte und sie im Getümmel der Stadt niemals finden würde. Es wäre erforderlich gewesen, von Haus zu Haus zu ziehen und an jede Tür zu klopfen. Ein enormer Personalaufwand.

Am Montagmorgen erreichte er auf der Rückfahrt nach Duncarrick die Außenbezirke von Lanark, hielt den Wagen an und rieb sich das Gesicht. Lanark …

Es war eine Überlegung wert. Lanark war nicht weit von Brae. Es war gerade so groß, dass eine Frau, die einen falschen Namen benutzte, nicht unbedingt auffiel und zum Gesprächsstoff wurde. Vor allem, wenn sie bereits sicher sein konnte, dass dort keine Bekannten lebten, die sie auf der Straße sehen und sie erkennen könnten. Und einer Frau, die auf sich selbst gestellt war, bot es angemessene medizinische Versorgung.

Rutledge fuhr ins Stadtzentrum, fand das Polizeirevier und suchte dann einen Ort, an dem er seinen Wagen abstellen konnte. Es war ein geschäftiger Vormittag; in der Stadt schien es von Menschen und Lastwagen, von Fuhrwerken und Karren zu wimmeln. In der Nähe der Kirche bauten Männer für ein Fest oder eine Ausstellung einen Pavillon auf. Andere trugen Topfpalmen vom Hotel herüber, wandelnde Bäume, die sich ihren Weg über das Pflaster bahnten, als käme der Birnamwald nach Dunsinane und wollte den wartenden Macbeth angreifen.

Als sich Rutledge gut fünfzehn Minuten später einen Weg durch das Gedränge bahnte, hatte er die Information, die er brauchte.

Die Entbindungsklinik befand sich in einer Seitenstraße, ein kleines, aber gepflegtes Gebäude mit Geranientöpfen vor der Tür und einer Frau in einem schwarzen Kleid hinter dem Empfangsschalter in der kleinen Eingangshalle.

Rutledge erkundigte sich nach dem diensthabenden Arzt und wurde kurz darauf in ein eisiges Büro im hinteren Teil des Gebäudes geführt, in dem ein müder älterer Mann am Fenster stand und sich zur Begrüßung zu ihm umdrehte. Auf dem Schreibtisch lagen Packen von Heftern, die darauf warteten, sortiert zu werden.

»Ich bin Dr. Wilson. Ich war bis fünf Uhr morgens mit einer schweren Geburt beschäftigt. Wenn Sie sich kurz fassen würden, damit ich endlich schlafen kann, bin ich Ihnen gern in jeder erdenklichen Weise behilflich.«

»Welche Art von Fällen nehmen Sie hier auf?«

Der Arzt sagte überrascht: »Schwierige, bei denen eine gefahrlose Geburt zu Hause nicht gewährleistet ist. Die Gutsituierten, die sich mehr Komfort wünschen, als sie in ihrem eigenen Schlafzimmer hätten. Und bei den restlichen handelt es sich um Frauenleiden, die einen operativen Eingriff oder eine andere Form von Behandlung erfordern. Ich habe mit einer beträchtlichen Anzahl von Frauen zu tun, die krank sind. Tumore oder übermäßige Blutungen. Fehlgeburten. Totgeburten. Ich muss immer wieder feststellen, dass ziemlich viele Ehemänner nichts darauf geben, wenn ich ihnen sage, ihre Frau sollte keine Kinder mehr bekommen. Wenn es mir möglich ist, rette ich die Frauen. Außerdem habe ich mit verpfuschten Abtreibungen zu tun, bei denen es zu Infektionen gekommen ist und die Frauen zu lange warten, ehe sie medizinische Hilfe suchen. Ich wüsste nicht, wie der Polizei mit einer dieser Informationen gedient sein sollte.«

»Mit Lungenleiden haben Sie nichts zu tun?«

»Nein, solange sie sich nicht auf eine Schwangerschaft oder andere Fortpflanzungsprobleme auswirken.« Er war jetzt ungeduldig.

»Können Sie mir die Namen der Frauen geben, die 1916 zu Ihnen gekommen sind? Das genaue Datum kann ich Ihnen leider nicht mit Sicherheit sagen. Aber die Frau, die ich suche, ist von einem gesunden Sohn entbunden worden.«

»Nein, das kann ich nicht«, sagte er kurz angebunden.

»Könnten Sie mir dann vielleicht sagen, ob eine Mrs. Cook in jenem Zeitraum Ihre Patientin war? Mrs. Maude Cook. Wir untersuchen einen Mordfall, in dem eine Verbindung zu ihr bestehen könnte.«

»Meine Patientinnen begehen keine Morde«, sagte der Arzt entrüstet.

Diese Überzeugung hatte Rutledge schon oft vernommen. Das war eine normale, eine ganz natürliche Reaktion. *Niemand, den ich kenne, wäre zu so etwas in der Lage!* Aber Mörder gab es in jeder Spielart; sie existierten in jeder Größe und in jedem Alter, in jedem Bekenntnis und in jeder Rasse, quer durch alle Gesellschaftsschichten. Und die meisten von ihnen hatten Freunde, die entsetzt waren.

»Nein, Herr Doktor, gewiss nicht. Wir sprechen in dem Fall von einem Opfer. Und von einem dreijährigen Kind, das unter Umständen verwaist sein könnte. Wir müssen Kontakt zu den Eltern der Frau oder zu ihrem Ehemann aufnehmen.«

»Ein Opfer.« Wilson sah ihn gleich mit ganz anderen Augen an. »Ich kann mich an niemanden dieses Namens erinnern, aber lassen Sie mich in meinen Akten nachsehen, ob ich dort eine Maude Cook finde.«

Er trat vor einen Eichenschrank an einer der Seitenwände des Raumes und zog eine Schublade heraus, die mit Heftern und Papieren voll gestopft war. Er blätterte ein gutes Dutzend dieser Akten durch, begann noch einmal von vorn und schüttelte schließlich den Kopf.

»Ich finde keinerlei Hinweis auf eine Maude Cook. Sind Sie ganz sicher, dass Sie den richtigen Namen haben? Ich habe hier eine Mary Cook. Und sie hat einen Jungen geboren.«

»1916? Und das Datum?«

Wilson nannte es ihm. Es war einen Monat zu früh. Aber immerhin …

»Können Sie mir sagen, wo sie wohnt? Oder mir einen Hinweis geben, der mich zu Angehörigen führt?«

Wilson wandte sich seinen Unterlagen wieder zu. »Sie hat London als ihren Wohnort angegeben. Nähere Informationen habe ich nicht. Der Vater war tot. Im Krieg gefallen. Sie hat geweint, als ich ihr gesagt habe, sie hätte einen Jungen geboren. Sie hat gesagt, er wäre sehr stolz gewesen. Das sagen mir viele Frauen. Ich habe versucht, mich daran zu gewöhnen, aber es ist mir misslungen. Kinder brauchen Väter. In diesen verfluchten letzten Jahren hat auf viel zu viele Kinder zu Hause kein Vater gewartet.« Er rieb sich die Augen. »Ist das alles, was Sie von mir wollten?«

»Hatte Mrs. Cook irgendeine Form von Lungenleiden?«

»Nein. Sie war jung und gesund. Trotzdem ist es zu Komplikationen gekommen. Es war eine schwere Geburt. Langwierig und

171

ermüdend, und es hat eine Menge Schwierigkeiten gegeben. Eine Steißgeburt, verstehen Sie. Es stand auf der Kippe, aber ich habe sie und das Baby gerettet. Dann hat die Infektion eingesetzt. Sie kann von Glück sagen, dass sie hier war – andernfalls wäre sie gestorben. Es bleibt jedoch dabei, dass sie keine Kinder mehr bekommen kann. Aber wenigstens hat sie ihr Kind, und ich bezweifle, dass sie noch einmal heiraten wird. So viele Männer sind gestorben …«

Das war ein schwacher Trost, und doch war es der einzige, den der Arzt zu geben hatte.

»Warum ist sie für die Geburt des Kindes nach Schottland gekommen, wenn sie eigentlich in London gelebt hat?«

»Sie war auf Reisen. In diesem fortgeschrittenen Stadium der Schwangerschaft war das eine ziemliche Dummheit, aber sie war auf dem Rückweg nach London, als die Fruchtblase geplatzt ist.«

Wilson hatte jedoch keine Ahnung, was Mary Cook von London aus in den Norden geführt hatte oder wie lange sie schon in Lanark gelebt haben könnte, ehe sie sich an ihn gewandt hatte. »Ich habe keine Zeit, meine Patientinnen nach ihrem Privatleben zu fragen. Aber in der Umgebung von Loch Lomond gibt es jede Menge Cooks. Es kann gut sein, dass sie dort jemanden besucht hat.«

Falls Maude Cook die Mutter von Fionas Kind war, dann hatte sie den Jungen in einer Klinik und nicht auf einem windgepeitschten Berghang geboren. Und sie hatte die Klinik in einer Verfassung verlassen, die es ihr erlaubte zu reisen.

Handelte es sich tatsächlich um Eleanor Gray? Und hatte sie Fiona ein Kind überlassen, das sie selbst nicht behalten wollte? Und ihr dafür den Schwur abgenommen, die Abstammung des Jungen niemals zu enthüllen?

Möglich war es schon, aber nicht sehr wahrscheinlich. Was Mary anging …

Wo waren sie einander begegnet? Weshalb hatte die Mutter ihren Sohn so bereitwillig einer nahezu fremden Frau überlassen?

Es stand keinesfalls fest, dass es sich bei Maude Cook und Mary Cook um ein und dieselbe Person handelte. Cook war ein verbreiteter Name, wie der Arzt hervorgehoben hatte.

Auf der Rückfahrt nach Duncarrick spürte Rutledge die langen Stunden am Steuer des Wagens und war nicht in der Stimmung zuzugeben, dass er für die große Anzahl von zurückgelegten Meilen nur ein paar dürftige Informationen vorzuweisen hatte. Und er war auch nicht dazu aufgelegt, sich weiterhin von Hamishs unablässigen Fragen bombardieren zu lassen.

Die Frau an der Rezeption des Ballantyne lächelte ihn an, als er das Foyer betrat, und wandte sich dann einer Schublade zu, in der sie anscheinend Nachrichten für Hotelgäste aufbewahrte.

Sie hatte eine Nachricht für ihn, aber nicht vom alten Bowles, wie er erwartet hatte.

Es handelte sich um die höflich formulierte Bitte, Lady Maude anzurufen.

Sie wollte einen Bericht über seine Fortschritte.

Und bislang hatte er ihr nichts zu berichten.

Ihre Stimme war gut zu verstehen – herrisch und kalt. »Ich habe erwartet, dass Sie mich über Ihre Nachforschungen auf dem Laufenden halten«, sagte Lady Maude vorwurfsvoll. »Sie haben mich enttäuscht.«

»Bis zum heutigen Tage hätte ich nur belanglose Kleinigkeiten zu berichten gehabt. Sagen Sie, kennen Sie eine Mrs. Cook, Maude Cook?«

»Und wer soll das sein?«, wich Lady Maude aus.

»Ich kann es Ihnen nicht mit Sicherheit sagen«, räumte er ein. »Ich gehe jeder Möglichkeit nach, und im Lauf der Ermittlungen bin ich auf diesen Namen gestoßen.«

»Ich habe kein Interesse an einer Maude Cook!«

»Hatte Ihre Tochter Freunde in Glasgow, die sie eine Zeit lang besucht haben könnte? Menschen, die sie für mehrere Monate bei sich aufgenommen hätten?«

»Mit Sicherheit nicht. Ich wüsste absolut nicht, was meine Tochter in Schottland zu suchen gehabt hätte. Das sieht ihr gar nicht ähnlich. Aber das sagte ich Ihnen bereits.«

Er sagte: »Kannte Ihre Tochter eine Fiona MacDonald?«

»Ich glaube nicht. Der Name kommt mir nicht bekannt vor.«
Sie unterbrach sich und rang sich dann zu einem Eingeständnis
durch, das ihr schwer fiel. »Der Krieg hat das akzeptierte gesellschaftliche Verhalten erschüttert. In London muss Eleanor zahllosen Menschen begegnet sein, die nicht zu unserem engen
Freundeskreis zählen. Man kann nicht von mir erwarten, dass
ich all diese Menschen kenne.« So nah war sie dem Eingeständnis bisher noch nie gekommen, dass sie seit drei Jahren nicht die
geringste Ahnung hatte, welche Menschen im Leben ihrer Tochter eine wichtige Rolle gespielt haben könnten. Und dann zeich-
nete sich hinter der Kälte ein kleiner Schimmer von Wärme ab.
»Inspector, ich warte auf Nachrichten über meine Tochter. Auf
einen Beweis, dass sie unter gar keinen Umständen in irgendeiner Form mit dieser schmutzigen Mordgeschichte in Verbindung gebracht werden kann!«

»Die Polizei hier ist nach wie vor der Überzeugung, dass es
sich bei den … äh … sterblichen Überresten, die man gefunden
hat, um Ihre Tochter handeln muss. Ich bin mir da keineswegs
so sicher, und zwar aus etlichen Gründen. Aber das ist keine Angelegenheit, für die ich innerhalb von Tagen einen Beweis erbringen kann. Die Frau, die unter Mordanklage steht, hat sich als
alles andere als hilfreich erwiesen. Wir müssen ihre Schritte über
einen Zeitraum von drei Jahren zurückverfolgen. Solange das
nicht abgeschlossen ist, kann ich Ihnen keine Neuigkeiten versprechen.«

Sie dachte schweigend darüber nach.

Dann sagte sie: »Ich erwarte, dass Sie mir regelmäßig Bericht
erstatten.« Weiter konnte sie im Eingeständnis ihrer Sorge nicht
gehen.

»Ich verstehe.«

Er legte den Hörer auf und spielte mit dem Gedanken, auf einen Drink in die Hotelbar zu gehen. Aber dann überlegte er es
sich noch einmal und stieg müde die Stufen zu seinem Zimmer
hinauf.

Hamish war ein dumpfes Murmeln in seinem Ohr, als er in einen tiefen, traumlosen Schlaf versank.

Olivers erste Frage lautete: »Haben Sie etwas in Erfahrung gebracht?«

Rutledge zögerte und entschloss sich dann zur Diskretion. Oliver lag viel an seinen eigenen Ermittlungen, und das kleinste Indiz, das seiner sorgsam konstruierten Beweisführung widersprach, wäre ihm augenblicklich suspekt gewesen. »Genug, um zu der Überzeugung zu gelangen, dass es für eine Begegnung der Angeklagten mit Eleanor Gray in Brae keine Beweise gibt, selbst wenn sie sich dort getroffen haben sollten.«

Es war ein kühler Morgen, ein Tag von der Sorte, durch die sich die Menschen im Norden daran erinnert fühlten, dass der Winter lang und dunkel und trübsinnig werden würde. Rutledge hatte sein Frühstück noch nicht beendet, als Oliver hereinkam, sich zu ihm setzte und direkt zur Sache kam.

Jetzt sagte er: »Ich habe Ihnen ja gleich gesagt, dass wir gründlich vorgegangen sind.« Er musterte Rutledge einen Moment lang und strich sich mit der Speisekarte, die man ihm gebracht hatte, über das frisch rasierte Kinn. »Um die Schritte der Angeklagten lückenlos zu belegen, bleibt uns nur noch der Zeitraum, den sie gebraucht hat, um von Brae nach Duncarrick zu gelangen. Und welchen Weg sie genommen hat. Dort müssen sich die beiden Frauen begegnet sein. Es kann sich nur um eine Frage von Tagen gehandelt haben!«

Rutledge bedachte den Umstand, dass Fiona nicht bis zum Ablauf der vereinbarten Frist in Brae geblieben war, ihrer Tante jedoch mitgeteilt hatte, sie müsse bis dahin bleiben.

Wo hatte sie diese Wochen verbracht? War sie ins Glen zurückgekehrt, an ihren Geburtsort? Oder war sie nach Lanark gegangen, um dort jemanden zu treffen?

Nein, es konnte nicht im Voraus geplant gewesen sein. Sie hatte nicht gewusst, dass ihre Tante sie auffordern würde, nach Duncarrick zu kommen.

Aber was war, wenn sie schon seit geraumer Zeit gewusst hatte, dass sie sich an einem bestimmten Tag oder um eine bestimmte Zeit herum mit jemandem treffen sollte und der Brief ihrer Tante ihr den perfekten Vorwand geliefert hatte, Brae im richtigen Moment zu verlassen, ohne Ausflüchte oder Erklärungen finden zu müssen? Sie hatte die Kinder von Mrs. Davison geliebt, und bei ihrer Abreise hatte sie geweint, aber sie hatte sie trotzdem verlassen.

Sie hatte Mrs. Davison nicht belogen. Sie hatte ihre Tante nicht belogen. Es verhielt sich nur so, dass Fiona MacDonald plötzlich und gänzlich unerwartet Zeit geschenkt bekommen hatte.

Und genau darin lag das Geheimnis von Eleanor Gray und dem Kind.

Wenn sie ihm nicht erzählen wollte, was sie wusste, dann konnte es vielleicht noch eine andere Möglichkeit geben, ihre Vergangenheit genauer zu untersuchen.

Rutledge sagte zu Oliver: »Wenn es Ihnen recht ist, würde ich das Gasthaus gern selbst durchsuchen. Lässt sich das einrichten?«

»Weshalb denn das?«, wollte Oliver wissen.

»Ich weiß es selbst nicht. Noch nicht. Es ist den Versuch wert, nachzusehen, ob sie dort etwas zurückgelassen hat – zum Schutz des Jungen, wenn nicht zu ihrem eigenen –, was uns weiterhelfen könnte. Einen Hinweis auf die Herkunft des Kindes, der möglicherweise deshalb übersehen wurde, weil zu dem Zeitpunkt niemand wusste, womit er es zu tun hatte.«

Oliver schüttelte den Kopf. »Ich habe das Gasthaus gründlich durchsucht. Oben und unten, die öffentlichen Räume und die Wohnräume. Da ist nichts.«

Aber Rutledge wusste mehr über Fiona MacDonald als Oliver, und was er zu finden hoffte, falls sie noch existierten, waren Briefe, die Fiona vor ihrer Ankunft in Duncarrick an ihre Tante geschrieben hatte.

Man gab ihm den Schlüssel, schickte Constable McKinstry als Beobachter mit und gestattete ihm, das Gasthaus zu durchsuchen.

McKinstrys Benehmen war nervös und besorgt, ein Mann, der zwischen zwei Pflichten hin- und hergerissen war. Er zeigte Rutledge, wie das Wirtshaus angelegt war, und dann lauerte er wie ein zweiter Hamish hinter seiner Schulter, und beide führten ein sprunghaftes Gespräch mit ihm, als er im privaten Bereich von einem Raum zum anderen weiterzog. Als er mit dem kleinen Wohnzimmer fertig war und sich in das Esszimmer begab, das direkt dahinter lag, und von dort aus in die Küche, sagte Rutledge: »Was ist mit dem Zimmer des Jungen? Haben Sie es gründlich durchsucht? Wenn ich etwas zu verbergen hätte, würde ich es zwischen seinen Spielsachen verstecken, vielleicht auch ganz hinten in einer Schublade mit Kleidungsstücken, aus denen er herausgewachsen ist.«

»Aber was hätte sie verstecken sollen?«, fragte McKinstry gequält. »Wenn sie nicht schuldig ist, was hätte sie dann zu verbergen?«

Rutledge machte kehrt und ging auf die Treppe zu. »Hier entlang? Also gut. Wonach wir suchen, das sind Hinweise auf die wahre Abstammung des Jungen. Wenn Miss MacDonald etwas zugestoßen wäre, eine Krankheit oder ein Unfall, hätte sie keine Angehörigen gehabt, die gekommen wären und den Jungen zu sich genommen hätten. Sie hätte doch gewiss daran gedacht, klare Anweisungen zum Schutz ihres Kindes zu hinterlassen? Einen Namen. Oder vielleicht auch, wie man sich mit einem Anwalt in Verbindung setzen kann. Eleanor Gray hatte einen Anwalt, der ihre Angelegenheiten für sie geregelt hat.« Aber war Mr. Leeds couragiert genug, sich Lady Maudes Unmut ein zweites Mal zuzuziehen?

McKinstry sagte: »Wir haben uns gründlich umgesehen …«

»… aber nichts gefunden. Ja, das weiß ich bereits. Und aus eben diesem Grund sehen wir uns noch einmal um.«

McKinstry ging auf der Treppe voraus. Im oberen Stockwerk gingen mehrere Türen von einem Korridor ab. Rutledge folgte ihm. Ihm war aufgefallen, dass der private Bereich klein und alt, aber gut instand gehalten und behaglich war. Das sprach für Fionas Pflichtbewusstsein gegenüber dem Gasthaus und dem Kind, das ihrer Obhut übergeben worden war.

Alles andere als die Lasterhöhle, dachte er, die manche Leute sich darunter vorgestellt hatten.

Eine weiße Katze kam freundlich und neugierig aus dem ersten Zimmer am oberen Ende der Treppe. Rutledge fiel auf, dass sie gut genährt war und sich nicht fürchtete. Offenbar kümmerte sich jemand um sie.

Er betrat das Zimmer und sah, dass es sich um Fionas Zimmer handeln musste. Auf dem Kissen am Kopfende des Bettes war ein runder Abdruck, umgeben von einem zarten weißen Haargeflecht. Dort schlief eindeutig die Katze.

Außer dem Bett, auf dem eine Tagesdecke mit Lochstickerei lag, gab es eine Truhe, eine Frisierkommode und einen Schreibtisch. Unter dem Fenster standen zwei Stühle, beide mit einem Rosendruck als Polsterbezug. Als erstes nahm er sich den Schreibtisch vor, wandte sich jedoch nach einer flüchtigen Untersuchung gleich wieder davon ab. Dort hätte jeder zuerst nachgesehen. Oliver beispielsweise hätte ihn mit äußerster Sorgfalt durchsucht. Bis auf ein paar Rechnungen, unbenutztes Schreibpapier, einen Brieföffner, Tinte, Bleistifte, Umschläge, ein großes Rechnungsbuch für den Haushalt und andere ganz gewöhnliche Gegenstände war dort kaum noch etwas zu finden.

Hamish behagte seine Aufgabe ebensowenig wie McKinstry, und er rief Rutledge ins Gedächtnis zurück, es sei nicht sein Recht, hier herumzustöbern, ob in polizeilichen Angelegenheiten oder nicht.

Rutledge ignorierte Hamishs Gereiztheit, ging durch die Schubladen der Truhe, zog eine nach der anderen heraus, fand sie sauber und ordentlich vor und tastete hinter dem Inhalt nach etwas Verborgenem. Nichts.

Hinter einem Vorhang hingen Kleider an einem Draht, und es gab auch Regale für Hüte und Schuhe, aber nichts von Interesse. Ein süßer Duft folgte ihm, als er den Vorhang fallen ließ. Er hob ihn noch einmal, und ein anderer Zeitpunkt und ein anderer Ort fielen ihm wieder ein. Er untersuchte die Regale eingehend und fand nichts. Aber als er tiefer in die Nische trat war, die nicht größer war als ein Kleiderschrank, bewegte sich ein Bodenbrett.

Er ging in die Hocke, untersuchte die Bodendiele und stellte fest, dass sie nicht locker war. Aber die Fußleiste dahinter, sagte er sich, könnte locker sein. Er zog ein Taschenmesser heraus, fand eine Fuge und versuchte, die Leiste von der Wand zu stemmen.

Sie rührte sich nicht von der Stelle. Sie war fest angenagelt, und er hatte sich nur eingebildet, sie säße locker. Reines Wunschdenken.

Er bewegte sich durch das Zimmer, durchsuchte als Nächstes die Frisierkommode und zog dann das Bett von der Wand, die auf der anderen Seite einen Teil des Treppenhauses bildete.

Hier war die Fußleiste tatsächlich locker und gab unter seinen forschenden Fingern mindestens zwanzig Zentimeter nach, als er sein Messer in den Spalt steckte.

Er stand eilig auf, als er hörte, dass McKinstry aus dem Zimmer des Jungen durch den Korridor kam.

»Nichts, Sir. Ich habe überall nachgesehen, wo sie etwas versteckt haben könnte. Wo sollte ich mich sonst noch umsehen?«

»Wo hat sie die Bücher für das Gasthaus geführt? Gibt es dort eine Art Büro?«

»Ja, Sir, hinter der Bar. Es ist kein Büro im eigentlichen Sinne, eher eine kleine Abstellkammer mit einem Vorhang davor. Dort hat sie ihre Geschäftsbücher aufbewahrt.«

»Dann machen Sie sich jetzt an diesen Bereich. Ich bin hier gleich fertig, und sowie ich alles zu meiner Zufriedenheit durchsucht habe, folge ich Ihnen.«

McKinstry nickte, und seine Augen leuchteten, als sei er froh, dass nichts zum Vorschein gekommen war.

Er hätte aber etwas zum Vorschein kommen sollen. Fiona hatte genügend Zeit gehabt, um private Papiere vor der Polizei zu verstecken, aber hätte sie die Sicherheit des Kindes aufs Spiel gesetzt, indem sie diese Unterlagen vernichtete?

Als die Schritte des Constable das untere Ende der Treppe erreicht hatten, wartete Rutledge, bis sie in dem Korridor im unteren Stockwerk verklangen, und erst dann wandte er sich seinem eigenen Fund wieder zu.

Er ging noch einmal in die Hocke, um in das dunkle, staubige Loch zu greifen, und er wäre vor Schreck fast aus der Haut gefahren, als die Katze sein Bein streifte. Sie erschrak noch mehr als er und sprang mit einem Satz zurück, kam jedoch gleich wieder, um sich streicheln zu lassen. Er kraulte ihr die Ohren und die weiche Kehle und schob sie dann sanft zur Seite.

Aus dem Loch zog er eine Kiste, vermutlich aus Blech, die nicht mehr als fünfundzwanzig mal zwanzig mal fünfzehn Zentimeter maß.

Darin befanden sich Briefe, die Eigentumsurkunde des Gasthauses, mehrere alte Umschläge mit Papieren, die auf die Lebzeiten von Miss MacCallums Vater zurückzugehen schienen, und eine Sammlung von diversem Krimskrams, der offenbar als Familienerbstücke angesehen wurde – ein Taschenmesser mit einem Griff aus Hirschhorn, eine Taschenuhr mit einem Gehäuse, in das in einem elegantem Schriftzug der Name MacCallum eingraviert war, Häkelnadeln aus Elfenbein mit einem dazu passenden Fingerhut und ein kleines Arzneifläschchen aus Silber mit einer edlen Gravur des Rathauses von Edinburgh. Und ein Brief, dessen Umschlag Rutledges eigene Handschrift trug. Der Brief, den er einer trauernden jungen Frau, die gerade erst vom Tod des Mannes erfahren hatte, den sie liebte, aus Frankreich geschickt hatte.

Er konnte die Klage hören, die Hamish in seinem Ohr anstimmte, und auch die Qual, die in ihr mitschwang, war klar und deutlich zu vernehmen.

»Ich musste ihn schreiben«, sagte Rutledge zu ihm. »Es war immer noch besser für sie, als von der Armee zu erfahren, was aus dir geworden ist.«

»Und all das hätte nicht passieren müssen, wenn wir nicht so erschöpft gewesen wären und nicht solche Angst gehabt hätten …«

»Doch. Es musste sein. Und es ist so gekommen. Ich hatte keine andere Wahl.«

»Ja, klar, so muss es dir jetzt vorkommen. In der Sicherheit eines Hauses, das nie tagelang ohne Unterbrechung bombardiert worden ist.«

»Du hast dich aus freien Stücken für den Tod entschieden«, erinnerte Rutledge ihn, doch schon während er die Worte sagte, wusste er, dass es eine Lüge war. Keiner von ihnen hatte sich aus freien Stücken für den Tod entschieden, obgleich er selbst in den darauf folgenden Monaten versucht hatte, sich einer deutschen Granate oder einem Maschinengewehrschützen in den Weg zu stellen. Sie alle hatten sich gewünscht, lebend nach Hause zurückzukehren. …

Er nahm jeden einzelnen Brief aus seinem Umschlag und

überflog sie eilig. Der erste kam von Fiona und berichtete vom Tod ihres Großvaters. Der nächste war ebenfalls an Ealasaid MacCallum gerichtet und informierte sie über den Tod von Fionas Brüdern. Anschließend hatte Fiona geschrieben, um ihrer Tante mitzuteilen, dass sie eine Stellung in Brae angenommen hatte; in diesem Brief schilderte sie die Davisons und ließ sich darüber aus, wie sehr sich die Landschaft in der Umgebung von Glasgow von der Schönheit der Berge im Norden unterschied.

Ich werde hier glücklicher sein, schrieb sie. *Ich bin nicht so einsam, und diese Menschen sind unglaublich nett zu mir. Die Kinder sind die reinste Freude …*

Der folgende Brief klang jedoch ganz anders. Er lautete:

Ich habe dir betrübliche Neuigkeiten mitzuteilen, Tante. Ich habe Hamish verloren. Er ist, wie so viele andere, in der Offensive an der Somme gefallen. Ich habe es gerade erfahren. Ich kann es immer noch nicht glauben. Es scheint, als müsste ich nur lange genug warten, und er wird zur Tür hereinkommen und mich wieder in seine Arme ziehen. Letzte Nacht habe ich wach gelegen und gebetet, es möge nichts weiter als ein Traum gewesen sein, doch heute morgen lag der Brief immer noch neben meinem Bett. Ich kann nicht weinen, ich empfinde gar nichts, ich weiß nicht, was ich tun soll. Der hiesige Pfarrer ist gekommen, um mir Trost zu spenden, und Mrs. Davison war die Güte in Person. Es schmerzt mich so, dass ich am liebsten sterben würde, aber ich habe allen Grund weiterzuleben. Als Hamish das letzte Mal zu Hause war, haben wir heimlich geheiratet. Und jetzt trage ich sein Kind aus. Es wird im Herbst zur Welt kommen, und es wird nie seinen Vater kennen. Aber mir wird ein Teil von ihm bleiben, den ich lieben und ehren kann – eine lebende Erinnerung an den Mann, den ich geheiratet habe. Ich hoffe, du freust dich für mich und sagst dir nicht, was für ein Jammer es doch ist, allein zu sein. Ich bin jetzt nicht mehr allein, und ich werde es nie mehr sein.

Rutledge faltete das Blatt behutsam zusammen und steckte es wieder in den Umschlag, ohne den Brief zu Ende zu lesen. Er hatte erfahren, was er erfahren wollte.

Sie hatte ihrer Tante berichtet, sie sei schwanger, doch er wusste mit Sicherheit, dass Hamish MacLeod in jenem furchtbaren

Jahr nie zu Hause gewesen war und das Kind hätte zeugen können. Erst nach Hamishs Tod hatte sie sich zu ihrer Schwangerschaft bekannt.

Unter normalen Umständen hätte das bedeuten können, dass Hamish nicht der Vater war und sie versuchte, das Kind eines anderen Mannes als seines auszugeben. Hier lagen aber keine normalen Umstände vor. In der Nacht, in der Fiona wach gelegen und gebetet hatte, sie hätte die Neuigkeit nur geträumt, hatte sie auch einige sehr weit reichende Entscheidungen getroffen.

Dazu zählte auch ihr Entschluss, ihrer Tante mitzuteilen, im Herbst würde ein Kind geboren.

Er überflog die übrigen Briefe flüchtig und stellte zu seiner Zufriedenheit fest, dass sie keine weiteren Geheimnisse enthielten. Es waren nur die Worte einer jungen Frau, die das Fortschreiten ihrer Schwangerschaft schilderte. Woher hatte Fiona MacDonald die Empfindungen einer Schwangeren gekannt und so genau über die morgendliche Übelkeit Bescheid gewusst, mit der sich eine Frau in ihrem Zustand herumgeschlagen hätte?

Weil die richtige Mutter es ihr erzählt hatte. Und Fiona hatte alles sorgfältig niedergeschrieben.

War es Maude Cook, von der Fiona diese Dinge erfahren hatte? Oder hatte sie Mrs. Davison geschickt ausgehorcht und alles über ihre Schwangerschaft und Niederkunft in Erfahrung gebracht? Mrs. Davison, die Mutter von drei Kindern, hätte, durch Fionas Fragen und ihr Interesse angestachelt, von Frau zu Frau mit ihr geredet, denn schließlich liebte sie ihre Kinder und ließ sich gewiss gern über die Erfahrung aus, Leben zu schenken.

Aber darauf gaben die Briefe keine Antwort. Und auch nicht auf die Frage, warum Fiona ihre Tante belogen und sie in dem Glauben gewiegt hatte, sie sei schwanger.

Obwohl sie es nicht war.

Sie hatte alles gründlich vorausgeplant. Schon lange, ehe ihre Tante sie gebeten hatte, zu ihr zu kommen, hatte sie dieses Lügengeflecht gewoben. In dem letzten Brief standen die Worte: *Ich muss meine Zeit hier erfüllen, wie ich es Mrs. Davison versprochen habe. Und Ian sollte noch nicht reisen, es wird ohnehin*

schwierig für uns beide werden. Aber gegen Ende des Monats wer-
den wir in Duncarrick eintreffen, und du glaubst gar nicht, wie
sehr ich mich darauf freue, dich zu sehen.

Fiona MacDonald war nicht zufällig auf eine Frau gestoßen, die am Wegesrand in den Wehen lag, und hatte die Gelegenheit genutzt, sie zu töten und ihr Baby an sich zu bringen. Sie hatte schon seit geraumer Zeit gewusst, dass ein Kind geboren werden würde, und sie hatte dafür gesorgt, dass auch ihre Tante infor-miert war. Und das hieß eindeutig, dass ihr der Säugling ver-sprochen worden war.

Aber von wem?

Und wenn keine Notwendigkeit bestanden hatte, die Mutter zu töten, um das Kind an sich zu bringen, wer war dann die Frau, deren Knochen an einem Berghang aufgetaucht waren?

Noch entscheidender war, zumindest aus Lady Maudes Sicht, welche – wenn überhaupt irgendeine – Rolle Eleanor Gray bei dieser ganzen Geschichte gespielt hatte. Und wo steckte Eleanor Gray jetzt?

Das wusste niemand.

Hamish sprach den Gedanken aus, den Rutledge bereits in Er-wägung gezogen hatte, dem er sich aber im Moment nicht stel-len wollte: Das Kind könnte eine zeitweilige Leihgabe an Fiona gewesen sein, damit sie den Jungen bei sich behielt, bis die Mut-ter bereit oder in der Lage war, ihn zurückzufordern. Bis sie ge-tan hatte, was sie von Anfang an beabsichtigt hatte. Bis sie ihr Medizinstudium abgeschlossen hatte?

Und Fiona, die bereits Pläne für das Kind schmiedete, das Kind wollte und sich danach verzehrte, es für immer zu behal-ten, könnte beschlossen haben, es sei ihr unerträglich, sich von ihm zu trennen.

Hamish fügte mit gequälter Stimme hinzu: »Das werden sie be-haupten. Das werden sie glauben wollen. Es sei denn, die Mutter wird lebend aufgefunden, um zu ihrer Entlastung auszusagen.«

15

Rutledge verstaute die Blechkiste wieder dort, wo er sie gefunden hatte, und war bereits auf dem Weg zur Treppe, als ihm ein Gedanke durch den Kopf schoss.

Seine Schwester Frances hatte in einer kleinen Zedernholztruhe, die ihrer Mutter gehört hatte, die sorgsam aufbewahrten Taufkleider gefunden, die sie und er getragen hatten. Sie waren in Seidenpapier eingeschlagen, glänzend erhalten und immer noch weiß und weich, das Oberteil mit Spitzen verziert und mit einem breiten Band aus passender Spitze am Saum, und dazu kleine Mützchen, die mit Spitzenrüschen eingefasst waren und winzige Biesen und lange Bänder hatten, mit denen sie unter dem Kinn zugeschnürt wurden. Kleine gestrickte Stiefelchen, mit blauen und rosa Schnüren zum Zubinden. Frances, die selten weinte, hatte mit belegter Stimme gesagt: »Sie hat nie Enkelkinder in ihren Armen gehalten, weder von mir noch von dir. Das muss sie sehr bekümmert haben.«

Als sei es das größte Unrecht, das man den Toten antun konnte …

Und die beiden Kleidchen, die einem erwachsenen Mann fast auf die Knie reichten, hatte in der Mitte ein Oval mit verschlungenen Initialen in weißem Satingarn geziert.

Er hatte das Taufkleid seines Urgroßvaters getragen, das sorgsam gehütet und von Generation zu Generation weitergereicht worden war. Frances war im Taufkleid ihrer Großmutter getauft worden. Eine Familientradition, die Menschen mit Stolz auf ihr Erbe viel bedeutete.

Selbst wenn sie ihr Baby gleich nach der Geburt weggegeben

184

hatte, hätte Eleanor Gray gewiss Wert darauf gelegt, dass es in einem langen weißen Kleid ordnungsgemäß getauft wurde. Vielleicht nicht gerade in dem Taufkleid, das über Generationen weitergereicht worden war, aber doch bestimmt in einem Kleidchen, das dem Anlass gemäß war. Es sei denn, sie hatte es geborgt.

Rutledge machte am oberen Ende der Treppe kehrt und ging schnell durch den Korridor zurück. Außer dem vorderen Zimmer, in dem Fiona geschlafen hatte, gab es noch zwei weitere Zimmer, ein leer stehendes mit einem ordentlich bezogenen Bett, von den sauberen Laken gegen den Staub geschützt, das andere das Reich des kleinen Jungen, mit einer Spielzeugkiste, einer Kleidertruhe, einer Kommode und einem Kinderbettchen eingerichtet.

Rutledge nahm sich zuerst die Kleidertruhe vor. Sie war so gut wie leer. Hier wurden nur die Sachen aufbewahrt, aus denen der Kleine herausgewachsen war, und winzige Schuhe, die Fiona als Erinnerungsstücke aufgehoben hatte. Eine hübsche kleine Babydecke, die reichlich abgenutzt war. Ein blauer Samtmantel mit einem passenden Mützchen und ein abgewetztes Stoffpferd, dessen eines Ohr abgeknabbert war und dem ein Bein fehlte. Ganz unten lag, sorgfältig in Seidenpapier gehüllt und mit Lavendelsträußchen bedeckt, ein Taufkleid. Er zog es heraus und entfaltete es behutsam.

Hamish sah es schon vor ihm. Ein gestickter Halbkreis aus verschlungenen Buchstaben, diesmal auf der Brust.

Rutledge trat mit dem Kleid ans Fenster und sah es sich genau an. Schön geformte Initialen mit winzigen Vergissmeinnicht in den Zwischenräumen. MEMC.

Stand das für Maude Cook? Oder für Mary Cook? Oder für jemand anderen?

Als McKinstry zurückkam, um Rutledge seinen Bericht zu erstatten, lag das Kleid wieder ganz unten in der Truhe, deren Deckel geschlossen war.

Der Mann, dem Rutledge in den Stallungen begegnet war, stand draußen vor der Tür, als der Constable und der Inspector auf den Bürgersteig traten. McKinstry drehte sich mit dem Schlüssel in der Hand um und begrüßte ihn. Neben dem Mann stand ein zerzauster kleiner Junge von drei oder vier Jahren. Er war groß und kräftig für sein Alter, und sein dunkles Haar hatte fast genau die Farbe von Rutledges Haar; die graublauen Augen waren in der Sonne dunkler, als sie es bei Kerzenschein vielleicht gewesen wären.

»Ich bin gekommen, um die Katze zu füttern«, erklärte der Mann barsch und hatte den Blick dabei missbilligend auf Rutledge gerichtet.

Dann weißt du jetzt also, wer ich bin, dachte Rutledge, *und es passt dir nicht. Ich frage mich, warum …*

»Ich wusste gar nicht, dass Sie einen Schlüssel haben«, sagte McKinstry, dem das Erstaunen anzusehen war.

»Ein Haus überlässt man nicht sich selbst. Ich habe schon einen Schlüssel, seit Ealasaid MacCallum das Gasthaus von ihrem Vater übernommen hat.«

»Ich weiß nicht recht –«, sagte McKinstry, doch der Mann schnitt ihm das Wort ab.

»Die Katze muss gefüttert werden. Oder wollen Sie sie etwa haben? Dann wäre der Kleine sehr traurig. Er hat doch schon seine Mama verloren.«

McKinstry sagte: »Also gut, solange Sie nichts anfassen!«

Der Mann sah ihn finster an. »Ich habe anderer Leute Sachen nicht mehr angefasst, seit ich in *seinem* Alter war und es nicht besser wusste.« Er wies mit einer Kopfbewegung auf das Kind.

Hamish hatte etwas gesagt, doch Rutledge hatte es Mühe bereitet, die Worte zu verstehen – ihn selbst hatte der klagende Blick des Kindes verstummen lassen.

Das also war Ian Hamish MacLeod.

Rutledge fühlte, wie ihm das Herz überging. Es war ein hübscher Junge. Ein kleiner Junge, der sich verirrt hatte.

Rutledge ließ sich auf ein Knie nieder, und der Mann, der den Jungen an der Hand hielt, trat argwöhnisch vor, um jederzeit einzuschreiten, doch etwas in Rutledges Gesicht hielt ihn davon ab. Er trat wieder zurück.

»Hallo, Ian«, sagte Rutledge mit zugeschnürter Kehle. Wenn

Hamish noch am Leben gewesen wäre, hätte das sein Kind sein können. Es hätte Jeans Kind sein können, wenn sie und Rutledge 1914 geheiratet hätten. »Du willst deine Katze besuchen, stimmt's?«

Ian nickte. Sein Blick glitt ernst über Rutledges Gesicht und dann zu McKinstry. McKinstry musste gelächelt haben, als er »Hallo, Ian«, sagte, denn das Kind lächelte, und es war, als sei die Sonne aufgegangen. Die Augen füllten sich mit Licht und Wärme, und die Traurigkeit verschwand.

»Ist Mama hier? Ist sie zurückgekommen?«, fragte der Junge atemlos.

»Nein, aber ich habe sie gesehen«, sagte Rutledge. »Es geht ihr gut, und sie vermisst dich.« Er sah dem Mann ins Gesicht, als fordere er ihn heraus, ihm zu widersprechen. Aber der Mann sagte nichts, und obwohl McKinstry hinter seinem Rücken von einem Fuß auf den anderen trat, sagte auch er nichts.

»Wann kommt sie zurück?«, fragte Ian, der jetzt eifrig wirkte.

»Ich hoffe, bald«, antwortete Rutledge. »Ich werde mein Bestes tun, damit sie schnell wieder nach Hause kommt.«

Die Augen des Jungen glitten noch einmal über sein Gesicht, als wollte er sich ein Urteil darüber bilden, ob er die Wahrheit sagte. Dann nickte er, wandte sich an den Mann, der seine Hand hielt, und sagte: »Clarence?«

»Ja, wir füttern sie gleich. Sobald diese Herren gegangen sind.«

»Auf Wiedersehen«, sagte das Kind mit fester Stimme zu ihnen. »Clarence hat Hunger.«

»Clarence?«, fragte Rutledge, als sie sich entfernten und das seltsame Gespann seinen Pflichten überließen.

McKinstry lächelte. »Tja, wissen Sie, da war ein Wurf Kätzchen, und der alte Peter, der in den Stallungen arbeitet, hat dem Jungen eines von ihnen gebracht. Peter hatte das Kätzchen Thomasina genannt, nach einer anderen Katze, die er mal im Stall gehalten hat. Aber Ian hat sie in Clarence umbenannt. Damals habe ich mich gefragt, warum, aber seitdem habe ich mir keine Gedanken mehr darüber gemacht.«

Hamish fand seine Stimme wieder und gab die Antwort. Die Davison-Kinder hatten eine hellgraue Katze dieses Namens gehabt. Und Fiona musste Ian von dem Wurf erzählt haben, den Maude Cook nie gesehen hatte.

Auf dem Rückweg zum Hotel fragte Rutledge McKinstry, wer der Mann war.

»Er heißt Drummond. Er lebt mit seiner unverheirateten Schwester gleich neben dem Gasthaus, und Fiona hat beschlossen, den Jungen bei den beiden zu lassen. Sie hat gesagt, bei Leuten, die er kennt, würde er sich weniger fürchten.«

Bei Leuten, denen sie vertraute? Das war eine Überlegung wert.

Als sich McKinstry auf den Rückweg zum Revier gemacht hatte, verfolgte Rutledge seine Schritte zurück und blieb vor dem Haus stehen, in dem die Drummonds wohnten.

Es war das Haus mit dem Anbau dahinter, das ihm bereits aufgefallen war. Und mit der unerwarteten Symmetrie der Fenster.

Sein Instinkt sagte ihm, dass Drummond und der Junge noch nicht zurück waren. Er fragte sich, ob Drummond dem Jungen wohl erlaubte, mit dem Spielzeug in der Truhe zu spielen oder auf dem Bett seiner Mutter zu sitzen und Clarence zu streicheln.

Als Rutledge an die Tür klopfte, öffnete ihm eine Frau mittleren Alters. Ihr blondes Haar war straff zurückgebunden, und kleine Löckchen verliehen ihrem Gesicht etwas Sanftes. Sie strich sie schnell zurück, als fürchtete sie, der Besucher auf ihrer Schwelle könnte daraus auf eine innere Sanftheit schließen, und sagte: »Falls Sie Drummond sprechen wollen – er ist nicht da.«

»Miss Drummond? Mein Name ist Rutledge, Scotland Yard hat mich geschickt, damit ich mich mit der Herkunft des Jungen befasse, den Sie in Ihrer Obhut haben.«

»Der kleine Ian? Und welches Interesse hat London an einem dreijährigen Jungen?« Ihre Stimme war scharf und entrüstet, aber ihre hellen Augen waren wachsam, fast schon verängstigt. Als sei er gekommen, um den Jungen zu verschleppen.

»Falls seine Mutter – die Frau, die er seine Mutter nennt – wegen Mordes gehängt wird, wäre es das Beste für das Kind, wenn es zu seinen eigenen Verwandten käme. Da stimmen Sie mir doch sicher zu.«

»Ich stimme überhaupt nichts zu.« Ihre Furcht machte sie geschwätzig. »Ian wäre nicht hier, wenn seine Mutter ihn uns nicht anvertraut hätte. Und wenn Drummond sich nicht gegen diesen Narren Elliot zur Wehr gesetzt hätte. Damit wir den Jungen bei uns behalten können, bis ... bis alles entschieden ist. *Er* war ganz dafür, ihn ins ?Waisenhaus zu schicken.«

»Haben Sie Miss MacDonald gut gekannt?«

Hamish sagte: »Sie muss sie gut gekannt haben, denn sonst wäre ihr der Junge nicht anvertraut worden. Fiona würde niemals ein Kind in Gefahr bringen.«

Miss Drummond hatte Rutledge nicht ins Haus gebeten, sondern fertigte ihn wie einen Handelsvertreter vor der Tür ab. »Sie gut gekannt? Wenn ich es mir jetzt recht überlege, glaube ich, keiner von uns hat sie gut gekannt. Aber Ealasaid MacCallum habe ich gekannt. Ihr zuliebe habe ich mich bereit erklärt, zu tun, was ich kann. Drummond hat seine eigenen Gründe. Ian ist ein viel versprechender Junge und hat uns keinen Ärger gemacht. Und ich gehe auch davon aus, dass wir ihn besser ernähren und einkleiden können als die meisten anderen«, fügte sie nicht ohne Stolz hinzu. »Vor dem Krieg hat Drummond für Mr. Holden gearbeitet und ein gutes Auskommen gehabt. Mit Pferden kann er wirklich umgehen«, fügte sie so mürrisch hinzu, als widerstrebte es ihr, ihrem Bruder gute Eigenschaften zuzugestehen. »Prachtvolle Tiere, diese Zugpferde, aber bei *ihm* waren sie so sanft wie Lämmer. Die Armee hat sie alle mitgenommen und nicht ein einziges zurückgebracht. Holden hat jetzt nur noch Schafe. Und aus Schafen macht sich mein Bruder nichts. Aber Drummond versteht sich auf alles, was von ihm verlangt wird, und Mrs. Holden hat ständig etwas für ihn im Haus zu tun. Er sollte sich lieber mal um sein eigenes Haus kümmern! Da gibt es einiges zu tun, und ich schaffe das nicht alles allein.«

Hamish sagte: »Sie hält nichts von ihrem Bruder. Aber sie leben auf engstem Raum miteinander.«

»Daran liegt es wahrscheinlich«, erwiderte Rutledge stumm. Er vermutete, die beiden müssten diesen großen Schuppen von

189

einem Haus gemeinsam geerbt haben, und keiner von beiden hatte ausziehen wollen. Oder verkaufen. Das konnte im Lauf der Jahre für böses Blut sorgen.

»Können Sie mir etwas über Miss MacDonalds Familie erzählen?«

»Ihren Großvater kannte jeder. Er war hoch angesehen. In früheren Zeiten hat er den Dudelsack für die alte Königin gespielt, als sie die ersten Male nach Balmoral kam. Und den MacCallums hat über vier, nein, fünf Generationen das Reivers gehört. Fast drei Generationen lang waren wir Nachbarn, die Drummonds und die MacCallums. Das waren immer ehrliche, gottesfürchtige Leute, die sich um ihre eigenen Angelegenheiten gekümmert haben. Im Gasthaus haben sie stets für Ordnung gesorgt, und Rowdies oder Betrunkene wurden dort nie geduldet. Trotzdem wusste ich über Fiona nur das, was mir ihre Tante erzählt hat – dass sie zupacken konnte und ordentlich war und die Männer nicht angeschaut hat. Sie hat keinen Gedanken darauf verschwendet, einen neuen Vater für Ian zu suchen, verstehen Sie.«

»Wie kommt es dann«, fragte Rutledge mit ruhiger Stimme, »dass ganz Duncarrick ihr den Rücken gekehrt hat?«

»Ah!«, sagte Miss Drummond. Es war ein Ausruf und ein Seufzer zugleich. »Wenn wir wüssten, was dem zugrunde liegt, dann wären wir klüger, nicht wahr? War das alles, was Sie wissen wollten?«

Rutledge sagte: »Erzählen Sie mir mehr über den Jungen. Ist er klug? Tut er, was man ihm sagt?«

»Allerdings. Das muss ich Fiona lassen, sie hat ihn gut erzogen. Dasselbe habe ich Elliot auch gesagt, aber er sieht nur, was er sehen will. Ich finde, es ist kein Wunder, dass er Witwer ist – er hat seine Frau vorzeitig ins Grab gebracht, wenn Sie meine Meinung hören wollen. Ealasaid hat bei ihm fünf gerade sein lassen, aber ich hatte keine Geduld mit ihm! Der alte Pfarrer vor ihm, *der* war ein Mann Gottes, und seine Predigten sonntags waren wortgewaltig. Mr. Hall hieß er, und er kam aus Dunfermline und hat eine Croser aus der Gegend von Hawick geheiratet. Wir sind jeden Sonntag zur Kirche gegangen und waren stolz darauf. Dieser Narr Elliot dagegen, der berauscht sich an der Sünde. Die

190

Vergebung interessiert ihn keinen Deut, nur die Schuldzuweisung. Und ich frage Sie, wozu das gut sein soll!«

»Ich habe Anlass zu glauben, dass Fiona sich ihrer Tante nie anvertraut hat, ihr beispielsweise nie gesagt hat, dass sie nicht die Mutter des Jungen ist. Irgendjemandem muss sie es doch gesagt haben? Einer Frau, der sie vertraut hat … einer Freundin oder einer Nachbarin … Ihrem Bruder …«

Miss Drummond sah ihn nachdenklich an. »Ein Geheimnis sollte man besser für sich behalten, wenn man es bewahren will. Das sollten Sie als Polizist doch wissen! Fiona war auf ihre stille Art freundlich und hat ältere Menschen respektvoll behandelt. Sie hatte eine nette Art an sich. Und gute Manieren, als hätte sie eine Schule besucht, wo man das lernt. Ich habe aber immer nur gehört, dass sie ihren Großvater geliebt hat und er ein prächtiger Dudelsackpfeifer war. Ach so, ja, und dass sie mit ihrem Soldaten glücklich war, ehe er gestorben ist. Mehr habe ich nie gefragt, und sie hat nie über sich selbst geredet. Und jetzt ist es an der Zeit, dass Sie gehen, denn sonst kommt Drummond nach Hause und schreit uns beide an. Er kann es nicht leiden, wenn jemand über Fiona oder den Jungen schwätzt. ›Je weniger geredet wird, desto rascher wird alles wieder gut.‹ Das ist der Standpunkt, den er vertritt.«

»Ich habe nur noch eine Frage, ehe ich gehe«, sagte Rutledge, der sich so schnell nicht vertreiben ließ. »Man hat mir berichtet, Fiona MacDonald hätte eine große Anziehungskraft auf Männer ausgeübt. Ist das wahr?«

Eisiges Schweigen schlug ihm entgegen. Miss Drummonds Gesicht hatte sich verwandelt und war jetzt mit roten Flecken gesprenkelt, als sei ein Gefühl aufgelodert und ebenso schnell wieder niedergeschlagen worden. Wut? Neid? Nach ein paar Sekunden sagte die Frau, die vor ihm stand, mit veränderter Stimme und so gepresst, als sei ihr die Wahrheit gewaltsam entlockt worden: »Man sagt, stille Wasser sind tief. Ich weiß es nicht. Fiona ist nicht von Natur aus gesprächig, keine Frau von der Sorte, mit der man sich zu einem gemütlichen Schwatz hinsetzen würde. Ich habe nie gewusst, was ich von ihr halten soll. Wir sind uns nie näher gekommen. Männer dagegen haben etwas ganz anderes in ihr gesehen. Ich kann Ihnen nicht genau sagen, was es war. Sie haben sie beobachtet und auf ein Lächeln von ihr gewartet, und dann haben sie über das ganze Gesicht gestrahlt. Ich habe gesehen, dass mein eigener Bruder sie angestarrt hat, wie hypnotisiert von etwas, was ich weder wahrnehmen noch verstehen konnte. Als bildete er sich ein, er sei zu ihrem Innersten vorgedrungen, und was er dort gefunden hat, das wollte er haben. Wenn Sie mich fragen – Drummond ist in sie vernarrt. Und wenn Sie die ganze Wahrheit wissen wollen – dasselbe gilt für Elliot. Er schwafelt endlos über die Sünde, als phantasierte er – wie ein Mann, der genau weiß, was es heißt, nachts vor Verlangen zu glühen.«

»Aber die Polizei hat sie doch sicher nicht in ihren Bann gezogen –«

»Was Sie nicht sagen! McKinstry würde sie retten, wenn er könnte. Er macht sich Hoffnungen, sie zu heiraten. Oliver hat früher an den meisten Abenden ins Gasthaus geschaut, ehe er nach Hause gegangen ist, und er hat dagesessen wie ein Freier. Dabei ist er verheiratet! Und was dem Chief Constable und dem Fiskal Sorgen macht, ist ihre Weigerung, demütig den Kopf zu neigen, zu gestehen, was sie verbrochen hat, und um Gnade zu flehen, wie eine Frau es tun sollte. Sie sehen das als Missachtung ihrer Autorität an, und es erschüttert ihren Glauben an ihre eigene Bedeutung. Es wundert mich gar nicht, dass alle sie hängen sehen wollen. Begreifen Sie es denn nicht? Es ist der einfachste Weg, sie loszuwerden!«

Als Rutledge das Hotel betrat, sagte der Mann am Empfang: »Wir haben einen Anruf für Sie bekommen, Sir. Aus London.«

Er nahm die Nachricht entgegen und las sie.

Sergeant Gibson erwartet Ihren Rückruf.

Gibson war nicht nur einer der besten Männer, wenn es darum ging, Informationen aufzustöbern, sondern er stand auch in dem Ruf, gründlich zu sein.

Rutledge ging in die Telefonzelle, legte seinen Hut auf den kleinen Tisch, der dort stand, und ließ seinen Anruf zu Scotland Yard durchstellen.

Gleich darauf kam Gibson an den Apparat und sagte: »Inspector Rutledge, Sir?«

»Ja. Ich kann dringend gute Nachrichten gebrauchen. Ich hoffe, Sie wollen mir mitteilen, dass Sie Eleanor Gray gefunden haben.«

»Nein, Sir, ich habe sie nicht gefunden. Aber ich habe mit Suffragetten geredet, mit denen sie gemeinsame Aktionen unternommen hat und mit denen sie befreundet war. Sie haben sie seit gut drei Jahren nicht gesehen. Sie berichten mir, sie sei für ein Wochenende nach Winchester gefahren und nie mehr nach London zurückgekehrt. Zumindest weiß niemand etwas von einer Rückkehr. Die meisten Frauen vermuten, Lady Maude hätte genug von dem wilden Treiben ihrer Tochter gehabt und sie zu sich holen lassen.«

»Sind diese Frauen sicher, dass sie tatsächlich nach Winchester gefahren ist? Sie hätte lügen können, was ihre Pläne angeht.«

»Ja, Sir, daran habe ich auch gedacht, und ich habe mir die Freiheit genommen, den Leuten einen Besuch abzustatten, bei denen sie dort wohnen wollte. Miss Gray ist nie angekommen. Sie hatte vor, mit einem Offizier, den sie in London kennen gelernt hatte, nach Winchester zu fahren. Aber im letzten Moment hat sie es sich anders überlegt und Bescheid gesagt, sie würde stattdessen mit ihm nach Schottland fahren. Er war auf Genesungsurlaub und musste seinen Dienst erst eine Woche später wieder antreten. Sie hat versprochen, sich nach ihrer Rückkehr aus London zu melden, aber sie haben nie wieder etwas von ihr gehört.«

Nach Schottland! »Haben Sie sich nach dem Namen dieses Offiziers erkundigt?«, fragte Rutledge.

»Ja, allerdings, Sir!« Gibsons Stimme drang kräftig durch die Leitung. »Aber sie haben den Namen vergessen. Auf alle Fälle war es jemand, den sie schon vorher kannte. Kein Fremder, denn sonst hätte sie nicht gefragt, ob sie ihn nach Winchester mitbringen darf. Man berichtet mir, sie sei nicht der Typ gewesen, der einer Gastgeberin so etwas zumutet.«

»Gut gemacht, Gibson!«, sagte Rutledge. »Haben Sie eine Nummer, unter der ich diese Leute in Winchester erreichen kann?«

Das Rascheln von Papieren war durch die Leitung zu vernehmen. »Ja, Sir, hier ist sie. Eine Mrs. Humphrey Atwood, früher die Ehrenwerte Miss Talbot-Hemings. Sie ist eine Zeit lang mit Miss Gray zur Schule gegangen, und die beiden sind befreundet geblieben.« Es entstand eine Pause. Rutledge konnte hören, wie eine Tür geschlossen wurde. Dann fügte Gibson in einem triumphierenden Tonfall hinzu: »Der Chief Superintendent hat gesagt, ich sollte mir die Mühe sparen, mit den Suffragetten zu reden. Die sind alle nicht ganz richtig im Kopf, hat er gesagt. Die reinste Zeitvergeudung.« Eine weitere Pause trat ein. »Glück gehabt, was, Sir?«

Wenn er Gibson nicht besser gekannt hätte, hätte Rutledge angenommen, dass er jetzt von einem Ohr bis zum anderen grinste. Es war aus der Stimme herauszuhören. Aber Gibson lächelte nur sehr selten. Ebenso selten irrte er sich bei seinen Funden und Schlussfolgerungen. Er war ein Mann von der Sorte, die sich etwas auf sich selbst und ihre Arbeit zugute hielt, und wenn er wollte, konnte er so hartnäckig wie eine Bulldogge sein. Nur seine Augen enthielten die Warnung, dass in dem kräftigen Körper mittleren Alters ein messerscharfer Verstand wohnte. Rutledge hatte schon immer vermutet, dass der alte Bowles und Gibson seit Jahren miteinander verfeindet waren.

Das hieß noch lange nicht, dass Gibson im Yard zu Rutledges Lager zählte. Aber es hieß, dass der Mann jede Gelegenheit auskostete, Chief Superintendent Bowles eins auszuwischen, und häufig brachte er Informationen bei, die für Rutledge wertvoll waren.

Wie in diesem Fall.

Rutledge bedankte sich bei ihm, legte den Hörer auf und blieb eine volle Minute lang stehen, um nachzudenken.

Das war die erste Verbindung zwischen Eleanor Gray und Schottland. Sie mochte zwar indirekt sein, war aber immer noch besser als gar nichts.

Weshalb würde ein Mann mit einer hochschwangeren Frau von London nach Schottland reisen wollen, es sei denn, er war der Vater des Kindes?

Hamish sagte: »Es sei denn, es gab niemand anderen, an den sie sich wenden konnte, und ihm hat sie Leid getan.«

Diese Möglichkeit bestand ebenfalls, räumte Rutledge ein, als er die Tür des kleinen Kämmerchens öffnete und die frischere Luft tief einatmete. Er hielt es jedoch für näher liegend, dass der Offizier den Vater gekannt hatte, falls er nicht selbst der Vater war. Für einen Freund an der Front hätte er persönlich dasselbe getan.

Er schloss die Tür wieder und wollte sich gerade mit der Nummer verbinden lassen, die Gibson ihm gegeben hatte, als ihm klar wurde, dass er persönlich nach Winchester fahren sollte.

Das bedeutete eine lange, strapaziöse Fahrt hin und zurück, aber daran ließ sich nichts ändern. Ein Telefon war eine Vorrichtung, die es den Menschen erlaubte, sich hinter der Ferne zu verstecken. Nichts, was in ein Telefon gesagt wurde, konnte es mit den Nuancen des Gesichtsausdrucks und des Tonfalls aufnehmen, die er so oft dafür verwandte, Informationen und Menschen klarer zu beurteilen.

Hamish sagte: »Es ist gut drei Jahre her. Wahrscheinlich stimmt es, dass sie sich jetzt nicht mehr an den Namen des Offiziers erinnern können.«

Auf dem Weg in sein Zimmer, um das Notwendige zu packen, antwortete Rutledge: »Sehr wahrscheinlich sogar. Aber man weiß nie, welche Informationen sie sonst noch haben könnten.«

16

Rutledge verbrachte die Nacht in den Midlands. Er hatte versucht sich einzureden, er sei in Form und könnte ohne weiteres noch mindestens eine Stunde am Steuer verbringgen, war jedoch von starken Regenfällen eingeholt worden, die ihm die Sicht fast gänzlich nahmen. Als er ein Fuhrwerk ohne Licht, das in dieselbe Richtung fuhr, nur haarscharf verfehlte, fuhr er an den Straßenrand und wartete, bis der schlimmste Regenguss vorüber war. Erst in dem Moment merkte er, wie müde er war. In der Hauptstraße der nächsten Ortschaft gab es ein Gasthaus. Rutledge holte mit seinem Klopfen den Besitzer aus dem Bett, bat um ein Zimmer und bekam ein Tablett mit Tee und trockenen Sandwiches serviert. Im ersten Tageslicht war er wieder auf der Straße. Als er in Winchester ankam, waren sein Rücken und seine Beine völlig verkrampft.

Hamish hatte den größten Teil der Stunden, in denen Rutledge am Steuer gesessen hatte, damit verbracht, ernsthaft das Beweismaterial auseinander zu nehmen, das Fiona MacDonald belastete, und sich über die Rolle klar zu werden, die Eleanor Gray gespielt haben könnte oder auch nicht.

Es war äußerst schwierig für Rutledge gewesen, dem Arzt in der Klinik Hamishs Existenz zu erklären, die Realität seiner Stimme. Er war kein Geist – Geister konnte man austreiben. Er war auch keine körperlose Stimme, die wie ein Papagei Rutledges Gedanken nachplapperte. Was da war, war beseelt – die differenzierten Gedankengänge und der nuancenreiche Tonfall verlangten Antworten. Und im Jahre 1916 war es Rutledge, der geistig und seelisch gebrochen und auch körperlich nahezu am

196

Ende war, leichter gefallen, der Stimme zu antworten, als sich mit ihr anzulegen. Er hatte Hamish zwei Kriegsjahre lang gekannt und hatte zahllose Gespräche in Erinnerung, aus denen sich neue Gespräche entwickelt hatten, neue Gedanken, neue Ängste.

In den fünf Monaten seit seiner Rückkehr zum Yard hatte Rutledge allmählich den Mut gefunden, zu widersprechen und Behauptungen zu widerlegen, sich auf Wortgefechte mit der Stimme einzulassen. Ein schmerzhafter Schritt in Richtung geistige Gesundheit, sagte er sich immer wieder, kein Schritt in die Gegenrichtung. Aber es überstieg nach wie vor seinen Mut, die Stimme in Frage zu stellen.

Hamish sagte gerade: »Diese Knochen im Glencoe haben Oliver einen Vorwand dafür geliefert, Mordanklage gegen Fiona zu erheben. Sonst wäre ihm dieses Skelett völlig egal. Es ist noch nicht mal in seinem Zuständigkeitsbereich gefunden worden. Ihm könnte gleich sein, wessen Knochen das sind.«

»Das ist nur zu wahr, aber solange wir nicht wissen, wie diese Frau gestorben ist, müssen wir die Knochen zwangsläufig berücksichtigen«, wandte Rutledge ein. »Solange ihr Schatten – wer auch immer sie sein mag – auf das Beweismaterial fällt, wird er alles andere verdunkeln.«

Hamish war immer noch nicht seiner Meinung. Und das sagte er auch. Rutledge schüttelte den Kopf.

»Eleanor Grays Verschwinden hat der Polizei von Duncarrick einen Namen geliefert, den sie diesen Knochen geben kann. Die Leiche identifizieren, das ist die oberste Regel bei den Ermittlungen in einem Mordfall. Und Oliver ist der Überzeugung, dass er genau das getan hat. Sowie dieser Nachweis erbracht ist, muss er eine klare Verbindung zwischen den beiden Frauen herstellen. Falls Eleanor Gray schwanger war und nach Schottland gekommen ist, um hier die Geburt zu erwarten, dann beginnt diese Verknüpfung Gestalt anzunehmen. Falls es *nicht* wahr sein sollte, muss es für ihre Anwesenheit im Glencoe eine andere Erklärung geben. Und wenn bewiesen werden kann, dass es sich doch nicht um die Knochen von Eleanor Gray handelt, dann wird Oliver einfach eine andere Identität für sie suchen. Ganz gleich, ob sie einen Namen hat oder nicht, die Frau ist ein Stolperstein.«

»Ja, das muss ich dir lassen. Aber siehst du denn nicht ein, dass es ein bloßer Zufall ist, der diese Knochen, ob sie nun einen Namen haben oder nicht, überhaupt erst mit Fiona in Verbindung gebracht hat? Was ist, wenn Oliver beweist, dass sie dieser Gray gehören? Was ist, wenn er beweist, dass sie bei ihrem Verschwinden schwanger war? Damit ist noch lange nicht bewiesen, dass Fiona sie getötet hat.«

»Sie oder irgendeine andere Frau. In dem Punkt stimme ich dir zu. Aber wenn ich Eleanor Gray lebend finde, kann sie von der Liste gestrichen werden. Wenn sie tot ist und es tatsächlich ihre Leiche ist, die Oliver gefunden hat, dann stellt sich uns wieder das Problem, *wie* sie dort gestorben ist. Mord, natürliche Ursachen – sogar Selbstmord ist nicht auszuschließen. Ob die Antwort Fiona entlastet oder belastet, darum geht es hier nicht. Wir müssen die Wahrheit herausfinden. Überdies müssen wir, falls sich herausstellen sollte, dass Eleanor Gray ermordet worden ist, beweisen, dass Fiona der einzige Mensch war, der sowohl einen Grund als auch die Gelegenheit gehabt hätte, sie zu töten. Oliver mag sich zwar mit voreiligen Schlussfolgerungen zufrieden geben, aber Lady Maude wird sich damit, wenn du die Wahrheit wissen willst, noch lange nicht begnügen.«

»Wer weiß schon, ob diese Knochen nicht ein Geheimnis für sich sind, das mit unserem Fall nichts zu tun hat?«, gab Hamish hartnäckig zurück.

»Dann solltest du darum beten, dass Eleanor Gray das Kind bei Fiona gelassen hat, während sie heimlich ihr Medizinstudium beendet. Das ist die einzige Möglichkeit, Inspector Oliver davon zu überzeugen, dass er nichts gegen sie in der Hand hat. Und das bringt mich wieder auf meinen Ausgangspunkt zurück. Ich sage doch schon die ganze Zeit, dass Eleanor Gray im Moment der Schlüssel zu den weiteren Ermittlungen ist.«

»Ich könnte nicht behaupten, dass mir das gefällt.«

Es war schon seltsam, dachte Rutledge an einem bestimmten Punkt, wie Hamish die unerwartete Gegenüberstellung mit Fiona MacDonald, zu der es aus heiterem Himmel gekommen war, verkraftet hatte. Er verteidigte sie energisch und hatte nie ihre Unschuld in Zweifel gezogen. Aber viel tiefer saß das Wissen, dass ihr heutiges Leben sich immer weiter von seinem entfernte. Nicht so, wie Jean ihn verlassen hatte, um sich von dem freizumachen, was sie fürchtete, sondern durch die bloße Tatsache, dass das Leben Fiona in neue Richtungen gelenkt hatte, neue Gefühle in ihr wachgerufen und sie an neue Orte geführt hatte, die Hamish niemals kennen lernen würde. Er hatte nichts von Duncarrick gewusst, und von dem Kind hatte er auch nichts geahnt. Sein ausgedehntes Schweigen im Anschluss an die Begegnung mit Fiona war eine schmerzliche Erinnerung daran gewesen, dass die Zeit nicht stillstand und dass man sie nicht zurückdrehen konnte. Dass der Tod eine große Leere barg. Und doch war es in gewissem Sinne so, als sei sie diejenige, die gestorben war, denn Hamish beklagte ihren Verlust mit tiefer Trauer, Wehmut und Verzweiflung. Und somit wurde die Last, die Rutledge trug, von Tag zu Tag schwerer.

Es war Rutledge, der sich mühsam mit der Realität herumschlug, damit, dass Fiona als Mörderin verurteilt und gehängt werden könnte. Er war derjenige, der das müde Gesicht und die dunklen Ringe unter den Augen der Frau in der Zelle ansehen musste. Er war derjenige, der die volle Wucht der Furcht und der Unsicherheit zu spüren bekam, was seine Sicht der Beweislage gerechtfertigt anging. Und er war auch unsicher, was seine eigenen Gefühle betraf.

Er hatte Fiona so lange durch Hamishs Augen gesehen, dass sie ihm bis jetzt eher wie eines der Dresdener Porzellanfigürchen erschienen war, die Frances in ihrem Bücherregal stehen hatte – sanft und unkompliziert, in Zeit und Raum erstarrt, während sie um ihren toten Soldaten trauerte. Eine Frau, der durch das, was er, Rutledge, auf dem Schlachtfeld hatte tun müssen, ein Unrecht zugefügt worden war. Sie war gewissermaßen die Märtyrerin im Dienste seiner Schuld. Sogar in seinem Traum in London hatte sie mit Hamishs Tod in Verbindung gestanden und kein Eigenleben geführt.

Plötzlich wurde ihm klar, dass er sie durch Hamishs *Erinnerungen* gesehen hatte …

Jetzt hatte er seine eigenen Erinnerungen an sie.

Eine recht attraktive Frau aus Fleisch und Blut, die, ob zu Recht oder zu Unrecht, in ihrer einsamen Auflehnung gegen das Gesetz eine bemerkenswerte Stärke an den Tag legte. Die immer noch um Hamish trauerte und diese angestaute Liebe einem Kind zuwandte. Der Mut der Unschuld – oder der Schuld? Rutledge stellte fest, dass sie seine Beschützerinstinkte geweckt hatte, und er konnte nicht sicher sein, ob er sich um ihrer selbst willen oder doch eher Hamish zuliebe verpflichtet fühlte, sein Bestes für sie zu tun.

Sein Verstand war verwirrt, sein Gemüt bewegt, und seine eigene Bitterkeit und seine eigene Einsamkeit drückten ihn nieder. Daher sah er sich gezwungen, seine Überlegungen ohne die Klarheit und die Objektivität anzustellen, die er in jede ihm zugeteilte Ermittlung einzubringen versuchte.

Verdammt noch mal, Hamish hatte Recht …

»Und wo war deine Objektivität in Cornwall – oder in Dorset?«, fragte Hamish. »Wo war da deine Klarheit? Auch diese Frauen sind dir unter die Haut gegangen. Wie kannst du sicher sein, dass Fiona sich hier verantworten muss, und nicht *du*?«

Darauf hatte Rutledge keine Antwort.

Rutledge nahm sich in Winchester die Zeit für ein Bad und wechselte seine Kleidung, ehe er sich zum Atwood House begab.

Es war ein kleines Herrenhaus, das im achtzehnten Jahrhundert mit sicherem Gespür aus dezentem Stein gebaut worden war. Der Architekt hatte es auf eine kleine Kuppe mit einem prachtvollen Ausblick nach Süden und auf einen Hain alter Bäume im Norden gestellt, der Abgeschiedenheit und eine Barriere gegen die kalten Winde gewährleistete. Ein Bach, der sich durch das Anwesen schlängelte, wurde von wild wachsenden Rosen gesäumt, deren Sträucher jetzt über und über mit Hagebutten bedeckt waren. Zwei Schwäne glitten majestätisch über einen Teich, den man offenbar für das an einem Pfosten festgemachte Ruderboot angelegt hatte. Jemand hatte den Bach verbreitert und am unteren Ende der Gärten im Westen einen reizvollen Effekt erzielt, einen Spiegel des Himmels, der sich kaum kräuselte, als die Schwäne über ihren Spiegelbildern dahinschwebten.

Die Auffahrt führte ihn zu der georgianischen Fassade aus Quadersteinen mit Ziergiebeln über den Fenstern. Er stieg aus dem Wagen und nickte dem Gärtner zu, der einen Schubkarren voller Spaten, Harken und Heckenscheren über den Rasen zur Auffahrt schob. Ein Messingklopfer, der eine neuere Kopie eines älteren Türklopfers aus Eisen zu sein schien, veranstaltete gewaltigen Lärm, als er ihn fallen ließ.

Nachdem eine angemessene Frist verstrichen war, öffnete ein älterer Butler die Tür.

Rutledge wies sich aus und bat darum, Mrs. Atwood sprechen zu dürfen.

Der Butler, dem sein steifer Kragen und die gute Passform seines Anzugs um die Schulterpartie auffielen, sagte: »Ich werde mich erkundigen, ob Mrs. Atwood heute Nachmittag zu Hause ist.«

Er führte Rutledge in ein unpersönliches Empfangszimmer und ließ ihn dort fast sieben Minuten warten. Die Wände, die mit blauer Seide bespannt waren, schimmerten in dem Licht, das durch die hohen Fenster einfiel, und die französischen Stühle, die den weißen Marmor des Kaminsimses hervorhoben, waren unter dem Gesichtspunkt der Eleganz arrangiert und nicht etwa für ein behagliches Gespräch. Auf dem Boden lag kein Teppich, und bei näherem Hinsehen erwies sich, dass sowohl die Stoffbespannung der Wände als auch die Bezüge der Stühle zerschlissen waren. Über dem Kamin hing jedoch ein wunderbares Gemälde, das die Aussicht darstellte, die er von der Auffahrt aus gesehen hatte. Es stammte aus einer früheren Zeit, denn die Bäume waren noch nicht ausgewachsen, auf den Wiesen weideten Schafe, und das Haus hatte noch nicht die Alterspatina angenommen, doch die Atmosphäre heiterer Ruhe war unverändert.

Der Butler kehrte zurück und führte ihn durch den Korridor zu einem Wohnzimmer, das ebenfalls Abnutzungserscheinungen aufwies. Abgewetzter Chintz, ein ausgebleichter Teppich, auf dem ein alter Spaniel geräuschvoll schlief, und ein Hauch von Behaglichkeit und verblichener Eleganz sagten ihm deutlich, dass das Haus während des Krieges unter übermäßiger Nutzung gelitten und seine frühere Vornehmheit noch nicht wiedergewonnen hatte. Aber die Fenster gingen zum Teich und zum Bach, rahmten den Ausblick ein, ließen das weiche Nachmittagslicht in den Raum fallen und gaben ihm eine friedliche Ausstrahlung.

Mrs. Atwood stand neben dem unbenutzten Kamin, als er eintrat. Sie war in jeder Hinsicht eine blasse Gestalt, gertenschlank und in Pastellgrün gekleidet, helles Haar, helle Augen und helle Haut, als sei in den langen Jahren sorgfältiger Familienzucht jede Farbe aus ihr ausgeschwemmt worden.

Er fand sehr schnell heraus, dass der Charakter nicht aus ihr ausgeschwemmt worden war.

Sie sagte mit einer Liebenswürdigkeit, unter der sich Stahl verbarg: »Ich habe mit einem … ähmm … Sergeant Gibson gesprochen. Ansonsten gibt es nichts, was ich der Polizei zu sagen wünsche.«

»Das ist gut möglich«, antwortete er. »Sergeant Gibson war dienstlich hier. Ich komme als Gesandter von Lady Maude Gray.«

In ihren blassblauen Augen regte sich etwas Unerwartetes. Sie hatten die Farbe von welken Lupinen und setzten sich kaum von dem Weiß ab, das sie umgab. »Ich habe seit Jahren nichts mehr von Lady Maude gehört.« Ihre Stimme war neutral und verriet keinerlei Regung.

Hamish, der bis jetzt in den Tiefen von Rutledges Geist geschwiegen hatte, sagte leise: »Sie macht sich nichts aus deiner Lady Maude.«

Rutledge merkte es sich und antwortete: »Das ist nicht weiter erstaunlich. Sie hat sich mit ihrer Tochter zerstritten. Ich kann nicht behaupten, dass sie diese Auseinandersetzung bereut, aber sie hat kürzlich Informationen erhalten, die sie beunruhigt haben. Es ist sehr gut möglich, dass Eleanor Gray tot ist. Wie und wo sie ums Leben gekommen ist, wissen wir nicht. Ich tue, was ich kann, um Antworten auf diese Fragen zu finden.«

Erstaunen flackerte in dem länglichen Gesicht auf. »*Tot!* Aber Ihr Sergeant –«

»– hat es mit keinem Wort erwähnt. Ja, ich weiß. Er hat meine Anweisungen befolgt.«

Schweigen senkte sich herab, und er ließ ihr Zeit, seine schroffe Antwort zu verarbeiten.

»Ich wüsste nicht, wie ich Ihnen helfen könnte. Ich habe Eleanor mitten im Krieg das letzte Mal gesehen. Ich dachte … Humphrey und ich waren ziemlich sicher, dass sie nach Amerika gegangen ist, als man sie hier nicht zum Medizinstudium zugelassen hat. Es hätte ihr so ähnlich gesehen!«

»Weshalb hätte sie gerade nach Amerika gehen sollen? Hatte sie Freunde dort? Jemand, der ein Wort für sie einlegen könnte?«

»Da hat es tatsächlich jemanden gegeben.« Sie zögerte und fügte dann hinzu: »Nachdem Sergeant Gibson hier war, habe ich Alice Morton angerufen. Sie ist mit Eleanor und mir zur Schule gegangen. Aber ihr Mann ist Amerikaner, er ist hier in der Botschaft tätig. Sein Bruder John ist Professor in Harvard. Er hat Eleanor einmal geschrieben, im Frühjahr 1916, auf Alices Bitte hin, und in groben Zügen Möglichkeiten skizziert, die sie drüben hätte und die für sie von Interesse sein könnten. Alice hat mir erzählt, John hätte nie eine Antwort erhalten. Eleanor hat nie Kontakt zu ihm aufgenommen.« Mrs. Atwood zuckte sorglos die Achseln. »Sie war schon immer willensstark. Es kann gut sein, dass sie niemandem zu Dank verpflichtet sein wollte, nicht einmal einer Freundin.«

»Warum haben Sie angerufen und sich nach Miss Gray erkundigt? Nachdem Sie drei Jahre lang keinen Versuch unternommen haben, sie zu finden?«

Diese direkte Frage brache Mrs. Atwood aus dem Konzept. »Ich – ich weiß selbst nicht, warum. Nicht wirklich. Es war nur – vermutlich wollte ich mich von ihr beruhigen lassen. Es kommt nicht oft vor, dass sich die Polizei nach Bekannten von uns erkundigt. Daran wird es wohl gelegen haben.«

Hamish fragte: »Ach, wirklich?«

Nach einem Moment forderte Rutledge sie freundlich auf: »Erzählen Sie mir von dem Gespräch, als sie Eleanor Gray das letzte Mal gesehen oder gesprochen haben.«

Er hatte seine Gastgeberin verunsichert. Sie war von ihrer anfänglichen Zurückhaltung zu Erklärungen übergegangen, und jetzt entschuldigte sie sich sogar. »Es tut mir Leid, aber da gibt es nicht viel zu erzählen. Nicht wirklich. Sie wollte über das Wochenende zu Besuch kommen und einen Freund mitbringen. Aber dann hat sie angerufen, um zu sagen, sie hätte es sich anders überlegt. Der junge Mann hätte länger als erwartet Urlaub und sie wolle mit ihm nach Schottland fahren.«

»Ich wusste gar nicht, dass ihre Familie dort ein Haus hat.« Er gab vor, sie falsch verstanden zu haben.

»Nein, natürlich haben sie dort kein Haus! Es ging um die Dudelsackpfeifer, verstehen Sie –« Sie brach ab und fing noch einmal von vorn an. »Eleanor war sehr daran interessiert, möglichst viel für die Verwundeten zu tun. Ich fand es ziemlich … deprimierend, mich in ihrer Gegenwart aufzuhalten. Aber sie hat ihr Bestes getan, um sie aufzumuntern. Sie hat Sänger und Schauspieler in die Lazarette geholt und was dergleichen mehr ist. Sie ist zu der Überzeugung gelangt, es könnte die Verwundeten ermutigen und ihnen dabei helfen, ihre Schmerzen besser zu ertragen, wenn sie Dudelsackpfeifer hören. Es könnte sie vielleicht an den Mut erinnern, den sie an der Front bewiesen hatten.«

»Und sie ist nach Schottland gegangen, um dort Dudelsackpfeifer zu suchen?« Wieder verdrehte er subtil ihre Worte.

»Nein, nein, Sie verstehen mich nicht. Sie hat es so organisiert, dass die Dudelsackpfeifer und die Trommler die Herrenhäuser aufsuchen, die in Lazarette verwandelt worden waren. Wir hatten selbst etwa zwanzig Offiziere hier, im Allgemeinen Knochenbrüche. Zu uns hat sie die Dudelsackpfeifer zuerst eingeladen, weil sie die Reaktion beobachten wollte. Und die Männer waren zu Tränen gerührt. Es hat ihnen ja solchen Aufschwung gegeben! Es war ganz erstaunlich. Sie war in Begleitung von zwei jungen Offizieren, die ihr geholfen hatten, die Dudelsackpfeifer zu finden. Beide waren Schotten, und beide waren in Eleanor vernarrt. Ich hatte den Eindruck, den Dunkelhaarigen hatte sie sehr gern. Sie war außer sich, als er wieder an die Front musste.«

»Erinnern Sie sich an die Namen dieser Männer?«

»Du meine Güte, nein, doch nicht nach all der Zeit. Ich erinnere mich allerdings noch, dass der Blonde einen beträchtlichen Teil seiner Zeit in unseren Stallungen verbracht hat. Die Pferde hatte man uns natürlich genommen, aber die Bauweise hat ihn interessiert. Die Mauern stammen aus dem achtzehnten Jahrhundert und haben ihn fasziniert.«

»Und der andere Offizier? Der, den Eleanor Gray zu mögen schien?«

Mrs. Atwood zog die Stirn in Falten. »Sein Vater war im Finanzwesen tätig. Ich kann Ihnen nicht mehr sagen, was er genau getan hat. Es war so voll hier, und es ist so viel passiert. Ich habe mich zwar bemüht, höflich zu sein, aber in Wahrheit habe ich kaum zugehört.«

»Versuchen Sie bitte, sich zu erinnern.« Es war ein Befehl im Gewand einer höflichen Bitte.

Sie schüttelte den Kopf. »Es ist so lange her. Und Sie können sich nicht vorstellen, wie es hier zugegangen ist. Im ganzen Haus hat komplettes Durcheinander geherrscht, ein großer Teil unserer Sachen war im Dachboden verstaut, und wir hatten auch keinen Platz für Gesellschaften, obwohl wir uns wirklich bemüht haben, gastfreundlich zu sein, sowie wir weniger Patienten im Haus hatten.«

»Aber sie hat diesen Mann mehr als einmal gesehen? Vielleicht hat sie ihn nicht nur wegen der Dudelsackpfeifer mitgebracht, sondern ist auch in London mit ihm essen gegangen?«

»Ich kann es nicht mit Sicherheit sagen. Die heißen doch alle Mac-Dies und Mac-Das, diese Schotten, nicht wahr? Und da Eleanor in London war, habe ich den Überblick über ihre Freunde schnell verloren.«

»Und doch sagen Sie, dass sie diesen Mann mochte und außer sich war, als er nach Frankreich zurückgeschickt worden ist.«

Sie biss sich auf die Lippen, denn sie hatte sich in ihrem eigenen Geflecht aus Wahrheiten verfangen. Sie wandte sich ab, trat an eines der Fenster, blieb mit dem Rücken zu ihm stehen und schaute hinaus. Nach einer Weile sagte sie: »Ich glaube, der dunklere Typ, der, den sie mochte, hieß nach einem Dichter. Wie seltsam, das hatte ich ganz vergessen! Ja, ich bin sicher, dass er das war. Wir haben uns darüber lustig gemacht, als er das erste Mal hier war. Wir haben ihn gefragt, ob er uns aus seinen Werken vorliest, natürlich nur im Scherz. Und er hat gesagt, nach einem guten Abendessen könnte das durchaus sein. Aber er hat es nie getan. Ein charmanter Mann mit einem charmanten Akzent. Ich hoffe, er hat den Krieg überlebt.«

Dann hatte Mrs. Atwood ihn also doch öfter als einmal gesehen. »Es gibt eine ganze Reihe von schottischen Dichtern«, sagte Rutledge freundlich.

»Ja, ich weiß. Es ist zum Verrücktwerden! An die Scherze erinnere ich mich. Und auch an sein Lächeln, als er uns diese Antwort gegeben hat. Ich erinnere mich noch, dass sein Vater im Finanzwesen war ...«

Hamish war derjenige, der gänzlich unerwartet die Verbindung herstellte. »Robert Burns.«

In seiner Verblüffung wiederholte Rutledge den Namen laut.

»Ja! Sie haben ihn Robbie genannt!«, erwiderte sie und drehte sich zu ihm um. Ihr Gesicht hellte sich auf und überzog sich mit einer kleidsamen Röte. Er konnte nicht sicher sein, ob es Erleichterung war, weil er ihr die Antwort präsentiert hatte, oder Verdruss, weil er ihr zuvorgekommen war. »Er hatte ein kleines Häuschen in den Trossachs. Das ist in Schottland, hat man mir gesagt, aber fragen Sie mich nicht, wo das ist. Ich erinnere mich noch, dass er gesagt hat, eigentlich hätten sie ihn Walter Scott nennen sollen, denn für einen Burns käme er aus der falschen Gegend. Wie eigenartig, dass ich mich jetzt wieder ganz klar daran erinnern kann!«

Rutledge spürte, wie Hoffnung in ihm aufwogte. Die Trossachs lagen mitten in Schottland, fast auf halber Strecke zwischen Glasgow im Süden und dem Glencoe im Norden. Es musste, dachte Rutledge, tausend Männer in Schottland geben, die Robert Burns hießen. In jedem Alter, in jedem Rang und von jeder gesellschaftlichen Herkunft. Aber ein junger Offizier mit einem Häuschen in den Trossachs, das konnte die Suche enorm einengen. Ja, und mit einem Vater im Finanzwesen.

Im Finanzwesen. Bankier oder ... Er bemühte sich, mit ruhiger Stimme zu sprechen und seinen Worten keinen Nachdruck zu verleihen. Hamish hämmerte in seinem Hinterkopf auf ihn ein und übertönte fast seine eigenen Worte. »War sein Vater vielleicht Fiskal?«

Ihr Gesicht blieb ausdruckslos, als hätte sie keine Ahnung,

wovon er redete. Sie schüttelte den Kopf und deutete auf die Stühle. Bisher hatte sich keiner von beiden gesetzt. »Bitte, setzen Sie sich. Darf ich Ihnen Tee oder etwas anderes anbieten?«

Um Zeit zu gewinnen sagte Rutledge: »Ja, eine Tasse Tee wäre schön.«

Sie läutete und gab dem Butler Anweisungen. Er musste sich in der Nähe aufgehalten haben. Sicher hatte er damit gerechnet, in Kürze gerufen zu werden, um Rutledge zur Tür zu begleiten.

Während er sich auf den Stuhl setzte, der ihm am nächsten stand, sagte Rutledge: »Erzählen Sie mir mehr über Eleanor Gray. Wie Sie sie in Erinnerung haben.«

»Sie kannte ihren Wert. Aber sie war nie herablassend. Eine zuverlässige Freundin. Ein angenehmer und unterhaltsamer Gast. Unabhängig. Sie hat mir einmal erzählt, im Grunde genommen hätte sie keine echte Hoffnung, Ärztin zu werden – ihre Mutter würde bestimmt dafür sorgen, dass niemand sie ernst nähme. Ich glaube, deshalb ist sie Suffragette geworden. Mir erschien das erschreckend vulgär, aber Eleanor hat gelacht und es als ein Abenteuer bezeichnet. Ich glaube, ihre Mutter war unglaublich wütend, und das hat Eleanor gefreut. Die beiden waren nie einer Meinung.«

»Warum nicht?«

»Ich weiß es nicht. Sie hat ihren Vater angehimmelt und hätte alles für ihn getan. Aber er hat ihr nie gesagt, was sie tun und lassen soll. Er hat ihr gesagt, sie soll tun, was sie will. Es war schon eigenartig, wie sehr sie ihn geliebt hat. Ich hatte den Eindruck, er mochte sie, aber von Liebe konnte ich nichts erkennen. Verstehen Sie, manche Väter lieben ihre einzige Tochter abgöttisch. Sie verwöhnen sie grenzenlos. Aber Evelyn Gray – er mochte sie. Genau das, und nichts mehr. Vielleicht hatten sie wenig miteinander gemeinsam ...«

Sie ließ den Gedanken in der Luft hängen, als der Butler mit dem Tee kam. Hamish warnte: »Es sieht ihr gar nicht ähnlich, so viel zu reden.« Rutledge stimmte ihm zu.

Mrs. Atwood dankte dem Butler, entließ ihn und schenkte selbst den Tee ein. Als sie Rutledge eine Tasse reichte, sagte er: »Warum wollte Eleanor Gray Ärztin werden? Das ist eine seltsame Berufswahl, wenn man ihren Reichtum und ihre gesellschaftliche Stellung bedenkt.«

»Ah, das gehört zu den Dingen, die ich nie ganz verstanden habe. Humphrey – mein Mann – hat es für eine vorübergehende Laune gehalten, wegen des Krieges und allem, was damit zu tun hat. Aber so sehe ich das nicht. Eleanor hat einmal auf einer Abendgesellschaft gesagt, Ärzte seien erbärmlich ignorant und interessierten sich überhaupt nicht dafür, was Krankheiten hervorruft. Sie hat sich auch mit Militärärzten angelegt, wenn ihre Einwände ihr gerechtfertigt erschienen. Sie hat sich enorm um die Patienten gekümmert, aber es war keinerlei Sentimentalität im Spiel. Sie war eine praktische und realistische Frau. Meiner Ansicht nach wäre sie eine gute Ärztin geworden.«

Rutledge sagte: »Und als sie sich drei Jahre nicht bei Ihnen gemeldet hat, sind Sie davon ausgegangen, sie müsse in Amerika sein? Wenn nicht in Boston, dann eben in einem anderen Teil der Staaten?«

Sie schwieg so lange, dass er schon glaubte, sie wolle diese Frage nicht beantworten. Hamish reagierte auf die eigentümliche Spannung, die in der Luft hing, und sagte: »Du hast die richtige Entscheidung getroffen, als du beschlossen hast, selbst herzukommen.«

Dann erwiderte Mrs. Atwood: »Sie haben mir Angst eingejagt. Die Polizei. Sie und Sergeant Gibson. Als ich das letzte Mal mit Eleanor geredet habe, war sie in London. Es war ein seltsames Gespräch. Sie hat etwas gesagt – ich dachte, sie müsste an jenem Abend wohl ein bisschen zu viel getrunken haben, und ich habe mir Sorgen gemacht, weil sie mit dem Gedanken gespielt hat, in dieser Verfassung nach Schottland zu fahren. Und sie hat gesagt: ›Ich könnte sterben.‹ Und ich habe es so aufgefasst, als wollte sie damit sagen, sie könne sterben vor Glück. Aber was ist, wenn sie es nicht so gemeint hat? Was ist, wenn sie wirklich sterben wollte …« In Mrs. Atwoods Augen stand Schmerz, als sie ihn ansah. »Ist es zu einem entsetzlichen Unfall gekommen? Ist es das, was passiert ist?«

»Nein«, sagte Rutledge. »Es war kein Unfall. Es ist eher anzunehmen, dass jemand sie ermordet hat.«

Sie wurde so weiß, dass er schon aufspringen wollte, weil er glaubte, sie würde ohnmächtig werden.

»Nein!«, sagte sie mit erstickter Stimme. »Nein, es geht schon wieder. Es ist nur so –« Sie versuchte, tief einzuatmen, doch es wurde ein Schluchzen daraus. »Ich habe nie jemanden gekannt, der ermordet worden ist – das ist ja furchtbar – ganz furchtbar –«

»Wenn sie mit einem Soldaten in den Norden gefahren ist, um seinen Urlaub mit ihm in Schottland zu verbringen, dann muss sie ihn gut gekannt haben.«

»Natürlich! Eleanor war keine Frau von der Sorte, die – die den Krieg als Vorwand benutzt hat, um sich zu benehmen, wie es ihr gerade passt. Sie wäre nicht mit einem Fremden ein paar Tage weggefahren. Oder mit einem Mann, dem sie nicht getraut hat.« In der leisen Stimme drückte sich Überzeugung aus.

»War Burns derjenige, mit dem sie nach Schottland gefahren ist, Mrs. Atwood?«

»Ich sagte Ihnen doch schon, dass ich mich nicht erinnern kann! Sie können die Dienstboten fragen, vielleicht können die Ihnen –«

»Hätten Sie versucht, sie davon abzuhalten, wenn sie sich eine … Dummheit in den Kopf gesetzt hätte?«

»Ich –« Sie unterbrach sich, denn sie steckte fest zwischen ihrem eigenen emotionalen Dilemma und seinen dunklen Augen, die ihr Gesicht beobachteten. Sie schienen in ihre Seele zu blicken.

»Sie müssen mir die Wahrheit sagen, Mrs. Atwood. Mit einer Lüge ist weder Ihnen noch mir gedient.«

Als sie sprach, war ihre Stimme heiser vor Scham. »Ich … ich war verletzt, weil sie ihren Besuch im letzten Moment abgesagt hat. Ich habe mir gesagt, sie sei *glücklich*, während ich mich elend fühlte. Seit Wochen waren keine Briefe mehr von Humphrey gekommen, und ich hatte gerade die Nachricht erhalten, er stünde auf der Vermisstenliste. Ich wusste genau, was das bedeutete – er war tot, aber sie hatten seine Leiche noch nicht gefunden. Nicht einmal meiner Mutter hatte ich es erzählt – ich konnte es selbst nicht fassen, der Gedanke war mir unerträglich. Und dass Eleanor mich in dem Moment im Stich ließ, in dem ich so sehr auf ihre Gesellschaft gehofft hatte, um sich mit jemandem zu vergnügen, wahrscheinlich halb betrunken von Champagner, denn ihre Stimme klang ganz anders als gewohnt – das war – in dem Moment konnte ich ihr doch nicht von Humphrey erzählen, oder? Ich war aufgebracht. Wütend und fassungslos. Ich wollte nichts davon hören, ich wollte nicht wissen, was sie tut! Ich hoffte nur, nach Ablauf dieser Woche würde sie sich ebenso elend fühlen, wie ich mich fühlte –« Sie unterbrach sich und sprach dann, fast gegen ihren Willen, weiter. »Deshalb habe ich mich geweigert, mir Sorgen zu machen, als sie nicht zurückgekommen ist und sich auch nicht bei mir gemeldet hat. Ich war immer noch wütend. Ich habe mir eingeredet, sie sei überhaupt keine Freundin und es sei besser, wenn sie ihrer eigenen Wege ginge. Sie war nach Schottland gegangen, und von mir aus konnte sie für den Rest ihres Lebens dort bleiben. Dann habe ich die Nachricht bekommen, dass Humphrey am Leben und unversehrt ist, und ich wollte an nichts anderes mehr denken. Ich wollte mich nicht daran erinnern, wie schlecht ich mich benommen hatte.«

Sie sah ihn mit verletzten, furchtsamen Augen an. »Wenn sie in jener Nacht gestorben ist, dann bin ich gewissermaßen schuld daran. Weil ich sie im Stich gelassen habe. Weil ich mir keine Sorgen gemacht habe, als sie nach Ablauf dieser Woche nicht angerufen hat, nicht zu Besuch gekommen ist und nicht geschrieben hat. Ich habe sie dafür bestraft, dass sie glücklich war, als ich es nicht war, und dann habe ich diese ganze Geschichte *vorsätzlich* verdrängt.«

Auf der Fahrt nach London versuchte Rutledge, logisch einzuordnen, was er von Mrs. Atwood und ihren Dienstboten erfahren hatte.

Hamish sagte: »Du hast immer noch keinen Namen für den Begleiter dieser Gray.«

»Nein. Aber es besteht eine Verbindung zwischen Eleanor Gray und Schottland. Sie weist zwar in die falsche Gegend, aber es ist immerhin ein Anfang.«

»Ja, aber es wäre besser, wenn überhaupt keine Verbindung bestünde. Wenn sie nach Amerika gegangen wäre.«

»Wir müssen tun, was wir können, um diesen Burns zu finden.«

»Ja, aber es ist nicht erwiesen, dass Eleanor Gray mit *ihm* in Schottland war.«

»Er könnte den Namen des Mannes kennen, mit dem sie nach Schottland gereist ist. Er könnte die beiden miteinander bekannt gemacht haben, er könnte ein Freund von beiden gewesen sein.« Rutledge dachte darüber nach. »Allein ist sie nicht gereist. Aber sie ist aus freien Stücken mitgegangen. Sie war am Leben, als sie London verlassen hat.«

»Das kannst du nicht wissen.«

»Doch, das weiß ich mit Sicherheit. Sie hat Mrs. Atwood gesagt, wohin sie fährt und mit wem. Es war geplant. Sie wollte diesen Ausflug unternehmen.«

Und doch war ihr seelisches Gleichgewicht gestört. »*Ich könnte sterben ...*« Vor Glück? Oder aus Verzweiflung? War es kurz nach Eleanors Streit mit Lady Maude gewesen?

Rutledge hatte Mrs. Atwood gebeten, den Zeitpunkt dieses Gesprächs möglichst genau zu bestimmen. Anfang 1916. Im Frühjahr. Das Datum passte. Falls Eleanor schwanger war, konnte sie es noch verbergen. Falls ihre Mutter sich geweigert hatte, ihr zu helfen, war es noch frühzeitig genug, um andere Pläne zu schmieden.

Ein kleines Häuschen in den Trossachs. Ein Versteck?

Mit Sicherheit ein Ort, an dem er ansetzen konnte.

Rutledge blieb lange genug in London, um einen weiteren Koffer zu packen. Er nahm keinen Kontakt zu Scotland Yard auf.

Doch als er wieder unterwegs war und nach Norden fuhr, beschloss er, es sei an der Zeit, Lady Maude Gray seinen Bericht zu erstatten.

17

Lady Maude empfing Rutledge mit kühlem Desinteresse, als sei er gekommen, um sie über den Zustand der Regenrinnen oder ihres Dachs zu unterrichten.

Wieder fand das Gespräch in der Bibliothek statt, doch diesmal hatte sie dafür gesorgt, dass kurz nach seiner Ankunft Tee serviert wurde.

Während sie den Tee einschenkte, sagte sie: »Ich wusste gleich, dass bei dieser ganzen lächerlichen Geschichte nichts herauskommen würde. Nichts in Ihrem Gesicht weist darauf hin, dass Sie erfolgreich waren.«

»Ganz im Gegenteil. Es gibt eine Reihe von kleinen Teilerfolgen zu verbuchen. Noch kein Erfolg auf der ganzen Linie, aber genug, um darauf aufzubauen.«

Sie lächelte, und ihre bemerkenswerten violetten Augen wurden von innen angestrahlt.

»Dann erzählen Sie mir, was Sie erreicht haben, damit ich mir selbst ein Urteil bilden kann.«

»Ihre Tochter ist nicht nach Amerika gegangen, um Medizin zu studieren. Unser Gewährsmann ist ein Professor, der sie in diesem Punkt beraten hatte.« Es war nur ein Flickwerk aus Wahrheit und Dichtung, doch einen Moment lang sah er Erstaunen in ihrem Gesicht aufflackern.

Wie Mrs. Atwood musste auch Lady Maude ihr Gewissen mit der Vorstellung beschwichtigt haben, Eleanor Gray sei ins Ausland gegangen, um dort zu studieren. Zwar gegen den Willen ihrer Mutter, aber bestimmt klar dokumentiert. Lady Maude war ihrer Sache so sicher, dass sie ihre Ohren sogar gegen Inspector

Olivers Behauptungen verschlossen hatte. Und dann hatte Rutledge nagende Zweifel geweckt. Diese Neuigkeiten hatte sie nicht erwartet. Hamish, der nichts für Lady Maude übrig hatte, freute sich.

»Reden Sie weiter«, sagte sie knapp.

»Das letzte Mal hat man etwas von ihr gehört, als sie mit einem jungen Offizier namens Burns auf dem Weg nach Schottland war. Er hatte ein kleines Häuschen in den Trossachs und war lange genug vom Dienst freigestellt, um hinzufahren.«

Ihre Stimme war kalt. »Sie irren sich. Mit einem fremden Mann wäre Eleanor nirgendwo hingegangen.«

»Er war kein Fremder. Anscheinend kannte sie ihn schon seit einiger Zeit, und eine Mrs. Atwood glaubt, dass Eleanor ... sich zu ihm hingezogen fühlte. Die beiden hatten gemeinsam Dudelsackkonzerte in diversen Lazaretten organisiert, um die Verwundeten aufzuheitern. Man hat mir den Eindruck vermittelt, als hätte Ihre Tochter genug Zeit in der Gesellschaft dieses Mannes verbracht, um ihn ins Herz zu schließen. Ob er ein Freund für sie war oder mehr, kann ich Ihnen in diesem Stadium noch nicht sagen.«

Ihr Gesicht blieb so unverändert wie eine Maske. Ihre Hände, in denen sie die Tasse und die Untertasse hielt, lagen nach wie vor still auf ihrem Schoß, denn sie waren zu wohlerzogen, um durch eine unwillkürliche Bewegung darauf hinzuweisen, dass sie die Fassung verloren hatte. Aber an ihrem angespannten Kinn zuckte ein kleiner Nerv.

»Als ich darum ersucht habe, dass man Ihnen diesen Fall zuteilt, Inspector, glaubte ich, einen Mann gewählt zu haben, der Intelligenz und Integrität besitzt. Ich habe nicht damit gerechnet, dass Sie auf Geschwätz und Andeutungen etwas geben. Sie haben mich enttäuscht.«

Er lächelte. »Dafür entschuldige ich mich. Aber die Tatsachen verhalten sich so, dass ich selbst mit der Person gesprochen habe, die von Ihrer Tochter – direkt vor deren Abreise nach Schottland mit Burns – einen Anruf bekommen hat. Sie hatte den Atwoods einen Wochenendbesuch versprochen und ihre Gastgeber – wie es sich gehört – angerufen, um sie von der Änderung ihrer Pläne zu unterrichten. Sie haben Ihre Tochter gut erzogen. Selbst in Zeiten großer Not hat sie sich ihrer Manieren erinnert.«

Er stellte seine leere Tasse auf das Tablett. Schach. Und matt.

Nur Hamish brach das Schweigen, das daraufhin einsetzte. »Gut gemacht!«, sagte er.

Das war ein seltenes Lob. Rutledge fand nicht die Zeit, es auszukosten.

Lady Maude sagte: »Falls Sie Ihre Informationen von Grace Talbot-Hemings haben, die heute Mrs. Atwood ist, bin ich sicher, dass sie das Gespräch genauso wiedergegeben hat, wie es sich zugetragen hat. Sie war ein ehrliches Mädchen und ist zweifellos zu einer ehrlichen jungen Frau herangewachsen. Das heißt aber noch lange nicht, dass man dem Glauben schenken darf, was meine Tochter ihr erzählt hat. Ganz im Gegenteil. Eleanor könnte bewusst eine falsche Fährte gelegt haben, als sie die Schiffspassage in die Vereinigten Staaten gebucht hatte und absolut sichergehen wollte, dass niemand sie aufhält. Das würde auch ihre große Not erklären, wie Sie es genannt haben.«

Das musste Rutledge zugeben.

Lady Maude gab sich nicht so schnell geschlagen. Sie war die Mätresse eines Königs gewesen und kannte ihren Wert. Sie hatte aber auch den Wert ihrer Tochter gekannt und erleben müssen, dass Eleanor ihr den Rücken kehrte.

Rutledge dachte: *Im Herzen ihrer Mutter ist Eleanor 1916 gestorben.* Und plötzlich wusste er, warum. Die Tochter, die Lady Maude auf Kosten ihrer Selbstachtung einem Prinzen von Wales geboren hatte, war in den Augen der Mutter ein solches Opfer nicht wert gewesen.

Eleanor hatte die Last, die ihre Mutter trug, weder verstanden noch gewürdigt, sondern sie, wenn überhaupt, in ihrer jugendlichen Auflehnung verspottet.

Für einen flüchtigen Moment fragte er sich, ob Lady Maude in der Lage sein könnte, ihr einziges Kind zu töten.

Lady Maude stellte ihre Teetasse jetzt ebenfalls entschieden und unwiderruflich auf das Tablett.

»Ihnen muss doch selbst klar sein, Inspector, dass Ihre« – sie zögerte vornehm – »kleinen Erfolge, wie Sie es nennen, ein schlechtes Licht auf den Charakter meiner Tochter werfen und für mich somit indiskutabel sind. Sie werden Ihre Nachforschungen nicht fortsetzen.«

»Sie will nichts davon hören, dass ihre Tochter schwanger war«, sagte Hamish. »Und wenn es Fiona belastet, will ich auch nichts davon hören.«

»Ich habe in dieser Angelegenheit keine Wahl«, sagte Rutledge. »Als Nächstes werde ich versuchen, diesen Burns ausfindig zu machen. Er sollte in der Lage sein, uns zu sagen, was Miss Gray in Schottland wollte, wohin sie wollte und weshalb. Dann sind wir einen Schritt weiter.«

Lady Maude erhob sich. »Ich muss mich für Ihre Zuvorkommenheit bedanken, mir Ihre Informationen persönlich zu übermitteln. Ich gehe davon aus, dass wir uns nicht wieder sehen werden.«

Damit war er entlassen. Endgültig entlassen, hob Hamish hervor.

Rutledge stand ebenfalls auf. »Ich werde Ihre Wünsche respektieren. Würden Sie einen schriftlichen Bericht einer telefonischen Nachricht vorziehen, wenn ich meine Untersuchung abgeschlossen habe?«

Ihre Blicke trafen sich. Ihre Augen waren tiefviolett vor Wut, seine ein Spiegel seiner Stimme, förmlich und unnachgiebig.

Volle zwanzig Sekunden sagte sie kein Wort und wartete darauf, dass er als Erster den Blick abwenden würde.

Dann fauchte sie: »Ich kann Sie zugrunde richten, Inspector.«

»Zweifellos«, antwortete er. »Aber das ändert nichts an der Wahrheit, und es wird Ihnen auch keine große Genugtuung verschaffen. Guten Tag, Lady Maude.«

Er hatte die Tür schon erreicht, als ihre Stimme ihn zurückhielt.

»Sie werden keine Verbindung zwischen meiner Tochter und diesen grässlichen Knochen finden!«

Er drehte sich um und sah einen Moment lang das Zimmer an, das sie mit einer solchen Eleganz und Förmlichkeit umgab. »Diese Hoffnung hege ich ebenfalls. Wenn ich eine Verbindung finde, wird das eine große Tragödie sein. Für viele Menschen.«

Als er die Tür hinter sich zuzog, hörte er ihre Stimme, klar und gebieterisch, aber nicht erhoben. »Inspector.«

Er trat zurück ins Zimmer. Ihr Gesicht war vollkommen unverändert. Sie sagte lediglich: »Meine Tochter kann von Glück sagen, nicht wahr, dass sie in Ihnen einen Fürsprecher gefunden hat. Ich fürchte, ich bin zu oft verletzt worden. Es ist schwierig, den Mut aufzubringen, eine weitere Enttäuschung zu verkraften. Aber ich werde es versuchen.«

Er neigte den Kopf. Es war eine Form von Ehrenbezeigung. Und eine Entschuldigung.

Diesmal rief sie ihn nicht zurück, als er die Bibliothek verließ.

Hamish musste diesen abschließenden Wortwechsel erst verarbeiten, und daher sagte er nur: »Ich könnte nicht behaupten, dass der Umgang mit der vornehmen Welt glücklich macht.«

Nein, antwortete Rutledge stumm. *Diese Frau hat einen hohen Preis bezahlt.*

Eine Stunde nach seiner Abfahrt von Menton fand Rutledge in der nächsten Stadt eine Telefonzelle und ließ sich mit seinem Patenonkel verbinden.

Morag nahm den Anruf entgegen und machte sich auf die Suche nach David Trevor.

Als er ans Telefon kam, sagte er: »Ian? Ich hoffe, das heißt, dass du zum Abendessen kommst.«

»Nach Schottland schaffe ich es nicht mehr rechtzeitig. Es ist schon spät, und ich habe drei anstrengende Tage hinter mir. Nein, was ich brauche, ist eine Information. Du hast mir erzählt, dass du den Prokurator-Fiskal im Fall MacDonald kennst. Kennst du ihn gut genug, um mir etwas über seine Familie zu erzählen?«

Einen Moment lang herrschte Schweigen. Dann sagte David Trevor: »Ja, was ich weiß, kannst du von mir erfahren. Er hat eine junge Frau aus der Nähe von Stirling geheiratet. Wenn ich mich recht erinnere, war ihr Vater Anwalt, und ein Bruder war Richter. Ich glaube, ich bin ihr ein- oder zweimal bei offiziellen Anlässen begegnet. Sie hatten drei Kinder. Cathy, die Tochter, ist mit einem Engländer verheiratet, und sie leben in Gloucester.

George, der ältere Sohn, ist Teilhaber einer Londoner Kanzlei. Robert, der Jüngste, ist tot.«

»Hat einer der Söhne im Krieg gedient?«

»George war bei der Marine. Er ist 1917 als Invalide entlassen worden. Robert ist in Frankreich gefallen. Bei der Artillerie. Anfang 1916, glaube ich.«

»War Robert verheiratet?«

»Nein, es gab ein Mädchen in Edinburgh, mit dem er inoffiziell verlobt war. Die Verlobung war nicht groß angekündigt worden, aber es war eine abgemachte Sache. Dann ist sie an einer Blinddarmentzündung gestorben. Ich weiß nicht genau, wann, aber mit Sicherheit eine ganze Weile vor Roberts Tod. Ich denke mal, es muss im Winter '15 gewesen sein. Woher rührt dieses plötzliche Interesse an Robert?«

»Ich weiß es nicht«, sagte Rutledge wahrheitsgemäß. »Könntest du ihn mir beschreiben?«

»Er war ein dunkler Typ. Kräftig gebaut. Und ich habe gehört, er sei äußerst geistreich gewesen. Ross war dabei, als er bei einer Hochzeit die Trinksprüche ausgebracht hat und die Gäste sich vor Lachen gebogen haben. Er hat gesagt, Robert hätte für einen Posten im Parlament kandidieren können, wenn er Lust gehabt hätte, diese Richtung einzuschlagen. Aber er hat sich mehr für Jura oder das Bankwesen interessiert, eines von beidem, ich habe es vergessen.« Rutledge konnte das Lächeln fast aus Trevors Stimme heraushören. »Habe ich mir mit meinem Wissen über die gesellschaftlichen Kreise Schottlands ein Beraterhonorar verdient?«

»Zweifellos! Danke, ich weiß deine Hilfe wirklich zu würdigen.«

»Kommst du noch mal her, Ian? Ehe du Schottland verlässt?«

In der anscheinend beiläufigen Frage schwang stumme Sehnsucht mit.

»Sobald ich kann«, versprach Rutledge und verabschiedete sich.

Noch eine Nacht auf der Straße, und Rutledge war wieder in Duncarrick, wenn auch müde und nicht ganz auf der Höhe. Ehe er ins Hotel ging, schaute er ins Polizeirevier und bat darum, Fiona sprechen zu dürfen.

McKinstry hatte Dienst und sagte zaghaft: »Ich glaube, Sie waren ein paar Tage fort.«

»Ja, ich hatte außerhalb von London bestimmte Dinge zu erledigen.«

McKinstry führte ihn zu der Zelle, schloss ihm die Tür auf und lächelte Fiona an. Dann sagte er wehmütig zu Rutledge: »Soll ich bleiben und Notizen machen?«

»Nein, nein, das ist nicht nötig.«

Er wartete, bis McKinstry am anderen Ende des Korridors außer Hörweite war, ehe er die kleine Zelle betrat und die Tür hinter sich schloss.

Fiona, die nichts zu sagen hatte, sah Rutledge ins Gesicht. Er wünschte ihr einen guten Morgen und fragte dann: »Es gab einen schottischen Offizier, mit dem Eleanor Gray gut bekannt war. Robert Burns, von seinen Freunden Robbie genannt. Sind Sie ihm je begegnet?«

Sie antwortete: »Der einzige Burns, den ich kenne, ist der Fiskal. Er ist nicht jung genug, um im Krieg gedient zu haben. Er lebt in Jedburgh.«

Rutledge sagte: »Richtig. Nun ja, es spielt eigentlich keine Rolle.« Er bedeutete ihr, sich zu setzen, und sie sah erst auf die Pritsche und dann auf den einzigen Stuhl, entschied sich für die Pritsche und hockte sich in einer steifen Haltung auf die Kante. Rutledge nahm den Stuhl und sagte im Plauderton: »Fiona, was haben die Leute in Duncarrick gegen Sie?«

»Haben sie etwas gegen mich?«

»Es muss wohl so sein. Sie haben geglaubt, was in den verleumderischen Briefen über Sie geschrieben wurde. Jetzt trauen sie Ihnen einen Mord zu. Könnten Sie sich, sagen wir mal, die Tait im Hutgeschäft als Mörderin vorstellen? Oder die junge Frau, die den Haushalt für den Pfarrer führt? Fiele es Ihnen leicht, Leuten Glauben zu schenken, die behaupten würden, *diese* Frauen seien Huren und noch Schlimmeres?«

Sie errötete.

»Aber von Ihnen haben die Leute es geglaubt. Wenn ich dahinter käme, warum, dann wüsste ich vielleicht, wer hinter diesen Lügen steckt. Es wäre ein Anfang.«

»Ich habe es Ihnen doch schon gesagt – ich weiß nicht, warum. Wenn ich es wüsste, wäre ich nicht hier eingesperrt, sondern könnte die Sonne und den Wind auf meinem Gesicht fühlen.«

»Das akzeptiere ich. Sind Sie dem Vater des Jungen, den Sie Ian nennen, jemals begegnet?«

Der abrupte Richtungswechsel ließ sie die Augen weit aufreißen. Aber sie antwortete flink und anscheinend ehrlich. »Nein.«

»Sind Sie ganz sicher?«

»Ich habe Ians Vater nie mit meinen eigenen Augen gesehen. Bei Gott, das ist die Wahrheit.«

»In dem Fall«, sagte er nüchtern und sachlich, »steht fest, wer Ihnen diesen ganzen Ärger eingebrockt hat – die Mutter des Jungen hat doch –«

»Nein! Sie ist tot. Das habe ich Ihnen doch schon gesagt.« Sie war ihm so schnell ins Wort gefallen, dass er seinen Satz nicht beenden konnte. *Die Mutter des Jungen hat doch sicher Familie*, hatte er ursprünglich sagen wollen.

»Sie ist nicht tot«, sagte er leise. »Und ich glaube, genau darin besteht das Problem. Sie fürchtet Sie. Sie fürchtet, Sie könnten ihrem jetzigen Ehemann von dem Kind erzählen, das sie unehelich geboren hat. Sie fürchtet, eines Tages könnten Sie es überdrüssig sein, für das Kind zu sorgen, und beschließen, es vor ihrer Türschwelle abzusetzen. Sie fürchtet sich vor Ihnen, und sie ist hier in Duncarrick. Oder ganz in der Nähe. Und sie ist diejenige, die die ganze Stadt gegen Sie aufgehetzt hat.«

Fiona war aufgesprungen. »Ich möchte Sie bitten, jetzt zu gehen.«

»Weil ich der Wahrheit zu nahe gekommen bin?«

»Nein«, sagte sie und sah ihm fest in die Augen. »Weil Sie so weit davon entfernt sind, dass es mir Angst einjagt. Ich dachte … am Anfang dachte ich, Sie hätten mir geglaubt. Ich dachte, Sie könnten mir vielleicht helfen.«

»*Sie* weigern sich, *mir* zu helfen.«

Plötzlich traten Tränen in ihre Augen, fielen jedoch nicht durch die dichten Wimpern. »Ich habe mir nichts zu Schulden kommen lassen, nur die Liebe zu einem Kind, das nicht mein eigenes ist. Wenn Sie mir helfen wollen, müssen Sie mir versprechen, dass Ian nicht in Mitleidenschaft gezogen wird. Unter gar keinen Umständen. Ich habe ihm zuliebe geschwiegen. Ich habe versucht, *ihn* zu schützen, nicht mich selbst.«

»Wovor wollten Sie ihn beschützen? Wodurch könnte ihm Schaden entstehen?«

»Durch Menschen, die ihn eventuell zu sich nehmen würden, wenn sie etwas von seiner Existenz wüssten. Die ihn nur zu gern für das bestrafen würden, was seine Mutter getan hat. Die ihn für das, was sie getan hat, leiden lassen würden.«

»Und was hat sie getan?«

»Sie hat einen Mann geliebt. Schrecklich geliebt. Das hätte sie nicht tun dürfen, aber sie … sie hatte ihre Gründe dafür. Und aus dieser Liebe ist ein Kind hervorgegangen. Eine Frau in ihrer Position konnte nicht mit einem Säugling in den Armen nach Hause gehen und sagen: ›Verzeiht mir, ich habe es nicht so gewollt. Lasst mich die Trümmer meines Lebens aufsammeln und so weitermachen, als sei nichts passiert.‹«

»Warum haben Sie das der Polizei nicht gesagt? Oder dem Fiskal?«

»Sie hätten von mir verlangt, dass ich ihren Namen nenne, um zu beweisen, dass ich die Wahrheit sage. Und Ian ist mir anvertraut worden, damit ich ihn behüte, ihn liebe und ihn beschütze. Und nicht, damit ich ihn verrate!« Die Tränen flossen jetzt und rannen wie Quecksilber über ihre Wangen. »Ich bin verloren«, sagte sie, »ganz gleich, was ich tue. Und es ist besser zu hängen, als zu versagen. Wenigstens würde ich mit dem Wissen sterben, dass ich mein Versprechen bis zum Ende gehalten habe.«

Er kramte sein Taschentuch heraus und reichte es ihr. »Wenn sie am Leben ist, käme sie doch sicher an die Öffentlichkeit. Damit Sie verschont bleiben. Dem Jungen zuliebe.«

»Nein, ich sage Ihnen doch, dass sie tot ist. Ihre Familie fürchte ich, nicht sie!« Sie unterdrückte ein Schluchzen und wiederholte: »Die Toten fürchte ich nicht.«

Während Hamish in seinem Hinterkopf glühende Argumente vorbrachte, sagte Rutledge mit ruhiger Stimme: »Ich kann mir vorstellen, dass Sie das Kind an sich genommen und ein Versprechen gegeben haben. Aber was hätten Sie Hamish MacLeod erzählt, wenn er aus dem Krieg nach Hause gekommen wäre und Sie mit einem Kind vorgefunden hätte, von dem Sie behaupten, es sei Ihr eigenes?«

Sie starrte ihn kläglich an. »Er hätte uns beide geliebt. Er hätte mir vertraut und uns beide geliebt.«

Und zu Rutledges Schande hallte die Wahrheit klar und deutlich in der kleinen Zelle wider.

Am Nachmittag suchte er den Prokurator-Fiskal auf. In Jedburgh herrschte emsige Betriebsamkeit. Im Stadtkern waren viele Menschen unterwegs, und die Geschäfte hatten gute Umsätze zu verzeichnen, ebenso die Pubs und das Hotel. Die Bürgersteige waren derart überfüllt, dass Leute auf die Straßen auswichen und den mit Waren beladenen Karren und Fuhrwerken im Weg standen. Am Vormittag war ein Rindermarkt abgehalten worden, und die Bauern, die für einen Tag in die Stadt gekommen waren, schienen das Beste daraus machen zu wollen.

Rutledge hatte den Eindruck, die Einwohnerzahl von Jedburgh hätte sich vorübergehend nahezu verdoppelt, und mit der Rückkehr nach Hause schien es niemand eilig zu haben. Er brauchte fast zwanzig Minuten, um einen Platz zu finden, an dem er sein Fahrzeug abstellen konnte, und selbst dann musste er bei einem grinsenden Mann mit Zahnlücken für dieses Privileg bezahlen.

Das Büro des Prokurator-Fiskals war mit dunklem Holz verkleidet und mit Mahagoni und Leder eingerichtet und bot einen Ausblick auf das Stadtzentrum. Bei den Büchern in den Regalen über dem schönen alten Schreibtisch handelte es sich um eine Mischung aus juristischen, wissenschaftlichen und literarischen Werken.

Burns war groß, gebeugt und hager. Den prächtigen weißen Haarschopf hatte er sich aus der Stirn zurückgebürstet, und hinter einem goldenen Kneifer verbargen sich scharfe blaue Augen. Ein Mann, der es gewohnt war, Befehle zu erteilen und Gehorsam zu erwarten.

»Inspector Rutledge? Schön, dass Sie kommen. Darf ich Ihnen eine Tasse Tee anbieten? Einen Sherry?«

Rutledge nahm nach kurzer Überlegung den Sherry an, und als er das zierliche Glas mit der goldenen Flüssigkeit am Stiel hochhob, sah er, dass es sich bei dem Muster auf dem Glas um Disteln handelte.

»Haben Sie in der Angelegenheit Eleanor Gray schon Fortschritte gemacht?«

»Ich weiß jetzt mehr über sie. Sie war eine wohlhabende junge Frau mit einem Hang zur Auflehnung und dem glühenden Wunsch, Medizin zu studieren. Sie hat sich während des Kriegs um die Verwundeten gekümmert, Unterhaltung für sie organisiert, großes Interesse an ihrer Pflege gezeigt und sich womöglich aktiv engagiert. Im Frühjahr 1916 wurde sie zu einer privaten Party in der Nähe von Winchester eingeladen und hat die Einladung angenommen. Aber der Offizier, den sie mitbringen wollte, hat festgestellt, dass er mehr Urlaub bekommen hat, als er erwartet hatte. Daher ist sie stattdessen mit ihm in den Norden gefahren, anscheinend mit der Absicht, ein paar Tage in seinem Haus zu verbringen. Ob sie jemals dort angekommen ist oder nicht, scheint niemand zu wissen. Wohin sie nach dieser Woche gegangen sein könnte, scheint ebenfalls unbekannt zu sein. Aber die Information, die ich erhalten habe, ist zuverlässig und besagt, dass sich Miss Gray im Frühjahr vor der Geburt des Kindes in Schottland aufgehalten hat. Falls sie zu jenem Zeitpunkt gerade erst erfahren haben sollte, dass sie schwanger war, hätte sie es so einrichten können, die Geburt des Kindes dort zu erwarten, wo sie weitaus weniger gut bekannt war.«

»Ja, ja, das leuchtet mir ein. Wissen Sie zufällig, wer dieser Offizier war?«

Nichts im Gesicht des Prokurator-Fiskals wies darauf hin, dass er in irgendeiner Weise auf den Schock vorbereitet war, der ihm bevorstand. Interesse und natürliche Neugier waren zu erkennen. Sonst nichts.

»Wir haben Grund zu der Annahme, dass es sich bei dem Offizier, mit dem sie schon seit einer Weile befreundet war, um einen Schotten gehandelt hat«, sagte Rutledge behutsam. »Eine zuverlässige Zeugin hat mir berichtet, sein Name sei Robert Burns gewesen.«

Der Fiskal war verblüfft genug, um seinen Sherry zu verschütten. Er fluchte tonlos, als ein goldenes Rinnsal über die Papiere auf dem Tisch vor ihm lief, und zog sein Taschentuch heraus, um die Flüssigkeit aufzusaugen. Der Geruch des kräftigen Weins breitete sich aus, und Rutledge stellte sein eigenes Glas unberührt ab.

»So hieß, wie Sie vielleicht wissen, mein verstorbener Sohn.«

»Ja. Aber ich würde meinen, es gibt eine beträchtliche Auswahl von Männern dieses Namens«, erwiderte Rutledge.

»Wo befand sich das Haus, von dem Sie gesprochen haben?«

»Ich hörte, es stünde in den Trossachs.«

Burns ließ das feuchte Taschentuch in den vollen Papierkorb neben seinem Schreibtisch fallen.

»Mein Sohn hatte ein Haus in den Trossachs. Nicht weit von Callander. Aber es wäre mir vollkommen neu, dass er mit Eleanor Gray befreundet war. Wenn ich das gewusst hätte, hätte ich es gegenüber Inspector Oliver und dem Chief Constable erwähnt. Außerdem hatte mein Sohn vor, zu heiraten, und das hätte er auch getan, wenn … wenn er am Leben geblieben wäre. Es hätte ihm nicht ähnlich gesehen, sich in London in Gesellschaft von anderen Frauen aufzuhalten. Und noch unwahrscheinlicher erscheint es mir, dass er eine andere Frau in sein Haus mitgenommen hätte.«

Rutledge sagte beschwichtigend: »Wenn sie befreundet waren und sie in der Klemme saß, hätte er es vielleicht doch getan. Ob er nun der Vater des Kindes war oder nicht.«

Damit bot er ihm einen Ausweg. Der Fiskal griff sofort zu. »Er hätte ihr bestimmt jede erdenkliche Hilfe geleistet. Aber ich kann einfach nicht glauben, dass er ihr sein Haus zur Verfügung gestellt hätte. Es war das Haus seiner Mutter, ehe wir geheiratet haben. Sie hat es ihm vermacht. Robert hat seiner Mutter sehr nahe gestanden. Er hätte ihr Andenken nicht entehrt.« Er sah den Rest Sherry in seinem Glas so angewidert an, als gäbe er ihm die Schuld daran, dass er übergeschwappt war. »Und überhaupt«, sagte er und machte damit die hochmütige Wirkung seiner bisherigen Worte mehr oder weniger zunichte, »hätte ich erfahren, wenn jemand in das Haus eingezogen wäre. Es gibt eine Nachbarin, die von Zeit zu Zeit nach dem Rechten sieht. Sie hat einen Schlüssel. Ich hätte es mit Sicherheit erfahren! Mrs. Raeburn nimmt es sehr genau mit diesen Dingen.«

Hamish sagte: »Ja, wenn die Nachbarin ein klatschsüchtiges altes Weib ist, die seinem Vater mit dem größten Vergnügen Neuigkeiten zugetragen hätte, dann kann ich mir nicht vorstellen, dass Robert so dumm gewesen wäre.«

»Allerdings«, sagte Rutledge und antwortete damit beiden zugleich. »Dann hätte er eine andere Unterkunft für sie gefunden, bis sie wieder nach London zurückkehren konnte. Vorausgesetzt, es war Ihr Sohn. Hatte er Interesse an Dudelsackmusik?«

»Er hat als Kind gelernt, den Dudelsack zu spielen. Aber später hat er es aufgegeben. Was hat das mit Eleanor Gray zu tun?«

»Ich erinnere mich, dass mir jemand erzählt hat, derselbe Offizier hätte ihr dabei geholfen, Dudelsackpfeifer zu finden, die bereit waren, für die Verwundeten zu spielen.«

»Man muss das Instrument nicht spielen können, um es zu mögen. Und man braucht auch keine Dudelsackpfeifer zu kennen.«

Rutledge sagte nichts.

Nach einem Moment sagte Burns: »Was hat das alles, bitte schön, mit der jungen Frau in Duncarrick zu tun? Wenn diese Gray im Frühjahr in den Norden gekommen ist, hätte sie sich in den darauf folgenden Wochen *überall* in Schottland aufhalten können.«

»Das ist natürlich wahr. Aber zumindest ist es ein Ansatz, und ich hoffe, dass es uns schließlich gelingen wird, Miss Grays Spuren zum Glencoe zurückzuverfolgen, falls sie dort gestorben sollte.« Rutledge unterbrach sich und sagte dann, als sei es ihm erst nachträglich eingefallen: »Ich glaube kaum, dass wir den Namen vom Vater dieses Kindes, das Fiona MacDonald in ihrer Obhut gehabt hat, jemals erfahren werden. Im Grunde genommen ist es ein Jammer. Der Kleine ist ein prächtiger Bursche, und wenn er meiner wäre und ich gestorben wäre, hätte ich gehofft, meine Familie würde sich seiner an meiner Statt annehmen.«

224

Burns musterte ihn kühl und sagte nichts.

Rutledge stand auf und fragte dann: »Hätten Sie etwas dagegen einzuwenden, Sir, wenn ich die Gefangene an den Ort brächte, an dem die fraglichen Knochen gefunden wurden?«

»So etwas ist im Gesetz nicht vorgesehen!«

»Nein, Sir, das ist mir durchaus bewusst. Dennoch muss ich die Wahrheit über Eleanor Gray herausfinden und dahinter kommen, welche Verbindung zwischen den beiden Frauen besteht. In einer Gefängniszelle fällt es der Angeklagten sehr leicht, beharrlich zu schweigen. Wenn sie dagegen mit dem Grab ihres Opfers konfrontiert wird, könnte sie durchaus zusammenbrechen und gestehen. Es würde uns viel Mühe sparen, wenn sie das täte. Ich glaube, so, wie die Dinge stehen, ließe sich der Fall vor Gericht schwer beweisen.«

»Unsinn! Das Beweismaterial ist sogar ausgesprochen fundiert.«

»Ach ja? Wenn ich ihr Anwalt und einigermaßen gescheit wäre, würde ich den Geschworenen klar machen, dass wir zwar den lebenden Beweis eines Kindes, aber nicht den geringsten Beweis für einen Mord vorliegen haben. Und es könnte gut sein, dass sich die Geschworenen meiner Meinung anschließen würden.«

Ein verblüffter Ausdruck trat in die blauen Augen, als hätte Burns nie etwas anderes als einen Schuldspruch in Erwägung gezogen.

Als er sich verabschiedete, fiel Rutledge wieder ein, dass Drummonds Schwester darauf beharrt hatte, der Fiskal sei wütend auf Fiona, weil sie sich geweigert hatte, Inspector Oliver bei seiner Arbeit zu unterstützen.

Hamish sagte: »Er hat gar nicht gern gehört, dass sein Sohn etwas damit zu tun hatte.«

»Ja, ich weiß. Und es könnte durchaus wahr sein, dass er nichts damit zu tun hatte. Andernfalls hätte es der Fiskal sehr geschickt angestellt, seine eigenen Zweifel zu verbergen. Trotzdem glaube ich nicht, dass er seinen Sohn schützen wollte, als er angeordnet hat, Fiona bis zur Verhandlung in Gewahrsam zu nehmen. Das wäre ein ungeschicktes Vorgehen gewesen – wenn ich nicht auf den Namen Robert Burns gestoßen wäre, hätte ein anderer darauf stoßen können. Nein, hinter dieser Entscheidung hat mehr gesteckt.«

»Dann rollen wir es doch mal von einer anderen Seite auf. Wozu soll eine Verhandlung gut sein? Nicht etwa dazu, den Namen des Kindes oder die Identität seiner Eltern herauszufinden, sondern um Fiona dafür zu bestrafen, dass sie die Mutter umgebracht hat. Um jemanden zu haben, irgendjemanden, dem sie die Schuld an dem Tod einer Frau geben können. Damit die Leiche, wenn sie gefunden wird, nicht mit dem Finger auf den wahren Mörder zeigen kann. Leute wie der Fiskal und der Chief Constable und ihre feinen Freunde decken ihresgleichen.«

Auf dem Weg zu seinem Automobil schüttelte Rutledge den Kopf. »Nein. Das kann es nicht sein. Aber der Fiskal ist ein intelligenter Mann, und er hätte sagen sollen: ›Wenn jemand behauptet, mein Sohn sei in diese Angelegenheit verwickelt, dann möchte ich, dass Sie sich damit befassen.‹ Und dann hätte er mir eine Liste von Leuten geben sollen, die den Sohn gut genug kannten, um mir die Wahrheit zu sagen. Aber das hat er nicht getan. Und gerade das ist seltsam.«

Als er sich vorbeugte, um den Motor anzuwerfen, fügte Rutledge hinzu: »Verstehst du es denn nicht? McKinstry hat vollkommen Recht. Das Urteil über Fiona MacDonald ist bereits gefällt.«

18

Am nächsten Morgen überbrachte ein privater Bote Rutledge die Genehmigung, Fiona MacDonald zum Glencoe mitzunehmen, vorausgesetzt, sie wurden von einer Anstandsdame und einem Constable begleitet.

So hatte er sich diesen Ausflug nicht vorgestellt. Er hatte darin eine Art Sühne gesehen, als er im Büro des Prokurator-Fiskals gesessen hatte. Er hatte darin aber auch einen Vorwand gesehen, Fiona aus der kleinen dunklen Zelle und ins Licht zu holen. Eine Vielzahl von verworrenen Gründen, die ausnahmslos unklug waren.

Doch je eher er hinfuhr, desto besser, bevor es sich einer der Beteiligten anders überlegte.

Er ließ einen Korb mit Sandwiches für den Ausflug packen und ging dann zu seinem Wagen, um zum Polizeirevier zu fahren.

Oliver war nicht da. Pringle glaubte, er sei in Richtung Jedburgh gefahren, um sich mit dem Diebstahl der Ladung eines Fuhrwerks zu befassen. »Es scheint«, beendete Pringle trocken seinen Bericht, »als sei der Fahrer eingeschlafen und von der Straße abgekommen. Als er sich auf die Suche nach Hilfe gemacht hat, um den Wagen aus dem Straßengraben zu ziehen, hat sich stattdessen jemand zu der Ladung verholfen.« Pringle zuckte die Achseln. »Der Fahrer ist aufgebracht, aber davon wird sich Inspector Oliver wohl kaum ins Wanken bringen lassen. Das hatten wir schon mal, dass ein Kutscher einen Teil der Ladung verkauft und dann behauptet hat, er sei ausgeraubt worden. Inspector Oliver hat ein gutes Gedächtnis. Er lässt sich nicht zweimal zum Narren halten!«

Rutledge ertappte sich bei dem Gedanken an das Skelett, das in den Stallungen des Reivers aufgefunden worden war. Nach dieser Blamage war Oliver auf die Knochen im Glencoe gestoßen …

Er bedankte sich bei Pringle und beschloss, selbst in Richtung Jedburgh zu fahren. Er hatte jedoch gerade erst die Außenbezirke von Duncarrick erreicht, als der Motor stotterte, spuckte und dann erstarb.

Fluchend stieg er aus dem Wagen, um ihn wieder anzukurbeln, doch es tat sich nichts. Er warf einen Blick auf den Motor – und zog die Aufmerksamkeit zweier junger Bauernburschen auf sich, die kamen, um ihm über die Schulter zu sehen und die Geheimnisse unter der Motorhaube zu erkunden – und konnte auf Anhieb keinen Schaden erkennen. Er bat einen der jungen Männern, den Draht zu halten, während er die Kurbel anwarf und den Funken überprüfte. Das war eindeutig nicht die Fehlerquelle. Der Tank war frisch gefüllt; gerade erst am Vortag hatte er in Jedburgh Benzin getankt. Und er konnte auch keinen Hinweis darauf erkennen, dass sich jemand an dem Wagen zu schaffen gemacht hatte.

Schließlich endete es damit, dass Rutledge einen Wagen und ein Pferd organisierte, um das Fahrzeug nach Duncarrick abzuschleppen (begleitet von den humorvollen Bemerkungen des alten Bauern, der von infernalischen Verbrennungsmotoren keine hohe Meinung hatte), wo er es dem Mechaniker in der Schmiede auf Gedeih und Verderb auslieferte.

Heute würde er mit Fiona MacDonald nirgendwo hinfahren. Und morgen auch nicht …

»Und wer wird sich freuen, das zu hören?«, fragte Hamish, und seine Stimme triefte vor Ironie. »Der Fiskal?«

»Burns hat die Genehmigung erteilt. Wenn auch ungern.«

Rutledge ging wieder ins Hotel und sah sich den Stellplatz neben dem Schuppen genauer an, wo er das Automobil normalerweise parkte. Eine reine Vorsichtsmaßnahme.

Er lief umher und hielt den Blick auf den Boden gerichtet. Schlurfende Schritte waren durch den Staub gelaufen, doch bis auf seine eigenen waren keine klaren Fußabdrücke zu erkennen. Der hintere Teil des Wagens hatte im Schatten des Schuppens gestanden, der keine drei Meter entfernt war. Es wäre ein Leichtes gewesen, spät abends in der Dunkelheit unbeobachtet dort zu kauern und einen Reifen mit einer Axt zu zerstören, wenn jemand den Wagen außer Gefecht setzen wollte. Aber die Reifen waren unberührt geblieben. Der Motor war ebenfalls nicht beschädigt worden, soweit Rutledge erkennen konnte.

Er hatte den Wagen wohl einfach nur vier Tage lang bis an seine Grenzen strapaziert.

Sämtliche Einwohner von Duncarrick wussten, wessen Automobil Tag für Tag im Hof des Hotels parkte. Niemand, der bei klarem Verstand war, hätte seinen Wagen angerührt.

»Es sei denn«, sagte Hamish, »du bist jemanden auf die Zehen getreten.«

Rutledge ging zu Fuß zum Polizeirevier und borgte von Constable Pringle noch einmal den Schlüssel zum Reivers. Es war unwahrscheinlich, dass der Gasthof weitere Informationen barg, aber er wollte allein hingehen und sich vergewissern.

Clarence, die Katze, folgte Rutledge auf Samtpfötchen von einem Zimmer ins andere, ein stummer weißer Geist auf seinen Fersen, während er sich in jedem einzelnen Raum Zeit ließ. Er hätte nicht sagen können, wann er begonnen hatte, sich dem zuzuwenden, was ihn eigentlich hierher geführt hatte.

Ein Ort wie *The Reivers,* sagte er sich, war nicht für den Morgen geschaffen. Gewiss hingen die Echos des Abends noch in der Luft, Gelächter und Stimmen, darunter auch solche, die sangen und den Ton nicht trafen, und durch die Korridore musste der Geruch von verschüttetem Bier ziehen, aber auch der Qualm der Raucher. Vormittags musste hier Leere herrschen, eine Form von Einsamkeit, als wartete das Wirtshaus nur darauf, dass die Türen wieder aufschwangen und neue Gäste eintrafen, die es auf ein Bier und die damit einhergehende Gesellschaft gelüstete.

Jetzt hallten nicht einmal die Echos des vergangenen Abends durch die Räumlichkeiten. Das Gasthaus hatte so lange leer gestanden, dass es nur noch nach Staub und altem Holz roch und in der Küche nach der Asche zahlloser Feuer im großen Ofen.

Hamish nahm die Balken zur Kenntnis, die vom Rauch verfärbt waren, und das polierte Holz des Tresens, die Fenster mit ihren gestärkten Gardinen und die kleinen Zinntöpfchen auf jedem Tisch, in denen oft Blumen gestanden haben mussten, die hübschen handgemachten Tagesdecken auf den Betten sämtlicher Gästezimmer im oberen Stockwerk – wohl kaum eine Verführung zum Huren –, und in der kleinen Abstellkammer mit den Steinfliesen auf dem Boden, die man von der Küche aus erreichte, die Gartenwerkzeuge, die an ordentlich aufgereihten Haken hingen. Der Schrank, in dem die Bett- und Tischwäsche untergebracht war, verströmte einen schwachen Geruch nach Lavendel und Rosenblüten. Die Speisekammer war leer bis auf ein paar Konservendosen, die wie Wachtposten auf den langen Regalen standen. In der Küche war das Geschirr säuberlich in einem riesigen Geschirrschrank gestapelt, große Eisentöpfe und Pfannen hingen in Reichweite von der Decke, und der Spülstein war trocken. Dort hätte Gemüse liegen sollen, das nur darauf wartete, geschrubbt und gekocht zu werden.

»Hier hätte ich leben können«, sagte Hamish wehmütig, »in Ruhe und Frieden. Mit ihr. Wenn ich sie hier an meiner Seite hätte, würde ich mich nicht nach dem Hochland sehnen … Hier könnte ich meinen Seelenfrieden finden.«

Rutledge bemühte sich, die leise Stimme hinter seiner Schulter abzublocken und anderen Geistern zu lauschen, die eigentlich hier hausen sollten. Zum Beispiel Ealasaid MacCallum. Oder den Echos eines kleinen Jungen, der mit seiner Katze spielte oder mit seinem dreibeinigen Stoffpferd von einem Zimmer ins andere rannte und dabei laute Rufe ausstieß. Oder Fionas Gegenwart, während sie ihren alltäglichen Beschäftigungen nachging. Aber er konnte nichts von alledem finden. Insbesondere Fionas Geist war nicht auffindbar.

Es war, als seien sogar die Abdrücke ihrer Schuhsohlen von den Fußböden geschrubbt worden, um die letzten Anzeichen zu entfernen, die auf ihre Gegenwart hingewiesen hatten. Fiona hatte hier gelebt und doch keine sichtbaren Wurzeln gefasst. Sie hatte ihre Pflicht gegenüber ihrer Tante erfüllt, das Wirtshaus weitergeführt und für Geschäftigkeit gesorgt, und sie hatte hier ein Kind aufgezogen. Und sie hatte nichts und niemanden an sich herangelassen, nicht einmal das Gebäude, das sie ihr Zuhause nannte. Um die drückende Stille zu durchbrechen, die sogar die Mauern zu durchdringen schien, drehte er sich nach einer Weile zu der Katze um und ging in die Hocke, um sie zu streicheln. Sie hob den Kopf und schmiegte ihn an seine Hand, kniff die Augen zu schmalen Schlitzen zusammen und begann zu schnurren. »Was hättest du mir wohl zu erzählen, wenn du sprechen könntest?«, fragte er leise. »Hmmm?«

Eine Stimme sagte: »Sie ist nichts als ein dummes Tier, Mann!«

Drummond, Fionas Nachbar und jetziger Hüter ihres Kindes, betrat die Bar und erschreckte mit seiner Anwesenheit die Katze. Rutledge zog sich auf die Füße, als sie hinter dem Tresen verschwand.

Selbst Hamish hatte Drummond nicht kommen hören.

»Aber sie hat Augen, oder nicht? Und keinen Grund zu lügen. Ich finde, es ist an der Zeit, dass mir endlich jemand die Wahrheit erzählt«, sagte Rutledge ermunternd.

»Da gibt es keine Wahrheit zu erzählen. Wieso sind Sie überhaupt schon wieder hier?«

»Ich sehe mich in der Vergangenheit um, weil ich wissen möchte, was sich dort verbirgt. Was es ist, das so vielen Menschen Angst einjagt.« Und doch wurde ihm jetzt klar, dass er seine Zeit im Reivers damit verbracht hatte, sich ein klareres Bild von Fiona MacDonald zu machen. Er war nicht auf der Suche nach Indizien, sondern nach dem Charakter einer Frau, die sich entzog wie eine wesenlose Geistererscheinung.

Aber warum hatte sie das Gasthaus nicht verkauft und war fortgegangen? Wenn sie hier ohnehin nicht glücklich war.

Eleanor Grays Worte fielen ihm wieder ein. »*Ich könnte sterben ...*«

»Pah.« Drummond musterte ihn voller Abneigung. »Wie können Sie nur so dumm sein! Im Gebälk ist sie nicht zu finden. Die Vergangenheit. Da war sie auch nie zu finden.«

»Wieso sind Sie so sicher?«

»Muss ich etwa der Polizei erklären, wie sie vorzugehen hat? Weil das Kind nicht hier geboren ist, das weiß doch jeder! Und genau da würde sich ein vernünftiger Mann umsehen, oder etwa nicht? Wo das Kind geboren wurde. Falls er dahinter kommt, wo das war.« In seinen Augen funkelte eine trotzige Herausforderung. Als hätte er Rutledge ein Rätsel aufgegeben.

»Dort war ich bereits. Wo der Junge geboren wurde. Es handelt sich um eine ganz gewöhnliche Klinik mit einem Arzt, der zu viel zu tun hat, um sich darum zu kümmern, wer seine Patientinnen sind. Man hat mir gesagt, die Geburt sei normal verlaufen, aber die Mutter sei anschließend schwer erkrankt.«

Drummond starrte ihn entgeistert an. »Und wie um Gottes willen haben Sie das herausgefunden? Das ist mehr, als Oliver herausgefunden hat – oder herausfinden wollte!«

»Ich bin Polizist. Es ist mein Beruf, solche Dinge herauszufinden.« Drummond verdaute diese Neuigkeit und fragte argwöhnisch: »Und wo soll diese Klinik sein?«

Rutledge lächelte. *Das interessiert dich wohl, was?* »In London. In Carlisle. In York. Sie können es sich aussuchen.«

Drummond sagte erbost: »Ich lasse mich nicht verspotten, Sie Polizist. Und über mich macht man sich auch nicht lustig. Wenn Sie die Klinik gefunden haben, dann haben Sie auch den richtigen Namen des Kindes herausgefunden. Und den seiner Mutter. Ist das wahr?«

»Ja. Man hat mir einen Namen genannt. Es war kein Name, den ich kannte.«

»Und wo kann man sie heute wohl finden? An einem Berghang im Hochland, abgenagte Knochen, denen die Krähen Gesellschaft leisten?« Drummonds Gesicht sah verändert aus. Die Muskeln unter seinen Augen waren angespannt. Die Kiefermuskeln hatten sich verkrampft.

»In ihrem Grab«, antwortete Rutledge, der plötzlich auf der Hut war. Er konnte spüren, dass in Drummonds Körper gewaltige Emotionen anschwollen. Woher rührte dieses enorme Interesse? Oder wenn es das nicht war, wenn er die Information aus einem anderen Grund haben wollte – wieso dann diese Intensität? Er fügte behutsam hinzu: »Und daran sollten Sie nicht rühren. Im Interesse aller. Ich kann Ihnen nur raten, sie in aller Ruhe in ihrem Grab liegen zu lassen.«

»Warum?« Es war ein Knurren.

»Weil sie dort am sichersten ist. Und für das Kind ist es auch das Beste.«

»Und Fiona MacDonald bleibt weiterhin dem Henker ausgeliefert!«

»Noch ist es nicht so weit. Weshalb sollte Sie das überhaupt interessieren?«, fragte Rutledge.

Drummond sah ihn finster an und schwieg grimmig.

»Außer Constable McKinstry ist mir in Duncarrick noch niemand begegnet, der sich einen Dreck darum schert, was aus ihr wird«, erwiderte Rutledge. »Weshalb sollte es Sie interessieren?«

Das Schweigen dauerte an.

Rutledge sagte: »Liegt es daran, wie sie den Kopf zur Seite neigt, wenn sie Ihnen zuhört? Oder an ihren funkelnden Augen, wenn sie lacht –«

Die angestaute Wut brach aus. »Ich reiße Ihnen die Zunge raus!« Drummond sprang mit einem Satz auf ihn zu, der für einen Mann von seiner Größe flink war, und seine Faust streifte Rutledges Wange, doch der war bereits einen Schritt zur Seite ausgewichen und packte, als Drummond das Gleichgewicht verlor, dessen Handgelenk, drehte es um, damit er ihm den Arm hoch auf den Rücken biegen konnte, und stieß ihn mit Wucht an die Kante des Tresens, als der Schwung ihn nach vorn warf. Drummond atmete schwer, war sich jedoch seiner Körperkraft durchaus bewusst, als er sich gegen Rutledges Druck zur Wehr setzte und dabei fast den Spieß umgedreht hätte. Rutledges Finger gruben sich tiefer in das Handgelenk des Mannes, und er konnte spüren, wie der Ellbogen überdehnt wurde.

»Nein, Drummond, Sie werden mir jetzt zuhören! Wenn Fiona MacDonald am Leben bleiben soll, ist mehr erforderlich, als Sie oder ich oder sonst jemand tun kann, um sie zu retten. Haben Sie gehört? Sie ist verloren. Und dieses Kind wird in einem Waisenhaus aufwachsen und alles glauben, was man ihm über sie erzählt. Falls sich der Junge später überhaupt noch an sie erinnern wird, dann voller Abscheu.«

Drummond schrie auf und schwor, Rutledge umzubringen.

»Helfen Sir mir, Sie verfluchter Kerl!«, stieß Rutledge durch zusammengebissene Zähne aus.

Er ließ den Arm los und entfernte sich aus Drummonds Reichweite, als dieser sich ruckartig umdrehte wie ein zorniger Bär und seine andere Faust ihr Ziel knapp verfehlte. »Ihnen werde ich ins *Grab* helfen!«

»Rühren Sie mich noch einmal an, und ich lasse Sie wegen tätlichen Angriffs einsperren!«, warnte Rutledge. »Und wenn Sie im Gefängnis sitzen, bleibt es an Ihrer Schwester hängen, allein für das Kind zu sorgen! Glauben Sie, diese Verantwortung wird ihr lieb sein?«

Er beobachtete den Kampf, der hinter den Augen des kräftigen Mannes ausgetragen wurde, sah das glühende Verlangen, Rutledges Gesicht mit den Fäusten zu bearbeiten, sah die rasende Lust, ihn zu verletzen. Aufgestaute Wut, die zu lange unterdrückt worden war, wollte gewaltsam ausbrechen. Und er sah auch den schnellen Sieg der Vernunft, die den Zorn bezwang.

Rutledge versuchte es mit einer anderen Strategie. »Hören Sie, es tut mir Leid. Aber ich kann Ihnen nicht vertrauen, wenn Sie mir nicht vertrauen. Begreifen Sie das denn nicht? Wenn ich Ihnen sage, was ich zu wissen glaube, wie kann ich dann sicher sein, dass es nicht den falschen Leuten zu Ohren kommt?«

»Welchen falschen Leuten?« Mit belegter Stimme fügte Drummond kaum verständlich hinzu: »Wir beide haben eine Rechnung miteinander zu begleichen. Und der Tag wird kommen, wo sie beglichen wird!«

Er streifte Rutledge auf dem Weg zur Tür. Sein Atem ging rasselnd, und seine Wut hing nach wie vor greifbar in der Luft. Das Poltern seiner genagelten Stiefel hallte durch die Bar.

Hamish, der fast so schwer atmete wie Drummond, sagte: »Es war unklug, sich ihn zum Feind zu machen.«

»Stimmt. Klug war es nicht. Aber ich glaube, dass es nützlich war. Dieser Mann weiß etwas. Oder er fürchtet, etwas zu wissen. Und zwar etwas Belastendes, denn sonst wäre er gleich am Anfang mit der Sprache herausgerückt.«

»Er wohnt nebenan. Er könnte etwas gesehen haben, was er besser nicht gesehen hätte.«

Rutledge schüttelte den Kopf. »Was auch immer das sein mag, den bringt keiner zum Reden.«

Er fand die Katze, trug sie ins Schlafzimmer und setzte sie dort ab, wo er ihren Abdruck auf dem Kissen gesehen hatte. Sie rollte sich zusammen, legte sich hin und grub die Pfoten in das Kissen. Ihr Schnurren klang laut in der Stille.

»Fiona?«

Rutledge sprach den Namen laut aus. Die Katze drehte sich um, sah auf die Schlafzimmertür und spitzte die Ohren. Aber es waren keine Schritte auf der Treppe zu hören. Mit halb geschlossenen Augen begann sie wieder, das Kissen zu verformen.

Plötzlich verspürte Rutledge sogar in dem großen, sonnendurchfluteten Schlafzimmer Klaustrophobie. Er wandte sich ab und verließ das Haus.

Rutledge gab den Schlüssel des Gasthauses bei McKinstry ab und ging wieder ins Ballantyne. Ihm blieb noch eine Viertelstunde, bis das Mittagessen serviert wurde, und er begab sich in sein Zimmer. Er war in Gedanken bei Drummond, als er die Tür aufschloss, eintrat und dann abrupt stehen blieb. Die Haare in seinem Nacken stellten sich zur Warnung auf, doch er schloss die Tür leise hinter sich und blieb auf der Stelle stehen, ohne sich zu rühren, obwohl niemand im Zimmer war.

Hamish sagte: »Hier hat sich etwas verändert.«

Jemand war hier gewesen.

Nicht das Zimmermädchen. Die junge Frau hatte das Zimmer gemacht, während er sein Frühstück eingenommen hatte. Selbst wenn sie noch einmal zurückgekommen wäre, um frische Handtücher zu bringen oder die Fenster zu schließen, hätte er es automatisch wahrgenommen, ohne sich Gedanken darüber zu machen.

Hier hatte er es mit etwas anderem zu tun.

Sein Instinkt sagte ihm, dass es sich nicht um einen freundlich gesonnenen Eindringling handelte. Etwas, was sich seinem Bewusstsein entzog, ließ seine Nerven prickeln. Der Krieg hatte ihn gelehrt, seinen Instinkten Beachtung zu schenken.

Er bewegte sich durch das Zimmer und sah sich sorgfältig um, doch sein Blick blieb auf nichts hängen. Sein Besucher war gründlich gewesen und hatte beim Durchsuchen seiner Habe mit pedantischer Genauigkeit darauf geachtet, wo sich jeder einzelne Gegenstand vorher befunden hatte. Aber er – oder sie – hatte bewusst dafür gesorgt, dass Rutledge diese Verletzung seiner Privatsphäre zur Kenntnis nehmen würde. Seine Hemden in einer Schublade der Kommode. Seine Schuhe auf dem Gestell im Kleiderschrank. Die Art, wie seine Krawatten gefaltet waren … Jeder einzelne Gegenstand war von seinem Platz gerückt worden. Alles lag wieder fast genau da, wo es vorher gelegen hatte. Die Veränderungen waren gerade groß genug, um einem Mann, der nach Veränderungen Ausschau hielt, ins Auge zu fallen.

Verwandelt hatte sich nämlich vor allem die Atmosphäre. Sie war fremd. Feindselig.

Drummond?

Rutledge hatte nicht vier Jahre im Schützengraben überlebt, ohne die Fähigkeiten des Jägers zu erlernen. Ohne den sechsten Sinn zu entwickeln, der den Gejagten am Leben erhielt.

Es war nichts weggenommen worden. Dessen war er sich sicher. Die Absicht hatte darin bestanden, ihm zu zeigen, dass er verletzlich war, nicht darin, ihn zu bestehlen.

In gewisser Weise war es ein Fehdehandschuh, den man ihm vor die Füße geworfen hatte.

Aber nicht, um ihn zum Duell herauszufordern.

Es war eher eine kalte, berechnende Drohung.

Ich komme an dich ran – aber du kommst nicht an mich ran.

Das war der erste falsche Zug in einem bislang äußerst raffinierten Spiel.

Während Rutledge zu Mittag aß, schloss sich ihm Inspector Oliver an.

Er drehte eine Runde durch das Restaurant, begrüßte hier den einen, dort den anderen, blieb zwischendurch stehen, um einem Mann am Fenster zuzuhören, und lachte dann leise, als wüsste er den Humor einer Bemerkung zu würdigen.

Hamish sagte: »Der hat was vor.«

Als er schließlich an Rutledges Tisch eintraf, zog Oliver den freien Stuhl heraus, der Rutledge gegenüber stand, und gab der Kellnerin in mittleren Jahren, die an diesem Tag bediente, ein

Zeichen. Sie kam lächelnd an den Tisch und sagte: »Möchten Sie vielleicht die Speisekarte, Inspector?«

»Ja, gern, Mary.« Er nickte, als sie ihm eine Karte reichte, wandte sich dann an Rutledge und sagte leutselig: »Was haben Sie bestellt? Den Schinkenbraten?«

»Ja. Er ist recht gut. Wer sind diese Leute dort drüben, am Tisch vor dem Kamin?« Der Mann war ihm draußen am Wachtturm begegnet, doch sein Interesse galt der Frau, denn er hatte sie zu Fiona befragt.

Oliver sah in die Richtung. »Das ist Sandy Holden, ein Grundbesitzer. Hatte eine Pferdezucht und versucht jetzt, sich mit Schafen durchzuschlagen. Er wird es schaffen. Er ist ein guter Mann.«

»Und die Frau?«

»Seine Ehefrau natürlich. Madelyn Holden.«

»Sie sieht kränklich aus. Als hätte sie es auf der Lunge.«

»Gütiger Himmel, nein! Sie wäre im letzten Herbst fast an der Grippe gestorben und ist noch nicht wieder ganz bei Kräften. Der Arzt sagt, mit der Zeit wird es von selbst wieder werden, aber Sandy macht sich große Sorgen um sie. Jetzt ist es schon fast ein Jahr her, und es geht ihr immer noch nicht besser. Das ist wirklich ein Jammer. Sie war eine der besten Reiterinnen, die ich je gesehen habe.« Er wandte sich der Speisekarte zu. »Dann nehme ich wohl auch den Schinken. Oder den Eintopf. Hier tun sie weiße Rüben in den Eintopf. Ich mag weiße Rüben sehr gern.« Er legte die Speisekarte zur Seite und fügte hinzu: »Ich habe gehört, Sie waren in Winchester. In dieser Angelegenheit oder in einer anderen?«

»In dieser Angelegenheit. Wir haben eine Frau gefunden, die Eleanor Gray aus der Schule kennt und mit ihr in Verbindung geblieben ist. Das heißt, bis zum Frühjahr 1916, als Eleanor Gray für ein Wochenende in Atwood House erwartet wurde. Aber im letzten Moment hat sie Mrs. Atwood angerufen und gesagt, sie würde stattdessen mit einem Freund nach Schottland fahren.«

»Ah!« Oliver sah Rutledge eifrig an. »Mit einem Freund?«

»Mit einem Offizier, den sie schon seit einer ganzen Weile kannte. Wir glauben zumindest, dass es sich um denselben Mann handelt. Er hatte lange genug Urlaub, um diesen Ausflug zu unternehmen. Sie ist mitgefahren. Seitdem hat, soweit ich in Erfahrung bringen konnte, niemand sie gesehen oder von ihr gehört.«

»Sind Sie ganz sicher, was den Zeitpunkt angeht? Eleanor Gray kann das Kind nicht im *Frühling* bekommen haben!« Er schüttelte den Kopf. »Ich glaube, diese Mrs. Atwood irrt sich.

Ich könnte sterben ...« Rutledge konnte Mrs. Atwoods sanfte Stimme hören, als sie die Worte wiederholte. Nein, sie hatte sich nicht geirrt. Eleanors Stimmung hatte ihren Neid erregt. Und später ihre Sorge wachgerufen.

Laut sagte er: »Sie brauchte einen Unterschlupf für die nächsten vier oder fünf Monate. Jemand könnte ihr dort ein Haus oder eine Wohnung zur Verfügung gestellt haben.«

»Ich sehe, worauf Sie hinaus wollen. Wenn sie in London geblieben wäre, wäre ihr kleines Geheimnis nicht mehr lange ein Geheimnis geblieben.« Oliver dachte darüber nach. Er ließ sich von den Leuten am Fenstertisch ablenken, die aufstanden, um zu gehen. Dann sagte er: »Das war mir nämlich rätselhaft, verstehen Sie. Wie eine solche Frau trostlose Monate in einem abgelegenen schottischen Dorf verbringen könnte. Es hat mir nicht eingeleuchtet. Ich meine, schließlich habe ich das Haus gesehen, in dem sie aufgewachsen ist, der reinste Palast, verdammt noch mal! Eine Wohnung in Edinburgh oder in Inverness, das hätte ich noch eingesehen. Aber es wäre doch sicher einfacher gewesen, in London jemanden zu finden, der ihr das Kind wegmacht.«

»In London war sie zu bekannt. Und erst recht in Medizinerkreisen.«

»Es gibt genug Engelmacher, die diskret eine illegale Abtreibung vornehmen.«

»Das hat seinen Preis. Sie könnte eine Erpressung gefürchtet haben.«

»Warum dann nicht in Glasgow ... Edinburgh ... Carlisle? Sie hätte weder ihren richtigen Namen noch ihre Adresse nennen müssen. Das hätte sich ohne weiteres einrichten lassen, wenn sie mit dem Gedanken gespielt hätte. Im Krieg sind solche Dinge laufend vorgekommen. Sie wäre nicht die erste gewesen. Und auch nicht die letzte.«

Rutledge dachte an das Krankenhaus und an Dr. Wilson, doch er sagte: »Vielleicht wollte sie das Kind haben. Oder sie wollte zumindest, dass es lebend zur Welt kommt. Und sobald das vollbracht war, hat sie es hergegeben.«

»Dann sagen Sie also, dass die Angeklagte gar keinen Grund hatte, die Mutter zu töten, weil sie ihr das Kind freiwillig überlassen hat?« Mary kam, um Olivers Bestellung aufzunehmen, und er entschied sich für den Eintopf.

»Ja. Zeitlich passt alles blendend zusammen.«

»Warum hat sich die Mutter dann seither nicht blicken lassen? Sie liegen falsch! Eleanor Gray ist tot, und wir haben ihre Knochen gefunden.« Oliver lehnte sich auf seinem Stuhl zurück und schaute sich im Raum um. Ohne Rutledge anzusehen fragte er: »Was habe ich da vom Fiskal gehört? Sie wollen die Angeklagte zum Glencoe bringen?«

Endlich kam er auf das Thema zu sprechen, das ihn zu Rutledge geführt hatte.

»Sie kennt die Gegend weitaus besser als einer von uns. Ich möchte sie mit dem Ort des Verbrechens konfrontieren. Und sehen, was passiert.« Es gab auch noch andere Gründe. Er hatte sich nicht gestattet, an diese anderen Gründe zu denken.

»Ihr Anwalt wird Ihnen sagen, dass das überhaupt nicht in Frage kommt.«

»Dann soll er von mir aus auch mitfahren.«

»Das reinste Affentheater!«, warf Hamish ein.

»Dann sage *ich* Ihnen eben, dass das nicht in Frage kommt. Ich sehe keinen Sinn darin«, sagte Oliver erbost.

McKinstry kam zur Tür herein, blieb stehen und sah sich um, bis sein Blick auf Oliver fiel.

Er ging eilig auf ihn zu, beugte sich vor und sagte leise: »Sie sollten besser mitkommen, Sir. Wir haben eine Nachricht von der Polizei im Glencoe erhalten.«

»Ich bin in einer Viertelstunde da. Verdammt noch mal, sehen Sie nicht, dass Sie mich beim Mittagessen stören?«

»Doch, Sir.« McKinstry richtete sich auf und ging auf die Tür zu.

Oliver warf seine Serviette auf seinen Teller, stand auf und fluchte tonlos.

Rutledge aß gerade seinen Karamellpudding. Er wollte ihnen folgen, doch Oliver bedeutete ihm, sitzen zu bleiben.

»Nein, das ist meine Angelegenheit.«

Rutledge akzeptierte diesen kaum verschleierten Befehl und blieb, wo er war. Es zahlte sich grundsätzlich nicht aus, sich mit der einheimischen Polizei über die Zuständigkeit zu streiten, selbst dann nicht, wenn man im Recht war.

Hamish sagte: »Er hat sich noch lange nicht alles von der Seele geredet, was er loswerden wollte.«

»Umso besser«, gab Rutledge zurück. Einen Augenblick lang dachte er, er hätte die Worte laut ausgesprochen.

Zehn Minuten später kam Oliver zurück. Sein Gesichtsausdruck war grimmig.

»Oben im Glen ist etwas gefunden worden. Wir machen uns gleich auf den Weg. Wo ist Ihr Wagen?«

Rutledge erklärte es ihm.

Oliver nickte. »Dann sollten Sie besser mit uns kommen. Sie werden hören wollen, was man uns dort mitzuteilen hat.«

Rutledge hatte das Gefühl, dass ihn eine unangenehme Aufgabe erwartete, als er sich langsam erhob.

Glencoe hatte eine lange, finstere Geschichte. Die blutigen Massaker, die am 13. Februar 1692 dort stattgefunden hatten, hatten selbst im Boden ihre Spuren hinterlassen. Und das gewaltige Bergmassiv, in dessen Schatten das Tal lag, schien in seinem kargen Gestein eine bittere Erinnerung aus alter Zeit zu bewahren.

MacIan von Glencoe hatte es unterlassen, dem König Wilhelm von Oranien vor dem 1. Januar jenes Jahres seinen Eid zu leisten. Es war nicht seine Schuld; er war rechtzeitig in Fort William eingetroffen, doch dort hatte man ihn nach Inveraray weitergeschickt. Dennoch hatte man eine Bestrafung für richtig befunden.

Campbell-Soldaten waren bei den MacDonalds einquartiert worden.

Die Campbells hatten zwölf Tage lang friedlich in den Häusern der MacDonalds gelebt und waren von ihnen als Gäste aufgenommen und verpflegt worden. Dann waren die Soldaten in jener kalten, dunklen Februarnacht ohne jede Vorwarnung aus ihren Betten aufgestanden und hatten Männer, Frauen und Kinder ohne Ansehen der Person niedergemetzelt. Diejenigen, die entkamen, starben in den trostlosen, unversöhnlichen Hügeln an Kälte und Hunger und an ihren Wunden. Und der Hand voll Überlebenden war der Name Campbell für alle Zeiten ein Gräel.

Als Olivers Wagen am Loch Leven vorbeikam und in die Straße südlich des Flusses einbog, der ins Herz des Glen führte, konnte Rutledge den Druck der Zeit und der Qualen ebenso fühlen wie Hamishs unausgesprochenen Kummer. Er wünschte glühend, er wäre nicht hergekommen. Er hatte vorgehabt, mit Fiona herzukommen; er hatte sie als seinen Schutzschild gegen das Glen angesehen, aber jetzt wusste er zweifelsfrei, dass es ein Fehler gewesen wäre, ebenso, wie es auch jetzt ein Fehler war.

Selbst Fiona konnte ihn nicht vor den Bildern beschützen, die ihm sein eigenes Inneres vor Augen führte.

Nicht weit von hier war Hamish geboren worden, zum Mann herangewachsen und in den Krieg gezogen. Diese Gegend kannte er so gut, dass er Rutledge in der Nacht vor seinem Tod fast jeden Quadratzentimeter geschildert hatte. Es war nicht etwa die Phantasie, die das große menschenleere Glen mit Erinnerungen bevölkerte, es war das gespeicherte Wissen eines ganzen Lebens. Und die anhaltende Stimme eines Soldaten, der im Kerzenschein leise, aber eindrucksvoll geredet hatte, ungeachtet des Lärms, der in der Dunkelheit um den behelfsmäßigen kleinen Unterstand herum geherrscht hatte, in der sie saßen, bis Rutledge jedes einzelne Wort im Schlaf hätte aufsagen können.

Während sie die Meilen verschlangen, durchlebte Rutledge jene Nacht mit einer solchen Heftigkeit noch einmal, dass er, selbst während er jede Biegung der Straße sah, wieder in das Jahr 1916 zurückversetzt wurde.

In gewisser Weise war Hamish nach Hause gekommen.

19

Es war eine lange Fahrt. Als sie den Treffpunkt erreicht hatten, wo sie von einem Inspector MacDougal erwartet wurden, waren Oliver und McKinstry in ein müdes Schweigen versunken, und Rutledge, der sich den Rücksitz mit Hamish teilte, empfand die Anspannung als Folter. Für keinen der beiden Männer war es eine leichte Heimkehr, so viel stand fest, wie man es auch drehte und wendete. Rutledge hatte nicht damit gerechnet, jemals die Orientierungspunkte zu sehen und wieder zu erkennen, die ihm jetzt mit solcher Klarheit ins Auge sprangen. Er hatte auch nicht damit gerechnet, hier eine solche Kargheit vorzufinden, die an sich schon wieder schön war für jemanden, der sie Tag für Tag gesehen hatte, bis der Tod eines obskuren österreichischen Erzherzogs die Welt in einen Krieg stürzte.

Glencoe konnte einem zusetzen wie ein Spuk, gespenstisch und betörend zugleich; diese Region war unvergesslich – und sie vergaß nichts.

Vor ihnen führte die ungepflasterte Straße in einen schmalen Engpass des Glen, und dort konnten sie ein Automobil sehen, das unter den bedrohlichen Hängen am Straßenrand angehalten hatte. Als sie näher kamen, stieg ein Mann aus, der auf dem Fahrersitz gesessen hatte.

Er war vierschrötig, hatte feuerrotes Haar, und sein Gesicht war so dicht mit Sommersprossen übersät, dass es auf den ersten Blick tiefbraun wirkte. Er grinste sie an, hob eine Hand, und als Oliver das Tempo verlangsamte, rief er: »Haben Sie etwa das gesamte Polizeiaufgebot von Duncarrick mitgebracht?«

Oliver hielt hinter dem anderen Fahrzeug am Straßenrand an,

und die Reifen wirbelten eine dicke Staubwolke auf. Der einzige Verkehr, dem sie auf den letzten Meilen begegnet waren, hatte in einer Schafherde und etlichen Karren bestanden, die mit Kohlköpfen und Kartoffelsäcken beladen waren. Die Straße schlängelte sich gelb in der Sonne wie ein ausgetrockneter Fluss in beide Richtungen.

Einsamkeit. Aber keine Leere. Leer war diese Gegend nie, wenn man ihre Geschichte kannte. Hamish kannte sie, und der Anblick ließ ihn verstummen. Rutledge sagte sich, wenn es überhaupt einen rechten Ort für den Dudelsack gab, dann war dieser hier geradezu dafür geschaffen. Um den Wind eine Wehklage davontragen zu lassen und das Tal mit menschlichen Klängen zu erfüllen; um die Laute zu übertönen, die keiner richtig hören konnte.

Er zwang sich zur Konzentration. Sobald sie einander vorgestellt worden waren, ging MacDougal zu seinem Wagen zurück und öffnete die Beifahrertür für den Fahrgast, den er mitgebracht hatte.

Das Mädchen war nicht älter als vierzehn oder fünfzehn Jahre und gegen den eisigen Wind, der von den Höhen herabwehte, in ein ausgebleichtes Schottentuch gehüllt, das ihr bis auf die Hüften reichte. Die Röcke wurden flatternd um ihre Knöchel gepeitscht. Ihr mausbraunes Haar war zu einem Knoten aufgesteckt, und nur ihre Jugend ließ sie hübsch wirken.

Aber sie sah den Fremden ins Gesicht, als sie ihr der Reihe nach vorgestellt wurden, und für jemanden ihres Alters wirkte sie sehr gefasst.

»Und das ist Betty Lawlor«, sagte der Inspector abschließend. »Also, was ist? Soll ich anfangen, oder wollen Sie lieber den Anfang machen, Inspector Oliver?«

Ehe Oliver etwas darauf erwidern konnte, sagte Rutledge: »Kennst du die MacDonalds höher oben im Tal?« Er fischte in seinem Gedächtnis nach einem Namen, und Hamish versorgte ihn damit. »Verwandte von Duncan MacDonald, der 1915 gestorben ist?«

Betty bedachte ihn mit einem mürrischen Blick. »Ja. Ich weiß, wer sie sind.«

»Dann bist du mit ihnen befreundet?«

»Nein, befreundet nicht.«

»Hast du Duncans Enkelin Fiona gekannt?«

»Ja. Aber nicht gut. Sie war älter. So alt wie meine Schwester.«

Rutledge warf einen Blick auf die ausgedehnte menschenleere Gegend, von der sie allseits umgeben waren. »Man sollte meinen, hier kümmert man sich um seine Nachbarn.«

Betty starrte ihn an. »Mein eigener Großvater ist nach Australien verfrachtet worden, weil er Schafe gestohlen hat. Mit den MacDonalds habe ich nichts zu tun. Es waren ihre Schafe.«

Rutledge nicke. Oliver wurde ungeduldig und warf abrupt ein: »Was haben Sie dort oben entdeckt, Miss Lawlor?« Er wies auf den Hang über ihnen, eine große Felsmasse, die topplastig wirkte.

»Eines Tages bin ich dort oben rumgelaufen und habe etwas in der Sonne funkeln sehen. Ich habe es aufgehoben. Hier ist es.«

Sie streckte eine abgearbeitete Hand aus, und auf der Handfläche lag eine kleine Brosche. Rutledge und Oliver traten vor, um sie genauer zu betrachten.

Es war eine ovale Brosche mit einem einzigen Stein in der Mitte, um den herum kleinere Steine kreisförmig angeordnet waren, wie die Blütenblätter einer Blume. Auf der Rückseite war eine einfache Nadel, mit der man sie anstecken konnte.

Die Steine hatten einen rauchigen Braunton. Ein Quarztopas.

»*Cairngorm*«, sagte Hamish, ehe Oliver es aussprach. »Rauchquarz«.

Ein Stein, den man in Schottland fand und der für Schmuck beliebt war. Im Heft eines Dolches, in den duftigen Spitzen auf der Kehle eines Frauenportraits aus dem achtzehnten Jahrhundert, als Zierde der Hälse und Finger von Damen war dieser Stein in gewisser Weise ein Symbol des Hochlands.

Die Fassung war aus Gold, zart und filigran.

Ein hübsches Schmuckstück, wahrscheinlich früher einmal in Ehren gehalten.

Rutledge sagte: »Darf ich?« und nahm die Brosche in die Hand, um sie genauer anzusehen.

Die Steine waren schön geschliffen und funkelten in seiner

Hand. Die Farbe war verblüffend. Er drehte die Brosche in alle Richtungen, um das Licht einzufangen. Ihm fiel auf, dass unter der Nadel etwas eingraviert war. Die Zeit hatte die Gravur unleserlich gemacht. Er wies Oliver darauf hin.

»Sehen Sie sich das mal an. Ich glaube, es sind Initialen. Oder ein Name. Ich kann es nicht gut genug erkennen.« Er setzte Licht und Schatten Nutz bringend ein und sagte schließlich: »Da haben wir ein M … möglicherweise ein A … ein D … das hier ist mit Sicherheit ein A … L …«

Oliver nahm ihm die Brosche aus der Hand, drehte und wendete sie und schüttelte dann den Kopf. »Ist das ein M? Sind Sie sicher? Oder ein N?«

Er reichte MacDougal die Brosche. »Ich habe sie mir vorhin schon genauer angesehen«, gestand dieser. »Unter der Lupe, bevor ich Sie angerufen habe. Es ist ein M.« Er unterbrach sich und sagte dann: »Mit der Lupe kann man alles erkennen. ›MacDonald‹.«

McKinstrys Ablehnung drückte sich darin aus, dass er abrupt von einem Fuß auf den anderen trat. In dem Schweigen, das daraufhin einsetzte, gab MacDougal Betty Lawlor die Brosche zurück. Ihre Finger schlossen sich um das Schmuckstück, bis ihre Knöchel weiß wurden.

»Was sagten Sie, wie weit die Stelle, an der die Brosche aufgetaucht ist, vom Fundort der Leiche entfernt war?«, fragte Rutledge MacDougal.

»Vielleicht dreißig Meter tiefer. Aber so weit kann sie durchaus hinuntergespült worden sein. Von den Regenfällen und der Schneeschmelze. Wenn man den Umstand berücksichtigt, dass sie mehrere Jahre dort gelegen hat, ist das schließlich nicht weiter verwunderlich.« Er wies wieder über ihre Köpfe und auf das Geröll, das den zerklüfteten Hang hinabgeschwemmt worden war. »Ich würde sagen, die Brosche muss von oben gekommen sein. Eine andere Erklärung gibt es nicht. Hier geht man nicht einfach spazieren. Das ist zu unsicher. Die meisten Bergsteiger folgen diesem Weg dort drüben.« Er trat ein paar Schritte zurück, um ihnen den bevorzugten Pfad zu zeigen. »Oder dem da.« Er deutete auf den gegenüberliegenden Hang auf der anderen

Straßenseite. »Es ist nicht ausgeschlossen, dass jemand unsere Richtung einschlagen würde, aber ich würde behaupten, dass einiges dagegen spricht.«

Hamish sagte: »Der *Cairngorm* hätte mehr Kratzer, wenn er so weit hinabgeschwemmt worden wäre.«

Rutledge wandte sich an Betty Lawlor, die stumm dastand, während sie miteinander redeten, deren Blicke jedoch von einem Gesicht zum anderen glitten. Ein zurückhaltendes Kind … »Wie kam es, dass du dort oben warst?«

Sie zuckte die Achseln. »Ich laufe kreuz und quer durch die Gegend. Das habe ich schon immer getan. Ich helfe mit den Schafen. Ich bezweifle, dass es hier einen Quadratmeter gibt, wo ich nicht früher oder später schon war.«

»Aber du bist nie auf die Leiche gestoßen, die weiter oben gefunden wurde?«

»Das hätte durchaus passieren können, wenn die Schafe so hoch raufgelaufen wären. Aber das tun sie an dieser Stelle im Allgemeinen nicht. Sie sind zwar blöde Viecher, aber so dumm sind sie nun auch wieder nicht.«

Er sah auf ihre Schuhe hinunter, während sie mit ihm sprach, und malte sich aus, wie sie Tag für Tag in dieser zerklüfteten Gegend umherlief, ein hartes Leben für ein Kind.

Ihre Schuhe waren neu. Robust. Er konnte die ledernen Schuhspitzen unter ihrem Kleid hervorlugen sehen. Das Kleid war von einer älteren Schwester abgelegt worden, die herausgewachsen war, und das Tuch war bestimmt auch schon ausgewaschen gewesen, als sie es bekommen hatte. Aber ihre Schuhe waren neu. Selbst die Sohlen waren an den Rändern noch nicht abgelaufen.

Oliver sagte: »Sagen Sie mir, was Sie Inspector MacDougal erzählt haben, als Sie mit der Brosche zu ihm gekommen sind.«

Sie sah ihm direkt ins Gesicht und hielt sich gegen die Sonne eine Hand über die Augen. »Es ist fast ein Jahr her, dass ich sie gefunden habe. Jedenfalls war es im Sommer. Ich habe sie in der Sonne funkeln sehen. Es war der erste Tag nach einer Woche, wenn nicht mehr, an dem es nicht gestürmt hat. Ich wollte nicht glauben, dass sie der gehört, die … die man gefunden hat. Höher oben. Die Brosche war hübsch, und ich wollte sie behalten. Aber ich habe Angst, mein Vater findet sie und schlägt mich, weil er glaubt, ich habe sie gestohlen. Also bin ich zu Inspector Mac-Dougal gegangen, um ihn zu bitten, dass er das in Ordnung bringt.« Sie unterbrach sich und fragte dann besorgt: »Sie nehmen sie mir doch nicht weg, oder? Sie können doch nicht sicher sein, dass sie *ihr* gehört!«

Oliver sagte großmütig: »Ich fürchte, wir müssen sie als Beweisstück mitnehmen. Aber wenn wir sie nicht mehr brauchen, sorge ich dafür, dass sie Ihnen zurückgegeben wird.« Er sah Rutledge ins Gesicht und brauchte nicht in Worte zu fassen, was beiden durch den Kopf ging. Dieses Schmuckstück stellte die erste direkte Verbindung zwischen Fiona und dem Berg über der Schlucht her. Zwischen Fiona und den Knochen, bei denen es sich um Eleanor Grays Skelett handeln könnte.

Rutledge sagte kein Wort.

MacDougal bat Betty, sie zu der Stelle zu führen, an der sie die Brosche gefunden hatte, und sie wandte sich ab und sprang den Hang hinauf wie eines der Schafe, die sie hütete. Sie mochte zwar mager sein, aber sie war kräftig und so behände, dass sie zu fliegen schien. Oliver folgte ihr schnaufend und fluchte tonlos, doch er forderte sie nicht auf, langsamer zu gehen. McKinstry blieb bei den Fahrzeugen.

Rutledge war dicht hinter dem Mädchen, behielt ihre neuen Schuhe im Auge und beobachtete, wie sie mit nahezu intuitiver Gewissheit die Stellen wählte, die stabil genug waren, um ihren Füßen Halt zu geben. Sie hatte von den Schafen gelernt.

MacDougal, der mit gerötetem Gesicht Schritt hielt, sagte: »Von oben hat man eine schöne Aussicht. Als Junge bin ich oft mit meinen Brüdern hier raufgeklettert.«

»Haben Sie die MacDonalds gekannt?«, fragte Rutledge.

»Einen von ihnen, einen Bruder der Angeklagten, vermute ich. Ein braver Mann. Er hat beide Beine verloren und ist verblutet, bevor sie ihn wieder über die Stacheldrahtrollen zerren konnten. Mein Bruder ist am selben Tag gestorben. Unter Maschinengewehrbeschuss. Ich hatte Glück – dreimal bin ich angeschossen worden, aber nie schlimm genug, um zu verhindern, dass ich zurückkomme.« Leise Ironie war aus seiner Stimme herauszuhören.

Sie hatten eine beträchtliche Entfernung zurückgelegt, waren diagonal den Hang hinaufgelaufen, ab und zu ausgeglitten und ein Stück zurückgerutscht, und jetzt hatte Betty begonnen, sich umzusehen, als hielte sie Ausschau nach Orientierungspunkten.

Endlich blieb sie stehen und zeigte auf einen Bereich von vielleicht knapp zehn Quadratmetern. »Ungefähr hier muss es gewesen sein«, sagte sie.

Es war ein steiniger Hang, der sich hundert Meter in jede Richtung kaum von seiner Umgebung zu unterscheiden schien.

»Warum sind Sie sich so sicher?«, wollte Oliver wissen, der sich mit einem großen Taschentuch das Gesicht abwischte. »Ich sehe keinen Unterschied zwischen dieser Stelle und der da – oder der dort drüben.«

»Sehen Sie, ich kann diese Stelle direkt über uns mit der da auf der anderen Seite verbinden.« Sie deutete auf die enorme kahle Felswand gegenüber, und als sie in die Richtung sahen, in die sie mit dem Finger zeigte, erkannten sie einen kleinen Felsvorsprung.

Wenn man sich genau umsah, sagte sich Rutledge, konnte man sich hier mühelos zurechtfinden. Aber es war immer eine Frage des *Hinschauens*. Für den Uneingeweihten war diese Gegend eintönig. Über ihren Köpfen ragte eine weitere Gesteinsmasse in den Himmel auf.

MacDougals Augen folgten Rutledges Blickrichtung, und er sagte: »Dort haben wir die Überreste gefunden. In einem kleinen Felsspalt, wo das Wasser das Geröll hinabgeschwemmt und eine Aushöhlung hinterlassen hat.« Er unterbrach sich und sagte dann: »Man müsste wissen, dass sie da ist. Die Aushöhlung. Von der Straße aus ist sie nicht zu sehen.«

Kurz gesagt, kein Mensch, der mit diesen Bergen nicht vertraut war, wäre je auf den Gedanken gekommen, dort eine Leiche zu verbergen.

»Wollen Sie raufklettern?«, fragte MacDougal.

Rutledge nickte, und sie gingen weiter, bahnten sich behutsam einen Weg. Hier war es heiß in der Sonne, und Füßen, die dieses

Terrain nicht gewohnt waren, fiel es schwer zu wissen, wohin sie gefahrlos treten konnten.

Hier eine Leiche raufzuschleppen, hob Hamish hervor, wäre nicht gerade einfach. Und für eine Frau nahezu unmöglich. »Es sei denn, sie schleift den Leichnam an einem Seil hinter sich her.«

Und es gab niemanden, der sie bei dieser langwierigen, mühseligen Arbeit gesehen hätte. Von dort aus, wo er stand, konnte Rutledge auf die beiden Fahrzeuge hinabschauen, auf Oliver, der dastand und mit Betty Lawlor redete, und ein Stück weiter auf ein zerfallenes Gehöft. In der Ferne sah er Schafe, doch kein Mensch hielt sich bei ihnen auf.

»Ein schwieriger Aufstieg für eine Frau, die ein totes Gewicht trägt«, sagte MacDougal, als hätte er Rutledges Gedanken gelesen. »Aber falls diese Brosche der Verstorbenen gehört, dann heißt das, dass es sich bei ihr nicht um die Vermisste handelt, die Sie suchen. Eleanor Gray.«

»Und falls sie der Mörderin gehören sollte, haben wir sie ohnehin schon in Gewahrsam genommen«, beendete Rutledge seinen Gedankengang.

Sie hatten den Vorsprung erreicht, wo drei schwere Felsbrocken auf einem Haufen lagen. An den Maßstäben dieser Berge gemessen waren sie nicht so groß, aber es hätte die Kräfte eines Menschen bei weitem überstiegen, sie so ordentlich aufeinander zu stapeln. Und da, wo die kleineren Brocken unter ihnen herausgeschwemmt worden waren, befand sich tatsächlich ein Felsspalt. Wenn man eine Leiche im April hier unterbrachte, könnte sie durchaus gefunden werden. Entledigte man sich ihrer jedoch, ehe das Wetter umschlug und die Herbststürme einsetzten, dann wäre sie im Frühling immer noch da. Was noch von ihr übrig war.

Rutledge ging in die Hocke. MacDougal sagte: »Sie werden nichts finden. Wir waren sehr gründlich.«

»Davon gehe ich aus«, sagte Rutledge mit ruhiger Stimme. »Ich habe mir nur gerade überlegt, dass diese Stelle für Knochen bestens geeignet ist. Wieso sind Sie so sicher, dass die Leiche nicht vor 1916 hier gelegen hat?«

»Zum einen wegen des Zustandes, in dem sie war. Außerdem habe ich mit allen Familien gesprochen, die Schafe halten. Sie waren ganz sicher, dass sie im Sommer nicht hier war. Ein Fuchs oder ein Hund hatte an den Schuhen genagt, und das Wenige, was von der Kleidung noch übrig war, war vollkommen unbrauchbar. Zuerst dachten wir, wir hätten einen Bergsteiger gefunden. Hier klettern Leute herum, die bestenfalls ein Spatzenhirn besitzen! Sie können einfach nicht glauben, dass an einem schönen Tag wie heute der Dunst so schnell aufziehen kann, dass man sich verirrt, ehe man zehn Schritte weit gekommen ist. Und sie war gekrümmt, als hätte sie sich zusammengekauert, weil sie gefroren hat. Lose Steine sind um sie herum und über sie geschwemmt worden.«

»Gekrümmt? Erklären Sie mir das genauer!«

»Sie hatte den Kopf auf den Knien liegen und die Arme um die Knie geschlungen. Sie hat ihren Körper möglichst klein gemacht, damit er die Wärme nicht so schnell abgibt. Die Knochen waren immer noch in dieser kauernden Haltung. Der Arzt konnte keine Verletzungen feststellen, aber das heißt noch lange nicht, dass sie sich nicht den Knöchel oder das Knie verstaucht hat.«

Hamish sagte: »Zusammengekauert hätte sie hinter den Sitz eines Wagens gepasst, und keiner hätte sie gesehen.«

Rutledge sagte: »Wenn sie bereits tot war, muss sich die Totenstarre wieder gelöst haben.«

»Ja, das ist wahr. Oder sie hatte noch nicht eingesetzt. Die Vögel und Füchse müssen das Fleisch schon in den ersten Tagen von den Knochen genagt haben. Wir konnten keine Hand finden, und der größte Teil eines Fußes hat auch gefehlt. Andere Knochen waren auseinander gerissen worden, damit sie besser an das Fleisch herankamen. Der Schädel war in ihren Schoß gerollt.« MacDougal seufzte. »In dieser Gegend hat sich schon der eine oder andere Spaziergänger verirrt. Aber wir wissen immer, wie sie ins Glen gekommen sind. Sie sind gesehen und gemeldet worden. Einer hat ein Fahrrad im Tal stehen lassen. Ein anderer hat einen Bauern gebeten, ihn ein Stück in seinem Wagen mitzunehmen. Aber die hier – wir haben nicht den geringsten Anhaltspunkt, wann oder wie sie hierher gekommen ist. Wir wissen nicht, wonach wir fragen sollen, oder? Und es besteht auch die Möglichkeit, dass sie über den Gipfel gekommen ist, von der anderen Seite.«

»Wie denken Sie über die Brosche mit dem eingravierten Namen?«

»Ich habe keine Meinung. Da steht ganz klar und deutlich ›MacDonald‹, und dafür sind Sie doch zuständig, oder etwa nicht?« MacDougal grinste breit und zuckte dann die Achseln. »Sie könnte von der Kleidung der Toten stammen, wenn sie ermordet und anschließend auf den Berg geschleift worden ist. Bergsteiger tragen im Allgemeinen nicht viel Schmuck. Oder sie stammt von der Mörderin, die sie bei dem Versuch, die Leiche auf den Hang zu zerren, verloren hat. Wir haben hier keine gut gekleideten Frauen aus der Mittelschicht, die auf diesem Berghang promenieren und ab und zu ihre Broschen verlieren.«

»Der mittlere Stein hat nicht genug Kratzer und kann daher nicht seit 1916 einen Hang hinuntergeschwemmt worden sein.«

»Ja, mir ist klar, worauf Sie hinaus wollen. Aber wenn die Brosche längere Zeit irgendwo eingezwängt war und erst von den Regenfällen, die Betty erwähnt hat, weggeschwemmt wurde, dann wäre sie vielleicht in einem Rutsch runtergekommen und deshalb weniger zerkratzt.«

Wenn … wenn … wenn … Ermittlungen begründeten sich auf diesem ewigen Wenn und Aber, und sie scheiterten auch daran.

»Wir werden die Brosche mitnehmen müssen. Oliver wird Betty eine Quittung ausstellen.«

»Für sie ist es ein wertvolles Stück«, sagte MacDougal. »Es überrascht mich, dass sie überhaupt damit zu mir gekommen ist. Aber ihr Vater ist ein Teufel, wenn er betrunken ist. Wenn er herausgefunden hätte, dass sie ein solches Schmuckstück besitzt, hätte er sie geschlagen und behauptet, sie hätte es gestohlen, und unter diesem Vorwand hätte er es ihr weggenommen. Wahrscheinlich hat sie erwartet, dass ich ein gutes Wort für sie einlege, falls es dazu kommen sollte. Betty verbringt den Sommer mit den Schafen, möglichst weit weg von ihm. Ich habe sie bei jedem

251

Wetter draußen rumlaufen sehen, eine kleine Gestalt, die keine andere Gesellschaft hat als einen Hund.«

Rutledge erhob sich und sah sich um. Es war ein wunderschönes Tal – und gleichzeitig war es absolut trostlos. »Wildromantisch« war das Wort, das am häufigsten verwendet wurde, um es zu beschreiben. Er dachte an die Februarnacht, in der es zu dem Massaker gekommen war, und er stellte sich vor, wie die Soldaten mit Fackeln durch die Dunkelheit gerannt waren und diejenigen gesucht hatten, die geflohen waren. Von Blutrünstigkeit angespornt. Eine grauenhafte Art zu sterben.

»Gibt es denn andere?«, fragte Hamish leise.

Rutledge lief in der warmen Sonne ein kalter Schauer über den Rücken.

»Seid ihr zusammen hier gewesen?«, erkundigte er sich stumm bei Hamish. »Du und Fiona? Wenn es auf der Farm nichts zu tun gab?«

»Ja, wir waren öfter hier. Mit unseren Pferden. Manchmal sind wir auch raufgestiegen. Oder wir haben uns einen windstillen Ort gesucht und dort die Haferkuchen gegessen, die wir mitgebracht hatten. Sie mochte das Glen. Die Stille, in der man nur den Wind hört. Und die Nähe zu ihrer Verwandtschaft …«

MacDougal fragte Rutledge gerade, ob er genug gesehen hätte. Er nickte, und sie machten sich an den Abstieg und rutschten auf dem Weg ein- oder zweimal aus.

»Die kleine Lawlor. Aus was für einer Familie stammt sie, abgesehen von dem Vater, der trinkt?«

»Aus ziemlich ärmlichen Verhältnissen. Sie ist das mittlere Mädchen. Sie arbeiten hart, und ich bezweifle nicht, dass sie ab und zu hungern.«

»Warum hat sie nicht einen günstigen Augenblick abgepasst, um die Brosche still und leise zu verkaufen, ganz gleich, was für sie dabei herausgesprungen wäre? Schon ein kleiner Betrag würde ihr erlauben, dem Glen, ihrem Vater und der Armut zu entkommen.«

»Sie ist noch zu jung«, sagte MacDougal unumwunden. »Ein oder zwei Jahre später hätte sie es vielleicht getan. Deshalb will sie die Brosche doch zurück haben. Wenn Sie ihr dieses

Schmuckstück wegnehmen, sitzt sie für immer in diesem Leben fest. Es wird keine anderen Broschen geben, die nur darauf warten, von scharfen Augen entdeckt zu werden.«

Sie schlossen sich Oliver und Betty Lawlor an und stiegen gemeinsam zur Straße hinunter. Oliver bückte sich, um den Staub aus den Aufschlägen seiner Hose zu klopfen.

Rutledge sagte zu dem Mädchen: »Ich habe deine Schuhe bewundert.«

Furcht flackerte in Betty Lawlors Augen auf, ehe sie trotzig sagte: »Das Geld dafür hab ich mir selbst verdient.«

Die Rückfahrt nach Duncarrick verlief schweigsam. McKinstry dachte deprimiert über die Auswirkungen nach, die der Fund der Brosche auf Fionas Fall haben würde. Rutledge, der auf dem Rücksitz saß, konnte die zarten Falten um seine Augen sehen; er wirkte, als hätte er Kopfschmerzen, aber er steuerte den Wagen mit Geschick und hatte seine Aufmerksamkeit der Straße zugewandt, ganz gleich, wo er in Gedanken war.

Oliver dagegen machte einen äußerst zufriedenen Eindruck. Seine Nachforschungen hatten Früchte getragen, und jetzt sah er das Ende seiner Ermittlung in greifbare Nähe rücken. Auf seinem Gesicht drückte sich Selbstgefälligkeit aus, und von Zeit zu Zeit fiel ihm der Kopf auf die Brust und er schlief entspannt ein.

Rutledge erinnerte sich an Betty Lawlors Gesicht, als Oliver ihr im Austausch gegen die Brosche einen Zettel gegeben hatte, und er fragte sich, ob sie wohl lesen konnte.

Fiona MacDonalds Anwalt konnte geltend machen, die Brosche sei in einer Region Schottlands gefunden worden, wo der MacDonald-Clan jahrhundertelang gelebt hatte. Sie konnte jeder beliebigen MacDonald gehört haben.

Aber eine Jury konnte die Brosche als ein belastendes Beweisstück ansehen.

Die drei Männer blieben über Nacht in Lanark. Dort fanden sie ein kleines Hotel, in dem man ihnen zum Abendessen einen Hammeleintopf mit Graupen und ein Brathuhn vorsetzte. Oliver legte sich früh schlafen, denn er war unruhig und konnte die Rückkehr nach Duncarrick kaum erwarten. Mit McKinstry war ohnehin nicht viel anzufangen, und auch er zog sich früh zurück.

Als sie die Treppe hinaufgestiegen waren, verließ Rutledge das Haus, um einen Spaziergang zu machen. Er fühlte sich befreit, weil er das Glen hinter sich gelassen hatte, und er war erleichtert, abgesehen von Hamish allein zu sein. Es war eine klare, wenn auch kühle Nacht, und der Geruch des Holzrauchs folgte ihm aus dem Hotel. Er war unruhig und dachte an Wilson und die Klinik, an die Brosche und Betty Lawlors neue Schuhe und an Fiona.

Die Stadt lag friedlich da. Durch die Fenster der Häuser auf beiden Straßenseiten fiel Licht, die Schaufenster waren dunkel, aus einem Pub drangen Gesang und Gelächter, und in einer dunklen Gasse suchte ein Hund nach etwas Essbarem. Etliche Männer kamen an ihm vorüber, dann Arm in Arm ein Pärchen, das in ein leises Gespräch vertieft war, und durch die Hauptstraße hallte der Lärm einer Kutsche. Am Himmel konnte er die Sterne und die ersten dünnen Wolkenfetzen sehen, die sich zwischen ihnen wanden.

Hamish hatte der Abstecher ins Glen nicht behagt. Und in Rutledge hatte dieser Ausflug Erinnerungen geweckt, von denen er sich eingeredet hatte, er sei auf dem besten Wege, sie zu vergessen. Stattdessen hatte Schottland sie mit aller Macht wieder aufleben lassen. Er hatte Recht gehabt, als er sich gesträubt hatte, herzukommen.

Hinter der Vorstellung, die Zeit würde Wunden heilen, steckte nichts weiter als Wunschdenken – sie heilte selten etwas, sondern hinterließ nur hässliche Narben, die oft empfindlich auf jede Berührung reagierten.

Er wusste nicht, wie er dort hingekommen war, als er plötzlich feststellte, dass er vor dem Polizeirevier stand. Hier war er bei seinem letzten Besuch in Lanark gewesen und hatte um Informationen über Privatkliniken und Krankenhäuser gebeten. Der diensthabende Constable hatte ihn zu Dr. Wilson geschickt. Er blieb stehen, blickte zu der Lampe über der Tür auf und nahm seine Umgebung nicht bewusst wahr.

Cook. Maude oder Mary. Zwei Namen. Eine Frau in Brae, eine Frau in einer Privatklinik in Lanark, nur wenige Meilen voneinander entfernt ...

Er stieg die Stufen hinauf und trat ein.

Der diensthabende Sergeant, ein rauer, aber umgänglicher Kerl, der mit den Jahren in die Breite gegangen war, blickte auf und sagte: »Was kann ich für Sie tun, Sir?«

»Inspector Rutledge, Scotland Yard. Ich brauche ein paar Informationen.«

»Sind Sie in einer dienstlichen Angelegenheit hier?«, erkundigte sich der Sergeant argwöhnisch.

Jemand schlug mit einem Metallbecher gegen die Stäbe einer Zelle, und das Klirren hallte durch das Gebäude wie eine wild gewordene, verstimmte Glocke. Der Sergeant schien den Radau nicht wahrzunehmen.

»Indirekt. Ich versuche, mehrere Familien ausfindig zu machen. Was können Sie mir über jemanden namens Cook sagen, der 1916 in Lanark oder in der näheren Umgebung gewohnt hat? Etwa um den Spätsommer herum.«

»Hier gibt es eine ganze Reihe von Cooks. Die meisten kommen vom Loch Lomondside. Sagen Sie mir, was sie getan haben, und ich sage Ihnen, auf wen das passt.«

»Soweit ich weiß, haben sie sich nichts zu Schulden kommen lassen. Wir suchen eine Vermisste. Sie hat sich Mary Cook genannt. Oder möglicherweise auch Maude Cook. Es gibt Hinweise darauf, dass sie sich 1916 für einen Zeitraum von mehreren Wochen in Lanark aufgehalten hat. Hier scheinen wir ihre Fährte verloren zu haben.«

Der Sergeant nickte. »Vor dem Krieg hätte ich Ihnen die Geschichte jeder einzelnen Familie in Lanark und vieler Familien aus der näheren Umgebung erzählen können. Jetzt ist das schwieriger. Selbst in einer Kleinstadt wie Lanark hat sich einiges verändert. Aber ich kann mich nicht erinnern, dass eine Frau dieses Namens verschollen ist. 1916, sagten Sie?« Er dachte darüber nach. »Ging es da um eine Erbschaft?«

»Möglicherweise. Das wissen wir erst, wenn wir sie gefunden haben.«

»Ich vermute, da kann ich Ihnen nicht weiterhelfen. Wenn

keine Vermisstenmeldung vorliegt, haben wir keine Unterlagen über sie.«

Ein Constable kam von seiner Streife zurück, nickte dem Sergeant zu und verschwand hinten links durch eine Tür.

»Aber wenn Sie morgen früh noch mal kommen, kann ich es Ihnen ganz genau sagen. Ich würde meine Hoffnungen an Ihrer Stelle nicht zu hoch stecken, aber ich werde mich darum kümmern.«

»Das wäre nett von Ihnen.« Rutledge zog eine Karte heraus und schrieb die Nummer des Ballantyne darauf. »Dort können Sie mich morgen abend erreichen. Ich weiß jede Hilfe zu schätzen.«

Der Sergeant grinste. »Duncarrick? Das ist Inspector Olivers Revier. Ein guter Mann, dieser Oliver. Ich habe 1912 gemeinsam mit ihm an einem Fall gearbeitet. Eine Reihe von Morden, die nie aufgeklärt wurden. Glauben Sie mir, das hat ihn schwer getroffen.«

»In Lanark?«

»Nein, in Duncarrick. Man hat fünf Frauen mit aufgeschlitzter Kehle gefunden. An jede der Leichen war ein Zettel geheftet. Direkt über den Brüsten. Da sind sie als Huren beschimpft worden. Als Metzen. Das waren sie natürlich nicht, nur jung und einigermaßen hübsch. Lebhafte, energische Frauen, die arbeiten gegangen sind. Die Leichen sind im Lauf von Monaten gefunden worden, aber immer am selben Tag des Monats. Eine merkwürdige Geschichte war das. Ganz Duncarrick ist vor Angst verrückt geworden, das kann ich Ihnen sagen! Aber der Mörder muss weitergezogen sein. Wir haben ihn nie geschnappt.«

»Wie hat die Öffentlichkeit auf die Anschuldigungen reagiert, die auf diesen Zetteln erhoben wurden?«

»Erwartungsgemäß – kein Rauch ohne Feuer. Das mag zwar ungerecht sein, aber man hat allgemein die Auffassung vertreten, anständigen Frauen stieße so etwas nicht zu.«

Rutledge sagte: »Können Sie sich noch an andere Einzelheiten erinnern?«

»Mehr gibt es da nicht zu erzählen. Zwei waren Dienstmädchen, eine war Küchenmagd, und die beiden anderen haben auf abgelegenen Bauernhöfen gearbeitet. Ein gerissener Kerl. Er hat keine Spuren zurückgelassen, jedenfalls keine brauchbaren. Nur Worte auf einem Stück Papier. Und die Leichen haben auf der Straße nach Westen gelegen.«

Auf dem Bürgersteig vor dem Polizeirevier lauschte Rutledge Hamishs wilden Spekulationen und Schlussfolgerungen.

Die fünf toten Frauen standen in keiner Beziehung zu Fiona MacDonald. 1912 war sie im Glencoe gewesen, ein junges Mädchen, das bei seinem Großvater gelebt hatte. Dennoch hatten diese Todesfälle den Weg für ihre Verfolgung geebnet. »Hure« war eine Anklage, die von den braven Bürgern Duncarricks bereits mit Mord in Verbindung gebracht wurde.

20

Als Rutledge am nächsten Tag in Duncarrick eintraf, erwartete ihn bereits eine Nachricht von Sergeant Bowers aus Lanark.

»Im fraglichen Jahr liegt für keinen der beiden Namen eine Vermisstenanzeige vor. Die einzige Mary Cook in diesem Bezirk ist sechzig. Über eine Maude Cook existieren keine Unterlagen. Tut mir Leid.«

Damit war zu rechnen gewesen, und er hatte sich den Rat, den ihm Bowers gegeben hatte, bereits zu Herzen genommen. Er hatte seine Hoffnungen nicht hoch gesteckt.

Fionas Anwalt wurde nach Duncarrick zitiert, weil man ihm die Brosche zeigen wollte. Er wirkte, als hätte er mit Verdauungsbeschwerden zu kämpfen, ein übellauniger Mann mit Falten, die sich tief in sein finsteres Gesicht schnitten. Sogar seine dichten, drahtigen Augenbrauen schienen in einem permanenten Stirnrunzeln erstarrt zu sein. Er hieß Armstrong, und er wirkte eher wie ein Engländer, nicht wie ein Schotte.

Hamish fasste eine spontane Abneigung gegen ihn, der er in aller Deutlichkeit Ausdruck verlieh: »Von dem würde ich meinen *Hund* nicht verteidigen lassen!« Rutledge zuckte zusammen.

Oliver erkundigte sich nach einem Bekannten in Jedburgh, und Armstrong antwortete mit unverhohlener Genugtuung: »Ich würde sagen, es ist unwahrscheinlich, dass er bis zum Monatsende durchhält. Der Krebs breitet sich zu schnell aus. Ich kann Ihnen nur raten, ihn schleunigst zu besuchen, sonst ist er nicht mehr ansprechbar. Also, was hat es mit diesem Blödsinn auf sich – eine Brosche, die an einem Berghang aufgetaucht ist?«

Oliver zog sie aus seiner Schreibtischschublade und reichte sie Armstrong.

Der Anwalt untersuchte sie sorgfältig, klemmte sich eine Brille auf die Nase und kniff die Augen zusammen. »Sie sagen, es ist etwas eingraviert?«

Oliver deutete mit der Spitze seines Stifts auf die Buchstaben. »MacDonald.« Er kramte in seiner Schreibtischschublade und fand schließlich das Vergrößerungsglas. »Sehen Sie es sich selbst an.«

Armstrong musterte eine Zeit lang die Rückseite der Brosche. »MacDonald ist im Hochland ein verbreiteter Name. Und woher sollen wir wissen, dass der Name von keinem anderen als meiner Klientin eingraviert worden ist?«

»Natürlich hat ihn jemand anderes eingraviert!« Oliver verlor die Geduld. Er hatte genau das gefunden, was er sich gewünscht hatte, und er würde keinen Widerstand gegen die Schlussfolgerungen dulden, die er daraus gezogen hatte. »Der Graveur.«

»Ich meinte«, sagte Armstrong und sah ihn mürrisch an, »der Name könnte erst nachträglich eingraviert worden sein, direkt bevor die Brosche da deponiert wurde, wo man sie finden sollte. Um der Polizei eine Freude zu machen.«

Oliver bewahrte mühsam die Ruhe und sagte: »Und genau deshalb sind Sie hier. Wir wollen der Angeklagten diese Brosche zeigen und sie fragen, woher sie stammt.«

»Ah ja.« Armstrong gab ihm das Vergrößerungsglas zurück und setzte seine Brille ab. Aber die Brosche rückte er nicht heraus. »Ich glaube nicht, dass ich das zulassen kann. Mit ihrer Antwort könnte sie sich selbst belasten.«

»Das möchte ich doch hoffen«, gab Oliver durch zusammengebissene Zähne zurück. »Schließlich besteht die Absicht der Polizei darin, ihre Schuld zu beweisen.«

»Es ist nicht die Aufgabe eines Polizisten, sich Gedanken darüber zu machen, dass jemand unschuldig sein könnte«, sagte Hamish. »Und auch nicht die Aufgabe der Kirche.«

»Sie dürfen sie ihr zeigen«, antwortete Armstrong, nachdem

er Oliver einige Minuten hatte schmoren lassen, während er die Brosche mit äußerster Konzentration angesehen hatte. »Aber ich gestatte Ihnen nicht, der Angeklagten mit Ihren Fragen zuzusetzen. Haben Sie verstanden?«

Oliver stand auf und holte den Schlüssel aus dem Schrank hinter seinem Schreibtisch. »Sie sollten besser mitkommen, Rutledge. Sie könnte uns etwas über die Tote mitzuteilen haben.«

Sie begaben sich zur Zelle, und Oliver schloss die Tür auf. Als sie aufschwang, erhob sich Fiona von ihrem Stuhl und drehte sich zu ihnen um. Sie sah die drei Männer an und wandte ihren Blick dann Rutledge zu.

Er konnte die stumme Botschaft hören, die sie ihm sandte: *Was ist passiert?*

Armstrong ging auf sie zu, nahm mit salbungsvoller Höflichkeit ihre Hand und rieb mit seinem Daumen ihre Finger. »Sie haben nichts zu befürchten, meine Kleine. Die Polizei will wissen, ob dieser Gegenstand Ihnen gehört. Beantworten Sie bitte diese, aber auch nur diese Frage.«

Er öffnete die Handfläche, und in der schwachen Beleuchtung der Zelle schimmerte das Gold, doch der rauchige Stein blieb dunkel.

Fiona starrte die Brosche an. »Das ist die Brosche meiner Mutter.«

»Dann gehört sie also nicht Ihnen?«

»Nein, ich –«

Armstrong schnitt ihr das Wort ab. »Da haben Sie es, Inspector. Sie gehört nicht der Angeklagten.«

Aber auch Oliver konnte in Gesichtern lesen. Er konnte deutlich erkennen, dass die Brosche zwar Fionas Mutter gehört hatte, aber zu irgendeiner Zeit auch in ihrem Besitz gewesen war.

»Ist Ihre Mutter noch am Leben?«, fragte er, obwohl er die Antwort bereits kannte.

»Sie ist gestorben, als ich klein war.«

»Können Sie sich an sie erinnern?«

»Nein. Eine verschwommene Gestalt. Jemand mit einer sanften Stimme und zarten Händen. Ich glaube, das habe ich noch in Erinnerung.«

»Dann waren Sie also noch so jung, dass man Ihnen keine Brosche geschenkt hätte?«

Sie warf einen Blick auf Armstrong. »Ja, ich war noch zu jung.«

»Wer hat die Brosche nach ihrem Tod an sich genommen?«

»Das muss mein Großvater gewesen sein. Es gab sonst niemanden.«

»Ist Ihr Großvater noch am Leben?«

»Er ist 1915 gestorben.«

»Und Sie waren die einzige Tochter?«

»Ja.«

»Dann würde die Brosche Ihrer Mutter also rechtmäßig in Ihren Besitz übergehen, nicht in den Ihrer Brüder.«

Fiona nickte.

Hamish sagte: »Die Schlussfolgerung liegt auf der Hand! Die Brosche muss 1915 in ihren Besitz übergegangen sein. Ein Jahr, ehe die Leiche im Glen zurückgelassen wurde. Jetzt ist ihre Schuld in deren Augen endgültig erwiesen!«

Armstrong hatte nichts zu ihrer Verteidigung vorzubringen.

Olivers Augen funkelten triumphierend. »Und jetzt hätte ich die Brosche gern zurück, Mr. Armstrong.«

Armstrong reichte sie ihm und rieb seine Handflächen aneinander, als wollte er das Gefühl vertreiben, das sie dort hinterlassen hatte.

Fiona machte den Mund auf und wollte gerade etwas sagen, als sie Rutledges kaum wahrnehmbares Kopfschütteln bemerkte. Sie schloss den Mund und blickte auf ihre Hände hinunter, die sie vor ihrer Taille fest umklammert hielt.

Oliver antwortete, als hätte er die unausgesprochene Frage gehört: »Hiermit haben wir ein weiteres Beweisstück. Danke, Miss MacDonald.«

Oliver machte auf dem Absatz kehrt und verließ die Zelle, gefolgt von Armstrong. Fiona warf einen schnellen Blick auf Rutledge, doch er sagte nichts, wandte ihr gemeinsam mit den anderen Männern den Rücken zu und ließ sie allein. Aber ehe die Tür sich endlich schloss, sah sie, wie er einen Blick über seine Schulter warf und sie beruhigend anlächelte.

Ihm war allerdings nicht nach einem Lächeln zumute, denn es gab guten Grund zur Beunruhigung.

Nachdem Armstrong sich verabschiedet hatte, wartete Oliver, bis er hörte, wie sich die Haustür hinter dem Anwalt schloss. Dann sagte er zu Rutledge: »Setzen Sie sich.«

Rutledge kehrte zu dem Stuhl zurück, von dem er sich gerade erhoben hatte, um Armstrong zum Abschied die Hand zu drücken. Er wusste, was jetzt kommen würde.

Oliver sagte: »Sehen Sie, meiner Ansicht nach haben wir alles, was wir brauchen, um das Verfahren zu eröffnen. Diese Brosche stellt die Verbindung dar, die wir vorher nicht nachweisen konnten – sie ist das Bindeglied zwischen der Frau, die MacDougal letztes Jahr oben im Glen gefunden hat, und der Angeklagten. Und diese Brosche wird auch dafür sorgen, dass sie hängen wird. Ich sehe nicht den geringsten Anlass, noch einmal mit ihr zum Glencoe zu fahren. Ich nehme an, in dem Punkt werden Sie mir zustimmen.«

Der Gedanke, sich den Geistern des Glencoe noch einmal zu stellen, auch wenn er Fiona diesmal an seiner Seite gehabt hätte, ließ Rutledges Blut in den Adern erstarren. Dennoch sagte er ganz neutral: »Wir können nicht sicher sein, dass wir die Leiche identifiziert haben. Bisher liegt uns noch nicht einmal ein Beweis dafür vor, dass sie je ein Kind bekommen hat.«

»Aber es gibt Beweise dafür, dass die Angeklagte nie ein Kind bekommen hat. Wenn die Leiche nicht von der Angeklagten dort versteckt worden ist, von wem dann? Warum ist ihre Brosche in der Nähe des behelfsmäßigen Grabs aufgetaucht? Wohlgemerkt, nicht die Brosche einer Fremden, sondern ein Schmuckstück, in das ihr Familienname eingraviert ist!«

Rutledge sagte mit großer Behutsamkeit: »Dennoch habe wir es mit bloßen Indizien zu tun. Armstrong könnte das Argument vorbringen, dass sie lange Jahre in nächster Nähe des Glen gelebt hat.«

Hamish sagte: »Aber das wird er nicht tun. Sie ist ihm viel zu gleichgültig.«

Als das Schweigen anhielt, stand Oliver auf und trat an das

einzige Fenster. Die Scheiben waren trüb; sie waren seit Jahren nicht mehr geputzt worden. Aber er blieb mit dem Rücken zu Rutledge dort stehen, gab sich den Anschein, als sähe er auf die Straße hinaus, und fuhr fort. »Was Sie unternehmen, um Lady Maude zufrieden zu stellen, ist Ihre Angelegenheit.«

»Fiona MacDonald ist die einzige Person, die mir sagen kann, ob es sich bei der Frau, die sie angeblich getötet hat, um Eleanor Gray handelt.«

»Ich bezweifle, dass sie es jemals tun wird. Wahrscheinlich nimmt sie ihr Geheimnis mit ins Grab.«

Das war der einzige Punkt, in dem sie miteinander übereinstimmten.

»Ich würde gern noch einmal mit ihr reden, nachdem sie die Brosche jetzt gesehen hat.«

Oliver war in einer enorm großzügigen Stimmung. »Nur zu«, sagte er. »Sie können sich so viel Zeit lassen, wie Sie wollen.«

Er wandte sich vom Fenster ab, nahm den Schlüsselbund von seinem Schreibtisch und reichte ihn Rutledge, wobei er noch einmal wiederholte: »Lassen Sie sich ruhig Zeit.« Aber jetzt haftete seinen Worten etwas Endgültiges an.

»Danke.« Rutledge nahm ihm den Schlüsselbund aus der Hand und ging wieder ans Ende des Korridors.

Hamish sagte: »Oliver wird feststellen, dass er Lady Maude nicht so leicht abspeisen kann. Und Scotland Yard wird dieselbe Feststellung machen.«

Rutledge antwortete: »Aber Lady Maude will die Wahrheit über ihre Tochter nicht hören. Von Anfang an nicht.«

Soweit er erkennen konnte, hatte Fiona MacDonald sich nicht von dem Fleck gerührt, an der sie gestanden hatte, als die drei Männer vor einer Viertelstunde ihre Zelle verlassen hatten.

Er schloss die Holztür hinter sich und blieb mit dem Rücken zur Tür stehen. Sie sagte fast im selben Moment: »Warum haben sie die Brosche meiner Mutter mitgenommen?«

»Sie sind ganz sicher, dass sie Ihrer Mutter gehört hat?«

»Ja, natürlich bin ich sicher! Mein Großvater hat sie mich an ihrem Geburtstag tragen lassen. Damit ich an sie denke. Den ganzen Tag lang durfte ich sie tragen, an mein Kleid gesteckt.

Und ich bin immer ganz behutsam damit umgegangen und war sehr stolz darauf, dass ich sie tragen durfte. Es hat mir das Gefühl gegeben, ihr näher zu sein.«

Er konnte das kleine Kind vor sich sehen, das in seine besten Sachen gekleidet war und sich vorsichtig durch das Haus bewegte, um seine Röcke nicht zu einzureißen und seine Ärmel nicht zu beschmutzen. Und den Großvater, der auf seine Art immer noch um seine tote Tochter trauerte und Fiona das Gefühl eingeflößt hatte, ihre Mutter sei ihr ganz nah, und wenn es auch nur für diesen einen Tag im Jahr war.

In gewisser Weise war es ein sehr trauriges Bild.

»Wo haben Sie die Brosche aufbewahrt? Nachdem Sie nach Duncarrick gekommen sind.«

»Sie liegt in einem kleinen Kistchen aus Sandelholz, gemeinsam mit dem Armband, das Hamish mir geschenkt hat, und den Kragenknöpfen aus Onyx, die meinem Vater gehört haben. Oder da lag sie wenigstens. Warum haben sie in meinen Sachen herumgewühlt und mir die Anstecknadel meiner Mutter weggenommen?« Ihr Gesichtsausdruck war gequält.

»Hatten Sie die Brosche in Brae bei sich?«

»Ja, natürlich habe ich sie nach Brae mitgenommen! Sie können Mrs. Davison fragen.«

»Und Sie selbst haben sie auch nach Duncarrick mitgenommen?«

»Ja, das habe ich Ihnen doch schon gesagt. Ich bewahre sie in der großen Truhe in meinem Zimmer in den Reivers auf … vielmehr, dort *habe* ich sie aufbewahrt. In der zweiten Schublade. Ich habe sie nicht oft getragen. Ich hatte Angst, ich könnte sie bei meiner Arbeit in der Bar verlieren.«

Rutledge sagte: »Fällt Ihnen jemand in Duncarrick ein, der Sie innerhalb des letzten Jahres mit dieser Brosche gesehen haben könnte? Constable McKinstry zum Beispiel?«

Sie dachte über seine Frage nach und holte dann tief Atem. »Jetzt erinnere ich mich wieder daran, wann ich sie das letzte Mal getragen habe. Am Geburtstag meiner Mutter, im Juni dieses Jahres. Ja, und dann noch einmal Anfang Juli, bei einem Kirchenbesuch. Genügt das?« Sie las die Antwort in seinem Gesicht.

»Aber sie war *da*! Ich schwöre, dass die Brosche da war, als ich verhaftet worden bin.«

»Aber Sie können nicht ganz sicher sein?«

»Ich … nein, ich hatte keinen Grund, sie herauszuholen. Hierher hätte ich sie wohl kaum mitgenommen!«

»Nein.« Er überlegte, wie viel er ihr erzählen sollte. Darüber, wie und wo die Brosche gefunden worden war. Dann sagte er stattdessen: »Wie konnten Sie so sicher sein, dass es die Brosche Ihrer Mutter war?«

»Sie muss es sein – mein Vater hat sie als Hochzeitsgeschenk für meine Mutter anfertigen lassen. Es kann keine zweite Brosche geben, die genauso aussieht.«

»Sie brauchten nicht zu lesen, was in die Rückseite eingraviert ist?«

»Eingraviert?«

»Dort ist ein Name eingraviert. ›MacDonald.‹ Direkt unter der Nadel.«

Sie zog die Stirn in Falten. »Versuchen Sie, mich reinzulegen?«

»Weshalb sollte ich das tun?«

»Weil in die Brosche nichts eingraviert ist. Es war nie etwas eingraviert.«

»Es gibt sechs Menschen, die Ihnen sagen könnten, dass der Name in die Brosche eingraviert ist. Ich bin einer von ihnen.«

Fiona sagte verängstigt: »Würden Sie mich ins Gasthaus bringen? Bitte? Würden Sie mich hingehen und selbst nachsehen lassen? *Sie muss dort sein* …«

»Oliver wird Sie nicht hingehen lassen. Aber ich werde nachsehen. Sind Sie sicher, dass sie zuletzt in dem Kistchen aus Sandelholz aufbewahrt wurde?«

Ihr Gesicht gab ihm die Antwort.

»Ich werde Ihnen die Kiste bringen«, sagte er. »Ungeöffnet.«

Er wandte sich ab und ging zur Tür hinaus, schloss sie hinter sich ab und steckte dann den Schlüsselbund ein.

Oliver blickte auf, als Rutledge durch den Gang kam. »Fertig?«, fragte er.

»Nein, ich muss meine Notizen holen. Ich würde Miss MacDonald gern Mrs. Atwoods Aussage vorlesen.«

»Tun Sie, was Sie wollen.«

Rutledge verließ das Polizeirevier und ging mit forschen Schritten auf das Hotel zu. *Verdammt!* Er hatte vergessen, dass sein Wagen nicht dort stand.

Er legte ein so rasches Tempo vor, dass er atemlos war, als er das Reivers erreichte. *Lieber Gott, bitte lass Drummond zu Hause sein! Er hat den anderen Schlüssel.*

Rutledge klopfte an Drummonds Haustür und stellte erleichtert fest, dass der Gesuchte da war.

»Kommen Sie heraus. Ich muss mit Ihnen sprechen.«

»Worüber?«, fragte Drummond und blieb in der Tür stehen.

»Kommen Sie heraus, und ich sage es Ihnen. Es sei denn, Sie wollen den Grund meines Besuchs lauthals hinausposaunen.« Eine deutliche Anspielung auf seine Schwester. Drummond gehorchte widerstrebend.

»Sehen Sie, ich muss mich dringend noch einmal im Gasthaus umsehen. Und bei dieser Durchsuchung will ich einen Zeugen haben. Und ich will nicht, dass dieser Zeuge ein Polizist ist. Oder jemand, der mit Miss MacDonald nicht auf gutem Fuß steht. Helfen Sie mir? Werden Sie mir die Tür aufschließen und mich begleiten?«

»Nein.«

»Seien Sie doch kein verdammter Narr! Ich muss unbedingt in dieses Wirtshaus – die Zeit drängt!«

»Sagen Sie Inspector Oliver, er soll Ihnen seinen Schlüssel leihen.« Drummond las die Antwort in Rutledges Gesicht und schien sich davon überzeugen zu lassen. »Also gut, von mir aus. Wenn das ein Trick ist, bringe ich Sie mit meinen bloßen Händen um!«

»Es ist kein Trick.« Sie gingen rasch auf das Gasthaus zu, und Drummond zog seinen Schlüssel aus der Tasche. Er schloss die Tür auf und vertrat Rutledge den Weg.

»Sagen Sie mir, wo.«

»Oben. In dem Trakt des Gebäudes, den die Familie bewohnt hat. In Fionas Zimmer.«

Drummond murrte und ging voraus. Clarence kam, um sie zu begrüßen, streckte sich und riss die Schnauze zu einem breiten

Gähnen auf. Drummond schenkte der Katze keinerlei Beachtung und blieb auf der Schwelle zu Fionas Schlafzimmer stehen.

»Ich warte.«

Rutledge sagte: »Die große Kommode. Gehen Sie hin, und ziehen Sie die zweite Schublade von oben auf. Machen Sie schon, Mann, das ist nicht der rechte Zeitpunkt für irgendwelche Sperenzchen.«

Drummond ging zögernd durch das Zimmer, blieb vor der Kommode stehen und zog die zweite Schublade von oben auf. »Ich denke nicht daran, ihre Sachen anzurühren.«

»Nein. Das sollte auch gar nicht nötig sein. Dort steht ein kleines Kästchen aus Sandelholz. Sehen Sie es? Wahrscheinlich hat es inzwischen die Farbe von Honig angenommen. Vielleicht sogar noch etwas dunkler. Nichts weiter als ein kleines Holzkästchen.«

Drummond murrte. »Ich sehe kein Holzkästchen.«

Sehen Sie nach, Mann!«

Drummond stach mit einem rauen Zeigefinger in den Inhalt der Schublade. »Hier ist es.«

»Holen Sie das Kästchen heraus. Stellen Sie es aufs Bett.«

Drummond tat, was er ihm sagte. Das kleine Kästchen war nicht mehr als fünfzehn Zentimeter breit, zehn Zentimeter hoch und vielleicht nicht ganz zehn Zentimeter tief. Das Holz hatte die Farbe von dunklem Bernstein.

»Und jetzt öffnen Sie es. Ich will den Inhalt nicht sehen. Aber sagen Sie mir bitte, was sich darin befindet.«

Er konnte den silbernen Klang von Gegenständen hören, die auf die Tagesdecke des Betts gekippt wurden. »Schmuckstücke«, sagte Drummond.

»Zählen Sie die Gegenstände einzeln auf.« Rutledge konnte seinen eigenen Herzschlag fühlen und hörte Hamishs lautstarke Proteste, während Drummond in Fionas Schmuck herumwühlte.

»Da ist ein Armband. Und hier haben wir Kragenknöpfe, Onyx, wenn ich das richtig sehe. Ein kleiner Beißring, Silber, würde ich mal annehmen … er ist angelaufen. Ein oder zwei Ringe. Hier ist eine Brosche. Und das war auch schon alles.«

Rutledge konnte spüren, dass sein Herzschlag aussetzte.

»Beschreiben Sie mir die Brosche.«

»Der Krimskrams einer Frau interessiert mich nicht –«

»Verdammt noch mal, sagen Sie mir, wie die Brosche aussieht!«

»Sie ist golden, drei Stränge, die zu drei Kreisen gebogen sind. Wie Reifen. In der Mitte ist ein kleiner Stein. Eine Perle. Die habe ich sonntags oft an Ealasaid gesehen.«

»Und das ist alles?« Er atmete wieder.

»Das ist alles. Ich habe es Ihnen doch gesagt.«

»Dann packen Sie die Sachen wieder in das kleine Kästchen, und klappen Sie den Deckel zu.

»Wozu soll das gut sein?«

»Das kann ich Ihnen nicht sagen. Wenn Sie gefunden hätten, was ich dort zu finden hoffte, dann hätte es Fiona vor dem Henker bewahren können. Aber jetzt …« Er steckte das Kästchen, das Drummond ihm gab, in seine Tasche und schloss die Schublade wieder.

Drummond sagte: »Ich lasse nicht zu, dass Sie etwas mitnehmen, was ihr gehört.«

»Ich bringe es zu ihr. Und sobald wie möglich bringe ich es wieder zurück. Sie will wissen, ob sich die Brosche ihrer Mutter noch in dem Kästchen befindet.«

»Aber das ist Ealasaids Brosche.«

»Ja«, sagte Rutledge, als er auf der Treppe vorausging. »Und damit ist uns nicht gedient!«

Zwanzig Minuten später war Rutledge wieder im Polizeirevier. Oliver war nicht da, aber an seiner Stelle fand er Pringle vor. Rutledge erklärte, was er wollte, und ihm wurde gestattet, allein in die Zelle zu gehen.

Als er ganz sicher sein konnte, dass die Tür fest hinter ihm geschlossen war, griff er in seine Tasche und zog das Kästchen aus Sandelholz heraus.

Fiona nahm es mit zitternden Fingern entgegen und lächelte ihn an, während sie den Deckel öffnete. »Es tut so gut, meine eigenen Sachen wieder in den Händen zu halten. Selbst wenn es nur für kurze Zeit ist. Es ist mir ein Gräuel, diese Kleider zu tragen, so trostlos und farblos wie diese Zelle. Diese Kleider könnten selbst einen Engel in Verzweiflung stürzen.«

Sie ging zu dem schmalen Bett und kippte den Inhalt des Kästchens aus, genauso, wie Drummond es getan hatte. Dann ordnete sie behutsam die Gegenstände.

Und sah, dass die Brosche ihrer Mutter nicht darunter war.

Sie drehte sich um und starrte ihn an. Sie war unsicher, was sie sagen sollte.

»In dem Schächtelchen ist eine Brosche«, sagte er. »Wie Sie es mir vorhergesagt haben.«

»Das ist nicht die Brosche meiner Mutter. Diese hier hat Ealasaid gehört. Ich hatte ganz vergessen, dass sie auch in dem Kästchen ist ...«

»Haben Sie mich belogen, Fiona? Oder haben Sie mir von Anfang an Halbwahrheiten erzählt?«

Sie errötete und biss sich auf die Lippen. »Ich habe nicht gelogen. Ich habe mich lediglich geweigert, Ihnen Geheimnisse zu erzählen, die nicht meine eigenen sind.«

»Und was ist dann aus der Brosche Ihrer Mutter geworden? Wie kommt es, dass sie vor mehr als einem Jahr, viele Meilen von Duncarrick entfernt, gefunden wurde?«

»Ich weiß es nicht. Sie war *hier*! In diesem Kästchen. Das würde ich bei der Seele meines Großvaters schwören!«

Er wollte ihr glauben. Hamish redete ihm zu, er solle ihr glauben.

»Können Sie Drummond trauen? Würde er Ihnen etwas stehlen – könnte es sein, dass er die Brosche als gerechte Bezahlung dafür angesehen hat, dass er das Kind versorgt? Könnte er sie verkauft haben?«

»Nein ... er täte nichts dergleichen ...«

»Ist er jemand anderem zu Loyalität verpflichtet? Könnte er die Brosche genommen und sie jemandem gegeben haben, weil ihm nicht klar war, dass sie dazu benutzt werden könnte, Sie zu belasten.«

»Nein. Nein, ich kann nicht glauben, dass er so etwas täte! Nicht Drummond.«

»Dann vielleicht seine Schwester? Könnte sie den Schlüssel an sich bringen, wenn er gerade nicht hinschaut, und ihn benutzen? Oder ihn einer anderen Person zur Verfügung stellen?«

Sie zögerte. »Nein. Das würde sie nicht wagen. Nein.«

»Sind Sie ganz sicher, Fiona?«, fragte Rutledge. »Schließlich ist die Brosche verschwunden. Als Sie es mir gesagt haben, waren Sie der Überzeugung, sie sei noch in dem Kästchen.«

Fiona wandte sich ab und begann, die Gegenstände auf ihrem Bett einzusammeln. Ihre Finger blieben auf jedem einzelnen ruhen, während die Erinnerungen sie einholten. »Ich bin sicher.«

»Dann könnte sie jemand anderes genommen haben. Haben Sie eine Ahnung, wer das sein könnte? Eine Putzfrau? Ein Gast, als er dachte, Sie sehen gerade nicht hin? Oder jemand, der gern ein Andenken an die verruchte Hure hätte?«

»Niemand sonst hat einen Schlüssel. Außer der Polizei.«

Die Polizei. Aber als er dastand und sie ansah, war Rutledge sicher, dass die Polizei nichts mit der fehlenden Brosche zu tun hatte. Abgesehen davon, dass sie die Brosche von einem jungen Mädchen entgegengenommen hatte, das sich ein besseres Leben wünschte …

21

Rutledge setzte sich auf den Stuhl und beobachtete, wie Fiona auf und ab lief und dabei mit beiden Händen das Kästchen umklammerte. Sie war so unruhig und verunsichert, dass sie ihn mehrfach bat, ihr zu sagen, weshalb die Brosche so wichtig war, doch das durfte er nicht tun. Stattdessen sagte er: »Sie geben mir das Kästchen jetzt besser zurück. Schließlich soll Oliver nicht sehen, dass ich es Ihnen gebracht habe.«

»Und warum nicht?« Widerstrebend gab Fiona ihm das kleine Kästchen, und er steckte es in seine Tasche.

»Weil ich mit Oliver zusammenarbeiten muss, mein gutes Kind, und es bringt mir gar nichts, wenn er wütend auf mich ist, weil ich mich in seine Ermittlungen einmische. Aber Sie scheinen der Schlüssel zu meinen Ermittlungen zu sein.«

Sie sagte kein Wort.

Er sprach weiter. »Kennen Sie eine Mrs. Atwood?«

»Nein. Ich kann mich jedenfalls nicht erinnern, den Namen schon einmal gehört zu haben.«

»Was ist mit Robert Burns?«

»Das ist ein Dichter. Er hat in der Nähe von Ayr gelebt.«

»Nein. Ich rede von einer Person, der Sie eventuell begegnet sein könnten.«

Sie dachte darüber nach. »Ich erinnere mich, dass jemand gesagt hat, der Fiskal hätte seinen Sohn im Krieg verloren. Ich kann mich nicht erinnern, ob er Robert hieß.«

»Ich bin auf der Suche nach einer Frau namens Eleanor Gray. Vielleicht handelt es sich bei ihr um die Person, deren Tod man Ihnen anlastet, vielleicht auch nicht. Eleanor Gray wird seit 1916 vermisst. Sie hatte Streit mit ihrer Mutter. Es ging um … Geld. Und kurz darauf hätte sie angeblich ein Wochenende in der Nähe von Winchester verbringen sollen, bei einer Freundin, eben dieser Mrs. Atwood. Stattdessen ist sie mit einem Mann nach Schottland gefahren, möglicherweise einem Freund von diesem Robert Burns, bei dem es sich um den Sohn des Fiskals handeln könnte, oder auch nicht.«

Fiona lächelte. »Vielleicht, vielleicht auch nicht. Möglicherweise ein Freund. Angeblich ein Wochenende verbringen sollen. Hamish hat gesagt, Sie wären ein kluger Polizist.«

Das war für ihn die erste Kostprobe ihres Humors, der ihr Gesicht von innen heraus leuchten und ihre Augen strahlen ließ.

»Ja, manchmal versetze ich mich selbst in Erstaunen«, sagte er und lächelte jetzt ebenfalls. »Das Seltsame an dieser Eleanor Gray ist, dass sich anscheinend niemand für sie interessiert hat. Ann Tait war gut informiert über sie und hat sie beneidet. Mrs. Atwood war eifersüchtig auf sie. Eleanor hat sich glühend für Medizin interessiert, und ihre Mutter hat dafür gesorgt, dass sie nicht zum Studium zugelassen wurde. Es kann gut sein, dass sie 1916 gestorben ist, und die einzige Person, die seitdem versucht hat, sie zu finden, war ein Anwalt, der in einer Erbschaftsangelegenheit ihre Unterschrift brauchte. Sie sind angeklagt, sie getötet zu haben, und dabei kennen Sie Eleanor nicht einmal.«

»Und das ist wahr.« Sie war jetzt wieder ernst und lief erneut auf und ab. »Weshalb sollte ich eine x-beliebige Frau herausgreifen, sie töten und ihr Kind an mich bringen? Eine Fremde, über die ich nicht das Geringste weiß! Der Polizei leuchtet das ein, weil die Polizisten Männer sind. Sie glauben allen Ernstes, bloß weil ich ein Kind wollte, sei es mir ganz egal gewesen, wer oder was und wessen Kind es ist.«

»Die Antwort würde lauten, Sie hätten gewusst, dass Eleanor Gray allein war und sich verborgen hielt. Eine bessere Wahl hätten Sie gar nicht treffen können. Niemand würde kommen und sie suchen.«

»Wenn ich so viel über sie in Erfahrung gebracht hätte, dann hätte ich doch gewiss auch ihren Namen erfahren. Ich weiß nicht, wie man das in Frankreich oder in Kanada hält, aber wir Schotten vertrauen keinem Fremden.«

»Vielleicht haben Sie sie nicht unter ihrem eigenen Namen kennen gelernt. Sie könnte einen anderen Namen benutzt haben.« Er überlegte. »Mrs. Cook –«

Sie wurde kreideweiß, und ihre Knie gaben nach. Rutledge sprang gerade noch rechtzeitig von seinem Stuhl auf, um sie aufzufangen. Er trug sie zu dem Bett und legte sie behutsam auf die raue Decke. »Fiona ...«

Ihre Lider flatterten und schlossen sich dann wieder. Mit bebender Stimme sagte sie: »Ich kenne keine Mrs. Cook.«

»Oh, doch, Sie kennen sie«, sagte er und zog den Stuhl näher ans Bett. »Sie wissen ganz genau, wer sie ist. Sie hat in Lanark das Kind zur Welt gebracht, das Sie Ian Hamish MacLeod genannt haben. Ich habe mit ihrem Arzt gesprochen, er heißt Wilson. Ich weiß, dass sie eine schwere Geburt hatte und sich anschließend nur langsam wieder erholt hat. Ich weiß auch, dass sie keine weiteren Kinder bekommen kann.« Er unterbrach sich und fügte dann die letzte Information hinzu, die seine Gewissheit besiegelte. »Sie haben Ihrer Tante mitgeteilt, Sie müssten Ihren Vertrag bei Mrs. Davison erfüllen. Aber das haben Sie nicht getan. Sie haben ihr erklärt, weshalb man Sie so dringend braucht – dass Ihre Tante in Duncarrick erkrankt ist. Und Mrs. Davison, eine einfühlsame Frau, hat Sie sofort gehen lassen. Sie hatte Sie so gern, dass sie Ihnen den Abschied von ihrer Familie erleichtern wollte. Und somit ist zwischen dem Zeitpunkt, zu dem Sie versprochen haben, mit Ihrem Kind nach Duncarrick zu kommen, und Ihrer Ankunft hier fast ein Monat verstrichen. Diese Zeitspanne haben Sie irgendwo gemeinsam mit dem Jungen und seiner Mutter verbracht. Sie haben Ihre Tante belogen, Sie haben Mrs. Davison belogen, und soweit ich weiß, haben Sie auch Mrs. Cook belogen. Aber mich können Sie nicht belügen, Fiona. Ich weiß zu viel.«

Sie streckte die Arme aus und nahm seine Hände. »Bitte. Ich kenne keine Mrs. Cook. Diese Frau, von der Sie mir gerade erzählt haben – *sie hat nichts mit mir oder meinem Kind zu tun!* Sie dürfen sie nicht ... es besteht kein Anlass, sie zu suchen. Sie existiert nämlich überhaupt nicht.« Ihr Gesicht war jetzt ernst, und ihre Augen waren weit aufgerissen. »Ich habe Eleanor Gray getötet. Ich bin bereit, es zu schwören! Holen Sie meinen Anwalt ... Inspector Oliver ... den Fiskal. In Anwesenheit aller werde ich Ihnen genau erzählen, was vorgefallen ist. Ich hatte nicht vor, sie zu töten – ich wollte sie nicht töten. Aber sie hat gesagt, ich könnte Ian haben, und dann hat sie es sich anders überlegt. Ich habe ihn geliebt, ich hatte ihn in meinen Armen gewiegt, ich wollte ihn für mich haben. Und als sie dann gesagt hat, sie hätte die Absicht, ihn doch zu behalten, habe ich die Kissen unter ihrem Kopf herausgezogen und sie auf ihr Gesicht gepresst, bis sie aufgehört hat, sich zu wehren. Und dann habe ich sie zur Treppe geschleift und ...«

Sie ließ ihren Satz abreißen, und ihre heißen Tränen fielen auf seine Hände. »Ich bitte Sie! Ich habe Eleanor Gray getötet! Gehen Sie bitte nach London zurück, und lassen Sie mich in Frieden sterben!«

»Fiona, hören Sie mir zu.«

»Nein, ich habe Ihnen schon lange genug zugehört. Ich will, dass Sie Inspector Oliver zu mir bringen. Und Mr. Armstrong. Bitte ... ich will nicht mehr darüber reden!«

»Wenn Sie Eleanor Gray getötet haben, was haben Sie dann anschließend mit ihrer Leiche angefangen?«

»Ich habe sie begraben. In einem Feld, irgendwo am Straßenrand. Es war dunkel, und ich konnte nicht viel sehen, und irgendwo hat ein Hund gebellt, und ich hatte solche Angst. Und dann hat Ian angefangen zu weinen, und ich habe die Ohren zugemacht und weiter gegraben, bis ich sie in die Grube rollen konnte, die ich geschaufelt hatte. Jemand hatte ganz in der Nähe Zweige und Äste zu einem Feuer aufgeschichtet. Ich habe sie auf das frische Grab gezerrt und sie dort liegen lassen. Es war dicht am Rand eines Feldes, gleich neben einer Mauer, wo niemand den Boden pflügt.«

»Sie lügen!«

»Nein, ich sage endlich die Wahrheit. Mr. Elliot hat zu mir gesagt, eine Beichte würde meine Seele erleichtern, und so ist es auch – ich bin bereit zu sterben ... *ich will sterben!*«

Es dauerte fast zehn Minuten, bis Rutledge Fiona dazu gebracht hatte, nicht mehr zu weinen und ihm zuzuhören. Er schüttelte sie sanft und zwang sie, ihm ins Gesicht zu sehen. Ihre Augen hatten vom Weinen rote Ränder, und es waren die traurigsten Augen, in die er je geschaut hatte. Dunkle Teiche der Qual in ihrem weißen Gesicht.

Er hätte sie gern in seine Arme gezogen und sie getröstet. Stattdessen sagte er: »Fiona, wenn Sie einen Mord gestehen, gibt es nichts mehr, was ich noch tun kann, um Sie zu retten. Haben Sie mich verstanden? Man wird sie hängen. Und in Duncarrick wird man jubeln und Dankgebete sprechen. Wenn ich Ihnen schwöre, Mrs. Cooks Namen nicht noch einmal zu nennen, versprechen Sie mir dann, Oliver oder Armstrong nichts zu sagen? *Kein Wort!*«

Sie sagte matt: »Ich bin müde. Ich will, dass das ein Ende findet. Ich will mich nicht mehr an Hamish erinnern, und ich will nicht mehr über Ian nachdenken, und mir ist der Gedanke unerträglich, dass –« Sie brach ab und schüttelte den Kopf.

»Es wird nur für eine kurze Zeit sein. Ich muss mich wieder auf die Suche nach Eleanor Gray machen. Haben Sie mich verstanden? Und wenn ich sie finde, dann brauchen Sie niemandem von Mrs. Cook zu erzählen. Würden Sie mir noch ein klein wenig länger vertrauen?«

Nach einem Moment sagte sie: »Ich will Ihnen nicht vertrauen. Ich will Sie nie wieder sehen.«

»Wenn Sie es nicht für mich tun, dann tun Sie es für Ihren Großvater – und für Hamish.«

»Die sind tot. Ich wäre am liebsten auch tot. Das Leben ist zu qualvoll.« Dann stieß sie ihn von sich und sagte: »Also gut. Solange Sie Ihr Versprechen halten, halte ich meines. Aber ich habe nicht die Kraft, noch viel länger in dieser Stille hier zu sitzen, allein und verängstigt! Wenn ich ohnehin sterben werde, dann möchte ich es hinter mich bringen, ehe ich etwas tue, wofür ich mich schämen muss.« Sie wollte Atem holen, doch es wurde ein Schluchzen daraus. »Im Dunkel der Nacht ist es nicht leicht, mutig zu sein.«

Er stand auf. Sie wirkte sehr klein und hilflos. Er wusste, dass die Untersuchungshaft eine enorme seelische Belastung darstellte. Aber er hatte auch ihre Kraft gesehen. Und diese Kraft hatte ihn beeindruckt.

»Ich gebe so bald wie möglich Bescheid. Durch McKinstry. Ihm können Sie vertrauen.«

»Er ist – ja, ich vertraue ihm.«

Rutledge zog ein Taschentuch aus seiner Tasche und reichte es ihr. Sie nahm es dankbar an.

Er ging zur Tür und hätte gern etwas gesagt. Ihr Mut gemacht. Oder ihr eingeschärft, dass sie nichts zu befürchten hatte. Aber er drehte sich nicht nach ihr um.

Und Fiona MacDonald hielt ihn nicht zurück.

Rutledge gab Pringle den Schlüssel zurück, ging ins Reivers und klopfte auf dem Weg bei Drummond an, damit er ihm die Tür noch einmal aufschloss.

Er sprang mit großen Sätzen die Treppe hinauf, denn er wollte das Sandelholzkästchen rasch in Fionas Zimmer zurückbringen.

Drummond folgte ihm schwerfällig, aber doch viel leichtfüßiger, als man es von einem Mann seines Umfangs erwarten sollte. »Ich habe getan, worum Sie mich gebeten haben. Jetzt sind Sie mir eine Erklärung schuldig«, sagte er, während er Rutledge auf den Fersen folgte.

Rutledge stellte das Kästchen in die Schublade zurück und arrangierte es sorgfältig zwischen Handschuhen und Taschentüchern. Als er sich zu Drummond umdrehte, hatte er sich seine Antwort bereits zurechtgelegt. Der Mann stand in der Tür und versperrte ihm den Weg. Clarence zog sich auf seinem Kissen auf die Vorderpfoten und musterte beide Männer argwöhnisch. Eine jähe Bewegung würde genügen, um ihn zu verscheuchen.

»Etwas, das Fiona MacDonald gehört, ist in der Nähe der Stelle gefunden worden, wo nach Olivers Ansicht die Leiche der leiblichen Mutter des Kindes versteckt war. Im Glencoe. Fiona hat mir gesagt, dieser Gegenstand befände sich hier im Reivers. Aber sie hat sich getäuscht.« Er schnaubte frustriert. »Jetzt hat Oliver alles, was er braucht, um sie zu überführen.«

»Wollen Sie damit sagen, hier ist etwas gestohlen worden?«

»Die Polizei glaubt, die Mörderin hätte diesen Gegenstand bei dem Versuch verloren, die Frauenleiche einen Berghang hochzuziehen. Die Tochter eines Schäfers hat ihn gefunden. Ich weiß selbst nicht, was ich glauben soll.«

»Ich habe den einzigen anderen Schlüssel, und den hat mir Ealasaid MacCallum persönlich gegeben. Fiona hat ihren Schlüssel Oliver ausgehändigt, als die Polizei sie abgeholt hat. Wollen Sie mich als einen Dieb bezeichnen?« Drummonds Stimme klang bedrohlich ruhig.

»Nein, verdammt noch mal. Ich sage nur, dass der Gegenstand, der im Glencoe gefunden wurde, ausreicht, um Fiona MacDonald zu hängen. Ganz gleich, wie er dort hingekommen ist. Und wenn das, was sie sagt, stimmt, war er im Juli noch hier in Duncarrick, und in dem Fall muss sich jemand heimlich ins Haus geschlichen und ihn an sich genommen haben.«

»Fiona lügt nicht. Ich habe nie erlebt, dass sie gelogen hat.«

»Was das Kind angeht, hat sie gelogen.«

Drummond machte eine wütende Geste, und Clarence floh mit einer einzigen geschmeidigen Bewegung über die Bettkante. »Das ist nicht dasselbe. Sie wissen genau, dass es nicht dasselbe ist!«

Rutledge ging auf die Tür zu. »Drummond, ich muss Duncarrick für ein paar Tage verlassen. Behalten Sie das Gasthaus im Auge. Es wäre ungünstig, wenn Oliver noch mehr … Beweisstücke in die Hände fielen.«

Hamish sagte warnend: »Du bewegst dich auf einem schmalen Grat! Du kannst unmöglich wissen, wem *seine* Loyalität gehört.«

Rutledge erwiderte stumm: »Ich muss etwas riskieren, um herauszufinden, ob er ein Freund oder ein Feind ist. Schließlich ist dieses Kind seiner Obhut anvertraut worden!«

Drummond ließ ihn vorbeigehen. Als sie die Treppe hinunterstiegen, sagte Rutledge über seine Schulter: »Wenn es mir irgend möglich ist, den Knochen im Glencoe einen Namen und eine Vorgeschichte zu geben, dann werde ich es tun. Darin besteht die einzige Möglichkeit, die Ketten zu sprengen, die Fiona MacDonald mit einem Mord verknüpfen.«

Als Rutledge die Schmiede erreichte, stellte er fest, dass sein Wagen repariert und fahrbereit war.

Der junge Mechaniker kam aus dem kleinen Schuppen, in dem er arbeitete, und wischte sich die öligen schwarzen Hände an einem noch schmierigeren Lappen ab. Mit einem breiten Grinsen winkte er Rutledge zu sich. »Kommen Sie, ich möchte Ihnen etwas zeigen.«

»Ich bin mir nicht ganz sicher, ob ich es wirklich sehen will«, antwortete Rutledge, während er ihm folgte. »Was ist los mit meinem Motor?«

Der junge Mann antwortete nicht, sondern ging voraus und blieb vor einer Werkbank stehen, auf der zwischen Werkzeug und Einzelteilen allerlei Krimskrams wirr herumlag, und griff nach einem schmutzigen Marmeladenglas, das hinter einer Taurolle stand. Er hielt das Glas hoch und sagte zu Rutledge: »Sehen Sie sich das mal genauer an.«

Das Glas war mit Benzin gefüllt. Nur auf dem Boden hatte sich eine weniger dickflüssige Schicht abgesetzt.

»Wasser!«, sagte Rutledge erstaunt. »Ich hatte *Wasser* im Tank!«

»Wenn alles andere ausscheidet«, sagte der Mechaniker fröhlich, »muss man auf das Unmögliche gefasst sein. Ja, Sie haben Recht. Gewöhnliches Wasser. Das hat Sie so todsicher blockiert wie eine Artilleriegranate. Und es lässt sich sogar mit noch größerer Präzision einsetzen, wenn ich das mal so sagen darf! Ich habe die Benzinleitung ablaufen lassen, gewartet, bis sich der Inhalt des Glases setzt, und da haben wir es. Ein Wunder der Technik.« Er stellte das Glas wieder auf die Werkbank. »Sie waren wohl mit Ihrem Wagen schwimmen, was?«

Rutledge bezahlte die überhöhte Rechnung, ohne sich dazu zu äußern.

Als sie aus dem Hof der Schmiede fuhren, sagte Hamish: »Dass sich jemand an dem Wagen zu schaffen gemacht hat, ist etwas ganz anderes als die Durchsuchung deines Zimmers. Und wenn es jemand gibt, der dir sagen kann, wo du den Verantwortlichen findest, dann ist das dieser Constable da.«

»Wenn das ein übler Streich war«, erwiderte Rutledge, »dann

hat man einen Zeitpunkt gewählt, der jemand anderem gut in den Kram gepasst hat. Solche Zufälle behagen mir nicht.«

Rutledge entdeckte McKinstry, als dieser gerade aus dem Barbierladen kam, und bot ihm an, ihn nach Hause zu fahren. Als Rutledge sich nach mutwillig beschädigtem Eigentum erkundigte, schüttelte der Constable den Kopf. »Das kommt hier nicht oft vor. In einer Stadt dieser Größenordnung weiß man zu schnell, wer die Übeltäter gewesen sind. Die Maxwell-Bälger sind ziemlich wild, und es ist nur eine Frage der Zeit, wann der Unfug, den sie anstellen, ernstere Formen annimmt. Das Militär könnte Männer aus ihnen machen, aber ihr Vater schafft das nicht. Er schlägt zu schnell mit der Faust zu.« Die Neugier war ihm anzusehen, als er fragte: »Gibt es einen bestimmten Grund für Ihr Interesse?«

»Ich habe mir nur meine Gedanken gemacht, das ist alles.«

»Diese verleumderischen Briefe – dahinter hat kein dummer Streich gesteckt, falls Sie darauf hinaus wollen.«

»Nein, keinesfalls.« Rutledge wechselte das Thema.

Erst als er McKinstry vor seiner Haustür abgesetzt hatte, sagte Hamish: »Er hat die Brosche mit keinem Wort erwähnt.«

»Nein«, antwortete Rutledge. »Er will nicht wahrhaben, was das heißt. Ich übrigens auch nicht. Wenn sie niemand aus dem Gasthaus gestohlen hat ...« Er führte den Satz nicht zu Ende.

»*Sie hat niemanden umgebracht!*«, sagte Hamish.

Aber die Frau im Hinterzimmer des Polizeireviers war nicht dasselbe Mädchen, das Hamish in Erinnerung hatte, das Mädchen, das im Sommer 1914 Heu gemacht hatte, während die Sonne warm auf ihr Gesicht schien und ein Lächeln in ihren Augen stand. An dem Tag war in einer Kleinstadt in einer entlegenen Provinz von Österreich-Ungarn der Krieg ausgebrochen. Diese Erinnerung hatte Hamish in die Schützengräben mitgenommen. Für ihn stand die Zeit still. Für sie hatte sie sich weitergedreht. Innerhalb von fünf Jahren können Menschen sich verändern ...

Rutledge ließ seinen Wagen vor dem Hotel stehen, diesmal gut sichtbar und nicht im Schatten des Schuppens, und machte sich auf den Weg zu dem Geschäft, das Ann Tait gehörte.

Sie faltete gerade Unterwäsche zusammen und schlug sie in blasslila Seidenpapier ein, und neben ihrem Ellbogen stand eine Schachtel bereit. Sie hob das Papier hoch, legte es vorsichtig in die Schachtel und arrangierte das Wäschestück so, dass es genau hinein passte. Dann schloss sie die Schachtel mit einem Deckel und stellte sie zur Seite, ehe sie sich an Rutledge wandte.

»Haben Sie Ihre Eleanor Gray gefunden?«

»Noch nicht. Aber ich werde sie finden. Nein, ich bin in einer anderen Angelegenheit zu Ihnen gekommen. Ich habe mich kürzlich mit einer Mrs. Cook unterhalten. An ihren Vornamen kann ich mich nicht erinnern. Sie hat mich auf der Straße angesprochen. Vor ein paar Tagen. Ich muss versuchen, sie wieder zu finden. Könnten Sie mir dabei behilflich sein?«

Ann Tait sah ihn nachdenklich an. »Soweit ich weiß, gibt es in Duncarrick keine Mrs. Cook. Jedenfalls zählt sie nicht zu meinen Kundinnen. In London habe ich eine Frau kennen gelernt, die so hieß. Sie war schon älter und absolut unmöglich. Ich konnte sie nicht leiden.«

»Wenn das so ist«, sagte er hilflos, »mit wem habe ich dann gesprochen?«

»War es eine dicke Frau? Mit herrischem Auftreten?«

Er lächelte sie an und tat erleichtert. Was ihm nicht schwer fiel. »Ich fürchte, ja.«

»Dann war es Mrs. Coldthwaite.«

»Genau. So hieß sie. Coldthwaite. Ich bin Ihnen sehr verbunden. Aber vielleicht sollte ich mich lieber nicht zu früh freuen.«

Ann Tait nickte mitfühlend. »Eine abscheuliche Person. Sie kommt in meinen Laden und probiert Korsetts an, die viel zu klein für sie sind, und dann beklagt sie sich bei mir, meine Ware sei minderwertig. Sie finden sie in dem Haus mit dem auffälligen Giebel, gleich neben der Bäckerei. Und ich wünsche Ihnen viel Spaß mit ihr!«

Draußen auf der Straße sagte Hamish ihm unmissverständlich, er hätte sein Versprechen bereits gebrochen.

»Das stimmt nicht.«

»Das ist kein Name, den du hier ungestraft nennen kannst.«

»Ich glaube, Ann Tait wird ihn nicht ausplaudern.«

Dennoch stattete er Mrs. Coldthwaite einen Besuch ab.

Und bezahlte einen hohen Preis dafür. Sowie sie ihn in ihr Wohnzimmer gelockt hatte, bestand ihr einziges Interesse darin, ihn auszuhorchen und möglichst viel in Erfahrung zu bringen, was es lohnte, weiterverbreitet zu werden. Dabei schob sie vor, um »die gute Fiona« besorgt zu sein, doch ihre Augen waren kalt und ihre Lippen schmal und zusammengekniffen.

»Eine abscheuliche Person«, hatte Ann Tait sie genannt. Hamish zog es vor, sie als »hinterhältiges Scheusal« zu bezeichnen.

Allerdings gab sie Rutledge unbeabsichtigt eine Information, die ihm neu war. Die Frage war nur, ob er sie als zuverlässig ansehen sollte.

»Wir, das heißt, mein Mann und ich, waren vor einer Woche zu einer ganz reizenden Abendgesellschaft in Jedburgh eingeladen. Mr. Robson, der Chief Constable, und Mr. Burns, der Fiskal, waren ebenfalls unter den Gästen. Und ich habe ganz deutlich gehört, wie Mr. Burns zu Mr. Robson gesagt hat, viele von Fiona MacDonalds Sünden würden nie ans Licht kommen. ›Wir werden Sie wegen Mordes vor Gericht stellen und Gott über die anderen unerfreulichen Facetten ihres Charakters richten lassen.‹ Und als dann jemand – ich glaube, es war Mr. Holden – Mr. Robson gefragt hat, was nach der Verhandlung mit dem Jungen geschehen sollte, hat Mr. Robson geantwortet: ›Mr. Elliot hat sich mit einem Waisenhaus in Glasgow in Verbindung gesetzt, in dem die Kinder verschiedene Handwerksberufe erlernen. Dort wird er untergebracht, falls die Familie des Opfers kein Interesse daran zeigt, die Verantwortung für ihn zu übernehmen.‹ Soweit ich gehört habe, ist die Familie finanziell sehr gut gestellt und könnte das Kind als eine … ähmm … Peinlichkeit empfinden.«

Rutledge fluchte stumm. Hamish bezeichnete Mrs. Coldthwaite als »alte Klatschtante«.

Sie behielt Rutledges Gesicht gierig im Auge, und ihr Lächeln forderte ihn auf, sie möglichst detailliert über Eleanor Grays Familie aufzuklären.

Rutledge erwiderte verbindlich: »Ich fürchte, wenn Sie über dieses Thema mehr erfahren wollen, sind Sie bei Inspector Oliver an der richtigen Adresse. Man hat mir gesagt, Ealasaid Mac-

Callum sei eine prachtvolle Frau gewesen. Ich habe mich gefragt, ob sie Ihnen vielleicht ihre Sorgen anvertraut hat, die ihr das Betragen von Miss MacDonald bereitet haben könnte, nachdem sie im Gasthaus eingezogen war.«

Die Antwort umfasste tausend, wenn nicht mehr Worte, schien jedoch Nein zu lauten.

Er hatte das Gefühl, Mrs. Coldthwaite bedauerte es zutiefst, dieses Eingeständnis machen zu müssen.

22

Nach seiner Rückkehr ins Ballantyne begab sich Rutledge gleich in die Telefonzelle, um einen Anruf zu Sergeant Gibson in London durchstellen zu lassen.

Stattdessen bekam er den alten Bowles an den Apparat.

»Rutledge? Sind Sie das?«

Rutledge schloss die Augen. Hamish war immer noch wütend auf ihn, weil er sein Versprechen gegenüber Fiona gebrochen hatte, was die Nennung von Mrs. Cooks Namen betraf. Das zornige Grummeln in seinem Hinterkopf, das eine gewisse Ähnlichkeit mit Kopfschmerzen aufwies, ließ Rutledge gereizt reagieren.

»Ja, Sir?«

»Was zum Teufel tun Sie, Mann! Diese Angelegenheit sollte inzwischen längst geklärt sein.«

Jeder Versuch, die verworrene und vielschichtige Situation zu erklären, wäre zwecklos gewesen. »Es ist schwierig, eine Frau aufzuspüren, die es darauf angelegt hat, nicht gefunden zu werden.«

»Ausflüchte interessieren mich nicht. Mich interessieren nur Ergebnisse.«

Der Hörer wurde auf die Gabel geknallt.

Hamish sagte: »Deine Fähigkeiten sind dir abhanden gekommen.«

»Du irrst dich.«

Das war ein alter Streitpunkt zwischen ihnen. Der Stachel war mit der Zeit nicht abgestumpft. Rutledge rieb mit dem Daumen und dem Zeigefinger seinen Nasenrücken und versuchte nachzudenken. Gibson …

Er ließ sich noch einmal mit Scotland Yard verbinden und erreichte diesmal den Sergeant.

»Ich muss unbedingt wissen, wer eine Brosche zu einem Juwelier gebracht hat, um einen Namen eingravieren zu lassen.« Er beschrieb die Brosche bis in die kleinsten Einzelheiten und kam dann auf die Buchstaben auf der Rückseite zu sprechen. »Es könnte von äußerster Wichtigkeit sein.«

»Wo soll ich anfangen?«

»In Edinburgh. Und Glasgow. Nicht in den vornehmen Juwelierläden.« Die eingravierten Buchstaben hatten aufgrund ihrer schlechten Lesbarkeit abgenutzt gewirkt, ein eleganter Schriftzug, aber nur oberflächlich eingraviert. »Geschäfte der mittleren Preislage, wo eine Brosche mit Rauchquarzen nicht weiter auffällt.« Er dachte nach. »Es wird sich als die Suche nach der sprichwörtlichen Nadel im Heuhaufen erweisen, Sergeant, aber ich muss dringend eine Antwort haben. Und ich weiß mit Sicherheit, dass der Name innerhalb der letzten fünf Wochen eingraviert worden ist.« Das Wasser in seinem Benzintank fiel ihm wieder ein. Kein Vandalismus, sondern gewonnene Zeit? »Möglicherweise sogar erst in den letzten zwei bis drei Wochen. Das sollte Ihnen weiterhelfen.«

Gibson wirkte unschlüssig. »Das ist eine gewaltige Aufgabe.«

»Ja.« Rutledge bemühte sich, nachzudenken. Hamish wollte es nicht zulassen. Er sagte: »Gibson, versuchen Sie es zuerst in England, ja? In Grenznähe, wenn man von Duncarrick kommt. Ich habe so ein Gefühl —«

»Gefühle sind ja schön und gut, Sir, aber besonders hilfreich sind sie im Allgemeinen nicht, oder?«

»Ich glaube, Sergeant, diesmal könnten sie sich als hilfreich erwiesen.«

Am frühen Morgen des nächsten Tages verließ Rutledge Duncarrick mit seinem Gepäck im Kofferraum.

Aber er hatte sein Zimmer im Ballantyne behalten und Constable Pringle, der ihm vor dem Hotel begegnet war, gesagt, er wäre in wenigen Tagen wieder zurück.

Er fuhr in Richtung Osten und traf rechtzeitig zum Abendessen bei David Trevor ein. Morag begrüßte ihn so herzlich wie ein verlorenes Schaf. Ein verlorenes schwarzes Schaf, verbesserte ihn Hamish.

Auch Trevor war froh, ihn zu sehen. »Und ich hatte schon damit gerechnet, allein essen und mich mit Morags Gesellschaft begnügen zu müssen«, sagte er zu Rutledge. »Hast du deine Arbeit in Duncarrick abgeschlossen? Ist das ein Abschiedsbesuch, ehe du nach London zurückfährst?«

»Nein. Ich habe Eleanor Gray noch nicht gefunden. Und Ha-« Fast hätte er gesagt: »Hamish lässt mich nicht in Frieden!« Aber er brach den Satz rechtzeitig ab und sagte stattdessen: »Und in meiner derzeitigen Stimmung werde ich dir keine besonders angenehme Gesellschaft sein.«

»Unsinn. Deine Gesellschaft ist mir immer angenehm, Ian.«

Als sie nach dem Abendessen im Wohnzimmer saßen und Whisky tranken, mit dem sich Trevor vor dem Krieg eingedeckt hatte, wartete Rutledge, bis sich ein behagliches Schweigen herabgesenkt hatte, und sagte dann: »Mein Besuch hat einen konkreten Grund. Ich muss mit einem vernünftigen Menschen reden, der nichts mit der laufenden Ermittlung zu tun hat.«

»Ich höre dir gern zu. Aber ob ich dir vernünftige Antworten geben kann, muss sich erst noch herausstellen.«

»Mir ist schon mit einem Zuhörer gedient.« Rutledge setzte zu einem Bericht der Vorfälle der vergangenen Woche an, und während er bemüht war, sie zu ordnen und in eine zusammenhängende Form zu bringen, stellte er fest, dass auch seine Gedanken klarer wurden.

»Und das ist der derzeitige Stand der Dinge.«

Trevor sagte: »Ja, ich verstehe, worum es dir geht. Du könntest es hier mit zwei voneinander unabhängigen Ermittlungen zu tun haben. Oder nur mit einer. Und wenn es nur eine ist, dann wird man Fiona MacDonald in allen Punkten der Anklage, die gegen sie erhoben wird, für schuldig befinden. Sollte es sich jedoch um zwei getrennte Ermittlungen handeln, dann kann es gut sein, dass die Frau auf dem Berghang nicht das Geringste mit Duncarrick zu tun hat. Und diese Frage kannst du erst beantworten, wenn du herausgefunden hast, wer die Leiche ist.

Nach all der Zeit wird das nahezu unmöglich sein, nicht wahr? Ich kann nicht behaupten, dass ich dich beneide! Aber mir scheint, du hast schon viel geleistet, indem du den Beweis erbracht hast, dass Eleanor Gray tatsächlich in Schottland war.«

»Ja. Wenn ich nicht ein verdammt sturer Polizist wäre, dann wäre ich längst zu der Schlussfolgerung gekommen, dass Oliver Recht hat und der Fall abgeschlossen ist, und ich wäre zufrieden nach London zurückgekehrt.«

Trevor sah ihn nachdenklich an. »Du magst diese MacDonald. Es wäre dir lieb, wenn ihre Unschuld erwiesen würde.«

»Damit willst du mir wohl sagen, dass ich nicht objektiv bin«, antwortete Rutledge. Er spürte, dass er errötete. »Hältst du diese Einschätzung für berechtigt?«

»Oh, für objektiv halte ich dich schon. Was ich von meiner günstigen Ausgangsposition – als jemand, der keinen dieser Menschen gut genug kennt, um etwas anderes als objektiv zu sein – erkennen kann, ist, dass du dich durchaus in Gefahr befinden könntest. Hast du die Möglichkeit in Betracht gezogen, dass Fiona MacDonald von Anfang an geopfert werden sollte? Und diesem Vorhaben stehen deine Fragen im Weg. Sieh dich bloß vor, dass du keine Bedrohung für jemanden darstellst, der sich hinter den Kulissen verbirgt.«

»Das ist eine seltsame Warnung.« Rutledge rieb sich den Nasenrücken. Er hatte immer noch Kopfschmerzen. Aber Hamish war verstummt. »Ich kann keinen Anlass finden, weshalb jemand Fiona MacDonald abgrundtief hassen könnte – genug, um all das auszuhecken und einen ganzen Haufen von belastenden Indizien gegen sie zusammenzutragen. Und ich habe nach einem Grund gesucht.«

»Ja, das ist mir schon klar. Und genau das legt für mich die Vermutung nahe, dass das Mädchen als Sündenbock für eine andere Person herhalten soll.«

»Die Mutter des Kindes. Ja, diese Möglichkeit habe ich in Betracht gezogen. Fiona will mir nicht sagen, wer sie ist. Wenn die Frau tot wäre, spielte das doch wohl keine Rolle mehr?«

»Sieh es doch einmal von einer anderen Warte. Wer ist der Vater des Kindes? Ist er noch am Leben? Wenn ja, warum darf er dann nicht erfahren, dass er einen Sohn hat? Oder im Falle seines Todes seine Familie. Weshalb sollte es so wichtig sein, jemanden in Unkenntnis darüber zu lassen, dass er ein Kind hat? Sogar so wichtig, dass Miss MacDonald bereit ist, gehängt zu werden und das Kind der liebevollen Fürsorge eines Waisenhauses zu überlassen.«

Rutledge sagte matt: »Wenn die Mutter am Leben ist, dann opfert sie Fiona *und* das Kind. Bereitwillig. Und das will mir auch nicht einleuchten.«

»Dann liegt genau da das Geheimnis verborgen. Und du musst es ans Licht bringen.«

Er hatte Mrs. Cook in seinem Bericht nicht erwähnt. Jetzt sagte er: »Wenn ich den Vater finden will, muss ich erst die Mutter finden. Und solange ich nicht sicher sein kann, dass ich *sie* gefunden habe, muss ich auf Eleanor Grays Fährte bleiben.«

»Dann sieh dich vor. Ich habe bei dieser ganzen Geschichte kein gutes Gefühl, Ian. Sieh dich vor!«

Am Morgen brach Rutledge nach Norden auf, in die Trossachs. Sir Walter Scott hatte diese Gegend aufgrund ihrer großen Schönheit als Kulisse für sein Gedicht *Die Dame vom See* gewählt, und auch seinen Roman *Rob Roy* hatte er dort spielen lassen. Ob Rob Roy MacGregor ein Bandit oder ein schottischer Robin Hood war, hing ganz davon ab, wer die Geschichte erzählte. Aber gemeinsam hatten Rob Roy und Scott den Ruhm dieser Region mit ihren Lochs und Hügeln begründet. Sogar die Wordsworths, William und seine Schwester Dorothy, waren dort spazieren gegangen.

Rutledge verbrachte den größten Teil des zweiten Tages seines Aufenthalts in den Trossachs mit der Suche nach einem Robert Burns. Normalerweise hätte er den Prokurator-Fiskal gefragt, wo er das Häuschen seines Sohnes finden könnte, doch er wollte jede Einmischung vermeiden, solange er nicht selbst mit Mrs. Raeburn, der Nachbarin, gesprochen hatte.

Das hieß nicht, dass er dem Prokurator-Fiskal misstraute; er war wahrscheinlich ehrlich, aufrichtig und, an seinen eigenen Maßstäben gemessen, zuverlässig. Aber wenn es um Familiengeheimnisse ging, beschützte selbst der aufrichtigste Mann mit Ingrimm sein eigen Fleisch und Blut.

Am Morgen des dritten Tages fand er, wonach er gesucht hatte. Er fuhr in einen Kreis von spektakulären kargen Hügeln hinein und erreichte ein Städtchen namens Craigness. Es lag in einer von Bäumen gesäumten Senke östlich der Vereinigung zweier Flüsse, und die Brücke war breit genug, um sie mit einem Automobil zu überqueren. Der große, schlanke Kirchturm schimmerte im Morgendunst, und die Häuser, die aus der georgianischen Epoche zu stammen schienen, wirkten weitaus mehr englisch als schottisch und verliehen dem Ort eine eigentümliche Anmut, doch im Norden erstreckte sich das Hochland. Hier machte Rutledge die Kanzlei Burns, Grant, Grant und Fraser ausfindig. Sie war in einem alten Gebäude untergebracht, das Teil einer ganzen Zeile von alten Häusern war und im ersten Stock ein Erkerfenster hatte, das auf die Straße hinausragte. Die Messinggriffe und der Türknopf waren auf Hochglanz poliert und setzten sich von der dunkelroten Tür ab.

»Und die Preise entsprechen bestimmt der Ausstattung«, bemerkte Hamish, als Rutledge die Tür öffnete und ihm der Geruch von Bienenwachs, hochwertigem Leder und teuren Zigarren entgegenschlug. Eine Aura von Ehrbarkeit, Zeitlosigkeit und gutem Geschmack hing in der Luft.

Weder Mr. Grant senior noch Mr. Grant junior hielten sich im Büro auf, teilte ihm eine junge Angestellte mit. Aber Mr. Fraser würde ihn empfangen.

Rutledge betrat einen Raum, dessen Wände mit Holz getäfelt und vom Boden bis zur Decke mit Bücherregalen ausgestattet waren; ein Band nach dem anderen war aus den Regalen auf die Stühle und Tische und jede freie Fläche übergequollen; sogar auf den Fensterbänken rangen die Bücher miteinander um Stellfläche, und auf dem wunderschönen alten Teppich auf dem Fußboden türmten sie sich.

Der Mann hinter dem Schreibtisch stand zur Begrüßung auf und hielt Rutledge die linke Hand hin. Sein rechter Arm fehlte. »Inspector Rutledge! Ich bin Hugh Fraser. Ich hoffe, direkt unter unserer Nase hat sich ein grausiger Mord zugetragen. Testamentarische Verfügungen, Grundbuchauszüge und Erbschaftsstreitigkeiten langweilen mich zu Tode.« Das knabenhafte Gesicht strahlte ihn an, doch die blauen Augen waren scharf.

»Damit kann ich leider nicht dienen. Von der hiesigen Polizeidienststelle habe ich erfahren, dass einer Ihrer Partner ein Robert Burns war.«

»Ja, Robbie ist 1916 in Frankreich gefallen. Wir haben seinen Namen aus Respekt auf dem Türschild stehen lassen. Obgleich ich sagen muss, sein Geist wäre mir jederzeit als Partner willkommen, damit er mir hilft, Ordnung in dieses Durcheinander zu bringen.« Fraser beschrieb mit einer Geste seiner linken Hand das Chaos.

Stimmt doch gar nicht, erwiderte Rutledge stumm. Laut sagte er: »Wissen Sie, wann er gefallen ist?«

»Im Frühjahr 1916.« Er nannte Rutledge das genaue Datum. Es fiel in dieselbe Woche, in der Eleanor Gray Mrs. Atwood mitgeteilt hatte, sie würde nach Schottland fahren. »Tatsächlich habe ich es schon kurz darauf gehört. Von einem Supply Sergeant, mit dem ich damals zu tun hatte. Ihm war gar nicht klar, dass Robbie mein Partner in der Kanzlei war. Er hat mir einfach nur erzählt, einer der Männer aus den Trossachs sei an jenem Morgen umgekommen, und er dachte, vielleicht kenne ich ihn zufällig. Verteufelt hart, es auf diese Weise zu erfahren. Robbie war ein anständiger Kerl.« Das Lächeln verblasste. »Wir haben zu viele gute Männer verloren. Waren Sie auch dort?«

»An der Somme«, antwortete Rutledge, doch seine Stimme war kühl genug, um kameradschaftliche Reminiszenzen abzuwehren.

Fraser nickte. »Es war ohnehin schon schlimm genug, aber dort muss es noch übler zugegangen sein. Weshalb interessiert sich Scotland Yard für Robbie? Hat es etwas mit seinen persönlichen Angelegenheiten zu tun? Die haben wir nämlich alle abgewickelt. Das Testament war unkompliziert, wie man sich denken kann. Ich kann mir nicht vorstellen, dass sich die Polizei drei Jahre später dafür interessieren könnte.«

»Nein, es geht nicht um seinen letzten Willen. Ich bin auf der Suche nach der Immobilie, die Captain Burns hier besessen hat. Ein Häuschen, glaube ich.«

»Sein Vater hat es nicht verkauft. Wenn ich mich recht erinnere, war es schon lange im Besitz der Familie, und Mr. Burns war nicht bereit, sich davon zu trennen. Er hat es sich doch nicht etwa anders überlegt?«

»Nicht, dass ich wüsste. Hat Captain Burns das Haus während des Krieges gelegentlich Freunden zur Verfügung gestellt?«

»Ich habe keine Ahnung. Aber es würde mich nicht wundern. Robbie war großzügig, es hätte ihm ähnlich gesehen. Aber ich kann Ihnen sagen, wie Sie das Haus finden. Craigness ist klein. Es wird Ihnen keine Mühe machen.«

»Es hat da eine junge Frau gegeben, die Captain Burns während seines Genesungsurlaubs in London kennen gelernt hat. Eleanor Gray. Hat er sie Ihnen gegenüber jemals erwähnt?«

»Eleanor? Oh, ja. Sogar oft. Robbie hatte ihr geholfen, Dudelsackspieler zu finden, die bereit waren, die Verwundeten zu unterhalten. Das war ein ganz beachtliches Unterfangen. Er hat mir einen witzigen Bericht geschickt, in dem er es genau geschildert hat, und sein Brief hat mich ausgerechnet während einer Offensive erreicht. Das waren üble Zeiten, und das Lachen hat mir gut getan. Jedenfalls haben er und Eleanor viel Zeit miteinander verbracht, ehe er wieder nach Frankreich geschickt wurde. Er hat mir sogar ihre Photographie gezeigt, als unsere Wege sich das letzte Mal gekreuzt haben. Ich habe den Eindruck gewonnen, dass es ihm ziemlich ernst war. Verstehen Sie, Robbie hat enormen Charme besessen. Die Leute mochten ihn. Ein Jammer, dass er nicht lebend nach Hause zurückgekehrt ist. Nach dem Krieg habe ich versucht, Eleanors Adresse herauszufinden, aber ich hatte keine Ahnung, wo sie stecken könnte. Ich fand nur, sie sollte wissen, wie viel er sich aus ihr gemacht hat.«

Hätte es etwas geändert, wenn sie das 1916 gewusst hätte? Laut sagte Rutledge: »Haben Sie zufällig noch einen seiner Briefe?«

»Leider nicht. Ich brauche Ihnen ja nicht zu sagen, wie es in den Schützengräben zugegangen ist. Papier ist im Regen und im Schlamm schneller als alles andere vermodert. Nichts hat lange gehalten, nicht einmal Stiefel. Und was das Wetter nicht zerstören konnte, das haben sich die Ratten vorgenommen. Diese verdammten Viecher!« Die Worte wurden nüchtern ausgesprochen.

Die Ratten waren so aggressiv und hatten derart überhand genommen, dass nicht einmal schwerer Beschuss die Schützengräben von ihnen befreien konnte. Man gewöhnte sich an sie.

Rutledge nickte. »Wenn Sie mir sagen können, wie ich das Haus finde, mache ich mich gleich auf den Weg.«

»Das sage ich Ihnen gern, wenn Sie mit mir zu Mittag essen. Meine Frau ist diese Woche in Edinburgh, und ich habe das Alleinsein verdammt satt!«

Das Haus stand in einer Straße, in der die Häuser gepflegte Gärten hatten und einen beachtlichen Ausblick auf die Hügel boten. Zwei Kindermädchen kamen an ihm vorbei, als er aus seinem Automobil stieg, und jede schob einen Kinderwagen vor sich her; sie waren in ein ernstes Gespräch vertieft, während ihre Schutzbefohlenen schliefen. Rutledge sah sich Nummer vierzehn eine Zeit lang an und ging dann zur Tür von Nummer fünfzehn. Dort schien jedoch niemand zu Hause zu sein. Er probierte sein Glück in Nummer dreizehn, und eine ältere Frau öffnete die Tür und sah ihn über den Rand ihres Brillengestells an, dessen silberne Kette fast dieselbe Farbe hatte wie ihr Haar.

»Ja?« Sie musterte ihn von Kopf bis Fuß. »Falls Sie zu Barbara wollten, fürchte ich, dass sie außer Haus ist.«

»Inspector Rutledge, Scotland Yard«, sagte er zu ihr. »Könnten Sie mir ein paar Minuten Ihrer Zeit opfern? Ich interessiere mich für das Haus der Burns. Nummer vierzehn.«

»So, so, Sie sind also Inspector? Weshalb sollte sich jemand in London für das Haus der Burns interessieren? Es war nicht mehr bewohnt, seit der arme Robbie gestorben ist.«

»Ja, das habe ich schon gehört. Er ist in Frankreich gefallen. Erinnern Sie sich noch, wann das war?«

»Im Frühjahr 1916!«, gab sie zurück, als hätte er ihre geistige Beweglichkeit in Zweifel gezogen. »Die Beine wollen nicht mehr so recht, junger Mann, aber mein Verstand funktioniert noch!«

»Ich wollte Sie nicht kränken, Mrs. ...«

»So ein altes Tratschweib!«, warf Hamish ein.

»Raeburn. Robbie hat mich deshalb oft geneckt. Burns und Raeburn, hat er gesagt. Ein besserer Name für eine Anwaltskanz-

291

lei als Burns, Grant, Grant und Fraser.« Sie trat einen Schritt zurück. »Kommen Sie herein! Ich kann nicht den ganzen Morgen hier stehen.«

Er folgte ihr in ein Wohnzimmer, in dem überall tote Exemplare diverser Tiergattungen unter Glasglocken herumstanden. Gewaltige Fische und Hirschköpfe zierten die Wände. Ihr entging nicht, dass er sich umsah, und daher sagte sie: »Mein verstorbener Gatte hat Spaß am Töten gehabt – Vögel, Rotwild, Fische. Ich persönlich konnte das nie verstehen, aber so ist es nun mal. Nehmen Sie doch bitte diesen Stuhl dort drüben, wenn Sie so freundlich wären. Da kann ich Sie besser hören. Barbara – meine Nichte – findet es barbarisch. Aber ich habe mich vermutlich an den Anblick gewöhnt. Wissen Sie, der Fuchs dort drüben ist ein besonders schönes Exemplar. Unter den Vögeln sind auch ein paar hübsche, habe ich mir sagen lassen.«

Hamish sagte: »Ich frage mich, wer ihren Mann getötet hat?«

Rutledges Blick fiel auf einen fauchenden Luchs, als er sich auf den Stuhl setzte, den Mrs. Raeburn ihm zugewiesen hatte. Er ließ sich einen Moment Zeit und sagte dann: »Ich komme gerade von Mr. Fraser. Er hat mir erzählt, Captain Burns hätte Ihnen einen Schlüssel gegeben, ehe er nach Frankreich gegangen ist.«

»Mr. Fraser irrt sich. Captain Burns hat mir den Schlüssel 1912 gegeben, als er in die Kanzlei eingestiegen ist. Ich sollte die Anstreicher und die Tischler ins Haus lassen. Nachdem die Arbeiten erledigt waren, hat er gesagt, ich soll den Schlüssel für den Fall behalten, dass es noch mehr zu tun gibt.«

»Hatte er oft Gäste?«

»Anfangs ja. Seine Verlobte und ihre Familie waren zahllose Male zum Abendessen da. Als dann der Krieg ausgebrochen ist, hat er weniger Besucher eingeladen. Aber er ist so oft wie möglich nach Hause gekommen und hat manchmal Freunde mitgebracht.«

»Erinnern Sie sich, den Namen Eleanor Gray gehört zu haben?«

»Er war in Trauer. Seine Verlobte ist Ende des Jahres 1915 gänzlich unerwartet gestorben. Eine andere junge Dame hat es nie gegeben. Jedenfalls hat der Captain *mir* gegenüber nie eine andere junge Dame erwähnt.«

»Dann vielleicht befreundete Offiziere«, schwenkte Rutledge hastig um.

»Oh ja, manchmal hat er ihnen das Haus auch zur Verfügung gestellt. Ein blinder Offizier ist einen ganzen Monat dort geblieben. Und dann war da ein Flieger mit schweren Verbrennungen im Gesicht und auf den Händen. Tot wäre der besser dran gewesen, wenn Sie mich fragen. Und noch ein oder zwei andere waren da, die Heimaturlaub und kein eigenes Haus hatten.«

»Ziemlich genau zu dem Zeitpunkt, zu dem die Nachricht kam, dass Captain Burns gefallen ist – war da auch ein Offizier hier? Ich glaube, er könnte in Begleitung einer Frau gewesen sein.«

»Etwa zu der Zeit hat sich ein Offizier hier aufgehalten. Er kam aus London. Seinen Namen kann ich Ihnen nicht sagen. Aber er war allein hier. Und er ist sehr spät angekommen. Deshalb kann ich mich noch an ihn erinnern.«

»Weil Sie ihn früher erwartet haben?«

»Oh, nein. Er hat mich aus dem Tiefschlaf geholt und die Tür fast eingeschlagen. Es hat geregnet, und er war vollständig durchnässt. Ich hab ihm den Schlüssel gegeben und die Tür dann gleich wieder zugemacht, weil es so windig war. Aber ich habe ihn vom Fenster aus beobachtet, weil ich sehen wollte, ob er es schafft, die Tür aufzusperren. Bei schlechtem Wetter klemmt das Schloss manchmal. Wenn er eine Frau mitgebracht hätte, dann wüsste ich das doch, oder etwa nicht? Ich hätte sie mit ihm ins Haus gehen sehen.«

»Wie lange ist er geblieben?«

»Ursprünglich wollte er eine Woche bleiben, aber nach zwei Tagen ist er schon wieder abgereist.«

»Hat er Ihnen gesagt, warum er eher abreist?«

»Ich habe ihn nicht gefragt. Er hat den Schlüssel zurückgebracht und sich bei mir bedankt. Aber es hatte den ganzen Tag geregnet. Vermutlich fand er das deprimierend.«

»Wo war er verwundet? An der Schulter? Am Bein?«

»Manchmal lässt sich das schlecht sagen, und ich habe mich immer gescheut zu fragen. Er war sehr braun. Danach habe ich ihn gefragt. Er hat gesagt, er hätte in Palästina gedient.«

»War er Schotte?«

»Ja. Er hat mir erzählt, er sei Engländer, aber er war Schotte.«

»Würden Sie ihn wieder erkennen?«

Sie schüttelte den Kopf. »Das glaube ich kaum. Er hatte kein auffälliges Gesicht.« Sie drückte sich die Brille auf die Nase und musterte Rutledge. »Sie haben ein außerordentliches Gesicht. An Sie würde ich mich erinnern.«

Rutledge sagte: »Falls Sie den Schlüssel noch haben – würden Sie mir erlauben, mich dort umzusehen?«

Sie starrte ihn argwöhnisch an. »Und weshalb sollten Sie sich dort umsehen wollen?«

»Es tut mir Leid, aber ich bin nicht berechtigt, Ihnen den Grund zu nennen.«

»Also gut, meinetwegen. Kommen Sie schon! Aber ich warne Sie, ich kann nicht ewig rumstehen, während Sie sich alle Zeit auf Erden lassen!«

Sie ging, um den Schlüssel zu holen, und dann führte sie ihn zu einem Tor in der niedrigen Hecke zwischen den beiden Grundstücken. Auf dem Weg zur Hintertür sah er sich das Haus genau an. Wenn die Schlafzimmer auf dieser Seite des Hauses untergebracht waren, wüsste Mrs. Raeburn sicherlich, wer hier zu Besuch gewesen war. Aber wenn sie auf der anderen Seite des Hauses lagen …

Mrs. Raeburn schloss die Hintertür auf und ermahnte Rutledge, sich die Schuhe gründlich abzustreifen, ehe er das Haus betrat. Er kam ihrer Aufforderung nach und folgte ihr dann durch einen kurzen Flur in die Küche.

Während sie eintraten, warf Hamish ein: »Hier wirst du nichts finden.«

Er hatte Recht, denn das Haus musste viele Male geputzt worden sein, seit Eleanor Gray hier gewesen war – falls sie überhaupt jemals einen Fuß in dieses Haus gesetzt hatte. Aber Rutledge glaubte jetzt den Grund erraten zu können, weshalb sie den Wunsch verspürt hatte, herzukommen. Nachdem sie die Nachricht erhalten hatte, dass Robbie Burns tot war, hatte sie sich das Haus ansehen wollen, in dem er gelebt hatte. In dem sie unter Umständen als seine Frau mit ihm hätte leben können. Aber wohin wäre sie von hier aus gegangen?

Rutledge und Mrs. Raeburn gingen von einem Zimmer ins andere, erst ins Wohnzimmer und dann in ein kleines Arbeitszimmer. Die Einrichtung war behaglich, und unter den Möbeln gab es eine Reihe von reizvollen alten Stücken, die Burns geerbt haben musste. Auffallend schön war auch der Kaminsims im Wohnzimmer. Im oberen Stockwerk waren zwei Schlafzimmer untergebracht, eines zu Mrs. Raeburns Seite hin, das andere zur gegenüberliegenden Seite, und beide waren durch ein Wohnzimmer voneinander getrennt. Das hintere Schlafzimmer schien Burns benutzt zu haben, und daher sah sich Rutledge dort mit besonderem Interesse um.

Die Einrichtung bestand aus einem breiten Bett mit gedrechselten Pfosten, einem Kleiderschrank aus Mahagoni, der mit Schnitzereien verziert war, einem Schreibtisch aus Ahorn unter dem Fenster, etlichen bequemen Stühlen und einer hohen Kommode, passend zu dem Kleiderschrank. Auf dieses Möbelstück ging er zu und wollte gerade eine Schublade herausziehen, doch Mrs. Raeburn erhob Einwände.

Sie hielt nichts davon, dass die Polizei im Leben von Leuten herumschnüffelte, und das gab sie ihm deutlich zu verstehen. »Nicht ohne einen Durchsuchungsbefehl.«

Rutledge wandte sich dem Bücherregal zu, in dem vorwiegend juristische Werke standen. Er ließ seine Finger über die Buchrücken etlicher Romane, einer dreibändigen Geschichte Schottlands und einer Sammlung von sechs Werken mit europäischen Reiseberichten gleiten, zog einen beliebigen Band heraus und rechnete damit, von Mrs. Raeburn ausgescholten zu werden. Aber Bücher waren anscheinend weniger intim als der Inhalt einer Schublade.

Er hielt den Band über Reisen in Italien in der Hand und stellte fest, dass viele Seiten noch nicht aufgeschnitten waren. Er stellte das Buch zurück und zog eines der juristischen Werke heraus. *Robert Edward Burns* stand in einer eleganten, gestochenen Handschrift auf dem Vorsatzblatt. Unter den Romanen befand sich nichts von Interesse, und Rutledge wandte sich dem Band über Reisen in Frankreich zu. Sämtliche Seiten waren aufgeschnitten, und daraus, wie sich das Buch ganz von selbst bei »Paris« aufschlug, konnte er schließen, dass dieses Kapitel viele Male gelesen worden war. Er blätterte die Seiten um, bewunderte die Zeichnungen von Kathedralen, Schlössern und Statuen, fand nichts von Interesse und wollte das Buch gerade wieder zuschlagen, als ihm am Rand einer Seite etwas ins Auge sprang. Das Kapitel befasste sich mit dem Norden Frankreichs, exakt der Region, die während des Krieges zum Schlachtfeld geworden war.

Hier waren in der Handschrift einer Frau kurze Randbemerkungen notiert. Er trat mit dem Buch ans Fenster, kehrte Mrs. Raeburn den Rücken zu und las eine handschriftliche Notiz nach der anderen.

Hier ist er verwundet worden. Auf dieser Seite war Ypern unterstrichen. *Hier hat er einen der Dudelsackpfeifer kennen gelernt, die später für uns gespielt haben.* Der Name einer kleinen Ortschaft war angestrichen. Rutledge erinnerte sich daran, dass dort ein Truppenverbandplatz eingerichtet worden war, der schließlich aufgegeben werden musste, weil der Gestank der Toten, den der Boden in sich aufgesogen hatte, absolut unerträglich geworden war.

Rutledge nahm sich den Rest des Kapitels vor. Da und dort fand er weitere Randnotizen, ausnahmslos auf persönliche Erlebnisse bezogen, die von der Leserin mit einem der im Buch genannten Orte in Verbindung gebracht wurden. Stationen im Leben eines Toten. Die Rekonstruktion seiner Reise in den Tod.

Auf der letzten Seite dieses Kapitels befand sich eine weitere Anmerkung, mit zitternder Hand notiert. *Hier ist er gestorben.* Und darunter stand eine letzte ergreifende Zeile. *Ich wünschte, auch ich könnte sterben. E.G.*

Eleanor Gray war hier gewesen.

Rutledge schlug das Buch triumphierend zu.

Sie hatte Schottland lebend erreicht. Die Frage war nur, ob sie es jemals wieder verlassen hatte.

23

Mrs. Raeburn wurde ungeduldig. Rutledge öffnete die Tür des Kleiderschranks, ehe sie protestieren konnte, doch der Schrank war ohnehin leer. Er begab sich in das andere Schlafzimmer und dann in das Wohnzimmer.

In dem Haus waren keine persönlichen Gegenstände zurückgelassen worden. Ein neuer Bewohner hätte noch am selben Nachmittag einziehen können und nie auch nur eine Ahnung gehabt, was für ein Mensch der Vorbesitzer gewesen war. Nichts wies auf seine Interessen oder seinen Geschmack hin, auf seine Lieben oder seine Enttäuschungen, auf seine Kindheit oder seinen Tod. Es schien, als sei die persönliche Habe des Toten mit Ausnahme der Bücher schon vor langer Zeit eingelagert oder für eine kirchliche Sammlung gespendet worden.

Hatte Eleanor Gray andere kleine Spuren ihrer Anwesenheit hinterlassen, die beim Großreinemachen unbemerkt geblieben waren?

»Es war nicht ihre Absicht«, sagte Hamish leise.

»Nein«, antwortete Rutledge stumm. »Und das ist sehr schade.«

Laut fragte er: »Hält sich der Fiskal Burns oft hier auf?«

»Er war häufig hier, als er die Kleidung und die anderen Sachen seines Sohnes durchgesehen hat. Ich glaube, jetzt ist das Haus für ihn mit zu vielen Erinnerungen belastet, und seine Geschäfte führen ihn nicht oft in diese Gegend. Ich spiele mit dem Gedanken, ihm ein Angebot für das Haus zu machen, falls meine Nichte sich hier niederlässt. Ich bin auch nicht mehr die Jüngste, und es wäre mir ein Trost, sie im Nebenhaus zu haben.«

»Aber nicht im selben Haus«, sagte Hamish, der den Tonfall interpretierte.

»Ich hatte gehofft, sie würde den Captain heiraten. Aber dann ist er fortgegangen und hat sich mit einer anderen verlobt. Ein solcher Jammer. Später ist sie ja an einer Blinddarmentzündung gestorben, diese Julia. Wenn er frei und ungebunden nach Hause gekommen wäre, hätte ich mein Glück als Kupplerin versucht.«

Sie verließen das Haus durch die Hintertür, und während Mrs. Raeburn abschloss, sah sich Rutledge im Garten um.

»Früher war das mal ein sehr hübscher Garten«, sagte Mrs. Raeburn, als sie ihm über den Pfad zwischen den Beeten folgte. »Jetzt sorgt der Gärtner nur noch für das Nötigste und gibt sich keine Mühe mehr. Aber wer sähe es schon, das frage ich Sie.«

Sie machte kehrt, um ihm einen deutlichen Fingerzeig zu geben, es sei jetzt an der Zeit, dass er sie wieder durch das Tor begleitete.

Er ignorierte sie und ging weiter. Es war wirklich ein bezaubernder Garten, friedlich und abgeschieden. Am Ende ragte eine hohe Mauer auf.

Hamish war derjenige, der die Bank bemerkte.

Sie war von ihrem niedrigen Steinsockel an der Mauer gezogen und mitten in einem Beet von einjährigen Pflanzen aufgestellt worden.

Hier wirkte sie fehl am Platz, wie ein Wal, der an einen fremden Strand gespült worden war. Irgendwie stimmten die Größenverhältnisse nicht, und den Pflanzen, die um die Bank herum eingesetzt worden waren, ging die Symmetrie der anderen Beete ab, als müssten sie einen Ausgleich für die unpassende Bank schaffen.

Das Werk des Gärtners? Das Werk einer anderen Person?

Mrs. Raeburn war neben der Sonnenuhr stehen geblieben und klagte über ihre Beine. Rutledge rief ihr zu: »Wie lange steht diese Bank schon hier? Es sieht so aus, als gehörte sie eigentlich dort drüben an die Mauer.«

»Woher soll ich das wissen? Ich laufe nie so weit in den Garten hinein – Sie wissen schon, meine Beine.«

Rutledge ging auf dem Gras in die Hocke und sah sich die Erde des Beets genauer an. Sie war locker und krümelig, als sei sie alljährlich im Frühjahr umgegraben und mit Pflanzen bestückt worden, die genügsam in dieser hinteren Ecke gediehen, die im Schatten der Mauer lag. Dort wuchsen Vergissmeinnicht und Stiefmütterchen, und in einem Halbkreis um die Bank herum kleine Farnsträucher. Aber unter der Bank war nichts angepflanzt.

Niemand würde unter einer Bank etwas anpflanzen …

Er ging zum Schuppen, um einen Pflanzenheber zu suchen, und Mrs. Raeburn rief kläglich: »Sind Sie jetzt endlich *fertig*, junger Mann?«

»Es tut mir Leid, dass ich Ihnen zur Last falle«, erwiderte er. »Wenn Sie lieber vorausgehen möchten, komme ich in fünf Minuten nach.«

Sie murrte irgendetwas von Ausnutzen vor sich hin, doch er hörte, wie ihre Stimme sich entfernte.

Es war nicht übermäßig viel Kraft erforderlich, um die Bank von der Stelle zu rücken. Sie war schwer und unhandlich, aber man konnte sie bewegen, wenn man sich darauf verstand, ein Ende anzuheben und sie von einem Fuß auf den anderen zu ruckeln, bis sie von ihrem Sockel glitt. Und es hatte an beiden Tagen geregnet …

Die Füße waren inzwischen tief in die Erde des Beets eingesunken, als hätte die Bank schon mehrere Sommer und Winter dort gestanden. Rutledge benutzte die Seite des Pflanzenhebers, um die Mulchschicht abzutragen, die das Unkraut eindämmte. Dann grub er die Spitze tief in den Boden und hob den ersten Erdklumpen hoch.

Im ersten Moment glaubte er, die Erde sei von einem dichten Wurzelgeflecht durchzogen. Dann sah er, dass er ein Stück Stoff hervorgezogen hatte. Ein Kleidungsstück, verbesserte er sich bei näherer Betrachtung. Nein, es war ein Zipfel einer Decke. Nicht mehr als fünf mal acht Zentimeter.

Decken tat man nicht zum Kompost. Sie vermoderten nicht so schnell wie Gartenabfälle. Eine alte Decke warf man in die Mülltonne.

Er grub eine Zeit lang unter der Bank, stieß jedoch auf keine weiteren Fundsachen.

Hamish sagte: »Hier hat jemand ein Haustier begraben, eine Katze oder einen kleinen Hund, und die Bank dann von der Stelle gerückt, damit das Grab geschützt ist.«

Rutledge wippte auf den Fersen und stimmte ihm widerwillig zu. Ein Haustier, das man in eine alte Decke gewickelt hatte.

Schließlich hatte er sich keinen Moment lang gewünscht, Eleanor Gray hier zu finden, im Garten eines Privathauses begraben. Das hätte den Schlussstrich unter seine Ermittlungen in Schottland gezogen.

Er hatte nicht nach Schottland kommen wollen. Jetzt wollte er nicht von hier fortgehen. Es gab noch zu viel zu tun.

Rutledge hielt sein Versprechen und traf sich zum Mittagessen mit Hugh Fraser. Der Treffpunkt war ein kleines Restaurant, das sich bei den Horden von Marktbesuchern um die Mittagszeit großer Beliebtheit erfreute, und dafür entschuldigte sich Fraser. »Aber wenn wir im Hotelrestaurant essen, kommt ständig jemand an den Tisch und will mit mir über geschäftliche Dinge reden.«

»Mein Vater war Jurist. Er hat den Juristenberuf als eine faszinierende Herrin angesehen.«

Fraser schnitt eine Grimasse. »Jura ist schon in Ordnung. Ich kann ganz gut davon leben. Meine Mandanten kommen aus allen Ecken und Enden dieses Landstrichs, von Loch Lomond bis Callander. Ich finde nur nicht mehr so viel Geschmack daran wie früher. Ich habe mich nie daran gewöhnt, Menschen sterben zu sehen. Frankreich war schon schlimm genug, aber dort haben wir wenigstens zurückgeschossen. Mit der Grippeepidemie war es etwas ganz anderes. Eine Krankenschwester hat sich über mich gebeugt, um den Verband an meinem Arm zu wechseln, und sie ist auf meinem Bett zusammengebrochen. Die Sanitäter haben sie wie einen Sack Zwiebeln weggetragen. Noch vor dem Morgengrauen war sie tot. Es war wie eine verdammte mittelalterliche Seuche. Die Männer links und rechts von mir sind daran gestorben. Und sieben Männer in einer anderen Station. Ich er-

300

innere mich noch, wie nachts Geistliche kamen, und es gab nicht genug Sanitäter, um uns Wasser zu bringen. Mein Vater hat zwei Menschen gesehen, die es nicht mehr nach Hause geschafft haben und mitten auf der Straße tot umgefallen sind.« Er stieß ein humorloses Lachen aus. »Sie sind ein verdammt guter Zuhörer. Wussten Sie das schon?«

»Das ist in meinem Beruf erforderlich«, sagte Rutledge leichthin.

»Ich habe noch nie darüber geredet. Wenn Sie die Wahrheit wissen wollen – ich konnte nicht darüber reden. Verstehen Sie, ich hatte überlebt und mich sogar halbwegs damit abgefunden, dass ich einen Arm verloren hatte. Ich war bereit weiterzuleben. Und dann ist aus heiterem Himmel dieser Alptraum über uns hereingebrochen. Und ich hatte grässliche Angst davor, an dieser Seuche zu sterben. Das hat mich schrecklich mitgenommen. Ich fange erst heute an zu begreifen, wie sehr mich das erschüttert hat.«

»Wir haben alle unsere Alpträume«, sagte Rutledge, und seine Worte klangen eindringlicher, als er es beabsichtigt hatte. »Manche retten sich sogar ins Tageslicht hinüber.«

»Ja, aber die meisten Menschen wachen nicht mitten in der Nacht in kalten Schweiß gebadet auf und stehen kurz davor zu schreien. Ein- oder zweimal ist mir das passiert – ich kann Ihnen sagen, meine Frau hat sich zu Tode erschrocken.« Aber in seinem Gesicht war zu lesen, dass es weit öfter dazu gekommen war, als er zugeben wollte.

Die Frau, die an den Tischen bediente, kam, um ihre Bestellung aufzunehmen. Fraser lehnte sich zurück und trank einen Schluck von seinem Wein. Einige der Falten in seinem Gesicht glätteten sich, und er wirkte entspannter.

»Haben Sie in Robbies Haus gefunden, was Sie gesucht haben?«, fragte er mit unverhohlener Neugier.

»Möglicherweise. Es scheint, auch wenn es bisher keinesfalls erwiesen ist, als sei Eleanor Gray 1916 hier gewesen, kurz nachdem sie die Nachricht von Captain Burns' Tod erhalten hatte. Und sie hat zwei Nächte in seinem Haus verbracht.«

Fraser starrte ihn an. »Davon hat mir die alte Raeburn – Mrs. Raeburn ist die Nachbarin – nie etwas erzählt!«

»Sie wusste nichts davon. Eleanor ist mit jemandem nach Schottland gekommen, der wusste, wo er anklopfen muss, um den Schlüssel zu holen. Folglich muss es sich um einen Freund von Burns gehandelt haben. Oder zumindest gehen wir davon aus. Er könnte natürlich auch ein Freund von Eleanor gewesen sein, der ihre genauen Anweisungen befolgt hat. Mrs. Raeburn erinnert sich noch an ihn.« Rutledge gab Fraser eine knappe Personenbeschreibung, zusammengesetzt aus Mrs. Raeburns Schilderung des Mannes und Mrs. Atwoods Angaben über den Freund, der gemeinsam mit Robbie Burns nach Atwood House gekommen war. »Kommt dieser Mann Ihnen bekannt vor?«

»Herrgott, nein!« Nach einem Moment fügte er hinzu: »Robbie muss ihn während seines Genesungsurlaubs in London kennen gelernt haben. Palästina, sagten Sie?« Er schüttelte den Kopf. »Ich fürchte, mit denen hatte ich nie viel zu tun. Und als man mich das erste Mal als Invaliden aus dem Heer entlassen hat, bin ich nicht in London geblieben, sondern gleich hierher gekommen. Ich frage mich, wo Robbie wohl in London wohnen konnte.«

»Zu dem Zeitpunkt war er Eleanor bereits begegnet.«

»Ja. Das erklärt wahrscheinlich alles.« Das Essen wurde serviert. Rutledge sah, dass jemand in der Küche Frasers Huhn in mundgerechte Stücke geschnitten und sie sorgsam arrangiert hatte, damit ein Einarmiger sie mit der Gabel aufspießen konnte. »Wissen Sie, er war weit mehr als einen Monat im Krankenhaus und hat dann noch zwei weitere Wochen dort verbracht, um wieder zu Kräften zu kommen. Es könnte durchaus möglich sein, die Namen anderer Patienten herauszufinden, die gleichzeitig dort waren. Das Lazarett war irgendwo in Sussex. Saxhall … Saxwold … oder jedenfalls so ähnlich.«

»Danke. Ich werde sehen, was ich dort in Erfahrung bringen kann.«

Fraser legte seine Gabel hin und griff nach seinem Glas. »Sie muss sich viel aus Robbie gemacht haben«, sagte er. »Wenn sie diesen weiten Weg zurückgelegt hat. Schade, dass die beiden keine Zukunft hatten.« Er zitierte Verse eines Gedichts von O.A. Manning: »*Wir ließen alles zurück, was warm und lieb war und standen verängstigt im kalten Regen, wo die Geschütze feuerten, und am Ende starben wir unter Schmerzen, der schwarze stinkende Schlamm unser Leichentuch, endlich umarmt nicht von lebenden Armen, sondern von den Knochen jener, die vor uns starben ...«*

Rutledge kannte diese Worte, doch er sagte nur: »Manning hat mehr begriffen als die meisten anderen.«

»Ja.« Fraser seufzte. »Nun ja, wenn Sie Eleanor Gray begegnen und sie inzwischen nicht glücklich mit einem anderen Mann verheiratet ist, dann sagen Sie ihr, dass Robbie sie auch geliebt hat. Davon bin ich wahrhaftig überzeugt.«

»Wissen Sie, ob Captain Burns einen Hund hatte? Oder eine Katze?«

»Nein, das wäre für ihn nicht in Frage gekommen. Er war häufiger als die meisten anderen Menschen auf Reisen. Aber seine Verlobte mochte Toy-Spaniels.« Er lächelte. »Julia hat sie jedes Mal mitgebracht, wenn sie hergekommen ist, ungezogene kleine Scheusale, die einem andauernd auf den Schoß klettern wollen. Wie Robbie diese Viecher ausgehalten hat, ist mir ein Rätsel! Aber vermutlich macht Liebe blind.«

»Hat Captain Burns einen von ihnen in seinem Garten begraben?«

»Herr im Himmel, woher soll ich das denn wissen?« Dann grinste er breit. »Sie meinen, ob er einen von ihnen abgemurkst hat? Robbie muss ab und zu in Versuchung geraten sein!«

Rutledge fuhr in östlicher Richtung aus den Trossachs hinaus und gelangte an einige der entscheidenden Schauplätze schottischer Geschichte.

Viele der Soldaten in Frankreich waren im Lauf ihres kurzen Lebens selten mehr als zwanzig Kilometer von ihrem Heimatort entfernt gewesen. Die Kämpfe, die die Clans untereinander ausgetragen hatten, gaben anregenden Gesprächsstoff für die Hochländer ab, deren Gedächtnis weit zurück reichte, wenn es um die Fehden, die Hinterhalte und die Massaker ging, die jede einzelne Familie in Mitleidenschaft gezogen hatten, bis die Schlacht von Culloden und die erbarmungslosen Zwangsvertreibungen aus dem Hochland Schottland für alle Zeiten verändert hatten.

Die Bewohner des schottischen Tieflands hatten eine andere

Perspektive. Stirling, eine große Burg auf einer Klippe mit Blick auf den Forth, war einst königliches Jagdschloss gewesen, bis James VI. sich nach London abgesetzt hatte. Heute war es eine ruhige, rückständige Kreisstadt, die im Lauf der Zeit an Bedeutung verloren hatte. Bannockburn, wo die Schotten ihren berühmten Sieg über die Engländer errungen hatten, war ein Denkmal für die Entschlossenheit, die Robert Bruce an den Tag gelegt hatte, sich von dem Königreich im Süden loszusagen, das ein Leben lang über sein Land geherrscht hatte. Heute gab es Schotten, die nur eine äußerst vage Vorstellung davon hatten, wo diese Schlacht geschlagen worden war. Im Linlithgow Palace auf seinem kleinen Hügel über dem Firth of Forth war Maria Stuart geboren worden. Da sie schon vom Zeitpunkt ihrer Geburt an Königin gewesen war, war sie als Erwachsene ein Dorn im Auge von Elisabeth von England gewesen. John Knox hatte von der Kanzel gegen Maria gewettert, und schließlich war sie gezwungen worden, auf den Thron zu verzichten, und zur Ruhegeldempfängerin der englischen Krone geworden. Eine harte und ruhmreiche Vergangenheit, jetzt nichts weiter als eine Fußnote in den Geschichtsbüchern.

Das schottische Hochland war geräumt, das Tiefland zum armen Vetter geworden, von einem England vergessen, das nur darauf aus war, zur Kolonialmacht aufzusteigen, und der Armut und Unwissenheit überlassen. Schottlands größter Reichtum, nämlich seine Söhne, wie jemand so schön gesagt hatte, waren in die Kolonien ausgewandert. Die Hälfte der Schotten unter Rutledges Befehl hatten entfernte Verwandte in Australien, Neuseeland oder Kanada gehabt.

Bei Edinburgh wandte sich Rutledge nach Westen und beschloss nach reiflicher Überlegung und zahllosen Kommentaren von Hamishs Seite, nicht nach Duncarrick weiterzufahren, sondern sich auf direktem Wege nach Jedburgh zu begeben. Er wollte nicht Oliver, sondern dem Prokurator-Fiskal persönlich seinen Bericht erstatten.

Er legte eine Viertelstunde Rast in Melrose ein, dessen Abteiruine nur noch einen schwachen Abglanz früherer Pracht und Schönheit wiedergeben konnte. Um sich die Beine zu vertreten lief er durch die bröckelnde Eleganz des Mittelschiffs und des Chors und versuchte, sich die Abtei in ihrer ursprünglichen Form vorzustellen, wie die Zisterzienser sie damals erbaut hatten. Das Gebäude war so bedeutend gewesen, dass man hier das Herz von Robert Bruce begraben hatte, nachdem es aus Palästina nach Hause gebracht worden und zwischendurch eine Zeit lang in Spanien verloren gegangen war.

Melrose war den Grenzkriegen zum Opfer gefallen, während deren auch Duncarrick und Jedburgh in Flammen aufgegangen und die Bewohner der Marschen enorm dezimiert worden waren.

Aber Hamish hatte lediglich in Erinnerung, dass Field Marshal Haig, der Oberbefehlshaber der britischen Streitkräfte während des Krieges, ganz in der Nähe geboren worden war. Er mochte Haig nicht und gab erst wieder Ruhe, als Rutledge weiterfuhr.

In Jedburgh erhob sich Burns, um Rutledge zu begrüßen, reichte ihm aber nicht die Hand. »Nach allem, was ich von Oliver gehört habe, sind wir so weit, den Fall vor Gericht zu bringen. Ein Jammer, dass Sie bei dem Versuch herauszufinden, was aus dieser Gray geworden ist, nicht mehr Erfolg hatten. Diese Brosche bringt die Angeklagte sicherlich mit den Knochen in Verbindung, die ganz in der Nähe im Glen gefunden wurden, aber es wäre hilfreich gewesen, den Beweis ihrer Identität zweifelsfrei erbringen zu können, wenn wir vor Gericht gehen.«

»Vielleicht lässt sich diese Frage vor dem Beginn der Verhandlung auch noch zur allgemeinen Zufriedenheit beantworten«, erwiderte Rutledge liebenswürdig. »Ich bin gekommen, um Sie nach einem Offizier zu fragen, der Ihren Sohn gekannt haben könnte. Lassen Sie mich den Mann genauer beschreiben.« Ohne eine Antwort abzuwarten, gab er die wenigen Informationen, die er hatte, an Burns weiter.

Burns hörte ihm geduldig zu und sagte dann: »Das könnte auf jeden zweiten Soldaten im britischen Heer zutreffen.«

»Nicht jeder zweite Soldat hat in Palästina gedient.«

»Ja, schon gut, ich verstehe, worauf Sie hinaus wollen. Und jetzt versuchen Sie, den Mann ausfindig zu machen, der Miss

Gray nach Schottland gefahren haben könnte. Ich bin immer noch nicht überzeugt davon, dass er meinen Sohn gekannt hat. Er hätte schließlich auch ein Freund von *ihr* sein können. Haben Sie diese Möglichkeit in Betracht gezogen?«

Rutledge hatte seinen Besuch in Craigness vollständig aus seinem Bericht ausgeklammert. Er hatte das Gefühl, das würde dem Fiskal gar nicht behagen. Stattdessen erwiderte er jetzt: »Ja. Aber ich muss in beiden Fällen von der Annahme ausgehen, dass die Männer Atwood House in Miss Grays Gesellschaft besucht haben. Und daher erscheint es mir nahe liegend, dass Ihr Sohn diesem Mann begegnet ist. Jetzt hege ich die Hoffnung, dass sich vielleicht einer der anderen Freunde von Captain Burns ebenfalls an ihn erinnern kann.«

»Die meisten Freunde meines Sohnes waren von seiner eigenen Einheit. Ansonsten hat es sich vor allem um Männer gehandelt, die er auf seinem Heimaturlaub kennen gelernt hat.« Burns wandte sich ab und sah zum Fenster seines Büros hinaus. »Sehr viele von ihnen sind tot.«

»Dieser Mann hat sich für die Bauweise der Jahrhunderte alten Stallungen von Atwood House interessiert.«

»Dann war er wohl im Baugewerbe. Aber er war Offizier, sagten Sie.«

»Oder er hat sich eingehend mit Geschichte befasst.«

»Ein Fachmann. Vielleicht ein Dozent.« Er begann, die Freunde seines Sohnes einzeln aufzuzählen, nannte sie namentlich und gab außer ihrem militärischen Rang auch an, was sie vor dem Krieg beruflich getan hatten. Als Burns ausgeredet hatte, schloss Rutledge sein Notizbuch.

Von den siebzehn Männern, die Burns ihm nennen konnte, waren neun tot, darunter drei, die schon vor 1916 gefallen waren. Zwei andere waren an Kriegsverletzungen gestorben. Keiner von ihnen hatte in Palästina gedient, und keiner von ihnen war im Baugewerbe tätig oder unterrichtete am College. »Aber wenn ich jetzt darüber nachdenke, muss ich sagen, dass sich Tom Warren für Geschichte interessiert hat. Sein Vater hatte früher mit unserer Botschaft in der Türkei zu tun, und die Familie hat ausgiebige Reisen im Nahen Osten unternommen.«

Ein dürftiger Anhaltspunkt, betonte Hamish, als Rutledge sich verabschiedete.

Er würde sich damit begnügen müssen.

Rutledge fuhr nach Duncarrick weiter, und dort erwartete ihn eine Nachricht von Gibson. Er hatte beim Aufspüren des Graveurs bislang keinen Erfolg gehabt.

Rutledge hatte nicht erwartet, dass es so einfach sein würde, Major Thomas S. Warren zu finden. Ein Anruf beim Außenministerium hatte genügt, um den Namen des Vaters zu erfahren, der tatsächlich Diplomat gewesen und während des Krieges aus dem Ruhestand zurückgekommen war, weil man seine Dienste als Autorität in Türkenfragen brauchte.

Thomas Warren war Anwalt in Durham. Praktisch in Lady Maudes Hinterhof, wie Hamish es formulierte.

Rutledge brach mit einer Schachtel Sandwiches und einer Thermosflasche Tee auf, die ihm das Ballantyne zur Verfügung gestellt hatte, und traf in Durham ein, ehe der Hotelangestellte seinen Dienst an der Rezeption des Bishop's Arms angetreten hatte. Ein Bad und eine Rasur taten seiner äußeren Erscheinung sehr gut, schufen jedoch keine Abhilfe gegen die Müdigkeit, die ihn allmählich einholte.

Durham war von kämpferischen Bischöfen erbaut worden. Sowohl die Burg als auch die Kathedrale waren auf einer gut gesicherten Klippe über dem gewundenen Lauf des Wear errichtet. Andererseits war einer der frühesten Namen in der englischen Literatur hier begraben: Beda Venerabilis. Vor dem Krieg hatte Rutledge hier etliche Freunde gehabt, doch jetzt war keiner mehr da. Es kam ihm seltsam vor, durch die vertrauten Straßen zu fahren und sich bei keinem von ihnen zu melden.

Die Anwaltskanzlei lag im Stadtzentrum, das zweite Haus in einer neogotischen Gebäudezeile; sogar ein oder zwei Wasserspeier grinsten hämisch auf die Passanten herab. Auf der Straße herrschte dichtes Gedränge, und Rutledge ließ seinen Wagen hinter dem Hotel stehen und legte den kurzen Weg zu Fuß zurück.

Eine ältere Angestellte ließ ihn ein und bat ihn, Platz zu nehmen, bis Mr. Warren zu sprechen war. Rutledge setzte sich auf einen der hochlehnigen Stühle in der Nähe des Kamins und spürte, wie die Müdigkeit über ihn hinweg spülte. Hamish war sehr eingenommen von den beiden Portraits aus dem achtzehnten Jahrhundert, die den Schreibtisch der Angestellten flankierten und Männer mit grimmigen Mienen darstellten.

»Rasch bei der Hand mit einem Todesurteil, diese beiden Richter«, entschied er, »und von der menschlichen Natur haben sie keine sehr hohe Meinung. Ich kann keine Spur von Mitleid oder Erbarmen in ihren Augen sehen.« Als Rutledge aufblickte, um die Gesichter zu betrachten, sah er sich gezwungen, Hamish zuzustimmen.

Thomas Warren war blond und hellhäutig und hatte eine hässliche Narbe im Gesicht, die sich von der Schädeldecke bis in den Hemdkragen zog. Sie war verheilt, aber da die Zeit sie noch nicht zu einem schmalen weißen Streifen geglättet hatte, verlieh sie ihm etwas Unheimliches.

Er begrüßte Rutledge jedoch zuvorkommend, hörte sich an, was er zu sagen hatte, und antwortete dann: »Ja, ich habe Rob gekannt. Er war ein prima Kerl. Aber ich fürchte, in Atwood House bin ich nie gewesen. Und ich habe auch nicht in Palästina gedient, ich war in Frankreich. Wohin sonst hätte die Armee einen Mann mit recht guten Türkischkenntnissen geschickt?«

Rutledge lachte. »Ich fürchte, das war die übliche Praxis.« Er zog sein Notizbuch heraus und las laut die Liste von Namen vor, die ihm der Fiskal genannt hatte. Warren legte seine Fingerkuppen vor geschürzten Lippen aneinander und nahm jeden einzelnen zur Kenntnis.

Als Rutledge sämtliche Namen vorgelesen hatte, sagte Warren: »Diese Aufstellung ist ziemlich umfassend. Aus dem Stegreif fällt mir niemand ein, den ich hinzufügen könnte. Die ersten fünf, die Sie genannt haben, sind in Frankreich gefallen, und ich kann Ihnen mit Sicherheit sagen, dass sie nie einen Fuß in den Nahen Osten gesetzt haben. Morgan hat flammend rotes Haar und könnte ein Tonnengewölbe nicht von einem römischen Bogen unterscheiden, und von der Bauweise Jahrhunderte alter Stallungen wüsste er noch viel weniger. Er hat den größten Teil des

Krieges auf See verbracht, und die einzige Wunde, die er sich zugezogen hat, war ein gebrochener Daumen.« Er schüttelte den Kopf, denn es fiel ihm immer noch schwer, das zu glauben. »Talbot, Stanton und Herbert sind dunkelhaarig und vermutlich auch aus dem Rennen. Edwards habe ich nicht gut genug gekannt, um Ihnen zu sagen, wo er gedient hat. Baldridge und Fletcher waren, wenn ich mich recht erinnere, bei der Artillerie, und MacPhee war beim Marinenachrichtendienst. Worum geht es hier eigentlich? Warum ist es Ihnen so wichtig, diese Männer zu finden? Ich kann mir nicht vorstellen, dass einer von ihnen mit Scotland Yard in Konflikt gekommen sein könnte!«

»Das ist auch nicht der Fall. Aber sie könnten Informationen haben, die wir dringend brauchen. Wir suchen eine Frau, die vermisst wird und unter Umständen tot sein könnte. Eleanor Gray –«

»Gütiger Himmel!«, sagte Warren. Er war wie vom Donner gerührt. »Verstehen Sie, ich bin ihr ein- oder zweimal begegnet. In London. Sie war gemeinsam mit Rob auf dem Weg zu irgendeiner Theateraufführung zugunsten von Kriegswaisen. Als ich die beiden getroffen habe, war sie gerade dabei, ihn zu überreden, dass er sich hinsetzt und ein Weilchen ausruht. In der Pause haben wir zusammen etwas getrunken. Ein reizendes Mädchen. Ich erinnere mich noch, dass ich sie gefragt habe, ob sie mit den Grays drüben bei Menton verwandt sei, und sie hat gesagt, ja, das sei sie, aber nur auf Umwegen. Als ich sie das nächste Mal gesehen habe, hat sie mit mir zu Mittag gegessen, und wenn mir jemals ein verliebtes Mädchen über den Weg gelaufen ist, dann war das Eleanor. Rob hätte es verdient gehabt, glücklich zu werden. Ich habe mich für die beiden gefreut. Und ich möchte mir gar nicht gern vorstellen, ihr könnte etwas zugestoßen sein.«

»Wir wissen noch nicht, ob ihr etwas zugestoßen ist. Wir haben ihre Schritte von London aus an einen Ort namens Craigness verfolgt, eine Kleinstadt am Teith in den Trossachs.«

»Dort hat Rob gelebt …«

»Ja. Sie ist während eines heftigen Regengusses mit einem Mann dort eingetroffen. Sie haben zwei Tage in dem Haus verbracht und sind dann wieder abgereist.« Rutledge unterbrach sich. »Wir wissen, dass sie dort war, weil sie in einem Buch, das Burns gehört hat, Notizen an den Rand geschrieben hat. Früher kann es nicht dazu gekommen sein, denn sie hatte gerade erst von seinem Tod erfahren. Das engt die Zeitspanne beträchtlich ein, verstehen Sie. Und es ist möglich, dass sie selbst im Herbst 1916 bereits tot war. Seitdem ist sie nicht mehr gesehen worden.«

Warren sagte: »Wollen Sie mir damit etwa sagen, dass Sie glauben, sie hätte sich umgebracht?« Er schüttelte den Kopf. »Nicht Eleanor Gray!«

»Sie hat ihn geliebt. Ihr letzter Eintrag in dem Buch lautet: ›Ich wünschte, auch ich könnte sterben.‹«

»Ja, ja, die Leute sagen solche Sachen«, erwiderte Warren unwillig. »Ich habe diese Worte oft genug gehört. Aber das ist ihnen ein Quell des Trostes und heißt keineswegs, dass sie einen Entschluss gefasst haben. ›Ich wünschte, ich könnte sterben und diesem Leiden ein Ende bereiten – ich wünschte, ich könnte sterben und müsste nicht noch länger daran denken.‹ Dann reißen sie sich zusammen und führen ihr Leben weiter. Und Sie haben Eleanor Gray nicht gekannt. Sie war unglaublich lebhaft, eine Frau von der Sorte, die anderen Frauen immer unbegreiflich bleiben wird. Aber Männer verstehen diese Frauen – eine solche Lebensfreude, das fasziniert jeden Mann.«

Als er aufstand, um zu gehen, gab Rutledge Tom Warren seine Karte. »Falls Ihnen noch etwas einfallen sollte, was mir weiterhelfen könnte, setzen Sie sich doch bitte mit mir in Verbindung. Sie können mich in Duncarrick erreichen, im Ballantyne.«

Er schlief fast zehn Stunden am Stück, weckte um Mitternacht auf der Suche nach etwas Essbarem den Hotelangestellten und schlief dann weitere sechs Stunden. Als er am Morgen erwachte, war der Himmel grau und bewölkt, doch es waren keine Regenwolken.

Als Rutledge den Weg nach Norden einschlug, saß ihm Hamish beharrlich im Nacken und erörterte die Frage, was Eleanor Gray wohl für Robert Burns empfunden hatte.

»Er könnte ihr den Kopf verdreht haben.«

»Ein gut aussehender Mann in Uniform, der Krieg als Stimulans. Eine Romanze, die in Friedenszeiten keinen Bestand gehabt hätte.« Rutledge dachte wieder an Jean, die zwar seine Uniform bewundert, auf die Realität des Krieges jedoch mit blankem Entsetzen reagiert hatte. Er konnte sich nicht vorstellen, dass Eleanor Gray den Krieg mit Romantik und Abenteuern verwechselte. Sie hatte zu viele Verwundete gesehen ...

»Und Verliebtheit könnte eher in den Selbstmord führen«, beharrte Hamish.

»Fionas Mutter ist an einem gebrochenen Herzen gestorben.«

»Das war nicht dasselbe! Sie ist vor Kummer dahingesiecht.«

»Das spielt keine Rolle. Wenn Eleanor von Robert Burns schwanger war, dann hätte sie sich nicht umgebracht. Aber wenn sie nicht schwanger war, wer weiß schon, was dann ist?«

»Das erklärt noch nicht, wie sie ins Glen gekommen ist.«

»Nein. Und eben diese Frage müssen wir nach wie vor beantworten.«

Da er ohnehin gerade über Eleanor Gray nachdachte, bog Rutledge von der Straße nach Norden ab und machte einen Umweg über Menton.

Während er die geschwungene Auffahrt hinauffuhr, brach die Sonne durch die Wolken und tauchte das Haus in einen goldenen Schein, der die Fenster in blank poliertes Kupfer verwandelte und dem Stein eine freundliche Pfirsichfärbung verlieh. Das Gebäude war von auffallender Schönheit. Er hielt vor den Stufen an und trat ein paar Schritte zurück, um es zu betrachten. Solche Bauwerke waren es, die David Trevor die Liebe zur Architektur eingeflößt hatten. Die Winkel und Geraden, der Einsatz von Licht und Schatten, die Anmut und Eleganz der Linienführung.

Wie weit wir primitive steinerne Schuppen und Lehmhütten hinter uns zurückgelassen haben, dachte er. Welche Fähigkeiten und Kenntnisse wir erworben haben. Aber töten, das tun wir immer noch ...

Er stieg die Stufen hinauf und läutete.

Der Butler öffnete die Tür und teilte ihm in perfekter Haltung mit, Lady Maude sei nicht zu Hause.

Rutledge hätte ein Jahresgehalt darauf gewettet, dass es eine Lüge war.

Dennoch nahm er diese Abfuhr anstandslos hin.

Lady Maude wollte ihn nicht empfangen.

Fürchtete sie, er sei mit Neuigkeiten zu ihr gekommen, die sie nicht verkraften konnte?

Er hatte das sichere Gefühl, das Zerwürfnis mit Eleanor hätte nicht nur die Tochter verletzt, die daraufhin fortgegangen war, sondern die Mutter ebenfalls. Liebe konnte schrecklich schmerzhaft sein.

In den frühen Abendstunden traf er in Duncarrick ein und parkte das Automobil an seinem gewohnten Platz. Nachdem er sein Gepäck aus dem Kofferraum geholt hatte, ging Rutledge um das Hotel herum zum Haupteingang. In Gedanken war er immer noch bei Eleanor Gray.

Als er um die Ecke bog, stieß er mit Ann Tait zusammen und bat sie um Entschuldigung.

Als sie den Inspector erkannte, sagte sie: »Wo haben Sie denn gesteckt?«

Er stellte sein Gepäck ab und antwortete: »Ich war in Durham. Und wohin wollen Sie?«

Sie hob die Hutschachtel hoch, die sie in der Hand hielt, und aus den Fenstern fiel Licht auf die schillernde Schleife. »Ich muss einen Hut abliefern. Morgen findet eine Taufe statt.«

Er sagte: »Sie waren wohl noch nicht in Duncarrick, als auf der Straße nach Westen diese Frauen ermordet wurden? Ich glaube, es war 1912.«

»Gütiger Himmel, Inspector! Welche Frauen?« Sie sah ihn fassungslos an.

»Das spielt keine Rolle. Ich hatte mir nur gedacht, Duncarrick sei ein ruhiger, abgelegener Ort, bis mich jemand eines Besseren belehrt und mir erzählt hat, vor dem Krieg seien hier etliche Morde vorgefallen.«

»Nett von Ihnen, dass Sie mir das sagen, während ich bei

Dunkelheit durch diese Straßen laufe!« Sie war wütend auf ihn, und ihr Gesicht war gerötet.

»Diese Verbrechen sind lange Zeit her, und Sie haben nichts zu befürchten. Aber wenn Sie wollen, stelle ich nur schnell mein Gepäck im Hotelfoyer ab und begleite Sie.«

So leicht ließ sie sich nicht beschwichtigen. »Damit es endgültig um meinen Ruf geschehen ist? Morgen wird die ganze Stadt hinter vorgehaltener Hand flüstern. Das kann ich mir nicht leisten!«

»Tut mir Leid«, sagte er zerknirscht. »Ich dachte, diese Mordfälle seien allgemein bekannt. Ich werde auf der anderen Straßenseite laufen und Sie im Auge behalten.«

Ann Tait schüttelte den Kopf. »Nein. Ich kann auf mich selbst aufpassen.« Sie wandte sich ab und drehte sich dann noch einmal zu ihm um. »Wenn Sie diese Morde gegenüber Dorothea MacIntyre erwähnen und sie zu Tode erschrecken, werde ich dafür sorgen, dass Sie das teuer zu stehen kommt!«

»Ich habe mit Ihnen gesprochen«, sagte er, »weil ich gehofft hatte, Sie hätten Informationen *für mich*. Es scheint, als tappten wir beide im Dunkeln. Aber Dorothea MacIntyre wird nichts dergleichen von mir erfahren, das verspreche ich Ihnen.«

Sie ließ ihn stehen. Er sah eine Zeit lang hinter ihr her und betrachtete den Schwung ihrer Schultern und ihren geraden Rücken. Sie hatte zugegeben, dass sie Eleanor Gray beneidet hatte. Er glaubte jedoch, die beiden Frauen seien einander in vieler Hinsicht sehr ähnlich. Unabhängig, freiheitsliebend, selbstbewusst. Gewillt, sich ihren Lebensunterhalt mit ihrer Hände Arbeit selbst zu verdienen. Und beide verbargen sich hinter einer harten Schale, um sich Leid zu ersparen.

Gewänder aus weißer Spitze, mit Schärpen aus Satin und breitkrempigen Hüten, waren seit 1914 passé, ebenso wie Rasentennis, Picknicks am Ufer der Themse und eine viel einfachere Welt. Heute gab es Tausende von Ann Taits, die sich selbst ernährten, und Hunderte von Eleanor Grays, die auf der Suche nach einer anderen Zukunft waren. Fünf lange Jahre und die kältere, trostlosere Welt des Krieges hatten nicht nur die Männer für den Rest ihres Lebens verändert, sondern auch eine Generation von Frauen.

Als Rutledge seinen Schlüssel am Empfang abholte, griff der Angestellte, nachdem er ihm den Zimmerschlüssel gegeben hatte, in eine Schublade und zog ein zusammengefaltetes Blatt heraus, auf dem sein Name stand.

In seinem Zimmer faltete er den Zettel auseinander und las den einen Satz, der darauf geschrieben war.

Sergeant Gibson erbittet so bald wie möglich Ihren Rückruf.

Rutledge zog seine Taschenuhr heraus und warf einen Blick darauf. Es war schon viel zu spät, um Gibson noch in Scotland Yard anzutreffen.

Er machte sich daran, seine Sachen auszupacken, während hinter seiner Schulter Hamish grummelte.

Es war schon gegen zehn am nächsten Morgen, als Rutledge Gibson endlich erreichte.

Der Sergeant sagte: »Ein Kinderspiel war das nicht gerade, aber ich habe den Graveur gefunden.«

»Das sind sehr gute Nachrichten«, sagte Rutledge lobend. »Ich bin Ihnen dankbar.«

»Sie werden es nicht mehr sein«, gab Gibson zurück, »wenn Sie hören, was ich Ihnen zu sagen habe.«

Etwa drei Wochen bevor die Brosche im Glencoe »gefunden« wurde, hatte man in einer Seitenstraße von Glasgow den Namen eingravieren lassen, in einem kleinen Geschäft, das auf den Ankauf und Verkauf von Schmuck spezialisiert war. Daher wurde der Besitzer häufig gebeten, auf Schmuckstücken, die ihm zum Weiterverkauf überlassen wurden, die Gravur zu entfernen oder sie durch eine andere zu ersetzen. Andererseits hatte er nur selten Gelegenheit, seine Kunstfertigkeit an einem Stück zu erproben, in das bislang noch nichts eingraviert worden war. Er hatte Einwände erhoben, als der Mann, der mit der Rauchquarzbrosche zu ihm gekommen war, darauf bestanden hatte, die Gravur solle älter wirken, als sie war. Der vereinbarte Preis hatte ihn jedoch jegliche Bedenken abschütteln lassen, die er unter Umständen gehabt haben könnte.

»Konnte der Ladenbesitzer Ihnen eine Beschreibung des Mannes geben, der ihm die Brosche gebracht hat?«

»Es kommt noch besser. Er musste die Brosche dalassen und konnte sie erst drei Tage später wieder abholen. Also musste er einen Namen angeben, den der Ladenbesitzer sich notiert hat.«

Rutledge spürte, wie sich seine Hoffnung zu einem Höhenflug aufschwang.

»Jetzt sagen Sie mir schon den Namen!«

»Alistair McKinstry.«

24

Rutledge war derart verblüfft, dass er Gibson bat, den Namen noch einmal zu wiederholen. Gibson tat es.

»Ich habe ihn auch um eine Personenbeschreibung gebeten.« Aber der Graveur hatte sich auf den Namen verlassen. »Schließlich hat er mir dann erzählt, der Mann sei Schotte gewesen – mittelgroß, von durchschnittlichem Körperbau und unauffälliger Haarfarbe. Vielleicht würde ihm bei einer Gegenüberstellung mit McKinstry mehr dazu einfallen, vielleicht aber auch nicht. Er hatte nicht das geringste Interesse an dem Mann, nur an der Arbeit, für die er ihn bezahlt hat.«

Rutledge bedankte sich bei ihm und legte den Telefonhörer langsam auf die Gabel.

Er weigerte sich, das zu glauben. Es wollte ihm partout nicht einleuchten. McKinstry hatte sich von Anfang an für Fiona MacDonald eingesetzt.

Hamish sagte: »Er hatte Zugang zu einem Schlüssel. Er hätte sich jederzeit Zutritt zum Reivers verschaffen können.«

Fiona MacDonald hatte gesagt, McKinstry hätte sie wahrscheinlich mit der Brosche ihrer Mutter gesehen. Er musste von der Existenz dieses Schmuckstücks gewusst haben. Und es hätte ihn nur kurze Zeit gekostet, Fionas Zimmer nach ihrem Schmuck zu durchsuchen.

Die Brosche war das letzte Glied in einer Indizienkette.

Aber warum?

Es ergab keinen Sinn.

Rutledge, einem erfahrenen Ermittlungsbeamten, fiel es schwer, diese Tatsache hinzunehmen. Er konnte einfach nicht glauben, dass er sich restlos in einem Menschen getäuscht haben sollte.

Er zog seine Taschenuhr heraus und traf einen schnellen Entschluss. Zuerst begab er sich ins Polizeirevier. McKinstry war nicht da. Dafür aber Oliver.

»Wo haben Sie sich rumgetrieben?«, fragte er leutselig. »Machen Sie immer noch Jagd auf Stroh, um Ziegel zu brennen?«

»Ja, in gewisser Weise. Hören Sie, ich fahre noch mal ins Glencoe. Ich will mir die Stelle ansehen, wo die Knochen gefunden wurden.« Er verspürte nicht die geringste Lust, Glencoe noch einmal aufzusuchen.

»Sie sind doch mit MacDougal raufgeklettert. Viel kann da nicht zu sehen gewesen sein. Die Knochen sind nicht mehr dort. Die Stelle ist von MacDougals Männern pedantisch genau untersucht worden. Reine Zeitvergeudung, diese Reise, wenn Sie mich fragen.«

»Ich weiß. Schieben Sie es von mir aus auf meine Sturheit. Aber wären Sie trotzdem so nett, MacDougal anzurufen und ihn zu bitten, dass er sich dort mit mir trifft? Ich wäre ihm sehr verbunden, wenn er die Zeit erübrigen könnte.«

»Von mir aus. Wenn Sie es unbedingt so haben wollen.« Dann fügte Oliver hinzu: »Es überrascht mich, Sie wieder in Duncarrick zu sehen. Können Sie mir Neuigkeiten über Eleanor Gray berichten?«

»Noch nicht. Ich habe eine Liste von Namen bekommen, die ich erst noch überprüfen muss. Aber das kann warten, bis ich mich im Glen umgesehen habe. Diese Mühe würde ich mir nämlich gern sparen.«

Oliver fragte gespannt: »Damit wollen Sie wohl sagen, wir hätten etwas übersehen?«

»Nein. Ich sage nur, dass ich die Dinge anders sehen könnte.« Er zog seine Uhr heraus, um das Gespräch zu beenden. »Vor meiner Abfahrt habe ich hier noch etwas zu erledigen.«

Oliver ließ ihn gehen. Rutledge lief zum Hotel zurück und begab sich von dort aus zur Pfarrei. Mr Elliot, teilte ihm Dorothea MacIntyre mit, sei aus dem Haus gegangen, um einem kranken Gemeindemitglied einen Besuch abzustatten.

»Das macht nichts. Dürfte ich vielleicht eintreten und eine Nachricht hinterlassen?«

Sie trat errötend zurück, als hätte sie sich ein Pflichtversäumnis zu Schulden kommen lassen, weil sie ihn nicht gefragt hatte, ob sie etwas ausrichten sollte. Er lächelte sie an. »Es wird nicht lange dauern.«

Er ging an ihr vorbei, und sie wandte sich einem kleinen Tisch unter dem Fenster zu und zog aus der einzigen Schublade einen Packen Papier heraus. Es war das Schreibpapier der Kirche. Sie kramte eine Zeit lang herum, bis sie einen Stift fand und ihn Rutledge mit einem triumphierenden Lächeln reichte. In ihrer Freude wirkte sie fast kindlich.

Rutledge kritzelte auf das oberste Blatt: *Ich war heute morgen hier, um Sie aufzusuchen, muss die Stadt aber für einen Tag verlassen. Falls Sie nach meiner Rückkehr Zeit für mich haben sollten, würde ich Ihnen gern ein paar Fragen stellen.* Er unterschrieb mit seinem Nachnamen.

Er faltete das Blatt zusammen und reichte es ihr. Dann sagte er: »Kennen Sie Alistair McKinstry sehr gut?«

»Ob ich ihn kenne?« Sie sah ihn verängstigt an.

»Besucht er den Gottesdienst in der Kirche? Ist er nett?«

Es erleichterte sie offensichtlich, dass Rutledge nur allgemeine Informationen haben wollte und in keiner Weise angedeutet hatte, sie könnte eine besonders gute Freundin des Constable sein, und daher antwortete sie ihm schüchtern: »Ja, allerdings, er besucht regelmäßig den Gottesdienst. Und für nett halte ich ihn auch. Zu mir ist er jedenfalls immer sehr nett.«

»Ja, ich bin sicher, dass er ein netter Kerl ist.« Er ging zur Tür. Jetzt war es an der Zeit für die Frage, die ihn in Wirklichkeit ins Pfarrhaus geführt hatte. »Als Sie krank waren und Miss MacCallum und ihre Nichte Sie gepflegt haben – erinnern Sie sich, damals eine recht hübsche Brosche mit Rauchquarzen gesehen zu haben, die Fiona gern getragen hat?«

Sie runzelte nachdenklich die Stirn. »Ich kann mich nicht daran erinnern, dass Fiona eine Brosche getragen hat. Sogar ihren Ehering hat sie nie getragen. Sie hatte ihn an einer Kette um den Hals hängen, damit sie ihn nicht verlieren konnte. Manchmal habe ich ihn gesehen, wenn sie sich vorgebeugt hat, um die Kissen aufzuschütteln oder mein Gesicht mit einem feuchten Lappen abzuwischen.«

»Aber die Brosche haben Sie nicht gesehen.«

Sie strengte sich wirklich an, ihm einen Gefallen zu tun, und daher sagte sie: »Aber Miss MacCallum hatte eine hübsche Brosche! In der Mitte war eine Perle. Ich durfte sie tragen, als ich zum Einstellungsgespräch ins Pfarrhaus gegangen bin. Sie hat sie mir geliehen, damit mir die Brosche Mut macht.«

»Hat es geholfen?«, fragte er, denn es widerstrebte ihm, diesem kurzen Ausbruch von Begeisterung Einhalt zu gebieten. Sie war hübsch, wenn ihr Gesicht von innen heraus strahlte. Hübsch und zart.

Aber das war die falsche Frage. Sie zog ein langes Gesicht. »Mr. Elliot hat die Brosche erkannt und mich aufgefordert, sie sofort abzunehmen. Er hat gesagt, es sei unschicklich, besser gestellte Leute nachzuäffen.«

Hamish fluchte. Rutledge verspürte den Drang, Elliot zu erwürgen. Eine vorsätzliche Grausamkeit, dachte er. »Haben Sie Miss MacCallum erzählt, was er gesagt hat?«

»Oh, nein!«, sagte sie entsetzt. »Das konnte ich nicht! Es war mir viel zu peinlich. Ich habe nur zu ihr gesagt, dass er sehr nett war.«

Und ihm hatte sie gerade erzählt, dass Constable McKinstry sehr nett war.

Als er aus Duncarrick hinausfuhr, versuchte Rutledge, sich ein Urteil darüber zu bilden, welchen Wert er Dorothea MacIntyres Antwort auf seine Frage nach der Brosche beimessen sollte. Alles in allem, sagte er sich, war sie ehrlich und arglos. Wenn man sie jedoch mit konkreten Fragen in die Enge trieb – beispielsweise er mit seiner Frage nach McKinstry oder Ealasaid MacCallum mit ihrer Frage, wie das Gespräch mit Elliot verlaufen war – , dann erzählte sie Lügen, die der tief verwurzelten Furcht entsprangen, sich Zorn zuzuziehen. Das Mädchen sehnte sich verzweifelt danach, es allen recht zu machen. Das war ihr größtes – und einziges – Anliegen.

Hamish kam auf ein anderes Thema zu sprechen und sagte: »Ich habe Fiona nie einen Ring geschenkt. Ich konnte sie nicht an mich binden, wenn doch schon feststand, dass ich in den Krieg ziehen würde. Das Armband war ein Geschenk, damit sie sich an mich erinnert, aber es hat sie nicht an mich gebunden.«

Rutledge hatte Jean 1914 aus demselben Grund nicht geheiratet und den Krieg als Vorwand genutzt, um die für den Oktober geplante Hochzeit zu verschieben. Und im Nachhinein hatte sich dieser Entschluss als richtig erwiesen. Ihm fröstelte jetzt bei dem Gedanken, mit einer Frau zusammenzuleben, die ihn hasste. Oder der zumindest das verhasst war, was in ihren Augen aus ihm geworden war: ein gebrochener Fremder.

Er fragte sich, ob Eleanor Gray wohl bedauert hatte, dass sie Robbie Burns während seines Genesungsurlaubs nicht geheiratet hatte.

Auf der Höhe des Wachtturms saß eine Frau am Straßenrand. Ihre hängenden Schultern drückten deutlich aus, dass ihr etwas fehlte.

Er versuchte, sich an ihren Namen zu erinnern, und kam gleich darauf. Mrs. Holden. Ihr Mann war der Schafzüchter … Rutledge bremste und hielt direkt neben ihr an. »Fehlt Ihnen etwas?«, fragte er. »Kann ich Sie ein Stück mitnehmen?«

Sie lächelte kläglich. »Der Arzt schreibt mir vor zu laufen, wenn ich wieder zu Kräften kommen will. Aber ich habe nicht die Kraft zum Laufen …«

»Dann erlauben Sie mir, Sie nach Hause zu fahren. Oder zum Arzt, wenn Ihnen das lieber ist.«

Er stieg aus seinem Wagen, zog sie behutsam von dem flachen Stein, auf dem sie saß, und half ihr auf die Füße. Ihre Schultern fühlten sich unter seinen Händen zerbrechlich an.

Er hob sie behutsam in den Wagen und setzte sie auf den Beifahrersitz. Diese kleine Anstrengung hatte genügt, um ihr Gesicht weiß werden zu lassen.

»Es tut mir ja so Leid, dass ich Ihnen Umstände mache!«, sagte sie atemlos. »Wie kann ich nur so dumm sein, mich zu übernehmen und Fremden solchen Ärger zu machen.«

Er schloss die Tür auf ihrer Seite und sah ihr ins Gesicht. Und was er dort sah, gefiel ihm gar nicht. »Ich würde Sie lieber nach Duncarrick fahren. Meiner Meinung nach sollten Sie Ihren Arzt aufsuchen.«

Sie saß einen Moment lang mit geschlossenen Augen da und nickte dann. »Ja. Ich muss mich hinlegen. Ihm ist es bestimmt recht, wenn ich mich dort ein Weilchen hinlege.«

Rutledge wendete den Wagen und sagte: »Möchten Sie, dass ich Ihren Mann suche und ihn zu Ihnen bringe?«

»Nein, vielen Dank. Er ist heute in Jedburgh. Dr. Murchison oder einer meiner Freunde wird sich schon darum kümmern, wie ich wieder nach Hause komme. Aber es wäre nett, wenn Sie mit mir reden würden. Und mich einfach zuhören ließen. Das lenkt mich von dem flauen Gefühl ab.«

Wie betreibt ein Polizist liebenswürdige Konversation mit einer Frau, die jeden Moment ohnmächtig werden könnte? Er sagte: »Ich habe den Wachtturm bewundert. Seine Bauweise. Soweit ich gehört habe, steht er auf Ihrem Grundstück. Die Geschichte dieses Turms würde ich mir gern einmal anhören. Welche Rolle er in den Zeiten der Grenzüberfälle gespielt hat.«

Sie lächelte matt. »In dem Fall wäre mein Vater der richtige Ansprechpartner für Sie gewesen.«

»Hat er ein Buch über die Geschichte Duncarricks geschrieben?« Oft war es der Gutsbesitzer oder der Rektor im Ruhestand, der die Legenden und Geschichten zusammentrug, die über Generationen hinweg mündlich überliefert worden waren, und daraus eine Art Chronik gestaltete.«Ich fürchte, dazu ist er nie gekommen.«

Nach wenigen weiteren Sätzen hatte er das Thema des Turms erschöpfend abgehandelt. Rutledge suchte krampfhaft nach neuem Gesprächsstoff. »Der Name des Gasthauses, an dem wir gerade vorbeigekommen sind. The Reivers. Ich frage mich, wer diesen Namen wohl gewählt hat. Hatten die MacCallums Reiter unter ihren Vorfahren?« Ob Reiter, Reiver oder Räuber, dachte er, es gab zahlreiche Euphemismen für das blutige Handwerk derer, die in den Grenzkriegen Unheil angerichtet hatten.

Drummond kam gerade mit Ian MacLeod aus dem Gasthaus; sie mussten die Katze gefüttert haben. Das Kind blickte mit strahlenden Augen auf und deutete aufgeregt auf das Automobil. Rutledge winkte, hielt aber nicht an.

Drummond funkelte ihn mit Mordlust in den Augen an.

Die Frau, die starr vor sich hinsah, ohne etwas wahrzunehmen, biss sich auf die Lippen. Sie war nicht in der Verfassung, seine trivialen Fragen zu beantworten.

»Halten Sie durch«, sagte Rutledge sanft und berührte zart ihre Hände, die auf ihrem Schoß lagen. »Wir sind gleich da.«

Aber er musste sie in Dr. Murchisons Praxis tragen; ihr Kopf ruhte an seiner Schulter, und ihr Körper war so leicht, dass er sich in seinen Armen wie eine Feder anfühlte.

Die Krankenschwester lief ihnen entgegen, denn sie hatte sie ankommen sehen. Mrs. Holden gegenüber, die um ein Lächeln rang, während sie sich für all die Ungelegenheiten entschuldigte, die sie verursacht hatte, verhielt sie sich äußerst herzlich und mitfühlend.

»Aber, aber, meine Liebe«, sagte sie beschwichtigend und doch mit einem scheltenden Unterton, als spräche sie mit einem Kind. »Haben wir uns wieder einmal übernommen? Kommen Sie, legen Sie sich ein Weilchen hin, und dann wird der Doktor Sie nach Hause bringen.«

Sie ging voraus und führte Rutledge durch einen Gang, aber nicht ins Wohnzimmer, in das er durch die angelehnte Tür einen flüchtigen Blick werfen konnte. Stattdessen öffnete sie eine andere Tür und wies auf ein älteres Sofa, das unter den Fenstern an der Rückwand des Hauses stand. Während die Krankenschwester ein Kissen holte, setzte Rutledge Mrs. Holden behutsam auf den Polstern ab und nahm dann die leichte Decke, die zusammengefaltet über der hohen Rückenlehne hing, um sie über ihr auszubreiten. Als die Krankenschwester ihr das Kissen unter den Kopf schob, lächelte Mrs. Holden, doch es war ein bebendes und obendrein klägliches Lächeln.

»Es tut mir so Leid …«, begann sie wieder.

Rutledge nahm mit beiden Händen eine ihrer Hände und hielt sie fest. »Unsinn. Sehen Sie lieber zu, dass es Ihnen schnell wieder besser geht!«

Er wandte sich ab und verließ das Zimmer. Die Krankenschwester richtete ein paar schnelle Worte an Mrs. Holden und folgte ihm dann. Sie dankte dem Inspector für seine Samariterdienste und hielt ihm die Haustür auf.

»Nicht der Rede wert«, sagte Rutledge. »Sie wirkt sehr schwach. Ist es etwas Ernstes?«

»Der Arzt hat nicht den Eindruck. Sie hat sich im Frühling bei der Organisation des Wohltätigkeitsbasars eine Erkältung geholt, und der Husten wollte nicht vorübergehen. Letztes Jahr hatte sie die Grippe, eine ganz schlimme Grippe, es war wirklich ernst, und sie war gerade dabei, sich langsam zu erholen. Dr. Murchison tut, was er kann, damit sie wieder zu Kräften kommt. Und manchmal geht es ihr gesundheitlich schon wieder so gut, dass sie sich in die Stadt wagt. Die Grippe hat den Menschen jeden Mut genommen. Es ist wirklich ein Jammer.«

»Ja. Ein Jammer.« Er erinnerte sich an Hugh Frasers Worte. *Es war wie eine dieser mittelalterlichen Seuchen ...*

Rutledge wendete erneut den Wagen, fuhr ein zweites Mal aus der Stadt hinaus und schlug den Weg zum Glencoe ein.

In Brae legte er einen kurzen Zwischenhalt ein, um noch einmal mit Mrs. Davison zu sprechen. Sie erkundigte sich, ob es Neuigkeiten über Fiona gäbe, aber da er ihr nichts Aufmunterndes zu berichten hatte, sagte er lediglich: »Ich versichere Ihnen, dass wir tun, was wir können.«

»Wenn Sie keine guten Nachrichten haben, was führt Sie dann noch einmal hierher?«

Sie saßen im Wohnzimmer, und die Jungen, die sich freuten, ihn zu sehen, klammerten sich an die Armlehnen seines Sessels, während das kleine Mädchen zutraulich auf seinen Schoß kletterte. Mrs. Davison streckte die Arme nach der Kleinen aus, doch er sagte: »Nein, lassen Sie nur, mich stört das nicht.«

Das Kind schmiegte sich an seine Brust und begann, mit dem Knopf seiner Uhrkette zu spielen.

»Ich muss sie nach einem Schmuckstück fragen, das Fiona MacDonald besessen hat. Eine Brosche mit einem großen Rauchquarz in der Mitte ...«

Sie nickte, ehe er ihr die Brosche genauer beschrieben hatte. »Ja, ich erinnere mich. Ein hübsches Stück. Sie hat gesagt, ihr Vater hätte sie ihrer Mutter zur Hochzeit geschenkt. Sie hat sie nicht oft getragen. Sie hat gefürchtet, wenn sie mit den Kindern spielt, könnte sie ihr abgerissen werden oder verloren gehen. Und dann hatte sie noch ein Armband von ihrem Verlobten. Wenn meine Tochter besonders brav war, hat sie ihr erlaubt, es anzuprobieren.« Sie lächelte nachsichtig. »Wie Sie selbst sehen können, findet sie trotz ihres zarten Alters schon Gefallen am Gold.«

Er sah auf die blonden Locken hinunter, die sich an den Knöpfen seiner Weste verfingen. »Das ist doch ganz natürlich«, sagte er zustimmend. »Hat Fionas Verlobter ihr auch einen Ring geschenkt?«

»Wenn ja, dann hat sie nie ein Wort darüber verloren.«

Er löste Locken von Knöpfen und Finger von der Uhrkette, stellte das Kind auf den Boden und erhob sich. »Sie sind mir eine große Hilfe gewesen«, sagte er zu Mrs. Davison. »Nochmals vielen Dank.«

Sie musste etwas aus seiner Stimme herausgehört haben, denn sie erhob sich, ging aber nicht auf die Tür zu. Stattdessen fragte sie: »Diese Brosche, ist sie wichtig?«

»Es könnte durchaus sein«, räumte er ein. »Ich bin gerade auf dem Weg, das herauszufinden.«

»Dann hoffe ich, dass Sie mit guten Nachrichten zurückkehren werden.«

Auf der Schwelle blieb er stehen und sagte: »Glauben Sie, dass Maude Cook ein Kind erwartet hat, als sie Brae verlassen hat?«

»Maude Cook?« Mrs. Davison schüttelte den Kopf. »Nein, ich bin sicher, dass sie nicht schwanger war. Dafür hätte es doch Anzeichen gegeben.«

»Nicht, wenn sie im fünften Monat von hier fortgegangen ist.«

»Nun ja, das ist vermutlich wahr. Aber sie hat Brae verlassen, um nach London zu reisen, damit sie dort bei ihrem Mann sein kann. Er war als Invalide aus dem Heer entlassen worden. Was hätte er wohl gesagt, wenn er sie schwanger vorgefunden hätte – von einem anderen Mann geschwängert!«

Sie unterbrach sich. »Richtig, damals habe ich mich tatsächlich gefragt, ob sie einen Geliebten hat. ... Nein, das kann ich einfach nicht von ihr glauben. Außerdem wäre es ihr nicht gelungen, die Symptome einer Schwangerschaft vor Mrs. Kerr zu verbergen. Und Mrs. Kerr hätte es in ganz Brae herumerzählt. Nein. Möglich ist es schon, aber es ist äußerst unwahrscheinlich«, schloss sie mit fester Stimme. »Richten Sie Fiona liebe Grüße von mir aus, wären Sie so nett? Und sagen Sie ihr, dass wir für sie beten.«

»Sie wird Ihnen dankbar dafür sein«, sagte Rutledge und ging zu seinem Wagen zurück.

Hamish schalt ihn aus: »Du hast dein Versprechen schon wieder gebrochen!«

»Nein. Ich habe nur gefragt, ob Mrs. Cook schwanger gewesen sein könnte. Ich habe niemanden in Gefahr gebracht!«

»Es ist unrecht, ein Versprechen zu geben und es zurückzunehmen, wann es einem gerade passt! So was tut man nicht!«

»Es ist unrecht, dass Fiona MacDonald gehängt werden soll«, gab Rutledge grimmig zurück.

»Ja, aber sie hat es nicht verdient, einem Lügner zu vertrauen.«

Rutledge kam vor Inspector MacDougal im Glencoe an und nutzte die Zeit, um wieder zu den Felsen auf dem Gipfel hinaufzuklettern.

Wie hatte eine Frau das tote Gewicht einer Leiche diesen Hang hinaufgezerrt?

Wie hätte *er* es angestellt?

In Zeiten großer Gefahr entwickelten Menschen außerordentliche Kräfte. Es musste gewaltige Mühe gekostet haben. Und enorm viel Zeit. Also nachts, wenn ihm im Schutz der Dunkelheit gut neun Stunden blieben, um die Aufgabe zu bewältigen.

Und wenn er die Leiche auf eine Decke gelegt und sie hochgezogen hätte?

Was, wenn die ausgefransten Ränder einer alten Decke abgeschnitten und in dem Garten in Craigness unter der Bank versteckt worden waren? Um die Decke dann mit einem robusteren Band einzufassen ...

Über seinem Kopf hörte Rutledge den Schrei eines Adlers, legte eine Hand über seine Augen und blickte auf. Er konnte ihn kreisen sehen, als er sich auf der warmen, aufsteigenden Luft treiben ließ, um an Höhe zu gewinnen. In weiter Ferne bewegte sich ein Wagen in seine Richtung. Rutledge wandte sich ab und machte sich an den Abstieg.

Die Laute eines Dudelsacks drangen zu ihm, doch er konnte nicht sagen, woher, gewiss ein einsamer Schäfer, der sich die Zeit vertreiben wollte. Zu weit entfernt, um die Melodie zu erkennen. Vermutlich Kriegsmusik, dachte er. Wie gut dieses Instrument in eine solche Umgebung passte, wo die Berge ihm Klangfülle gaben und die Basspfeifen verstärkten. Er blieb stehen, um zu lauschen.

Etwas knallte ... ein Schuss ...   und das Echo hallte zwischen den Felswänden auf beiden Seiten der Straße hin und her.

Rutledge duckte sich instinktiv, eine Reflexhandlung, die ihm durch die langen Kriegsjahre in Fleisch und Blut übergegangen war. Die Steine direkt hinter ihm spritzten vom Boden auf und glitten dann als tröpfelndes Rinnsal auf seine Füße zu. Er fluchte.

Hier gab es keine Deckung, absolut keine ... er war ein deutliches Ziel, leicht abzuschießen ...

Wo war bloß der Mann mit dem Gewehr?

Kauernd suchte er die gegenüberliegenden Hänge ab und sah niemanden.

Er hatte es sich nicht eingebildet! Er wusste, wie ein Schuss aus einem Gewehr klang; ein klares und präzises Geräusch ...

Dann nahm er auf dem gegenüberliegenden Bergrücken eine leichte Verschiebung von Licht und Schatten wahr und warf sich wieder zur Seite.

Diesmal ertönte jedoch kein Schuss. MacDougals Wagen stand direkt unter ihm, und die Motorengeräusche drangen zu Rutledge hinauf. Nah genug, um einen Schuss zu hören ...

Rutledge hielt sich eine Hand über die Augen und sah sich aufmerksam nach der kleinsten Bewegung um.

Aber der Heckenschütze war spurlos verschwunden, über den Bergkamm auf der anderen Straßenseite abgetaucht und somit unsichtbar für ihn.

Es würde ein Ding der Unmöglichkeit sein, ihn einzuholen.

Rasend vor Wut machte sich Rutledge auf die Suche nach dem

Geschoss. Er durchkämmte die Gegend um die Stelle herum, von der die Felssplitter aufgestoben waren. Er hatte es doch mit eigenen Augen gesehen. Das Geschoss musste auf einen Stein getroffen und dadurch abgelenkt worden sein.

Er suchte gründlich – fand es jedoch nicht.

Inspector MacDougal stieg aus seinem Wagen, als Rutledge die Straße erreichte, und sagte: »Sie sind ja wirklich ein toller Kletterer!«

»Die Bewegung tut mir gut«, antwortete Rutledge und dachte an Mrs. Holden.

»Solange ich nicht klettern muss, soll sie Ihnen vergönnt sein! Was suchen Sie denn dort oben, wenn Sie mich als Bergführer brauchen?«

»Mehr gibt es für mich dort oben nicht zu sehen. Und jetzt würde ich gern dieses junge Mädchen finden, diese Betty Lawlor.«

»Die die Brosche entdeckt hat. Gibt es einen bestimmten Grund, weshalb sie noch einmal mit ihr sprechen wollen?« MacDougal sah ihn forschend an.

Lass dir niemals Übergriffe auf das Territorium eines anderen zu Schulden kommen. Das war eine der obersten Regeln, die Rutledge befolgte. »Ja. Ich würde gern von ihr hören, wie sie an das Geld für ein neues Paar Schuhe gekommen ist.«

»Wenn ich mich recht erinnere, hat sie gesagt, sie hätte es sich verdient.«

»Ja, zweifellos. Ich hätte sie nur gern gefragt, womit.«

»Was hat das mit dem Fund der Brosche zu tun?«

»Mit dieser Belohnung könnte man sie überredet haben, die Brosche zu Ihnen zu bringen. Wenn ich es mir im Nachhinein noch einmal überlege, fällt es mir schwer zu glauben, dass ein Kind aus derart ärmlichen Verhältnissen zu Ihnen käme, um zu fragen, ob es die Brosche behalten darf.«

»Das habe ich mich natürlich auch gefragt. Aber im Grunde genommen sind es ehrliche Leute, die ganze Familie. Der Vater ist ein blöder Säufer, aber die Mutter ist so stolz wie ein Pfau. Und soweit ich das beurteilen kann, hat sie ihre Kinder zur Ehrlichkeit erzogen. Und außerdem, woher sollte jemand wissen, dass Betty Lawlor in dieser gottverlassenen Gegend eine Brosche gefunden hat? Das ist weit hergeholt, Rutledge!« Trotzdem deutete er mit einem Achselzucken auf die Straße vor ihnen. »Das Gehöft liegt am hintersten Ende des Glen. Sollen wir beide Wagen nehmen oder einen hier stehen lassen?«

Rutledge verspürte nicht den Wunsch, wieder Wasser in seinem Tank vorzufinden. Oder einen durchschossenen Reifen. »Nehmen wir lieber beide.«

»Sicher ist diese Gegend alle Mal«, sagte MacDougal. »Aber ich richte mich ganz nach Ihnen.«

Er fuhr voraus, und Rutledge folgte ihm.

Hamish warnte: »Pass bloß auf! Du hast keine Rückendeckung!«

Rutledge sagte: »Nein. Er wird es nicht riskieren, einen zweiten Schuss abzugeben. Nicht, wenn MacDougal vor uns herfährt. Woher wusste überhaupt jemand, dass ich hier bin? Ich habe es nur Oliver gesagt.«

Jeder hätte Olivers Telefongespräch mit MacDougal belauschen können. Jeder hätte Oliver fragen können: »Ich habe Rutledge aus der Stadt fahren sehen, wo will der denn hin?«

»Und wem hat Oliver es gesagt?«, erkundigte sich Hamish.

»Es könnte mir aber auch jemand nach Brae und von dort aus hierher gefolgt sein.«

»Aber wenn derjenige es wusste und vorausgefahren ist, während du in Brae warst, dann hätte er die Zeit für den Aufstieg gehabt.«

»Ich weiß.« Rutledge ließ es auf sich beruhen. Im Moment gab es nichts, was er unternehmen konnte.

Schafe wurden über die Straße getrieben und füllten sie vollständig mit lockigen weißen Höckern, die sich vor und hinter ihnen auf und ab bewegten und sich an die beiden Automobile drängten. Er konnte hören, wie MacDougal dem Mann zurief, er solle machen, dass sie vorankämen, dann den hohen Pfiff, der den Hunden galt. Die Schafe wurden auf tiefer liegende Weiden getrieben, ehe die Herbststürme einsetzten.

Nachdem sie sich aus der Herde befreit hatten, fuhr MacDougal weiter und bog dann vor einem uralten steinernen Gehöft, das sich schutzsuchend an den Hang kauerte, von der Straße ab.

Es hat nicht mehr als zwei Zimmer, dachte Rutledge, *und Wasser gibt es, soweit ich sehen kann, auch nicht.* Betty Lawlor war wirklich arm.

Hamish sagte: »Es wird ein Bächlein in der Nähe geben. Genug, um ihren Bedarf zu decken.«

Ein zerlumptes Kind von etwa sieben Jahren streckte den Kopf zur Tür heraus, zog ihn dann zurück und rief jemanden, ehe es sich wieder blicken ließ und in der Tür stehen blieb. Die Augen des kleinen Jungen waren weit aufgerissen, als er die beiden Automobile betrachtete, die vor ihm parkten. MacDougal war ausgestiegen und ging über den festgetretenen Lehmboden auf das Haus zu, als ihm ein Mann entgegenkam. Er war mittelgroß, hatte aber sehr kräftige Schultern, und das schmutzige Unterhemd, das er trug, war auf dem Rücken zerrissen. Schnüre, nicht etwa Hosenträger, hielten seine Hose. Die trüben Augen und die fleischige Nase erzählten den Rest der Geschichte.

»Guten Tag, Mr. Lawlor. Ich bin gekommen, um mit Betty zu reden, wenn Sie nichts dagegen haben.«

»Ich dachte schon, Sie bringen sie vielleicht zurück.«

»Wo steckt sie denn? Ist sie mit den Schafen draußen?«

»Sie ist fort.«

»Fort?« MacDougal warf Rutledge über seine Schulter einen Blick zu. »Was soll das heißen, fort? Wo ist sie? Sehen Sie mal, ich will mit ihr reden. Sagen Sie mir, wo sie ist, und Sie sind mich gleich wieder los.«

Das verwüstete Gesicht färbte sich rot vor Zorn. »Fort ist sie, das sage ich Ihnen doch! Noch deutlicher kann ich es Ihnen nicht sagen! Und es interessiert mich einen Dreck, ob sie tot oder am Leben ist.«

Eine verhärmte Frau in einem verblichenen Kleid tauchte hinter ihm in der Tür auf. MacDougal zog den Hut vor ihr, doch sie sagte kein Wort.

Rutledge sagte: »Was haben Sie ihr getan, Mr. Lawlor? Warum ist Betty weggelaufen?« Er hatte das sichere Gefühl, er wüsste es bereits.

Der Mann war so wütend, dass Rutledge schon glaubte, er stünde kurz vor einem Schlaganfall.

Die Frau mischte sich ein. »Sie wollte ihm nicht sagen, woher sie das Geld für die Schuhe hatte. Er fand, es sei sein Recht, es zu erfahren. Er hat geglaubt, vielleicht sei noch mehr davon da. Also hat er sie geschlagen, bis sie nicht mehr schreien konnte. Und in der Nacht darauf ist sie verschwunden.«

»Ich habe ein Anrecht auf das Geld! Es steht mir zu! Ich ernähre diese Bälger und kleide sie ein. Ich sorge dafür, dass sie ein Dach über dem Kopf haben. Alles, was sie haben, gehört mir.«

»Wenn Sie Ihre Kinder noch einmal schlagen, Lawlor, dann buchte ich Sie wegen Trunkenheit und Erregung öffentlichen Ärgernisses ein und lasse Sie im Gefängnis verrotten, haben Sie gehört!« MacDougals Stimme war kalt. »Haben Sie gehört, Mann!«

»Das nutzt überhaupt nichts«, sagte seine Frau mit müder Stimme. »In dem Zustand erinnert er sich später an kein Wort.«

Lawlor holte mit der Faust in ihre Richtung aus, doch sie wich mit einer Behändigkeit aus, die langjährige Übung erkennen ließ.

Rutledge stellte sich vor, wie dieselbe Faust auf das magere Kind einschlug, das er auf dem Berghang gesehen hatte. Was auch immer Betty angestellt haben mochte, besser als hier war sie jetzt bestimmt dran.

»Ich will sie wieder haben!«, sagte Lawlor mit weinerlicher Stimme. »Keiner ist da zum Schafehüten.«

»Das hätten Sie sich überlegen sollen, ehe Sie sie verprügelt haben«, antwortete MacDougal grob. »Mrs. Lawlor, hat Ihre Tochter Ihnen gesagt, wo sie sich das Geld für ihre Schuhe verdient hat?«

Sie schüttelte den Kopf. »Aber sie ist Tag und Nacht mit den Schafen draußen. Wer kann das schon wissen?«

»Eine Hure war sie, genau das. Eine Schlampe. Die sich verkauft hat, darauf würde ich wetten.«

»Nein, sie hat sich nicht verkauft, Lawlor. Sie hat der Polizei Informationen gegeben, die dringend benötigt wurden. Dann wandte sich Rutledge an die Frau. »Mrs. Lawlor, wissen Sie, ob Ihre Tochter schon seit einigen Monaten ein Schmuckstück in ihrem Besitz hatte? Es war eine Brosche mit Rauchquarzen in der Mitte.«

Sie lachte. »Und wie hätte sie die so aufbewahren können, dass *er* sie nicht findet? In Ihrem *Boudoir*? Ein Paar Fäden gefärbtes Garn, die sie für ihre Schwester und für sich zu einem Armband geflochten hat, das ist das Einzige, was ich je an ihr gesehen habe. Wenn Sie glauben, meine Betty hätte eine Cairngorm-Brosche, dann müssen Sie verrückt sein.«

MacDougal und Rutledge tauschten einen Blick miteinander aus. Dann sagte Rutledge zu Mrs. Lawlor: »Dann muss wohl ein Missverständnis meinerseits vorliegen.«

MacDougal ging mit Rutledge zu seinem Wagen zurück. Der kleine Junge war jetzt draußen, betastete die Motorhaube und ließ dann die Hand über das glatte Leder des Sitzes gleiten. MacDougal sagte: »Sie hatte die Brosche. Ob ihre Mutter sie gesehen hat oder nicht. Das ändert nichts an der Sachlage.«

»Die Brosche wurde vor wenigen Wochen in Glasgow gesehen. Im Geschäft eines Graveurs. Glauben Sie im Ernst, dass Betty Lawlor diejenige war, die sie dort hingebracht hat?«

»Großer Gott, davon hat mir kein Mensch etwas erzählt! Wann hat Oliver das herausgefunden?«

»Er weiß noch nichts davon. Ich würde es ihm lieber selbst sagen. Ich habe die Neuigkeit gerade erst von meinem Sergeant in London erfahren.« Er lächelte den Jungen an und hob ihn auf den Fahrersitz. Das Kind ahmte sofort Motorengeräusche nach und packte das Steuer wie ein Rennfahrer. »Aber das heißt, dass der größte Teil von Bettys Geschichte eine Lüge ist. Sie hatte die Brosche nicht ein Jahr lang oder sogar noch länger – und sie hat sie auch nicht auf dem Berghang gefunden. Ich bin der Überzeugung, dass die Person, die ihr die Brosche gegeben und ihr die Geschichte eingeschärft hat, die sie der Polizei erzählen soll, Betty auch das Geld gegeben hat, von dem sie diese Schuhe kaufen konnte. Und es war immer noch genug Geld übrig, um ihrem Vater und diesem Ort zu entkommen. Sie muss gefeilscht haben, um möglichst viel herauszuschlagen. Ihren Teil der Abmachung hat sie erfüllt, und zwar sehr gut. Jetzt wird es Oliver Kopfzerbrechen bereiten, wie er sie aufspürt, damit sie bei der Verhandlung aussagt. Und für mich besteht kein Zweifel daran, dass er es tun wird.«

»Ich glaube kein Wort. Das ist doch alles aus der Luft gegriffen!«

Die Hupe ertönte. Rutledge und MacDougal zuckten zusammen.

MacDougal fuhr fort. »Das sind doch reine Spekulationen. Sie können nicht sicher sein, dass es sich um dieselbe Brosche handelt. Nein, solange kein Beweis für das Gegenteil vorliegt, setze ich mein Vertrauen in die junge Betty!«

»Ich glaube, es liegen bereits genug Beweise vor, um bei den Geschworenen Zweifel wachzurufen.« Rutledge wartete und sagte dann: »Werden Sie das Mädchen suchen?«

MacDougal wies auf das Gehöft und die Eltern, die noch in der Tür standen. »Und sie dorthin zurückbringen?« Er holte tief Atem. »Vermutlich bleibt mir gar nichts anderes übrig. Aber einfach wird es nicht werden. Andererseits gibt es nicht viele Wege, die sie von hier aus eingeschlagen haben kann. Sogar mit ihren neuen Wanderschuhen. Inveraray böte sich am ehesten an, wo sie jemanden bitten kann, sie in einem Fuhrwerk mitzunehmen.« Er wandte sich ab und setzte seinen Hut wieder auf. »Ich werde Oliver Bescheid geben, wenn sie auftaucht.«

»Danke.« Rutledge sagte zu dem Jungen: »Bleibst du dort sitzen, während ich die Kurbel drehe?«

Das Kind nickte begeistert. Rutledge ließ den Motor an und erlaubte dem Jungen, noch einen Moment sitzen zu bleiben, damit er die Kraft des Wagens unter sich spüren konnte. MacDougal hatte bereits vor dem Haus gewendet und fuhr in die Richtung zurück, aus der sie gekommen waren. Rutledge hob das Kind aus dem Wagen und stellte es auf den Boden.

Der Junge sagte strahlend: »So einen kriege ich später auch!«

»Ganz bestimmt«, antwortete Rutledge.

Und dann beugte sich der Junge, als wollte er sich für diesen Hochgenuss erkenntlich zeigen, zu ihm vor und zog sich auf die Zehenspitzen. »Bei Betty war doch ein Mann – ich habe ihn gesehen. Obwohl sie behauptet hat, die Sonne hätte mir einen Streich gespielt.«

»Wie hat er ausgesehen?«, fragte Rutledge gespannt.

Der Junge wich bereits zurück und bereute seine Zutraulichkeit. »Blond«, murmelte er und rannte dann zur Hütte zurück, schlüpfte zwischen den Röcken seiner Mutter und den Beinen seines Vaters hindurch und verschwand im Haus.

Rutledge nickte den Lawlors zu und wendete den Wagen. Er hatte seinen Geleitschutz für die Rückfahrt durchs Glen eingebüßt. Aber es war die Sache wert gewesen.

25

Da er damit rechnen musste, verfolgt zu werden, blieb Rutledge nicht über Nacht in Lanark, wie er es ursprünglich vorgehabt hatte. Nichts wünschte er sich weniger, als jemanden zu der kleinen Klinik und zu Dr. Wilson zu führen. Stattdessen fuhr er ein gutes Stück weiter und beschloss dann, noch in derselben Nacht nach Duncarrick weiterzufahren. In einem Pub deckte er sich mit Tee, Scones und Schweinefleischpastete ein. Hamish würde ihn wach halten, und das gleichmäßige Surren des Motors bildete einen Hintergrund für seine Gedanken. Die Scheinwerfer seines Wagens hoben Straßenschilder und die dunklen Fassaden von Kleinstädten und Bauernhöfen hervor, während er im Kopf noch einmal all seine Notizen durchging und jedes Wort unter einem neuen Gesichtspunkt betrachtete.

Einigermaßen frisch war er noch, sagte er sich, als er das letzte Scone verzehrte. Er hielt mehrfach an, um sich die Beine zu vertreten oder die kühle Nachtluft in sein Gesicht wehen zu lassen, damit er wieder einen klaren Kopf bekam; der Mondschein verwandelte die Landschaft in starre Umrisse aus tiefem Schatten mit helleren Flecken dazwischen. Himmelweit entfernt von Frankreich, dachte er, wo die lange Linie des Schlachtfelds keine natürlichen Umrisse aufwies – die Bäume zu schwarzen Fingern aus gespaltenen Stämmen zersprengt und die hügeligen Felder durch das Artilleriefeuer verheert, von Menschenhand gefertigte Stacheldrahtrollen und von Granaten gefolterte Erdhöcker die einzigen Orientierungspunkte. Eine bizarre Welt aus Schwarz und Grau, in der nur die Aasfresser lebten.

Bis auf den einen oder anderen Lastwagen, vereinzelte Hasen, die im Lichtkegel seiner Scheinwerfer über die Straße rasten, und einem Fuhrwerk, das mit Kisten voller Hühner auf seinem Weg zum Markt war, nahm der Straßenverkehr stündlich ab.

Hamish sagte. »Jeder anständige Mensch ist um diese Tageszeit zu Hause in seinem Bett.«

Aber Rutledge hatte sich mit der Nacht ausgesöhnt. In seinen Augen war sie eine Art Zuflucht, ein Ort, an dem es keinen anderen gab, der die Stimme in seinem Kopf oder die langen Gespräche belauschte, bei denen er sich manchmal zu einer lauten Antwort überlisten ließ.

Auch fürchtete er nicht, der Heckenschütze würde einen weiteren Versuch unternehmen. In der Nacht wäre es selbst für einen Scharfschützen unmöglich, ein bewegliches Ziel zu treffen, einen Reifen oder einen Kühlergrill beispielsweise, und Rutledge in einen Straßengraben rasen zu lassen. Aber der Gedanke daran half ihm, wach zu bleiben.

»Er muss ein dummer Mann sein – oder ein verzweifelter – , wenn er auf einen Polizisten schießt.«

»Es war eine Warnung«, antwortete Rutledge. »Ich bin zu nah an etwas herangekommen. Oder an jemanden. Ich habe eine Bresche in die äußeren Wehranlagen eines Walls des Schweigens geschlagen.«

Hamish sagte: »Es war keine Frau, die mit einem Gewehr so hoch auf den Hang geklettert ist.«

»Das lässt sich nicht mit Sicherheit sagen. Aber ich glaube, dass du Recht hast. Ich würde viel dafür geben, wenn ich wüsste, wann diese Mauer die ersten Sprünge bekommen hat.« Rutledge lächelte vor sich hin. »Es würde mir großes Vergnügen bereiten, diese Risse zu verbreitern!«

Nach seiner Ankunft in Duncarrick nahm er ein Bad und rasierte sich, legte sich ins Bett und schlief zwei Stunden. Dann machte er sich auf die Suche nach Constable McKinstry.

Rutledge stöberte ihn auf, während er auf Streife war. Er kam gerade vom östlichen Ende der Stadt zurück und hatte ein paar kleine Jungen im Schlepptau. Sie zogen lange Gesichter und wirkten niedergeschlagen. Allem Anschein nach Schulschwänzer. McKinstry lieferte sie in der Schule ab, wo sie bereits von einem strengen Schulleiter erwartet wurden. Die Jungen schlurften zur Tür hinein wie Verurteilte.

»Zukünftige Kriminelle«, sagte McKinstry, als er Rutledge sah, der in einer Ladentür stand. »Dabei sind sie eigentlich gar keine üblen Burschen. Das Lernen ist nur nicht nach ihrem Geschmack. In dem Alter hat es mir wahrscheinlich auch keinen Spaß gemacht. Außerdem sind sie vaterlos. Das macht es nicht leichter für sie.«

»Diese Ausrede werden sie zu hören bekommen, bis sie daran glauben.«

»Trotzdem machen wir Zugeständnisse.« Der Constable lächelte wehmütig. »Was man vom Direktor bestimmt nicht behaupten kann.« Als sein Lächeln verblasste, fügte er hinzu: »Ich dachte schon, Sie wären fertig mit uns.«

»Nein, ganz und gar nicht.« Sie kehrten um und gingen gemeinsam weiter. »Erinnern Sie sich noch, was Sie mir über die Aufklärung von Verbrechen in Duncarrick erzählt haben, als Sie zu Morag gekommen sind, weil Sie mit mir reden wollten? Sie haben gesagt, Sie kennen die Leute – und das sei oft der Schlüssel, um herauszufinden, wer ein Pferd gestohlen hat und warum er es getan hat, wer ein Lamm getötet hat und warum.«

»Ja, das ist wahr –«

»Aber in Fionas Fall wussten Sie nicht weiter. Sie konnten nicht auf Ihr Wissen über die Bewohner dieser Stadt zurückgreifen, um herauszufinden, wer es auf sie abgesehen hat.«

»Richtig. Das nötige Wissen habe ich, aber in diesen Dingen fehlt mir die Erfahrung.«

Sie überquerten den Platz und wichen dem Karren eines Milchmanns aus, der an ihnen vorbeirumpelte. Rutledge sagte: »Ich arbeite auch unter ungünstigen Umständen. Eleanor Gray zieht mich in die eine Richtung und Fiona MacDonald in die andere. Ich kann die Verbindung zwischen den beiden nicht herstellen. Zu Lebzeiten, meine ich. Wie sie einander begegnet sind, wieso sie sich überhaupt kennen gelernt haben, wann und wo sie sich getroffen haben.« Er holte tief Atem. »Wenn Fiona Eleanor Gray nicht ermordet hat, mit wessen Knochen haben wir es dann an einem Berghang im Glencoe zu tun? Und wenn diese Knochen tatsächlich Eleanor Gray gehören, wie hat sie dann vier oder fünf Monate nach ihrer Ankunft in Schottland dort oben inmitten der Wildnis den Tod gefunden?«

»Die Brosche …«

»Ja.« Rutledge blieb vor dem Hotel stehen. »Die Brosche. Sie ist ein erdrückendes Beweisstück. Aber sie gibt uns noch lange keinen Hinweis darauf, wem die Knochen gehören, oder? Sie weist uns nur auf die Mörderin hin.«

McKinstry rieb sich die Augen. »Ich habe Nächte lang wach gelegen und versucht, eine Antwort darauf zu finden. Inspector Oliver sagt, sie hätte zugegeben, dass dieses Ding ihrer Mutter gehört hat. Später ist er zu mir gekommen und hat mich gefragt, ob ich Fiona jemals mit dieser Brosche gesehen hätte, seit sie nach Duncarrick gezogen ist. *Und ich kann mich nicht erinnern!*«

»Warum nicht?« Die Frage war knapp und vorwurfsvoll.

»Weil ich mir sehnlichst wünsche, ich könnte mich daran erinnern, und deshalb kann ich mir nicht sicher sein, ob es wahr ist. Sie hatte oft ein grünes Kleid an, daran kann ich mich noch gut erinnern. Aber ich kann nicht mit Sicherheit sagen, ob sie einen Schal um den Hals getragen hat oder ob sie diese verdammte Brosche angesteckt hatte! Und manchmal hat sie die Anstecknadel ihrer Tante getragen. Das zählt nicht gerade zu den Dingen, die einem Mann wichtig erscheinen, und mit Frauenkleidung kenne ich mich sowieso nicht gut aus. Das grüne Kleid hat wunderbar zu ihren Augen gepasst. Das rosafarbene hat ihr dunkles Haar hervorgehoben. Und im Sommer hatte sie manchmal etwas Cremefarbenes aus einem ganz weichen Material an, mit einem breiten Kragen und irgendwelchen aufgedruckten Blümchen oder Halmen. Zartlila, wie Lavendel oder Flieder. Ich könnte Ihnen nicht sagen, wie die Kleider geschnitten waren oder was sie dazu getragen hat. Oder ob sie diese Brosche anstecken hatte.« Sein Gesicht wirkte gequält.

»Was haben Sie Oliver geantwortet?«

»Ich habe ihm die Wahrheit gesagt – dass ich mich nicht erinnern kann.«

»Sie hätten ihr zuliebe lügen können.«

»Ja«, sagte McKinstry sorgenvoll, »daran habe ich auch gedacht. Aber ich bin zur Pflichterfüllung geschult worden.« Er wollte weitergehen, doch dann drehte er sich noch einmal um. »Würden *Sie* lügen, um sie zu retten?« Rutledge wusste nicht, was McKinstry in seinem Gesicht sah, doch er sprach jedenfalls weiter. »Wenn es sein muss, mache ich vor Gericht eine gegenteilige Aussage. Ich hatte gehofft – ich dachte, Sie hätten sich vielleicht damit befassen können. Aber Sie sind fortgegangen und haben nichts unternommen. Trotz dieser erdrückenden Beweislast haben Sie nichts getan!«

»Oliver hat klargestellt, das ginge mich nichts an.« Rutledge lächelte ironisch. »Und ich war mit Eleanor Gray beschäftigt. Das habe ich Ihnen doch gesagt.«

»Nun ja, wenn diese Gray tot ist, dann hat sie sich gut aus der Affäre gezogen. Wenn sie noch am Leben ist, dann hoffe ich inständig, dass sie sich blicken lässt, ehe es zu spät ist.«

Diesmal wandte er sich ab und ging.

Rutledge sah ihm versonnen nach. Hamish höhnte: »Du hast ihm nicht vorgehalten, was du über diese Brosche da erfahren hast.«

Auf seinem Weg durchs Foyer antwortete Rutledge stumm: »Nein. Es war nützlicher abzuwarten, ob er die Brosche zur Sprache bringt. Und in welchem Zusammenhang. Er war ziemlich überzeugend, meinst du nicht auch?«

»Er hat dir die Schuld zugeschoben. Das würde ich nicht gerade als besonders tapferes Plädoyer für die Angeklagte bezeichnen.«

»Aber wenn er Betty Lawlor die Brosche nicht zugespielt hat, dann stand er mit Sicherheit kurz davor, seinen eigenen Glauben an Fionas Unschuld zu verlieren, als er die Geschichte gehört hat, die Betty uns zu berichten hatte. Auf der Rückfahrt vom Glen war er ziemlich wortkarg, und eben hatte er auch nicht besonders viel zu sagen.«

»Wenn er hinter der Geschichte mit der Brosche steckt, dann war es sehr geschickt von ihm, sich Scotland Yard zum Verbündeten zu machen – du hebst hervor, wo die Anklage lückenhaft ist, und er macht sich gleich daran, die Lücken zu füllen.«

Während er die Treppe hinaufstieg, antwortete Rutledge: »Dann hätte er diesem Juwelier in Glasgow nicht seinen eigenen Namen nennen dürfen! War McKinstry derjenige, der Eleanor Gray in den Norden gefahren hat?«

»Er war 1916 in Frankreich.«

Rutledge blieb auf dem oberen Treppenabsatz stehen. »Nein. Er hat Morag erzählt, er sei mir dort begegnet. Bisher hatte ich keinen Anlass, seine Behauptung in Zweifel zu ziehen. Sie wird überprüft werden müssen.«

»Er hatte einen sehr guten Grund, im Glen auf dich zu schießen. Er wollte verhindern, dass du mit Betty Lawlor sprichst.«

»Ja, das ist schon möglich.« Er schloss seine Zimmertür auf und warf seinen Hut auf den Stuhl neben dem Bett. Dann trat er ans Fenster und blickte auf die Wolken hinaus, die von Westen her aufzogen. »Ich weiß nicht recht. Ich halte mich für einen zu guten Menschenkenner, und ich kann mir einfach nicht vorstellen, dass ich auf McKinstry reingefallen bin.« Er schüttelte den Kopf. »Für mich ist dieser Fall noch nicht abgeschlossen. Vielleicht lässt er sich nie abschließen.«

»Irgendwem behagt deine Einmischung überhaupt nicht!«

Rutledge wandte sich vom Fenster ab und holte tief Atem. »Wenn es hier nicht um Fiona geht und auch nicht um das Gasthaus, was ist dann der Einsatz?«

»Der Junge.«

»Ja«, sagte Rutledge bedächtig. »Das Vermächtnis des Toten. Warum ist das so wichtig?«

Aber darauf konnte ihm Hamish keine Antwort geben.

Rutledge aß rasch zu Mittag und begab sich dann zum Polizeirevier. Dort bat er darum, Fiona MacDonald noch einmal sehen zu dürfen.

Pringle, der Dienst hatte, erhob Einwände. »Ich bin nicht sicher, ob ich Ihnen den Schlüssel geben darf, Sir! Inspector Oliver sagt, Sie haben diesen Teil der Ermittlungen abgeschlossen.«

»Das dachte ich auch«, sagte Rutledge beiläufig. »Ich habe hier eine Liste mit Namen von Männern, die Eleanor Gray gekannt haben könnten. Wir haben Miss MacDonald nicht gefragt, ob einer der Namen ihr etwas sagt. Wenn Oliver sich beschwert, können Sie ihn zu mir schicken.«

Pringle griff nach dem Schlüssel und reichte ihn über den Schreibtisch.

Rutledge fand Fiona stehend vor, als sei sie gerade unruhig in ihrer Zelle auf und ab gelaufen. Reichlich wenig Bewegung für eine Frau, die es gewohnt war, im Reivers den ganzen Tag lang auf den Beinen zu sein. Darüber klagten Häftlinge oft – die schiere Langeweile, die sie zermürbte, während sie auf die Verhandlung warteten.

Er schloss die Tür hinter sich und sagte als Erstes: »Vorgestern habe ich das Kind gesehen. Es kam gerade mit Drummond zurück. Die beiden haben die Katze gefüttert.«

»Geht es ihm gut?«, erkundigte sie sich besorgt. »Oft frage ich mich, ob er gut schläft. Oder ob er Alpträume hat …«

»Er hat einen recht fröhlichen Eindruck gemacht.« Rutledge zog seine Namensliste heraus, las sie ihr langsam vor und beobachtete dabei ihr Gesicht. Aber Fiona schüttelte den Kopf.

»Keiner der Namen sagt mir etwas. Es tut mir Leid.«

Er klappte sein Notizbuch zu und sagte: »Fiona, wenn Sie die Mutter des Kindes nicht getötet haben – wenn man es aus keinem Grund auf Sie abgesehen hat, der Ihnen oder mir ersichtlich ist –, dann bin ich gezwungen, mich zu fragen, was es mit diesem Kind auf sich haben könnte, wenn sich jemand so sehr in seinem Seelenfrieden bedroht fühlt, dass er an den Jungen herankommen will, indem er Ihnen etwas antut.«

»Wie könnte ein so kleiner Junge eine Bedrohung für jemanden darstellen!«, erwiderte sie überrascht.

»Ich weiß es nicht. Aber je tiefer ich in Ihr Geheimnis eindringe, desto sicherer bin ich, dass der Junge der Schlüssel ist.«

»Er ist doch nur ein kleiner Junge, der geglaubt hat, er gehörte zu mir. Er weiß nicht, wer seine leibliche Mutter war, und es interessiert ihn auch gar nicht. Oder wer sein Vater gewesen sein könnte. Und ein Vermögen ist nirgends zu holen, es sei denn, das Gesetz spricht ihm das Reivers zu, wenn ich … tot bin.«

»Aber es gibt jemanden, der sich dafür interessiert. Eine Zeit lang habe ich die Möglichkeit in Betracht gezogen, es könnte etwas mit dem Gray-Vermögen zu tun haben. Oder es ginge darum, den Ruf einer Familie zu wahren. Von dieser Überzeugung komme ich immer mehr ab. Meines Erachtens ist das Kind von entscheidender Bedeutung, weil niemand genau weiß, wer der Junge ist. Entweder will jemand den Beweis für seine Herkunft haben – oder er will eben diesen Beweis gemeinsam mit Ihnen begraben. Allmählich glaube ich, dieser Jemand hat gehofft, wenn die Polizei gründlich genug ermittelt, ließe sich die Frage nach der Identität der Mutter beantworten und anderen bliebe die Mühe erspart, es selbst herauszufinden. Oder aber dieser Jemand hat gehofft, Sie würden gehängt, und er könnte sich die Mühe sparen, Sie sich vom Hals zu schaffen, ehe Sie den Mund aufmachen.«

Etwas in ihren Augen sagte ihm, dass er der Wahrheit zwar nahe gekommen war, sie aber doch nicht erraten hatte. Dass er seinen Finger immer noch nicht auf den Kern von Fionas Geheimnis gelegt hatte.

Als spräche er mit sich selbst, murmelte er: »Ein Kind, dessen Existenz zum falschen Zeitpunkt bekannt wird, könnte eine andere Person um ihr Erbe bringen. Oder eine Familie in Verlegenheit stürzen, die gerade einen entscheidenden Ehevertrag aushandelt. Oder eine Liaison aufdecken, die bis dahin verborgen geblieben ist.« Nach einem Moment fügte er hinzu: »Es könnte aber auch sein, dass jemand das Kind unbedingt haben will, aber nicht bereit ist, öffentlich zuzugeben, dass es sich bei dem Jungen um ihren – oder seinen – Sohn handelt. Wenn Ian erst einmal im Waisenhaus ist, besteht die Möglichkeit, ihn ordnungsgemäß zu adoptieren, ohne eine Verbindung zu Ihnen oder zu ihm eingestehen zu müssen.«

Fiona sagte behutsam: »Wenn ich Ihnen den Namen von Ians Vater nennen würde, wären Sie einer Erklärung dafür, was hier geschieht, keinen Schritt näher. Er war ein gewöhnlicher Mann. Ein äußerst liebenswürdiger und anständiger Mann. Aber ein ganz gewöhnlicher Mann.«

»Wenn er tot ist, bleibt uns nur noch die Mutter.«

»Weshalb sollte seine Mutter – die bestimmt wusste, wer dieses Kind ist – den Jungen in irgendeiner Form fürchten?«

»Warum schützt sie ihn dann? Und opfert dafür *Ihr* Leben?«

»Sie ist tot. Sie kann niemanden beschützen, nicht einmal sich selbst.«

Rutledge sagte: »Lassen Sie uns eine andere Möglichkeit näher untersuchen. Nämlich die, dass es sich bei dem Jungen um genau das handelt, was Sie behaupten – ein ganz gewöhnliches Kind mit einem ganz gewöhnlichen Vater, das für niemanden eine Bedrohung darstellt. Und nehmen wir an, dass die Mutter des Jungen tot ist. Was ist, wenn – wohlgemerkt, das sind reine Spekulationen, aber lassen Sie mich ausreden – was ist, wenn jemand *glaubt*, der Junge sei von allergrößter Bedeutung? Und ihn Ihrer Obhut zu entziehen ist die notwendige Voraussetzung, um zu verhindern, dass seine Identität jemals festgestellt wird. Was ist, wenn jemand schon seit einiger Zeit auf der Suche nach einem vermissten Kind in Ians Alter ist? Und dieser Jemand glaubt ohne den geringsten Zweifel, hier in Duncarrick hätte man das Kind gefunden.«

»Ihre Phantasie ist wirklich grandios«, sagte sie und lächelte gegen ihren Willen. »Oder sind Sie zu der Überzeugung gelangt, Eleanor Grays Mutter wolle mit allen Mitteln verhindern, dass Ian den Ruf ihrer Familie ruiniert?«

»Die Phantasie hat sich schon oft als der beste und schnellste Weg aus einem Dickicht von Lügen erwiesen.« Er traf eine flinke Entscheidung und gab dem Gespräch eine Wendung. »Wessen Ehering tragen Sie an einer Kette um den Hals?«

Ihr Gesicht wurde flammend rot. »Wer hat Ihnen das erzählt?«

»Dorothea MacIntyre. Sie hatte nicht die Absicht, Sie zu verraten. Als sie mir geschildert hat, wie liebevoll sie von Ihnen gepflegt wurde, als sie krank war, hat sie den Ring erwähnt. Sie war überzeugt, es sei wirklich Ihr Ehering.«

»Es war der Ring meiner Großmutter. Um mich als verheiratete Frau auszugeben, musste ich einen Ring vorweisen. Aber er war zu weit und hat nicht an meinen Finger gepasst. Deshalb habe ich ihn um den Hals getragen und meiner Tante gesagt, ich hätte Angst, ihn zu verlieren. Sie finden ihn im Gasthaus. Es sei denn, jemand hat auch den Ring mitgenommen! Ich habe ihn nicht mehr um den Hals getragen, seit ich mich nicht mehr Mrs. MacLeod nennen konnte.« Sie wandte den Blick ab. Die Erinnerung war schmerzlich.

Er sagte ernst: »Wollen Sie mir nicht sagen, welche meiner Vermutungen der Wahrheit am nächsten kommt? Denn wenn ich das weiß, kann ich Sie beschützen. Und das Kind.«

»Aber Sie können mir den Jungen nicht zurückgeben, wenn alles vorbei ist!« Es war ein gequälter Aufschrei. »Sie haben mir bereits gesagt, dass ich den Jungen nie wieder zu mir nehmen kann, ganz gleich, wie diese ganze Geschichte ausgeht.«

Er sah sie an und versuchte, in ihrem Gesicht zu lesen. »Ist das die Abmachung, die Sie mir vorschlagen? Wenn ich Ihnen garantieren kann, dass Sie Ihr Kind wiederbekommen, sagen Sie mir dann endlich die Wahrheit?«

Sie biss sich auf die Unterlippe, zerrissen zwischen Pflichtbewusstsein, Liebe und Hoffnung.

Endlich hatte er den Schlüssel zu Fiona MacDonalds Schweigen gefunden. Das, woran ihr mehr als am Leben lag – sogar an ihrem eigenen Leben. Das Kind.

Dann erwiderte sie zu seiner größten Verblüffung: »Würden Sie einen Menschen für mich töten? Wenn Sie das nämlich nicht tun können, würde sich jedes Versprechen erübrigen.«

Sie las die Antwort in seinem Gesicht.

»Nein. Das habe ich auch nicht von Ihnen gedacht.« Ihre Stimme klang unendlich betrübt.

Er wartete, doch es kam nichts mehr. Keine Erklärung. Kein Wort zu ihrer Verteidigung. Keine Rechtfertigung dafür, dass sie es gewagt hatte, eine solche Aufforderung auszusprechen.

Er brach das Schweigen mit der Frage: »Trauen Sie Constable McKinstry?«

Sie sagte überrascht: »Ja, ich glaube schon, dass ich ihm traue. Weshalb auch nicht? Er wollte mich heiraten.«

Hamish sagte: »Wenn er sie heiraten würde, hätte er die Vormundschaft über das Kind. Hat etwa alles damit begonnen? Mit Ihrer Weigerung?«

»Warum haben Sie ihn nicht geheiratet?«, fragte Rutledge.

»Dann hätte Ian einen Vater gehabt.«

»Ich wollte nicht heiraten. Ich wollte nicht morgens aufwachen und sein Gesicht auf dem Kissen neben mir sehen. Oder irgendein anderes Gesicht. Ich liebe ihn nicht. Ich habe mein Herz einmal verschenkt. Ich will es nie wieder tun. Es schmerzt zu sehr!«

Er dachte an Jean. Ja, einen Menschen zu lieben schmerzte viel mehr, als es tun sollte.

Fiona rieb sachte ihre Handflächen. »Haben Sie jemals ein Kartenhaus gebaut? Ich habe es früher manchmal für die Kinder der Davisons getan. Es fällt jedes Mal zusammen. Das ist mein Dilemma, Ian Rutledge. Wie man verhindert, dass die Karten in sich selbst zusammenfallen. Und wenn ich mich auch noch so sehr anstrenge, sehe ich doch keine Möglichkeit, es zu verhindern. Es wird besser für meinen Sohn sein, wenn er mich eines Tages hasst oder sich nicht einmal mehr an meinen Namen oder an mein Gesicht erinnern kann. Jedenfalls besser als ein einstürzendes Kartenhaus.«

»Gestern hat jemand versucht, mich umzubringen.« Das Geständnis entrang sich ihm. Er hatte nicht vorgehabt, es ihr zu sagen. »Jemand hat auf mich geschossen, und es war kein Versehen. Ich war direkt in seiner Schusslinie, und er hat mich nur knapp verfehlt. Vielleicht war das eine Warnung. Und ich kann mich nicht wehren, weil ich nicht weiß, wie! Wie viele weitere Leben werden Sie für Ihren Sohn aufs Spiel setzen?«

Sie zuckte zusammen und fasste sich dann mühsam wieder. »Sie sind ein erwachsener Mann. Sie können sich zur Wehr setzen, sogar gegen Schatten. Ein kleiner Junge kann das nicht.« Tränen traten in ihre Augen. »Ich will nicht, dass Sie sterben. Ebenso wenig, wie ich sterben will. Aber es ist ein Risiko, das ich eingehen muss. *Möge Gott mir beistehen!*«

Rutledge ging zum Hotel zurück, und die Niedergeschlagenheit hüllte ihn ein wie ein schwarzer Schleier. Er begab sich zur Telefonzelle und machte sich an die langwierige, ermüdende Aufgabe, das Haus ausfindig zu machen, das während des Krieges ein Lazarett gewesen war. Saxhall oder Saxwold.

Ein Saxhall war nirgends aufgeführt, aber unter Saxwold fand er einen Eintrag.

Die nächste Stunde brachte er mit dem Versuch zu, Personal aufzuspüren, das früher einmal dort gearbeitet hatte, in erster Linie die Oberschwester oder den verantwortlichen Arzt. Er fand eine der Schwestern, die ihm die Namen von drei weiteren nannte, und die letzte verwies ihn an Elizabeth Andrews.

Eine halbe Stunde später sprach er mit ihr. Sie war für die am schwersten Verwundeten zuständig gewesen und arbeitete jetzt in einem Krankenhaus in Cambridge.

Ihre Stimme drang klar und kräftig und von einem leichten Yorkshire-Dialekt eingefärbt durch das Telefon.

Rutledge erklärte ihr, worauf er aus war. »Mich interessiert jeder, der mit einem Captain Robert Burns befreundet gewesen sein könnte. Er war 1916 fast einen Monat lang in Saxwold und ist dann entlassen worden, um seinen Genesungsurlaub in London zu verbringen.«

»Ah, ja, an Captain Burns erinnere ich mich tatsächlich. Ein sehr netter Mann. Ich habe erst wesentlich später erfahren, dass er an die Front zurückgekehrt und gefallen ist. Eine solche Vergeudung!«

»Allerdings. Es gab eine Frau – sie hieß Eleanor Gray –, die ihn entweder in London oder in Saxwold kennen gelernt hat. Können Sie sich noch an sie erinnern?«

»Ich dachte, Sie wollten wissen, wer unter den Verwundeten sich mit ihm angefreundet haben könnte! Ich habe keine Ahnung, wer Eleanor Gray ist, Inspector. Für Besucher konnte ich mir weiß Gott keine Zeit nehmen. Die Männer in meiner Obhut waren Schwerverwundete.«

»Das Problem besteht darin, dass ich nicht mit Sicherheit sagen kann, ob Eleanor Gray Captain Burns mit dem Mann bekannt gemacht hat, den ich suche, oder ob sie ihn durch Burns kennen gelernt hat. Wenn Burns ihn ihr vorgestellt hat, könnte es durchaus jemand sein, den er in Saxwold kannte.«

»Ich verstehe. Nun, da ich Ihnen zu dieser Frau nicht das Geringste sagen kann, schlage ich vor, wir beginnen bei den Patienten. Zu der Zeit gab es eine ganze Anzahl lebensgefährlich verwundeter Männer in Saxwold, die wenig Umgang mit den anderen Patienten hatten, jedenfalls mit Sicherheit nicht genug

Kontakt, um Freundschaften zu schließen. Folglich muss Ihr Interesse den Männern gelten, die mehr oder weniger in der Lage waren, sich frei zu bewegen oder Besucher zu empfangen. Wenn ich mich recht erinnere, gab es von der Sorte mindestens zwanzig. Ich würde sagen, darunter waren drei oder vier, mit denen Captain Burns befreundet war.«

Sie nannte ihm die Namen und teilte ihm die Schwere ihrer jeweiligen Verwundungen mit. Drei hatten Gliedmaßen verloren. Rutledge schloss sie aus. Mrs. Raeburn hatte gesagt, sie hätte nicht erkennen können, worin die Verwundung des Mannes vor ihrer Tür bestand. Der vierte war erblindet.

Rutledge probierte es noch einmal mit einem anderen Ansatz. »Hatten Sie in Saxwold Patienten, die aus Palästina kamen?«

»Ja, da gab es tatsächlich einen Mann, der in Palästina gedient hatte. Er war Offizier im Geheimdienst gewesen und dann verwundet und nach Hause geschickt worden. Anscheinend hatten ihn die Türken gefangen genommen, denn er war brutal gefoltert worden. Ich kann Ihnen sagen, wir haben uns mehr um seinen Verstand als um seinen Körper gesorgt. Er wusste nicht, wer er war, und er hat abwechselnd getobt und gewütet, hat phantasiert und ist restlos verstummt, oder er war beunruhigend wachsam. Man brauchte ihn nur zu berühren, und er war sofort wieder in Gefangenschaft und hat mit schlangenhafter Schnelligkeit zugeschlagen. Wir hatten ihn in einem Raum unter dem Dach untergebracht, wo er die anderen Patienten nicht gestört hat. Sowie Captain Burns sich wieder frei bewegen konnte, hat er sehr viel Zeit mit den Kranken verbracht, hat Briefe für sie geschrieben und so weiter. Der Captain hat sich bemüht, Major Alexander in seinen Rundgang einzubeziehen, obwohl die Treppenstufen für einen Mann mit einer schweren Rückenverletzung nur schwer zu bewältigen waren.«

»Alexander? Könnten Sie mir auch den Vornamen sagen?«

»Nein, tut mir Leid. Er hat mir wiederholt erzählt, er würde Zander Holland genannt, aber auf der Erkennungsmarke, mit der er eingeliefert wurde, stand nur Alexander, was nicht weiter erstaunlich ist, denn schließlich hatten wir dort auch Männer ohne jeden Namen. Aber als sich sein Zustand gebessert hat, wurde der Major in ein anderes Krankenhaus verlegt. Ich habe später gehört, er hätte sich wieder vollständig erholt. Das hat mich sehr gefreut. Einer der Spezialisten, die manchmal kamen, um die Patienten mit Verbrennungen zu behandeln, hatte ihn in einem anderen Krankenhaus gesehen.«

»Er hatte Verbrennungen?«

»Oh, ja, das war Bestandteil der Foltermethoden, verstehen Sie. Systematisches Zufügen von Verbrennungen.«

Der arme Teufel, dachte Rutledge. »Sie haben keine Unterlagen über seine Einheit?«

»Ich sagte es Ihnen doch schon. Sowie er auf dem Wege der Besserung war, hat die Armee es für angebracht gehalten, ihn zu verlegen.«

»Ist Alexander mit Burns in Verbindung geblieben? Nach seiner Verlegung?«

»Das kann ich Ihnen nicht beantworten. Aber ich bezweifle es. Captain Burns hätte mir doch bestimmt etwas gesagt, wenn es Neuigkeiten gegeben hätte. Ob sich die beiden in London wieder getroffen haben, kann ich Ihnen nicht sagen. Aber es würde mich gar nicht wundern, wenn der Captain alles darangesetzt hätte, ihn wieder zu finden. So war er nun mal. Er hat viele Menschen aufgemuntert, obwohl er selbst so krank war. Es lag in seinem Wesen.«

Aber mehr konnte sie Rutledge nicht zu dem Patienten namens Alexander sagen.

Er gab ihr seine Telefonnummer. »Falls Ihnen doch noch etwas einfallen sollte, was mir nützlich sein könnte, wäre ich Ihnen dankbar, wenn Sie sich mit mir in Verbindung setzten.«

»Das tue ich, Inspector«, sagte sie und legte den Hörer auf.

Rutledge brachte eine weitere Stunde in der Telefonzelle zu und sprach mit Leuten, die er im Kriegsministerium kannte. Dort hatte er jedoch kein Glück. Einer der Beamten sagte zwar, er glaubte sich an den jungen Mann zu erinnern, nach dem sich Rutledge erkundigte, und er hätte gehört, er sei nach Frankreich gegangen, nachdem man ihn für diensttauglich erklärt hatte. »Aber ich bin nicht sicher, dass er Holland hieß. Und der einzige

Alexander, an den ich mich erinnere, war Sergeant-Major bei den Füsilieren. Ohne nähere Informationen wird es so gut wie unmöglich sein, den Mann zu finden, den Sie suchen, alter Knabe. Ich habe keine Zeit, vagen Vermutungen nachzugehen. Und wir haben eine verflucht lange Liste von Verwundeten!«

Im Hotel sagte Rutledge zu der jungen Frau am Empfang: »Könnten Sie mir bitte sagen, ob es in Duncarrick jemanden gibt, der Alexander heißt? Er war im Krieg Offizier. Falls er hier ist, würde ich gern mal bei ihm reinschauen.«

»Ich glaube nicht, dass es in der Stadt jemanden gibt, der so heißt.« Sie runzelte apart die Stirn, und ihre Hände spielten mit dem Stift, den sie gerade benutzt hatte.

Hamish sagte: »Er könnte außerhalb wohnen.«

Aber diese Frage stellte Rutledge bereits.

»Tut mir Leid. Vielleicht sollten Sie Constable Pringle oder Inspector Oliver fragen. Die wissen das sicher. Oder vielleicht Mr. Elliot.«

Zuerst wandte er sich an Constable Pringle. Rutledge fand ihn immer noch an seinem Schreibtisch vor und stellte ihm die Frage. Pringle dachte nach. »Es gibt einen Alexander weiter außerhalb, an der Straße nach Jedburgh. Aber der war nicht im Krieg. Er muss mindestens siebzig sein.«

»Kinder?«

»Zwei Töchter. Soweit ich weiß, ist das alles. Und die sind beide alte Jungfern.«

Eine weitere Sackgasse.

Rutledge beschloss umherzulaufen, denn er war unruhig und wütend.

Hamish sagte: »Es ist nicht deine Schuld.«

»Das ist ein schwacher Trost«, entgegnete er und legte mit langen Schritten den Weg zum Reivers zurück. Er lief am Gasthaus vorbei, ohne sich umzusehen, und hatte schon ein gutes Stück auf der Straße nach Westen zurückgelegt, ehe er kehrtmachte und den Rückweg in die Stadt antrat. »Fiona sitzt in dieser Zelle und wartet auf ihre Verhandlung, und sie wird schuldig gesprochen werden. Ich brauchte nichts weiter als einen Namen. Und den hat man mir gegeben. Wenn dieser Alexander nicht in der näheren Umgebung von Duncarrick lebt, dann ist es ausgeschlossen, ihn zu finden. *Der Teufel soll ihn holen!*« Aber es war zwecklos, jemanden zu verfluchen. Es gab noch andere Namen, denen er nachgehen musste.

Als er sich dem Hauptplatz näherte, lief Rutledge Oliver über den Weg.

Er wirkte alles andere als glücklich.

»Sie haben sich schon wieder eingemischt! Sie haben mir gesagt, Sie wollten sich im Glen umsehen. Aber in Wirklichkeit wollten Sie die kleine Lawlor sprechen. Und die ist jetzt verschwunden!« Er stellte es so hin, als sei es Rutledges Schuld.

»Ich habe mich tatsächlich im Glen umgesehen«, sagte Rutledge. »Und während ich dort war, fand es jemand angebracht, auf mich zu schießen. Wem haben Sie gesagt, dass ich auf dem Weg zum Glencoe war?«

»Was soll das heißen, jemand hat auf Sie geschossen?« Er sah Rutledge finster an. »Ich habe Inspector MacDougal angerufen. Darum haben Sie mich doch selbst gebeten. Ich weiß nicht, wer das Gespräch belauscht haben könnte. MacDougal war nicht in seinem Büro, als ich es vom Revier aus probiert habe. Also habe ich bis nach dem Mittagessen gewartet und ihn dann vom Hotel aus noch einmal angerufen.«

Aus dieser stickigen Telefonzelle. Und Oliver, der sich nichts dabei dachte, hatte bestimmt die Tür einen Spalt offen stehen lassen, damit Luft hineinkam. Und wer war im Polizeirevier gewesen, als er den ersten Versuch unternommen hatte, im Glencoe anzurufen? McKinstry? Pringle?

»Wo hat McKinstry den größten Teil des gestrigen Tages verbracht?«

»Er hatte seinen freien Tag. Das werden Sie ihn selbst fragen müssen.«

»Du kannst noch nicht einmal sicher sein«, hob Hamish hervor, »dass es der Anruf war. Jemand könnte dich in Brae – oder irgendwo auf dem Weg – gesehen haben und dir gefolgt sein.«

»Und was soll das schon wieder heißen?«, fuhr Oliver gereizt fort. »Diese Behauptung, Betty hätte die Brosche nicht ein Jahr lang oder sogar länger gehabt? So ein Unsinn!«

»Ich glaube nicht, dass das Unsinn ist.« Er dachte für einen Sekundenbruchteil darüber nach und sagte dann: »Ich kann Ihnen den Namen eines Juwelierladens in einer kleinen Seitenstraße in Glasgow nennen. Schicken Sie McKinstry mit der Brosche hin, und sagen Sie ihm, er soll den Besitzer fragen, ob er sie wiedererkennt.«

Oliver starrte ihn an. »Sie wollen mir einreden, mein wichtigstes Beweisstück sei ein *Betrug*?«

»Nein. Ich sage Ihnen nur, dass es nicht das ist, was es zu sein scheint.«

»Das lasse ich nicht zu! Wir haben Zeugen, die gehört haben, was Betty Lawlor zu sagen hatte – darunter auch Sie selbst! Sie werden ihre Aussage im Gerichtssaal bestätigen. Andernfalls kriege ich Sie wegen Meineid dran!«

Rutledge nannte ihm trotzdem den Namen des Juwelierladens. »Schicken Sie McKinstry hin, damit er nachsieht, was dort los ist. Vielleicht erweist es sich als unwahr. Wenn ja, dann ziehe ich jeden Einwand gegen die Brosche als Beweisstück zurück.«

Argwöhnisch: »Warum McKinstry?«

»Er wird es äußerst ungern tun. Aber er wird gründlich vorgehen. Der Angeklagten zuliebe.«

Oliver ließ sich beschwichtigen. »Dann werde ich das wohl tun«, sagte er und stolzierte davon.

Hamish sagte: »Wenn der Constable die Brosche nach Glasgow gebracht hat, dann wird er nicht heimkommen und Oliver berichten, dass sein eigener Name auf dem Auftrag steht.«

»Nein«, stimmte Rutledge ihm zu. »Es wird interessant sein, zu beobachten, wie er sich auf einem solchen Minenfeld zurechtfindet, meinst du nicht auch? Wenn er Oliver den richtigen Namen nennt, wird er im Handumdrehen von ihm ans Kreuz geschlagen. Und falls er ihm nicht den richtigen Namen nennt, wird er noch schlechter dastehen, wenn die Wahrheit herauskommt.«

Er betrat das Hotelfoyer. Der würzige Geruch von Bratäpfeln und Zimt rief ihm ins Gedächtnis zurück, dass er noch nicht zu

Mittag gegessen hatte. Aus dem Restaurant drang das Klappern von Geschirr und Besteck, was hieß, dass man ihn vielleicht noch bedienen würde. Sein Magen knurrte bei diesem Gedanken.

Er lief auf die Tür zu, um es herauszufinden, als die Angestellte am Empfang ihm nachrief: »Inspector Rutledge? Wir haben gerade eine telefonische Nachricht für Sie entgegengenommen. Sie werden gebeten, so bald wie möglich zurückzurufen.« Sie griff in die Schublade, in der die Nachrichten aufbewahrt wurden, und reichte ihm einen Zettel.

Rutledge bedankte sich und faltete das Blatt auf dem Weg zum Restaurant auseinander.

Der Anruf kam aus Durham. Von einer Anwaltskanzlei.

Er wusste, wer ihn angerufen hatte.

Thomas Warren.

Rutledge ließ das Mittagessen ausfallen, begab sich in die Telefonzelle und schloss die Tür hinter sich.

Er wurde sofort mit Warren verbunden und nannte seinen Namen.

Warren fragte: »Hatten Sie Glück bei der Suche nach dem Mann, den Sie finden wollen?«

»Noch nicht. Aber ich habe eine Krankenschwester ausfindig gemacht, die in Saxwold Oberschwester war. Sie hat mir einen weiteren Namen genannt. Major Alexander. Sagt Ihnen das etwas?«

»Alexander? Ich fürchte, nein. Nein, tut mir Leid.«

»Er war in Palästina. Dort ist er verwundet worden, und man hat ihn nach Saxwold gebracht, zur gleichen Zeit wie Burns.«

»Nein, das sagt mir gar nichts. Vielleicht haben Sie bei dem mehr Glück! Der Mann ist mir nie begegnet, aber ich habe einen Brief rausgesucht, den ich von Rob bekommen habe, während er seinen Genesungsurlaub in London verbracht hat. Er hat den Brief anlässlich meines Geburtstags geschrieben, und darin stand – das Rascheln von Papier war zu vernehmen, als blätterte Warren Seiten um: *Ich habe sieben Leute aufgetrieben, um mit ihnen Deinen Geburtstag zu feiern. Natürlich Eleanor und noch ein Mädchen, das ich aufgesucht habe, weil James mich darum gebeten hat, und Edward war mit den Talbots da, die ziemlich trübsinnig* waren. Howard, der andere Bruder, steht auf der Vermisstenliste, und sie befürchten natürlich das Schlimmste. Edwards hatte das Gefühl, sie könnten dringend Aufmunterung gebrauchen! Außerdem habe ich Alex Holden eingeladen, der in Duncarrick lebt, um Gottes willen, praktisch nebenan in Schottland! Er wusste nicht recht, was er mit sich anfangen sollte, und er schien zum Feiern aufgelegt zu sein, ganz gleich, was gefeiert wird. Der Knochen in seinem Bein weigert sich, ordentlich zu verheilen, das hat er den verdammten Türken zu verdanken, und ihm steht ein weiterer operativer Eingriff bevor. Wir haben auf Dich und auf den Sieg und dann wieder auf Dich getrunken, aber dann haben wir beim Zählen den Überblick verloren und schnell etwas gegessen, bevor wir vollständig betrunken waren und vergessen hätten, was wir dem abwesenden Ehrengast schuldig sind. Ich habe ein Glas vor Deinen leeren Stuhl gestellt … Der Rest braucht Sie nicht zu interessieren. Alex Holden. Den können Sie Ihrer Liste hinzufügen.«

26

Rutledge saß in dem stickigen Kämmerchen, und seine Gedanken überschlugen sich. Anfangs hatte Hamish einen Vorsprung, doch er fiel immer weiter hinter ihm zurück, als sich die Fakten der Reihe nach zusammenfügten.

Alex Holden aus Duncarrick. Sandy Holden – aus Duncarrick.

Alex oder Sandy. Kurzformen von Alexander. Zander Holland – Major Alexander. Die Erkennungsmarken der Verwundeten waren manchmal verstümmelt. Oder sie gingen vollständig verloren.

Um Himmels willen, er war Sandy Holden gleich nach seiner Ankunft in Duncarrick begegnet, draußen beim Wachtturm, mit seinen Schafen! Und seitdem hatte er ihn etliche Male in der Stadt gesehen. Laut sagte Rutledge: »Ich gehe jede Wette ein, dass es ein und derselbe Mann ist!«

Verdammt noch mal, die ganze Zeit hatte er den Mann, den er suchte, direkt vor seiner Nase gehabt!

Der Fiskal hatte es nicht für angebracht gehalten, Rutledge diesen Namen zu nennen!

»Es gibt keinen Beweis dafür, dass Burns von der Begegnung der beiden Männer wusste«, betonte Hamish.

»Nein. Wahrscheinlich nicht. Aber man sollte doch meinen, findest du nicht auch, dass Holden nach seiner Rückkehr nach Duncarrick mit dem Fiskal gesprochen hätte, und sei es auch nur eine schlichte Beileidsbekundung: ›Ich bin Ihrem Sohn bei einem Abendessen in London begegnet. Es hat mir Leid getan zu hören, dass er nicht aus Frankreich zurückgekehrt ist.‹«

»Es sei denn, er hatte etwas zu verbergen ...«

»Den Umstand, dass er zwei Nächte in Captain Burns' Haus in Craigness verbracht hat? Mit Eleanor Gray? Die jetzt vermisst wird? Ja – falls er etwas mit ihrem Verschwinden zu tun hatte. Und sei es nur, dass er ihr das Geld für die Überfahrt nach Amerika zur Verfügung gestellt hat.«

Die Luft war so stickig, dass er Kopfschmerzen bekam. Rutledge öffnete die Tür und stieg die Treppe zu seinem Zimmer hinauf. Seine Gedanken überschlugen sich immer noch.

McKinstry hatte behauptet, er könnte nicht den Finger darauf legen, wer die gehässigen Verleumderbriefe geschrieben hatte, obwohl er die Bewohner von Duncarrick in- und auswendig kannte. Wie jeder andere Constable auch. Aber es lag nahe, dass die Angehörigen des Landadels selten McKinstrys Pfad kreuzten. Wenn es mit ihnen etwas zu regeln gab, würde sich ein Inspector damit befassen. Und Holden war erst im Frühjahr 1919 aus Frankreich zurückgekehrt. Innerhalb von fünf Monaten hatte der Constable weder Zeit noch Gelegenheit gehabt, ihn in seiner Vorstellung in eine der ordentlichen Schubladen einzusortieren, in denen McKinstry, der Duncarrick stets den Puls fühlte, seine Beobachtungen ablegte.

»Und du hast ihn für nichts und wieder nichts nach Glasgow geschickt!«, schalt Hamish ihn aus. »Wegen der Brosche. Trotzdem war es eine Dummheit von Holden, McKinstrys Namen zu benutzen.«

»Wenn Holden in Palästina war, dann hat die Armee Unterlagen darüber. Wenn Holden in Saxwold war, wird sich Elizabeth Andrews an ihn erinnern. Wenn Mrs. Raeburn ihn nach drei Jahren wiedererkennen kann, haben wir ihn mit Craigness in Verbindung gebracht.«

»Aber es ist noch lange nicht erwiesen, dass Eleanor Gray dort gestorben ist.«

»Ich weiß«, sagte Rutledge. »Aber wenn Holden Eleanor nach Craigness gefahren hat, dann ist mit ziemlicher Sicherheit anzunehmen, dass er sie auch wieder von da fortgebracht hat. Und er kann uns sagen, wohin sie von dort aus gegangen ist.«

»Mrs. Raeburn hat sie nicht gesehen ...«

»In jener Nacht hat es in Strömen geregnet. Eleanor hätte im Wagen warten können, bis der schlimmste Regenguss vorüber war. Bis dahin hätte sich Mrs. Raeburn wieder schlafen gelegt. Und sie hat Randbemerkungen in dieses Buch geschrieben.«

»Aber ohne Datum«, rief Hamish ihm ins Gedächtnis zurück.

»Gewissermaßen sind sie datiert. Sie sind nach dem Tod von Captain Burns geschrieben worden. Sie hat notiert, dass er gestorben ist.«

»Wo war Holden, als du zum Glen gefahren bist?«

»Nach Angaben von Mrs. Holden hat er den Tag in Jedburgh verbracht.«

»Ja, aber war er wirklich dort? Wenn der Mann es behauptet, kann sie nicht mit Sicherheit wissen, ob er auch dort war.«

»Wie wahr.« Rutledge fuhr sich mit den Fingern durch das Haar. »Also gut.«

»McKinstry hat gesagt, in dieser Stadt weiß er über jeden Bescheid. Wenn Holden sich in den Kopf setzt, genauso gut informiert zu sein, dann kann er das problemlos tun.«

»Ja, und ich habe ihn zusammen mit Oliver gesehen. Mehrfach.«

»Und Oliver würde sich nichts Böses dabei denken, wenn er Fragen beantwortet, die Holden ihm stellt. Schließlich ist er ein aufrechter Bürger, dem die Wahrheit am Herzen liegt.«

»Also gut, möglich ist es«, stimmte Rutledge zu. »Aber wenn von den Knochen im Glen keine Spur zu ihm führt – das heißt, wenn niemand weiß, wessen Überreste es waren –, dann begreife ich nicht, warum er in der Vergangenheit herumstochern sollte, indem er diese Hetzjagd gegen Fiona anzettelt. Und von der zeitliche Abfolge her stimmt es auch nicht. Lange bevor diese Knochen mit einer der beiden Frauen in Verbindung gebracht wurden, hatte es jemand auf Fiona abgesehen. War es Holden? Und wenn ja, zu welchem Zweck?«

So sah Hamish das nicht. »Wenn er Eleanor Gray tot im Glen zurückgelassen hat, hat er drei Jahre lang gefürchtet, jemand könnte sie identifizieren. Eines Tages.«

»Nein. Wenn er sich so geschickt angestellt hat, dann würde er jetzt nicht alles aufs Spiel setzen.«

Rutledge, der auf und ab gelaufen war, blieb fluchend stehen. »Holden hat durch den Krieg all seine Pferde eingebüßt. Er muss noch einmal von vorn anfangen. Wenn er dagegen geltend machen könnte, dass er der Vater des Jungen ist und Eleanor Gray die Mutter war – ob es der Wahrheit entspricht oder nicht, spielt dabei überhaupt keine Rolle –, dann wäre Ian MacLeod der Erbe des Treuhandvermögens, das an Eleanor Gray gefallen wäre. Wenn Holden wusste, wie groß dieses Erbe ist, wenn Eleanor auf der langen Fahrt in den Norden darüber gesprochen hat, konnte er durch den Jungen in den Besitz eines gewaltigen Vermögens gelangen ...«

Er lief wieder auf und ab, und das Zimmer schien zu schrumpfen, die Wände um ihn herum zusammenzurücken. Er stieß einen Stuhl zur Seite, der ihm im Weg war.

»Es spielt vielleicht gar keine Rolle, wessen Knochen das sind oder wessen Kind Ian MacLeod in Wirklichkeit sein könnte. Was zählt, ist nur, was man die Leute glauben macht. Und wenn Fiona MacDonald für den Mord an Eleanor Gray gehängt wird, dann muss das Kind, das sie großgezogen hat, zwangsläufig Eleanor Grays Kind sein. Zumindest in den Augen des Gesetzes. Und wenn keiner mehr am Leben ist, der den leiblichen Vater des Jungen beim Namen nennen kann, hat Holden freie Bahn! Ein äußerst soziales Verhalten, widerstrebend an die Öffentlichkeit zu treten, damit das Kind nicht ins Waisenhaus kommt.«

»Ja. Er wollte seine Frau doch nicht mit seiner Unbesonnenheit verletzen«, stimmte Hamish ihm verdrossen zu. »Jedenfalls wird es die halbe Stadt so sehen.«

»Es sind schon immer zwei verschiedene Maßstäbe angelegt worden«, antworte Rutledge. »Fiona ist als Hure beschimpft worden, aber für einen Mann, der ein uneheliches Kind hat, gibt es keine Bezeichnung.«

27

Es klang plausibel.

Aber die Polizei brauchte Beweise, nicht Spekulationen, um einen Mann zu verhaften.

Und Rutledge hatte in seinem ersten Jahr bei Scotland Yard gelernt, dass die logischen Schlussfolgerungen, die ein Beweisstück nahe legt, oft auf etwas hinweisen, was nicht der Wahrheit entspricht.

»Der erste Schritt besteht darin, so viel wie möglich über Sandy Holden in Erfahrung zu bringen. Und das wird Gibson von London aus tun müssen. Angefangen mit dem Militär und den medizinischen Unterlagen von Saxwold. Und in der Zwischenzeit brauche ich einen ganz ausgezeichneten Vorwand, um dem Fiskal noch einmal einen Besuch abzustatten!«

Rutledge ließ seinen Anruf nach London durchstellen und setzte eine Suche in Gang, die möglichst genau jeden Schritt rekonstruieren sollte, den Alexander Holden seit dem Ende des Jahres 1915 unternommen hatte. »Insbesondere muss ich wissen, wann und über welche Zeiträume er sich in England aufgehalten hat. Und sehen Sie auch, ob Sie irgendwelche Spuren eines Major Alexander finden können, der zur entsprechenden Zeit ebenfalls in Saxwold war. Es spricht einiges dafür, dass es sich um denselben Mann handelt.«

Der alte Bowles hörte mit Vergnügen, dass Rutledge eine mögliche Aufklärung des Geheimnisses um Eleanor Gray gefunden hatte, und sagte überschwänglich: »Gut gemacht!«

»Wir können Holden bisher noch nichts anlasten. Wir können nach dem Frühjahr 1916 keine Spur von Miss Gray finden. Er könnte sie nach Schottland gefahren und irgendwo zwischen Berwick und John o'Groats zurückgelassen haben. Lebend. Und wenn sie die Mutter des Kindes ist, dann ist sie nicht im Frühjahr gestorben!«

»Laden Sie ihn doch einfach vor, und fragen Sie ihn, was er weiß. Wenigstens dafür gibt es doch genug Indizien?«

Rutledge dachte: Wenn das ein Mann ist, der die türkische Gefangenschaft überlebt hat, dann wird er uns das sagen, was er sagen will. Und sonst nichts.

Der Fiskal verließ gerade sein Büro, als Rutledge in Jedburgh eintraf. Fast wären sie in der Tür zusammengeprallt. Burns war überrascht, ihn zu sehen, und trat höflich zur Seite. »Inspector. Was führt Sie hierher?«

»Haben Sie einen Moment Zeit, Sir? Es geht um etwas ziemlich Wichtiges.«

»Hat die Namensliste, die ich Ihnen gegeben habe, Sie weitergebracht?« Burns machte widerstrebend kehrt und ging Rutledge in sein Büro voraus. Als sie durch den Empfangsbereich kamen, bat er seine Angestellte, ihnen Tee zu bringen. »Denn nach Hause schaffe ich es zweifellos nicht mehr rechtzeitig zum Tee!«

Er ließ sich auf dem Stuhl hinter seinem Schreibtisch nieder und bedeutete Rutledge, ihm gegenüber Platz zu nehmen. Rutledge setzte sich. »Also, was ist? Worum geht es?«, wollte der Fiskal wissen.

»Ich habe mich bemüht, den Mann zu finden, der Eleanor Gray nach Schottland gefahren hat. Eine Verbindung zwischen ihr und Fiona MacDonald herzustellen, war weniger erfolgreich.«

»Wir haben doch die Brosche, Mann! Ich hätte gedacht, das genügt.«

»Die Brosche stellt eine Verbindung zwischen der Angeklagten und den Knochen im Glencoe her. Ich fürchte, zur Klärung, wessen Knochen dort gefunden wurden, hat sie wenig beigetragen.«

»Wir haben bereits eine Übereinstimmung in Körpergröße und Alter vorliegen, und der Zeitpunkt des Todes passt auch. Es ist eine Tatsache, dass Eleanor Gray seit dem Frühjahr 1916 ver-

misst wird. Und Sie sagen mir, es besteht eine hohe Wahrschein-
lichkeit, dass sie im Frühjahr 1916 nach Schottland gekommen
ist. Um dort die Geburt ihres Kindes zu erwarten, würde ich
meinen, an einem Ort, an dem sie ihre Freunde und ihre Familie
nicht damit in Verlegenheit bringt, dass sie in anderen Umständen ist.«

»Ja. Im Moment hoffe ich, die Dinge voranzutreiben, indem
ich Eleanor Grays Schritte bis zu einem Zeitpunkt weiterverfol-
ge, der näher an der Entbindung liegt.« Er machte eine kurze
Pause. »Wenn dieses Kind Lady Maudes Enkel ist, dann wird das
Folgen haben. Für sie. Und für die Anwälte, die das beträchtliche
Vermögen ihrer Tochter verwalten. Lady Maude ...« Er zögerte.
»Lady Maude ist eine Frau, die beträchtlichen Einfluss und her-
vorragende Verbindungen hat.«

»Allerdings.« Die Angestellte des Fiskals brachte den Tee, einen Teller Sandwiches und ein Päckchen Kekse. Rutledge nahm
die Tasse Tee und das Sandwich an, das ihm angeboten wurde.
Burns sprach weiter. »Ich habe mir einige Gedanken über den
Umstand gemacht, dass ein Schuldspruch bei der Verhandlung
dem Erbe des Jungen eindeutig Geltung verschafft. Das ist einer
der Gründe, aus denen ich beschlossen habe, ihn für den Moment da zu lassen, wo er ist.«

»Ich habe mir die Liste vorgenommen. Hatte Ihr Sohn Freunde hier in Jedburgh? Von ihnen könnte ich ein oder zwei weitere
Namen erhalten.«

»Die beiden ersten, die ich Ihnen genannt habe, stammten
von hier. Wie ich Ihnen zu dem Zeitpunkt bereits sagte, sind sie
tot, und es ist unwahrscheinlich, dass sie etwas damit zu tun
haben.«

»Hatte Ihr Sohn Freunde in Duncarrick?«

»Robbie war in Harrow, und vor dem Krieg hat er die Mehr-
heit seiner Freunde entweder dort oder über sein Jurastudium
kennen gelernt. Duncarrick hat er ein- oder zweimal besucht,
aber ich habe niemanden in Erinnerung, den er da gekannt haben könnte. Es wäre treffender, seinen Umgang dort als meinen
Bekanntenkreis zu bezeichnen. Wenn ich von Verbindungen zu
Duncarrick wüsste, hätte ich es Ihnen doch gesagt!«

Hamish schloss sich Rutledges Meinung an: Wenn der Fiskal nicht log, bedeutete das, dass Holden eine Begegnung mit Rob Burns in London nie erwähnt hatte.

Er aß sein Sandwich auf und nahm ein zweites an, als es ihm angeboten wurde. Sie waren klein, aber sehr lecker. Der Fiskal hatte seine beiden Sandwiches bereits gegessen und machte sich gerade daran, das Päckchen Kekse zu öffnen. Gleich würde ihm der Appetit vergehen.

Rutledge konnte Fionas Stimme hören, die zu ihm sagte: »*Der Vater ist ein gewöhnlicher Mann. Ein ganz gewöhnlicher Mann …*«

Hamish versuchte, ihn davon abzuhalten, doch Rutledge war nicht zu bremsen. »Ich muss Ihnen sagen, dass ich glaube, wenn Eleanor Gray ein Kind geboren hat, besteht eine geringe Chance, dass der Vater ihres Sohnes Ihr eigener Sohn gewesen sein könnte. Mir scheint es, als könnte eine gewisse Milde von Seiten des Gerichts bei der Verhandlung Fiona MacDonald dazu bringen, den Namen des Mannes zu nennen. Ich habe das sichere Gefühl, sie weiß, wer der Vater ist. Ich glaube, dass Eleanor sich ihr anvertraut hat, bevor sie starb.«

Der Fiskal sah ihn grimmig an. »Wenn mein Sohn eine ernsthafte Beziehung mit einer Frau von Eleanor Grays Herkunft eingegangen wäre, dann wäre es gewiss nicht auf eine heimliche Affäre hinausgelaufen. Robbie hätte sich an mich und an Lady Maude gewandt und seine Absichten deutlich gemacht! Er hätte ehrenhaft gehandelt!«

»Verzeihen Sie, Sir, wenn ich so direkt bin. Sie haben nicht in den Schützengräben gekämpft. Diese jungen Männer haben aus Notwendigkeit und Furcht Dinge getan, an die sie 1914 nie gedacht hätten. Sie haben geliebt, wo und wann immer sich ihnen die Gelegenheit geboten hat, denn sie wussten, dass sie sterben würden. Hätte ihr Sohn seine Angelegenheiten vor seiner Rückkehr nach Frankreich regeln können, dann hätte er es zweifellos getan. Eleanor hat sich inbrünstig gewünscht, Medizin zu studieren. Möglicherweise hat sie ihn gebeten zu warten …«

»Abgeschmackter Unsinn!«, sagte der Fiskal und sah ihn finster an. »Ich will kein Wort mehr davon hören! Mein Sohn hat noch um seine gestorbene Verlobte getrauert –«

»Du hast dir einen Feind gemacht!«, sagte Hamish. »Das ist nicht klug –«

»Ich nehme an, das ist ein weiterer ausgezeichneter Grund, eine Weile zu warten«, sagte Rutledge, der Hamish ignorierte, und dann machte er einen Rückzieher. »Ich kann Ihnen nicht sagen, ob etwas Wahres daran ist. Ich weiß jedoch, dass Freunde Ihres Sohnes glaubten, er hätte Eleanor Gray ebenso sehr geliebt, wie sie ihn geliebt hat. Junge Männer, die gemeinsam mit ihm gedient haben und die er, was seine Gefühle anging, niemals belogen hätte. Eleanor und ihre Mutter haben sich kurz vor ihrem Verschwinden zerstritten. Die Zeitangaben weisen darauf hin, dass es nach der Rückkehr Ihres Sohnes an die Front, aber vor seinem Tod dazu gekommen ist. Vielleicht hat Eleanor Lady Maude mitgeteilt, sie wolle keinen Adligen heiraten, sondern einen Anwalt vom Lande. Lady Maude weigert sich jedoch, sich zu dieser Auseinandersetzung zu äußern.«

»Ich will kein weiteres Wort mehr hören! Ich bin nicht bereit zu glauben, dass es sich bei diesem Kind in Duncarrick um den *Bastard* meines Sohnes handeln könnte! Ganz egal, wer die Mutter war!«

Wie so viele Väter, die ihre Söhne verloren hatten, bewahrte Burns in seinem Herzen ein Heiligenbild seines Sohnes – der pflichtbewusste, ehrenwerte junge Mann, der für König und Vaterland tapfer gestorben war. Da er in einem anderen Zeitalter aufgewachsen war und andere Ideale hochhielt, konnte er die Möglichkeit nicht in Betracht ziehen, dass in den letzten Tagen im Leben seines Sohnes die Liebe das Pflichtbewusstsein getrübt haben könnte. Es wäre ein Verrat an jenem reinen, unbescholtenen Bild des Kindes gewesen, das der Fiskal zum Manne heranreifen und in den Krieg hatte ziehen sehen. Ein Ritter in Khaki, wie ihn Tennyson schilderte.

»Wir haben es hier nicht mit Ehrlosigkeit zu tun. Er hätte Eleanor Gray geheiratet. Aber er ist gestorben, ehe sie ihm sagen konnte, dass sie ein Kind von ihm bekommt. Etwas anderes kann ich nicht guten Gewissens glauben.«

Rutledge stand bei diesen letzten Worten auf und bedankte sich bei dem Fiskal für den Tee, ehe er hinzufügte, als sei es ihm erst nachträglich eingefallen: »Ich weiß nicht, was aus diesem Kind in Duncarrick werden wird. Aber es wäre ein Jammer, wenn der Junge von allen Seiten im Stich gelassen würde. Er scheint einen makellosen Stammbaum zu haben.«

Als er aus Burns' Büro ging und sowohl Hamish als auch dem drückenden Schweigen, das er hinter sich zurückließ, keinerlei Beachtung schenkte, war Rutledge hocherfreut über den Samen, den er gesät hatte. Er wendete seinen Wagen und machte sich auf die Rückfahrt nach Duncarrick.

Er sagte sich, dass er Alex Holden einen Strich durch die Rechnung gemacht hatte. Falls Lady Maude ihren Enkel tatsächlich anerkennen sollte, nachdem das Verfahren gegen Fiona abgeschlossen war, dann würde sie es mit zwei Bewerbern um die Vaterschaft des Jungen zu tun haben. Und darin lag eine gewisse Sicherheit.

In Duncarrick plante Rutledge seinen nächsten Schritt.

Wenn Alex Holden so klug war, wie es schien, dann ließ er sich nicht so leicht erschüttern, und um ihm die Fassung zu rauben war weit mehr erforderlich als ein Inspector, der an seine Tür klopfte.

Andererseits ... fielen zielstrebige Menschen häufig ihrer Voreingenommenheit zum Opfer. Das war ihr wundester Punkt.

Erst am späten Nachmittag des folgenden Tages bot sich ihm eine Gelegenheit.

Rutledge hatte in dem schmuddeligen, teilweise eingestürzten Wachtturm auf der Lauer gelegen, denn von dort aus konnte er die Einfahrt überblicken, die zur Holden-Farm führte.

Als ein Wagen über die Zufahrt holperte und in Richtung Stadt abbog, konnte Rutledge deutlich erkennen, dass Holden allein hinter dem Steuer saß.

Er kletterte vorsichtig aus dem Turm, klopfte seine Kleidung ab und machte sich auf den langen Weg zum Farmhaus.

Um das Haus herum waren weitläufige, reizvolle Gärten angelegt, und die weitläufigen Stallungen, die bis zu den Weiden dahinter reichten, waren von Bäumen abgeschirmt. Das Haus war im Stil des frühen siebzehnten Jahrhunderts gebaut, mit einer breiten Terrasse, die zur Tür führte, und schmucken Giebeln, die über dem alten Glas in den hohen Fenstern aufragten. Vor hundert Jahren war das Anwesen durch die Anlage von Rasenflächen, Blumenbeeten und Ausblicken dem Zeitgeschmack angepasst worden, dachte Rutledge, doch die Bausubstanz war wesentlich älter.

Er überquerte mit langen Schritten die Terrasse und klopfte an die Tür. Eine ältere Frau in einem schwarzen Kleid öffnete ihm und musterte ihn geringschätzig. Erst jetzt merkte er, dass er noch Stroh auf den Schultern hatte. Grinsend sagte er: »Ich möchte Mr. Holden sprechen. Mein Name ist Rutledge.«

»Mr. Holden ist leider nicht da. Wir erwarten ihn frühestens in zwei Stunden zurück.«

»Aha. Dann würde ich gern Mrs. Holden sprechen.« Sein Tonfall war freundlich, aber entschieden. Das war keine Bitte, die man ausschlug.

»Es geht ihr heute nicht besonders gut, Sir.«

»Wenn das so ist, werde ich sie nicht lange aufhalten.«

Die Hausangestellte forderte ihn auf einzutreten. Nach dem hellen Sonnenschein auf der Zufahrt wirkte die kühle Eingangshalle mit der hohen Decke finster. Wie in den prunkvollen Häusern schottischer Barone hingen Flaggen von den Dachbalken, und von Pistolen, Dolchen und Schwertern umringte Tartschen nahmen sich auf dem Stein zwischen den hohen Fenstern wie funkelnde Sonnenflecken aus. Die Einrichtung wirkte behaglicher, neben der Tür ein langer Tisch und vor dem Kamin, der nicht angezündet war, aber die halbe Seitenwand einnahm, eine Sitzgruppe. Die Hausangestellte forderte ihn auf, dort zu warten, und Rutledge ging herum und betrachtete die Waffensammlung. Er hielt sie für echt – nicht für viktorianische Kopien verloren gegangener Erbstücke.

Es waren viele *Claidheamh-mòrs* darunter, die gefürchteten zweischneidigen Breitschwerter der Schotten aus dem Hochland, mit denen man einen Gegner in zwei Hälften spalten konnte. Die Klingen waren stellenweise schartig, als seien sie auf Knochen getroffen. Das waren Kampfschwerter, keine Paradeschwerter. Er wandte sich den Dolchen zu. Es waren die berühmten *Skean Dhus*, die schwarzen Dolchmesser der Hochländer, die sie im Aufschlag ihrer Strümpfe trugen.

Er lächelte bei dem Anblick. Es waren nicht die eleganten Ausführungen, die im Heft *Cairngorms* und auf der Scheide geschnitzte Hirsche aufwiesen – diese Waffen waren schmucklos und tödlich. Das Heft aus Horn lag gut in der Hand eines Mannes, und die Klingen waren rasiermesserscharf geschliffen.

Die Schotten, die seinem Befehl unterstellt waren, hatten ihm beigebracht, wie man sie benutzte – ihm, einem Polizisten aus London, der sie jetzt gemeinsam mit den besten unter Mrs. Holdens Vorfahren hätte werfen können. Es sagte einiges über den Krieg aus, fand er, dass ein Mann, der sich der Aufgabe verschrieben hatte, Recht und Ordnung zu wahren, von Farmern, Schäfern und Arbeitern in den Whiskydestillen gelernt hatte, wie man lautlos tötet. Keine Kunstfertigkeit, auf die man stolz sein konnte ...

Er betrachtete gerade eine Sammlung von Steinschlossgewehren, als das Dienstmädchen zurückkam und ihn in ein Wohnzimmer im hinteren Teil des Hauses führte. Dort war Mrs. Holden auf einem Sessel ausgestreckt und hatte die Füße auf einen niedrigen Hocker gelegt. Sie blickte lächelnd zu ihm auf und reichte ihm die Hand, als die Hausangestellte die Tür hinter ihm schloss. »Ich muss Ihnen noch einmal dafür danken, dass Sie mich gerettet haben. Sind Sie gekommen, um sich nach meinem Befinden zu erkundigen?«

»Ja. Sie sehen viel besser aus.«

»Ich musste eine sehr strenge Strafpredigt des Arztes über mich ergehen lassen. Ich bemühe mich, seine Anweisungen zu befolgen. Darf ich Ihnen etwas anbieten? Tee? Oder einen Sherry?«

»Nein, danke. Ich bin gekommen, um mit Ihnen über Ihren Mann zu reden.«

Ihr Gesicht rötete sich vor Erstaunen und Argwohn. »Ich fürchte, ich kann nicht für ihn sprechen. Möchten Sie vielleicht an einem anderen Tag wiederkommen?«

Er lächelte beruhigend. »Ich werde Ihnen keine Fragen stellen, die er mir nicht selbst ohne Umschweife beantworten würde. Ich glaube, er war im Krieg?«

»Ja. Fast die ganzen vier Jahre. Für ihn war der Krieg sehr lang.« Etwas in ihrem Gesicht verriet ihm, dass auch ihr der Krieg sehr lang geworden war.

»Ich bemühe mich, jemanden zu finden, der gemeinsam mit Captain Burns, dem Sohn des Fiskals, in Frankreich gedient hat. Können Sie mir sagen, ob Ihr Mann ihn kannte?«

Sie wirkte erleichtert. Das war eine sehr einfache Frage. »Ich bin dem Fiskal selbst ein- oder zweimal im Hause des Chief Constable begegnet. Aber ich glaube nicht, dass ich seinem Sohn je begegnet bin, und ich habe auch nie gehört, dass mein Mann von dem Captain wie von einem Freund gesprochen hätte. Wenn ich mich recht erinnere, ist er in Frankreich gefallen.«

»Ja, das ist richtig. Vermutlich habe ich eine falsche Information bekommen. In Durham hat mir ein Mann berichtet, Captain Burns hätte in London Umgang mit jemandem aus Duncarrick gepflegt. Beide Männer seien verwundet gewesen und hätten dort ihren Genesungsurlaub verbracht. Und bei mindestens einem Anlass hätten sie sich abends mit Freunden von Eleanor Gray getroffen.«

Das war ein Name, den sie kannte. »Man hat mir gesagt, sie sei die Frau, die Miss MacDonald getötet haben soll. Was für ein Jammer!« Aber die Worte hatten nicht den richtigen Klang, als würden sie nur ausgesprochen, weil es von ihr erwartet wurde. Und nicht etwa aus tief verwurzeltem Mitgefühl.

»Wie gut kennen Sie Miss MacDonald?«, fragte er.

»Nicht … Ich habe Ihnen doch schon einmal gesagt, dass ich sie kaum gekannt habe. Wir haben einander auf der Straße zugenickt und in dem einen oder anderen Geschäft ein paar Worte gewechselt. Das war aber auch schon alles.« Sie machte eine Handbewegung, die ihn aufzufordern schien, sich die Unterschiede zwischen ihrem Haus und dem Reivers anzusehen. »Wir haben in unterschiedlichen Kreisen verkehrt.«

»Wie schade. Ich habe oft mit ihr gesprochen, aber es scheint, als könnte ich die Mauer des Schweigens nicht durchbrechen, die sie um sich herum errichtet hat. Und mir will auch sonst niemand weiterhelfen. Wahrscheinlich wird man sie hängen.«

Mrs. Holden unterdrückte einen Aufschrei.

Hamish beschimpfte ihn als gefühllos und grausam, aber Rutledge hatte Holden eine Nachricht zu übermitteln. Und das war die einzige Möglichkeit, sein Vorhaben in die Tat umzusetzen. Wenn Fiona Mrs. Holden tatsächlich nichts bedeutete, würde der Schmerz schnell vergehen.

»Gewiss –« , begann sie und brach den Satz ab.

»Ich wünschte, ich könnte Ihnen etwas anderes sagen. Ich wünschte, ich könnte es verhindern. Aber es besteht keine Hoffnung mehr. Sie wird noch vor Jahresende vor Gericht gestellt werden.«

Sie räusperte sich, doch ihre Stimme war immer noch rau. »Und das Kind? Was soll dann aus ihm werden?«

»Anfangs dachten wir, der Junge sei Eleanor Grays Sohn. Aber inzwischen haben wir neue Informationen erhalten. Ich habe die Mutter jetzt aufgespürt …«

Sie wurde so bleich, dass er schleunigst an ihre Seite eilte, sich neben sie kniete und ihre Hand nahm. »Lassen Sie mich Ihr Dienstmädchen rufen.«

»Nein!« Sie zog sich auf dem Sessel etwas höher und starrte ihn an. »Was soll das heißen, Sie haben die Mutter aufgespürt?« Mit ihrer Eindringlichkeit traf ihn die Stimme wie ein Schlag.

Er sagte bedächtig: »Wir haben einen Namen. Wir haben den Arzt ausfindig gemacht, der die Entbindung vorgenommen hat. Wir können ohne jeden Zweifel beweisen, dass die Mutter die Geburt überlebt hat und aus der Klinik entlassen wurde, in der sie wegen ziemlich ernster Komplikationen behandelt werden musste.«

»Gütiger Gott – so viel!«

»Ich fürchte, ja.«

»Haben Sie es der Polizei gesagt? *Haben Sie es Miss MacDonald gesagt?*«

»Miss MacDonald habe ich es gesagt. Sie leugnet alles. Aber ich brauche ihre Bestätigung nicht. Ich weiß ohnehin, woran ich bin.« Er hatte längst jedes Interesse daran verloren, jemandem Nachrichten zukommen zu lassen. Während Hamish in seinem Kopf polterte und rumorte, ließ Rutledge Mrs. Holden nicht aus den Augen. Sie war am Ende ihrer Kräfte angelangt. Aber ihr Geist war ungebrochen.

Wut stieg in Rutledge auf, als er plötzlich begriff, dass diese Frau nicht krank war. Sie hatte Folterqualen durchlitten, die sich an allem messen konnten, was ihrem Mann von den Türken zugefügt worden war. Das drückte sich in ihrer Stimme, in ihrem Gesicht und in der steifen Haltung ihres gepeinigten knochigen Körpers aus. Sie war zu einer Entscheidung gezwungen worden ...

Ihre Hände zitterten, und sie begrub sie in den Falten ihrer Ärmel, außerhalb seiner Reichweite. »*Ich glaube Ihnen nicht!*«

»Es ist aber wahr«, sagte er sanft. »Wollen Sie den Namen der Mutter des Kindes hören? Soll ich Ihnen den Namen der Klinik nennen? Soll ich Ihnen sagen, welche Initialen auf dem Taufkleid des Kindes stehen? MEMC. Sind das Ihre Initialen?«

Sie fing an zu weinen, fischte ein Taschentuch aus ihrer Tasche und presste es an ihre Augen. »Ich bin kinderlos. Mir ist grässlich zumute, wenn ich an diese tote Mutter denke. So würde jede Frau empfinden ...«

Er wartete. Sie fand allmählich zu der stählernen Härte, die notwendig war. »Ich fürchte, Sie haben mich aus der Fassung gebracht. Ich muss mich bei Ihnen entschuldigen. Es liegt an dieser Schwäche, unter der ich schon seit dem Frühjahr leide. Vielleicht sollten Sie jetzt doch besser gehen. Ich kann nur hoffen, dass Sie nicht mit meinem Mann darüber reden werden. Sonst wird er wütend auf mich, weil ich Ihnen erlaubt habe zu bleiben, obwohl meine Verfassung es eigentlich nicht zugelassen hätte.«

Er bewunderte ihren Mut. Und ihre Kraft. Aber es gab andere Leben, die von der Wahrheit abhingen, und das, was er zu tun hatte, musste jetzt getan werden.

»Sie sind Mrs. Cook, nicht wahr? Und der Junge ist Ihr Kind. Sie sind Maude Cook. Oder Mary Cook. Oder alle beide? Mrs. Kerr wird Sie erkennen, und dasselbe gilt für Dr. Wilson.«

»Nein! Nein. Nein.«

»Es ist Ihr Kind«, wiederholte er. »Aber Ihr Mann glaubt, es sei Eleanor Grays Kind.«

Sie blickte zu ihm auf und starrte ihn an, und ihre Augen waren vor Schreck weit aufgerissen. Während er sie noch ansah, biss sie sich auf die Unterlippe, und eine kleine Blutspur markierte die Stelle.

Rutledge sagte: »Und Sie haben ihn in diesem Glauben gelassen.«

Ihre Hände griffen nach ihm, packten seine Arme direkt unter den Schultern und hielten ihn so fest umklammert, dass sich ihre Not daraus ablesen ließ. »Nein – *Sie verstehen nicht.* Er weiß, dass es mein Kind ist. Lieber Gott, *er weiß Bescheid.* Aber er kann nicht – die Dinge, die Sie aufgedeckt haben, hat er nicht herausgefunden. Er ist nicht der Vater, verstehen Sie! Er wird nie Kinder von mir haben, ich kann keine Kinder mehr bekommen. Und dafür hasst er mich. Er hasst Fiona. Und am meisten hasst er mein Kind. Wenn ich ihm jemals die Wahrheit sage – selbst wenn ich Fiona damit retten könnte –, wird er dafür sorgen, dass der Junge uns überlassen wird, und wenn wir ihn großziehen, *wird er ihn mit dem größten Vergnügen zugrunde richten!* Mein Mann hat einflussreiche Freunde – den Fiskal, den Chief Constable, Inspector Oliver, Anwälte in Jedburgh und Edinburgh. Er kann es arrangieren. Wenn es sein muss, wird er sogar behaupten, er sei Eleanor Grays Liebhaber gewesen! Alex wird sich öffentlich hinstellen und sie alle belügen, und am Ende bekommt er, was er will. Fiona und mir bleibt keine andere Wahl, wenn wir Ian retten wollen. Um ihn zu beschützen, muss sie sterben und er der Barmherzigkeit von *Fremden* überlassen werden.«

Er brauchte eine Viertelstunde, um sie wieder zu beruhigen. Sie zitterte so sehr, dass Rutledge um sie fürchtete, doch als er anbot, Dr. Murchison ins Haus zu bestellen, widersetzte sie sich heftig. Stattdessen bat sie um einen Sherry, und er fand die Karaffe neben dem Fenster, schenkte ein Glas ein und hielt es ihr an die Lippen, während sie trank.

Ihr Gesicht bekam wieder ein wenig Farbe. Das Zittern legte sich. Aber sie begann auch wieder klar zu denken. Rutledge fragte noch einmal, ob er den Arzt holen sollte.

»Nein, ich darf ihn jetzt nicht rufen. Sonst sieht er, dass ich geweint habe, und dann will er wissen, warum ich mich aufgeregt habe. Er wird es Alex erzählen. Und Alex wird Margaret aushorchen, unser Hausmädchen. Sie müssen jetzt gehen, und ich werde meinem Mann sagen, dass Sie hier waren, um sich nach meinem Befinden zu erkundigen, weil Sie besorgt waren, nachdem Sie mich am Wachtturm gefunden hatten, als es mir schlecht ging.«

»Wird er Ihnen glauben?«

»Ich weiß es nicht.« Sie holte tief Atem. »Ja. Ich werde dafür sorgen, dass er mir glaubt. Ich habe gar keine andere Wahl. Seit Monaten lastet diese Drohung auf mir. Seit er im Frühjahr nach Hause gekommen ist. Und mir bereitet es enormes Vergnügen, *nicht* darunter zusammenzubrechen. Aber manchmal … manchmal ist die Belastung so groß, dass ich kaum noch atmen kann und meine Brust schmerzt.«

»Wie kann er es herausgefunden haben? Das mit dem Jungen?«

»Als ich die Grippe hatte, muss der Arzt ihm gesagt haben, ich hätte ein Kind bekommen. Oder ich habe im Schlaf geredet, als ich diese Erkältung hatte. Ich hatte hohes Fieber und habe manchmal … nach jemandem gerufen. Alex ist sehr schlau; er hat gemerkt, dass ich … dass etwas vorgefallen ist, wovon ich ihm nichts erzählt habe. Wie er all das mit Fiona in Verbindung gebracht hat, weiß ich nicht. Wir waren so unglaublich vorsichtig! Aber als er erst einmal Verdacht geschöpft hatte, könnte er eines Abends ins Gasthaus gegangen sein und die privaten Räumlichkeiten durchsucht haben. Ich würde es ihm jedenfalls zutrauen. Wer hätte ihn schon dabei beobachten können, während Fiona in der Bar bediente! Er könnte das Taufkleid dort gefunden haben, das Taufkleid meiner Großmutter. Vielleicht hat er es aber auch in meinem Gesicht gesehen, wenn ich Ian angeschaut habe. Also habe ich aufgehört, mir Ausflüchte auszudenken, um am Reivers vorbeizugehen.«

»Das genügt doch nicht –«

»Oh, doch. Sie kennen ihn nicht. Er ist sehr schlau, das kann ich Ihnen sagen! Angefangen hat es damit, dass er mich gefragt hat, wo ich 1916 war, als er aus London angerufen hat, um mir zu sagen, er sei nach Hause geschickt worden, um von seinen Wunden zu genesen. Ich war nicht hier, verstehen Sie? Und ich war auch nicht hier, als er angerufen hat, um mir zu sagen, sie würden ihn jetzt nach Frankreich schicken. Immer wieder hat er mich gefragt, wo ich war, was ich getan habe, mit wem ich zusammen war, bis ihm mein beharrliches Schweigen die Antwort gegeben hat. Erst später muss er irgendwie erfahren haben, dass ich ein Kind bekommen hatte. Er brachte mir kleine Geschenke mit – einen blauen Babyschal, eine kleine Rassel, einen Beißring für ein Kind, das zahnt, ein Schaukelpferd, von dem er behauptet hat, er hätte es in Edinburgh gefunden und gewusst, dass es mir gefallen würde. Die Dienstboten hielten es für ein liebevolles Versprechen, dass wir Kinder haben würden, sowie es mir wieder besser ginge. Aber ich kann keine Kinder mehr bekommen! Die Krankenschwester, die mich gebadet hat … der Arzt … *jemand muss ihm erzählt haben, dass es ein Kind gegeben hat!*«

Rutledge schüttelte den Kopf. »Er muss etwas entdeckt haben. Haben Sie sich mit Fiona getroffen? Hatten Sie Kontakt mit ihr?«

»Manchmal haben wir uns nachts getroffen, am Wachtturm. Aber das hat aufgehört, nachdem Alex zurückgekommen ist. Drummond – wie soll ich das sagen? Er ist mir und meiner Familie treu ergeben. Er hätte niemandem erzählt, was er weiß. Wissen Sie, Drummond hat mich in Lanark abgeholt, als ich wieder halbwegs bei Kräften und transportfähig war. Aber seine Schwester war eifersüchtig auf Fiona. Manchmal haben eifersüchtige Menschen einen klareren Blick als andere. Und Alex ist ein Meister im Herausfinden von Geheimnissen. Er ist zum Spion ausgebildet worden.«

»Dann wollte er Sie gewissermaßen auf die Probe stellen, indem er Fiona zusetzt?«

»Die anonymen Briefe? Anfangs ja. Damit wollte er mich zwingen, ihm zu sagen, was er wissen will. Aber ich habe es ihm nicht gesagt, und dann ist es eskaliert. Er hat Lügen in Umlauf gesetzt. Mr. Elliot und Oliver hat er sie erzählt, wohl auch dem Fiskal und anderen einflussreichen Leuten, was weiß ich, bis sie tatsächlich geglaubt haben, darauf seien sie von selbst gekommen! Als McKinstry die Ställe nicht durchsucht hat, war Alex derjenige, der Inspector Oliver überredet hat, sie sich noch einmal gründlich vorzunehmen. Er hat ihm diese alten Mordfälle vor dem Krieg ins Gedächtnis zurückgerufen, die nie aufgeklärt wurden. Das hat Olivers Stolz angestachelt. Alex *wusste*, dass die Knochen der Jakobiten irgendwo versteckt sein mussten – er war in Unterlagen meines Vaters auf einen alten Bericht gestoßen. Damit sollte all das ein Ende finden, aber inzwischen war Oliver fanatisch darauf versessen, eine Leiche zu finden. Und während dieser Zerreißprobe ist Alex jeden Abend nach Hause gekommen und hat mir berichtet, was er am jeweiligen Tag unternommen hat, um Fiona das Leben unerträglich zu machen. Und dabei hat er mich beobachtet, bis ich mich irgendwo verkriechen und meinen Schmerz vor ihm verbergen konnte!«

»Mrs. Holden, wie hat Ihr Mann Eleanor Grays Bekanntschaft gemacht?«

»Ich bin nicht sicher, ob er ihr jemals begegnet ist. Ich habe ihn nicht ein einziges Mal über sie reden hören.«

»Es gibt Indizien, die darauf hinweisen, dass er durchaus der Mann sein könnte, der sie kurz nach Captain Burns' Tod in den Norden gefahren hat. Wenn ja, dann könnte er der Letzte sein, der sie lebend gesehen hat. Ich war zu der Überzeugung gelangt, er hätte es auf den Jungen abgesehen, weil der kleine Ian Eleanors Vermögen erben könnte, sobald der Beweis erbracht worden ist, dass sie seine Mutter war.«

»Er *weiß*, dass Ian mein Sohn ist – ihn treiben Rachegelüste an, nicht Geldgier!«, rief sie aus. Dann presste sie sich die Finger auf die Augen, als täten sie weh. »Ich habe nicht die Kraft, mir obendrein noch Sorgen um diese Gray zu machen. Ich habe schon genug Kummer.« Sie sah aus dem Fenster hinaus. »Ich hätte meinem Kind niemals das Leben schenken sollen. Ich bin nach Glasgow gefahren, wussten Sie das auch schon? Fiona hat mich hingebracht. An einen Ort, an dem Abtreibungen vorgenommen werden. Wie ich an diese Adresse gekommen bin, braucht Sie nicht zu interessieren; eine andere arme, verzweifelte Frau war dorthin gegangen und hat sich mir später anvertraut. Aber ich habe es nicht über mich gebracht. Ich habe Ians Vater geliebt, verstehen Sie. Trotz meiner Furcht, ertappt zu werden, habe ich Ians Vater *geliebt*.« Sie lehnte sich zurück und schloss die Augen. »Ich liebe ihn immer noch. …«

371

Hamish sagte trübsinnig: »Holden bringt sie ins Grab – wahrscheinlich wird sie noch vor Fionas Verhandlung sterben. Ist ihm denn nicht klar, welches Risiko er eingeht?«

Ich glaube nicht, dass es ihm klar ist, antwortete Rutledge stumm. *Es würde ihm den Spaß verderben, wenn seine Frau vorzeitig stürbe. Er will den Namen ihres Geliebten wissen, und er will, dass seine Frau mit ansieht, wie durch ihr Verschulden eine Unschuldige eines grässlichen Todes stirbt. Diesen Kerl soll der Teufel holen!*

Aber im Gegensatz zu dem, was Mrs. Holden gesagt hatte, glaubte Rutledge, Holden hätte gewusst, dass Eleanors Leiche im Glencoe lag. Vielleicht war er sogar schlau genug gewesen, um zu begreifen, wie nützlich sie ihm noch sein könnte. Eine bemerkenswert saubere Methode, Fiona zu bestrafen und sich die Vergangenheit vom Hals zu schaffen. Das Problem war nur, dass es sich verdammt schwer beweisen lassen würde.

Er stand auf. »Was soll ich jetzt tun, Mrs. Holden? Ich kann Ihren Mann nicht festnehmen lassen und Anklage gegen ihn als den Verantwortlichen für alles erheben, was Fiona MacDonald zugestoßen ist – nur Ihr Wort steht gegen seines. Die Leute würden *ihm* glauben, wenn er sagt, Ihre angegriffene Gesundheit hätte Ihren Verstand in Mitleidenschaft gezogen.«

»Es muss doch eine Möglichkeit geben, ihn aufzuhalten! Sie – ich kann nicht so weitermachen. Ich kann nicht weiterleben, wenn ich Fionas Leben auf dem Gewissen habe, und ich kann Fionas Leben nicht retten, ohne mein Kind zugrunde zu richten – der Preis ist zu hoch! Ich hasse Alex längst, aber er ist der Mühlstein um meinen Hals, von dem mich niemand befreien kann.«

»Würden Sie einen Menschen für mich töten?«

Er hörte Fionas Stimme klar und deutlich in seinem Kopf.

»Sagen Sie, haben Sie vor der Geburt Ihres Sohnes in Brae gelebt?«

Sie nickte. »Ich war rasend verliebt. Er – Ians Vater – war eine Zeit lang in Glasgow, und wir haben uns so oft wie möglich getroffen. Ich war glücklich. Ich hatte das Haus hier zugemacht – unter dem Vorwand, dass die Pferde fort waren und die Dienstboten uns ohnehin verlassen mussten.«

»Und die Initialen auf dem Taufkleid?«

»Mein Mädchenname. Ich bin auf den Namen Madelyn Elizabeth Marjorie Coulton getauft. Aber ich hatte Angst, ihn in Brae oder in der Klinik zu benutzen. Verstehen Sie, er war wieder auf See, und nicht lange darauf ist er getötet worden.« Nach einer Pause sprach sie mit ruhigerer Stimme weiter. »Er ist gestorben, und ich habe ein Kind von ihm erwartet. Ich bin in Brae geblieben, solange ich es irgend gewagt habe, und habe die Schwangerschaft so gut wie möglich verborgen. Dann habe ich mir eine Zeit lang ein Hotelzimmer in Glasgow genommen, ehe ich in die Klinik gegangen bin. Es gab keinen anderen Ort, an dem ich gewagt hätte, das Kind zu bekommen. Wenn Alex gestorben wäre, hätte ich natürlich behauptet, Ian sei sein Kind. Aber Alex war am Leben, und ich konnte es nicht riskieren, diese unverfrorene Behauptung aufzustellen. Wenn ich Fiona nicht begegnet wäre – wenn sie nicht bereit gewesen wäre, das Kind als ihr eigenes aufzuziehen –, dann hätte ich uns beide getötet. Den Jungen und mich.«

28

Rutledge hatte üble Vorahnungen, als er sich von Mrs. Holden verabschiedete. Er war besorgt um sie und fürchtete, ihr Gesicht würde sie verraten und Alexander Holdens Argwohn wecken, sowie er sein Haus betrat. Es würde nicht lange dauern, bis er herausgefunden hatte, dass Rutledge dort gewesen war. Er war so intelligent, dass ihm der Grund seines Besuchs nicht lange verborgen bleiben konnte. Mrs. Holden war sehr gebrechlich. Was würde er tun? Sie schikanieren? Oder eine gänzlich neue, unerwartete Kraft an ihr wahrnehmen?

»Ganz gleich, was er tut«, sagte Hamish, »du kannst ihn nicht davon abhalten. Du kannst nicht zu Oliver gehen, solange du nicht gehört hast, was London über Holden in Erfahrung gebracht hat. Ohne Beweise kannst du nicht zum Fiskal gehen. Holden kennt sich aus, er wird genau wissen, was er zu tun hat … .«

»Vielleicht gibt es eine Methode, ihn abzulenken.« Rutledge hatte sein Automobil, das er weit außerhalb der Sichtweite von Holdens Grundstück sorgsam verborgen hatte, fast erreicht. Er fuhr damit ans Ende der Auffahrt, wo Holden nicht an ihm vorbeikam.

Dann wartete er. Mit unendlicher Geduld. Selbst Hamish ertrug die lange Wache schweigend. In den Schützengräben hatten sie viele solcher Wachen gemeinsam verbracht, und jetzt stellte sich fast dasselbe wohl tuende Gefühl von Kameradschaft ein. Aber nur fast, nicht ganz.

Die Abenddämmerung setzte schon ein, als Holden kam. Die langen Schatten des Herbsttages waren Wolken und einsetzendem Sprühregen gewichen.

Die Scheinwerfer von Holdens Wagen fielen auf den dunklen Umriss von Rutledges Automobil, und er fuhr langsamer.

Holden rief mit scharfer Stimme: »Was ist passiert?«

Rutledge erwiderte: »Ich bin gekommen, weil ich Sie sprechen wollte. Ihr Dienstmädchen hat mir gesagt, Sie seien unterwegs. Also habe ich auf Sie gewartet.«

»Warum um Gottes willen haben Sie nicht im Haus gewartet?«

»Weil ich nicht wollte, dass Ihre Frau oder Ihre Dienstboten hören, was ich Ihnen zu sagen habe.« Er wies auf die dunkle Straße und die dunkle Auffahrt. »Hier sind wir ungestört.« Anstelle des Nieselregens fielen jetzt die ersten dicken Tropfen.

Holden sah sich nach verborgenen Lauschern um, ehe er sich wieder zu Rutledge umdrehte. »Dann sagen Sie, was Sie zu sagen haben, damit wir beide möglichst schnell aus diesem Regen rauskommen.«

»Ich habe Ihre Spuren nach Craigness zurückverfolgt, Holden. Zu Rob Burns' Haus. Dort habe ich schriftliche Beweise dafür gefunden, dass Eleanor Gray 1916 mit Ihnen in den Norden gekommen ist, in jener Nacht, in der es so heftig geregnet hat. Sie hat im Wagen gewartet, bis der schlimmste Regenguss vorüber war, ehe sie Ihnen ins Haus gefolgt ist. Und Mrs. Raeburn hat sie nicht gesehen. Sie sind gemeinsam mit ihr abgereist – und Eleanor Gray ist verschwunden. Haben Sie sie umgebracht? Haben Sie die Leiche auf einer Decke den Berghang im Glencoe hinaufgezerrt und sie dort den Schakalen und Krähen überlassen?«

Holden sagte: »Seien Sie kein Idiot! Ich habe Captain Burns nicht gekannt. Mein Vater wird es Ihnen bestätigen. Und meine Frau auch!«

»Es spielt keine Rolle, was die beiden sagen. Sie haben eine Fährte hinterlassen. Und ich habe Ihre Spuren aufgedeckt. Sie dachten, geschult, wie Sie sind, hätten Sie zu geschickten Täuschungsmanövern gegriffen. Aber ich kann Zeugen herbeischaffen, die sich an Ihr Gesicht erinnern und Sie einordnen können – in Saxwold, in London, in Craigness und sogar im Glencoe. Unwichtige Leute, von denen Sie glaubten, es würde uns niemals gelingen, sie zu finden. Es gibt noch weitere Beweise. Demnächst werde ich sie haben. Es ist ein locker gesponnenes Netz, aber es wird sich zuziehen.«

Die Scheinwerfer des Wagens strahlten Rutledges Gesicht an und warfen gleichzeitig makabre schwarze Schatten auf Holdens Züge. Es war ausgeschlossen, etwas in seinen Augen zu lesen. Die Knöchel seiner Hände, die auf dem Steuer lagen, waren weiß. Rutledge beobachtete sie. Wenn sie sich bewegten ...

Hamish sagte: »Hat er eine Waffe in seinem Wagen?«

Ich weiß es nicht, antwortete Rutledge stumm. Er konnte fühlen, wie sich sein Körper anspannte. Eine unbewegliche Zielscheibe, im Lichtkegel gefangen. Holden hatte schon einmal versucht, auf ihn zu schießen ...

»Ersparen Sie Ihrer Frau die Schande, mit ansehen zu müssen, wie Sie von Inspector Olivers Männern abgeführt werden. Sagen Sie mir, was aus Eleanor Gray geworden ist.«

Diese Aufforderung war rhetorisch gemeint, doch zu seiner immensen Überraschung gab ihm Holden eine Antwort.

»Es gibt nichts, wofür ich mich schämen müsste. Sie wollte unbedingt in die Staaten. Hier hielte sie nichts mehr, hat sie gesagt. Ich habe sie nach Glasgow gefahren und bin dann allein nach London zurückgekehrt. Was anschließend aus ihr geworden ist, weiß ich nicht. Und ich habe keinen Sinn darin gesehen, Inspector Oliver zu informieren. Das war im Frühjahr, und es heißt, sie sei im Spätsommer gestorben.«

»Sie sind ein äußerst gewandter Lügner. Aber hier haben Sie es nicht mit den Türken zu tun. Und auch nicht mehr mit Inspector Oliver. Ihr Name gilt in London nicht viel. Und mit Eleanor Grays Tod befasst sich inzwischen Scotland Yard, nicht Duncarrick.« Rutledges Stimme war kalt.

Holden wandte den Kopf ab und sah sich außerhalb der Lichtkegel der Scheinwerfer nach allen Seiten um. Schließlich gab er sich mit dem Ergebnis zufrieden und wandte sich wieder an Rutledge.

»Sie werden mir nicht glauben, wenn ich Ihnen die Wahrheit sage. Niemand wird mir die Wahrheit glauben.« Er hob eine Hand, um sich den Regen aus dem Gesicht zu wischen. »Verdammt noch mal, kommen Sie mit ins Haus!«

»Nein. Ihre Frau ist krank. Ich werde ihr das nicht zumuten. Erzählen Sie es mir hier – oder im Polizeirevier von Duncarrick.«

»Sie sind ein verflucht sturer Kerl, wussten Sie das schon? Eleanor Gray hat die Nacht in Robs Bett verbracht, was ich reichlich makaber fand, aber das war mir völlig egal. Ich war so müde von der Fahrt, dass ich fast sofort im Gästezimmer eingeschlafen bin. In einen Tiefschlaf versunken bin. Ich kann mich nicht mal erinnern, die Augen geschlossen zu haben. Ich muss wohl geschnarcht haben. Vielleicht ging es ihr aber auch schlecht, ich weiß es nicht. Jedenfalls bin ich aus dem Schlaf aufgeschreckt und habe in der Dunkelheit eher geahnt als gesehen, dass sich jemand über mich beugt.« Er wandte sich wieder ab, und die Schatten wanderten auf seinem Gesicht umher und verschoben sich ständig. »Beim Militär hat man mir beigebracht, wie man tötet. Schnell und lautlos. Meine Hände hatten sich um ihren Hals geschlossen, ehe ich überhaupt wusste, wo ich war oder wer mit mir im Haus war. Als ich wach genug war, um Licht zu machen, war sie bereits tot. Ich musste den Teppich säubern, und ich hatte vor, sie im Garten zu begraben. Ich habe sogar die Bank über das Grab gerückt, aber es hat geschüttet wie aus Eimern, und ich musste fürchten, dass der Regen die Erde schon vor dem Morgen wegschwemmt. Also habe ich sie auf den Rücksitz des Wagens gelegt, eine Decke und einige meiner Kleidungsstücke über sie gezogen und bin durchs Haus gelaufen, um alles aufzusammeln, was sie dort zurückgelassen haben könnte. Am nächsten Morgen, sobald die Nachbarin auf den Beinen war, habe ich ihr den Schlüssel gegeben und bin losgefahren.«

»Wo ist Eleanor jetzt?«

»Auf diesem verdammten Berg im Glencoe! Wo denn sonst? Oder da war sie zumindest. Ich hätte im Traum nicht geglaubt – Es war schon ein verfluchtes Pech, dass Oliver seine Sache so gut gemacht hat, stimmt's?«

Hamish knurrte warnend, als Holden eine Hand hob, doch er wollte sich nur wieder das Gesicht abwischen.

Rutledge sagte: »Wenn ihr Tod ein Unfall war, warum haben Sie dann nicht sofort die Polizei oder einen Arzt verständigt?«

»Es war ein professioneller Mord, Mann. Ihr Körper hat keine Male aufgewiesen, bis auf die Stelle im Nacken, wo ich zugedrückt habe! Ihre Mutter ist eine der reichsten Frauen in ganz England. Denken Sie etwa, Lady Maude hätte mir geglaubt? Sie hätte dafür gesorgt, dass ich gehängt werde! Ich war in Saxwold für meine Gewalttätigkeit bekannt und im nächsten Krankenhaus ebenso, und die Armee hat mich mit Freuden als Kanonenfutter nach Frankreich geschickt. Sehen Sie, einmal habe ich eine Krankenschwester fast umgebracht, als sie unerwartet von hinten auf mich zugekommen ist. Ich hatte meine Hände schon um ihre Kehle geschlossen, ehe sie auch nur einen Schrei ausstoßen konnte. Sie dachten, ich sei nicht bei Verstand. Das war ich aber. Ich hatte zu lange mit der Gefahr gelebt, und es war mir zum Reflex geworden, blitzschnell zuzuschlagen. Wie eine Schlange. Sie waren schon so weit, dass sie mich in eine Anstalt stecken wollten, gemeinsam mit den Fällen von Schützengrabenneurose, um mich dort verrotten zu lassen!«

Rutledge erschauerte unwillkürlich. Gemeinsam mit Männern wie ihm …

»Woher wussten Sie von den Felsen auf dem Berghang? Von der Straße aus sind sie nicht leicht zu sehen.«

»Als ich ein Kind war, hat mich mein Vater manchmal dorthin mitgenommen. Er hat sich leidenschaftlich für Geschichten interessiert, die von Verrat und Mord handeln.« Er strich sich das nasse Haar aus den Augen. »Mein Vater hätte einen verdammt guten Hochländer abgegeben, wenn er nicht in Carlisle geboren wäre. Er hat all diese Waffen gesammelt, die Sie in der Eingangshalle sehen können. In ganz Schottland hat er sie aufgekauft. Das hat ihm Geschichtsbewusstsein vermittelt. Ich habe sie nach der Hochzeit dort aufgehängt, als einen kleinen Teil meiner eigenen Vergangenheit. Der Rest des Hauses hat Madelyn gehört.«

Er sah Rutledge lange Zeit an und schenkte dem Regen keine Beachtung. Mit der Geduld des Jägers, der wartet, bis das Kaninchen aus seiner Deckung kommt. Aber auch Rutledge war geduldig, und er war ebenso geschickt. Schließlich sagte Holden: »Jetzt kennen Sie die Wahrheit. Was sollten Sie Ihres Erachtens damit anfangen?« Als Rutledge nicht antwortete, fuhr er fort: »Ich habe nicht die Absicht, mir von Lady Maude und ihren Anwälten ein Todesurteil anhängen zu lassen. Eleanor zufolge war sie eine lieblose und abweisende Mutter, aber sobald sie erfährt, dass ich ihre Tochter getötet habe, wird sie Himmel und Hölle in Bewegung setzen, um mich hängen zu sehen.« In der ruhigen Stimme schwang eine kalte Drohung mit. »Wenn ich an Ihrer Stelle wäre, ginge ich nach London zurück, ließe diese MacDonald vor Gericht stellen und würde beten, dass sie freigesprochen wird. Was bedeutet sie Ihnen denn schon?«

Das war allerdings die Frage. Und Rutledge kannte die Antwort nicht. Er saß da, spürte, wie der Regen ihn bis auf die Haut durchnässte, und kämpfte gegen seine Wut an.

»Drohen Sie mir bloß nicht!«, sagte er zu Holden.

»Fassen Sie es als eine wohlmeinende Warnung auf, Inspector. Aber merken Sie sich gut, dass ich im Ballantyne oder an jedem anderen Ort, an dem Sie sich sicher fühlen, auftauchen könnte und Sie tot wären, ehe Sie mich zur Tür hereinkommen hören. Darauf können Sie sich verlassen.« Er legte wieder einen Gang ein. »Es war nicht meine Absicht, Eleanor Gray zu töten. Und ich werde nicht dafür hängen.«

Die Lichter schwenkten durch die Dunkelheit und verwandelten den schräg einfallenden Regen in Silber. Und Holden lächelte Rutledge an, ehe der Wagen auf der Zufahrt verschwand, ein dunkler Schatten, der sich gegen die Helligkeit seiner Scheinwerfer absetzte.

Auf der Fahrt zum Hotel dröhnte Hamishs Stimme unablässig in Rutledges Kopf und wollte wissen, wie viel Rutledge von dem glaubte, was Holden erzählt hatte.

Rutledge war von Kopf bis Fuß durchnässt; er fror, und er war sehr müde. Trotzdem sagte er: »Der Mann ist ein geschickter Lügner – dazu hat man ihn im Krieg ausgebildet. Dennoch habe ich das Gefühl, er hat mir die Wahrheit über Eleanor Grays Tod erzählt. Das ist ja gerade das Traurige – sie ist mit einem Mann in den Norden gefahren, den sie als Freund angesehen hat und bei dem sie sich sicher fühlte. Ganz gleich, was Eleanor in jener

Nacht in Craigness getan hat, ob sie ihn aus dem Tiefschlaf geweckt oder ihn durch etwas anderes in Wut versetzt hat – es hat sie so oder so das Leben gekostet. Und wenn er sie auf die beschriebene Art und Weise getötet hat, dann kann der Körper keine Male aufgewiesen haben, die ein Coroner zwei Jahre später noch identifizieren könnte.«

Rutledge holte tief Atem und spürte, wie die Wut langsam von ihm abfiel.

Eleanor Gray war tot, sie konnte Holdens Schilderung des Tathergangs nicht widersprechen. Er könnte sogar genug Unterstützung finden, um ungeschoren davonzukommen.

Hamish stimmte ihm zu. »Er hat es selbst gesagt – eine Schlange. Die blitzschnell zuschlägt.«

Als Schlange hatte ihn auch Elizabeth Andrews bezeichnet, die Krankenschwester. »London wird mir die übrigen Beweise liefern, die ich brauche, um sie dem Fiskal vorzulegen, aber ein guter Anwalt wird sie verdrehen und sie in jede beliebige Form pressen, die Holden sich ausdenkt. Eine Jury wird ihn niemals schuldig sprechen. Ihm werden die Geschworenen glauben, was sie Fiona nie geglaubt hätten. Wir werden ihn wohl dazu bringen müssen, dass er sich selbst verrät.«

»Er wird sich nicht selbst verraten. Er hat sich nicht verraten, als die Türken ihn gefoltert haben.«

»Ich werde Mittel und Wege finden.« Grimmige Entschlossenheit war aus Rutledges Stimme herauszuhören.

Als Rutledge am nächsten Morgen erwachte, war der Himmel finster und drohend, und es regnete in Strömen. Grauer Regen wurde durch die Straßen gepeitscht und trommelte wie Steine gegen seine Fenster. Ein deprimierender Tag.

Nachdem er das Licht ausgeschaltet hatte, hatte er nicht schlafen können und daher wach gelegen und versucht, eine Lösung für dieses Dilemma zu finden. Hamish hatte den Advocatus Diaboli gespielt und anscheinend Gefallen daran gefunden, ihn darauf hinzuweisen, dass die meisten seiner Lösungsvorschläge nicht funktionieren würden.

Einem Mann wie Holden konnte man keine Angst einjagen.

Man konnte ihn nicht ködern. Wenn er die Folter überlebt hatte …

Aber was wollte er überhaupt? Was lag Holden mehr als alles andere am Herzen?

Das hatte seine Frau deutlich gemacht. Rache. Er wollte, dass Fiona gehängt wurde und seine Frau mit dem Wissen weiterleben musste, dass es in ihrer Macht gestanden hätte, sie zu retten.

Rutledge lag in seinem Bett, hatte einen Unterarm auf seiner Stirn liegen und durchdachte noch einmal alles von Anfang an.

Hamish sagte: »Daraus wird auch nichts. Er kann behaupten, er hätte seine Frau schützen wollen.«

»Ja. Behaupten kann er es. Und es könnte sogar sein, dass Oliver es ihm abnimmt. Aber einen Versuch ist es wert.«

»Es ist verdammt riskant, viel zu riskant!«

»Ich kann auf mich selbst aufpassen.«

Hamish lachte. »Im Dunkeln kannst du gar nichts tun. Du hast nicht seine Erfahrung, Mann!«

»In jener Nacht 1915 bin ich durchs Niemandsland gekrochen und habe dieses versteckte Maschinengewehrnest ausgehoben. Keiner hat mich kommen hören.«

»Das ist nicht dasselbe.«

Er stand auf, zog sich an und ging zum Frühstück nach unten.

Sie schlossen ihm die Tür zu Fionas Zelle auf. Er hatte Oliver und Pringle mitgeteilt, er würde Duncarrick verlassen und wolle ein letztes Mal an das Gewissen der Angeklagten appellieren.

Als er die Zelle betrat, sagte er: »Ich bin gekommen, um mich zu verabschieden.« Aber er hielt einen Finger vor seine Lippen, um ihr zu signalisieren, dass sie kein Wort sagen sollte. »Bevor ich gehe, muss ich ein letztes Mal an Sie appellieren … um Lady Maudes und ihrer Tochter willen …«

Im Korridor vor der Zellentür konnte er hören, wie sich Olivers Schritte entfernten. Rutledge ging auf Fiona zu und nahm ihre Hände. »Ich weiß, wer Mrs. Cook ist«, sagte er leise. »Ich habe mit ihr gesprochen.«

»Nein, das ist ganz ausgeschlossen!«

»Fiona, hören Sie mir nur zu. Wir haben nicht viel Zeit. Ich weiß, was ihr Mann ihr antun will. Und Ihnen. Sie sind der Sündenbock, und die Mordanklage ist der Strick um ihren Hals. Er wird Madelyn Holden durch Sie zugrunde richten und zusehen, wie sie vor Scham stirbt. Was Sie nicht wissen, ist, dass er auch Eleanor Gray getötet hat. Bei diesen Knochen auf dem Berghang, die Oliver gefunden hat, handelt es sich tatsächlich um ihre Überreste. Und Holden wird wieder töten. Es fällt ihm zu leicht. Er wird auch dieses Kind töten, aber es wird kein schneller und auch kein gnädiger Tod sein.«

»Ich habe Ian abgesichert ...«

»Ich weiß, was Sie getan haben. Aber Mrs. Holden fürchtet sich zu Tode. Verstehen Sie? Die Verdächtigungen, die Zweifel und die Wut dieses Mannes setzen ihr tagtäglich zu. Als ich sie hochgehoben habe, um sie in Dr. Murchisons Praxis zu tragen, nachdem sie ohnmächtig geworden war, war sie so dünn, dass ich Angst hatte, ich könnte ihr wehtun!«

»Ich dachte ... ich war ganz *sicher*, dass er sich niemals an ihr vergreifen würde!«

»Das hat er auch nicht getan. Nicht körperlich. Stattdessen martert er sie Tag für Tag. Er nimmt ihr den Mut, und eines Tages wird sie sterben wollen. Und dann wird sie sterben. Durch ihre eigene Hand.«

»Sagen Sie mir diese Dinge nicht, ich kann es nicht ertragen!«, rief sie laut aus.

»Sie müssen die Wahrheit hören, die ganze Wahrheit. Von Anfang bis Ende.«

Er gab ihr sämtliche Informationen, die er hatte. Er vertraute ihr.

Sie lauschte stumm, ohne Fragen zu stellen, und ab und zu nickte sie, wenn ihr klar wurde, worauf er hinaus wollte. Sie nahm ihm jedes Wort ab, denn auch sie vertraute ihm.

Als er seinen Bericht beendet hatte, sagte er: »Warten Sie bis zum späten Nachmittag. Wenn ich schon nach London abgereist bin. Lassen Sie Inspector Oliver zu sich kommen. Sagen Sie ihm, Sie wollen Mr. Elliot und den Chief Constable sprechen. Sagen Sie *ihnen allen*, Sie wollen nicht sterben und können beweisen, dass Ians Mutter noch am Leben ist. Sagen Sie ihnen, die Wahrheit ist im Reivers verborgen, und wenn der Fiskal Burns morgen persönlich erscheint, werden Sie die Männer ins Gasthaus führen und ihnen den Beweis vorlegen.«

»Sie werden sofort mit mir hingehen wollen ...«

»Nein, sie müssen erst mit dem Fiskal sprechen. Wenn es sein muss, geben Sie ihnen das Gefühl, Sie hofften, Sie würden den Jungen flüchtig zu sehen bekommen.«

Sie schüttelte den Kopf. »Nein. Das werde ich nicht sagen. Ich werde Ian nicht hineinziehen!«

»Ihre Geschichte muss plausibel klingen, Fiona. Ich will, dass Holden erfährt, was hier vorgeht. Ich will, dass er es glaubt. Das ist die einzige Möglichkeit, Oliver und allen Übrigen begreiflich zu machen, wie schamlos sie ausgenutzt worden sind.« Er fügte hinzu: »Da wäre noch ein letzter Punkt. Mrs. Holden hat mir den Namen des Vaters nicht genannt. Und ich habe sie nicht gedrängt. Aber jetzt muss ich den Namen wissen. Das ist die einzige wichtige Information, die mir noch fehlt.«

Sie sagte: »Es ist nicht meine Angelegenheit, Ihnen –«

»Fiona –« Er unterbrach sich und fuhr dann fort. »Holden ist außerordentlich gerissen und wird alles zu seinem Vorteil verkehren, und er wird Mittel und Wege finden, dieses Kind zugrunde zu richten. Wir müssen Ian MacLeod aus Duncarrick fortschaffen, ihn aus seiner Reichweite entfernen. Morgen.«

»Sein Vater ist tot – er kann Ihnen nicht helfen!«

»Das spielt keine Rolle! Sogar der Name eines Toten trägt zur Sicherheit eines Kindes bei. Mrs. Holden hat keine Familie, aber Ians Vater könnte Angehörige haben.«

Sie biss sich auf die Lippen. Sie kämpfte mit ihrem Gewissen und schien sich seiner Gewissenhaftigkeit nicht sicher zu sein, sagte aber schließlich: »Schwören Sie mir – bei Ihrer Ehre –, dass Sie es niemandem sagen werden, wenn es nicht unumgänglich ist?« Er nickte. »Er war Marineoffizier. Sein Name war Trevor.«

Rutledge spürte, wie sein Herzschlag aussetzte. »Nein.«

»Sie wollten es doch wissen –«

»Ich – *Ross* Trevor? Sind Sie ganz sicher, Fiona? Dass Ian sein Kind ist?«

Sie war verängstigt. »Ich hätte es Ihnen niemals sagen dürfen – ich wusste, dass es ein Fehler war!«

»Nein. Es – es ist eine gute Nachricht. Es freut mich für ihn.« Das Gesicht des Kindes wies keinerlei Ähnlichkeit mit Ross auf … Bis auf die Augen, erkannte Rutledge plötzlich. Diese wandlungsfähigen Augen. »Es freut mich für ihn«, sagte er noch einmal. Aber was war mit David Trevor? Würde er sich wie der Fiskal weigern, den Entschluss seines Sohnes zu akzeptieren, die Frau eines anderen Mannes zu lieben?

Hamish war derjenige, der Rutledge ins Gedächtnis rief, dass der Mann, der so tiefe Trauer um seinen Sohn empfand, Zeit brauchen würde, um sich mit dieser Vorstellung anzufreunden. Aber Morag würde das Kind lieben. Denn auch Morag trauerte um Ross.

»Sie haben es mir geschworen!«, sagte Fiona flehentlich, denn seine plötzliche Unsicherheit verwirrte sie.

»Ich werde mein Wort halten.« Aber er musste Mrs. Holden überreden, David Trevor aufzusuchen, sobald Alex Holden vor Gericht gestellt wurde.

»Du hast Fiona vergessen«, schimpfte Hamish. »Du hast ihr versprochen, dafür zu sorgen, dass *sie* das Kind behalten darf!«

Rutledge konnte ihr die Verzweiflung ansehen. Auch sie wusste, was sie verloren hatte. Nicht ihren Prozess, aber ihren Sohn.

Nein, Mrs. Holden und David Trevor würden sich darum kümmern, dass sie nie mehr allein sein würde …

Damit konnte er Hamish jedoch nicht beschwichtigen. Er sagte: »Wie viele Versprechen wirst du noch brechen?«

Rutledge beugte sich vor und drückte Fiona einen Kuss auf die Wange. »Fiona – es wird alles gut ausgehen.«

Sie rührte sich nicht. Ihr Gesichtsausdruck tat ihm in der Seele weh. Sie sagte kläglich: »Wird es das? Ich wünschte, ich wünschte, ich wäre ebenso sicher.«

29

Oliver verabschiedete sich von Rutledge und wünschte ihm eine gute Heimfahrt nach London. »Obwohl ich nicht weiß, was Sie Lady Maude Gray erzählen wollen.«

»Die Wahrheit. Soweit sie mir bekannt ist.« Aber er würde die Rolle auslassen, die Holden gespielt hatte.

»Sicher freut sie sich, zu erfahren, was aus ihrer Tochter geworden ist. Sie können ihr ausrichten, wir werden dafür sorgen, dass die Angeklagte für ihre Tat bestraft wird.«

Rutledge drückte ihm die Hand, ging durch den strömenden Regen zum Hotel zurück und bat am Empfangsschalter des Ballantyne, seine Rechnung vorzubereiten. Dann machte er sich ans Packen.

Kurz nach der Mittagszeit brach er in Duncarrick auf. Er ließ das Automobil im Regen auf der Straße stehen, damit alle Welt es sehen konnte. Sein Gepäck stand auf dem Rücksitz, und auf dem Sitz neben ihm stand ein Korb mit Proviant.

Ann Tait kümmerte sich gerade besorgt um ihre Geranien, die in den Töpfen überschwemmt wurden. Sie blickte auf, warf einen Blick auf seinen Wagen und eilte in ihr Geschäft zurück.

Mr. Elliot, der gerade von seinem Besuch bei einem Gemeindemitglied zurückkehrte, blieb stehen, um zu fragen, ob er abreise.

»Ja«, erwiderte Rutledge. »Für mich gibt es hier nichts mehr zu tun.«

»Sie haben bei meiner Haushälterin die Nachricht hinterlassen, Sie wollten mich sprechen.« Auf seinem schwarzen Schirm glitzerten Regentropfen, und die Ärmel seines Mantels waren feucht.

»Ich habe die Information auch so bekommen. Ich bin froh, dass ich Sie nicht belästigen musste.«

»Wenn das so ist, dann wünsche ich Ihnen eine glückliche Reise.«

Rutledge bedankte sich bei dem Pfarrer, lief um den Wagen herum, um die Kurbel zu drehen, und trocknete sich vorher die Hand an seinem Hosenbein ab.

Er fuhr ein paar Meilen aus der Stadt hinaus und suchte sich dann ein ruhiges Plätzchen in einem kleinen Gehölz aus tropfnassen Bäumen, in dem der Wagen von der Straße aus so gut wie unsichtbar war.

Ihm stand eine lange Wartezeit bevor. Es konnte sogar sein, dass er umsonst wartete. Aber er war darauf eingestellt, geduldig zu sein. Und auch darauf, noch einmal durchnässt zu werden.

Bei Einbruch der Dunkelheit hatte Rutledge seine Notizen vervollständigt und seine gesamten Ermittlungsergebnisse ausführlich dargelegt – wann und mit wem er gesprochen hatte, was er in Erfahrung gebracht hatte und durch wen, jedes einzelne Glied der verschlungenen Beweiskette und die Schlussfolgerungen, zu denen er gelangt war. Dann verstaute er das Notizbuch unter dem Armaturenbrett, um es vor dem Regen zu schützen. Die Sandwiches hatte er aufgegessen und den Tee fast ausgetrunken. Jetzt wünschte er, er hätte mehr, um sich gegen die scharfe Kälte zur Wehr zu setzen. Er wartete noch eine Stunde, ehe er ausstieg und den Motor anwarf. Der Regen hatte ein wenig nachgelassen. Dennoch brauchte er fast eine halbe Stunde, um den westlichen Ortsrand von Duncarrick zu erreichen, weil er die Hauptstraßen mied und sich auf den weniger befahrenen Wegen hielt. Als er an seinem Ziel ankam, war er ziemlich sicher, dass ihn niemand gesehen hatte. An einem derart scheußlichen Abend waren nur wenige Leute unterwegs.

Rutledge ließ seinen Wagen vor Blicken verborgen im tiefen Schatten des Wachtturms stehen. Den restlichen Weg legte er zu Fuß zurück. Seine Schuhe waren mit Wasser vollgesogen und schwer.

Hamish war unruhig, ein gedämpftes Donnergrollen in seinem Hinterkopf. Es klang wie die Kanonen in Frankreich, die beide noch heimsuchten.

Er bewegte sich leise, hielt sich im Schatten und erreichte gut zwanzig Minuten später das Reivers. Nass und durchgefroren blieb er still in der Stalltür stehen und wartete auf Anzeichen, ob er beobachtet worden war, als er sich über den Hof geschlichen hatte. Aber die Fenster der Häuser, von denen aus man das Gasthaus sehen konnte, waren entweder dunkel oder die Rollläden waren heruntergezogen.

Rutledge hatte mit dem Gedanken gespielt, Drummond als Verbündeten hinzuzuziehen, dann jedoch beschlossen, er könne keineswegs sicher sein, wem Drummonds Loyalität gehörte. Er tastete nach seiner Taschenlampe, um sich zu vergewissern, dass er sie noch einstecken hatte. Mit raschen Schritten begab er sich zur Rückwand des Gasthauses und fand ein Fenster, das er mit seinem Messer gewaltsam öffnen konnte.

Ein Londoner Einbrecher, dachte er erfreut, hätte es auch nicht besser hingekriegt – oder lautloser.

Er stieg durch das Schiebefenster ein und schloss es so gut wie möglich hinter sich, denn schließlich wollte er in einer solchen Nacht vermeiden, dass ein offenes Fenster Aufmerksamkeit erregte. Dann bückte er sich, um seine Schuhe auszuziehen. Sie fühlten sich schwer an, mit Wasser vollgesogen.

In der Dunkelheit rührte sich etwas, und er sprang mit einem Satz zurück, bereit, sich zu verteidigen.

Aber es war nur Clarence, dessen leises Miauen zur Begrüßung in seinem rasenden Herzschlag unterging.

Er bückte sich, streichelte den Rücken der Katze und wartete, bis sich seine Augen an die Dunkelheit gewöhnt hatten, ehe er sich wieder in Bewegung setzte.

Er befand sich in einem kleinen Hinterzimmer, das als Küchenabstellraum gedient hatte. Dort stand ein Stapel Holzkisten, und von einer schnitt er einen Span ab, um seine provisorische Befestigung des Fensterrahmens zu verstärken. In einer Schublade fand er Handtücher und benutzte sie, um sich das Gesicht abzuwischen und sein nasses Haar trockenzureiben. Seine bestrumpften Füße waren halbwegs trocken, und er war dankbar dafür.

Mit langsamen, vorsichtigen Bewegungen tastete sich Rutledge durch das Gasthaus vor. In jedem Raum blieb er stehen, sah sich wachsam um und achtete auf jeden Laut. Die Stille war drückend. Nicht einmal die Geräusche des Regens waren zu hören, und der verwischte weiße Fleck, der Clarence war, war ihm bereits vorausgeeilt und durch eine Tür verschwunden. Die Küche. Der Schankraum. Die gemütlichere Wirtsstube.

Rutledge erreichte die Treppe, und nachdem er gebannt gelauscht hatte, stieg er behutsam hinauf und setzte seine bestrumpften Füße dicht an den äußeren Rand der Stufen, wo am wenigsten zu erwarten stand, dass sie knarren würden, wenn sich sein Gewicht auf dem alten Holz niederließ.

In Fionas Zimmer war niemand.

Er ging vorsichtig hinein, sah hinter der Tür und in jeder Ecke nach und hob sogar den Vorhang vor ihren Kleidern, ehe er unter dem Bett nachschaute. Seine forschende Hand stellte fest, dass die Fußleiste nicht von der Wand gelöst worden war.

Niemand war hier gewesen. Er konnte sich ziemlich sicher sein. Die Frage war nur, ob im Lauf der Nacht jemand kommen würde. Diese Nacht? In einer anderen Nacht? Oder überhaupt nicht …

Es war eine lange Nachtwache. Seine Schultern wurden müde, und das endlose Starren in die Dunkelheit ließ seine Augen brennen. Durch seine Körperwärme wurde seine Kleidung allmählich trocken. Seine Ohren, die das Knirschen und Ächzen eines alten Gebäudes wahrnahmen, versuchten jeden Laut einzuordnen. Später trat er leise ans Fenster und schaute auf die Straße hinaus. Aber auch dort war niemand. Der starke, durch den aufkommenden Wind zunehmend kältere Regen sorgte dafür, dass die meisten Leute zu Hause blieben. Nur ein einziger Schirm bewegte sich auf der Straße und schimmerte im Licht, das aus Fenstern fiel.

Wenn Holden hergekommen war und das Taufkleid mit den verräterischen Initialen gefunden hatte … wenn er noch einmal hier gewesen war, um die Brosche zu holen … dann würde er doch jetzt gewiss auch kommen …

Irgendwo im Haus machte es *pling!* Die Katze?

Rutledge war jetzt ganz still; er wartete nicht mehr, sondern fühlte stattdessen den Adrenalinschub der Gefahr. Seine Atemzüge wurden tiefer und beruhigten ihn.

Er machte sich keine Illusionen, was Holden anging. Holden würde töten – wenn er die Notwendigkeit sah.

Nichts. Niemand regte sich in der Bar unter ihm. Niemand kam die Treppe hinauf.

Eine weitere Viertelstunde verging.

Plötzlich konnte er den kühlen Luftzug spüren und die Feuchtigkeit des Regens riechen. Jemand hatte eine Tür geöffnet. Dann wurde sie wieder geschlossen.

Er wartete und glitt lautlos hinter den Vorhang, der Fionas Kleider verbarg. Der schwache Duft ihres Parfums drang in seine Nase, und er hatte ihr Bild vor Augen.

Aber niemand kam die Treppe herauf.

Er wartete und beschloss nach einer Weile, sich der Treppe zu nähern, denn dort würde jedes Geräusch von unten verstärkt zu hören sein.

Er schlich sich ans obere Ende der Treppe und lauschte wieder. Und dann drangen leise Schritte durch die Stille an sein Ohr.

Es war zu spät, um sich wieder hinter dem Vorhang zu verbergen.

Er wich ein klein wenig zurück, um die Treppe für denjenigen freizugeben, der sich derart verstohlen hinaufschlich. Nach ein paar Sekunden konnte er die dunkle Gestalt erkennen, die auf ihn zukam, oder zumindest glaubte er, ihren Umriss wahrnehmen zu können. Die Treppe erschien ihm wie ein jäher Abgrund, in dem stygisches Dunkel herrschte. Aber die Gestalt bewegte sich … sie atmete. Er konnte die flachen, beschleunigten Atemzüge hören, die behutsam auftretenden Füße auf den Stufen.

Rutledge blieb stehen, bis die Gestalt ihn erreicht hatte, ließ sie an sich vorbeigehen …

Sie ging ins Kinderzimmer, verschwand aus seiner Sicht und blieb etliche Minuten dort. Rutledge konnte hören, wie die Kleidertruhe geöffnet und nach einer Weile geschlossen wurde. Und dann kam die Gestalt wieder auf ihn zu und hielt etwas Weißes an sich gepresst. Ohne Rutledge in den tiefen Schatten zu sehen, ging sie auf die Treppe zu.

Und dann trat Rutledge in Aktion, schnellte auf den Fußballen nach vorn, setzte das Überraschungsmoment zu seinen Gunsten ein, schnappte sich seine Beute von hinten und presste die Arme seines Opfers fest an dessen Seiten, ehe er begriff, dass er keinen Mann umklammert hielt, sondern eine Frau.

Gütiger Gott!

»Eher bringe ich dich um, als dass ich dich das vollenden lasse.« Ihre Stimme war heiser, gedämpft. Und während er noch den unerwarteten Schock verdaute und sein Griff sich löste, riss sie sich los und hob den Arm.

Er sah ein Messer aufblitzen und wich schleunigst aus.

Sie kam hinter ihm her und hob wieder das Messer. Wild entschlossen. Er packte ihr Handgelenk, und es war so schmal, dass er plötzlich wusste, wer sie war.

»Mrs. Holden? Ich bin es, *Rutledge*!« Er sprach leise, und seine Worte waren kaum mehr als ein Zischeln, aber sie keuchte und sagte entsetzt: »Oh, nein!«

Er trat näher zu ihr und flüsterte: »Was haben Sie hier zu suchen?«

»Er hat mir gesagt, im Reivers gäbe es ein Beweisstück. Er hat gesagt, er käme her, um es zu suchen, und er würde es finden. Ich dachte, er meint das Taufkleid – Aber er hatte Oliver und dem Chief Constable versprochen, erst noch etwas mit ihnen zu trinken. Also bin ich vorausgegangen, um ihn daran zu hindern.«

Sie drückte ihm etwas in die Hand. Er fühlte den kalten Stahl eines Dolchs und die Wärme des Griffs, den ihre Finger gehalten hatten. »Er ist scharf«, warnte sie ihn. »Ich wollte ihn damit töten. Sie müssen ihn nehmen. Sie müssen ihn für mich töten! Wenn Sie es nicht tun, tue ich es!«

»Mrs. Holden, Sie müssen jetzt gehen. Bitte! Wie in Gottes Namen sind Sie ohne Schlüssel ins Haus gekommen?«

»Aber ich hatte doch einen Schlüssel. Fiona hat ihn mir nach dem Tod ihrer Tante gegeben. Eine Vorsichtsmaßnahme, damit ich Ian holen kann, falls etwas schief geht.«

»Geben Sie mir den Schlüssel, und gehen Sie. Ich sorge dafür, dass Sie ihn morgen wieder bekommen.«

»Werden Sie ihn töten?«, fragte sie mit bebender Stimme.

»Nicht, wenn es sich vermeiden lässt.«

»Sie haben den Dolch. Er hat meinem Vater gehört! Wenn Sie es nicht für *mich* tun, dann tun Sie es für Fiona!«

Und dann war sie fort und schlich die Treppe mit derselben leisen Behutsamkeit hinunter, mit der sie heraufgekommen war.

Rutledge holte tief Atem. Sein Herz raste immer noch. Dann lauschte er. Irgendwo ging eine Tür auf und wurde leise wieder geschlossen. Das einzige Anzeichen dafür war der kurze feucht-kalte Luftzug. Sie war fort.

Er ging wieder ins Schlafzimmer. Etwas streifte sein Bein, und diesmal wusste er, dass es die Katze war. Er bückte sich, um sie zu berühren, und sie strich um seine Wade. Daraufhin stieß er sie fort, da er befürchtete, ihr lautes Schnurren würde die anderen Geräusche überdecken, auf die er wartete. Sie verzog sich, und er hörte, wie sie aufs Bett sprang.

Ein leiser Schrei …

Er kam aus der Bar. Rutledge blieb regungslos stehen, angespannt und angriffsbereit.

Ein Köder? Um den herauszulocken, der sich in der Dunkelheit verbergen könnte? Hamish warnte ihn, sich nicht von der Stelle zu rühren.

Oder war Holden auf der Straße seiner Frau begegnet?

Rutledge blieb nichts anderes übrig, als es herauszufinden.

Er schlich zur Treppe und lauschte, hörte jedoch nichts.

Er lief die Treppe hinunter, eine Stufe nach der anderen. Flink, aber trittsicher.

Am Fuß der Treppe blieb er wieder stehen. Die Katze war ihm nach unten gefolgt, und er versuchte zu erkennen, ob sie etwas gehört hatte, was ihm entgangen war. Aber als er stehen blieb, setzte sie sich. Ihr Blick war auf sein Gesicht gerichtet.

Als er die Treppe hinaufgestiegen war, hatte er sämtliche Türen hinter sich offen gelassen. Das kam ihm jetzt zugute.

Mit leisen Bewegungen tastete er sich wieder in die Bar vor.

Und stolperte über etwas auf dem Fußboden, wäre fast vornüber gefallen und fing seinen Sturz im letzten Moment an der Kante des Tresens ab.

Rutledge bückte sich, tastete vor seinen Füßen und berührte Haar. Das zarte Haar einer Frau. Neben ihr war ein weißer Fleck zu erkennen. Das Taufkleid …

Er fand ihre Kehle und suchte den Puls.

Da war nichts.

Gütiger Gott! Holden hat seine Frau getötet …

Wut überkam ihn, folgte dem Schock auf dem Fuß.

Ihm fiel wieder ein, was Holden ihm am gestrigen Abend im Regen gesagt hatte: Es gäbe keinen Ort, an dem sich Rutledge sicher fühlen könnte. Das entsprach der Wahrheit.

Rutledges Nervenenden waren elektrisiert, als er sich langsam wieder auf die Füße zog. Seine Blicke glitten forschend über die schwarzen Schatten. Seine gesamte Ausbildung in Frankreich war mit einem Mal wieder da.

Er war hier – aber wo? Rutledge konnte ihn spüren wie eine zweite Haut.

Das durchdringende Fauchen der Katze warnte ihn. Ein greller Blitz blendete ihn, ein ohrenbetäubender Knall ertönte, und schon ließ er sich fallen. Diesmal nicht schnell genug. Etwas grub sich in seine Brust und ließ ihn eine halbe Drehung vollführen.

Er war getroffen worden …

Er kannte den Ablauf. Es war nicht das erste Mal. Schock. Taubheit. Und dann der Schmerz.

Fast im selben Moment handelte er. Sein Instinkt hatte bereits die Führung über seine Hand und sein Gehirn übernommen. Er warf den Dolch und zielte auf die Stelle, wo er das Pulver hatte aufblitzen sehen.

Die Schotten unter seinem Befehl waren gute Lehrmeister gewesen. Das scharfe Einatmen sagte ihm, dass er sein Ziel getroffen hatte. Etwas fiel schwer zu Boden und riss einen Barhocker mit sich. Das Klappern war erschreckend. Und dann Stille.

Rutledges Atem ging unregelmäßig, als er sich darauf zubewegte. Wer es auch sein mochte, derjenige hatte immer noch eine Pistole …

Er streckte die Hand aus, fühlte schweres, regungsloses Fleisch und zuckte instinktiv zusammen.

Sein eigener Atem war das einzige Geräusch, das er hören konnte.

Er tastete nach seiner Taschenlampe, schaltete sie ein und sah in das tote Gesicht von Alexander Holden. Das Messer, das aus seiner Kehle ragte, hatte die Halsschlagader durchtrennt. Eine große Menge Blut. Es befleckte den geschrubbten Fußboden. Rutledge starrte es an. Schwarz und rot im Schein der Taschenlampe.

Ihm fiel auf, dass er keinen klaren Gedanken mehr fassen konnte.

Rutledge sagte sich: *Fiona wird ihnen alles erklären müssen – oder sie finden mein Notizbuch – in London wissen sie auch über Holden Bescheid –*

Ihm fiel die Taschenlampe in seiner Hand wieder ein. Er starrte sie an und schaltete sie dann aus. *Warum musste er sie töten ... warum hatte Madelyn Holden nicht weiterleben dürfen ...*

Ich wollte sie retten. Aber vor allem wollte ich Fiona retten ...

Sein Atem ging jetzt stockend, und seine Brust schien in Flammen zu stehen. *Ich blute*, sagte er sich. *Und ich kann nirgends Hilfe holen.*

Er wollte nicht an Fiona denken. Sie gehörte Hamish. Sie würde immer ihm gehören ...

Er fand einen Stuhl und sackte darauf zusammen.

Hamish schrie ihn schon die ganze Zeit an, brüllte ihm ins Ohr. Oder war es das Rauschen seines eigenen Blutes?

Er wusste es nicht genau.

Irgendwoher drangen die Laute von Dudelsäcken. Erst kaum vernehmlich, dann immer kräftiger. Sie kamen auf ihn zu.

Rutledge wusste, was sie spielten. Er hatte die Melodie zu viele Male gehört, um sie nicht augenblicklich wieder zu erkennen.

Es war »The Flowers of the Forest«. Die Totenklage. Für jeden toten Schotten, der seinem Befehl unterstellt war, hatten sie diese Melodie gespielt. Er hatte die Dudelsäcke aufmunternd pfeifen hören, wenn sie in die Schlacht zogen, und er hatte sie trauern hören. Dies war ein Klagelied für die Sterbenden.

Er lag im Sterben.

Hamish schmetterte wie eine Trompete in seinem Kopf. »Du wirst nicht sterben. Hast du gehört? *Du wirst nicht sterben!*«

»Du bist bereits tot, Corporal. Du kannst mich nicht davon abhalten.« Rutledge fiel es schwer, sich zu konzentrieren.

»Du wirst nicht sterben! Ich lasse dich nicht sterben!«

Das Spiel der Dudelsäcke verklang. Rutledge dachte: *Das Begräbnis ist vorbei – sie haben Hamish begraben. Hamish ist tot, und ich bin schuld daran – ich habe ihn getötet.* Aber wo war dieser Stuhl hergekommen? An der Front gab es keine Stühle …

Das Feuer in seiner Brust erstickte ihn.

Er konnte spüren, wie Hamish von ihm Besitz ergriff.

Genau das hatte Rutledge so lange Zeit gefürchtet, dass er jetzt dankbar für die Dunkelheit war, weil er nicht aufblicken und in das gefürchtete Gesicht sehen musste, das sich über ihn beugte. Er sagte zu Hamish: »Es ist zu spät. Ich bin tot. Jetzt kommst du nicht mehr an mich ran. Ich bin von dir befreit –«

»DU DARFST NICHT STERBEN!«

30

Das Wohnzimmer des Drummond-Hauses war in den Schein einer Lampe getaucht, und das Ticken der Uhr auf dem Kaminsims wetteiferte mit dem leisen Plätschern des Regens hinter den Spitzengardinen und den Glasscheiben, die die Nacht aussperrten. Die wohl tuende Stille wurde nur durch das trockene Rascheln der Edinburgher Zeitung durchbrochen, die Drummond las, und von dem regelmäßigen Klappern der elfenbeinernen Stricknadeln seiner Schwester. Es war spät, das Kind schlief schon, und die Zeiger der Uhr rückten auf halb zwölf zu.

Ein Geräusch, enorm gedämpft und doch unverkennbar, ließ Drummond aufspringen und die Zeitung in alle Richtungen fliegen.

Ein Schuss –

Er wartete, aber nur einen Moment. Was er vor seinem geistigen Auge sah, brachte ihn dazu, Hals über Kopf in den kleinen Flur hinauszulaufen. Er streifte den verspiegelten Hutständer, riss die Haustür auf, stürzte sich in den Regen und rannte mit schnellen Schritten los.

Seine Schwester rief seinen Namen. Sie hatte gerade die Tür erreicht, die er weit offen zurückgelassen hatte, beugte sich hinaus und verlangte eine Erklärung von ihm.

Er rief über seine Schulter zurück: »Geh wieder ins Haus, Frau!«

Aber vor der Tür des Reivers blieb Drummond stehen und legte seine Hand vorsichtig auf das Schnappschloss.

Er hatte sie heute Morgen noch gesehen, sie würde doch gewiss nichts Unbesonnenes tun – mit einer Dummheit konnte sie Fiona nicht retten.

Das Schnappschloss war offen, und sein Herz begann heftig zu pochen.

Sie hatte den anderen Schlüssel –

Er trat sich die Schuhe von den Füßen, riss die Tür auf und wappnete sich auf das, was ihn dahinter erwartete. *Was war, wenn sie alle beide dort waren … was war, wenn sie ihn erschossen hatte? Dann würde man auch sie hängen!*

Gar nichts passierte. Nichts regte sich in dem Dunkel.

Er lauschte gebannt und flehte die Stille an, mit ihm zu sprechen, ihm zu sagen, ob eine Person hergekommen war – oder zwei.

Kein Geräusch war zu hören, abgesehen von seinem eigenen Atem und dem Regen auf seinem Rücken. Der Wind nahm zu; er konnte ihn auf seinen Schultern spüren.

Auf Strümpfen trat er leise ein und setzte einen Fuß vor den anderen. Die Haare in seinem Nacken hatten sich aufgestellt, seine Augen waren in der pechschwarzen Dunkelheit weit aufgerissen, und seine Konzentration richtete sich auf die Treppe vor ihm.

Aber es war nicht dunkel genug hier …

Noch ein Schritt. Auf seiner nassen Haut fühlte er einen Luftzug durch die offene Seitentür der Bar kommen, die zu den Räumen der Familie führte.

Diese Tür hatte nicht offen gestanden – er hatte sie selbst geschlossen, als er die weiße Katze gefüttert hatte.

Er streckte die Hand nach dem Türrahmen aus und beugte sich behutsam vor, um in die Bar zu schauen.

Im ersten Moment glaubte er, ein leises Wort gehört zu haben.

Am hinteren Ende der Bar ein weißer Fleck auf dem Fußboden – das musste die Katze sein.

Er trat einen weiteren Schritt vor, denn er war nicht sicher, woher die Stimme gekommen war, und im selben Moment stieß sein Zeh gegen etwas, einen unbeweglichen Gegenstand auf der Schwelle, der den Durchgang versperrte. Fast wäre er darüber gestolpert.

In seiner Bestürzung sank Drummond schleunigst auf die Knie. Inzwischen betete er inbrünstig.

»Lass es nicht sie sein … bitte, lieber Gott …«